두 개의 왕국

오스카 필 2 두 개의 왕국

펴낸날 | 2012년 2월 10일 초판 1쇄

지 은 이 | 엘리 앤더슨
옮 긴 이 | 이세진
펴 낸 이 | 이태권
책임편집 | 박인의
책임미술 | 김현정
펴 낸 곳 | (주)태일소담
　　　　　서울시 성북구 성북동 178-2 (우)136-020
　　　　　전화 | 745-8566~7　팩스 | 747-3238
　　　　　e-mail | sodam@dreamsodam.co.kr
　　　　　등록번호 | 제2-42호(1979년 11월 14일)
　　　　　홈페이지 | www.dreamsodam.co.kr

ISBN 978-89-7381-268-4　04860
　　　978-89-7381-644-6 (세트)

● 책값은 뒤표지에 있습니다.
● 잘못된 책은 구입하신 곳에서 교환해드립니다.

OSCAR PILL Les Deux Royaumes

두 개의 왕국

엘리 앤더슨 지음

이세진 옮김

소담출판사

차례

모든 것이 끝났다

그는 달음질을 늦추고 걷기 시작했다. 그러나 그 발걸음마저도 숨을 헐떡대느라 가끔 멈췄다. 눈앞에는 가없는 들판이 펼쳐져 있었다. 그렇지만 이미 몇 시간을 쉬지 않고 달려온 터였다. 그는 거대한 동굴들을 지나오며 수없이 길을 잃고 헤매야만 했다.

지치고 목이 말랐다. 기온이 자꾸 높아져서, 케이프를 벗어던지고 싶었다. 묵직한 벨벳이 거추장스러웠다. 하지만 그는 케이프가 오히려 더위를 막아준다는 사실을 알고 있었기 때문에 일부러 케이프 자락으로 몸을 감쌌다. 수통을 꺼내 마지막 남은 물 몇 방울을 마셨다. 어디서 빨리 샘물이라도 찾아야 할 판이었다.

기운을 내려고 케이프에 금실로 수놓은 M자를 손가락으로 어루만지면서 지평선을 바라보았다. 길고 삐죽삐죽한 그림자들이 불타고 남은 그루터기들처럼 아직도 땅에 남아 있었다. 그는 모든 것을 바짝 말려버리는 무서운 바람을 잊으려고 애썼다. 사람을 미치게 만드는 바람, 이 평원의 이름에도 드러나 있는 맞바람을.

그는 허리를 숙이고 발밑에서 쩍쩍 갈라지는 창백한 토양을 조금 만져보았다. 바로 그때, 아주 가까운 곳에서 첫 번째 발자국을 발견했다.

그 발자국은 그의 발자국과는 비교도 안 될 만큼 컸다. 맨발, 그것도 끝이 뾰족하게 세 갈래로 갈라진 짐승의 발바닥이 남긴 흔적이었다. 기다란 발톱이라도 달린 것일까? 몸 안에서 위험을 알리는 경보라도 울린 듯 그의 심장이 걷잡을 수 없이 빠르게 뛰기 시작했다. 그는 몇 걸음 더 갔다. 3미터 앞에서 비슷한 발자국을 발견했다. 3미터라니! 도대체 몸집이 얼마나 크기에 보폭이 3미터나 된단 말인가? 펄쩍펄쩍 뛰어다녀서일까? 그는 그런 경우이기를 바랐다.

그는 다시 몸을 일으켰다. 저 멀리, 바람 소리에 묻혀 있던 어떤 소리가 침묵을 갈랐다. 무더위에도 불구하고 소름이 쫙 끼쳤다. 짐승의 울부짖음이 메아리치는 것 같았다. 그는 반사적으로 뒤로 움찔 물러섰다. 그러나 즉시 아빠를 떠올리며 자신을 책망했다. 아빠라면 결코 뒤로 물러서지 않았을 것이다. 그는 크게 심호흡을 했다. 메디쿠스는 항상, 어떤 식으로든 앞으로 나아가야 한다. 브레이브 씨나 위더스 부인이 해준 말은 아니었다. 어떤 책에서 읽은 것도 아니었다. 그냥 그럴 수밖에 없었다.

다시 한 번 그 소리가 들렸다. 아까보다 더 크게, 더 가까이에서. 그는 내키지 않는 걸음을 작은 숲 쪽으로 돌렸다. 거무스름한 형체들이 눈에 들어왔을 때 그는 멈춰 섰다. 북이 울리듯—수십 개의 북이 한꺼번에 울리듯—땅바닥이 진동했다. 그는 시선을 아래로 떨어뜨렸다. 아까와 같은 발자국들이 사방팔방 어지럽게 흩어져 있었다. 그는 불안한 눈으로 주위를 둘러보았다. 작은 숲 외에는 몸을 숨기고 망을 볼 곳이 전혀 없었다. 그는 달리기 시작했다. 바닥의 진동이 몸을 타고 머리통까지 전해졌다. 이제 몇 발짝만 더 내딛으면, 빽빽하고 거무스름한 나무들 틈으로 몸을 숨길 수 있었다. 목표에 막 다다르려는 순간, 거대한 그림자가 뒤에서 나타나 그에게 덤벼들었다. 그는 몸을 날려 옆으로 떨어졌다. 거대한 그림자가 주위에서 얼쩡댔다. 그는 몸을 데굴데굴 굴려서 피하고는 땅바닥에 드러누웠다. 흉측하게 생긴 괴물들이 그를 내려다보았다. 그러나 이내 괴물들이 물러나고 한 남자가 나타났다. 남자는 머리부터 발끝까지 시커멨다. 다만, 목깃만은 붉은색이었다.

그는 포위되었다.

파톨로구스의 얼굴을 자세히 보고 싶었다. 그러나 역광에 비친 실루엣밖에 눈에 들어오지 않았다. 상대의 얼굴이 안개에 둘러싸여 있다는 것을 알아차릴 틈밖에 없었다. 남자의 실루엣은 사라지고 머리가 깨질 듯이 아파왔다. 어떻게 빠져나간담? 무엇을 써서 방어할 수 있을까? 그때 문득 지식의 성소와 이어진 금지된 터널에서 괴물 문어와 싸울 때 사용했던 무기가 생각났다. 그렇다, 헤파톨리아의 유리병, 모든 것을 소화시키는 넥타가 있다! 그는 미친 듯이 케이프 안쪽을 뒤져서 첫 번째 가방에 손을 뻗었다. 그러나 가방은 텅 비어 있었다. 겁이 더럭 났다. 그의 유리병, 첫 번째 트로피가 온데간데없었다.

괴물들의 포위망은 점점 좁혀지고 있었다. 그는 무시무시한 표정, 빛나는 송곳니, 흉측한 낯짝을 보지 않으려고 눈을 질끈 감았다. 짐승들의 사나운 울음소리를 듣지 않으려고 케이프 아래로 몸을 웅크렸다. 두려움보다는 막막한 절망에 목이 꽉 잠겼다. 그는 트로피들을 차례로 가져오고 그렇게 어엿한 메디쿠스가 되고 싶었다. 아버지와 가족들에게 잃어버린 명예를 되찾아주고 싶었다. 그런데 이게 뭔가. 당장 이 흉흉

한 들판에서 죽게 생겼다니. 파톨로구스에게 꼼짝 못한 채, 포악한 괴물들의 밥이 되게 생겼다. 정말로 끝까지 가보고 싶었는데……. 너무 분한 나머지 눈물이 뺨을 타고 흘러내렸다. 엄마와 누나의 얼굴이 케이프의 초록색 옷감 위로 아른거렸다.

그는 금실로 수놓은 M자를 주먹으로 꼭 쥐었다. 그다음에는 괴물 중에서 가장 큰 놈이 기다란 발톱을 뻗으며 펄쩍 달려드는 모습밖에 보지 못했다.

무소식

오스카는 소스라치며 잠에서 깨어났다. 그는 얼빠진 눈으로 주위를 두리번거렸다. 달빛에 비친 영화 포스터들과 축구공, 야구 배트, 책상이 눈에 들어오기까지 잠시 시간이 필요했다. 그의 방, 바빌론 하이츠에 위치한 킬데어 스트리트의 작은 집에 있는 그의 방이었다. 그는 땀에 흠뻑 젖은 몸으로 평평하게 펼친 시트에 누워 있었다. 들판 따위는 온데간데없었다. 자명종을 흘끗 보니 새벽 4시 37분이었다.

나쁜 꿈을 꾸었던 모양이다!

오스카는 눈을 감고 안도의 한숨을 크게 내쉬며 베개에 도로 머리를 뉘였다. 끔찍한 악몽이었을 뿐이다. 오스카는 마음을 다잡기 위해 벌떡 일어나 침대 사다리도 쓰지 않고 장롱 쪽으로 펄쩍 뛰어내렸다. 같은 층에서 자고 있는 엄마와 누나가 깰 수도 있었지만 개의치 않았다. 장롱을 서둘러 열고 셔츠와 바지가 걸린 옷걸이들을 제치며 안쪽으로 손을 집어넣자, 손가락을 스치는 벨벳의 촉감을 느낄 수 있었다. 이번에는 쪼그려 앉아 가장 아래쪽 선반에 넣어둔 상자에 손을 뻗었다. 그러고는 다시 장롱을 닫고 방문이 잘 잠겨 있는지 확인한 뒤에 상자를 열었다.

다시 한 번 안도의 한숨이 소년의 입에서 새어 나왔다. 그러나 그 한숨에는 분하다는 의미도 포함되어 있었다. 헤파톨리아의 유리병, 첫 번째 우주에서 가져온 트로피는 무사했다. 아까의 장면이 우스꽝스러운 악몽이었을 뿐임을 오스카는 다시 한 번 확인했다. 하지만 유리병은 꿈쩍도 하지 않았다. 벌써 일 년이 넘도록 오렌지색 액체가 들어 있는 크리스털 병은 움직이지 않았다.

오스카는 병이 뿜어내던 믿을 수 없는 광채를, 다섯 개의 가방이 달린 허리띠가 저절로 움직여 그의 허리에 착 감기던 모습을 떠올렸다. 하지만 이 모양이었다. 그때 이후로 그런 일은 꿈에도 일어나지 않았다. 트로피를 되살리려고 얼마나 숱한 노력을 했는지 모른다. 트로피를 따뜻하게 덥혀도 보고, 이런저런 말도 걸어보았다. 모든 방법을 시도해 보았지만 소용없었다. 허리띠도 마찬가지였다. 허리띠는 절망적으로 축 늘어진 채 장롱 속에만 처박혀 있었다.

사실 오스카에게는 그 악몽이 어떤 신호처럼 생각되기도 했다. 어디서 누군가가 모든 것이 되살아날 거라고, 그를 메디쿠스의 세계와 이어주는 모든 것이 마침내 긴 잠에서 깨어날 거라고 예고하는 것 같았다. 아니, 아니다. 그의 착각이었다. 희망은 다시 한 번 무너졌다. 실망에 두려움이 겹쳤다. 지난여름 쿠미데스 서클을 황급히 도망쳐 나온 그날 이후로 오스카는 이제 자신이 메디쿠스가 아닌 것 같은 기분이 들었다.

그 끔찍한 날이 또다시 기억났다. 비록 일 년 전만큼 생생하게 아프지는 않아도, 지식의 성소가 알려준 진실을 생각하면 지금도 목이 메었다. 아주 무거운 짐과도 같은 진실. 그는 자신이 보고 들은 것을 믿을 수 없었다. 아빠가 파톨로구스들에게 매수당한 배신자일 리 없었다. 그런데 그들은 아빠를 어두운 감옥에 가두었고 그곳에서 아빠는 시체로 발견되었다. 엄마는 물론, 유명한 메디쿠스들도 그렇게 말하지 않았던가. 비탈리 필은 어둠의 왕자를 제압하여 감옥에 집어넣은 뛰어난 메디쿠스라고. 어둠의 왕자는 파톨로구스의 우두머리요, 그들의 가장 큰 적이라고. 아빠는 (거의) 모든 사람의 눈에 용감하고 정직한 사나이였다. 아빠가 부당한 벌을 받았다고 생각하는 사람들도 많았다.

아니다, 아빠가 그럴 리 없다. 아빠는 그런 벌을 받아 마땅한 썩어빠진 배신자가 절대 아니다.

그때 오스카는 끝까지 가보겠다고 결심했었다. 다섯 우주에서 차례로 트로피를 가져와 자신도 아빠처럼 뛰어난 메디쿠스가 되겠다고. 아빠의 불명예를 씻고 말겠다고. 그것이 지식의 성소가 무서운 진실을 밝힌 그날의 약속, 그날 이후로 한시도 그의 마음에서 떠난 적 없는 약속이었다. 그러자면 위더스 부인의 도움이 필요했다. 어쩌면 메디쿠스의 그랜드 마스터 브레이브 씨의 도움도 필요할 것이다.

그런데 왜 허리띠나 첫 번째 트로피를 통해서만 그들의 소식을 들어야 하는가? 벌써 열세 달째였다. 몹시도 길고 '영원히 끝나지 않을 것 같은' 열세 달 동안 무소식과 침묵만이 이어졌다. 전갈 한 통, 신호 한 번이 없었다. 이 유리병과 낡아빠진 가죽끈에 달린 다섯 개의 작은 가방을 빼면, 모든 것이 흔적도 없이 사라져버렸다.

오스카는 기운 없이 침대로 돌아갔다. 피곤이 무거운 외투처럼 그를 뒤덮었다. 그는 편치 않은 잠 속으로 빠져들었다.

세 시간 후, 엄마의 목소리가 그를 어둠 속에서 끌어냈다. 엄마가 문을 살짝 열고 고개를 내밀었다.

"오스카, 벌써 두 번째 깨우러 온 거다. 세 번째에는 물을 양동이로 퍼붓고 나팔을 불 거야."

오스카가 베개에서 고개를 번쩍 들었다. 머리가 몹시 무거웠다. 그는 알아들을 수 없는 말을 몇 마디 중얼거렸다. 셀리아는 웃으면서 아들의 방으로 들어와 커튼을 걷었다. 늦여름 햇살이 방 안으로 밀려들었다. 그녀는 오스카의 복층 침대로 다가가서 아직 잠이 덜 깬 열세 살짜리 아들을 다정하게 바라보았다. 그 애는 이미 어엿한 어른 같으면서도 —이미 그 점은 증명해 보이지 않았던가?—어떨 때에는 억지로 침대에서 끌어내야 하는 다 큰 아기 같았다.

"개학하는 날부터 지각하고 싶으면 침대에서 몇 분쯤 꾸물대도 괜찮아. 그럴 마음이 없다면 지금 당장 일어나서 세수하고 누나랑 아침밥 먹어라."

엄마가 아무렇게나 뻗친 오스카의 빨간 머리칼을 손으로 넘겨주며 말했다.

오스카는 힘겨운 고갯짓으로 알았다는 신호를 보내고 침대에 앉았다. 개학이라니! 벌써……. 비록 기사단에서 신호가 오기만을 매일매일 애타게 기다리느라 시간이 더디 가는 것처럼 느껴지긴 했지만 어느새 여름방학은 쏜살같이 지나가버렸다. 오스카는 엄마에게 겨우 이렇게 대꾸했다.

"금방 가요……."

엄마는 방에서 나갔고 오스카는 침대에서 미적미적 내려왔다. 학교에 가는 것이 달갑지 않은 것만은 분명했다. 오스카는 학교와 같은 반 친구들을 (최소한 몇 명은) 좋아했다. 하지만 학교에서 지켜야 하는 것들은 그의 관심 밖이었다. 좀 더 콕 집어 말하자면, 규율과 관련된 것은 다 싫었다. 정해진 일과표, 바르게 맞춰 서야 하는 줄, 재미없어도 반드시 배워야 하는 과목 등등. 요컨대, 일 년이 지났지만 변한 것은 없었다. 정해진 규칙과 복종은 코끼리에게 발레복을 입히는 것만큼이나 오스카에게 맞지 않았다. 여름방학 동안은 엄마가 자유를 허락한다지만 그런다고 해서 뭐가 바뀌겠는가.

뭉그적대며 욕실로 들어간 오스카는 몇 분 후에 다소 상쾌해진 기분으로 나왔다. 머릿속이 좀 맑아졌지만 걱정도 그만큼 뚜렷해졌다. 그를 기다리고 있는 골칫거리가 떠올랐기 때문이다. 여름방학 내내 잊고 있었지만, 빡빡한 규율 따위와는 비교도 안 되는 골칫거리였다. 학교의 폭군 로넌 모스와 그 녀석의 패거리. 다른 학생들과 달리 오스카는 그들을 두려워하지 않았지만, 두려워하지 않는 정도로 해결될 문제가 아니었다. 어쨌든 오스카가 로넌이나 그 패의 다른 녀석들하고 마음 맞을 일은 없으리라.

……다는 아닐 수도 있다. 그 패거리에는 어여쁜 틸라도 끼어 있으니까. 틸라는 자신이 얼마나 예쁜지 너무나 잘 안다. 그 틸라도 종종 로넌 모스와 어울려 다닌다. 아니, 그 자식이 틸라 주위에서 알짱댄다고 해야 할지도 모르겠다. 문제는 틸라에게 끌리면서도 틸라를 경계하는 마음 또한 그 못지않다는 것이다. 골치 아픈 상황이었다.

잡념을 떨치고 그는 서둘러 옷을 갈아입었다. 그러고는 티셔츠 매무새를 만지며 부리나케 계단을 내려와 주방으로 들어갔다. 아무 말 없이 식탁에 앉아 운동화 끈을 맸다. 시리얼 그릇을 뚫어져라 들여다보고 있던 비올레트가 퍼뜩 정신을 차리더니 진지하게 말했다.

"그만해, 오스카!"

"뭘 그만해?"

"운동화 끈 묶지 마! 가엾게도. 쟤들 숨 막혀 죽겠다!"

오스카는 식탁 아래를 들여다보았다. 비올레트의 운동화는 끈이 다 풀려 있었다. 오스카는 고개를 들고 누나를 바라보았다. 정말이지, 오스카는 누나처럼 괴상한 생각은 해본 적이 없었다. 누나는 자기가 운동화 끈의 호위병이라도 되는 줄 아는 모양이다. 그때 비올레트가 자리에서 일어났다. 첫 걸음부터 운동화가 벗겨져버렸다. 하지만 비올레트는 아무것도 깨닫지 못했는지 천연덕스럽게 냉장고 문을 열고 작은 숟가락을 꺼냈다. 누나는 아무 일도 아니라는 듯 바닥에 떨어진 운동화 한 짝을 발로 몰아서 제자리에 돌아와 앉았다.

엄마는 이 광경을 무심하게 곁눈질로 보고 있었다. 엄마가 비올레트의 기이한 행동을 문제 삼지 않게 된 지는 이미 오래였다.

"애야, 숟가락이랑 포크를 서랍 말고 어디에 두기로 정했는지 좀 알려줄래? 그러면 엄마 일이 한결 수월해지겠구나."

엄마는 그냥 이렇게만 말했다.

엄마와 달리, 괴짜 누나를 이해해보겠다는 생각을 결코 포기하지 않는 오스카는 누나에게 물었다.

"숟가락은 왜 냉장고에 넣어둔 거야? 숟가락이 녹을까 봐 걱정돼서? 식탁 위에 올려놓으면 햇볕을 받을까 봐?"

비올레트는 커다란 보라색 눈으로 오스카를 좀비 보듯 쳐다보았다.

"이봐, 오스카. 숟가락은 금속이야. 금속은 햇볕에 녹지 않아."

비올레트가 엄마와 시선을 주고받았다. 남동생의 질문에 정말로 걱정이 되었던 모양이다. 엄마는 웃음을 참았고 오스카는 고개를 절레절

레 흔들었다. 누나는 지구에서 가장 독특한 소녀일 뿐 아니라 남동생을
바보로 만드는 데에는 선수였다.

엄마가 손목시계를 한 번 보고는 서둘러 커피 잔을 비웠다.

"음, 오스카, 버터 바른 빵을 싸줄 테니 그동안 올라가서 학용품을 챙
겨 오렴. 일단 출발하자. 빵은 가면서 먹어라. 아냐, 비올레트. 그 숟가
락은 특별히 싱크대에 넣어두고 가렴. 숟가락에겐 아무 일 없을 거야.
두고 보렴. 자, 얼른 가자!"

엄마는 아이들을 학교 앞에 내려주고 사무실에 출근했다. 휴가를 충
분히 즐기지 못했는지 여드레 전에 휴가에서 돌아온 후부터 사장은 그
어느 때보다 삐딱하게 굴었다. 1분이라도 지각했다가는 한 소리 들을
거라는 사실을 엄마는 잘 알고 있었다.

비올레트는 신발을 흘리지 않으려고 애쓰면서 운동장 구석으로 나비
처럼 빠져나갔다. 오스카는 아이들이 모인 곳으로 맥없이 향했다. 스포
츠형 머리의 말라빠진 소년이 오스카를 불렀다.

"오스카! 이쪽으로 와!"

제레미 오말리와 그의 형 바르트가 반갑게 오스카를 맞아주었다. 바
르트는 제레미와 오스카보다 겨우 한 살 많을 뿐이었지만 그들보다 머
리통 하나가 크고 몸무게도 10킬로그램은 더 나갔다.

"드디어 개학 아니냐. 개학이 됐으니 장사도 다시 해봐야지. 나한테
계획이 아주 많거든. 오스카, 우리 이거에 대해 얘기 좀 하자. 이번엔
너도 꼭 우리와 손잡고 싶을걸."

제레미가 신이 나서 말했다. 제레미는 학교에서 가장 영악하고 수완
좋은 장사꾼이었다.

그들 뒤에서 누군가가 말을 걸었다.

"안녕, 친구들."

오스카는 이제 막 합류한 창백하고 여윈 금발 소년에게 미소를 지어 보였다. 에이든 스펜서는 여전히 비실비실하고 부끄럼이 많아 보였다. 책가방 무게도 버거운지 휘청거렸다. 하지만 작년에 오스카는 에이든 도 메디쿠스 기사단의 비밀을 안다는 것을 알았다. 게다가 에이든은 더 없이 위험천만한 상황에서 용기와 결단력을 친구들에게 보여주었다. 오스카는 에이든이 여름방학을 어디에서 어떻게 보냈는지 몰랐지만 예 전보다 자신감 있어 보인다고 생각했다.

"안녕, 에이든."

친구들이 한목소리로 인사를 했다.

"모두들 방학은 잘 보냈어?"

"끝내줬지!" 제레미가 대꾸했다. "시장에는 상품이 넘쳐났고 바르 트는 신 나게 배달을 다녔어. 음, 가끔 수영장에도 갔지. 내가 수영장 경비 아저씨랑 아주 잘 알거든. 우리 이웃집 아저씨야. 아저씨가 지하 실을 싹 비운다기에 바빌론 하이츠 고물상에서 해결할 수 있게 도와줬 지."

"말은 똑바로 하자. 너는 분류만 했고 물건을 지고 나르는 건 다 내가 했잖아." 바르트가 끼어들었다.

"아, 그래. 그건 사소한 얘기잖아." 형의 지적에 제레미가 손사래를 치면서 말했다. "그런 게 팀워크 아니겠어? 내가 계획을 세우면 형이 행동을 하는 거지." 제레미는 이 이야기를 매듭지으려는 듯이 오스카 에게로 화살을 돌렸다. "그런데 오스카? 넌 어디 갔다 왔어? 도통 안 보 이더라."

오스카는 대답을 하려고 했지만 빈정대는 목소리가 그들의 대화에 끼어들었다.

"이 녀석이 엄마랑 누나랑 어딜 갔겠어? 여름 내내 춤을 추거나 인형 놀이를 했겠지!"

로넌 모스가 에이든을 밀치고 그들 틈에 파고들었다. 역시 녀석도 변한 게 없었다. 떡 벌어진 어깨, 공격적인 태도, 면도날처럼 날카로운 눈매도 여전했다. 얼굴에 난 여드름만 예전보다 더 도드라져 보였다. 로넌 모스 뒤에서 한 무리의 계집애들이 킥킥거렸다. 오스카는 재빨리 주위를 둘러보고 주먹을 불끈 쥐었다. 로넌 모스는 입도 벙긋하지 않고 그를 열 받게 하는 재주가 있었다. 하지만 그 자식이 입을 열면 오스카는 더욱더 신경질이 났다. 로넌은 킬킬거리며 말을 이었다.

"당연하잖아. 저 자식 집에는 여자들밖에 없다고. 안 그래, 필? 넌 아빠가 없잖아? 안된 일이지만, 너희 아빠가 돌아올 리도 없지. 이미 죽은 사람이니까."

오스카는 로넌을 향해 한 발짝 다가갔다. 로넌의 눈이 번쩍 빛났다. 치고받고 싸울 생각에 흥분되었던 것이다. 그와 동시에 바르트 오말리가 셔츠 소매를 걷어붙이고 오스카 곁으로 다가갔다. 로넌 모스가 인상을 찌푸렸다. 바르트는 학교 전체를 통틀어 로넌과 힘으로 맞먹을 만한 유일한 상대였기에 로넌은 그를 도발하고 싶지 않았다. 로넌의 부하들, 그들을 둘러싼 세 명의 덩치들도 움찔하며 뒤로 물러섰다.

로넌이 망설이는 사이, 제레미는 형의 우람한 이두박근을 만지작거리며 이렇게 말했다.

"너, 죽고 싶지 않으면 당장 꺼지는 게 좋을걸. 안 그러면 내가 보디가드를 풀 거야."

"한번 굳어진 좋은 습관은 방학 동안에도 사라지지 않는다는 걸 잘 알았다. 브라보, 개학 첫날부터 아주 잘하는 짓이로구나."

모두 이 깐깐한 목소리의 주인공을 알아차리고 동시에 뒤돌아섰다. 네모난 안경테와 스리피스 정장 차림의 펭귄 선생님이 꼿꼿하게 몸을 펴고 서 있었다. 선생님은 안경을 고쳐 쓰고 먼저 로넌을, 그다음에는 오스카를 유심히 바라보더니 뒷짐을 지었다.

"너희들에게 아주 좋은 소식이 있다. 올해도 내가 너희들 담임을 맡게 됐다는 소식이지. 따라서 너희는 내 눈을 피할 수가 없다." 선생님은 집요하게 로넌의 얼굴을 들여다보았다. "그러니 충고하는데, 당장 마음을 곱게 먹는 게 좋을 거다."

로넌 모스는 눈에 띨 듯 말 듯 어깨를 으쓱하고는 패거리를 이끌고 지체 없이 그 자리를 떴다. 선생님은 아까보다 조금 부드러운 말투로 다시 입을 열었다.

"오스카 필, 오늘 하루의 가장 큰 시련이 널 기다리고 있지. 당장 친구들과 함께 줄을 서라. 그리고 내가 교실로 올라가라고 말하기 전까지는 꼼짝도 하지 마라."

첫 수업을 시작하기 전에 펭귄 선생님은 우정과 타인을 존중하는 것에 대해 일장 연설을 늘어놓았다.

"이제 이 모든 것을 실천하기만 하면 된다."

선생님은 그렇게 말했지만 아이들이 말을 들을 거라고 믿는 눈치는 아니었다.

오스카는 조심스레 뒤를 돌아보았다. 로넌 모스가 험상궂은 눈으로 그를 노려보고 있었다. 로넌에게 펭귄 선생님의 말씀은 쇠귀에 경 읽기였다. 그 녀석과 친구가 된다는 것은 올해에도 어림없는 일이었다. 그럴 가망은 거의 없었다. 그 점에 관해 오스카는 털끝만큼도 의심하지 않았다.

다행히 수업이 계속되자 아이들은 다른 생각에 사로잡혔다. 오스카와 친구들은 교실 뒤쪽에 앉은 로넌 모스와 그 패거리를 금세 잊어버렸다. 마지막 수업이 끝나는 것을 알리는 종이 쳤는데도 오스카는 하루가 다 갔다는 생각을 못하고 있었다. 오후 4시였다. 그제서야 오늘 하려고 했던 일, 꼭 '오늘' 하려던 일이 생각났다.

"뭐야, 기다려, 오스카! 어디 가는 거야? 시장에 모두 모여 개학 축하 파티를 열 거야! 뷔페도 있어. 골리노 아저씨가 피자를 가져올 거라고!" 제레미가 외쳤다.

"될 수 있으면 가도록 할게, 약속해. 하지만 오늘은 엄마가 중요한 심부름을 시켰어. 너 자전거 좀 빌려줄래? 오늘 저녁에 돌려줄게."

"좋아." 제레미가 오스카에게 자전거 열쇠를 홱 던져주었다. "하지만 빨리 끝내고 합류해라! 어라, 이상하네, 에이든이 안 보이잖아. 분명히 오전에는 있었는데 오후엔 유령처럼 사라져버렸어……."

제레미는 모의라도 꾸미는 사람처럼 오스카에게 바짝 다가가 소곤거렸다.

"에이든 녀석, 케이프를 꺼내서 또 누구 몸에 슬쩍 들어간 건 아니겠지? 너희 메디쿠스들은 항상 단단히 지켜봐야 한단 말이야. 너희는 우리가 손을 써볼 겨를도 없이 몸속에 들어가서는 산맥 모양의 간을 활보하거나 지하 하천에서 잠수함을 몰고 다니잖아."

오스카는 서둘러 소지품을 챙겼다. 에이든이 어디 갔는지 신경 쓰는 것보다 더 중요한 일이 있었다. 게다가 오스카와 에이든은 벌써 그 문제에 대해 얘기를 나누었다. 에이든도 오스카와 마찬가지로 몇 달째 메디쿠스의 능력이 나타나지 않는다고 했다.

교실을 나서는 오스카를 바르트가 가까스로 붙들었다. 바르트는 어색하게 까치발로 오른쪽, 왼쪽 무게중심을 옮겨가면서 더듬더듬 말을 꺼냈다.

"저기…… 비올레트도…… 심부름하러 가야 해? 비올레트도 우리 시장에 올 수 있을까?"

"누나는 괜찮아. 할 일도 없을 거야. 시장에 같이 가자고 해봐. 우리 엄마한테는 내가 얘기해둘게."

오스카가 살짝 미소를 지으며 말했다.

바르트는 함박웃음을 짓고는 서둘러 자리를 떴다. 오스카는 제레미가 여자애들에게 농담을 하며 파티에 초대하느라 정신이 없는 틈을 이용하여 학교 뒤쪽으로 통하는 문으로 살그머니 빠져나왔다. 그러나 문을 막 통과하려는 순간, 운동장 반대편 끝에 선 로넌 모스를 발견했다. 로넌 앞에는 두 소녀가 부자연스러운 자세로 뻣뻣하게 서 있었다. 마치 그 아이들은 로넌의 지시를 조용히 듣고 있는 듯했다. 오스카는 그 애들이 로넌의 누이동생들이라는 것을 알았다. 첫째 여동생 로나는 고개를 숙이고 오빠의 말을 듣고 있었다. 로나의 눈길이 잠시 딴 데로 빠졌다가 오스카와 눈이 딱 마주치자 로나는 얼른 눈을 내리깔았다. 열 살밖에 안 된 둘째 동생 캐리는 오빠를 째려보면서도 감히 대들지는 못하고 있었다. 오스카는 그 장면을 무시하기로 마음먹었다. 제레미의 자전거는 금방 찾을 수 있었다. 그가 자전거에 올라타려는 순간, 누군가의 목소리가 그를 불러 세웠다.

"오스카, 가는 거니?"

오스카가 뒤를 돌아보기도 전에 그의 심장이 먼저 두근거렸다.

"응, 내가 지금 급해서……."

틸라가 커다란 금빛 눈으로 오스카를 바라보고 있었다. 오스카는 조급하게 빨간색 더벅머리를 헝클어뜨렸다. 그사이에 틸라의 두 친구 바비 글레이저와 엘리노어 블레인은 뒤쪽에서 쓸데없이 시시덕거렸다. 바비의 진짜 이름은 리즈였지만 밝은 색상의 금발을 바비 인형처럼 언제나 복잡하게 치장하고 다녀서 제레미가 그런 별명을 붙였다. "걔는 아마 뇌의 크기도 바비 인형이랑 비슷할 거다." 제레미는 그렇게 비꼬았었다. 한편, 엘리노어는 아침부터 저녁까지 틸라 흉내를 내기에 바쁜 여자애였다. 그래서 친구의 그림자에 지나지 않는다는 뜻으로 '섀도 (shadow)'라는 별명이 붙었다. 오늘도 엘리노어는 틸라와 똑같은 옷을 입고 있었다. 문제는 엘리노어는 틸라가 아니라는 것, 그녀가 틸라를 닮으려고 노력할수록 두 소녀의 차이가 더 두드러져 보인다는 것이었다.

"나도 가야 해. 괜찮으면 같이 갈래?"

틸라가 머리채 한 가닥을 배배 꼬면서 말했다. 그러면서 자신의 두 친구를 무서운 눈초리로 흘겨보았다.

바비는 그 자리에 못 박힌 듯 꿈쩍도 하지 않았다. 틸라가 들으라는 듯이 한숨을 쉬자 틸라의 속뜻을 눈치챈 엘리노어가 얼른 바비의 소매를 잡아당겼다.

"가자, 리즈. 우린 가야 해."

"아, 왜?"

"가야 한다니까! 이유는 내가 말해줄게."

'섀도' 엘리노어가 고집스럽게 재촉했다. 두 여자아이가 저만치 물러났다. 얼굴이 새빨개진 오스카는 자전거 바퀴만 뚫어져라 바라보았다.

"음…… 난 지금 곧장 킬데어 스트리트로 돌아가진 않을 건데…….."

틸라는 더욱더 무안하게 오스카의 얼굴을 들여다보았다. 결국 그 애는 어깨를 으쓱하더니 이렇게 말했다.

"확실히 모스 말이 맞구나. 넌 아마 누나랑 인형 놀이 하는 게 더 좋은 모양이야. 안녕!"

세 소녀는 깔깔대고 웃음을 터뜨렸다. 잽싸게 자전거에 오른 오스카는 더 이상 그들의 웃음소리를 듣지 않기 위해 힘껏 페달을 밟았다.

15분은 족히 지난 후에야 오스카는 자전거를 멈추었다. 안장에서 내린 그는 자전거를 옆으로 끌고 공원 옆으로 이어진 아름다운 대로의 보도를 따라 걸었다. 고급 주택들은 하나같이 웅장해 보였지만 오스카의 눈은 다른 집들보다 조금 뒤쪽에 있는 어느 한 집에만 못 박혀 있었다. 그는 부푼 희망으로 가슴을 두근거리며 쇠창살 대문 앞으로 다가갔다. 그리고 바로 옆에 붙은 단출한 문패에 쓰인 두 단어를 읽었다.

쿠미데스 서클

그는 커다란 창들이 달린 밝은 색상의 석조건물을 올려다보았다. 커튼은 옆으로 걷혀 있었지만 집 안에 누군가가 사는 낌새는 보이지 않았다. 현관으로 이어진 하얀 자갈길이 깨끗하게 정리되어 있다는 점에서 이 집이 꾸준히 관리되고 있다고 짐작할 수 있을 뿐이었다. 그 엄격한 집사 본즈가 저 커튼 뒤에 숨어 있을까? 체리는 주방에서 일하는 중일까? 어째서 체리 아줌마도, 아줌마의 남편이자 브레이브 씨의 운전수인 제리 아저씨도 오스카의 편지와 전화에 대답하지 않는 걸까? 오스카는 잠시 망설이다가 몇 달 전부터 거의 매일같이 반복하는 행동에 돌입했다. 그는 티셔츠 아래로 손을 넣어 펜던트를 꺼낸 뒤 금빛의 M자를 철창 대문 자물쇠에 갖다 댔다.

아무 일도 일어나지 않았다.

금속이 삐걱하는 서글픈 소리가 들렸을 뿐 아무 변화도 없었다. 문자를 갖다 댔는데도 철창 대문은 굳게 닫힌 채 꼼짝하지 않았다. 풀이 죽은 오스카는 고개를 흔들었다. 어째서 오늘은 다른 날과 다를 거라는 예감이 들었을까? 어젯밤에 꾼 나쁜 꿈 때문에? 개학을 하고 새로운 기분이 들자 메디쿠스로서의 생활도 새롭게 시작될 것처럼 느껴졌을까? 오스카는 크게 한숨을 쉬고 펜던트를 도로 넣은 뒤 자전거에 올라타려 했다. 바로 그때, 무엇인가가 그의 어깨에 살짝 닿았다. 오스카는 얼른 뒤를 돌아보았다. 나뭇가지가 이제 막 그의 어깨를 스치고 지나간 참이었다. 오스카는 희망으로 눈을 빛내며 고개를 들었다.

"지주! 너로구나! 너였어!"

철창 대문을 훌쩍 뛰어넘을 수만 있었다면 오스카는 당장 그 울창한 떡갈나무를 부여안았을 것이다. 떡갈나무는 마법처럼 철창 대문 바로 옆까지 바짝 다가와 있었으니까. 오스카는 호기심 많은 친구 지주에게 애원했다.

"지주, 제발 부탁이야, 날 정원으로 들여보내줘!"

그러나 떡갈나무는 조용히 나뭇잎을 드리워 메디쿠스 소년의 뺨을 어루만질 뿐이었다. 그러고는 이내 나뭇가지를 다시 거둬들였다.

"안 돼, 기다려! 돌아와!"

쓸데없는 짓이었다. 지주는 윈스턴 브레이브의 자택 뒤로 물러나더니 정원의 울창한 수풀 속으로 사라져버렸다. 모든 것이 아까의 정지된 모습으로 돌아갔다. 꼭 사람이 살지 않는 집 같았다.

그래도 오스카는 메디쿠스의 비밀스러운 세계를 잠시나마 엿보았다고 생각하며 자신을 위로했다. 이 순간을 얼마나 기다렸던가! 사소한 일이었지만 그 정도만으로도 마음이 놓였다. 그 모든 일이 잊혀져가는 희미한 추억만은 아니었던 것이다. 어쩌면 머지않아 다른 신호들이 나타날지도 모르는 일이었다.

오스카는 철창 대문에서 멀찍이 떨어져 자전거에 올라타려고 했다. 그런데 문득 뜨뜻한 기운이 느껴진다 싶더니 이내 가슴팍이 불에 덴 듯 뜨거워졌다. 그는 당장 가방과 자전거를 팽개치고 보도 한복판에서 티셔츠를 홀렁 들어올렸다. 펜던트가 빛을 뿜고 있었다. 오스카는 기뻐서 어쩔 줄 모르면서도 꿈인가 생시인가 싶었다. 간신히 돌아온 펜던트의 생기가 어찌될까 봐 감히 손으로 쥐어보지도 못했다. 저택의 이 층 창문에서 누군가가 움직이는 모습이 보인 듯했지만 곧 아무것도 보이지 않았다. 그는 다시 금빛 M을 바라보았다. 잠깐 사이에 문자는 원래의 모습과 온도로 돌아가 있었다.

오스카는 빙그레 웃었다. 그는 자전거를 타고 바빌론 하이츠를 향해 전속력으로 달렸다.

응 아저씨

오스카는 골리노 아저씨의 맛있는 피자가 조금이라도 남았기를 바라며 서둘러 자전거를 제레미에게 돌려주러 갔다. 과연, 기대는 헛되지 않았다. 제레미네 시장은 같은 거리에서 조금 아래쪽에 있는 그 집 차고에서 열렸다. 파티 분위기가 한창 무르익어 있었다. 아이들은 웃고, 마시고, 먹기도 하고 제레미가 이 동네 저 동네서 그러모은 잡동사니를 사기도 했다. 비올레트는 더 이상 물이나 음료를 마시지 않겠다면서 즉흥 연설을 늘어놓고 있던 참이었다.

"응, 그러니까 꽃을 심듯 발을 땅에 심으면 물을 마실 필요가 없어질 거야. 게다가 얼굴도 꽃처럼 예쁜 색깔로 변하겠지!"

주위의 몇몇 아이들은 비올레트를 아무 말 없이 쳐다보고만 있었다. 성격이 만만치 않은 캐리 모스만이 이렇게 응수했다.

"하지만, 어떻게? 언니는 발톱에서 뿌리라도 돋아날 거라고 생각하는 거야?"

그 말에 비올레트가 활짝 웃으며 고개를 끄덕였다. 그러고는 한술 더 떠서 이렇게 제안했다.

"어쨌든 실험해보고 싶은 사람들은 내일 우리 집 정원에서 만나자. 내일은 토요일이니까 시간이 얼마든지 있어. 꼭 맨발로 와야 해!"

모두들 불편한 얼굴로 괜히 딴청을 했다. 대답한 사람은 바르트뿐이었다.

"네가 그러고 싶다면. 한번 시도해봐도 괜찮아."

캐리는 어깨를 으쓱했다.

"뭐야, 비올레트? 언니가 꽃이라는 건 몰랐네. 하지만 속이 좀 시든 꽃인가 봐?"

캐리는 비올레트의 붉은 머리를 손가락질하면서 그렇게 말했다.

오스카는 누나가 사람들 앞에서 말도 안 되는 소리를 늘어놓을 때마다 당황해서 어쩔 줄 몰랐다. 그래서 아예 그리로는 가지도 않았다. 게다가 제레미가 오스카 옆으로 방금 달려온 참이었다. 오스카는 경계하는 태도로 제레미에게 물었다.

"로넌 모스의 여동생이 여기서 뭐하는 거야?"

"걱정하지 마. 모스 집안 애들이랑 우리가 그렇게 사이가 좋아진 것도 아니니까. 하지만 로넌 녀석의 여동생들은 붙임성이 있어. 게다가 캐리는 내 사촌 여동생이랑 친구야. 열 살밖에 안 됐는데 입만 열었다 하면 열다섯 살은 된 것처럼 말한다니까! 캐리가 펭귄 선생님한테도 한바탕 퍼부은 거 알아? 선생님이 뭐라 대꾸할 말이 없을 정도로. 엘리노어 블레인이 그러던데!"

"로넌이 자기 동생이 여기 오게 내버려뒀단 말이야?"

"아니, 하지만 캐리는 상관없을걸. 문제는 오빠 말에 꼼짝 못하는 로나지. 걔는 로넌이 저승사자라도 되는 것처럼 설설 기더라."

"그럴 만도 하잖아."

"그 자식이 가엾은 동생들을 못살게 구는 것 같아. 자기 아빠 흉내를 내는 거지. 로넌은 분명히 동생들에게 여기 오면 안 된다고 했을 거야. 캐리는 로나보다 두 살 아래지만 호락호락하지 않아! 내 예감엔 오늘 저녁에 모스네 집에서 큰소리 좀 날걸."

오스카는 그제야 손목시계를 볼 생각이 들었다. 저녁 7시였다! 제레미네 파티에 간다고 엄마에게 말해두지 않았다는 사실이 생각났다. 엄마가 굉장히 걱정하고 계실 것이다. 오스카는 얼굴을 찡그렸다. 오늘 저녁에 큰소리가 날 집은 모스네만이 아닐 것이다. 그는 서둘러 누나를 자리에서 잡아끌며 밖으로 이끌었다.

"하지만 오스카, 좀 기다려. 발에 물 주는 법을 쟤네들한테 가르쳐줘야 한단 말이야!"

"내일 정원에서 만나!"

오스카는 비올레트의 말에 대꾸할 것도 없다는 듯이 오말리 형제들을 향해 그렇게만 외쳤다.

그들은 마음을 졸이며 킬데어 스트리트 6897번지의 문을 밀고 들어갔다. 작은 집에 감도는 침묵이 좋지 않은 예감을 풍겼다.

"당, 장, 이, 리, 로, 와. 둘 다."

누나와 동생은 서로 얼굴을 마주 보았다. 비올레트는 얼른 동생 뒤에 숨었지만 누나 쪽이 키가 조금 더 컸다. 두 사람은 엄마 목소리가 들린 주방으로 갔다.

셀리아는 팔꿈치를 식탁에 괴고 두 손으로 머리를 떠받친 채 의자에 앉아 있었다. 아직 옷도 갈아입지 못했는지 하이힐과 사무용 정장 차림 그대로였다. 엄마는 숨을 크게 들이마시고는 길고 검은 머리를 뒤로 넘겼다. 그러고서 고개를 들고 두 아이를 정면으로 바라보았다.

"고맙다, 얘들아. 정말 고마워. 안 그래도 사는 게 재미없었거든. 매사가 너무 쉽고 순조로워서 고민거리가 좀 있었으면 하던 참이었어. 걱정도 별로 없던 차에, 이렇게 예고도 없이 집에 오지 않다니 고맙구나. 덕분에 걱정 한번 원 없이 해봤다. 온 동네를 들쑤시고 다녔지 뭐니. 그런데 조금 일찍 왔구나. 이제 막 경찰서에 전화를 하려고 했는데."

"엄마, 제가……."

오스카가 말을 하려고 했다.

"입 다물어. 엄마가 설명하라고 하면 그때 얘기해. 너무 걱정을 했더니 지금은 아무 말도 들리지 않는구나. 일단은 엄마 마음부터 가라앉혀야겠다."

여간해서 엄마는 화를 내지 않았다. 어쨌든 언성을 높이는 일은 없었다. 걱정하거나 화가 나면 오히려 목소리를 까는 편이었다. 하지만 엄마의 눈을 보면 속마음을 다 알 수 있었다. 오늘 저녁, 오스카는 엄마의 눈에서 공포와 분노를 읽을 수 있었다.

엄마가 일어났다. 두 아이는 살짝 눈을 들어 엄마의 피폐해진 예쁜 얼굴을 보았다. 엄마는 떨리는 손으로 휴대전화를 들고 발신 버튼을 눌렀다.

"애들이 왔어요. 이제 괜찮아요. 고마워요……. 그래요, 그러고 싶다면……. 응, 알았어요. 기다릴게요."

그녀는 더 이상 말하지 않고 전화를 끊었다. 그러고는 주방을 나가며 뒤도 돌아보지 않고 이렇게 말했다.

"세상에 너희만 있는 게 아니라 너희를 걱정하는 사람들도 있어. 그걸 알겠으면 골리노 씨네, 오르파누다키스 씨네, '델리스 드 델리', 틴 아저씨네 댁에 가서 너희는 무사하다고 알려드려. 모두 가슴 졸이고 계실 테니까."

머리가 약간 핑 돌아서 엄마는 계단 아래에서 멈춰 서야만 했다. 난간을 붙잡고 눈을 감았다. 아이들이 영영 집에 오지 않을까 봐 마음을 졸이며 불길한 생각에 빠졌던 엄마는 이제 마구 울고 싶었다. 하지만 참았다. 다행히도 마음 깊은 곳에서 그녀를 안심시켜준 작은 목소리가 있었다. 그녀가 익히 아는 목소리, 영원히 잊지 못할 목소리였다. 이렇게 불안할 때면 이미 13년 전에 죽은 남편의 믿음직한 얼굴이 그 어느 때보다도 생생하게 떠오르곤 했다. 그 얼굴을 생각하며 셀리아는 믿음을 간직할 수 있었다. 그녀는 다시 몸을 일으켰다. 냉정을 잃고 흥분한 엄마? 무너져 내리는 엄마? 아니, 아이들에게 그런 엄마의 모습을 보이고 싶지 않았다. 고함지르지 않고 침착하게 화내는 엄마, 울고불고 난리 피우지 않는 엄마, 그저 아이들에게 그들의 잘못을 차분하게 일깨워주는 엄마 쪽이 좋았다. 그녀는 마음을 다잡고 계단을 올라가 자기 방으로 들어갔다.

오스카는 누나를 위로하고 함께 잘못도 뉘우칠 겸 비올레트에게로 고개를 돌렸다. 하지만 이미 텅 빈 조가비처럼 비올레트의 마음은 딴 데 가 있었다. 누나는 괴로운 장면을 참고 지켜보지 못했다. 그래서 싱크대 위쪽의 타일을 멀거니 쳐다보며 뭔지 모를 노래를 흥얼거리는 방법으로 현실에서 도피하고 있었다.

오스카는 한숨을 쉬고 당장 엄마가 시키는 대로 동네 사람들에게 사과하러 나가기로 했다. 문을 열고 계단을 세 칸 내려가 작은 대문으로 향하던 그는 그 자리에 우뚝 멈춰버렸다.

오스카가 세상 최고의 느끼남, 멍청이, 잘난 척 대장이라고 생각하는 사람이 바로 앞에 있었다. 배리 헉슬리 아저씨였다. 엄마의 환심을 사려고 난리도 아니라는 것이 아저씨의 최대 결점이었다. 끔찍했다. 오스카는 엄마가 그 애정 공세에 넘어간 것은 아닌지, 그래서 이미 배리 아저씨와 사귀는 것은 아닌지 의심스러웠다.

오스카는 고개를 숙였다. 천박하리만치 눈에 확 띄고, 온갖 종류의 보조날개와 번쩍번쩍한 크롬 밴드로 치장한 컨버터블 스포츠카가 도로 한복판에 보란 듯이 세워져 있었다. 배리 아저씨는 운전을 하지 않을 때에도 사람들의 시선을 자동차에 끌 수 있도록 할 수만 있다면 자동으로 경적이 울리는 장치라도 달 사람이었다.

키가 190센티미터나 되는 아저씨가 허리를 구부리고 오스카를 붙잡았다. 그는 씩 웃으며 오스카의 어깨를 우악스럽게 흔들었다.

"그래, 네가 엄마 간을 콩알만 하게 했다지? 야외 수업 놀이라도 했냐? 네 엄마한테 무슨 일이 있을 때마다 그래도 내가 있어서 다행이지, 응? 너희 엄마가 곧바로 나에게 전화를 해서 내가 차를 몰고 동네방네 널 찾아 다녔다. 널 꼭 찾아내고 말 줄은 알았다만."

이 상스러운 아저씨의 손을 오스카는 거칠게 뿌리쳤다.

"뭘 모르고 계신 모양인데 여긴 우리 집이에요. 아저씨가 절 찾은 게 아니라고요. 저는 알아서 집으로 돌아왔어요. 우리 엄마가 아까 전화로 그렇게 말했을 텐데요."

배리 아저씨는 주먹으로 엉덩이를 짚고 오스카를 가소롭다는 듯 내려다보았다.

"좋다, 그런데 홍당무 넌 어디 있었는데? 응?" 아저씨는 과장되게 윙크까지 하면서 친한 척했다. "여자 친구 만났구나, 그런 거잖아, 응? 자, 까놓고 말해봐라. 같은 남자들끼리 뭘 그러냐."

배리 아저씨는 너털웃음을 터뜨렸지만 오스카는 전혀 재미있지 않았다. 눈곱만큼도 웃을 기분이 아니었다. 허물없이 속을 털어놓기는커녕 정강이를 냅다 걷어차주고 싶었다. 더욱이 배리 아저씨가 말끝마다 연발하는 "응?"은 오스카를 열 받게 만들었다. 오스카와 비올레트에게 '응 아저씨'라는 별명을 얻을 만도 했다. 오스카는 거칠게 말대꾸를 했다.

"아니거든요. 그보다 좋은 게 많아서요. 하지만 아저씨가 알 바는 아니죠."

"계집애들보다 좋은 게 많다? 하지만 너도 열세 살이잖아? 네 나이에 계집애들보다 더 좋은 게 뭔데, 응? 응?"

오스카는 경멸하듯 고개를 저었다. 비록 작년 말부터 여자아이들에게 아주 무관심하다고는 할 수 없어도—어쨌든 '한' 여자아이에겐 관심이 있었다—다행히 그에겐 다른 관심거리가 많았다. 무엇보다 메디쿠스로서의 운명이 그랬다. 하지만 배리 아저씨하고는 절대 그런 얘기를 나누고 싶지 않았다. 하긴, 이 느끼한 아저씨가 여자밖에 모른다고 해도 별로 놀랍지는 않겠지만.

"그래요, 뇌가 없는 사람들에겐 여자보다 더 좋은 게 없겠죠. 아님 뒤로 돌려 쓴 야구 모자나 조잡한 자동차 정도일까요."

오스카가 쏘아붙였다.

아저씨의 얼굴에서 웃음기가 사라지고 안색이 변했다. 오스카는 제대로 한 방 먹였구나 하는 생각에 으쓱했지만 등 뒤에서 울린 엄마의 목소리에 정신이 번쩍 들었다. 엄마가 문간에 서 있었던 것이다.

"오스카, 너 뭐하는 거야? 당장 들어오지 못해?"

셀리아는 오스카와 배리 사이의 기싸움을 익히 알고 있었다. 그래서 가급적 둘만 함께 두지 않으려고 애썼다.

오스카는 자기 마음을 다스릴 수 없었다. 그래서 냅다 거리로 뛰어나갔다.

"이웃 사람들에게 무사히 집에 왔다고 알리고 올게요!"

그는 엄마가 부르는 소리를 못 들은 척하고 그렇게 고함을 질렀다.

오스카는 이웃집을 돌며 정말 죄송하다고 사과를 했다. 그는 킬데어 스트리트 주민들이 한 가족이나 다름없고 남의 집 아이도 친자식처럼 생각해준다는 것을 잘 알고 있었다. 오스카네 집에는 아빠가 안 계시기 때문에 이웃들은 그들에게 더욱 살갑게 굴었고 오스카와 비올레트는 이웃들의 특별한 관심과 애정을 독차지했다. 모두들 틀림없이 크게 걱정했을 것임을 알기 때문에 오스카는 성의를 다해 이웃들을 안심시켰다.

제레미와 바르트네 부모님이 하자는 대로 오말리 가에서 맛있게 저녁을 먹고 밤늦게까지 파티를 즐길 수도 있었을 것이다. 사실 '옹 아저씨'와 1분이라도 덜 상대할 수 있다면 뭐라도 하겠지만 오늘 저녁에는 엄마가 잠깐이라도 외출하는 걸 허락하지 않을 것이다. 솔직히 오스카는 자기가 배리 헉슬리에게 퍼부은 못된 말 때문에 엄마가 가슴 아파하리라는 것을 알고 있었다. 억지로 그 아저씨를 좋아할 수는 없었지만 오늘 저녁에는 노력하는 시늉이라도 해야 할 것 같았다. 죽도록 내키지 않았으나 오스카는 집에 돌아갔다.

도착해보니 마침 모두가 식탁에 둘러앉을 시간이었다. 배리 아저씨는 오스카에게 자기 옆자리를 권했다. 엄마가 곁눈질로 오스카의 반응을 주시하고 있었기 때문에 차마 거절할 수도 없었다. 기억력이 카나리아 수준밖에 안 되는 '웅 아저씨'는 30분 전에 오스카가 한 말을 잊었는지 오스카의 머리에 야구 모자를 거꾸로 씌워주었다. 일단은 오스카도 그 모자를 당장 벗어버리지 않았다. 아무도 접근할 수 없는 기나긴 꿈에서 헤매다가 겨우 지구로 돌아온 비올레트가 깜짝 놀라며 동생을 바라보았다.

"어, 언제 모자를 썼어?"

비올레트는 인상을 쓰며 고개를 도리질했다.

"아냐, 벗는 게 낫겠다. 너한테는 영 아니야. 갑자기 사람이 덜떨어져 보여, 꼭……."

비올레트의 시선이 배리 아저씨에게 향했다. 지금까지 아저씨가 있는 줄도 몰랐다가 이제야 겨우 시야에 들어왔다는 듯이.

"꼭…… 이 사람 같아."

오스카는 자기 귀를 믿을 수 없었다. 웃음을 터뜨려야 할지, 누나가 정말로 완전히 미쳤다고 생각해야 할지 헷갈렸다. 엄마가 비올레트를 꾸짖었다.

"비올레트, 버릇없이 굴지 마!"

비올레트는 놀라면서 팔을 내밀더니 집게손가락 끝으로 털이 북슬북슬한 아저씨의 팔을 슬쩍 만져보았다.

"아, '진짜' 배리 아저씨예요?"

이어서 비올레트는 실망한 얼굴로 오스카를 돌아보았다.

"하지만 내가 조금 전에 머릿속에서 지워버렸는데!" 비올레트의 말투는 자못 심각했다. "내 비법이 아직 그렇게까지 잘 듣지는 않나 봐."

대답 대신 오스카는 큰 소리로 웃어버렸다. 이따금 누나가 짜증 나기도 했지만 이런 상황에 놓일 때마다 자기가 누나를 얼마나 좋아하는지 새삼 깨닫곤 했다. 그러나 엄마는 화가 났다.

"둘 다 당장 그만두지 못해! 도대체 오늘 너희 왜 이러니? 머리가 어떻게 되기라도 했어?"

오스카가 대꾸하려 했지만 엄마는 입 다물라는 몸짓을 해 보였다.

"더 이상 입도 벙긋하지 마. 알았니?"

'웅 아저씨'가 흡족한 듯 의자에서 몸을 뒤로 젖혔다.

"내가 그랬잖아. 당신은 애들한테 너무 오냐오냐한다니까, 셀리아. 이것 봐, 바짝 조여야 말을 들어먹지."

하지만 엄마는 대답하지 않았다. 이 반응을 아저씨는 계속 말해도 된다는 뜻으로 받아들였다.

"게다가 이해가 안 가. 왜 애들한테 우리 계획에 대해서 아무 말도 하지 않는 거지?"

엄마가 아저씨를 책망하듯 쏘아보았다.

"이봐요, 우리 애들에게 언제 말해야 할지는 내가 결정해요. 그리고……."

"당신은 아무것도 아닌 일을 가지고 너무 생각이 많아."

아저씨는 엄마가 말을 마치게 내버려두지 않고 이렇게 말했다.

오스카는 숨이 딱 멈추었다. '계획'이라니? 엄마와 '저자'의 계획? 한순간 끔찍한 생각이 뇌리를 스쳤다. 오스카는 당장 이 잔인한 상상을 몰아내고 싶었다. 배리 아저씨가 아이들을 보고 말했다.

"너희 엄마랑 내가 말이지……."

"배리, 내가 말하게 해줘요."

엄마가 단호하게 말했다. '웅 아저씨'는 한숨을 쉬고 손톱을 손질하기 시작했다. 엄마는 접시를 뚫어져라 내려다보며 아이들에게 말했다.

"배리 아저씨가 고맙게도 엄마에게…… 음…….."

오스카는 더 이상 참을 수 없었다.

"엄마에게 뭐?"

오스카가 고함을 치듯이 말을 받아쳤기 때문에 비올레트는 소스라치게 놀랐다.

"아저씨는 엄마 일이 몹시 힘들고 사장 때문에 피곤해한다는 걸 알아. 그래서 엄마가 푹 쉴 수 있도록 며칠간 함께 여행하자고 말해줬어."

오스카는 안도의 한숨을 쉬었다. 하지만 엄마와 아저씨가 '밀월여행(이 단어는 차마 속으로라도 말할 수 없었다)'을 떠난다고 생각하니 그것도 당장 참을 수 없었다.

희한하게도 비올레트의 반응이 더 빨랐다. 비올레트는 당장 의자를 박차고 일어나 엄마에게 달려갔다.

"엄마, 배리 아저씨 차를 타고 갈 거예요?"

비올레트는 불안해하며 엄마를 마구 흔들었다. 엄마도 혼란스러운지 되는 대로 대답했다.

"아직 아무것도 정해지지 않았어. 우선 오르파누다키스 아줌마와 오말리 가족이 너희를 봐줄 수 있는지부터 알아봐야지. 너희가 잘 지내는 게 중요하지. 너희가 너무 힘들어하지 않아야……."

"엄마, 배리 아저씨 차를 타고 가요?"

비올레트가 재차 물었다. 엄마가 미처 대답할 겨를도 없이 아저씨가 나섰다.

"그래, 내 차는 슈퍼카잖아, 응?"

배리 아저씨는 볼썽사납게 거들먹거리며 말했다. 비올레트가 엄마 손을 잡았다.

"엄마, 안 돼요! 그 차엔 '지붕'도 없잖아요!"

"비올레트, 무슨 말을 하는 거니?"

"엄마는 고민이 있거나 돈이 다 떨어지면 늘 그렇게 말했잖아요. '얘들아, 살면서 비를 막아줄 지붕이 있다는 게 제일 중요한 거 아니니!'라고요. 그런데 '웅 아저씨' 차에는……."

"무슨 아저씨?"

배리가 비올레트의 말을 가로막았다.

"……그 차엔 지붕이 없어요!"

비올레트가 불안한 듯 말을 맺었다. 엄마는 눈을 감았다.

"비올레트, 그건 그냥 하나의 표현이야. 집이 있고 피난처가 있다는 게 중요하다는 뜻이지. 알았니? 제발 아무것도 모르는 아기처럼 굴지 마라."

이 말을 듣고 비올레트는 배리 아저씨를 유심히 뜯어보았다.

"보세요. 아저씨는 근사한 생각을 해본 적이 없잖아요. 그 이유는 아저씨 차처럼 아저씨 머릿속에도 지붕이 없기 때문이에요." 소녀는 갑자기 목소리를 확 낮추어 엄마에게 속삭였다. "엄마는 이 아저씨한테서 피난처를 찾을 수 없어요. 절대로요."

대답을 기다리지 않고 비올레트는 주방에서 나가버렸다. 오스카는 화가 머리끝까지 났지만 당장은 뭐라 할 말이 없었다. 치 떨리게 싫은 저 아저씨와 엄마가 함께 여행하지 못하도록 어떻게 막아야 할지도 지금은 알 수 없었다. 엄마는 아들이 반응을 보이기 전에 먼저 일러두고 싶었다.

"잘 들어, 이건 너희에게 내리는 벌이 아니야. 배리 아저씨는 그저 엄마를 기쁘게 해주려고……."

"우린 벌을 이미 받았어요. 아저씨가 여기 와 있으니까."

오스카는 턱으로 배리 아저씨를 가리키며 대꾸했다.

엄마는 대답할 틈도 없었다. 비올레트가 갑자기 주방으로 들어와 배리에게 달려들었기 때문이다. 비올레트는 고무지우개를 휘두르며 아저씨의 살갗을 힘껏 문질렀다.

"아악! 너 뭐하는 거야! 털이 다 뽑히잖아!"

"쳇, 이 방법도 안 통하네. 아직도 안 지워졌어."

비올레트가 몹시 실망하며 탄식했다. 그녀는 어떻게 해야 좋을지 모른 채 두 팔을 흔들며 그냥 배리 아저씨 앞에 서 있었다.

눈물이 그렁그렁한 눈으로 엄마가 두 아이를 번갈아 바라보았다.

"너희들 참 못됐구나. 엄마는 부끄럽다."

엄마는 목이 메어 목소리도 제대로 나오지 않았다.

오스카는 험악한 눈으로 '웅 아저씨'를 쏘아보았다. 이 아저씨 때문에 엄마에게 난생처음 이런 말까지 듣게 됐다.

오스카는 조용히 일어나 주방을 나갔다. 누나가 그 뒤를 따랐다.

자기 방으로 들어간 오스카는 벽에 기댄 채 바닥에 앉아 한참이나 발끝으로 축구공을 까딱까딱했다. 엄마와 그 멍청이에 대한 생각을 곱씹는 것도 지겨워지자 자리에서 일어나 복도로 나갔다. 집 안에서 배리 아저씨와 마주치느니 밖에서 바람이나 쐬고 싶었다. 아직 해가 다 저물지 않았고 평소에 엄마는 아이들이 위험한 짓은 하지 않는다는 것을 잘 알고 있었기 때문에 좀 늦게까지 외출해도 뭐라고 하지 않았다.

오스카는 계단 난간에 걸리는 게 없는지 확인하고 그대로 미끄럼을 타고 내려가려다가 방향을 바꾸어 누나 방에 고개를 들이밀었다. 가슴이 답답해졌다. 갑자기 마음이 바뀌었다. 이제 밖에 나가고 싶지 않았다.

그는 누나 방에 들어가 소리 없이 문을 닫고 침대에 앉아 있던 누나 옆으로 다가갔다. 그러고는 누나를 미지의 행성에서 데려오려는 듯이 말을 걸었다.

"누나……."

비올레트는 두 손을 얌전히 포갠 채 창문 너머 붉게 물든 하늘만 멍하니 바라보고 있었다. 머리 위에 펼쳐놓은 책을 고정시키려고 턱 아래에서 정수리를 지나가게끔 고무줄을 감고 있었는데, 그 모습이 우스꽝스러운 모자를 쓴 것 같아서 오스카도 결국 피식 웃어버렸다. 누나가 고개를 돌려 남동생에게 미소를 지었다. 누나의 슬픈 표정이 예쁜 미소에 눈 녹듯 사라졌다. 오스카는 누나 머리 위의 책을 보고 이렇게 말했다.

"누나가 옳아. 이렇게 하면 확실히 머리 위에 지붕이 생기지."

"너도 이 지붕 밑에 들어오고 싶니?"

오스카는 망설이다가 어깨를 으쓱하고는 누나의 귀에 자기 귀를 바싹 갖다 댔다.

"그래. 내가 들어갈 자리도 좀 만들어주라."

오스카는 책 밑에 고개를 들이밀며 그렇게 말했다.

성에서 맺은 협약

리무진이 교통이 혼잡한 중심가를 벗어났다. 뒷자리에 편안하게 기
댄 남자가 짜증을 냈다.

"뭐가 이렇게 느려터졌어! 속도 좀 내지 못하겠어? 여기서 오후를 다
까먹을 거야? 내가 자네를 왜 고용했는지 모르겠군, 실비오. 자넨 정말
형편없는 운전수구만. 차라리 내가 운전을 하고 말지. 그게 낫겠어."

실비오는 백미러를 흘끗 쳐다보았다. 뒷자리에 퍼질러 앉은 저 인간
의 기분 나쁜 낯짝과 못된 눈빛은 매일 보는데도 점점 정나미가 떨어졌
다. 그렇다, 그는 일개 운전수에 지나지 않았지만 처음부터 저 같잖은
건방덩어리가 마음에 안 들었다. 돈이면 안 되는 게 없고 세상 모든 문
이 열린다고 믿는, 사람에 대한 존중은 눈을 씻고 봐도 찾을 수 없는 종
자였다. 하지만 실비오에겐 선택의 여지가 없었다. 그는 일자리가 필요
했다. 분한 마음을 억누르고 그는 아무 말 없이 액셀러레이터를 부드럽
게 밟았다.

자동차는 도시를 벗어나 한산한 도로를 15분쯤 달렸다. 들판을 지나니 숲이 나왔다. 마침내 자동차는 어느 개인 저택의 울타리에 다다랐다. 색깔이 칙칙하고 높다란 돌담 위에는 누가 담을 넘는 것을 막기 위해 깨진 병조각 따위가 깔려 있었다. 자동차는 그 집의 금속 대문 앞에서 멈추었다.

남자는 성난 듯이 문짝을 열고 차에서 내렸다. 그가 앞자리 문을 두드리자 운전석에 앉은 실비오가 차창을 약간 내려주었다. 하지만 그러는 동안에도 실비오는 남자를 쳐다보지도 않고 전방의 도로에만 시선을 고정하고 있었다.

"내가 나올 때까지 여기서 기다려. 알아들었어? 내가 나왔을 때 여기 없으면 당장 해고야!"

남자는 으름장을 놓았다. 실비오는 버튼을 눌러 차창을 도로 닫았다.

한 번 더 위협적인 말을 중얼대고 남자는 대문으로 향했다. 그는 초인종을 누르고 자기 모습이 찍히고 있을 감시 카메라를 똑바로 쳐다보았다.

비음 섞인 목소리가 인터폰에서 흘러나왔다.

"네?"

"윔 씨와 약속이 있습니다. 열어주시죠."

몇 초나 흘렀을까. 방문객에게는 너무 긴 시간이었다. 그는 초인종을 계속 눌렀다. 그때 삐걱 소리가 나면서 한쪽 문이 열렸다. 남자는 뒤돌아서서 마지막으로 한 번 더 운전수를 꼬나보고는 문 안으로 들어갔다.

남자는 주위를 둘러보았다. 뒤쪽에는 기분 나쁜 울타리, 앞쪽에는 검붉은 잎들이 밀집한 작은 숲이 있었다. 그는 좁은 흙길을 따라 걸었다.

흙길에 난 타이어 자국을 보자 괜히 성질이 났다.

"제길, 차로 들어올 수도 있었군! 그럼 바짓단과 구두를 더럽히지 않을 수 있잖아! 비싸게 주고 산 양복인데!"

그는 양복 옷감을 흡족한 듯이 어루만지고는 나무들 사이로 발걸음을 옮겼다.

숲에서 벗어난 그는 얼이 빠져 우뚝 서버렸다. 플리전트빌에서 몇 킬로미터 벗어난 이런 곳에 진짜 스코틀랜드식 성채가 있을 줄이야! 망루와 흉벽, 뾰족한 외벽에 난 길쭉길쭉하고 좁다란 창문까지! '르네상스 시대에 지어진 신고딕 양식 주택'이라는 말을 어렴풋이 듣기는 했지만 이 말이 어떤 의미인지 전혀 몰랐기 때문에—관심도 없었고—이런 성채를 보게 될 줄은 꿈에도 예상치 못했다. 숲 그늘에 자리한 거무칙칙한 돌들은 이끼로 뒤덮였고 그 때문에 성채는 더욱 음산해 보였다. 그는 유독 이곳에는 다른 지역보다 밤이 일찍 오는 것 같다고 생각했다.

남자는 조심스레 미끄러운 돌계단을 올라 문으로 다가갔다. 금속 문고리를 잡고 몇 번을 세게 두들겼다.

"잠시 기다려주십시오."

새로운 인터폰에서 직직대며 나는 소리에 남자는 화들짝 놀랐다. 그는 자신을 책망하며 안에서 감시 카메라로 그를 지켜보지 않았기를 바랐다.

잠시 후, (그에겐 영원처럼 길게 느껴졌지만) 문이 자동으로 열렸다.

그가 들어서자 문짝이 쾅 소리를 내며 닫혔다. 그는 어둡고 거대한 홀에 들어와 있었다. 햇살은 아주 높은 천장에서부터 드리워진 검은 커튼에 막혀 거의 들어오지 않았다. 몇 발짝을 내딛자 대리석 판석에 발소리가 울렸다. 판석도 죄다 검정색이었다. 이 음울한 저택 안은 온통 시커멨다. 그는 보폭을 넓혀 몇 발 더 걸어가 중앙에 깔린 연탄 같은 색깔의 양탄자에 다가갔다. 양탄자 위로 올라가면 그가 그토록 애지중지하는 가죽창을 덧댄 신발이 따각따각 소리를 내지 않을 테니까. 그는 고개를 들었다. 검은색과 은색으로 천장화를 그려 넣은 격자 천장은 까마득히 높아 보였다. 흑단 기둥들이 세워진 정교한 발코니가 홀을 빙 둘러싼 복층에서 입구를 내려다보는 구조였다. 발코니 기둥들 뒤에서 웬 그림자들이 유령처럼 소리 없이 움직였다가 이내 사라진 것 같았다.

이 적막, 이 어둠이 웬 말인가?

그는 성당에, 아니 수도원에 온 듯한 기분이 들었다. 그는 종교인도 아니었고 명상 따위엔 관심도 없었다. 부자가 되고 나서 그가 맨 처음 한 일도 갖은 수를 써서 재산을 과시하고 자랑하는 것이었다. 왜 플레처 웝 같은 거물이 도시에 있는 부자 동네에 살지 않는 걸까? 동유럽에 공장을 몇 개씩 갖고 있는 플레처 웝은 그와는 비교도 안 되는 어마어마한 재력가일 것이다. 그는 고개를 절레절레 저었다. 왜 이렇게 사는지 이해가 되지 않았다. 그에게 그 정도 돈이 있다면 폼 나게 쓰면서 살 것이다. '촌구석에서 제일 멋진 집에 만족한다면 바보지.' 남자는 그렇게 생각했다.

홀은 너무 조용해서 숨소리마저 들릴 것 같았다. 그렇다고 해서 분위기가 온화하거나 편안하지는 않았다. 오히려 긴장감이, 오랜 세월 무겁게 억눌린 듯한 공기가 감돌고 있었다. 어쩌면 항상 이랬는지도 몰랐다.

마침내 어떤 소리가 죽음 같은 침묵을 갈랐다. 저 위에서 옷감이 스치는 소리였다.

남자가 위를 처다보았다. 긴 드레스를 입은 여자가 좁은 통로에 늘어선 기둥 뒤로 지나갔다. 그녀의 걸음걸이는 가볍고 민첩했다. 그는 반짝이며 아른대는 검은 천과 발코니 난간에서 미끄러지는 손밖에 보지 못했다.

"어이, 그 위에! 잠깐만 서봐요!"

남자는 자신이 초대된 손님이란 사실도 깜박 잊고 본드 스트리트 시장에서 생선 장수 아줌마 대하듯 무례하게 말을 걸었다.

자세가 꼿꼿한 그 여자가 걸음을 늦추고 뒤돌아섰다. 남자는 계속 말을 걸었다.

"저기요, 웜 씨 좀 불러주실래요? 왜냐하면……."

그는 말을 다 맺지 못했다. 덧창을 뚫고 기적적으로 들어온 수줍은 햇살을 받아 여인의 얼굴이 드러났기 때문이다. 그녀의 시선이, 아주 깊고 검고 놀라운 눈빛이 그의 입을 막아버렸다. 그 눈에는 아주 우아하지만 슬프고 뭔가 차가운 것이 깃들어 있었다. 어떻게 보면 죽은 사람의 눈과 비슷했다.

"실, 실례했습니다. 제가…… 약속이 있어서요…….”

남자는 더듬더듬 말했다.

그는 그제야 검은 머리를 목덜미 위로 올린 그녀, 젊어 보이는 얼굴에 광대뼈가 도드라진 그 여인이 대단한 미인임을 깨달았다. 비록 왠지 빛이 꺼진 것 같은 얼굴이긴 했지만 말이다. 하지만 그는 한 번 꼬드겨보고 싶은 미녀라고만 생각했다. 우람한 상체를 쫙 펴고 그는 여인에게 느물느물하게 웃었다.

"웜 씨가 지금 안 계시면 제 이야기 상대가 되어주시겠습니까? 그래주시면 정말 좋겠는데요."

"웜 씨가 나오실 겁니다."

이 목소리는 뒤쪽에서 났다. 그는 얼른 돌아섰다. 앞치마를 입은 여자가 홀 중앙에 꼼짝 않고 서서 그를 기다리고 있었다. 그는 다시 위를 쳐다보았다. 미모의 여인은 온데간데없고 통로는 비어 있었다. 아까 그 미녀를 보았던 기둥 쪽을 천박하게 손가락질하며 그가 물었다.

"아까 그 여자는 누굽니까?"

고용인 여자의 자세가 뻣뻣해졌다. 거두절미하고 그녀는 이 예의 없는 인간을 내쫓고 싶었지만 손님은 손님이니 어쩔 수 없었다. 그래서 냉담하게 대꾸했다.

"윌 부인은 손님을 만나시지 않습니다."

남자는 발코니 통로를 잠시 더 눈여겨보다가 결국 단념했다. 그러고는 멸시하는 말투로 대꾸했다.

"좋소. 집주인에게 안내해주시구려."

그들은 어떤 문으로 들어가 본관 한쪽 모서리에 솟은 망루 속의 계단을 타고 사 층까지 올라갔다.

복도를 따라가며 구두 굽으로 삐걱대는 마룻바닥을 내딛으면서 남자는 묘한 기쁨을 느꼈다. 안내인이 래커를 칠한 높은 문 앞에서 걸음을 멈추고 얌전하게 노크를 했다.

"들여보내요."

그 말밖에 없었다. 고용인 여자는 손님에게 문을 열어주고 아무 인사 없이 살그머니 뒤로 물러났다.

손님은 길쭉한 장방형 집무실로 들어갔다. 창문의 배열을 보아 성채의 정면 쪽에 면한 방이라고 짐작될 뿐 확인할 도리는 없었다. 커튼이 모두 쳐져 있어서 창밖이 전혀 보이지 않았기 때문이다. 한쪽 구석에 놓인 책상 램프가 희미한 빛을 던져주는 유일한 광원이었다.

"앉으시오."

살짝 비웃음 섞인 목소리가 말했다.

"어디 계십니까, 웜? 짙은 안개 속처럼 아무것도 안 보입니다! 어떻게 이런 데서 일을 하십니까? 창문 좀 여셔야겠습니다. 이렇게 처박혀 지내시다가 좀이 슬겠습니다!"

남자는 첫 번째 창문으로 곧장 다가가 커튼을 젖히려고 손을 뻗었다.

"아무것도 손대지 말고 앉으시오."

웜이 어슴푸레한 어둠 속에서 나왔다. 손님은 무식했지만 이 집 주인에게는 복종해야겠다는 기분이 들었다. '토를 달면 안 되겠어.' 손님은 집주인을 유심히 바라보았다. 램프 불빛의 노르스름한 후광에 희미하게나마 옆얼굴이 비쳤다. 길쭉한 콧날과 이어진 이마, 관자놀이까지 찢어진 눈, 짧게 친 머리. 평소에 은색으로 보이던 머리는 불빛 때문에 황갈색으로 보였다. 메디쿠스 최고위원회의 일원 플레처 웜이 책상에 한 손을 올려놓았다. 방문객은 손가락의 핏줄이 다 비치는 그의 투명한 피부를 보고 놀랐다. 플레처 웜은 탁자 뒤에 있던 등받이가 아주 높은 가죽 의자에 자리를 잡았다.

손님은 훨씬 야트막한 의자에 앉았다. 상대가 자기보다 아랫사람이라는 것을 일깨워주기 위해 일부러 이렇게 자리를 배치한 걸까? 손님은 다부지고 튼튼한 몸을 일으켜 차이니스칼라 재킷을 입은 웜의 날씬한 몸을 눈 아래로 굽어보고 싶었지만 감히 그러지는 못했다. 플레처 웜은 도시 밖에까지 영향력을 미치는 대단한 사람이었으니까. 사내는 아직 자기가 이 집에 초대받은 이유를 알지 못했지만 웜과 한편이 되면 이득이라는 점만은 확실했다. 그의 수상쩍은 사업에 도움이 될 사람이라면 다 좋았다. 더구나 위원회 사람이라면……. 그는 웜이 먼저 입을 열기를 기다렸다. 그렇게 오래 기다릴 필요는 없었다.

"당신 반응은 이해하오." 웜은 한결 누그러진 목소리로 말했다. "당신한테는 모든 게…… 칙칙하고 서글프게 보이겠지요. 당신의 근사한 저택과 비교하면 말이오."

남자는 의기양양했다. 그에게 자기 자랑, 자기 돈 자랑보다 더 기분 좋은 일은 없었다.

"아, 근사한 저택이라면 근사한 저택이지요! 언제 한번 저희 집을 방문해주시지요. 아름다우신 아내 분과 함께 말입니다."

아내 얘기가 나오자 웜은 잠시 경직되었지만 이내 평온한 자세로 돌아왔다. 손님은 주위를 둘러보며 말을 이었다.

"하지만 조심하셔야 할 겁니다. 저희 집에서는 선글라스가 필요하실 걸요. 이곳과는 아주 다르거든요. 우울한 그림, 칙칙한 색깔의 양탄자, 적자색 안락의자는 제 스타일이 아니거든요. 우리 집에선 뭐든지 번쩍거리지요!"

손님이 떠들썩하게 웃어젖혔다. 웜은 희미한 미소로 응수하다가 이렇게 대꾸했다.

"물론 그렇겠지요. 당연히 훨씬 번쩍거릴 거요. 그런 게 굉장한 변화를 의미할 테니까. 당신 같은 사람들에게는."

웜의 대화 상대가 이 말에 숨은 가시를 알아차리기까지 약간의 시간이 필요했다. 사내는 벌떡 일어나며 고함을 질렀다.

"당신이 도대체 뭐라고 이러는 겁니까? 나 같은 사람들이라고 했나요? 나 같은 사람들도 돈이라면 당신만큼 쥐고 있거든요? 다만, 시커먼 관 속에 들어앉아 있는 것보다 우리는 돈을 돈답게 쓸 줄 안다 이겁니다! 집 안에서 코딱지만 한 스탠드 하나만 켜놓고 있지도 않고요!"

이 말을 듣고도 웜은 희미한 미소를 거두지 않았다.

"그래요, 당신도 돈은 그만큼 있을 거요. 그러나 우리 둘은 돈을 버는 방식이 같지는 않소. 그게 중요한 차이요."

손님은 펄쩍 뛰며 웜에게 주먹을 내밀었다.

"웜, 만약 나를 욕보이려고 이 집에 부른 거라면……."

"진정하시지." 웜이 상대의 말을 끊었다. "당신이 어떻게 재산을 모았든 그건 내 알 바가 아니오. 내가 중요한 차이라고 말한 이유는 '나의' 재산 출처에 대해서는 아무도 조사하지 않기 때문이오. 하지만 애석하게도 당신은 그렇게 말할 수 없을 거요."

남자는 책상에 한 손을 짚고 위협적으로―그와 동시에, 불안한 기색으로―웜에게 상체를 내밀었다.

"지금 무슨 말을 하는 겁니까? 누가 나에 대해 조사를 한다고? 이건 협박인가요? 이런 말에 내가 신경이나 쓸 줄 아십니까?"

"협박이 아니라 엄연한 사실이오. 그리고 당신 쪽에서는 신경을 쓰는 게 좋을 거요. 자칫하면 금방 궁지에 몰릴 테니까. 당신을 이곳에 오라고 한 것은 어디까지나 우정을 생각해서였소. 당신에게 미리 알려주려는 거요. 내 기억이 맞는다면 당신은 '우리 사람'이니까. 요직에 있는 친구들에게 언질을 받는 일이 종종 있었기 때문에 당신에게 이렇게 해주는 거요. 다행인 줄이나 아시오."

웜은 상대가 충분히 알아듣도록 잠시 내버려두었다. 남자는 그 자리에서 돌아선 채 벽지, 목공품, 재깍재깍 소리를 내는 스위스산 벽시계를 쳐다보았다. 아까보다 이 집무실이 더욱 숨 막히게 느껴졌다. 그는 웜을 돌아보았다.

"하실 말씀은 그뿐입니까?"

"아니오. 당신에 대한 나의 우정과 연대는 거기에서 그치지 않소. 나는 당신이 말 많고 호기심 많은 이들을 물리칠 수 있게 도와줄 수 있소. 당신이 공격을 당한다면 보호책을 제공할 수도 있고."

이 말에 남자는 책상을 거칠게 주먹으로 내려쳤다.

"이게 나의 보호책이오! 다른 건 필요 없어요. 잘 알아두시오, 내 주먹은 언제나 제 구실을 했으니까."

웜의 반응은 번개보다 빨랐다. 책상 아래서 별안간 손을 내밀어 남자의 주먹을 잡고 으스러지게 힘을 주었던 것이다. 남자는 너무 아파서 신음 소리를 내지 않을 수 없었다. 웜이 손을 풀어주자 어안이 벙벙해진 남자는 뒷걸음질을 쳤다. 가느다란 손가락에서 그런 괴력이 나올 줄은 상상도 못했던 것이다. 웜은 그보다 족히 서른 살은 더 먹었을 터였다.

"보시오, 당신 주먹이 언제나 제 구실을 하진 못하잖소. 당신이 처한 상황에선 더욱더 그럴 테지. 그들은 당신을 감옥에 몇 년 처넣을 만한 증거를 손에 쥐고 있소."

남자는 아픈 손을 문지르며 경계하듯 책상에서 물러섰다. 그는 지금까지 신체적 힘을 얕봤던 상대에 대한 경계심과 삐쩍 마른 저 늙은이를 패주고 싶은 충동을 동시에 느꼈다.

"그럼 날 어떻게 도와주실 겁니까?"

"단 한 사람만이 당신을 빠져나가게 할 수 있소. 손 한 번 까딱하면."

손 한 번 까딱하면. 웜은 아직도 얼얼한 고통을 느낄 상대의 손을 보며 미소 지었다. 남자는 이런 식의 은근한 말장난이 정말로 마음에 들지 않았다.

"이봐요, 날 놀리지 말고 분명히 말하란 말입니다."

"브레이브."

플레처 웜은 그렇게만 대꾸했다.

"윈스턴 브레이브? 그랜드 마스터? 관두십시오. 나도 그 사람은 잘 압니다. 예전에 내 편을 들어달라고 부탁하러 간 적도 있습니다. 다른…… 사건 때문이었다고 해두지요. 하지만 그 사람은 모르는 척합디다."

"브레이브는 이 도시 최고의 변호사지. 당신에게 필요한 건 그 사람이오. 내가 청을 넣어주겠소. 우리의 관계를 그에게 상기시켜줄 거요. 윈스턴 브레이브는 어려움에 빠진 메디쿠스를 돕지 않을 수 없소. 그게 어떤 어려움이든 간에."

웜은 상대방을 고깝다는 듯이 바라보며 말했다.

남자는 잠시 생각에 잠겼다. 사악한 빛이 눈동자에 나타났다.

"그렇군요, 당신 말이 옳아요. 메디쿠스를 위해서라면 능히 그럴 사람입니다. 그래야 자신의 과오를 보상할 수 있겠지요."

이 말을 듣고 몸을 일으킨 웜이 의아하다는 눈빛을 보내자, 남자가 설명했다.

"그 사람이 필 가문의 꼬맹이를 받아들였던 모양입니다. 아시지요? 필 가의 아이란 말입니다. 비록 그 가문의 이름은 지워지고 그 아버지의 트로피들은……."

"알고 있소."

"그 점을 이용할 수 있겠지요? 그는 나를 변호해주고, 나는 입을 다물어주고."

웜은 이 말을 듣고 손사래를 쳤다.

"이미 모두 그 일은 알고 있소. 윈스턴 브레이브는 명망이 높은 그랜드 마스터요. 모두가 그를 신뢰하고 그의 선택에 따르고 있소."

사내가 킬킬 웃더니 방 안을 한 바퀴 돌아 웜에게 다가갔다.

"명망 높은 그랜드 마스터라……. 당신에게 기분 좋은 말은 아닐 텐데요, 그렇지 않습니까? 그런 말은 통하지 않는다고 할까요."

웜은 천천히 일어나려다가 생각을 바꾸었다. 그는 냉정한 척 이렇게 말했다.

"나 역시 윈스턴 브레이브를 전적으로 신뢰하고 있소. 영광스럽게도 그 역시 나를 마찬가지로 생각할 거요. 그리고 내가 부탁하면 당신을 도와줄 거요. 그는 믿을 수 있는 사람이오. 그를 본받으시오. 그러면 골치 아픈 일에 휘말리지 않을 거요. 이 말인즉슨, 당신이 혼자 해결하고 싶다면 나도 더 이상 붙잡지 않겠다는 뜻이오."

웜은 손님을 문까지 안내했다. 남자가 웜의 팔을 붙잡았다. 하지만 웜이 한 번 쏘아보자 남자는 즉시 손을 풀었다.

"좋습니다, 웜. 알았다고요. 대가로 바라는 게 뭡니까? 분명히 요구 조건이 있을 테지요, 그렇지 않습니까? 한 가지만 기억해두시죠. 빚을 진 사람은 당신입니다. 나는 몇 년 전에 당신을 위해 어떤 일을 해주었지요. 기억을 일깨워드릴까요?"

웜은 소매 주름을 펴면서 꼿꼿한 자세로 손님을 마주 보았다.

"나는 어떤 대가도 바라지 않소. 게다가 도움을 주는 정도로 그치지 않고 다른 제안까지 할 생각이오."

남자는 경계심을 품고 웜을 바라보았다.

"솔직히 당신의 도움은 필요 없습니다. 좋은 일도 지나치면 모자람만 못하지요."

"착각하지 마시오. 당신에 관한 제안은 아니니까."

"그럼 누구에 관한 제안입니까?"

"이번에는 당신 자식을 도와주고 싶소."

"내 자식이라고요?"

웝은 사내를 다시 안락의자 쪽으로 끌고 갔다.

"몇 분 정도 시간을 더 낼 수 있겠소? 차나 한 잔 마십시다."

문이 열리고 남자가 집무실에서 나왔을 때, 그의 마음은 만족감 반, 의심 반이었다.

"언제라고요?"

플레처 웝이 대답했다.

"내일이오. 일찍 올수록 좋소."

남자는 주저하다가 결국 고개를 끄덕였다.

"난 바보가 아닙니다, 웝. 어쨌든 당신이 생각하는 것만큼 어리석은 사람은 아니지요. 당신이 자선사업을 하는 수녀도 아니고, 분명 이 제안에는 당신의 이해관계가 얽혀 있겠지요. 그 점을 잊지 않을 겁니다. 애한테도 말해둘 거고요. 그러니까, 잘 지켜보겠다 이 말입니다."

"걱정하지 마시오. 어찌 됐든 그쪽에는 득이 될 테니."

"분명히 합시다. 피차 득을 보는 거겠지요."

"당신 일은 내일 브레이브에게 말해두겠소."

남자는 문을 닫으려다가 뒤로 돌아섰다.

"웝?"

웝은 이미 책상에 다시 앉아 있었다. 그는 눈만 까딱 들어 보였다. 사내는 기분 나쁜 미소를 흘렸다.

"부인께 안부 전해주십시오."

다리

　오스카는 눈꺼풀을 살짝 들었다. 강렬한 노란 빛 때문에 눈이 부셨다. 그는 아빠 사진이 든 가족 앨범과 함께 항상 곁에 두는 시계를 더듬더듬 찾았다. 오전 6시 15분! 고개를 벽으로 돌렸다가 한숨을 쉬며 베개 밑에 머리를 처박았다. 어젯밤에는 나쁜 꿈을 꾸다가 깨고, 늦잠 자도 되는 토요일에는 침대 머리에 스탠드를 켜놓고 자는 바람에 아침 댓바람부터 깨다니……. 조심스레 베개의 한쪽 끄트머리를 들춰보자 노란 빛이 위치를 바꾸어 눈에 정면으로 쏟아졌다! 이제 잠이 홀딱 달아났다. 지금까지 스탠드 위치가 이쪽으로 옮겨진 적은 한 번도 없었다!

　오스카는 일어나 눈을 비볐다. 그리고 어찌된 일인지 알았을 때에는 기쁨의 탄성이 터질까 봐 입을 틀어막아야 했다. 그의 첫 번째 트로피, 헤파톨리아의 유리병이 그 어느 때보다 환하게 빛나며 눈앞에서 춤을 추고 있었다!

　오스카는 침대를 박차고 나왔다.

장롱 문과 트로피가 들어 있던 상자가 열려 있었다. 소리가 나더니 다섯 개의 가방이 달린 허리띠가 예전처럼 방 안을 날아다녔다! 생각할 것도 없이 오스카는 청바지와 티셔츠를 걸치고 운동화를 신었다. 서둘러 장롱에서 케이프를 꺼내어 몸에 두르는 동안 허리띠가 저절로 그의 허리에 착 감겼다. 오스카는 안주머니에 주술서가 잘 있는지 확인했다. 이제 복장은 완벽했다. 그를 메디쿠스로 만들어줄 모든 것이 다시 살아났다. 일 년 만에 맞는 가장 근사한 하루였다.

오스카는 넥타가 든 크리스털 병을 잡으려 했다. 그러나 병은 그의 손아귀를 빠져나가 방문으로 향했다. 오스카가 헤파톨리아의 유리병에게 타일렀다.

"모두들 자고 있어. 누나는 괜찮아. 대낮에도 누나는 옆에서 무슨 소리가 나든 신경 안 쓰니까. 하지만 엄마는 잠귀가 밝단 말이야. 내가 문만 열어도 깰걸."

유리병은 잠시 망설이다가 창문으로 방향을 바꾸었다. 오스카도 따라갔다.

"어쩌려고 그래?"

이윽고 그는 유리병이 왜 이러는지 알 것 같았다. 오스카는 창문을 열었다. 그와 동시에, 허리띠가 그를 창가로 끌어당기는 힘을 느꼈다. 오스카는 비명을 억누르며 속삭였다.

"하지만…… 떨어지겠어!"

무슨 일이 일어났는지 깨닫기도 전에 허리띠는 창밖으로 그를 넘어뜨렸다. 오스카는 케이프 자락을 꽉 붙잡았다. 케이프가 낙하산처럼 쫙 펴지며 오스카는 정원에 부드럽게 착륙했다. 겨우 한숨을 쉬었다. 다행히 오스카의 반사 신경은 여전했고 케이프도 그 능력을 잃지 않고 있었다. 오스카네 정원은 이웃집 윙즈 아줌마네 정원과 마찬가지로 적막하기 짝이 없었고 거리도 이제 막 잠에서 깨어난 듯했다. 오스카는 대문으로 다가갔다. 도위저 아저씨네 식품점만 문을 연 것 같았다. 오스카는 자기 집 창문들을 쳐다보았다. 이렇게 새벽부터 나가도 될까? 평소보다 일찍 일어난 엄마가 오스카의 침대가 빈 것을 본다면? 오스카 대신 결정을 내린 유리병은 이웃들이야 깨건 말건 상관없다는 듯 거리를 향해 훌훌 날아갔다. 더 고민할 것 없이 오스카는 유리병을 쫓아갔다.

그들은 페니모어 스트리트와 이어지는 모퉁이까지 킬데어 스트리트를 내달리다가 오른쪽으로 방향을 틀었다. 유리병은 오스카가 잘 따라올 수 있도록 이따금 속도를 늦춰주었다. 바빌론 하이츠를 신 나게 돌아다니다보니 어느새 해가 떴다. 동네를 손바닥 들여다보듯 잘 아는 오스카였지만 새벽녘의 도시는 놀랍고 새로웠다. 그러다가 오스카는 유리병을 놓쳤다. 우체국 뒤, 수풀이 빽빽하게 우거진 공원에서 행방이 묘연해진 것이다.

오스카는 어느 오솔길을 따라 마구 달리다가 음악이 나오는 작은 정자에 이르렀다. 공원은 낮처럼 평화로워 보이지 않았다. 유리병이 시야에서 사라진 후부터 오스카는 안심할 수 없는 곳에서 혼자가 되었다는 기분을 실감하고 있었다. 으르렁대는 소리가 나는 바람에 그는 화들짝 놀랐다. 얼른 철제 난간에 몸을 숨기고 쪼그린 자세로 정자의 반대편까지 다가갔다. 소리가 더 크게 들렸는데, 하마가 물에서 튀어나올 때 내는 소리 같았다. 얼굴을 난간에 딱 붙인 오스카는 금속 아라베스크 무늬 사이로 유리병의 빛을 확인하고는 안심했다. 그는 천천히 몸을 일으켰다. 트로피가 한 벤치 위에 둥둥 떠 있었다. 오스카는 그 벤치에 누워 세상모르고 자는 사내의 얼굴을 어렵잖게 알아볼 수 있었다. 늘 이 공원에서, 그것도 꼭 이 벤치에서 잠을 자는 바빌론 하이츠의 주정뱅이 걸인 파바로티였다. 작년에 오스카와 친구들은 파바로티의 몸에 들어가 그곳에서 메디쿠스의 철천지원수 파톨로구스와 싸운 적이 있었다.

작년에 있었던 일들이 소년의 기억에 아프게 되살아났다. 침묵의 한 해가 힘겨웠던 이유는 발랑틴과 로렌스의 소식을 전혀 듣지 못했기 때문이기도 했다. 신체 내 세계에서 빠져나온 두 아이는 모험의 길동무였고 이들의 우정은 단단했다. 그래서 오스카는 그들이 오스카에게 아무 말도 하지 않고, 또 그를 걱정하지도 않고 어디론가 사라졌을 거라고는 상상할 수 없었다. 조금 전 유리병이 메디쿠스로서의 운명이 아직 끝나지 않았다는 것을 가르쳐준 후부터 오스카는 엄청난 희망에 부풀었다. 무엇보다, 친구들을 다시 만날 수 있다는 희망에.

유리병이 곡선을 그리며 날아오자 오스카도 유리병을 잡기 위해 정자에서 나와 파바로티 쪽으로 갈 수밖에 없었다. 메디쿠스 소년이 벤치에 가까이 다가가자 유리병은 허리띠에 매달린 첫 번째 가방 속으로 얌전하게 쏙 들어갔다.

그러니까 트로피는 오스카를 일부러 이곳까지 데려온 셈이었다. 아마 그가 여기 온 이유는 파바로티의 몸속에서 찾을 수 있을 것이다. 파바로티에게로 몸을 숙이던 오스카는 바닥에 뒹굴던 빈 술병에 발이 부딪쳤다. 파바로티가 요란하게 숨을 몰아쉬며 오만상을 찡그리더니 턱, 귀, 엉덩이를 긁적긁적하다가 더 편한 자세를 취하려고 몸을 뒤척였다.

숨을 죽이고 있던 오스카는 조심스레 다시 숨을 쉬기 시작했다. 더는 시간 낭비할 수 없었다. 케이프, 허리띠, 유리병이 모두 살아났는데 왜 메디쿠스의 능력을 사용하면 안 된단 말인가? 오늘 아침 전까지는 통하지 않았지만, 지금이야말로 제대로 신체 잠입을 시험해볼 때였다.

위더스 부인이 가르쳐준 방법은 조금도 잊어버리지 않았다. 오스카는 아직 첫째 우주의 트로피, 바로 헤파톨리아의 유리병밖에 가져오지 못했기 때문에 다른 네 우주에는 들어갈 수 없었다. 결국 그가 갈 곳은 헤파톨리아뿐이었다.

그는 파바로티의 입에 시선을 모으기 위해 벤치를 돌아갔다. 파바로티가 코를 골 때마다 그의 입술도 움직였다. 오스카는 심장이 두근대는 것을 느꼈다. 두려움 때문에, 하지만 벅찬 감정과 기쁨 때문이기도 했다. 그는 금빛 원에 든 M자 펜던트를 쥐고 파바로티를 향해 도약했다.

눈부신 섬광이 일어났지만 팔자 좋은 술꾼의 잠을 방해할 정도는 아니었다. 눈 깜짝할 사이에 공원에는 파바로티 한 사람밖에 남지 않았다.

오스카는 케이프 자락을 털며 사방을 두리번거렸다. 파바로티의 몸으로 들어오면서 그는 첫째 우주 외의 목적지는 생각하지 않았다. 그를 이곳으로 부른 사람을 만나보고 싶었다. 유리병이 안내를 했으니 제대로 찾아온 것만은 분명할 것이다. 여기가 어딜까? 오스카는 한눈에 주변의 풍광을 알아볼 수 있었다. 계곡, 번갯불이 지그재그 무늬를 그리는 검은 하늘, 포르트 강이 흐르는 소리, 수백 미터 내려온 지하 세계……. 의심할 바 없었다. 그는 헤파톨리아 산에 와 있었다. 그것도 두 봉우리 중 하나의 꼭대기에!

도시의 매연에 찌들어 지내다가 여행지에 막 도착한 오스카는 신선한 공기를 음미하듯 숨을 크게 들이마셨다. 이제 단서를 찾을 차례였다. 그를 이곳으로 끌어들인 또 다른 메디쿠스가 와 있다는 단서를. 그는 케이프 안주머니에 주술서가 잘 있는지 확인했다. 꼭 필요한 경우에는 그 귀중한 책이 그의 질문에 답해줄 것이다.

"신고할 물건 있습니까?"

등 뒤에서 누군가가 그렇게 외치자 오스카는 뒤를 돌아보았다. 키가 크고 볼이 통통한 제복 차림의 남자가 서 있었다. 그는 위로 뾰족하게 빗어 올린 콧수염을 매만지더니 가볍게 경례를 하고 오스카에게 다가왔다. 오스카가 아직 어린 소년이라는 것을 확인하자 그의 말투가 바뀌었다.

"넌 지금 막 다리로 넘어왔다. 신고할 물건 있니?"

"다리요? 무슨 다린데요?

오스카는 낯선 사내 앞에서 다소 어리둥절했다. 세관원은 놀랐다.

"그런 것도 모르면서 여기까지 왔단 말이야? 이봐, 여기는 '우주 연결교'란 말이야!"

세관원은 숱 많은 눈썹을 찌푸리며 뒷짐 진 손에 든 대리석판을 내밀었다. 그의 말투가 좀 더 거칠어졌다.

"자, 신분증 내밀어봐."

어안이 벙벙해진 오스카는 그를 쳐다보았다. 신분증이라니! 언제부터 신체 내에서 신분증을 보여주고 다니게 된 걸까? 신체 내 우주들에도 경찰이 있나? 위더스 부인도, 윈스턴 브레이브도, 그 누구도 이런 얘기는 해주지 않았다.

세관원이 아까보다 위협적으로 종용했다.

"국경을 넘으려는 것 아냐. 그럼 신분증을 보여줘야지."

국경, 다리……. 오스카는 퍼뜩 깨달았다. 그렇구나! 유리병은 우주와 우주 사이를 이어주는 다리 중 하나로 그를 안내했던 것이다. 헤파톨리아에서 두 번째 우주로 넘어가는 다리다! 오스카는 기쁘고 자랑스러운 마음에 미소를 지었다. 이제 두 왕국, 곧 바람의 왕국과 폼페이 왕국의 우주로 들어가게 될 것이다. 유리병이 그를 데려온 이유는 바로 이것이었다. 오랫동안 중단했던 입문 코스를 재개할 때가 된 것이다. 그를 완전한 메디쿠스로 만들어줄 길을 다시 걸어야 할 때가 왔다.

오스카는 몹시 흥분해서 세관원이 앞에 있다는 것도 잊을 뻔했다. 상대는 그를 머리부터 발끝까지 훑어보았다.

"알았어. 아직 어린 메디쿠스로군. 그렇지?"

그의 목소리가 한결 누그러졌다.

오스카는 크게 고개를 끄덕였다. 세관원은 작은 가방을 뒤져 다른 석판을 꺼냈다. 이번에는 초록색 대리석판이었다.

"그렇다면 꼭 신분증이 있어야 하는데."

오스카는 정신을 똑바로 차리려고 노력하면서 그 석판을 흘끗 바라보았다. 석판에 새겨진 문자들을 보자 어떻게 해야 할지 분명히 알 수 있었다. 그는 허겁지겁 티셔츠 속의 펜던트를 꺼내어 앞으로 내밀었다.

"아, 있긴 있구나. 어디 좀 보자."

세관원이 한숨을 쉬고는 펜던트를 석판의 아랫부분에 맞추었다. 그러자 석판의 윗부분에 스크린이 뜨고 그 안에서 얼굴 이미지가 나타났다. 세관원은 터치스크린으로 그 얼굴을 회전시켜보고 오스카의 얼굴과 대조했다. 그는 의심스럽다는 듯이 물었다.

"이게 너 맞아?"

오스카가 터치스크린을 들여다보았다.

"네. 하지만 이건 작년 사진인데요. 그동안 나이를 먹었으니까요. 지금은 만 열세 살이에요."

세관원은 이미지를 몇 번 더 돌려보고 다음 페이지로 넘어갔다.

"이름은?"

"오스카 필입니다."

세관원이 수긍하는 기색으로 콧수염을 쓰다듬었다.

"맞구나. 12월 7일생이고. 부모님은 셀리아 필딩과 비탈리……."

그는 무엇인가를 깨달은 듯이 말을 멈추었다.

"네가 비탈리 필의 아들이야?"

"네, 그래서요?"

오스카는 당당하게 시인했다.

세관원은 고개를 저으며 눈썹을 찌푸리더니 펜던트를 돌려주었다. 그러고는 왔던 길로 되돌아가다가 소년을 돌아보았다.

"얘야, 준비됐냐?"

"준비요? 무슨 준비요?"

"다리의 시험을 통과할 준비. 시간이 됐다. 오전 내내 여기서 꾸물댈 순 없지."

오스카는 사방을 두리번거렸다. 몇 발짝 걸어보았다. 전방의 허공을 내려다보고서야 그는 자신이 깎아지른 봉우리 위의 전망대, 바위로 이루어진 일종의 발코니에 올라와 있음을 깨달았다. 아래쪽에서는 계곡 사이로 대운하가 거품을 일으키고 있었다. 소년은 자신 없이 어깨만 으쓱했다.

"네, 준, 준비됐어요."

세관원은 미소를 짓고 아직도 오스카의 사진이 떠 있는 대리석판을 흔들어 보였다.

오스카는 발밑이 흔들리는 것을 느끼고 몸을 웅크리지 않을 수 없었다. 바위가 갈라지면서 세관원이 선 지점과 그가 선 지점이 분리되었다.

오스카는 상대 쪽으로 뛰어넘어 가려고 했지만 세관원이 말렸다.

"위험할 건 없단다. 아직까지는."

오스카가 선 돌바닥이 암벽에서 떨어져 나왔다. 하지만 두려워했던 것과 달리 그는 허공으로 곤두박질치지 않았다. 돌바닥이 마법의 양탄자처럼 공중을 비행하며 차츰 헤파톨리아 산의 또 다른 봉우리로 향하는 게 아닌가. 바람이 계곡에 호되게 몰아치자, 오스카는 너무 무서워서 바닥에 배를 깔고 눕다시피 했다.

아까 그 봉우리에 남은 세관원이 두 손을 확성기처럼 모아 소리쳤다.

"몸을 일으키고 주위에 뭐가 나타나는지 잘 봐!"

그 외침이 메아리치며 오스카의 귀에 들어왔다. 그는 다시 일어났지만 아래를 내려다보거나 몸을 앞으로 내밀고 싶진 않았다. 저 아래 계곡까지 수백 미터는 될 것 같았다. 오스카는 허공에 뜬 티끌이 된 기분이었다! 바람이 거세서 균형을 잡기가 쉽지 않았지만 그래도 돌바닥에 두 발로 잘 서보려고 노력했다. 지척에서 번쩍하는 빛이 보여서 고개를 들었다. 그의 주위에는 이상한 기호, 빛나는 상징들이 떠 있었다.

"몇 개인지 세어봐."

세관원이 외쳤다. 오스카는 시키는 대로 그 기호들을 유심히 살펴보았다.

"일곱 개요."

우선 사슬이 달린 솥이 보였다. 그다음에는 수레, 거대한 새, 물 뿌리는 호스를 손에 든 은빛 사람, 여러 겹으로 보이는 거품들, 고리와 파도, 마지막으로 삼각형 안에 원이 든 모양이 있었다. 오스카는 그 기호들이 지나가는 모습을 다시 한 번 보고 싶었지만 세관원이 산봉우리에서 목이 쉬어라 외치고 있었다.

"더 크게! 안 들린단 말이야!"

"일곱 개요!" 오스카는 맞바람에 맞서 고함을 질렀다.

"좋았어! 그중 '하나만' 골라서 네 펜던트로 지정해야 해. 네가 맞는 것을 고른다면 다리를 건너게 될 거야. 내 말 알았지…… 알았지…… 알았지……?"

오스카는 계곡에 울리는 메아리와 대운하의 소음에 세관원의 말을 한마디라도 놓칠세라 온 정신을 집중했다.

"네, 알았어요. 그런데 어떻게 골라요? 만약 정답을 고르지 못하면 어떻게 되는데요?"

"하나도 안 들려! 아, 이놈의 바람이 오늘따라 왜 이리 난리야! 방금 뭐라고 했니?"

"잘못 고르면 어떻게 되냐고요!"

"그럼 두 번째 기회가 있을 거야! 이제 펜던트를 꺼내고 두 왕국의 목소리를 들어. 그 목소리가 어떤 것을 골라야 할지 단서를 줄 거야!"

세관원이 하는 말을 대략 알아들은 오스카는 펜던트를 꺼내고 팔을 쭉 내밀었다. 바람이 회오리치는가 싶더니 공중에 뜬 기호들과 돌바닥 위의 오스카를 둘러싸고 거대한 기둥을 이루었다. 바람 소리도 낮게 변하더니 마치 헤파톨리아 산 깊은 곳에서 울려 나오는 듯한 목소리가 되었다.

오스카 필,
그대는 칼날을 피하고
불에 입은 화상보다 더 쓰린 상처를 입고
하늘을 날고
지하에서 달리고

바다를 건넜구나.

유리 뒤의 불에 다다르기 위해서.

얼이 빠진 오스카는 사방을 둘러보았다. 바람이 다시 몰아치고 기호들은 여느 때보다 환히 빛났다. 방금 들은 내용은 이미 기억조차 나지 않았다. 목소리는 여섯 가지를 이야기한 것 같은데 그를 둘러싼 기호들은 모두 일곱 개였다. 이 단서를 어떻게 이용해야 두 번째 우주로 통하는 문을 열 수 있는 기호를 골라낼 수 있을까? 차분히 생각하려는데 한 가지 아이디어가 떠올랐다. 목소리가 전해준 여섯 가지 내용에 해당하는 기호들을 하나씩 찾아서 제외시키면 될 것이다! 그러면 결국 하나의 기호, 목소리가 거론하지 않은 유일한 기호만 남을 테니까. 그 기호를 선택하면 알리바바의 주문처럼 다리를 건널 방법이 생길까?

오스카는 저 멀리 있는 세관원을 절망적인 눈으로 바라보았다. 이제 주변의 굉음이 너무 심해서 세관원의 목소리는 토막토막 끊어져 들릴 뿐이었다.

"펜던트…… 목소리…… 한 번 더!"

더 들을 필요도 없었다. 오스카는 팔을 쭉 폈다. 어딘가에서 목소리가 다시 들려왔다.

"한 번만 더 들려주겠다, 오스카 필."

소년은 주위의 모든 것을 잊으려고 노력하며 정신을 모았다.

"그대는 칼날을 피하고……."

그는 춤추는 기호들의 행렬을 눈으로 쫓았다. '칼날'이라……. 그의 눈이 사슬 달린 솥에 가서 멎었다. 솥. 어쩌면 탱크! 음식물 분해 조직의 탱크와 그 안에서 돌아가던 칼날이 생각났다! 그러니 첫 번째 기호는 제외해도 좋을 것이다.

"불에 입은 화상보다 더 쓰린 상처를 입고…….."

오스카는 기억을 최대한 빨리 더듬었다. 헤파톨리아에서 불보다 더 뜨거운 게 뭐더라? 메디쿠스 최고위원회의 일원이자 맨 처음 그에게 헤파톨리아를 안내해주었던 모린 주베르의 말이 뇌리를 스치고 지나갔다. "조심해, 오스카, 타액의 농도는 아주 진하단다. 그래야만 음식물을 분해할 수 있거든!" 그 증거로 오스카의 티셔츠에는 아직도 침이 튀어서 생긴 구멍이 남아 있었다. 오스카는 허공에 뜬 기호들을 하나하나 보다가 여러 개가 겹쳐 있는 거품들을 보았다. 그 거품들은 시알린, 즉 침으로 가득 찬 거대한 구球들이 분명했다. 수수께끼의 목소리를 통해 그를 국경 너머로 데려가지 않을 두 번째 상징도 찾았다. 이제 남은 기호는 다섯 개였다.

거센 돌풍이 허공을 떠도는 평평한 돌을 좌우로 흔들었다. 기호들마저 흔들리는 듯 보였다. 오스카는 펜던트를 꼭 쥔 채 몸을 웅크렸다.

"하늘을 날고…….."

본능적으로 거대한 새에게 시선이 쏠렸다. 그 새는 진짜 조류가 아니라 비행기를 상징할 것이다. 처음에 오스카는 그 새가 빅터를 의미하는 게 아닐까 생각했었다. 윈스턴 브레이브가 쿠미데스 서클에서 기르는 그 얄미운 뱅골 카나리아 말이다. 하지만 그보다는 발랑틴과 로렌스를 데리고 산에서 탈출할 때 이용했던 비행기가 더 그럴싸했다. 그러니 기호가 하나 더 제외되었다.

"지하에서 달리고…… 바다를 건넜구나."

이번에는 두 기호 모두 망설임 없이 집어낼 수 있었다. 그는 헤파톨리아의 지하 저장고에서 '수레'에 처박혀 달린 적이 있었다. 한편, 파도 모양의 기호는 작년에 탐험했던 우주의 강과 바다를 떠올리게 했다. 그는 이 두 기호들을 제외시켰다.

이제 단 두 개밖에 남지 않았다. 이중에서 하나를 택해야 한다. 그리고 단 이제 한마디만이 남아 있었다.

심장이 터질 듯이 빠르고 거칠게 뛰었다.

"유리 뒤의 불에 다다르기 위해서."

목소리는 그렇게 말을 맺고 회오리치는 바람 속으로 스러졌다. 오스카는 다시 일어났다. 유리 뒤의 불에 다다르기 위해서. 그는 바람도, 돌판 아래 아득한 낭떠러지도 잊은 채 이 말을 되뇌며 두 기호를 노려보았다. 검은 삼각형 안에는 노란 원이 들어 있었다. 한편, 은색 작업복을 입고 모자를 쓴 사람은 창 같은 것을 들고 있었다. 이 기호는 소방관을 떠올리게 했다. '유리 뒤의 불.' 그렇다면 소방관과 관련이 있을까? 만약 그렇다면 언급되지 않은 기호는 삼각형뿐이다. 삼각형을 선택하면 건너편으로 넘어갈 수 있을 것이다.

오스카는 주저하며 용기를 모았다. 세관원이 했던 말이 떠올랐다. 틀리더라도 두 번째 기회가 있다고 했다. 그런데 다른 다섯 개의 기호들은 모두 제외시켜도 좋다는 확신이 들었다. 그렇다면 남은 둘 중 하나가 정답일 텐데 목소리가 불을 언급했으니 소방관 기호는 아닐 것 같았다. 결단을 내려야만 했다.

오스카는 펜던트를 들어 삼각형 기호에 갖다 댔다.

M자에서 빛살이 솟아나며 삼각형을 통과했다. 아무 일도 일어나지 않았다.

오스카는 주위를 둘러보았다. 아무것도 변하지 않았다. 그는 여전히 평평한 돌판에 서서 헤파톨리아 산의 두 봉우리 사이에 떠 있었고 새로운 우주는 나타나지 않았다. 답을 잘못 고른 게 분명했다. 그를 두 왕국으로 인도할 기호는 다른 쪽이었나 보다.

오스카는 다시 펜던트를 소방관 기호에 갖다 대려고 했지만 그때 뭔가가 달라졌다. 안타깝게도 그가 기대하던 변화는 아니었다. 끔찍하게도, 돌이 갈라지기 시작했던 것이다. 그것도 하필이면 그의 발밑에서.

천둥 치듯 으르렁대는 소리가 나면서 돌이 마구 흔들렸다. 자칫 떨어질 뻔한 오스카는 바닥에 엎드려 이 끔찍한 사태를 겁에 질린 눈으로 바라보았다. 돌바닥에 쩍쩍 금이 갔다. 그는 고개를 들고 세관원을 눈으로 찾았다. 세관원은 꼭두각시 인형처럼 부자연스럽게 움직이고 있었다. 오스카가 있는 힘을 다해 고함을 질렀다.

"돌이 갈라져요! 틀려도 한 번 더 기회가 있다고 그랬잖아요!"

"10초 안에 한 번 더 도전할 수 있다! 서둘러라, 꼬맹아, 우물쭈물할 때가 아냐!"

7초.

오스카는 정신이 아득해지는 공포를 이겨내려고 노력했다. 혹시 처음부터 잘못 생각했던 거라면? 목소리가 전한 문장을 잘못 이해했다면? 돌조각이 사방에서 떨어지고 시간은 쉬지 않고 흘렀다.

5초.

아니다, 자신을 믿어야 한다. 맨 마지막 단계에서 실수했을 것이다. 분명히 마지막 두 기호 중의 하나가 답일 것이다!

2초.

'유리 뒤의 불.' 오스카는 한 번 더 되뇌었다. '유리 뒤의 불.' 그렇다! 산, 헤파톨리아 광산! 그건 헤피톨리아 광산의 불을 뜻한다. 그의 트로피에 담긴 넥타는 수천 개의 벌집 뒤에서 불을 지펴 얻어낸 것이 아닌가! 그래, 그거다! 노란 원이 들어 있는 검은 삼각형! 그가 제쳐놓아야 했던 기호는 바로 그것이었다!

1초.

'네 펜던트.' 마지막 돌조각들이 부서지는 동안, 오스카는 생각했다. '네 펜던트를 소방관 기호에다가 갖다 대!'

돌판이 완전히 붕괴되었다. 발아래에 아무것도 없어지자 그의 몸이 휘청 고꾸라졌다. 까마득한 추락에서 그를 보호해줄 것은 없었다. 이제 그는 수백 미터를 추락하다가 계곡에 찌부러지고 말 것이다. 인체 내에서 메디쿠스로서 사망한다면 육체는 물론, 영혼도 다른 사물에 깃들지 못한 채 죽고 말 것이다. 그의 능력은 후계자를 찾지 못한 채 영원히 사라질 것이다. 자신을 지탱해주는 것이 아무것도 없음을 깨달은 오스카는 절망적으로 금빛 M자를 위로 던졌다. 날아간 펜던트가 소방관 기호를 관통했다. 자유낙하 하던 오스카는 눈부신 섬광 속으로 빨려 들어갔다.

오스카가 일어난 곳은 낯선 장소였다. 어렴풋이 기억이 날 듯 말 듯 했다. 지척에서 반짝거리는 뭔가에 눈길이 갔다. 그의 펜던트가 먼지투성이 바닥에 떨어져 있었다. 안도한 오스카는 그것을 주워서 체인을 목에 걸고 펜던트가 보이지 않도록 티셔츠 안으로 집어넣었다.

그는 주의 깊게 주변 풍경을 바라보았다. 들판, 광막하고 척박한 평원이었다. 도무지 끝이 보이지 않았다. 헤파톨리아와 달리, 이곳의 하늘은 맑고 환했다. 뙤약볕이 강하게 내리쬐었지만 그늘 한 점 찾아볼 수 없었기 때문에 햇빛을 피할 도리가 없었다. 저 멀리 모래 천지에 솟은 검붉은 돌산 같은 것이 보이긴 했다.

바람이 부는 것을 보니 일정한 패턴이 보였다. 바람이 차츰 약해지다가 완전히 멈췄다. 하지만 그 상태가 지속되지는 않았다. 바람이 금세 다시 일어나 반대 방향으로 불기 시작했다! 얼마 안 가 또 바람의 방향이 바뀌었고, 계속 그런 식이었다. 더 이상 의심할 여지없이 이곳은 두 번째 우주가 분명했다. 아마도 바람의 왕국일 것이다. 위더스 부인에게 그 유명하고도 위험한 맞바람의 평원에 대해 들은 적이 있었다. 그러니까 이곳은 바람이 방향을 바꿔가며 부는 것이다!

그는 오랫동안 기뻐하고 있을 수 없었다. 지평선을 바라보니 그가 있는 곳에서 100미터쯤 떨어진 곳에 시커멓고 헐벗은 나무들이 자라고 있었다. 그게께 꾼 악몽에서 보았던 나무들이었다. 그가 꿈에서 보았던 장소는 바로 이곳, 이 들판이 분명했다. 오스카의 예감대로 그 꿈은 메디쿠스들의 세계로 돌아갈 거라는 예지몽이었다. 하지만 꿈속에서는 흉측한 괴물들이 사방에서 공격하는 장면도 나왔었다. 그렇다면 앞으로 그 괴물들도 나타날까?

마음이 놓이지 않아서 오스카는 한 발짝 뒤로 물러났다. 위더스 부인이 말했었다. 맞바람 평원은 숙련되지 않은 메디쿠스에게 아주 위험한 곳이라고, 심지어 산전수전 겪었다는 메디쿠스들도 이따금 간신히 구조되곤 했다고. 오스카는 용감했지만 무모하진 않았다. 지금은 어른의 충고를 새겨들어 여기서 얼른 벗어나야 했다. 중요한 것은 그가 첫 번째 다리의 시험을 통과했다는 사실이었다.

여기서 나갈 방법은 하나뿐이었다. 작년에 여러 차례 신체 잠입을 경험하며 그는 그 방법을 완벽하게 깨우쳤다. 그는 사소한 것 하나 빠뜨리지 않고 주위 풍경을 주의 깊게 관찰했다. 갑자기 땅이 울리자 오스카는 경직되었다. 다시 아무 일도 아니라는 듯 잠잠해졌다. 그는 망을 보며 몇 걸음 더 걸어가 다시 주변 정황을 살폈다. 찾는 것은 여전히 보이지 않았고 슬슬 조급해지기 시작했다. 조금 전부터 마음속에서 위험 신호가 조그맣게 울리고 있었다. 이제 빨리 여기를 벗어나야 한다는 마음뿐이었다.

다시 한 번 땅이 진동했다. 그의 예감은 틀리지 않았다. 위험이 도사리며 바짝바짝 다가오고 있었던 것이다.

꿈속에서 괴물들이 나타난 장소는 저 시커먼 나무들 근처였다. 나무들 가까이로는 가지 말아야 했다. 오스카는 달리기 시작했다. 땅이 점점 더 심하게 울렸다. 기병들의 무리가 말발굽을 울리며 그를 향해 달려오는 것 같았다. 지평선에는 아무것도 보이지 않았지만 뭔가가 으르렁대는 아득한 소리가 대지의 울림과 뒤섞여 들렸다. 하늘과 들판이 차츰 어두워지고 그림자가 그를 따라오는 것 같았다. 오스카는 숨을 헐떡이며 뒤돌아보았다. 지평선에 검은 띠가 보이더니, 잠깐 사이에 백지 가장자리에서 잉크가 번지듯 차츰 넓어졌다. 물론 저기 저 띠는 진짜 잉크 얼룩일 리가 없겠지만.

오스카는 미친 듯이 사방을 두리번거렸다. 그의 눈길이 앙상한 나무들을 살피다가 딱 멈췄다. 아까 마구 뛰어오다가 살짝 북쪽으로 방향을 틀었는데, 이 각도에서 보니 나무들이 기묘하게 보였다. 하늘을 향해 입구를 벌린 잔 모양으로. 게다가 그 잔 아래에 나뭇가지가 뱀처럼 칭칭 감겨 있지 않겠는가. 정중앙에 죽은 나무가 축 늘어진 모양은 일종의 기호, 아니 어떤 문자를 떠올리게 했다. 아주 멀리서도 알아볼 수 있는 문자, 나무들의 서명. 문자가 박힌 잔과 그 아래 똬리를 튼 뱀이라……

오스카는 케이프로 몸을 감싸고 펜던트를 꺼내든 뒤에 더 지체하지 않고 카뒤세를 뚫어져라 노려보았다. 번쩍하고 눈부신 섬광이 일어났고 소년은 그 불안한 평원에서 자취를 감추었다.

때가 되었다

악몽 같은 두 번째 우주에서 벗어났다는 생각만으로 일단 오스카는 안심했다. 두 번째 우주가 그를 두 팔 벌려 환영하지 않는다는 점만은 명백했다. 주위를 둘러보고 자기가 어디로 왔는지를 깨닫자 오스카는 마법처럼 두려움을 잊었다.

오스카는 눈을 휘둥그레 뜨고 제자리에서 한 바퀴 돌아보았다. 자기만을 위한 선물 보따리를 안고 나타난 산타클로스를 발견하기라도 한 듯, 그의 얼굴에는 웃음꽃이 피었다.

'쿠미데스 서클의 서재다. 마침내.'

지금 이 순간, 이곳보다 더 아름답고 마음에 드는 장소는 없었다. 드디어 그랜드 마스터의 자택으로 돌아왔다. 이곳에서 오스카는 열두 살의 여름을 보내며 메디쿠스들의 신기한 세계를 발견했을 뿐 아니라 자신의 특별한 능력을 자각했었다. 그토록 오랫동안 닫혀 있던 문이 지금 다시 열린 것이다.

그는 위원회가 사용하는 탁자를 한 바퀴 돌아보며 특히 위더스 부인의 전용 의자 티투스에게 살갑게 인사를 보냈다. 티투스도 등받이를 살짝 구부려 답례했다. 룸피니 백작부인의 의자 시시에게도 인사를 했다. 시시가 리본을 죄다 흔들며 인사하자 요란한 향수 냄새가 방 안에 퍼졌다. 이번만은 오스카도 높은 산에서 상쾌한 공기를 들이마시듯 그 냄새조차 깊이 들이마셨다. 그다음에는 각종 서적들이 수백 권 꽂힌 서가를 따라 걸었다. 그중 책 몇 권을 만져보기도 하고 눈으로 무엇인가를 찾다가 드디어 작은 서류첩을 꺼내어 부리나케 탁자에 올려놓았다. 그는 서류첩을 묶는 띠를 풀고 백지가 있는 면을 펼쳤다.

"줄리아! 저 기억하세요? 진짜 오랜만이지요! 돌아와서 얼마나 기쁜지 몰라요!"

오스카는 신이 나서 외쳤다. 그랜드 마스터의 소장도서들이 지닌 비범한 능력은 잊을 수가 없었다. 이곳에 있는 책에는 이미 사망한 저자의 영혼이 깃들어 있었는데, 독자가 그 영혼에게 질문을 하면 책이 면지에 글자를 띄워 대답해주었다. 생전에 브레이브 씨의 비서였던 줄리아 제이콥은 오스카가 처음으로 쿠미데스 서클에서 지낼 당시에 성실하게 그의 편이 되어주었다.

오스카는 줄리아와 '대화'를 나눌 수 있게 되어 무척 들떴다. 그러나 안타깝게도 대답이 좀체 떨어지지 않았다.

"줄리아, 듣고 있어요? 저예요, 오스카! 오스카 필!"

면지가 보일 듯 말 듯 움찔했지만 그게 다였다. 오스카는 서류첩을 제자리에 정리하고 흥분해서 다른 책을 찾았다. 그는 끈도 풀지 않은 채 서둘러 운동화를 벗고 티투스에게 물었다.

"티투스, 실례 좀 해도 될까요?"

안락의자는 망설이다가 서가로 스르르 다가왔다. 오스카는 다짜고짜 그 위로 올라갔다. 티투스가 언짢은 듯 몸을 뒤틀었다.

"죄송해요. 트램펄린 뛰듯이 올라가면 안 되는 건데……."

오스카는 사과를 하고 문 쪽을 바라보았다. 이 집의 불길한 집사 본 즈가 결정적인 순간에 끼어들어 일장 훈계를 늘어놓는 특기를 발휘하지만 않는다면……. 오스카는 목소리를 한껏 낮추어 안락의자에게 말했다.

"제가 지금 좀 급해서요."

안락의자는 고분고분하니 얌전해졌다.

오스카는 먼지 냄새가 풍기는 두툼한 가죽 표지 책을 꺼냈다. 그러고는 조심스럽게 『중세에서 근대까지의 메디쿠스 영웅서사』를 탁자에 내려놓고 누렇게 바랜 면지를 펼쳤다. 메디쿠스 소년은 다시 한 번 책과의 대화를 시도했다.

"알퐁스, 알퐁스 후작님, 저 오스카 필입니다. 여기…… 계시나요?"

이번에도 대답은 없었다. 오스카는 브레비에르 공작이자 카라뱅 후작인 알퐁스 드 생 라링스의 아름답고 민첩한 글씨들이 나타나기를 기다렸지만 허사였다. 알퐁스는 메디쿠스계에서 유명한 역사학자이자 매력적인 노신사였다. 한 가지 결점이 있다면 기억력이 왔다 갔다 한다는 것이었지만……. 설마 그 때문에 아무 말도 없는 걸까? 오스카는 차라리 그렇게 믿고 싶었다. 하지만 기억력에 아무 문제가 없는 줄리아도 침묵으로 일관하지 않았는가. 오스카는 분한 마음으로 책을 들춰보았다. 하지만 알퐁스는 이 매혹적인 서재에 거주하는 저자들처럼 내용을 모두 감추고 있었다. 책의 내용을 보이고 싶지 않은지, 아니면 브레이브 씨가 금지령을 내렸든지 둘 중 하나일 것이다. 오스카가 책을 넘길 때마다 글자들이 스르르 사라지며 책장은 백지로 변했다. 그는 책을 덮고 제자리에 꽂았다. 오스카가 쿠미데스 서클에 돌아왔다는 사실을 아직 모두 다 아는 것은 아닌 모양이었다.

오만 가지 추억들이 파도처럼 밀려왔다. 작년 여름의 일들이 또렷이 기억났다. 그는 에스텔 플릿우드의 책과 그녀의 영혼이 첫 번째 우주의 심연에서 맞은 비극적 최후를 생각했다. 오스카 때문에 벌어진 일이었다. 어떻게 그 일을 잊겠는가? 그 후로도 오랫동안 오스카는 음식물 탱크에서 초록색 빛이 솟아나고 날카로운 비명이 울려 퍼지는 꿈을 꾸곤 했으니……. 다른 책들도 아직 그 일을 용서하지 않은 걸까? 오스카의 시선이 가까이 있던 어느 책의 얼룩지고 상한 책에 가서 멎었다. 그는 얼른 고개를 돌려버렸다. 『파톨로구스 선집』에겐 말을 걸고 싶지 않았다. 작년에 당한 일을 생각하건대, 그 참을 수 없는 작자 빌리 보이드에게는 인사도 하기 싫었다.

그는 암울한 기억을 떨치고 이곳에서 경험했던 가장 근사한 순간들만을 마음속에 간직하기로 했다. 서가에서 벗어나 초상화들이 걸린 벽을 따라 걸어보았다. 메디쿠스 최고위원회를 거친 거물들, 이 세상을 떠난 기라성 같은 선조들의 초상화들이 바닥부터 천장까지 빼곡하게 걸려 있어서 벽 전체가 한 점의 조각보 같았다. 처음에는 작품 한 점 한 점이 스포트라이트를 받듯 모든 그림들이 환하게 빛나고 있었지만 지금 서재에는 크리스털 샹들리에만이 은은한 빛을 던져주고 있었다. 평소 이 그림들은 어둠에 휩싸여 있었고 액자 안의 얼굴들은 몹시 준엄해 보였다.

오스카는 이 범상치 않은 빛이 무엇을 뜻하는지 알고 있었다.

그는 벽을 마주 보고 왼손을 펜던트에 얹었다. 위더스 부인이 가르쳐준 말이 자연스럽게 그의 입에서 흘러나왔다. 행여 이 주문을 잊어버릴까 봐 얼마나 쉬지 않고 연습을 했던가.

　이 벽 너머에서 나타나소서, 영원한 이들이여,
　우리에게 보다 아름다운 삶을 보이소서.

　그 순간, 벽과 그림들이 스르르 사라지고 오스카가 있는 방과 똑같은 방이 하나 더 나타났다. 불멸의 방이었다. 위대한 메디쿠스 선조들의 영혼은 저마다 자신의 옛 초상화에 깃들여 살고 있었다. 지금 나타난 그들의 몸뚱이는 안개처럼 투명해서 꼭 다른 시대의 유령 같았다. 오스카는 그들을 모두 다 알지는 못했다. 그중 몇 명은 수십 년, 아니 수백 년 전 사람이었으니까. 그들의 지혜와 연륜은 현재 생존한 최고위원들에게 큰 도움이 되었다. 브레이브 씨, 위더스 부인, 그리고 결코 잊을 수 없는 플레처 웜 같은 사람들에게. 룸피니 백작부인은 그에게 친절했지만 속을 알 수 없는 사람이었다. 플레처 웜에게는 당장 경계심을 품었지만 모린 주베르와 다혈질 앨리스테어 맥쿨리는 오스카의 마음에 들었다. 어쨌든 최고위원이라면 누구나, 심지어 웜까지도 주기적으로 불멸회에 의견을 묻고 진지하게 경청했다. 불멸회의 일원이 이 비밀의 방에 있을 때에는 그 사실을 알려주는 신호가 있었다. 어떤 초상화가 빛이 난다면 그 초상화의 주인공이 와 있다는 뜻이었다. 그래서 오스카는 그들이 모두 모인 것을 보고도 놀라지는 않았지만 이 장면은 매우 인상적이었다. 어린 메디쿠스는 미소를 지으며 고개 숙여 인사했다. 그는 검은 양복을 입고 오른손을 가슴에 얹은 채 맨 앞에 꼿꼿이 선 남자를 보았다. 지기스문트 브레이브, 그는 윈스턴 브레이브의 3대 조부이자 자신도 그랜드 마스터를 지낸 인물이었다. 그가 시간을 초월한 이 괴상한 모임의 우두머리쯤 되는 것이 분명했다.

지기스문트가 손가락을 까딱했고 오스카는 거울을 관통하는 기분으로 살금살금 그쪽으로 다가갔다. 그러나 두 방이 완전히 똑같지는 않았다. 불멸의 방에는 서가가 딸려 있지 않았으니까. 불멸회 사람들은 책을 읽지 않았다.

오스카는 전前 그랜드 마스터와 조금 거리를 두고 멈춰 섰다. 지기스문트가 입을 벌려 어떤 단어를 발음하는 듯했지만 오스카에겐 아무 말도 들리지 않았다. 그냥 숨이 들락날락하는 소리만 나는 것 같았다.

"죄송해요, 무슨 말인지 모르겠어요. 사실…… 들리지 않아요."

노신사는 당연한 사실을 깜박 잊었다는 듯 이마를 딱 치더니 케이프 자락을 들어 막을 치듯 자기 입을 가렸다. 케이프 자락이 입술의 움직임에 따라 진동하기 시작했다. 이윽고, 동굴 안에서 울려 나오듯 기묘한 목소리가 울려 퍼졌다.

"너는…… 누구냐?"

오스카는 넋을 잃고 그 광경을 바라보았다. 학교나 집에서 즉석으로 대충 북을 만들었던 기억이 났다. 소리가 울리게 하려면 천을 팽팽하게 펴서 고정해주기만 하면 된다. 불멸의 조상은 케이프를 그런 식으로 사용한 모양이다. 오스카는 케이프에 그런 기능도 있다는 것을 모르고 있었다. 확실히 그는 배워야 할 것이 아주 많았으며 배움을 간절히 바라고 있었다!

지기스문트는 질책하듯 그를 바라보았다. 오스카는 묻는 말에 집중해야 했다.

"죄송합니다. 저는 오스카 필입니다."

그러면서도 오스카는 지기스문트가 자기를 모른다는 사실에 내심 놀랐다. 지기스문트가 다른 불멸회원들을 돌아보았다. 모두 고개를 끄덕였다.

"너는…… 어디서…… 오는 게냐?"

그 목소리가 좀 더 커지며 방 구석구석까지 깊은 울림을 남겼다. 조금 놀랐지만 오스카는 이 분위기에 끌려들어갔다.

"두 번째 우주에서 오는 길입니다. 두 왕국의 우주요."

불멸회 일원들이 동시에 한 몸처럼 고개를 끄덕였다. 지기스문트가 계속 물었다.

"너는…… 어디로…… 가려고 하느냐?"

오스카는 주저했다. 비밀 의식 같은 이 심문이 어떻게 끝날지 알 수 없었다. 다만, 기사들이 나오는 영화에서 본 것 같은 이 의식에서 존경심과 일종의 자부심을 느낄 수 있었다. 왠지 아빠도 그의 자부심을 알아줄 거라는 생각이 들었다. 그래서 그는 더욱더 자신 있게 외쳤다.

"저는…… 왕국의 끝까지 가보겠습니다! 그다음에는 다른 우주들에 가겠습니다. 한 사람의 메디쿠스가 되기 위해서……."

그는 말을 끝맺을 필요도 없었다. 불멸의 선조들은 그를 호의적인 눈으로 바라보며 귀를 기울이고 있었다. 지기스문트 브레이브가 다시 질문을 던졌다.

"거기서…… 무엇을…… 하려고 하느냐?"

"트로피들을 찾아서 가져올 겁니다. 그리고 파톨로구스들과 싸울 겁니다."

오스카는 곧장 그렇게 덧붙였다.

그의 몸에 붙어 있던 헤파톨리아의 유리병이 환히 빛나며 따뜻한 온

기를 전해주었다. 그 온기와 위대한 선조들이 그를 반기는 듯한 분위기를 느낀 오스카는 선조들에게 정말로 인정받고 가르침을 받았다는 기분을 느꼈다.

옛 그랜드 마스터가 케이프 자락을 내리자 목소리는 마지막 울림만 남긴 채 사라져갔다. 그는 다른 선조들과 마찬가지로 조용히 웃고 있었다. 지기스문트의 입술이 마지막으로 한 번 더 움직였다. 오스카는 그 입술을 보고 무슨 말인지 읽어내려 했지만 허사였다.

"환영한다, 오스카. 제대로 왔구나. 우리 조상님께서 너에게 바라시는 바를 관습에 따라 잘 말해주었다."

오스카는 환한 얼굴로 뒤돌아섰다. 그의 앞에 메디쿠스들의 그랜드 마스터이자 이 집의 주인 윈스턴 브레이브가 장중한 모습으로 서 있었다. 서재의 책들이 갑자기 박수갈채를 보내듯 책 단면으로 나무 책장을 쿵쿵 찧어댔다. 소년은 이곳에 돌아온 기쁨을 한바탕 웃음으로 표현하고 싶었다. 쿠미데스 서클과 이곳에 사는 이들을 다시 만나다니. 일 년 전에 내려놓았던, 아직 꺼지지 않은 그 횃불을 다시 들 때가 됐다. 오스카는 고개를 숙이고 흰옷을 입은 노부인에게 빛나는 미소를 보냈다. 목에 묶은 비단 스카프, 잊지 못할 빨간 안경테도 여전했다.

"잘 있었니, 나의 오스카."

위더스 부인도 오스카 못지않게 기분이 좋아 보였다.

"오스카." 브레이브 씨가 입을 열었다. "불멸회의 입단식은 크나큰 명예다. 수련의 두 번째 단계에서 모두가 그런 영광을 누리는 건 아니니까. 지기스문트께서도 다른 분들과 마찬가지로 너를 퍽 존중해주고 계시다는 걸 잊지 마라."

오스카는 너무 기뻐서 얼굴이 달아올랐다.

"내 생각에 몇몇 지인들이 너를 빨리 보고 싶어서 안달하고 있을 것 같구나. 이제 들어오라고 해볼까?"

문이 벌컥 열리더니 빨간 머리를 묶은 여자아이와 안경을 쓴 통통한 금발 사내아이가 오스카에게 달려들었다. 발랑틴과 로렌스가 여기 바로 그의 눈앞에, 생생하게 살아 숨 쉬고 있었다! 오스카는 큰 소리로 웃음을 터뜨렸지만 그동안 두 친구가 한 번도 답장이나 연락을 한 적이 없었다는 점을 책망하지 않을 수 없었다.

"어쩔 수 없었어." 발랑틴이 흥분해서 대꾸했다. "너한테 답장을 보내면 안 된다고 했단 말이야. 음, 우리도 몰래 시도는 해봤어. 심지어 로렌스까지. 너도 알잖아? 로렌스는 아주, 아주, 아주 조금만 뭐가 어긋나도 안절부절못하고 골치 아픈 일을 벌이는…….."

로렌스가 발랑틴을 밀치면서 브레이브 씨에게 미소를 지었다. 브레이브 씨는 방금 발랑틴이 폭로한 사실에 꽤 관심이 있는 듯했다.

"뭐야, 왜 이래? 너 때문에 아프잖아! 진짜!" 발랑틴이 소리 지르며 투덜거렸다.

마침내 발랑틴도 한쪽에서 팔짱을 끼고 미소를 짓고 있던 그랜드 마스터와 눈이 마주쳤다. 발랑틴은 피부색이 머리카락 색깔과 똑같아질 정도로 얼굴이 빨개져서는 눈을 깜박거렸다.

"저기요, 아주 오래 전 얘기예요. 그리고 딱 한 번이었어요. 그다음부터는 정말 안 그랬어요."

이 대답에 브레이브 씨는 믿을 수 없다는 듯이 손가락으로 팔을 툭툭 쳤다.

"그래요. 두 번이에요. 오스카와 접촉하려고 두 번 시도했어요. 하지만 실패했는데요, 뭐. 그럼 말할 것도 없잖아요, 그렇지 않나요?"

"하지만 왜 이 애들이 저한테 전화를 걸거나 편지를 보내는 걸 금지당한 거예요?"

오스카가 놀라며 물었다.

"오스카, 그건 너의 트로피 캘린더를 따르기 위해서였단다."

위더스 부인이 대답했다.

"캘린더요? 무슨 캘린더 말인가요?"

그때, 발랑틴이 로렌스에게 들으라는 듯이 말했다.

"너 알아? 내가 아까도 그랬지? 넌 항상 일과표, 캘린더, 계산 따위로 사람을 골치 아프게 만든다고. 범생이는 모두를 귀찮게 한다니까. 그런 것에 신경을 끄면 얼마나 편한데!"

"모든 메디쿠스는 내면의 캘린더를 따라야 한다. 봐라, 오스카. 말로 설명하는 것보다 이쪽이 나을 테니까."

위더스 부인이 말했다.

그들은 서재 중앙에 놓인 타원형 탁자에 다가갔다. 불멸회 일원들도 고개를 빼고 그 광경을 지켜보았다. 하지만 초상화가 걸린 벽에 보이지 않는 경계라도 있는 듯 그들의 자리에서 벗어나지는 않았다.

"네 펜던트를 줘보렴."

위더스 부인이 말했다. 오스카는 머리에서 체인을 빼고 금빛 문자를 부인에게 내밀었다. 위더스 부인은 펜던트를 쥐고 탁자 중앙에 파인 홈에 놓았다. M자가 완벽하게 착 맞물려 들어갔다. 탁자의 상판이 반으로 갈라지더니 그 사이에서 커다란 유리판이 빙그르르 회전하며 올라와 그들의 눈높이에서 수직으로 멈추었다. 유리판 한가운데에는 금빛 문자가 강렬한 빛을 뿜고 있었다. 오스카의 허리띠가 그 문자의 부름에 화답하듯 몸에서 떨어져 나가 위로 올라갔다. 그때 허리띠의 다섯 가방

아래쪽으로 다섯 우주의 이름이 유리판에 나타났다.

"와, 이런 건 처음 봐! 알퐁스 후작의 책에서도 본 적이 없어!"

로렌스가 그 광경에 넋을 잃고 감탄했다.

그는 자기가 무슨 말을 했는지 너무 늦게 깨달았다. 자기도 모르게 비밀을 고백한 셈이었다. 그동안 로렌스는 그랜드 마스터의 허락도 받지 않고 서재의 저자들과 죽이 맞아 이 책 저 책을 들춰보고 다녔던 것이다.

브레이브 씨가 발랑틴을 비난조로 흘겨보았다. 그러나 진심으로 나무라는 말투는 아니었다.

"확실히 어떤 아가씨들은 집에서 제일 얌전한 소년들에게까지 못된 바람을 집어넣는군."

발랑틴이 최대한 예쁘게 미소를 지으며 대답했다.

"시간이 걸리긴 했지만 로렌스에게 몇 가지 수법을 전수하고 말았어요. 저도 인정해요."

"네 '수법'은 너만 알고 있었으면 하는데, 아가씨."

브레이브 씨가 부드럽게 나무랐다. 그러고는 오스카에게로 시선을 돌렸다.

"트로피 캘린더에는 두 가지 특징이 있다. 우선 그 캘린더는 메디쿠스로서 네가 걸어갈 여정을 알려준다. 그리고 시간에 따라 변하지."

오스카가 눈을 들었다. 다리 앞에서 세관원이 보여주었던 석판처럼 유리판 오른쪽 상단에 그의 얼굴과 신원이 나타나 있었다. 생년월일, 고향, 학교명, 신상 명세 따위를 모두 읽을 수 있었다.

"네 허리띠 위쪽의 작은 M자가 보이니?" 그랜드 마스터나 다른 그 누구보다 기술적인 면을 중시하는 위더스 부인이 말을 이었다. 그녀가 네 번째 우주 제네티스를 맡은 데에도 이유가 있었다. "저 문자가 시간에 따라 서서히 이동한단다. 작년에는 첫째 우주의 이름 헤파톨리아 위에 가 있었지. 네가 처음으로 신체 잠입을 시도한 날부터 저 문자는 천천히 움직이기 시작했어. 오늘 아침, 드디어 M자가 둘째 우주의 이름에 도착했단다. 지금은 두 왕국 위에 있잖니. 이건 네가 그곳을 탐험할 준비가 됐다는 뜻이란다. 그 전에는 불가능했어."

언제나 설명과 지식에 집착하는 로렌스가 안경을 고쳐 쓰며 물었다.

"이런 식으로 다섯째 우주까지 나아가겠군요. 가장 신비로운 우주까지……. 그날이 오면 오스카는 그곳에 가서 마지막 트로피를 가져올 수 있겠네요, 그렇지요?"

"물론이다. 작은 M자가 세레브라에 다다를 때, 네 친구는 수련을 마치고 완전한 메디쿠스가 될 거야."

"뭐라고요! 그럼 저는 항상 다음 우주로 넘어가기 위해서 일 년씩 기다려야 하는 거예요?" 오스카가 질겁하며 물었다.

"너의 캘린더는 너의 내면을 읽을 수 있단다. 그 캘린더가 다음 우주로 넘어가기까지 필요한 시간과 M자의 이동속도를 결정하는 거야. 하지만 안심하렴. 앞으로는 M자가 다음 단계로 이동하는 중간에도 신체 잠입을 할 수 있을 테니까. 너는 경험이 워낙 부족했기 때문에 첫째 우주에서 둘째 우주로 넘어가는 동안 휴식기를 두었던 거란다."

"허리띠 아래 저 빨갛게 나타난 부분이 그 표시로군요. 봐봐, 오스카, 이제 이 다음부터 세레브라까지는 빨간 부분이 하나도 없어." 로렌스가 지적했다.

"그것도 네 캘린더가 결정할 문제다. 앞으로도 캘린더가 네가 신체 잠입을 중단하고 기다려야 한다고 판단하면 저 표시로 가르쳐줄 거다.” 브레이브 씨가 설명해주었다.

발랑틴이 끼어들었다. 아까부터 묻고 싶은 것이 있어서 입이 근질근질했던 것이다.

“브레이브 씨, 오스카가 친구들을 데리고 우주에 잠입해도 되는지는 캘린더가 결정하나요?”

그랜드 마스터가 고개를 저었다.

“아니다. 그런 일은 캘린더가 결정할 문제가 아니지.”

“그럼 누가 결정해요? 그 사람하고 꼭 말을 해봐야겠어요!”

발랑틴이 애원조로 말했다. 윈스턴 브레이브는 아주 위압적으로 발랑틴에게 얼굴을 내밀었다. 소녀는 움찔하며 고개를 숙였지만 그렇게까지 겁을 먹지는 않았다.

“얘기는 벌써 했다고 본다. 결정권을 쥔 사람은 나니까. 그리고 지금 나는 너와 로렌스가 이 자리에서 물러나는 게 좋겠다고 결정했다. 오스카, 얘기가 다 끝나지 않았으니 넌 남아 있거라.”

신체 내 세계에서 온 두 아이는 내키지 않았지만 그랜드 마스터에게 복종했다. 발랑틴이 오스카에게 윙크를 했다.

“네 방에서 기다릴게. 이제 같이 있을 수 있어! 할 얘기가 얼마나 많은지 몰라.”

로렌스는 얌전히 서재에서 나가려다가 문간에서 더 전진하지 못했다. 카스타피오르*의 목소리가 홀에 울려 퍼졌다.

“어머, 애야. 여기서 이렇게 서 있으면 안 되지. 내가 지나갈 수 없잖니!”

★ 벨기에의 유명 만화가 에르제의 만화 『탱탱의 모험』(〈틴틴의 모험〉이라는 영화로도 알려져 있다)에 등장하는 오페라 여가수.

룸피니 백작부인이 입장하기 전부터 향수 냄새가 뭉게뭉게 퍼졌다. 그녀가 18세기 프랑스 왕비님이나 입을 만한 드레스를 입고 서재에 들어서자 위더스 부인마저도 가까이 있는 의자를 붙잡고 서야만 했다. 노부인은 소매에서 손수건을 꺼내어 얼른 코를 막았다.

"안나 마리아, 위원회에 참석하면서 크리놀린 드레스*라니, 근사한 발상이군요! 이 비단, 진주, 리본…… 이걸 참…… 뭐라고 해야 하나, 정말 예쁘긴 하지만 좀…… 거추장스럽지 않나요?"

"늘 하시는 질문이잖아요. 이 정도면 아주 무난한 드레스인 걸요. 저의 일상복이랍니다."

백작부인은 바닥에서 3미터 높이에 있는 샹들리에와 조금 전에 부딪힌 가발을 바로잡으며 대답했다. 조심스러우면서도 유쾌한 웃음소리가 백작부인 뒤에서 울렸다.

"아무도 흉보지 않는다면 난 청바지 차림을 고수할래요. 안녕, 베레니스, 안녕, 윈스턴, 잘 있었니, 오스카!"

오스카는 모린 주베르를 금방 알아보았다. 이 싹싹한 여성은 그에게 헤파톨리아를 안내해주었었다. 백작부인은 치렁치렁한 장식이라면 사족을 못 쓰는 반면, 모린은 단순한 것만 좋아했다. 오늘도 그녀는 하얀 셔츠, 청바지, 모카신을 신은 아주 편한 차림이었다. 금빛 머리도 목덜미가 훤히 드러날 만큼 짧았다. 그녀는 앞머리를 옆으로 시원하게 넘기며 백작부인의 가발 꼭대기를 구경 삼아 올려다보았다. 그러고는 조그맣게 혼잣말을 했다.

"포기해야겠다, 웬만큼 높아야지……."

★ 19세기에 서양 여자들이 스커트를 부풀리기 위해 종 모양처럼 생긴 버팀대 크리놀린을 넣은 드레스.

모린은 미소 짓는 오스카에게 빛나는 시선을 보내고 자신의 전용 좌석 진저 로저스에 앉았다. 한편, 케이크를 머랭 장식으로 뒤덮듯 백작부인은 거대한 치마 버팀대로 시시를 파묻어버렸다.

앨리스테어 맥쿨리는 조금 전까지 파톨로구스들과 심하게 구르며 싸우다 온 사람처럼 헐레벌떡하며 서재에 나타났다. 그의 셔츠는 구겨졌고, 사방으로 뻗친 갈색 머리는 마치 혈기왕성한 한 마리 개를 연상시켰다. 그는 숨을 헐떡이며 전용 좌석 가브로슈에 털썩 주저앉았다.

"제가 늦은 건 아니겠지요?"

"늦지 않았어요. 이 사람아, 숨부터 돌려요. 아직 도착 안 한 사람도 있어요." 위더스 부인이 그를 안심시켰다.

"체체니아의 메디쿠스들과 모임이 있었거든요. 여러분에게 꼭 할 이야기가 있어요. 정말로 혁명을 일으켜야 한다고요!"

앨리스테어가 마구 흥분하며 말했다. 그의 시선이 탁자 건너편의 옷감 뭉치에 쏠렸다. 앨리스테어는 인상을 찡그렸다.

"음, 혁명 얘기가 나와서 그러는데 마리 앙투아네트는 이미 교수형을 당하지 않았나요? 아, 안나 마리아, 당신이었군요…….."

드레스와 괴상한 생각에 파묻힌 백작부인은 이 말에 눈곱만큼도 신경을 쓰지 않았다. 모두가 탁자에 둘러앉았다. 오스카는 서재 구석에 있는 의자로 갔다. 윈스턴 브레이브가 입을 열었다.

"거의 다 참석했군요. 곧 시작할 수 있겠습니다."

"이제 '전원' 참석입니다."

그들 뒤에서 신랄한 목소리가 대꾸했다. 플레처 웜이 이제 막 방에 들어선 참이었다. 다른 위원들은 평상복 차림이었으나—개중에는 다른 시대의 평상복도 끼어 있었지만—웜은 메디쿠스의 케이프를 두르고 있었다. 웜은 오스카를 못 본 체하고 위원들에게만 고개를 까딱하며 인사를 했다. 그러고는 그를 맞이하기 위해 이미 뒤로 빠져 있던 전용 좌석 마키아벨리에 앉았다. 메디쿠스 소년은 잠시 웜을 주시했다. 웜은 하나도 변하지 않았다. 놀랍도록 창백한 피부, 짧게 친 은발은 변하지 않는 밀랍 인형 같았다. 웜이 나타나자 오스카는 기분이 나빠졌다. 그래도 일단은 그런 생각을 하지 않기로 했다.

노크 소리가 났다. 쿠미데스 서클의 다정한 수다쟁이 요리사 체리가 찻잔과 찻주전자, 접시를 들고 나타났다. 오늘 아줌마는 밀짚 같은 금발을 작은 집게로 묶고 호리호리한 몸에 너무 커 보이는 하얀 블라우스를 입고 있었다. 오스카와 눈이 마주치자 아줌마의 눈이 환하게 빛났다. 오스카가 돌아와서 기쁜 기색이 역력했다. 아줌마가 사각사각 소리 나는 펠트 슬리퍼를 신고 탁자를 빙 둘러 와 손님 앞에 찻잔을 하나씩 놓았다. 체리 아줌마는 청소광이었기 때문에 주방의 모든 것은 번쩍번쩍 윤이 났다. 하지만 플레처 웜에게는 눈길도 주지 않고 다소 거칠게 찻잔을 내려놓았고, 오스카 앞에 와서는 딴 사람처럼 사람 좋은 미소를 지었다. 아줌마는 위원회도 아랑곳하지 않고 탄성을 질렀다.

"다시 만나서 얼마나 기쁜지! 오늘을 기념하기 위해 케이크를 만들었단다!"

아줌마는 그 말과 함께 파에야* 냄비만큼 커다란 접시를 오스카 앞에 내밀었다. 겁에 질린 오스카는 접시를 내려다보았다. 체리 아줌마의 요리를 맛본 사람이라면 그 경악할 만한 솜씨를 잊을 수 없었다.

"래디시, 오렌지, 올리브 오일로 만든 케이크에 계피 크림을 곁들였

★ 스페인식 볶음밥.

단다. 내가 만든 요리가 그리웠지?"

아줌마는 자신만만하게 말했다.

"그럼요, 아줌마는 상상도 못하실 거예요."

오스카는 이렇게 말했지만 눈앞의 이상한 물체를 먹어야 한다는 생각만으로도 목소리가 잘 나오지 않았다.

브레이브 씨가 오스카를 구해주었다.

"고맙소, 체리. 누가 오스카 몫의 케이크를 빼앗아 먹지 못하도록 내가 잘 지켜보겠소."

모두들 서둘러 이 말에 고개를 끄덕이자 아줌마는 서재에서 나갔다. 그랜드 마스터가 다시 말문을 열었다.

"오스카, 일단 위원회는 너에게 축하를 보낸다. 너는 다리의 시험을 통과했고 그런 너를 불멸회는 이례적으로 맞아주었다." 그랜드 마스터는 바로 옆에서 조용히 이 광경을 지켜보는 불멸의 영혼들 쪽으로 고개를 돌렸다. "이제 너는 복잡하기 이를 데 없는 두 번째 우주에 들어가게 됐구나."

마침내 웜도 아무 말 없이 날카로운 눈을 오스카에게로 돌렸다. 오스카는 그 시선을 피하지 않았다. 어쨌든 저 음침한 사람은 다른 위원들처럼 기뻐하지 않는 것이 분명했다.

윈스턴 브레이브는 어린 메디쿠스에게 주의를 주기 위해 목청을 좀 더 돋우었다.

"위험하고 복잡한 곳이다. 우리 중에서 둘째 우주를 가장 잘 아는 사람이 하는 말을 잘 듣고 명심해야 해."

"어이, 오스카, 바람의 왕국과 폼페이 왕국에 온 것을 환영한다!" 앨리스테어 맥쿨리가 의자를 박차고 일어나며 의기양양하게 말했다. "우리는 이제 곧 한 팀이 될 거야. 준비되었니?"

오스카는 열렬하게 고개를 끄덕였다. 앨리스테어에게는 왠지 믿음이 갔다. 그가 둘째 우주의 전문가라는 사실은 이미 알고 있었고 그뿐만이 아니라도 직설적인 데다가 오스카 못지않게 혈기 넘치고 규율과 담 쌓은 청년으로 보이는 앨리스테어에게는 왠지 호감이 갔다. 두 사람은 틀림없이 호흡이 잘 맞을 것이다. 그때 위더스 부인이 끼어들었다.

"내가 상기시켜줘야 할까요, 앨리스테어. 팀 얘기라면 어제 우리가 합의하기를……."

"바로 그거야! 두 왕국은 첫째 우주와 조금도 비슷한 구석이 없어. 그래서 난 오스카 너 혼자 여행하는 건 바람직하지 않다고 생각했지."

"그럼 다른 메디쿠스들도 우리와 함께 가나요?"

오스카가 흥미롭다는 듯이 물었다.

"그래, 너처럼 어린 메디쿠스들이 함께 갈 거야. 모두 첫 번째 트로피를 가져오고 다리를 건너는 데 성공한 아이들이지. 즉, 집단행동이야. 많은 수가 뭉칠수록 강해지지! 꼭 혁명을 일으키려는 조직 같지 않아?"

"그래, 고마워요, 앨리스테어. 정말 그렇네요." 청년의 열렬한 장광설이 시작될까 봐 걱정된 위더스 부인이 그쯤에서 그를 막았다. "이제 앞으로 오스카와 함께할 아이들을 소개해줄래요?"

의외의 인물

오스카는 조급하고 불안한 심정으로 서재 입구를 바라보았다. 그는 사교적이었지만 아주 독립적이기도 했다. 특히 모험에 뛰어들 때에는 더욱더 그랬다. 마음이 잘 맞지 않는 친구들과 낯선 곳에 가게 될까 봐 걱정됐다. 문이 열리고 근엄한 집사 본즈가 방으로 들어왔다. 그 뒤를 따라 들어온 영리한 눈매의 삐쩍 마른 소년을 보고 오스카는 쾌재를 불렀다. 같은 반의 에이든 스펜서였다. 수줍음 많지만 오스카처럼 작년부터 수련을 시작한 용감한 메디쿠스 소년이었다. 오스카는 왜 에이든이 개학 날 갑자기 없어졌는지 알 것 같았다. 그도 아마 허공에 뜬 돌을 타고 세관원, 목소리의 수수께끼 따위를 상대하느라 바빴을 것이다……

그 뒤로 또 다른 소년이 들어왔다. 조금 헷갈렸지만 오스카는 금세 생각을 바꾸었다. 그 아이는 소년이 아니라 소녀였다. 그 아이는 청바지, 파란 후드티, 검정색 운동화 차림에 밤색 머리칼을 아주 짧게 잘랐고 주머니에 손을 찌른 채 곧은 다리를 벌리고 서 있었다. 아무래도 이 여자애가 에이든보다 두 배는 힘이 셀 것 같았다.

"오스카, 에이든과는 이미 아는 사이지? 그리고 이쪽은 샐리 벙커. 아버지가 바빌론 하이츠에서 정육점을 하신단다."

오스카는 소녀를 바라보았다. 그쪽도 인사를 건넸다. 체격이 아주 좋아서 아버지 정육점에서 소 한 마리를 번쩍 들 수도 있을 것 같았다!

"음, 서로 소개가 끝났으면 정리를 좀 해볼까, 친구들."

앨리스테어는 극지방 빙하 탐사대의 대장 같은 분위기였다.

자연스럽게 탁자 앞에 모인 세 아이는 앨리스테어의 말에 귀를 기울였다. 아이들은 모두 두 번째 우주에 놀라운 것들이 들끓는다는 사실을 알고 있었다. 따라서 앨리스테어의 충고는 꼭 새겨들어야 할 터였다.

"우선, 두 왕국이 숫자 2와 관련이 있다는 걸 알아야 하는데……."

레이스 더미에서 방금 몸을 일으킨 안나 마리아가 길게 한숨 쉬었다.

"그런데 앨리스테어, 이 꼬마들은 당신보다 더 괄괄해 보이는데, 과장해서 하는 말은 아니고, 난 당신만 보면 머리가 아파요, 아무튼 그 정도는 당연히 짐작하지 않겠어요! 두 왕국이니까 2겠지, 뭐!"

짜증이 난 앨리스테어가 아까보다 다리를 더 심하게 건들거렸다.

"그게 바로 중요한 거야. 두 왕국, 두 개의 트로피! 혹은 하나를 이루는 절반의 트로피들이라고 할 수 있겠지."

아이들은 어안이 벙벙해서 서로 얼굴만 바라보았다.

"그럼 한 우주에서 두 개의 트로피를 가져와야 하는 건가요? 하나는 너무 시시해서요?"

에이든이 믿을 수 없다는 듯이 물었다.

"두 개를 가져오라면 두 개를 가져와야지. 출발은 언젠가요?"

샐리가 딱 잘라 말했다. 이 아이도 꽤나 직설적인 듯했다.

"앨리스테어도 우리와 함께 가요?" 오스카가 물었다.

"처음에는. 길은 터줘야지. 그다음부터는 너희끼리도 다닐 수 있을 거야. 때가 되면 설명해줄게."

오스카는 수수께끼도, 중간에 이야기가 끊기는 것도 좋아하지 않았다. 그래서 고집스럽게 계속 물었다.

"어떤 트로피들을 가져와야 해요?"

"기다려봐." 말은 이렇게 했지만 앨리스테어도 진득한 성격은 아니었다. 그는 수수께끼 같은 말을 남겼다. "떠나기 전에 한 번 더 만날 기회가 있을 거야. 여행을 떠나려면 몇 가지 준비가 필요할 거다."

그랜드 마스터가 결론을 내렸다.

"얘기가 끝났으면 여기 계신 위원들의 의견을 모아보고 싶군. 여러분은 이 세 명의 어린 메디쿠스들이 함께 오랜 여행을 떠나는 데 동의합니까?"

위원 네 사람은 찬성했다. 그러나 웜은 그저 침묵을 고수했다.

"반대자가 한 명도 없으니 모두 동의한 것으로 간주합니다." 브레이브는 웜의 반응을 살피며 이렇게 선언했다. "여러분, 이게 무슨 뜻인지 아십니까? 이 소년 소녀들이 여러분을 의지할 수 있어야 한다는 말입니다. 연장자가 마땅히 해야 할 역할이지요. 여러분 각자가 책임진 우주에서나, 아니면 다른 우주에서도요. 여러분을 믿어도 되겠습니까? 아시다시피 지금은 그 어느 때보다 연대가 필요합니다."

오스카는 그랜드 마스터의 의중을 헤아릴 수 있었다. 일 년 전에 어둠의 왕자 라즐로 스카스데일이 탈출했다는 소식은 삽시간에 퍼져나갔고, 이제 온 인류는 다시 한 번 위협에 직면했다. 파톨로구스들은 치유할 수 없는 질병을 퍼뜨릴 수 있고 신체 내에서 그들과 맞서 싸울 힘을 지닌 존재는 메디쿠스들뿐이었다. 윈스턴 브레이브와 다른 위원들도 여기저기서 비보를 접했을까? 오스카는 그랬을 거라고 짐작했다. 그와 친구들도 본즈 집사를 구하기 위해 이미 파톨로구스와 대결을 벌이지 않았던가. 그들의 적이 가만히 있을 리 없었다. 그 점은 분명했다.

안나 마리아 룸피니가 지나치게 엄숙한 분위기를 풀어주었다.

"당연히 이 아이들을 도와야지요. 아시면서 왜 그래요, 윈스턴. 게다가 애들이 얼마나 빠릿빠릿해 보이는지. 특히 이 빨간 머리 꼬마 필을 보세요. 베레니스, 이 아이가 비탈리 필을 쏙 빼닮아 참 잘생겼다고 생각하시지요? 아주 빼다 박았어요!"

"얼굴만 닮은 건 아닐 거예요."

위더스 부인은 미소를 지으며 그렇게만 대꾸했다. 부인의 작은 눈이 안경 안에서 번득였다. 오스카는 처음부터 위더스 부인은 믿고 의지할 수 있었다. 그 점은 의심하지 않았다.

묵묵히 앉아 있던 모린 주베르도 이렇게 말했다.

"오스카, 네가 헤파톨리아를 떠난 이후로 내가 보트 모는 솜씨도 아주 늘었다는 거 아니? 이제 모터보트 운전은 식은 죽 먹기야, 심지어 폭포에서도 몰 수 있다니까! 너와 네 친구들은 마음 놓고 떠나도 돼. 혹시 헤파톨리아나 다른 곳에서 도움이 필요하면 내가 가줄게."

윈스턴이 일어나며 마무리했다.

"좋습니다. 그러면 다 결정되었고 모두 돌아가서도 좋습니다. 베레니스, 혹시 더 할 말씀이라도…….”

"아마 제 의견에 흥미가 있으실 겁니다, 친애하는 윈스턴."

위원회가 시작된 후부터 지금까지 석상처럼 꼼짝 않고 있던 웜이 처음으로 입을 열었다. 그랜드 마스터가 다시 착석하고 위더스 부인은 몸을 일으키며 주의를 곤두세웠다. 웜은 이야기가 다 끝날 즈음에 끼어들어 일을 뒤집어엎는 특별한 재주가 있었다.

"물론입니다. 말씀해보세요."

그랜드 마스터가 성가신 기색을 감추려고 애쓰며 말했다.

웜은 이야기를 꺼내기 전에 좌중을 조용히 시키고 싶은 듯 잠시 사이를 두었다.

"여러분은 필 가의 아이가 합류한 것에 대해 제가 어떻게 생각하고 있는지 아실 겁니다." 그는 일부러 이 말을 몇 번씩 되풀이하며 즐기는 모양이었다. "하지만 결정에 따르겠습니다. 나는 이 세 아이가 두 번째 트로피, 아니 절반의 트로피들을 가져오는 데 반대하지 않습니다. 게다가 우리의 젊은 피 맥쿨리 군의 아이디어는 아주…… 좋다고 봅니다."

앨리스테어가 얼굴을 찌푸렸다. 웜은 앨리스테어의 나이가 어리다는 점을 강조하며 그를 애송이 취급하는 악취미가 있었다. 앨리스테어가 말대꾸하려는데 브레이브가 눈치를 주며 웜에게 계속 말해보라고 했다.

"이 아이들은 경험이 부족합니다. 서로 돕고 연대하는 법을 배우려면 단체 활동이 최고지요."

"모두가 알다시피, 서로 돕고 힘을 합치는 데에 당신만한 분이 없지요."

앨리스테어는 이렇게 비꼬며 통쾌해했다. 웜은 신경질적인 미소로 답할 뿐이었다.

"윈스턴, 당신이 어린 메디쿠스들의 입문을 앞당기기로 결정했을 때 나도 협력하겠노라 했었지요. 잊지 않으셨을 겁니다."

"내가 필요하다고 판단하면 반드시 도움을 요청하겠다고 대답했었지요."

윈스턴이 분명히 짚고 넘어갔다. 그 역시 다른 위원들과 마찬가지로 윔의 꿍꿍이를 경계하고 있었다.

"어떤 도움이 필요할지 예상해보고 싶었습니다."

윔이 신랄한 목소리로 느릿느릿 대꾸했다. 살짝 어깨를 으쓱하면서.

지금처럼 은근하게나마 그랜드 마스터에게 반기를 들 수 있는 위원은 플레처 윔 한 사람밖에 없었다. 이번에는 윈스턴 브레이브가 분노를 억눌러야 했다. 그는 주먹을 으스러지게 쥐며 입을 다물었다. 윔의 말이 이어졌다.

"나는 당신 말대로 했습니다. 그래서 어린 메디쿠스들을 양성하기 위해 노력했지요. 아이들을 친히 내 밑에 두었습니다. 윈스턴 당신이 이 어린 소년에게 그랬던 것처럼 말입니다. 그런 것이 연장자의 역할이지요, 그렇지 않습니까, 윈스턴?"

브레이브가 자신의 전용 좌석 카롤루스 마그누스의 팔걸이를 밀며 자리에서 일어났다. 그 의자의 등받이에 새겨진 M자와 그 속에 박힌 초록색 보석이 얼음처럼 차갑게 빛났다. 지금 이 순간 그랜드 마스터의 기분을 그대로 반영하는 듯했다.

"그 얘기는 나중에 합시다. 더 하실 말씀이 없다면 해산하겠습니다."

"더 할 말은 없습니다."

이번에는 모두가 일어났다. 플레처 윔 한 사람만 빼고.

"할 말은 없지만 '소개'는 해야겠습니다."

윔은 마키아벨리에 느긋하게 앉아서 덧붙였다.

"소개라니요? 누구를 소개한다는 말인가요?"

구불구불한 컬과 가짜 머리채 더미를 간신히 그럭저럭 바로잡은 백작부인이 놀라며 물었다.

윔은 서두르지 않고 일어나 저만치 걸어가 서재 문을 열었다. 그가 손짓을 하자 오스카 또래의 다른 여자아이가 나타났다. 그 아이는 문틀에 꼿꼿하게 서서 자기가 감히 들어가도 괜찮을지 모르겠다는 듯 서재 안을 들여다보고는 이윽고 단호하게 한 발짝 들어왔다. 처음 보는 여자아이였다. 오스카는 소녀를 머리부터 발끝까지 뜯어보았다. 소녀는 감청색 치마에 파란 양말과 샌들을 신었고, 줄무늬 블라우스의 단추는 목까지 모두 채웠다. 오스카도 싹싹한 성격은 아니었지만 저 여자아이도 만만치 않겠다는 생각이 들었다. 소녀는 얼굴이 갸름했고 아주 예쁘지도 못생기지도 않았지만 쪽 찌어 올린 머리, 살짝 들린 코, 꼭 다문 얇은 입술이 깐깐한 여자 가정교사 같은 인상을 주었다.

웜은 소녀를 안으로 잡아끌었다. 그 아이는 웜에게 험악한 눈길을 주고는 그의 손을 홱 뿌리쳤다. 웜도 더 이상 재촉하지 못했다.

"내가 아이리스 플록하트에게 여기 오라고 했습니다. 그래야 이 소녀에게 함께 신체 여행을 떠날 친구들을 소개할 수 있을 테니까요. 이 아이도 다른 아이들처럼 첫 번째 트로피를 갖고 있고 다리의 시험을 통과했습니다. 준비는 충분하다고 봅니다."

가장 먼저 반응한 사람은 위더스 베레니스였다.

"플레처, 어째서 위원회가 열리기 전에 미리 말하지 않았나요? 이렇게 갑자기 허를 찌르다니, 우리도 의견을 내놓을 권리가 있다고요."

"당신이 우리에게 아무 말도 안 하고 혼자서 꼬마 필을 입문시키기로 작정했을 때에도 우리에겐 분명히 그런 권리가 있었지요. 비탈리 필이 어떻게 됐는지 우리 모두가 똑똑히 알고 있었는데도 말입니다. 하지만 우리 모두가 알다시피 아이리스의 아버지는 감옥에서 생을 마감하지도 않았고 그 가문이 기사단에서 제명되지도 않았습니다. 따라서 당신이 그 애는 받아들였으면서 이 아이를 거부하시는 이유를 도무지 이해하지 못하겠습니다."

위더스 부인과 윈스턴 브레이브의 눈이 마주쳤다. 이어서 부인은 다른 위원들의 눈빛도 보았다. 그들은 함정에 빠졌고 웜이 데려온 아이를 받아주는 것 외에는 다른 방법이 없었다.

모린이 마지막으로 한 번 더 이의를 제기해보려 했다.

"제 생각에는 원정을 지휘하고 이 아이들을 지도할 당사자 앨리스테어의 의견이 가장 중요할 것 같네요. 그러니 그의 결정에 따르는 게 합당하다고 봅니다. 우리 모두요."

웜이 말할 틈을 주지 않고 곧바로 앨리스테어 쪽으로 고개를 돌렸다.

"아까 뭐라고 했나, 젊은이? 많은 수가 뭉칠수록 강해진다고 했지? 나는 이 플록하트라는 아이가 집단에 완벽하게 적응해서 큰 힘을 보태줄 거라고 믿어 의심치 않네."

앨리스테어가 윈스턴 브레이브의 눈치를 살피자 브레이브는 수긍했다.

"그렇다면 아이리스도 참여하는 겁니다. 그렇게 결정했습니다."

그랜드 마스터는 딱 잘라 말했다.

웜은 흡족한 기색으로 문으로 다가갔다.

"악과의 싸움에서 쓸데없는 시간 낭비를 해서는 안 되겠지요. 그래서 마지막으로 한 명 더 소개할까 합니다. 이 아이도 여러분이 모두 잘 아는 집안 출신입니다."

웜은 모든 반대의 싹을 자르겠다는 듯이 미리 쐐기를 박았다.

"나는 이 어린 메디쿠스를 전적으로 신뢰하고 있습니다. 그리고 이 아이도 꼭 이번 탐사에 참여하기를 바랍니다, 윈스턴."

문이 벌컥 열리며 키가 크고 어깨가 떡 벌어진 소년이 서재에 등장했다.

오스카는 천장이 무너지는 것 같은 기분이 들었다.

사고

"모스! 로넌 모스라니!"

로렌스는 넋 나간 사람처럼 방금 오스카에게 들은 이름을 세 번째 되풀이했다.

발랑틴도 화가 나서 펄쩍 뛰었다.

"그 둔해빠진 천치가 메디쿠스라니! 말도 안 돼, 도저히 믿을 수가 없어. 게다가 그 자식의 뒤를 플레처 웜이 봐주고 있다면 뻔한 거 아냐……. 어쨌든 나라면 절대 그 녀석을 믿지 않을 거야. 그 점은 분명해. 그 자식이 내가 모는 적혈구에 타기라도 하면 아주 재미나겠는걸!"

오스카 본인은 얼마나 놀랐겠는가. 그는 서재 문을 넘어오는 발만 보고도 로넌 모스라는 것을 알았다. 더불어, 지금부터 매사가 꼬이기 시작할 것이라는 사실을 알고도 남았다.

"그 자식이 두 번째 우주 여행에 합류할 거라는 생각만 해도! 아이리스라는 여자애도 여간내기가 아닐 것 같아. 두 왕국에 도사린 위험보다

개들이 더 끔찍하게 느껴진다니까."

"그런데 왜 그랜드 마스터는 개들을 받아준 거야?"

그러자 그사이에 정신을 차린 로렌스가 대꾸했다.

"선택의 여지가 없었으니까 그랬겠지. 너도 윔이 뭐라고 했는지 들었으면서……."

그 순간, 발랑틴이 로렌스를 책망하듯 쏘아보았다. 오스카가 그런 발랑틴을 보고 이상하다는 듯이 물었다.

"윔이 뭐라고 했는지 들었다고? 하지만…… 너희는 이 방에 올라와 있었잖아? 너희가 서재에서 하는 이야기를 엿듣는 걸 본즈가 허락했을 리도 없고."

발랑틴이 헤파톨리아 소년의 팔을 꼬집었다.

"배신자 같으니, 가버려. 그래, 알았어."

발랑틴이 일어났다. 그러고는 장작을 때는 난로 뒤를 뒤적거리더니 임시변통으로 만든 괴상한 도구를 꺼내어 오스카에게 내밀었다.

"이게 뭐야?"

오스카는 제레미의 시장에서 건진 듯한 조잡한 물건을 이리저리 돌려보았다. 늘 주변의 모든 것을 연구하는 데 열심인 로렌스가 대답을 해주었다.

"음성 탐지기야. 너도 알겠지만 금속은 소리를 잘 전달하거든. 그래서 서재와 거실을 지나 우리 방까지 들어오는 난방관에 철사를 부착했어. 접촉면을 늘리기 위해 통조림 깡통에다가 철사를 칭칭 감고 깡통 끝에다가 확성기도 달았지. 그래서 이 호기심 대장 아가씨가 아래층에서 오가는 얘기를 다 들을 수 있었던 거야. 사실, 나는 방법만 가르쳐줬고 저 아래 제리의 작업실에서 이것저것 훔쳐오는 일은 발랑틴이 다 했어. 어, 누구 내 안경 못 봤니?"

"네가 깔고 앉았잖아. 늘 그러면서." 발랑틴은 자신의 소중한 첩보 장비를 다시 집어넣으며 대꾸했다. "음, 그래서? 꼭 그렇게 다 알아야 속이 시원해?"

"대단하다. 굉장한데, 로렌스. 범생이에서 비행청소년이 되고 있구나." 오스카가 킬킬대며 말했다.

"내가 좀 세게 밀어붙이긴 했어." 발랑틴은 빨간 머리채를 만지작거리며 순순히 인정했다. "이분께서 책, 물리학, 계산, 그 밖의 복잡한 것들을 워낙 좋아하시니 잘됐지 뭐야. 앨리스테어 말이 맞아. 여럿이 뭉칠수록 힘이 세진다고……."

로렌스가 안경다리를 다시 펴고 평소의 진지한 얼굴로 돌아왔다. 그는 예의 완전무결한 논리를 발휘하여 이렇게 지적했다.

"어쨌든 이렇게 허술한 물건을 가지고는 로넌 모스를 이길 수 없을걸. 내가 놀란 부분은, 웜이 그 두 아이가 탐사단에 들어가야 한다고 고집을 피웠다는 거야. 왜 그랬을까? 웜은 그 두 아이들만 단독으로 두 번째 우주로 보낼 수도 있잖아. 아니면 자기가 직접 동행하든가."

"웜은 나를 싫어해. 그건 명백한 사실이지. 아마 내가 트로피를 가져오지 못하게 로넌을 시켜 방해하려는 건 아닐까?"

"로넌이 네가 트로피를 가져오지 못하게 '우리'를 방해할 거라고 해야지! 우린 너와 함께 갈 거니까. 내가 책임지고 모두를 설득하겠어." 발랑틴이 오스카의 말을 정정했다. 소녀는 아주 자신만만했다.

"그럴 수는 없어. 난 최대한 빨리 트로피를 찾아서 세 번째 우주로 넘어가야 해. 게다가 너희도 함께 가는 건 너무 위험해."

발랑틴이 양손을 허리에 짚고 일어났다. 그녀는 비웃는 기색으로 쏘아붙였다.

"어라, 이 허세 부리는 꼴 좀 보라지. '너무 위험해.'라니. 다시 한 번 일깨워주겠는데 우린 작년에 이미 최악의 사태를 겪었어. 게다가 우리가 없었으면 헤파톨리아의 유리병은 절대 가져오지 못했을 거라고, 애송이 메디쿠스님!"

"좋아, 그 문제는 나중에 다시 얘기하자."

오스카가 발랑틴을 진정시키기 위해 그렇게 말했다.

그는 새벽에 집을 박차고 나온 후로 처음 손목시계를 보았다. 벌써 오전 10시가 다 되었다. 엄마가 분명히 일어났을 것이다. 운이 좋아 엄마가 그를 아직 깨우러 오지 않았다면 그가 없어진 것을 아직까지 아무도 모를 수도 있다. 하지만 어제저녁 일이 기억에 엄습했다. 늦은 귀가, 엄마의 꾸중, 비올레트와 오스카가 배리 헉슬리 아저씨를 대하는 태도에 엄마가 마음 아파했던 일. 상황을 더 악화시킬 수는 없었다. 오스카는 벌떡 일어났다.

"바빌론 하이츠로 돌아가야 해."

그러자 발랑틴이 대뜸 불평을 했다.

"오, 안 돼, 오스카, 이제 겨우 다시 만났는데! 이번 주말엔 여기에서 자고 가면 안 돼? 체리 아줌마가 분명히 네 방을 깨끗이 청소하고 준비해두었을 거라고! 있잖아, 작년부터 우리도 방을 하나씩 갖게 됐어!"

"그럼, 일 년 내내 여기 있었던 거야?" 오스카가 놀라며 물었다.

"응. 솔직히 말해서 나도 발랑틴에게 지지 않을 만큼 여기 있고 싶어 했지. 이상했지만, 브레이브 씨는 바로 우리 청을 들어주었어. 그때는 나도 굳이 이유를 캐묻고 싶지 않았고." 로렌스는 두 손을 동그란 배 위에 얹고 말했다. "이봐, 여기 있어, 오스카. 학교는 월요일에 가면 되잖아! 할 말이 얼마나 많은데!"

오스카는 주저했다. 그는 결국 이렇게 제안했다.

"나한테 더 좋은 생각이 있어."

15분 후, 브레이브 씨의 리무진이 쿠미데스 서클에서 출발했다. 차에는 오스카와 두 친구가 타고 있었고 서둘러 꾸린 트렁크가 실려 있었다. 다행히도 차창에 진하게 선팅이 되어 있어서 아무도 운전수의 얼굴을 볼 수 없었다. 열두 살쯤 된 여자아이가 아저씨의 무릎에 앉아 운전대를 붙잡고 있었던 것이다.

"클러치를 밟아주세요, 제리 아저씨, 클러치를 밟으라고요! 기어를 변속할 거예요. 두 시간 동안 다른 차 뒤꽁무니만 따라갈 순 없다고요! 액셀러레이터를 밟으세요!"

친구들이 걱정스럽게 바라보는 가운데 발랑틴은 상냥한 제리 아저씨에게 이런저런 훈계를 늘어놓았다. 뒷자리에 앉은 오스카가 몸을 앞으로 내밀었다.

"발랑틴, 너 확실히……."

"확실하고 분명하다니까. 제리 아저씨에게 허락받아서 자주 운전해 봤단 말이야. 맞지요, 아저씨? 내 발이 페달에 닿지 않으니까 아저씨 무릎에 앉아서 아저씨 다리를 빌리는 것뿐이야. 두 운전수가 함께 실력을 보여준다는데 뭐가 불만이야? 나를 믿어봐."

제리는 발랑틴을 자랑스러워하며 고개를 끄덕였다. 그러자 발랑틴은 아저씨의 수염에 쪽 하고 뽀뽀를 했다. 제리 아저씨와 체리 아줌마는 자식이 없었다. 그래서 아저씨는 애교 많은 발랑틴에게 푹 빠져버린 것이다. 오스카는 항복했다. 로렌스는 자동차가 움직이는 내내 조심해야 한다, 규칙을 지켜야 한다, 라며 잔소리를 늘어놓았지만 두 운전수들은 건성으로 대답했다. 그때 타이어가 끼익하고 도로를 긁는 소리, 충격음이 일어났다. 제리가 급히 브레이크를 밟았다. 그들이 탄 리무진 말고, 바로 앞 자동차에 뭔가가 부딪쳤던 것이다.

"얘들아, 너희는 차 안에 있어라."

제리 아저씨가 일렀다. 아저씨는 차에서 내려 사고 지점으로 걸어갔다. 잠시 후, 차 안에서 가만히 기다리고만 있을 수 없었던 발랑틴과 두 소년도 리무진에서 내려 아저씨 옆으로 다가갔다. 모두 도로에 쓰러진 사람을 보고 얼이 빠졌다.

"맥쿨리 씨!"

앨리스테어는 아직도 충격이 가시지 않은 듯 힘겹게 몸을 일으켰다. 그를 차로 들이받은 운전수가 바로 옆에서 무릎을 꿇고 있었다. 제리 아저씨는 그 운전수를 밀치고 앨리스테어를 살펴보았다. 아이들이 걱정스러운 얼굴로 그 주위를 빙 둘러쌌다.

"앨리스테어! 제 말 들려요? 저예요, 오스카. 오스카 필이에요!"

앨리스테어가 알아들을 수 없는 말을 구시렁대며 자기 머리를 문질렀다. 사고를 낸 남자가 사과를 했다.

"미안하다, 내가 제대로 보지 못했구나. 이 사람이 갑자기 뛰어들어서 겨우 브레이크를 밟기는 했는데……."

발랑틴이 그 아저씨를 비난하고 나섰다.

"뭐예요, 아저씨. 도대체 어디서 운전면허를 딴 거예요? 차를 몰 줄 모르면 자전거를 타야죠!"

로렌스가 어이없다는 듯이 허공을 쳐다보았다. 그는 오스카에게 물었다.

"사람이 어쩜 저렇게 뻔뻔할 수 있냐?"

얼굴에 칼자국이 있는 남자는 험악한 눈길로 발랑틴을 노려보았다.

"지금 내가 일부러 그랬다는 거냐?"

그사이에 앨리스테어는 정신을 차렸다. 제리 아저씨는 앨리스테어에게 계속 누워 있으라고 했다.

"구급차를 불러야겠습니다, 맥쿨리 씨. 그게 좋겠어요. 움직이지 말고 누워 계십시오. 어딘가 부러지기라도 했다면……."

"아뇨, 괜찮아요……. 됐습니다. 걱정하지 마세요."

앨리스테어는 도로에 앉아 그렇게 말했다.

"정말 괜찮으세요? 이상이 있으면 제가 병원까지 모셔다드릴게요." 발랑틴이 물었다.

"얘 말은 듣지 마세요. 구급차를 부를게요. 제리 아저씨 말씀이 옳아요. 만약이라는 것도 있으니까." 로렌스가 말했다.

"아니, 괜찮다니까. 난 아무렇지도 않아. 이만 돌아가서 쉬어야겠다. 다 괜찮을 거야."

앨리스테어가 자기 몸을 여기저기 만져보고 그렇게 말했다.

"어휴, 메디쿠스들은 자기가 천하무적인 줄 안다니까요."

오스카가 팔꿈치로 로렌스를 쿡 찔렀다. 사고를 낸 남자가 당황스러운 표정으로 그들의 얘기를 듣고 있었던 것이다. 남자는 안심이 되지 않는다는 듯 이렇게 말했다.

"원하신다면 바로 이 근처에 병원이 있으니까 함께 가시지요. 이 친구들 말이 옳아요. 의사에게 한번 보이는 게 좋겠습니다."

앨리스테어도 더는 거절할 수 없었다. 제리 아저씨가 우람한 팔로 그를 부축해 일으켰다. 모두 차에 타고 두 거리쯤 더 가서 작은 건물 앞에 내렸다. 건물 정면에 길쭉하고 빛나는 병원 간판이 붙어 있었다.

일행을 그 병원으로 데려온 남자가 앞장섰다. 병원에 들어서자 남자가 어떤 의사를 만났다. 제리 아저씨보다도 키가 작고 등이 굽은 남자였는데, 그는 사방으로 부산하게 오가며 수염에 가려져 있는 입으로 투덜거렸다.

"따라오시오, 스레이나 찍어봅시다!"

의사가 앨리스테어에게 말했다. 발음이 뭉개져서 뭐라고 하는지 잘 들리지 않았다.

"스레이? 그게 뭐야?"

발랑틴이 물었다. 제리 아저씨가 발랑틴에게 눈을 부릅떴고 남자아이들은 발랑틴을 밀쳤다. 오스카는 앨리스테어를 혼자 두고 싶지 않기 때문에 이렇게 말했다.

"우리도 함께 가겠습니다."

앨리스테어는 침대에 드러누웠고 모두들 유리벽으로 둘러싸인 대기실로 들어갔다. 과학과 기술이라면 환장을 하는 로렌스는 구경거리를 조금이라도 놓칠세라 눈에 불을 켰다.

"여러분은 광선을 쐬면 안 되니까 들어가요."

의사의 설명이었다. 침대가 레일 위로 스르르 미끄러졌고 앨리스테어의 몸뚱이는 커다란 금속 튜브 속으로 들어갔다. 대기실 화면에 신체의 여러 부분들이 영상으로 나타났다. 마치 신체 기관을 하나하나 살펴보기 위해 앨리스테어의 몸을 분해하기라도 한 것 같았다. 몇 초 후, 앨리스테어가 다시 튜브에서 나왔다.

"됐습니다."

의사가 말했다.

"됐다는 건 우리도 알거든요."

발랑틴이 가만히 있지 못하고 성급하게 말했다.

"전부, 다, 이상 없다고요. 멍이나 좀 들고 말 겁니다. 이제 가도 좋습니다."

오스카는 기뻐하며 앨리스테어에게 달려가 서둘러 그를 일으켰다. 앨리스테어는 인상을 찡그리며 그럭저럭 제 발로 병원을 나왔다. 그는 지쳐 보였고 아까 사고를 당했을 때보다 더 녹초가 된 것 같았다. 하지만 걱정하는 아이들에게는 이렇게 말했다.

"금방 괜찮아질 거야."

보도로 나오자 사고를 낸 남자는 마뜩찮은 기색으로 사과의 말을 몇 마디 더 웅얼거리고는 미련 없이 가버렸다. 어쨌든 이제는 모두가 안심했으므로 더 붙잡을 이유도 없었다. 앨리스테어는 리무진에 탔고 제리 아저씨가 그의 집까지 운전했다. 청년은 현관까지 데려다주겠다는 아저씨의 제안을 거절했다.

"이제 다 나았어요. 걱정하지 않으셔도 됩니다."

앨리스테어는 아이들에게 손짓으로 인사를 하고 계단을 올라가다가 갑자기 뒤돌아섰다. 제리가 차창을 내리자 앨리스테어가 얼굴을 내밀고 이렇게 말했다.

"브레이브 씨에겐 말씀드릴 필요 없어요, 제리. 아셨죠? 이제 다 됐어요. 별것 아닌 작은 사고였을 뿐이에요."

"알았습니다. 맥쿨리 씨."

"안녕히 가세요. 또 보자, 오스카!"

"안녕히 가세요!"

오스카도 인사를 했다.

얼마 지나지 않아 일행은 바빌론 하이츠를 지나 오스카네 집 앞에 도착했다. 아까의 사고는 까맣게 잊고 아이들은 얼른 집에 갈 생각만 했다. 제리 아저씨만 여전히 생각에 잠긴 것 같았다. 아저씨 무릎에 앉아 다시 운전대를 잡았던 발랑틴이 차에서 내렸다.

"아저씨, 이 차를 아주 살짝 불법 개조하면 안 될까요?"

"꿈도 꾸지 마라. 만약 브레이브 씨가 알았다간 그 자리에서 난 모가지다!"

아저씨는 금빛 M자가 수놓인 초록색 넥타이를 쓰다듬으며 부드럽게 꾸짖었다.

이 층에서 커튼이 꿈틀거렸다. 낡은 목조 주택에 기쁨의 탄성이 울려 퍼졌다. 몇 초 후, 현관 문이 벌컥 열렸다. 비올레트가 붉은 머리채를 바람에 휘날리며 오솔길을 달려오더니 그리운 친구를 덥석 껴안았다.

"언젠가 꼭 돌아올 줄 알았어!"

비올레트가 기뻐하며 포옹을 풀었다.

"계속 빨간 머리를 하고 있었어? 탁월한 선택이야."

"솔직히 내가 이러고 싶어서 이런 건 아니었어." 그동안 발랑틴은 비올레트의 성격에 대해 잊어버렸는지 굳이 설명을 했다. "내 머리는 원래 태어날 때부터 이랬어."

"나도. 머리색은 바뀌지 않더라고." 오스카의 누나는 짐짓 심각한 얼굴로 말했다. 소녀는 머리채 한 가닥을 들어 보이면서 약간 실망스럽다는 듯이 말했다. "매일 아침 봐도 늘 똑같은 붉은색이야. 안타까운 일이지, 난 머리색이 바뀌었으면 좋겠거든. 그래서 내 옷이랑 색깔을 맞추면 얼마나 좋을까."

비올레트가 몸을 앞으로 내밀고 그들의 트렁크를 내려다보았다.

"너희 여기서 지낼 거야? 신 난다!"

"그 질문에는 내가 대답해도 괜찮겠니?"

비올레트 뒤에서 누군가의 목소리가 났다.

엄마가 팔짱을 끼고 이제 막 문간에 나타난 참이었다.

"자, 그래, 그래, 이 얼굴들을 어디서 본 것 같구나. 우리 아들이 아침 댓바람부터 친구들을 잡으러 나갔던 모양이지. 빈손으로 돌아오지는 않았구나."

셀리아는 현관문에 기댄 채 미소를 지으며 말했다. 발랑틴이 달려가 셀리아를 얼싸안으려 했으나 로렌스가 발랑틴의 팔을 잡았다. 맨 먼저 셀리아 앞으로 나아간 로렌스는 머리를 매만지고 국회에서 연설이라도 하듯 엄숙하게 말했다.

"친애하는 아주머니, 다시 뵙게 되어 얼마나 반갑고 기쁜지 모르겠습니다. 그게 말이죠, 오스카가 친절하게도 우리에게 제안을……. 음, 뭐라고 말씀드려야 좋을지……."

셀리아는 로렌스의 말을 끝까지 듣지 않고 두 팔을 활짝 벌렸다.

"재회를 기념하는 뜻에서 뽀뽀나 한번 해주겠니? 집에 온 것을 환영한다, 얘들아."

오스카가 그 틈을 놓치지 않고 엄마를 껴안았다. 어제의 불화는 그저 나쁜 추억에 지나지 않는다는 듯, 엄마는 주저하는 기색 하나 없이 그들을 맞아주었다.

"엄마, 발랑틴과 로렌스가 여기서 주말을 보내도 괜찮을까요?"

"그렇게 했으면 좋겠니?"

오스카가 고개를 끄덕였다.

"그래, 네가 그걸 바란다면, 그래서 네가 행복해질 수 있다면. 엄마에겐 그게 제일 중요하단다. 그렇기만 하다면 엄마는 찬성이야."

오스카는 다시 한 번 엄마를 꼭 껴안았다. 엄마가 아들의 눈을 똑바로 바라보았을 때 오스카는 언제나 느낄 수 있는 엄마의 따뜻한 사랑을 새삼 깨달았다.

"있잖니, 너도 가끔은 이렇게 다른 사람들의 행복도 중요하다는 것을 이해해줬으면 해……. 우리 아들, 엄마가 무슨 말 하는지 알지?"

오스카는 눈을 내리깔았다. 그랬다. 그는 엄마가 무슨 말을 하고 싶은지 잘 알고 있었지만 그 얘기는 하고 싶지 않았다. 어쨌든 지금은 아니었다. '웅 아저씨'의 얼굴이 떠올랐다. 그 얼굴을 또 봐야 한다는 생각만으로도 기분이 확 상했다. 오스카는 그 문제에 대해 엄마와 얘기하지 않기로 했다. 그래서 일부러 더 유쾌한 척했다.

"제 방으로 트렁크를 올릴게요!"

아이들은 모두 이 층으로 올라갔다. 로렌스는 오스카와 함께 방을 쓰고 발랑틴은 비올레트와 방을 쓰기로 했다.

물론 그 위엄 있는 리무진이 서민 동네에서 눈에 띄지 않을 리 없었다. 나중에 발랑틴은 "제리 아저씨와 내가 아주 잘 관리하고 있는 1978 연식 벤틀리."라고 자랑할 터였다. 온 동네 사람들이 모두 창문에 붙어 리무진을 구경하고 있었다. 엄마는 제리 아저씨에게 좀 더 신중하게 행동하겠다는, 다음번에는 집에서 멀찍이 떨어진 곳에 차를 세우겠다는 약속을 받아냈다.

"이제 이웃에 뭐라고 둘러댄담?"

엄마는 제리 아저씨에게 커피나 한 잔 마시고 가라고 권했고 그 후에 아저씨는 돌아갔다. 오스카와 비올레트는 인체 내에서 온 친구들과 함께 오스카의 방에 모였다. 오스카는 지난 일 년간 친구들이 쿠미데스 서클에서 어떻게 지냈는지 좀 더 알고 싶었다.

"신체 모험이 몹시 그리웠지. 제리 아저씨와 기계나 카뷰레터 이야기를 나눌 수 있어서 그나마 다행이었어!"

발랑틴의 고백이었다.

"책을 조금이라도 읽는다면 지루할 새가 없을 텐데." 로렌스가 발랑틴을 업신여기듯이 말했다. 그는 금속 안경테 너머로 눈을 반짝반짝 빛내며 말을 이었다. "브레이브 씨가 서재의 책 몇 권은 봐도 좋다고 허락해줬어. 그 집 서재라면 10년을 더 있어도 좋아."

"브레이브 씨는 우리에게 오후 4시부터는 남의 눈에 띄지 않게 처박혀 있으라고 했어. 그 시각에 네가 쿠미데스 서클 근처에서 어슬렁댄다는 것을 우리 모두 알고 있었거든. 체리 아줌마는 서재 커튼 뒤에 숨어서 널 지켜봤어. 그때마다 아줌마가 눈물이라도 터뜨리는 줄 알았지. 다리의 시험이 빨리 시작되기를 우리도 애타게 기다렸다고!"

바로 그 순간, 날카로운 경적 소리에 아이들이 우르르 창가로 달려갔다. 제레미가 2인용 자전거 뒷자리에서 크게 손짓을 하고 있었고 제레미의 형은 앞자리에서 숨을 고르는 중이었다. 아무리 봐도 제레미가 열심히 페달을 밟아 형을 도와주지는 않았을 성싶었다.

"어이, 친구. 바르트와 내가 널 찾으려고 바빌론 하이츠를 누비고 다녔는데 너는 리무진을 타고 나타나기냐? 오늘 아침에 너희 어머니가 너 어디 있는지 아느냐고 전화하셨단 말이야."

제레미는 말을 하던 중에 발랑틴의 빨간 머리채와 로렌스의 달덩이 같은 얼굴을 보고 깜짝 놀라 눈이 휘둥그레졌다.

"아니, 뭐야! 오늘은 굉장한 날일세! 모두 돌아왔구나!"

제레미는 바르트의 탄탄한 근육질 어깨를 찰싹 때렸다.

"갑시다, 운전수! 축하 파티를 해야겠어! 30분 후에 우리 시장에서 만나자, 친구들!"

앨리스테어는 문을 닫기가 무섭게 침대에 쓰러졌다.

잠에서 깨니 머릿속에 안개가 낀 것처럼 멍한 느낌이 들었다. 그는 작은 불 하나만 켜고—오늘 저녁에는 그 이상의 빛을 견딜 수 없었다—가볍게 요기를 했다.

그 후에 청년은 거실에 처박혔다. 아무런 이상이 없다는 진단을 받았는데도 자기 자신과 자신의 건강에 대해 난생처음으로 불안감이 들었다. 그건 아주 낯선 기분이었다. 앨리스테어는 어릴 때부터 모험을 좋아하는 천방지축 소년이었고 어떤 상처에 고통받은 경험도 없었다. 더구나 앨리스테어가 오스카에게 호감을 느끼는 것도 같은 이유에서였다. 오스카를 보면 어릴 적 자기 모습을 보는 것 같았다. 다른 아이들보다 특히 오스카를 위해서, 그는 가급적 빨리 건강을 완벽하게 되찾아 자신이 그 어떤 메디쿠스보다 잘 아는 두 번째 우주를 안내해주고 싶었다.

그는 아까 당한 교통사고를 떠올렸다. 사고를 낸 남자가 했던 말이 다시 한 번 머릿속에 울려 퍼졌다. 그 남자는 앨리스테어가 도로에 섣불리 뛰어들었다고 했다. 하지만 실제로는 그렇지 않았다. 앨리스테어는 분명히 길을 건너기 전에 좌우를 살폈었다. 정말 우연한 사고였을까? 만약의 경우를 생각해서 다음에 그랜드 마스터를 만나면 이 이야기를 하는 게 좋을까?

하지만 결국 앨리스테어는 자신이 피해망상에 빠진 게 아닐까 하고 생각하며 고개를 저었다. 파톨로구스의 왕자가 탈옥한 이후로 항상 조심해야 한다는 말을 귀에 못이 박히도록 들었더니 매사가 나쁘게만 보이는 건지. 그 사고를 일부러 되살펴볼 필요는 없을 것이다. 윈스턴 브레이브와도, 그 누구하고도 의논할 만한 일은 아니었다.

앨리스테어는 자신이 왜 그 일을 거론하고 싶어하지 않는지 알고 있었다. 자칫 그런 얘기를 꺼냈다가는 그의 아버지가 어떻게 돌아가셨는지에 대한 말이 또다시 나올 테니까. 직접 말을 하지 않더라도 최소한 생각은 할 것이다. 실성. 그렇다, 조지 맥쿨리는 말년에 노망이 나고 말았다. 앨리스테어가 참을 수 없는 단 한 가지가 있다면 바로 누가 아버지 일을 입에 올리는 것이었다. 그는 다른 사람들이 그 생각을 하는 것도, 남들의 불편한 눈빛에서 그런 낌새를 발견하는 것도 참을 수 없었다. 앨리스테어는 그 사실을 도저히 받아들일 수 없었다. 아버지를 진찰했던 의사의 말을 받아들일 수 없었던 것처럼. "맥쿨리 씨, 부친의 머릿속에는 여러 인격이 있습니다. 당신이 아는 치밀하고 지적인 아버지도 있지만 이따금 뭔가가 어긋나 또 다른 조지, 정신이 온전치 못한 사람이 불쑥 나타나기도 하는 겁니다."

"하지만 저랑 있을 때에는, 어머니와 함께 계실 때에는 늘 변함없는 우리 아버지십니다!"

앨리스테어는 그렇게 반발했었다.

"안됐지만 맥쿨리 씨에게 익숙한 아버지는 차츰 사라져가고 당신과 당신 가족들에게 낯선 제2의 아버지만 남게 될 겁니다. 저도 유감스럽군요."

불행히도 의사들의 진단은 틀리지 않았다. 그러나 앨리스테어는 추억 속으로 도피해버렸다. 언제나 명석하고 훌륭했던 아버지에 대한 추억 속으로. 말년에 이르러 아들조차 못 알아보았던 아버지를 인정하고 싶지 않았기 때문에, 아버지가 정신이 나갔다는 생각은 하고 싶지 않았기 때문에, 앨리스테어는 행여 그런 말을 꺼낼 법한 사람들을 피하며 살아왔다. 마찬가지 이유에서, 자신이 본가에서 보지 않으려 했던 것을 누군가가 발견할까 봐 두려워하고도 있었다.

미치광이 앨리스테어 맥쿨리. 너도 너희 아버지처럼 맛이 갔구나.

그래, 그 사고 얘기를 꺼냈다가는 그런 말이 나올지도 모른다. 자신은 함부로 뛰어가지 않았다고, 오히려 길을 건너기 전에 좌우를 잘 살폈다고 장담했다가는 그런 소리를 들을지도 모른다.

아니, 아버지는 미치지 않았다. 아버지는 소위 '독창적인' 분이셨다. 그런데? 어머니도 아버지가 돌아가시고 얼마 되지 않아 세상을 뜨셨다. 남편의 명예를 더럽히는 늘 똑같은 소리에 지친 나머지, 아마 화병으로 돌아가셨을 것이다.

앨리스테어는 일어나서 뭔가를 조금 먹었다. 우울한 생각을 한참이나 곱씹다가 그는 다시 깊은 잠에 빠졌다.

쓰나미

눈 깜짝할 사이에 주말이 지나갔다. 짐을 챙길 시간이 되자 모두들 섭섭해하며 한마디씩 했다.

네 아이는 잠시도 떨어지지 않았다. 발랑틴이 집에 온 후 물 만난 고기가 된 비올레트는 로렌스를 끊임없이 놀라게 했다. 괴짜 중의 괴짜 비올레트와 흠잡을 데 없는 논리 박사 로렌스는 뭔가 손발이 잘 맞지 않는 부부처럼 서로 이해하기 힘든 면이 있었다. 그렇기는 해도 4인조는 잘 굴러갔다.

오말리 형제도 이 그룹에 합류했다. 바르트는 로렌스처럼 고지식하지 않았기 때문에 비올레트의 말도 안 되는 생각을 군말 없이 따랐다. 비올레트는 괴상한 생각이 끊임없이 샘솟는 화수분 같은 소녀였다. 한편, 제레미는 발랑틴이 한 번도 보지 못한 온갖 사탕 과자류를 잔뜩 안겨주었다. 그런 것을 먹는다는 생각은 꿈에도 해보지 않았던 발랑틴은 조심스럽게 오스카에게 물었다.

"꼭 이걸 먹어야 해? 이게 다 뭐야?"

"마시멜로야. 먹기 싫으면 억지로 먹지 마. 우리가 대신 먹어줄게."

발랑틴은 말랑말랑한 보라색 주사위 모양의 마시멜로를 이리저리 돌려보다가 가자미눈을 하고 자기를 지켜보던 제레미에게 어색한 미소를 지었다. 소녀가 목소리를 낮추어 속삭였다.

"적어도 철분이 조금은 들었겠지? 녹슨 못이나 한 줌 주면 좋겠는데! 이 괴상한 걸 먹고 내 몸 색깔이 바뀌는 건 아닌지 겁난다……."

로렌스는 예의 바르게 사양했다.

"고맙지만 난 됐어." 그러면서 로렌스는 셀리아가 배낭에 챙겨준 물통을 꺼내 보였다. "난 다이어트 중이야. 기름 다이어트. 아무것도 안 먹고 오로지 기름만 먹는 거야."

에이든은 메디쿠스 탐사단에서 함께 행동하게 된 샐리에게 일요일에 함께 어울려 놀자고 제안했었다. 제레미가 놀라며 물었다.

"샐리가 누군데? 에이든의 보디가드라도 돼?"

대단히 직설적이고 조금 거칠기는 해도 샐리는 싹싹하고 유쾌해 보였다. 샐리는 자리에 모인 다른 아이들보다 호기심이 많은 제레미의 두 가지 질문에 답해주고는 그 얘기는 마무리하고 싶은 듯 자전거 옆으로 다가갔다.

"음, 됐어. 이제 갈까?"

샐리는 소년의 등을 다정하게 툭 치면서 말했다. 샐리는 슬쩍 쳤을 뿐이지만 소년은 필 가의 정원으로 몸이 반 이상 넘어갈 만큼 휘청거렸다.

아이들은 다 함께 바빌론 하이츠를 돌아다녔다. 이웃 동네 골든 크라운에 사는 샐리에게 그들의 동네를 보여주고 싶었던 것이다. 샐리는 발랑틴을 뒤에 태우고 달렸지만 그래도 샐리의 자전거가 다른 아이들의 자전거보다 두 배는 빨랐다.

오후는 공원에서 보냈다. 오스카의 장롱에서 찾아낸 '트리비얼 퍼수트*' 한판이 벌어졌다. 로렌스는 다른 아이들에게 치즈를 단 한 조각도 내어주지 않으며 압도적인 승리를 거두었다. 비올레트는 바르트를 30분이나 붙잡고 '아빠 수염'은 분홍색이고 달콤한 냄새가 나더라도 털이기 때문에 먹으면 안 된다는 설명을 늘어놓았다.** 발랑틴은 비스킷 깡통을 보고 좋다고 뛰어가더니 비스킷은 제쳐놓고 양철 깡통만 게걸스럽게 핥아댔다. 제레미는 아이스크림 장수와 '단체' 가격을 협상해서 아이스크림을 싼값에 샀을 뿐 아니라 '수수료' 명목으로 자기 몫을 따로 하나 더 받아냈다. 샐리는 바르트와 팔씨름을 했는데, 우람한 이두박근을 가진 바르트조차도 샐리를 상대하기란 여간 힘들지 않았다.

아이들은 최대한 늦게, 그것도 몹시 아쉬워하며 집으로 돌아갔다. 아버지가 정육점에 고깃덩어리들을 걸기 위해 딸내미가 돌아오기만 기다리고 있었기 때문에 샐리도 더 있을 수 없었다. 샐리는 아이들과 힘차게 악수를 나누고 마라톤 선수처럼 뛰어갔다.

엄마는 커다란 초콜릿 잼 병 하나만 떡하니 놓인 식탁에 둘러앉은 배고픈 아이들을 재촉했다.

"자, 자, 모두 집으로 돌아가! 바빌론 하이츠에 사는 사람들은 자기 집으로 가고 나머지는 미리 얘기한 대로 오후 5시에 출발한다. 5분 뒤에 출발할 테니까 준비해. 자칫 늦었다가는 쿠미데스 서클의 명랑한 집사님께서 너희 엉덩이를 때려주시지 않겠니……."

5분 후, 필 가 식구들과 발랑틴, 로렌스는 엄마의 트윙고 투아네트에

★ Trivial Pursuit, 상식 문제 등을 맞추며 치즈 조각을 모으는 보드 게임.
★★ 프랑스어에서 '솜사탕(barbe à papa)'이라는 단어는 '아빠 수염'이라는 뜻이기도 하다.

올라탔다. 쿠미데스 서클까지 친구들을 데려다주고 싶었던 것이다.

윈스턴 브레이브의 아름다운 대저택 앞에 도착하자 모두 차에서 내렸다. 오스카가 손목시계를 보았다. 6시 50분이었다.

"저녁 식사는 여전히 7시야?"

"응." 로렌스가 대답했다. "하지만 발랑틴은 예외야. 본즈를 골탕 먹이고 싶어서 일부러 자기는 10분쯤 늦게 나타나겠다고 했거든. 하지만 일요일 저녁에는 브레이브 씨와 저녁을 함께 먹어. 게다가 가끔 위더스 부인도 함께 식사를 하지."

"그럼 시간이 아직 10분쯤 남았구나. 으리으리하고 휘황찬란한 대저택에 싫증 나면 어디로 와야 하는지 알지?"

엄마가 아이들에게 뽀뽀하며 말했다. 로렌스가 오스카에게 말했다.

"오스카, 너 이번 주에 우리 보러 올래? 난 아마 서재에 있을 거야. 문을 열어주지 않거든 서재 창문에 조그만 돌멩이 하나만 던지라고."

"좋아, 방과 후에 들를게. 어쨌든 앨리스테어도 출발이 머지않았다고 했으니까."

"맙소사! 오늘이 일요일이라는 걸 잊고 있었어!" 발랑틴이 소리를 질렀다. "브레이브 씨에게 예쁘게 보여야 하는데 10분밖에 안 남았잖아! 머리 색깔이 이렇게 바랬는데 녹磚 주스를 마실 시간도 없겠어. 비올레트, 머리에 뭘 하면 좋을까? 붉은 핀이 좋을까, 초록 핀이 좋을까?"

비올레트가 자신만만하게 대답했다.

"붉은색과 초록색을 하나씩 해. 그렇게 꽂으면 근사할 거야. 그런데 브레이브 씨가 그렇게 잘생겼어?"

발랑틴이 금방이라도 쓰러질 듯한 표정을 지었다.

"넌 상상도 못할 거야. 난 그 사람에게 푹 빠졌어. 브레이브 씨도 나에게 마음이 좀 있는 것 같아."

로렌스는 속이 터진다는 듯이 셀리아의 손목시계를 보았다. 로렌스
는 약속 시간에 조금만 늦어도 못 참는 성격이었다.

"너희 대화에 끼어들어서 미안한데 우리는 8분 후에 식당에 도착해
있어야 해. 그러니까 브레이브 씨의 마음이 정 궁금하다면 직접 물어
보지그래. 바로 대답을 들을 수 있을 거다. 브레이브 씨는 당장 너를
GRIU로 돌려보낼 거라고!"

발랑틴은 비올레트에게 뽀뽀를 하고 부리나케 철창 대문으로 달려갔
다. 그러고는 이렇게 투덜거렸다.

"하여간 헤파톨리아 사람들은 낭만이라고는 눈곱만큼도 없다니까."

그다음 주 내내 오스카는 방학 동안 깡그리 잊고 있었던 학교의 규율
을 지키느라 적잖이 고생을 했다. 엄마도 한참이나 오스카를 붙들고 잔
소리를 해야만 했지만 미묘하고 까다로운 '응 아저씨' 문제에 대해서는
다시 거론하지 않으려고 조심했다. 언제나 자기 기분에 충실한 비올레
트는 학교를 이틀이나 빼먹었다. 하늘에 맹세코 학교에 들어가려고 할
때마다 어떤 빨간 나비가 날개를 활짝 펴고 그러면 안 된다고 하기에
어쩔 수가 없었다고 비올레트는 주장했다. 비올레트의 주장에 따르면,
그러한 날갯짓이 나비라는 우아한 곤충의 호소력 넘치는 언어라는 것
이다. 그리고 또 한번은 인도에 박힌 징을 하염없이 구경하다가 학교를
빼먹고 말았다. 그동안 발랑틴을 위해 못을 챙겨두고 싶었지만 찾지 못
하다가 그곳에서 발견했던 것이다. 엄마는 아무 말도 하지 않았다. 그
냥 한숨만 쉬고 딸의 뺨을 어루만져주었다.

"괜찮아요, 엄마?"

"그래, 우리 딸, 다 괜찮아. 너만 괜찮으면 엄마도 다 괜찮단다."

엄마는 미소를 지었지만 지쳐 보였다.

금요일에 오스카는 가벼운 마음으로 학교에 갔다. 아이들을 가끔 풀어주기도 해야지 늘 엄하게 휘어잡을 수만은 없다는 것을 잘 알고 있는 펭귄 선생님이 학생들이 공원을 한 바퀴 돌고 피크닉을 가게 해주자며 체육 선생님에게 제안했던 것이다. 이 소식을 듣고 아이들이 얼마나 좋아했는지 바빌론 하이츠 구석구석까지 오스카네 반 아이들의 함성이 들릴 정도였다.

오늘만은 오스카도 능장을 부리지 않았다. 모두 챙 있는 모자를 쓰고 선크림을 바르고 배낭에 도시락을 챙겨서 뛰어갔다. 모두들 오전이 어떻게 갔는지도 몰랐다.

11시가 되자 체육을 담당하는 아이언맨 선생님이 깜짝 활동을 제안했다. 잠깐 사이에 반 아이들 전부가 구명조끼를 착용했다. 호숫가에는 15척의 보트가 이들을 기다리고 있었다.

아이들이 보트를 향해 앞다투어 달려가는 모습은 흡사 야만족의 침입을 방불케 했다. 아이들의 함성 소리에 공원의 잡다한 소음은 다 묻혔다. 새들은 폭탄이 떨어지기라도 한 듯 펄쩍 날아올랐고 다른 아이들은 겁을 내며 달아났다. 노부인들은 심장이 덜컥 내려앉았는지 서둘러 약봉지를 찾았고 인근 동물원의 동물들도 무서워 벌벌 떨었다.

틸라는 자신의 두 친구 리즈, 일명 '바비'와 엘리노어 '섀도'를 밀어내고 오스카 바로 옆에 있던 보트 가장자리에 앉았다.

"오스카, 나를 위해 노를 저어줄래?"

메디쿠스 소년은 너무 오래 망설였다. 그사이 로넌 모스가 잽싸게 그들 사이를 파고들었다. 로넌이 실실 웃으면서 말했다.

"저 자식이랑 한배를 탔다간 호숫가에서 벗어나지도 못할걸! 타, 내가 노를 저을게. 몸짱의 저력을 보여주지."

로넌은 (그렇잖아도 짧은) 소매를 훌훌 걷어붙이고 팔을 탈탈 털며 몸을 풀었다. 틸라는 괜히 머리를 묶으려는 듯 만지작거리다가 오스카를 놀리는 것처럼 한 번 바라보고는 보트에 탔다. 로넌이 훌쩍 보트에 올라타자 선체가 심하게 좌우로 흔들렸다. 틸라는 배에서 떨어지지 않으려고 조금 전의 당당한 자세가 무색하게 바닥에 쪼그려야만 했다.

"살살 좀 해. 배가 뒤집히겠다."

틸라가 로넌에게 핀잔을 주었다.

"걱정 마! 내가 다 알아서 할 수 있다고!"

로넌이 말했다.

오스카는 스텔라 피셔라는 여자아이와 다른 보트에 탔다. 작년에 한두 번밖에 말해본 적 없는 여자아이로 친구들에게는 나눠주지 않고 혼자 사탕 과자를 입속으로 우물우물 먹어대며 늘 공책에 뭔가를 끼적거리는 애였다. 에이든은 골리노 아저씨네 막내아들 로마노와 짝이 되었다. 제레미는 바르트를 자기 집안의 '공식' 노잡이로 임명해두었지만 순전히 엘리노어를 골탕 먹이기 위해 직접 노를 저었다. 틸라의 즉흥적인 헤어스타일을 따라하느라 이미 5분을 낭비한 엘리노어는 바르트가 도망가는 모습을 분한 듯이 바라보았다.

오스카는 로넌과 틸라에게서 멀리 벗어나고 싶었다. 로넌과 함께 있어서 좋을 일 없는 데다가 호수에서는 미리미리 조심하는 편이 나았다. 혹시 놈에게 공격이라도 당한다면 스텔라가 도움이 안 될 것은 뻔했다. 스텔라는 꽉 끼는 구명조끼 차림으로 호수 물이 더럽다는 둥, 햇볕이 뜨거워 못 살겠다는 둥 불평만 늘어놓았다. 게다가 오스카 자신도 인정하고 싶지는 않았지만 로넌과 틸라가 함께 보트에 앉아 있는 모습을 보니 솔직히 기분이 나빴다. 그는 틸라의 제안에 선뜻 대답하지 않고 뜸을 들였던 자신을 책망했다. 어째서 그 제의를 받아들이기 전에 누가 보지는 않는지 확인부터 했을까? 왜 그는 로넌만큼이나 틸라를 경계하는 걸까?

　오스카는 모터 소리 대신 스텔라의 투덜거림을 배경음 삼아 혼자 생각에 잠겼다. 그러다 갑자기 보트 뒤에 쿵 하고 충격이 일어나는 바람에 퍼뜩 정신을 차렸다. 얼른 뒤를 돌아보니 다른 보트가 지금 막 그들이 탄 보트를 들이받은 참이었다. 두 대의 보트는 무리에서 멀리 벗어난 데다가 호수 중앙의 바위섬에 가려 사람들 눈에 띄지 않았다. 저쪽 보트 한가운데에 노를 단단히 붙잡은 로넌이 다리를 벌리고 우뚝 서 있었다. 틸라는 웃고 있었다. 늘 그랬지만 오스카는 틸라가 웃는 이유를 이해할 수 없었다. 로넌의 도발이 웃긴가? 오스카의 반응을 기다리는 건가? 하지만 지금은 이런 걸 궁금해할 때가 아니었다. 불평만 하던 스텔라가 오스카에게 퍼부었다.

　“무슨 일이야? 이봐, 오스카, 무슨 일이냐고?”

　조금 전 일어난 충돌과 로넌의 보트를 연결 짓지 못한 스텔라는 똑같은 물음을 네 번이나 던졌다.

　“아무 일도 아니야. 계속 먹기나 해.”

　오스카는 로넌의 보트와 거리를 두기 위해 힘차게 노를 저으며 대꾸했다.

　하지만 로넌은 금세 따라붙었고, 이 상황을 놀이로 여긴 틸라는 은근히 그를 부추기는 것처럼 보였다.

　“이봐, 로넌. 아까는 비행기 뺨치는 속도로 호수를 횡단할 것처럼 말하더니 이게 뭐야? 흥, 별것도 아니네. 오스카도 우리보다 빠르잖아."

로넌은 기운을 내서 거리를 금세 좁혔다. 한편, 이쪽에서는 스텔라가 불평의 주제를 바꾼 참이었다.

"너무 빠르잖아. 나 멀미할 것 같아! 속도 좀 늦춰!"

"배가 너무 빨라서 구역질이 나는 게 아니야. 아까부터 사탕을 그렇게 먹어대는데 탈이 안 나고 배겨? 저 뒤로 가서 쟤들한테 네 사탕이나 던져줘! 그럼 속도 좀 편해지고 운동도 될 거야!"

엄마 고양이가 새끼들을 품에 모으듯 스텔라는 가방을 꼭 껴안았다.

"절대 안 돼!"

두 번째 충돌이 일어나면서 스텔라는 입을 다물 수밖에 없었다. 뒤를 돌아보니 로넌이 풍차처럼 힘차게 팔을 돌리는 모습이 보였다. 오스카는 간발의 차로 몸을 숙여 로넌이 던진 노를 피했다. 수면에 부딪친 노는 물보라를 일으켰고 그 바람에 머리부터 발끝까지 쫄딱 다 젖은 스텔라는 돼지 멱따는 소리를 질렀다. 오스카는 수평선을 바라보았다. 15분 전부터 이 여자아이가 미친 듯이 소리를 질러댔지만 다른 사람들은 너무 멀리 떨어져 있어서 이 소리를 듣지 못했다. 오스카는 스텔라의 비명이 그의 고막에 미치는 위험과 로넌 모스가 그의 정신에 미치는 위험 중에서 뭐가 더 문제인지 헷갈릴 지경이었다. 그사이 오스카와 스텔라의 보트는 경사면과 어느 나무의 그루터기 사이에 끼어버렸다. 오스카는 어떻게든 빠져나가려고 애썼지만 허사였다. 고개를 들자마자 그는 상황이 나쁘다는 것을 알아차렸다. 노를 다시 주워든 로넌 모스가 두 번째 일격을 준비하는 참이었다. 녀석은 큰 소리로 사악하게 웃었다.

"어이, 필, 더 이상은 도망 못 가겠지? 쥐새끼 같은 녀석! 어쨌든 너한테 참 잘 어울린다, 쥐새끼라!"

로넌이 뱃머리에 서서 노를 좌우로 흔들자 그들이 탄 배가 심하게 흔들렸다. 틸라도 마음이 놓이지 않는지 좌석을 꼭 잡고 매달렸다.

오스카는 로넌과 최대한 거리를 확보하려고 보트의 반대쪽 끝으로 피했다. 겁에 질린 스텔라는 오스카를 앞으로 밀었다.

"노를 잡아! 저 애의 노를 잡아!"

오스카는 스텔라의 입을 막기 위해 물속에라도 처박고 싶었지만 로넌을 상대하기에도 너무 벅찼다. 로넌의 노가 보트를 덮치며 파열음을 일으켰다. 스텔라는 다시 한 번 비명을 지르고는 마구 울기 시작했다. 로넌은 오스카를 상대하기 위해 한 발 한 발 다가오고 있었다. 그가 발을 옮길 때마다 보트는 심하게 요동쳤다.

틸라도 겁에 질려 웃음을 잃은 지 이미 오래였다.

"그만해, 로넌, 됐어. 그만하면 됐다고. 난 돌아가고 싶어. 이젠 지겨워."

하지만 로넌의 귀에는 아무것도 들리지 않았다. 오스카에게 달려들고 싶은 충동과 분노에 눈이 먼 것이다. 그는 다시 한 번 온 힘을 다해 노를 내리쳤고 정확히 그 순간 오스카는 젖 먹던 힘까지 짜내어 보트를 빼내는 데 성공했다. 노가 물 속 깊이 처박히자 로넌은 반사적으로 노를 쥐었던 손을 풀고 균형을 잡기 위해 한 발을 뒤로 홱 내딛었다. 뱃머리가 번쩍 들리고 뱃고물이 처박히자, 틸라가 보트 밖으로 나가떨어졌다. 끈적끈적한 흙탕물에 빠진 틸라가 비명을 지르고 필사적으로 발버둥을 치기 시작했다. 오스카는 부리나케 틸라를 도우려 했지만 스텔라가 질세라 다시 발성 연습하듯 비명을 질러대며 오스카 위로 넘어졌다. 그 바람에 오스카의 노가 훌쩍 날아가 틸라의 머리통에 정통으로 부딪쳤다. 밤색 머리칼이 수면에서 사라졌다. 틸라의 몸이 가라앉은 것이다.

한 치의 망설임도 없이 오스카는 물속으로 몸을 던졌다. 로넌은 길길이 날뛰며 스텔라에게 노를 겨누고 위협하며 도와달라고 소리를 질렀지만 헛수고였다.

오스카는 구명조끼를 벗고 크게 심호흡을 한 뒤 잠수했다. 물에 뛰어들 때에 일어난 진흙 때문에 물속으로 가라앉는 틸라의 모습이 잘 보이지 않았다. 겨우 틸라를 두 팔로 안고 위로 끌어올리려고 애썼지만 뭔가가 그들을 붙잡고 있었다. 잠깐 틸라를 놓고 수면에 올라간 오스카는 다시 공기를 들이마신 다음 아까보다 더 깊이 잠수를 했다.

축 늘어진 틸라의 몸을 잡고 발목을 살펴보니, 틸라의 발이 수초에 감겨 있었다. 온 힘을 다해 잡아당겨보았지만 진흙과 물에 젖은 옷 때문에 힘을 쓰기가 어려웠다. 바르트가 잠수를 했다면 나무도 통째로 뽑아버릴 텐데! 산소가 부족했다. 오래 버틸 수 없다는 것을 알아차린 오스카는 틸라의 얼굴 높이까지 올라갔다. 눈은 감겨 있었지만 입가에서 작은 거품 방울들―마지막 숨이었을까?―이 흘러나와 가느다란 기둥 모양으로 수면을 향해 올라가고 있었다.

그걸 본 순간, 오스카는 망설이지 않았다. 비록 여기서는 무력할지언정 그가 틸라를 위해 뭔가를 할 수 있는 장소가 분명히 있었다. 틸라의 완전히 숨이 끊어지거나 다른 누군가가 그녀를 구하러 오기 전에.

티셔츠 안에 손을 집어넣은 오스카는 금속의 촉감을 느꼈다. 그러고는 오른손으로 펜던트를 꽉 쥔 채로 틸라의 콧구멍을 뚫어져라 바라보며 돌진했다.

오스카는 아직도 빛나고 있는 M을 손에서 놓지 않은 채 몸을 일으켜 주위를 돌아보았다.

가없이 펼쳐진 평원이 이제는 좀 더 익숙해 보였다. 척박한 먼지투성이 땅이 지평선까지 밋밋하게 펼쳐져 있었고 저 멀리 거무튀튀한 나무들이 무리 지어 있었다. 오스카는 이제 막 틸라의 두 번째 우주에 떨어진 것이다. 그가 틸라를 위해 뭔가를 해줄 수 있는 장소는 바로 이곳, 바람의 왕국이리라. 요컨대, 틸라의 폐에서 뭔가 손을 써야만 했다. 다만 불안이 감도는 깊은 침묵이 예사롭지 않았다. 지난번 신체 잠입과의 차이를 즉각 알아차릴 수 있었다. 이곳에는 바람이 불지 않았다. 미풍조차 느낄 수 없었다. 왠지 숨쉬기가 힘들었다. 틸라에게 붙어 있는 숨이 얼마 남지 않았다. 최대한 빨리 손을 써야 했다. 최대한 버텨야 했다.

오스카는 하늘을 쳐다보았다. 날이 저물기라도 하려는 듯 햇빛이 약해져 있었지만 해는 아직 중천에 떠 있었다. 그는 으르렁거리는 소리를 듣고 고개를 돌렸다. 말발굽 소리나 멀리서 들려오는 발소리와는 달랐지만 뭔가가 엄청난 속도로 굴러 오는 듯했다. 잠깐 사이에 귀가 먹먹할 정도로 소리가 커졌다. 오싹함을 느낀 오스카의 눈과 입이 크게 벌어졌다. 눈앞에서 펼쳐지는 무시무시한 광경에 그는 완전히 굳어버렸다.

지평선에 밝은 색상의 띠가 나타났다. 그 띠는 거품에 뒤덮인 짙은 초록색이었다. 띠는 순식간에 벽으로 변했고 그 벽은 하늘을 뒤덮을 기세로 점점 더 높아지고 있었다.

오스카가 공포에 질려 뒤로 움찔 물러났다. 괴물이 지체 없이 착착 다가오는 가운데, 그는 문득 깨달았다.

그건 벽이 아니라 아주 거대한 파도였다. 몇 년 전에 텔레비전 뉴스에서 이런 파도를 본 것 같았다. 신체 밖 세상, 아시아 어딘가에서 무시무시한 해일이 일어나 수십만 명이 목숨을 잃었다는 뉴스였다.

이런 파도를 뭐라고 부르는지도 생각났다. 쓰나미였다.

틸라는 물에 빠져 죽어가는 중이었다. 물이 폐까지 들어온 것이다. 쓰나미는 바람의 왕국을 집어삼키며 모든 것을 싹 쓸어내고 마지막 남은 공기마저 몰아낼 기세였다.

'오스카, 침착하렴. 침착한 태도를 잃지 않으면 최악의 상황, 가장 절망적인 경우에도 빠져나갈 구멍이 보인단다.'

예전에 위더스 부인이 그런 말을 한 적이 있었다.

눈을 질끈 감고 오스카는 눈앞으로 돌진해 오는 죽음의 파도를 잊어보려고 했다. 틸라는 꼭 살아야 했다. 그도 살아야 했다. 누구에게나 살면서 꼭 이루어야 할 소명이 있다. 그는 자신의 소명을 알고 있었고 잘은 모르지만 틸라에게도 그런 소명이 한 가지는 있을 거라고 생각했다. 지금까지 겪었던 난관들을 떠올려보았지만 평원을 덮치며 달려오는 저 파도에 비교할 만한 어려움은 없었다. 아무 생각도 나지 않았다. 걷잡을 수 없는 공포가 치밀어 올랐다. 오스카는 수치, 절망, 분노를 동시에 느꼈다. 그는 꼭대기가 얼마나 높은지 전혀 가늠할 수 없는 물의 벽을 향해 펜던트를 내밀며 몸을 웅크렸다. 그때 생각난 장면이 있었다. 그들이 헤파톨리아 산꼭대기에서부터 떨어지는 담즙의 폭포 밑에 있었을 때, 문자에서 발사된 빛이 날카로운 레이저처럼 암벽을 가르자 거대한 바위가 떨어져 담즙이 떨어지는 구멍을 막아주었었다. 그 후에 오스카는 자기도 그렇게 해보려고 했지만 잘 되지 않았다. '네가 간절히 바라야 해. 그리고 될 거라고 믿어야 한단다.' 위더스 부인은 설명 대신 그 말만 되풀이했다. 지금 그에게는 선택의 여지가 없었다. 반드시 통해야 한다.

몸을 일으킨 오스카는 어두운 물의 벽을 용감하게 마주 보았다. 어떻게 저 벽을 멈춘다? 여기엔 산도 없고 바위도 없는데…… 광활하고 헐벗은 평원, 이제 곧 해일이 휩쓸고 갈 평원뿐이었다. 오스카는 M자를 꼭 쥐고 땅을 내려다보며 온 힘을 모았다. M자가 희미하게 빛을 내더니 바람 앞의 촛불처럼 꺼지고 말았다. 숨쉬기가 힘들었다. 공기가 희박해지고, 땅은 진동하고, 빛은 어두워지고 있었다. '틸라가 죽어가는 거야. 내가 뭐라도 하지 않으면 끝이야! 난 틸라를 구하고 싶어! 내 펜던트가 틸라를 도와줬으면 해! 그렇게 될 거라고 믿어!'

마지막 두 마디는 자신도 모르는 사이에 큰 소리로 터져 나왔다. M자가 다시 강렬한 빛을 뿜기 시작했다. 오스카는 펜던트를 놓칠 뻔했지만 두 손으로 더욱 힘주어 잡았다. 속에서 불이 일어나는 기분이었다. 가공할 만한 에너지가 그의 뱃속에 모였다가 가슴으로 북받쳐 올라 두 팔을 타고 펜던트에 집중되었다. 그 어느 때보다 눈부신 초록색 빛이 문자에서 쏟아져 나와 땅을 후려치자 땅이 푹 파였다.

굳건하게 버티고 선 오스카는 M자를 움직였다. 빛이 대지에 꽂히더니 흙을 들어 올려 다른 데로 옮기고 사방으로 흩어뜨렸다. 눈 깜짝할 사이에 우물이 생겼다. 오스카는 자신감을 되찾았지만 물의 벽은 여전히 다가오고 있었고 미세한 물방울들이 그의 주변에까지 떨어졌다. 오스카는 직선 방향으로 천천히 나아가다가 달리기 시작했다. 그의 집념이 불탈수록 펜던트의 빛도 강렬해졌다. 땅이 산산조각 나며 가파른 낭떠러지가 만들어지고 있었다.

오스카가 눈을 들었다. 파도의 꼭대기가 휘어지면서 벽은 쩍 벌린 아가리로 변해 있었다. 이제 곧 그 아가리가 오스카와 그 주위의 모든 것을 덮치고 물의 산맥 아래로 깔아뭉갤 참이었다. 그는 숨이 턱까지 차도록 달리며 쓰나미와 자기 사이의 심연을 더 넓혀나갔다.

비틀거리던 오스카가 땅바닥에 넘어졌다. 펜던트가 그의 손아귀에서 빠져나갔다. 고개를 돌린 오스카는 물의 벽이 단박에 부서져 내려 낭떠러지 아래로 처박히는 광경을 볼 틈밖에 없었다. 수백 미터 떨어진 물은 무시무시한 굉음과 함께 바닥에 부딪쳤다. 오스카는 몸을 일으키고 반대 방향으로 들입다 뛰었다. 틸라와 자기 자신의 목숨을 잠시 연장시키는 데에는 성공했지만 그래봤자 숨 돌릴 시간을 벌었을 뿐이다. 이제 곧 저 낭떠러지도 물로 가득찰 것이고 일단 파도가 넘치기 시작하면 평원이 물바다가 되는 것은 시간 문제였다.

오스카가 200미터쯤 줄기차게 달려갔을 때, 결국 낭떠러지 위로 물보라가 일기 시작했다. 마치 밀물이 들어오는 것 같았다. 거대한 물웅덩이는 협곡의 가장자리에서부터 점점 넓어지더니 쫙쫙 갈라진 땅 위를 힘차게 내달렸다. 오스카는 달음질을 늦추지 않은 채 펜던트를 절망적으로 꽉 쥐었다. 이미 물은 그의 발목까지 차 있었고 수위는 점점 더 불안하게 높아졌다.

이번에는 아무런 방법도 떠오르지 않았다. 아무것도 알 수 없었고, 어떻게 해야 할지도 몰랐다.

끝났다. 전부 다 망했다.

스텔라가 계속 악을 쓰고 난리를 피우는 바람에 마침내 다른 보트에서도 무슨 일이 났다는 것을 알아차렸다. 학생들의 무리와 떨어져 있던 그 보트에는 펭귄 선생님과 아이언맨 선생님이 타고 있었다. 두 교사는 눈을 크게 뜨고 호수에 뜬 보트들을 세고 또 셌다. 그 결과 두 척이 그들의 시야에서 벗어났다는 것을 알아차렸다. 게다가 얄궂게도 그 두 척의 보트에 탄 학생들은……. 모두들 로넌 모스와 오스카 필이 지독한 앙숙이라는 것을 알고 있었다. 호수에서 그 둘만 보이지 않다니, 달가운 일은 아니었다. 아니, 문제가 생겼다는 예감이 들었다.

비명 소리는 사방에서 들리는 것 같기도 하고 어디에서도 들리지 않는 것 같기도 했다.

펭귄 선생님은 제레미와 바르트를 불렀다. 뛰어난 노잡이 바르트 덕분에 그들의 보트는 발동기라도 달린 것처럼 금세 도착했다.

"오말리, 너희들은 필을 봤지?"

감각이 확 깨어난 듯 몸을 일으킨 제레미가 호수를 살폈다.

"그 애들은 저쪽으로 갔을 거예요. 바르트, 저 바위섬을 향해 노를 저어봐. 아무래도 저 뒤에 있을 것 같아. 스텔라 피셔처럼 골치 아픈 애를 태웠으니 무슨 일이 일어날지 몰라. 어쩌면 난파라도……."

바르트가 부지런히 노를 저었다. 아이언맨 선생님은 그 아일랜드 형제의 보트를 따라가느라 적잖이 애를 먹었다. 그들은 바위섬을 빙 돌아가다가 손과 발을 휘두르고 있는 로넌과 보트 구석에 처박혀 사람인지 경보기인지 분간이 안 갈 정도로 입이 찢어져라 비명을 질러대는 스텔라를 발견했다. 어느 정도 가까이 다가서자 스텔라의 고함 소리에도 불구하고 로넌이 뭐라고 말하는지 알아들을 수 있었다. 아이언맨 선생님은 단 일 초도 주저하지 않고 물속으로 뛰어들었다. 선생님은 몇 길이나 내려가 축 늘어진 틸라의 몸뚱이를 발견했다. 틸라를 물 밖으로 끌어올리려다가 오스카가 조금 전에 그랬듯이 수초가 소녀의 발목에 휘감겨 있다는 것을 깨달았다. 선생님은 얼른 물 위로 올라갔다.

"펭귄 선생! 내 가방 안에 나이프가 있어요! 빨리 줘요!"

펭귄 선생님은 재빨리 가방을 뒤져 나이프를 아이언맨 선생님에게 던져주었다. 아이언맨 선생님은 칼을 낚아채고는 오리처럼 물속으로 쑥 들어갔다. 선생님이 틸라의 발목을 손으로 더듬어 보이지도 않은 수

초에 칼집을 내자 틸라의 몸이 겨우 자유롭게 풀려났다. 체육 선생님은 틸라를 물 위로 끌고 올라갔다.

점점 더 뛰기가 힘들었다. 이제 물은 무릎에서 철벅거렸다. 결국 오스카는 어느 나무뿌리에 발이 부딪치고 말았다. 바닥에 넘어진 오스카가 힘겹게 일어났다. 흙물이 온몸에서 흘러내렸고 기분은 비참했다. 이제 틸라를 위해 그가 할 수 있는 일이 없을 것 같다는 예감이 들었다. 하지만 틸라의 몸에서 빠져나가 자기 목숨만이라도 구할 수는 없을까? 메디쿠스면서도 틸라를 구할 수 없다는 게 분했다. 브레이브 씨나 위더스 부인을, 심지어 친구들의 얼굴을 볼 낯이 없었다. 하지만 이대로 틸라의 신체 내에서 죽어봤자 아무 소용없었다. 신체 내에서 사망하는 메디쿠스의 운명대로, 그의 능력은 다른 이에게 전해지지 못한 채 영원히 소멸되리라. 최소한 그 이유만으로도 그는 여기서 꼭 나가야만 했다. 실패는 부끄러웠지만 일단 나갈 길부터 찾아야 했다. 그는 주위를 두리번거리며 아까 보았던 나무들을 눈으로 찾았다. 어쩌면 죽어가는 틸라의 몸에서 탈출할 수 있도록 이번에도 나무들이 메디쿠스의 카뒤세 모양을 그려줄지도 몰랐다. 이제 평원은 어슴푸레한 어둠에 잠겨 있었다. 작은 수풀은 쓰나미에 벌써 쓸려 갔을 수도 있다는 것을 깨달았다. 그런데 그 순간부터 물이 차츰 빠지기 시작했다.

허리가 완전히 물 밖으로 나왔고 그다음에는 무릎까지 수위가 낮아졌다. 결국 발목에서 찰랑찰랑하는 웅덩이 수준으로 돌아갔다. 오스카는 치명적인 쓰나미가 다시 한 번 덮치려나 보다 했지만, 물은 느리지만 확실하게 빠지고 있었다.

무엇인가가 흔들리는 느낌이 났다. 누가 틸라의 몸을 옮기고 있는 중이었다! 드디어 누군가가 깊은 호수에서 틸라를 끌어낸 모양이었다!

희망에 부푼 오스카는 평원을 두리번거렸다. 그의 시선이 마침내 물이 빠지며 질펀하게 젖은 땅이 그린 형상에 꽂혔다. 침식된 땅바닥의 줄무늬들이 서로 이어지며 그토록 기다리던 잔 모양이 나타났다.

오스카는 펜던트를 쥐고 카뒤세를 노려보았다. 그는 그렇게 틸라의 바람의 왕국에서 빠져나왔다.

두 교사는 틸라를 물 밖으로 끌어내어 배에 태웠다. 펭귄 선생님이 틸라의 팔을 치켜들었다 내렸다 해보고는 소녀를 옆으로 눕혔다. 피 말리는 몇 초가 지나고 틸라가 드디어 기침을 하더니 물을 토해내기 시작했다. 제레미는 안심했다는 듯이 보트 좌석에 주저앉았다. 펭귄 선생님은 틸라가 제대로 앉을 수 있게 도와주었다.

"틸라, 눈을 떠봐라! 내 말 들리니? 이제 다 됐다. 아무 위험도 없어. 틸라, 이제 넌 안전해."

선생님은 소녀를 안심시켰다.

바르트가 지체 없이 이쪽 보트로 옮겨와 안전요원들이 기다리는 호숫가까지 힘껏 노를 저었다. 안전요원들은 선생님의 고함을 듣고 틸라를 간호하기 위해 달려온 참이었다.

아이언맨 선생님이 노를 젓는 보트가 천천히 호숫가로 들어왔다. 선생님 맞은편에는 로넌 모스와 스텔라 피셔도 쭈그리고 앉아 있었다.

안전요원들과 몇 미터 떨어진 지점에 아이들이 서둘러 달려가 또 한 사람을 물에서 꺼냈다. 구조된 사람은 오스카였다. 오스카는 물론 살아 있었지만 신체 내에서 워낙 고생을 했고 탈출 후에도 바위섬에서 호숫가까지 헤엄쳐 왔기 때문에 기진맥진해 있었다. 오스카는 숨을 헐떡이며 벌러덩 드러누워 눈을 감았다. 아이언맨 선생님의 보트가 호숫가에 도착하자 로넌이 벌떡 일어나 육지로 올라와서는 한달음에 오스카에게까지 달려왔다.

"필 때문이에요, 선생님. 모든 게 이 자식 때문이라고요! 이 자식이 노를 우리에게 겨누고 공격했어요. 그 바람에 보트가 심하게 흔들려서 틸라가 떨어진 거예요!"

로넌이 이제 막 보트에서 내린 스텔라를 돌아보며 눈을 부릅떴다. 스텔라의 입을 막기에는 그 시선만으로도 충분했다.

오말리 형제와 에이든이 오스카를 에워쌌다. 로넌의 말을 결코 믿을 수 없었던 제레미가 물었다.

"진짜 무슨 일이 있었던 거야? 도대체 어디 있다가 왔어? 여기가 수영장인 줄 알아? 우리는 보트를 타러 온 거지, 수영을 하러 온 게 아니라고!"

"제레미, 오스카에게도 말할 틈을 줘야지."

어떻게 된 건지 대강 눈치챈 에이든이 끼어들었다.

잠시 숨을 고른 오스카는 친구들에게 아까 있었던 일을 사실대로 전하려고 노력했다. 제레미는 화가 나서 소리를 질렀다.

"그러면 그렇지! 모스 그 자식이 다 지어낸 얘기야! 펭귄 선생님께 사실을 말해야 해……."

"누가 물어봤는데?"

어느새 아이들 옆에 다가와 있던 펭귄 선생님이 일침을 놓았다.

오스카는 너무 기운이 없어서 몸을 일으킬 수도, 무슨 말을 할 수도 없었다. 선생님은 무서운 눈으로 오스카를 노려보았다.

"오스카를 부축해서 보건실로 데려가라. 만약 내가 아까 들은 말이 사실이라면 오스카 너는 선을 넘은 거다."

펭귄 선생님은 지체 없이 뒤돌아 가버렸다. 제레미가 분통을 터뜨리며 벌떡 일어났다.

"이렇게 당하고만 있어선 안 돼. 모스 그 깡패 자식이 자기가 당한 척하다니! 어째서 아무 말도 하지 않은 거야?"

오스카는 대꾸하지 않았다. 물속에서 틸라의 몸에 들어가느라 사라졌던 걸 어떻게 해명한단 말인가? 메디쿠스들은 극도로 비밀스럽게 행동해야만 했다. 게다가 설령 사실대로 고백한다 해도 누가 그 말을 믿어주겠는가?

오스카는 바르트의 부축을 받아 겨우 일어났다. 안전요원 옆에서 틸라가 선생님들에게 둘러싸인 채 힘겹게 걸음을 옮기고 있었다. 로넌과 그 졸개들은 벽에 기댄 채 만족스러운 미소를 지으며 오스카를 위협적으로 꼬나보았다.

틸라는 선생님들이 묻는 말에 사실대로 대답할 것이다. 그때까지는 오해를 받아도 별수 없었다. 어쩌면 틸라는 오스카가 자기가 물에 빠지는 모습을 가만히 보고만 있었다고 생각할지 모른다.

물이 뚝뚝 떨어지는 머리를 마구 헝클어뜨리고 오스카는 길게 한숨을 쉬었다. 시작부터 끝내주는 새 학기였다.

말도 안 되는 희망

다음 주 초까지도 조금 위축되어 있었지만 오스카는 결국 그 일을 잊어버렸다. 비록 틸라가 그의 머릿속에서 특별한 자리를 차지하긴 했지만(오스카는 '마음속 자리까지 차지한 건 아니다'라고 부정했지만……) 그는 틸라에게 영웅 대접을 받고 싶어서 그 아이의 둘째 우주에 들어간 것은 아니었다. 틸라를 구하는 것도 좋았지만 메디쿠스의 능력을 인간을 위해 쓸 수 있었다는 사실이 기뻤다. 그것은 메디쿠스 기사단의 주된 임무였고 그 임무를 다했기에 뿌듯했다. 오스카는 메디쿠스로서의 기나긴 수련을 끝까지 마치겠노라 결심한 후 처음으로 자신이 한 비밀스러운 다짐에 따라 아버지의 뜻을 이어받았다는 성취감을 느꼈다.

호수에서의 사건을 맘 편히 잊을 수 있었던 또 다른 이유는 월요일부터 늘 방과 후에 자전거로 블루파크에 달려가 쿠미데스 서클에서 지내는 친구들을 만났기 때문이다. 때로는 몇 분밖에 보지 못했지만 그 정도만으로도 작년에 친구들과 함께했던 대단한 모험의 흥분을 되찾을 수 있었다. 발랑틴과 로렌스도 오스카가 들르기만을 조바심 내며 기다렸다. 가끔은 에이든이나 제레미도 동행했다. 그렇게 모두들 쿠미데스 서클의 정원에 모여 체리 아줌마의 간식을 피해 재미나게 놀아보겠다는 의욕을 불태웠다. 친구에게 장난치는 것을 좋아하는 오스카가 아줌마의 요리가 얼마나 위험한지 일부러 귀띔을 해주지 않았기 때문에, 새로운 경험을 즐기는 제레미는 멋모르고 아줌마의 호의를 받아들였다. 하지만 제레미가 양파와 훈제 연어 향을 첨가한 뜨거운 초콜릿 음료를 삼키는 순간, 오스카와 에이든은 배를 잡고 데굴데굴 구르며 웃어댔다. 제레미도 이제 간식 시간에는 절대로 체리 아줌마와 마주치지 않겠노라 굳게 결심했다.

목요일에 오스카는 학교에서 재빨리 빠져나왔다. 물론 지난주처럼 로넌 모스와 부딪히지 않으려고 각별히 조심했다. 월요일에 틸라가 사건의 진실을 밝혔고 로넌 모스는 톡톡히 벌을 받아야 했다. 그는 이틀간 학교에 나오지 못했고 학교에 돌아와서도 엄청난 양의 과제를 해야 했다. 어떤 사람에겐 본보기가 될 만한 벌이었지만 로넌에게는 이런 벌이 전혀 통하지 않았다. 그는 학교를 안 가도 된다고 되레 희희낙락하면서 하굣길에 오스카에게 시비를 걸기 위해 눈에 불을 켜고 나타나곤 했다.

한번은 다른 학생들이 있는데도 로넌이 넌지시 이렇게 말하고 간 적도 있었다.

"필, 둘째 우주에서도 그렇게 잘 빠져나가는지 두고 보자. 거기에는 펭귄 선생님도, 널 치맛자락에 싸고도는 엄마도 없을 테니까."

오스카는 어깨를 으쓱했다.

"그래, 몸속에서 만나자. 제대로 들어올 수나 있다면 말이야."

하루가 다르게 긴장이 팽팽해졌고 오스카는 별것 아닌 말로도 입씨름이 몸싸움이 될 수 있겠다는 느낌이 들었다. 어떤 일이 있더라도 몸싸움만은 피해야 했다. 괜히 방과 후에 남는 벌이나 받지 않도록 조심해야 했다. 보름 전에 쿠미데스 서클의 문이 그에게 다시 열렸고 앨리스테어는 언제라도 결전의 그날을 정할 수 있었다. 그런데 선생님의 철통같은 감시와 모스의 도발 때문에 교실에 붙잡혀 있을 수야 없는 노릇이었다.

자전거에 올라탄 오스카가 쿠미데스 서클로 향하려는데 누군가가 그를 불렀다.

"안녕, 오스카."

머리가 덥수룩하고 옷차림이 단정치 못한 날씬한 청년이 지척의 나무에 기대어 있었다. 오스카는 반가움 반 놀라움 반으로 외쳤다.

"앨리스테어! 아니, 바빌론 하이츠에 웬일이에요? 이 동네에 사는 것도 아니면서?"

"그래. 하지만 널 보러 왔어. 얘기 좀 하려고."

앨리스테어 맥쿨리는 안색이 좋지 않았다. 얼굴이 창백해서 다크서클이 두드러졌고 전보다 더 말라 보였다. 하지만 무엇보다도 오스카는 그의 단조롭고 기계적인 목소리에 놀랐다. 평소에 그렇게나 혈기 왕성하고 언제나 열띤 목소리로 말하던 청년이었는데. 어쨌든 그는 지쳐 보였다. 그 교통사고 이후 회복이 순조롭지 않았던 모양이다.

"그때 차에 치인 이후로, 좀 괜찮아진 거예요?"

"응, 조금 나아졌어. 그냥…… 잠을 좀 충분히 자야겠더라고, 그뿐이야." 앨리스테어가 셔츠 자락을 구겨진 바지 안으로 집어넣으며 말했다. "너는? 두 왕국의 우주로 모험을 떠날 준비가 됐니?"

"그럼요! 앨리스테어만 좋다면 당장이라도 떠날 수 있어요!"

오스카가 눈을 초롱초롱 빛내며 외쳤다.

청년은 가만히 고개만 끄덕였다. 오스카는 약간 김이 빠졌다. 위원회에서 앨리스테어를 만났을 때에는 이 청년의 넘치는 에너지와 힘 있는 말투가 마음에 들었었다. 최소한 오늘 앨리스테어가 최상의 상태가 아니라는 것만은 분명했다. 비유적으로나 실제로나 그는 '불이 꺼진' 사람처럼 보였다.

"아니야. 며칠 후에 모두 함께 만날 자리가 있을 거야. 최적의 시기를 정해야겠지. 하지만 네가 이렇게 의욕이 넘치는 모습을 보니 좋구나. 덕분에 아주 기분이 좋아."

앨리스테어가 열의가 전혀 느껴지지 않는 말투로 이렇게 말하자, 오스카는 뭐라고 대답을 해야 할지 몰라 당황했다. 지금 이 순간, 앨리스테어는 눈곱만큼도 기분이 좋아 보이지 않았다. 아니, 오히려 정신이 딴 데 가 있는 사람 같았다.

앨리스테어가 침묵을 깨고 아까보다는 조금 명랑하게 말했다.

"괜찮으면 같이 갈까? 집에 돌아가는 길이지?"

"쿠미데스 서클에 가려고요."

앨리스테어는 기분이 불편해진 듯했는데, 오스카는 왜 그러는지 알 것 같았다. 분명히 그는 그랜드 마스터가 자신의 상태를 알아차리지 못하기를 바랄 것이다. 제리의 권고에도 불구하고 그랜드 마스터에게 교통사고에 대해 말하지 않은 모양이었다.

"어쨌든 이제 한 팀이 되어서 기쁘다는 말을 하고 싶었어."

이 말을 하고 조금 망설이더니 앨리스테어는 이렇게 말했다.

"너도 너희 아버지처럼 명석하다면 앞으로 걱정할 일 없겠지."

오스카의 얼굴에 미소가 돌아왔다.

"저도 그러기를 바라요. 저희 아빠를 잘 아세요?"

앨리스테어는 다소 기운을 차린 듯 몸을 일으켰다. 눈빛도 아까보다는 살아났다.

"애석하게도 직접 아는 사이는 아니야. 나도 그 점이 안타까워. 하지만 너희 아버지 얘기를 많이 들었지. 일단 너희 아버지는 기사단이 창립된 이래 최연소 최고위원이었고 대단한 위업을 많이 세우셨으니까. 너도 알지?"

오스카가 고개를 끄덕였다. 청년은 이렇게 덧붙였다.

"너에겐 정말로 한스러운 일일 테지. 자기 아버지를 한 번도 못 뵌 거 같아."

오스카는 대답하지 않았다. 아빠가 돌아가셨다는 사실을 떠올리기 싫었고 아빠를 한 번도 본 적이 없다는 말은 더욱더 하고 싶지 않았다. 그런 말을 하면 왠지 아빠와 더 멀어진 기분이 들었다. 그는 사진 한 장이나 엄마 이야기를 통해서라도 아빠와 가까워지고 싶었다. 바로 그 점에 오스카와 비올레트의 차이가 있었다. 아빠가 돌아가셨을 때 누나는 돌쟁이였다. 그리고 비올레트는 남의 말을 알아듣고 자기 입으로 말을 할 수 있게 된 이후로 단 한 번도 다른 사람 앞에서 돌아가신 아빠 얘기를 한 적이 없었다.

"나도 아버지를 잃었지. 그때 얼마나 마음이 아팠는지 몰라. 그래서 나는 네 기분을 헤아릴 수 있단다."

오스카가 앨리스테어를 향해 고개를 돌렸다. 어째서 앨리스테어는 이렇게 슬픈 얘기를 털어놓는 것일까? 차라리 이제 곧 떠날 새로운 우주에 대한 가슴 설레는 이야기나, 그 우주에서 겪게 될 일에 도움이 되는 말을 듣고 싶었다.

그들은 신호등에 걸려서 멈춰 섰다. 희한하게도 앨리스테어는 길을 건널 때 좌우를 거의 살피지 않았다. '이러니까 사고를 당하지.' 오스카는 속으로 이렇게 생각하면서도 최근에 교통사고를 당한 사람이 어떻게 이럴 수 있을까 의아해했다.

"가끔은 말이지." 앨리스테어는 주변에는 아랑곳없이 똑바로 걸음을 옮기며 말했다. "가끔은 누군가가 에메랄드 서판을 되찾아 우주의 파나케이아*로 사람들을 살려낼 수 있으면 좋겠어……."

이 말에 흥미를 느낀 오스카가 걸음을 멈추었다.

"에메랄드 서판? 그게 뭔데요?"

앨리스테어가 도리질을 했다.

"미안, 내가 그냥 혼잣말 한 거야. 그래서는…… 어떨 때는 내 말을 귀담아 듣지 않는 편이 나아."

"아뇨, 오히려 좀 더 듣고 싶어요!"

오스카는 심장이 뛰었다. 작년부터 참 많은 것을 배웠다. 특히 메디쿠스들의 특별한 세계에 들어가 자신의 고유한 힘을 계발하면서부터 믿기지 않지만 실제로 존재하는 것들이 있음을 알았다. 비올레트 누나의 기상천외한 생각도 울고 갈 만큼 황당한 것들이……. 그래서 앨리스테어의 말이 가볍게 들리지 않았다. 오스카는 더욱 재촉했다.

"제발요, 방금 했던 말을 다시 들려주세요."

앨리스테어가 벌컥 화를 냈다.

"내 말을 늘 귀담아 들을 필요는 없다고 했잖아! 다 잊어버려, 그 애

★ 파나케이아는 그리스신화에 등장하는 치유의 여신의 이름이며 만병통치약이라는 뜻도 가지고 있다.

기는 다시 꺼내지 말자!"

입을 다물고 오스카는 다시 앨리스테어와 나란히 걷기 시작했다. 소년이 보기에는 그가 너무 꽉꽉하게 구는 것 같았다. 웃음 띤 얼굴로 싹싹하게 굴다가도 얼굴과 태도를 갑자기 바꾸기도 했다. 오스카도 이를 깨달은 지는 좀 됐다. 예전에는 주로 아이들에게서 그런 면을 발견했지만 얼마 전부터는 어른들도 그럴 수 있다는 것을 알았다.

앨리스테어는 어느 건물 앞에서 걸음을 멈추었다. 쿠미데스 서클까지는 아직도 더 가야 했다. 앨리스테어는 불안한 기색으로 그 건물 쪽을 살폈다.

"여기서 헤어져야겠구나."

앨리스테어가 아까보다는 덜 냉담하게 말했다. 그가 막 떠나려는데 오스카가 그를 불러 세웠다.

"앨리스테어!"

청년이 뒤를 돌아보았다.

"우리는 언제 떠나는 건가요?"

오스카가 목소리를 낮추어 덧붙였다.

"……두 번째 우주 말이에요."

"기다려라. 이제 조금만 있으면 돼. 아주 금방이야."

이 말을 남기고 앨리스테어는 늦은 오후 보도에 넘쳐나는 인파 속으로 자취를 감추었다.

혼자만의 생각에 잠긴 오스카는 한참이나 그 자리에 멍하니 서 있었다. '다 잊어버려.' 앨리스테어는 그렇게 말했다. 하지만 어떻게 잊는단 말인가? 오스카는 메디쿠스들과 그들의 능력을 믿었다. 당연하지 않은가! 그런데 최고위원회의 일원이자 가장 뛰어난 메디쿠스의 한 사람이 수수께끼의 서판이 사람들을 살릴 수 있다고 했다. 이런 말을 도대체 어떻게 잊어버리겠는가?

말도 안 되는 희망이 싹텄다. 아니, 오스카는 이 희망을 잊을 마음이 조금도 없었다.

쿠미데스 서클에 들르지 않고 혼자 잠시 생각할 시간을 가지고 싶어진 오스카는 곧바로 바빌론 하이츠로 돌아가기로 마음먹었다. 그는 편안하고 차분한 분위기가 그리울 때마다 틴 아저씨네 세탁소를 찾았다. 아저씨네 세탁소는 늘 고즈넉하고 마음 놓을 수 있는 장소였다. 틴 아저씨는 과묵하기로는 누구에게도 지지 않았고 깨끗한 냄새가 나는 이불 바구니는 그 어떤 안락의자보다 푹신했다.

생각에 잠긴 오스카가 집으로 돌아와 보니 엄마는 아직 퇴근 전이었다. 아마 그 밥맛없는 사장이 퇴근 시각에 딱 맞춰 일거리를 던져주었을 것이다. 겔도프 사장의 취미 생활은 군소리 없이 사장의 분풀이에 꿋꿋이 버티는 가엾은 엄마를 괴롭히는 것이었다. 하지만 어쩌다 엄마가 말대답이라도 했다가는 사장의 반격이 첫 번째 공격보다 더 가혹해졌다. 게다가 엄마에겐 이 일자리가 절실했다. 그녀 자신과 아이들의 자유를 위해 치러야 할 대가였다. 남편이 죽은 후로 셀리아는 오랫동안 친정에서 경제적 지원을 받았으나 친정 엄마의 권위적인 태도와 잔소리는 직장에서의 괴롭힘 이상으로 참기 힘들었기 때문에 혼자 힘으로 생계를 꾸려나가기로 작정한 이상, 못돼먹은 콤플렉스덩어리 사장을 참아낼 수밖에 없었다.

오스카는 부리나케 계단을 두 칸씩 올라가서 누나 방 앞에 다다랐다.

열네 살 소녀는 대부분의 시간을 자기만의 세상에서 보냈다. 노크를 했지만 누나가 대꾸를 하지 않았기 때문에―별로 놀랄 일도 아니었다―
오스카는 그냥 안으로 들어갔다.

비올레트는 하얀 종이를 들여다보느라 정신이 팔려 있었다. 방바닥
에 잡다한 물건들이 널려 있었기 때문에 오스카는 벽 쪽으로 자리를 잡
았다.

"누나?"

"으응?"

"들어가도 돼?"

"응, 난 독서 중이야."

"아무것도 없는 백지잖아."

"나도 알아. 내 머릿속에 기록해놓은 일들을 읽는 중이었어. 백지를
들여다보면 집중이 더 잘 되거든."

비올레트는 백지를 접어 정리하며 말했다.

"왜 진짜 글로 기록하지 않는 건데?"

"너무 길어서. 게다가 머릿속에서 계속 바뀌니까."

오스카는 더 묻지 않고 자기가 염두에 두었던 문제로 넘어갔다.

"누나는 아빠 기억나?"

비올레트는 잠깐 망설이는 듯하더니 탁자에 있던 아무 책이나 집어
서 펼쳤다.

일어선 오스카는 누나 바로 옆에 책상다리를 하고 앉았다. 누나의 손
에서 책을 빼앗고 자기를 쳐다보게 하려고 했다. 엄마가 갖은 시도를
해보고 오스카도 거들었지만 비올레트는 누구 앞에서도 아빠 얘기를
입에 올린 역사가 없었다. 단 한 번도. 오스카가 자기 세상으로 도망가
려는 누나를 이렇게 진득하게 붙잡고 늘어진 것도 정말 오랜만이었다.

오스카가 부드럽게 말했다.

"적어도 누나는 아빠를 보기라도 했잖아."

비올레트가 눈을 들고는 노래를 부르기 시작했다.

무지개 너머 어딘가에서

하늘은 푸르고

꿈은 현실이 되지요.*

오스카가 한숨을 내쉬고 일어나려 했다.

"그 사람이 아빠야."

"누구?"

"오즈의 마법사! 있지, 영화에서 도로시가 노래를 부르면서 마법의 세상을 찾으려고 하잖아. 도로시는 그런 세상이 있다는 걸 알지만 아무도 도로시를 믿지 않지. 도로시가 만난 오즈의 마법사는 모든 이에게 소원을 이루어주겠다고 약속해. 똑똑해지고 싶은 허수아비는 진짜 뇌를 갖고 싶다고 하고, 양철 나무꾼은 진짜 심장을 원하고, 사자는 용맹해지고 싶어하지. 맨 마지막에 마법사는 그들이 바라는 것이 이미 그들 안에 있다고 설명해줘. 그냥 자기 안을 들여다보기만 하면 된다고, 우리가 찾는 모든 것은 이미 이 안에 있다고."

비올레트는 그렇게 말하며 자기 머리와 가슴을 어루만졌다. 그러고는 그다음 이야기가 하늘에 쓰여 있기라도 한 듯 창밖을 바라보았다. 그러더니 조그마한 목소리로 말했다.

★ 영화 〈오즈의 마법사〉의 주제가 '무지개 너머Over the rainbow'

"이제 아빠 얼굴은 기억 안 나. 하지만 나는 아빠가 오즈의 마법사랑 닮았다고 생각해. 가끔 꿈에 나타나서 이렇게 말해줘. 나한테 뭔가가 부족하다면 그걸 내 속에서 찾아야 한다고. 그래서 난 될 수 있는 대로 내 안의 세상에서 지내는 거야. 그것뿐이야."

비올레트가 고개를 돌려 남동생을 바라보았다. 누나의 얼굴은 심각했지만 슬퍼 보이지는 않았다. 처음으로 비올레트 누나가 열네 살 이상으로 의젓해 보였다. 방에서 나간 오스카는 잠시 후 언제나 베개 밑에 넣어두는 가족 앨범을 가지고 돌아왔다. 사진을 꺼내서 아빠 얼굴을 누나에게 보여주었다. 엄마는 눈에 띄게 배가 불렀고 비올레트는 유모차에 앉은 그 사진을. 비올레트가 태어난 지 얼마 안 됐고 오스카는 태어나지도 않았을 때 찍은 사진이었다. 오스카가 사진을 내밀었지만 비올레트는 부드럽게 그 손을 뿌리치며 보지 않으려 했다.

"오즈의 마법사, 난 그게 좋아. 그걸로 충분해."

오스카가 고개를 푹 숙였다. 소년은 아빠가 돌아가신 후에야 세상에 태어났다. 그에겐 좀 더 많은 것이 필요했다. 그리고 지금은 상상속의 인물보다 더 나은 무엇을 누나에게 주고 싶어 애가 탔다. 오스카는 일어나서 조용히 방을 나갔다.

이 세상이든 다른 어느 곳이든, 어딘가에 있다는 그 서판은 오스카의 간절한 소원을 들어줄 수 있을 것이다. 그 서판을 찾아내고 말 테다.

셀리아는 소리 없이 방문을 닫고 벽에 기댄 채 눈을 감았다. 조금 전 집에 돌아온 그녀는 아이들에게 인사를 하려다가 의도치 않게 남매의 대화를 엿듣고 말았던 것이다.

주체할 수 없이 뺨으로 흘러내리는 눈물을 셀리아는 손등으로 훔쳤다. 그러는 동안에도 비올레트의 목소리가 벽 너머에서 울려 퍼지고 있었다. 엄마에게는 딸이 다른 세상의 마법사 같았다.

무지개 너머 어딘가에서
파랑새들이 날고
새들은 무지개를 넘어가는데
왜 나는 그럴 수 없을까요?

레오니드

"오스카, 시간 됐는데……."

오스카는 간신히 눈을 떴다. 정말이지, 이번 학기는 시작부터 고역이었다. 토요일에도 늘어지게 늦잠을 잘 수가 없다니. 엄마가 아들을 재촉했다.

"밖에서 기다리고 계신다. 너도 일어나면 후회는 안 할 거야."

오스카는 엄마를 잘 알았다. 엄마가 고집을 부릴 때에는 이유가 있었지만 엄마는 목적을 이루기 위해서라면 뭐든지 할 수 있는 사람이기도 했다. 엄마 말을 믿어야 할까, 아니면 이건 그저 미끼일까? 고분고분 말을 들을까, 아니면 도로 잠들어버릴까.

오스카는 비몽사몽간에 방금 들은 말을 되뇌었다. '밖에서 기다리고 계신다.' 결국 창가로 간 그는 창밖의 광경을 보자 잠이 확 깼다! 엄마를 돌아보며 환하게 미소 짓고 오스카는 얼른 욕실로 들어갔다.

몇 분 후 오스카는 허리에 타월을 감고 물을 뚝뚝 흘리며 나와 장롱으로 다가갔다. 그는 비올레트 누나라도 가장 제정신이 아닐 때나 고를 법한 옷을 골랐다. 등판이 얼룩덜룩하니 이상한 티셔츠를 입고 케이프와 허리띠를 착용한 오스카는 쏜살같이 일 층으로 내려갔다.

문을 벌컥 열어젖혔다. 제리 아저씨가 팔짱을 끼고 브레이브 씨의 리무진 앞에 서 있었다. 쿠미데스 서클에서 오스카를 데리러 온 것이다. 바로 오늘 두 번째 우주로 출발할지도 모른다는 뜻이었다!

엄마가 터질 듯이 팽팽한 가방을 오스카에게 내밀었다.

"이걸로 한 달은 버틸 수 있을 거다." 엄마가 농담으로 선수를 쳤다. "내일 저녁에 데리러 갈게, 알았지? 즐거운 '여행'이 되기를 바란다, 우리 아들."

엄마는 몸을 숙여 오스카에게 뽀뽀하고는 귓속말로 속삭였다.

"네가 자랑스럽다. 정말 자랑스러워. 아빠도 그럴 거야. 엄마는 그렇게 믿어."

대문까지 한달음에 달려간 오스카는 리무진에 막 오르려다가 위를 쳐다보았다. 비올레트 누나가 이 층의 자기 방 창문에서 손짓하고 있었다. 오스카는 리무진에 몸을 실었다.

쿠미데스 서클에 도착한 오스카는 본즈가 그의 가방을 들어줄 짬도 주지 않고 계단을 우당탕탕 올라갔다. 하지만 성질머리가 고약해서 수시로 꿈틀대고 물결치며 오스카를 넘어뜨리곤 하는 이 층 양탄자 앞에 와서는 조심스럽게 걸음을 늦추었다. 오스카는 셀레니아의 흉상胸像에 건성으로 인사하고 단숨에 복도 맨 끝의 문으로 향했다. 그 방문의 문패에 새겨진 이름을 알아볼 수 있었다. 알프레드 보든. 그는 자신 있게 작년에 자기가 쓰던 방으로 들어갔다. 청소와 환기가 잘 된 방을 보니 기분이 좋았다. 작년에 남겨두고 간 물건들도 모두 제자리에 놓여 있었고 잠자리도 준비되어 있었다. 하지만 가장 신이 났던 이유는 그 방에서 친구들이 꼼짝 않고 오스카를 기다리고 있었기 때문이었다.

이번 주말에도 셋이서 함께—오스카의 집이 아닌 그랜드 마스터의 집에서—보내게 되었다고 모두들 한껏 들떠 기뻐했다. 그 후에 오스카는 앨리스테어와 나누었던 기묘한 대화를 로렌스와 발랑틴에게 털어놓았다.

"에메랄드 서판? 분명히 그렇게 들었어?" 로렌스가 물었다.

"확실해. 앨리스테어가 말을 많이 하지 않았기 때문에 잘못 듣고 말고 할 것도 없었어."

"그런 건 들어본 적도 없는데." 자기가 모르는 게 있으면 찜찜해하는 로렌스가 말했다. 그는 서둘러 덧붙였다. "그래도 내가 알아봐주지."

"나도 그런 건 처음 들어봐. 여기 와서도, GRIU에서도. 앨리스테어가 또 다른 말은 안 했어?" 발랑틴이 물었다.

"조금 생소한 말이었는데. 우주의 파나셰*라나 뭐라나…….. 어느 우주를 두고 한 말이었는지도 잘 모르겠어. 어쨌든 그것도 그 서판과 연관이 있나 봐. 내가 잘못 들은 게 아니라면 그걸로 죽은 사람들을 살려낼 수 있다는 것 같아!"

로렌스가 자기 배를 쓰다듬었다. 다른 사람의 의견에 속으로 동의하지 않을 때마다 나오는 버릇이었다. 로렌스는 명쾌한 설명과 반박할 수 없는 증거를 좋아하지만, 지금 오스카가 떠들어대는 말은 귀신 씻나락 까먹는 소리 같았다.

★ 파나케이아(panacée)를 파나셰(panaché)로 잘못 들은 것이다.

"죽은 사람들을 살려내? 말 같잖은 소리야. 그런 소리를 믿을 사람은 비올레트밖에 없을걸."

"나도 작년에는 몸속에 들어갈 수 있는 사람들이 있을 거라고 상상도 못했어……"

오스카보다 모험심이 왕성하고 뭐든 맹목적으로 뛰어들고 보는 발랑틴조차도 신중해야 한다는 입장을 보였다.

"일단 뭘 좀 알아본 다음에 뛰어들든 말든 해야 하지 않을까? 넌 어떻게 생각하는데?"

메디쿠스 소년은 놀란 기색으로 발랑틴을 바라보았다. 솔직히 발랑틴만큼 흥분해서 신 나게 맞장구를 쳐줄 줄 알았기 때문이다. 이런 발랑틴마저 이렇게 나올 줄이야. 오스카는 분한 마음에 눈을 내리깔았다. 발랑틴이 말을 이었다.

"내가 왜 이런 말을 하는지 알아? 네 머릿속에 든 생각이 빤히 보이기 때문이야. 네가 환상에 젖지 않았으면 좋겠어. 환상이 깨지거나 그저 옛날이야기에 불과하다는 것이 밝혀지면 엄청나게 실망할 테니까." 발랑틴이 다시 활기를 보이며 덧붙였다. "하지만 우리도 열심히 알아볼게, 약속해!"

그들의 대화는 거기서 끊겼다. 본즈가 문을 열고 나타났기 때문이다.

"기다리고 계십니다."

본즈가 오스카에게 말했다. 하던 이야기는 잠시 잊고 오스카는 벌떡 일어났다. 집사가 그를 붙잡았다.

"케이프와 허리띠를 착용하세요."

본즈의 홀쭉한 얼굴에 보일 듯 말 듯 미소가 떠올랐다. 그가 이런 표정을 짓는 것은 정말로 드문 일이라 모두 주목하지 않을 수 없었다. 발랑틴이 박수를 치려고 했으나 본즈가 어깨를 으쓱하며 얼른 만류했다.

"오, 본즈도 웃을 줄 아네요? 이건 축하할 일 아닌가요?"

발랑틴이 말했다.

오스카는 홀로 내려갔다. 홀에는 이미 네 명의 아이들이 앨리스테어를 둘러싸고 있었다. 로넌 모스를 제외한 나머지 아이들은 모두 앨리스테어가 하는 말을 열심히 듣고 있었다. 오늘 아침 앨리스테어는 아주 건강해 보였다. 그동안 푹 쉬었는지 안색도 한결 좋아졌고 처음 만났을 때처럼 열정적으로 보였다. 앨리스테어가 오스카를 보고 반갑게 인사를 건넸다.

"아, 드디어 우리 메디쿠스 새싹들이 다 모였군! 안녕, 오스카, 준비됐니?"

오스카가 고개를 끄덕였다.

"좋았어! 이제 전원이 모였다. 구구절절 설명하는 것보다 시간도 절약할 겸 당장 떠나는 게 좋을 것 같구나. 우리는 약속이 있거든."

"그렇게 빠른 것도 아닌데요. 안 그래도 슬슬 지겨워지려던 참이었다고요."

지기스문트의 조각상에 팔꿈치를 괴고 있던 로넌이 투덜거렸다. 그때, 조각상이 꿈틀거리는 바람에 로넌은 퍼뜩 소스라쳤다. 이를 목격한 오스카만 웃음을 터뜨렸다. 그러자 로넌이 위협적으로 다가왔다.

"무슨 문제 있냐, 필?"

"나야 아무 문제가 없지. 하지만 너는 지기스문트와 문제가 좀 있는 것 같은데."

앨리스테어가 두 사람 사이를 가로막더니 그들을 문 쪽으로 데려갔다. 그는 노골적으로 로넌과 오스카를 주시했다.

"잠깐만요! 잠깐만 기다려요!"

모두 뒤를 돌아보았다. 발랑틴과 로렌스가 배낭을 메고 허겁지겁 계단을 내려오고 있었다.

"우리도 같이 갈 거예요."

발랑틴이 앨리스테어 앞에 당당하게 서서 말했다.

"말도 안 돼. 인원이 다 찼어. 게다가 이건 어린 메디쿠스들의 입문을 위한 여행이야. 가이드 끼고 관광하는 게 아니란 말이야!"

앨리스테어가 대꾸하자 로렌스가 끼어들었다.

"맥쿨리 씨, 제발 우리를 데려가주세요! 분명히 쓸모 있을 때가 올 거예요!"

앨리스테어가 재미있다는 듯이 로렌스에게 얼굴을 내밀었다.

"쓸모? 도대체 너희 두 사람이 무슨 쓸모가 있을까?"

"저희가 인체 내 세계에서 왔다는 사실을 다시 한 번 일깨워드리지요. 그쪽 세상은 우리 손바닥 안입니다."

로렌스는 평소처럼 노교수 같은 태도로 대답했다. 그리고는 너도 거들라는 듯이 발랑틴에게 고개를 돌렸다.

"그럼요, 그럼요, 당연하지요. 손바닥 들여다보듯 훤하다니까요."

"언제부터 헤파톨리아인이 두 번째 우주 전문가가 됐는데?"

"아, 그게요……. 제가…… 두 왕국에 대해 워낙 많은 책을 읽었거든요. 그러니까 톡톡히 쓸모가……."

로렌스가 천연덕스럽게 대답했다. 발랑틴도 질세라 나섰다.

"저는요, 저랑 아주 친한 사촌 언니들이 두 왕국의 GRIU에 살걸랑요. 음, 그래요, 그 언니들이 모는 잠수정 혈구가 최신형은 아니에요. 아마 여전히 경유를 넣을 거예요. 그게 환경에 썩 좋다고는 할 수 없지만, 어쨌든 언니들이 잠수정을 빌려주면 이동하기도 편할 거예요!"

"고맙구나, 하지만 나는 우리 수습 메디쿠스들을 데리고 잠수정 혈구로 두 번째 우주의 주요 명소들을 살펴보는 것 말고 다른 계획이 있단다. 자, 얘들아, 우리는……."

앨리스테어가 말을 끝맺기도 전에 발랑틴이 그의 품에 달려들어 한바탕 눈물을 쏟았다. 소녀의 통곡 연기는 그 어떤 명배우에게도 뒤지지 않았다.

"아아아안 돼요! 제발 부탁이에요, 절 여기 두고 가지 마세요! 절 말려 죽이려고 한다고요! 죽도록 침울한 검은 옷의 대머리 남자가 마룻바닥이 상한다며 부드러운 펠트 슬리퍼만 신고 다니게 해요. 상냥하지만 결벽증이 심한 요리사 아줌마가 매일매일 샤워를 하고 방 정리를 하라고 강요해요! 이러다 사람 잡겠어요, 제발 구해주세요!"

계단 맨 위에 서서 그 꼴을 지켜보던 본즈가 어이없다는 듯이 허공을 쳐다보았다. 그러나 그의 얼굴에서는 언뜻 미소가 스쳤다. 에이든, 오스카, 그리고 다른 두 소녀는 깔깔대고 웃었고 모스는 연극 놀음 따위에 관심도 주지 않고 제 손톱만 다듬고 있었다.

발랑틴이 억지로 눈물을 쥐어짜고 있는데 그녀의 울음소리를 압도할 만큼 묵직한 목소리가 울려 퍼졌다.

"아가씨, 안됐군. 하지만 앞으로도 계속 그렇게 몰인정한 대우를 받아야 할 거야. 너희는 둘 다 여기 있어야 할 테니까."

윈스턴 브레이브가 그들에게 다가왔다. 모두들 기가 눌려 입을 꾹 다물었다.

"그래, 이곳에서 지내는 게 그토록 힘들단 말이지?"

로렌스는 그랜드 마스터가 그들을 헤파톨리아로 돌려보낼지 모른다는 생각에 더럭 겁이 났다.

"천만의 말씀입니다. 전혀 그렇지 않아요. 발랑틴은 여기서 아주 잘 지내고 있어요. 그렇지, 발랑틴? 방금 한 말은 진짜 얘 생각이 아니에요. 게다가 제가 느끼기에는, 얘는 생각이라는 것 자체가 없을 때가 많아요." 로렌스가 발랑틴에게 험악하게 눈치를 주며 말했다. "발랑틴은 쿠미데스 서클을 진짜로 좋아해요. 발랑틴, 내 말이 맞지? 넌 쿠미데스 서클을 좋아하잖아? 암요, 제가 장담할 수 있어요. 정말로 만족스러워서 차마 말로 표현을 못하는 거예요. 이제 내일부터 샤워도 하루에 한 번이 아니라 두 번씩 할 거예요. 하루 한 번은 찬물을 뒤집어써야 정신이 번쩍 들 테니까……."

발랑틴도 들창코를 있는 대로 찡그려가며 겸연쩍은 듯 그랜드 마스터에게 매력적인 미소를 지어 보였다. 그랜드 마스터는 로렌스와 발랑틴의 어깨에 팔을 하나씩 올려놓고 메디쿠스들을 향해 말했다.

"바람의 왕국으로 가는 첫 여행이 모쪼록 순조롭기를 바란다. 맥쿨리 군의 말을 잘 듣고 세세한 부분까지 어김없이 따라야 한다. 그리고 너희가 한 팀이라는 사실을 명심해라. 항상 다른 사람을 생각해서 행동할 것." 그는 발랑틴과 로렌스를 내려보며 말을 이었다. "우리는 여기에 있겠다. 함께 있을 것이다."

"그런 조건이라면 저도 바라는 바예요."

발랑틴이 이글이글 타오르는 눈으로 그랜드 마스터를 쳐다보았다. 부끄러운지 얼굴이 빨개진 로렌스는 발랑틴을 꼬집었다.

"야, 너 미쳤냐. 똑바로 행동하지 못해? 그랜드 마스터가 너랑 동갑내기인 줄 알아?"

"그게 어때서? 난 원래 나이가 많은 남자들한테 약해."

발랑틴은 꿈꾸는 표정으로 머리채를 손가락으로 배배 꼬며 속삭였다.

"나이가 많은 정도냐? 네 할아버지뻘이야!"

친구들에게 다가간 오스카는 로렌스와 발랑틴을 안심시켰다.

"그렇게 오래 걸리지는 않을 거야."

그러고는 고개를 숙이고 친구들에게 이렇게 소곤거렸다.

"근사한 트로피를 가지고 돌아올게. 너희는 그동안 여기서 나를 위해 해줄 일이 있잖아."

로렌스와 발랑틴은 무슨 말인지 잘 알고 있었다. 그래서 알았다는 뜻으로 고개를 끄덕여 보였다. 로렌스는 로넌을 눈여겨보며 오스카에게 당부했다.

"조심해야 해. 어쩌면 위험한 건 두 번째 우주가 아닐지도 몰라."

다섯 아이들은 앨리스테어를 따라 나갔고 발랑틴과 로렌스만 배낭을 발치에 내려놓은 채 홀에 남았다. 브레이브 씨가 자리를 뜨며 두 친구를 위로했다.

"금방들 돌아올 게다. 너희들의 친구는 혼자서 해결하는 법도 배워야 한다는 걸 알아라."

그랜드 마스터는 계단을 올라가다가 멈칫하더니 그들을 돌아보며 말했다.

"나중에는 너희도 함께 갈 수 있을 거다. 너희가 생각하는 것 이상으로 멀리까지. 그때까지는 둘 다 공부나 하도록. 바깥 세상에 남고 싶거든 열심히 공부해야 한다!"

제리가 모는 리무진이 15분쯤 달렸을까. 샐리는 뒷자리에 거의 널브러진 자세로 무릎을 상체로 끌어당긴 채 휴대용 게임기에 빠져 있었지만 아이리스는 등을 꼿꼿하게 펴고 차창 밖만 바라보았다.

"로넌, 네가 앞에 타라. 여기 제리 아저씨 옆 좌석에. 여자아이들은 뒤에 타고, 에이든과 오스카는 내 차로 가자꾸나."

앨리스테어는 아까 아이들을 데리고 출발하면서 그렇게 말했었다. 그러자 로넌의 인상이 확 구겨졌다.

"아빠 차를 탈 때에는 조수석에 앉은 적 없는데요."

이 말에 제리 아저씨는 로넌을 경멸하는 표정으로 흘끗 보고는 예의상 열어주었던 문짝을 닫아버렸다. 버릇없는 로넌 녀석은 자기가 직접 문을 열어야 했다. 앨리스테어도 딱 잘라 말했다.

"타고 가든지 여기 남든지 알아서 해."

로넌은 체념했다. 조수석에 앉기가 무섭게 녀석은 스웨터 셔츠의 후드를 짧게 친 머리에 덮어쓰고는 다른 사람들을 무시해버렸다.

아이리스가 줄곧 운전에만 집중하고 있던 제리에게 얼굴을 가까이 가져갔다.

"뒷자리 차창 좀 열어주시겠어요? 창문이 닫혀 있으면 차를 오래 못 타거든요."

제리는 도로에서 시선을 떼지 않은 채 대답했다.

"문짝 손잡이 바로 옆에 버튼이 있습니다, 아가씨."

"고맙습니다."

아이리스가 자기 쪽 차창을 열고 샐리에게 말을 걸었다.

"양쪽 다 열어야 하는데."

"잠깐만, 이번 판 거의 끝나가."

아이리스는 한숨을 내쉬고는 5초를 기다렸다가 다시 물었다.

"제발 문 좀 열어줄래? 나도 참을 수가 없어서 이러는……."

샐리가 아주 잠깐 눈을 들었다. 입술을 앙다문 아이리스는 샐리를 거만하게 내려다보았다.

"제발 너도 좀 기다려줄래? 기다린다고 죽지는 않잖아. 고마워."

욱한 아이리스가 샐리의 손에서 게임기를 빼앗았다.

"아니, 못 기다리겠는데? 이제 문 열래?"

무슨 일이 일어났는지 깨닫기도 전에 아이리스는 강철 같은 팔 힘에 밀려 등받이에 처박혔다. 소녀는 숨도 못 쉬고 샐리의 손에 게임기를 넘겨주었다. 샐리가 얼굴을 바짝 들이밀면서 말했다.

"한 번만 더 그래봐, 창문 말고 차 문을 열어버릴 테니까! 잔소리 대장은 차 밖으로 내던져주겠어! 무슨 말인지 알겠어?"

샐리는 다시 게임에 빠져들었고 그동안 아이리스도 놀란 가슴을 가라앉혔다. 그녀는 쪽 찐 머리를 매만지며 아까보다 자신 없는 목소리로 구시렁거렸다.

"맥쿨리 씨에게 전부 다 말하겠어, 깡패 같은 계집애 같으니라고. 두고 보자……. 네가 뭔데 나한테 손을 대! 무슨 권리로!"

"아, 그래, 내 맘이야. 그런데 제발 입 좀 닫아줄래? 내가 게임하는 동안에 시끄럽게 구는 건 못 참는다……."

제리가 백미러로 재미있다는 듯이 지켜보고 있었지만 샐리는 조금도 아랑곳하지 않고 이렇게 대꾸했다.

다행히도 차는 얼마 지나지 않아 어느 적막한 변두리 거리에 멈춰 섰다. 아이들은 초가지붕을 얹은 붉은 벽돌집 대문 앞에 모였다. 그 자그마한 집은 동화책에서 튀어나온 것 같았다. 차에서 내리자마자 아이리스는 앨리스테어에게 쪼르르 달려가 차 안에서 당한 '과격한 폭력'을 고자질하고 샐리를 돌아보았다. 샐리는 팔짱을 끼고 이제 곧 떨어질 무거운 벌을 기다리는 눈치였다. 놀랍게도 앨리스테어는 아이리스에게 샐리에게 너무 가까이 가지 말라는 충고를 했을 뿐, 그 문제를 깨끗이 무시하고 일행 전체에게 큰 소리로 말했다.

"얘들아, 여기서부터 여행이 시작된다. 이제 너희를 두 번째 우주로 맞이할 사람을 소개하겠다. 너희에게 두 가지만 부탁한다. 예의를 지킬 것, 아무것도 만지지 말 것. 하지만 알게 될 거다, 그분은 아주 매력적인 신사분이고……."

"내 집 앞에서 뭣들 하는 거야!"

사람의 목소리라기보다는 야수의 포효에 더 가까운 소리에 놀란 다섯 아이들이 일제히 뒤를 돌아보았다.

몇 미터 떨어지지 않은 지점, 잡초 한 포기 눈에 띄지 않는 잔디밭 한복판에 앞주름이 잡힌 바지와 조끼 차림의 뚱뚱한 노신사가 양손을 허리에 짚고 서 있었다. 매부리코, 꿰뚫어보는 듯한 눈, 덥수룩한 눈썹 때문에 그는 더욱더 화가 난 것처럼 보였다. 화가 머리끝까지 난 오뚝이 인형과 흡사했다. 에이든이 움찔 뒤로 물러나자 노신사는 그 몸짓을 놓치지 않고 부들부들 떨리는 손가락으로 그를 지목했다.

"너! 몸속에 들어가기도 전에 뒷걸음질부터 치다니, 넌 더 볼 것도 없다! 맥쿨리, 이런 오합지졸을 모은 건가? 잘했군!"

앨리스테어가 앞으로 걸어가 나무 대문을 훌쩍 뛰어넘고는 손을 내밀었다.

"레오니드, 어떻게 지내셨습니까?"

"말 좀 해보게, 앨리스테어. 자네 집에서는 손으로 문을 여는 법을 가르쳐주는 사람이 없었나? 자네가 끌고 온 이 아이들은 좀 더 제대로 교육받은 아이들이기를 바라네."

뒤로 걸어간 앨리스테어가 대문을 열어주고 다시 레오니드에게 인사를 했다. 레오니드가 투실투실한 손을 내밀었다.

"그런데 모두 몇 명인가?"

"다섯 명입니다."

"다섯? 하지만 전에는 세 명이라고 하지 않았나? 내가 일행이 많은 것을 꺼린다는 걸 모르지 않을 텐데."

"두 명이 추가되었습니다. 하지만 뛰어난 아이들입니다. 걱정하지 마세요. 선생님 안에서도 잘 해낼 겁니다."

캐묻는 듯한 눈으로 레오니드는 아이들을 한 명씩 차례차례 눈여겨보았다. 오스카와 에이든은 안심이 되지 않아 서로 얼굴을 바라보았다. 도대체 무슨 뜻으로 앨리스테어는 그를 '매력적인 신사분'이라고 했을까. 아이리스는 자세를 꼿꼿하게 펴고 있었다. 아마 이 노신사가 자신과 비슷한 족속, 자기만큼 권위적이고 깐깐한 잔소리꾼임을 알아차렸던 모양이다. 로넌 모스는 작은 집을 경멸하듯 바라보았고 샐리는 별로 기가 눌리지 않는지 게임기에서 눈을 아주 잠깐 들어 노신사를 쳐다볼 뿐이었다.

"얘들아, 레오니드 스미스 씨를 소개한다. 이제 고인이 되신 리디아 스미스 씨의 부군이시자 레오넬라 스미스와 레너드 스미스의 부친 되시는 분이다. 레오넬라와 레오니드 씨는 기사단 소속이 아니지만 그 모친이 그랬듯이 레너드는 모두가 높이 인정하는 메디쿠스다. 오랜 관습에 따라 레오니드 씨께서는 우리의 활동을 지원해주시고 수련 중인 메디쿠스들을 자택으로 친히 맞아주셨다. 자택뿐만 아니라 몸속으로도……."

"쉿!" 노신사가 이웃집과 자기 집 사이의 울타리를 바라보며 힐책했
다. "여기가 어디라고 그렇게 떠들어대나! 여기엔 담벼락에도 귀가 있
다네! 브레이브에게 듣기로는 신중한 사람인 줄 알았는데! 들어오게,
신발은 벗고 들어와. 거기 차양 밑에 두면 되네."

로넌 모스조차도 레오니드의 명령에는 감히 대들지 못하고 고분고분
신발을 벗었다.

그들은 새 동전처럼 반짝반짝하고 왁스 냄새가 진동하는 거실에 들
어섰다. 벽난로 위, 문 위의 벽을 장식한 자질구레한 장식품이나 사냥
대회에서 획득한 트로피들에서는 티끌 한 점 찾아볼 수 없었다. 소파의
팔걸이에는 곱게 개킨 모포가 놓여 있었다. 레오니드는 거실을 가로질
러 바퀴 달린 작은 상감세공 탁자로 다가가더니 위스키를 한 잔 따라서
단숨에 들이켰다. 앨리스테어는 일행을 양말 바람으로 문간에 세워두
고 주인장의 신호가 떨어지기를 기다렸다.

식전에 마시는 술 한 잔으로 원기를 되찾은 레오니드가 뒤돌아섰다.

"이보게, 뭐 하고들 있나? 언제까지 그러고 있을 건가? 미리 말해두
겠는데, 자네들을 위해 세월아 네월아 여인숙 노릇을 할 생각은 없네.
저녁이 되기 전에 모두들 내 몸에서 다 나와야 해!"

앨리스테어가 아이들을 거실 한가운데로 떠밀었다.

"쿠션이 망가지지 않게 조심해서들 앉아, 그리고 양탄자는 밟으면 안
돼!"

애지중지 아껴 쓴 나머지 지금도 새것이나 다름없는 소파 가장자리
에 샐리가 운동선수처럼 날쌔게 옆으로 빠지며 자리를 잡았다. 앨리스
테어는 다른 아이들도 모두 소파에 앉혔다.

"레오니드, 괜찮으시다면 제가 우리 어린 친구들에게 몇 가지 지침을 내릴까 합니다."

"그러시게, 마음대로 해."

위스키에 기분이 누그러진 노신사는 훈계를 늘어놓으며 한 잔 더 마실 채비를 했다.

앨리스테어는 어린 메디쿠스들과 마주 볼 수 있도록 거실 한가운데에 우뚝 섰다. 아이들이 모두 귀를 기울였다.

"내가 너희에게 하려는 충고의 핵심은 무리에서 이탈하지 말고 나를 놓치지 말라는 것이다. 첫 번째 여행을 진행하는 동안은 내가 너희와 동행할 거다."

"다음부터는 같이 가시지 않나요?"

에이든이 걱정스럽게 물었다.

"모든 일에는 때가 있는 법이지. 우리는 모두 함께 출발한다. 레오니드 씨는 단체 여행을 많이 받아보셨단다. 그렇지요, 레오니드?" 청년은 레오니드가 투덜거릴 틈을 주지 않고 곧바로 다음 말로 넘어갔다. "출발하기 전에 내가 신호를 하면 일제히 레오니드 선생님의 콧구멍에 시선을 집중한다. 좋아, 모두 케이프와 허리띠를 착용해라. 그리고 확인을……."

"그럼 자네가 동행한단 말인가? 하지만 어제는 여기 남아서 아이들끼리 여행할 수 있도록 위치를 탐지하겠다고 하지 않았나?"

몸을 깊이 묻고 있던 안락의자에서 간신히 몸을 일으키며 레오니드가 물었다.

"어제요? 뭔가 착각하신 것 아닙니까, 레오니드? 저는 어제 여기 온 적도 없는데요!"

"이 사람이 누구를 바보로 아나!" 노신사가 우레 같은 목소리로 역정을 냈다. 조금만 소리를 질러도 그의 얼굴은 터질 듯이 시뻘게졌다. "어제 오후에, 바로 이 거실에서 분명히 이야기를 나누었다니까! 어쨌든 간에 틀림이 없어!"

"하지만……."

레오니드 스미스는 작은 탁자를 주먹으로 내리쳤다. 하마터면 탁자가 부서질 뻔했다.

"내 말 잘 듣게, 맥쿨리. 내가 만만한 늙은이로 보일지도 모르겠네만, 아직 정신은 온전하다네. 어쩌면 자네보다 나을지도 모르지. 굳이 일깨워주자면, 만약 이 자리에 실성한 사람이 있다면 그 사람은 내가 아니라 가련한 조지 맥쿨리의 아들일걸세!"

앨리스테어의 얼굴이 시체처럼 새파래졌다.

"서, 선생님 말씀이 아마 맞을 겁니다. 제가 요즘 과로에 시달리다 보니 기억이 깜빡깜빡합니다. 그냥…… 제 생각이 바뀌었다고 해두겠습니다."

로넌이 킬킬대며 웃기 시작했고 아이리스는 미덥지 않는 눈빛으로 앨리스테어를 쏘아보았다. 오스카가 로넌에게 속삭였다.

"조용히 해, 모스. 너 때문에 우리 모두 쫓겨나겠다!"

"언제부터 빨간 머리 애송이가 나한테 이래라저래라 하게 된 거지?"

"우리와 함께 여행을 하기에는 네가 너무 제멋대로라서 그런다, 왜? 우리끼리 내버려두고 너는 너희 집 수영장으로 돌아가지그래? 작년처럼 분수에서 노는 게 싫어진 거야?"

오스카는 안색 하나 변하지 않고 대꾸했다. 에이든이 소리 죽여 쿡 하고 웃었다. 로넌 모스는 오스카가 무슨 얘기를 하는지 정확하게 알고 있었다. 작년에 쿠미데스 서클의 떡갈나무 지주가 로넌과 그 친구들을 멋지게 내던진 적이 있었다. 녀석들은 블루파크에 있는 로넌네 새 집 정원의 분수에 정통으로 떨어져 곤욕을 치렀었다. 로넌이 뭐라고 쏘아붙이려 했지만 앨리스테어가 뒤를 돌아보았다. 그는 아직도 조금 전에 당한 모욕의 충격에서 벗어나지 못한 듯했다. 이런 모습에 오스카는 마음이 아팠다. 앨리스테어는 제자들의 시선을 피하며 말했다.

"준비됐다면 출발하자. 레오니드, 괜찮으시다면……."

레오니드는 뭐라고 툴툴대며 술병, 잔, 사탕 과자류를 공들여 제자리에 놓고는 드디어 안락의자에 앉았다.

"펜던트를 꺼내라. 오른손이다, 아이리스, 오른손이라고!" 앨리스테어가 신경질적으로 외쳤다. "그 정도는 알고 있어야지!"

"저도 분명히 알아요. 그냥 펜던트를 문질러 닦았을 뿐이에요."

아이리스가 쏘아붙였다. 샐리는 천장을 쳐다보고는 핀잔을 주었다.

"치마를 다리고 싶지는 않냐? 이봐, 지금 그럴 때가 아니거든."

어깨를 으쓱하고 아이리스는 샐리의 옷차림을 머리부터 발끝까지 훑어보며 대꾸했다.

"네가 치마에 대해서 그렇게 잘 알다니, 정말 놀랄 일인걸."

앨리스테어가 두 사람 사이를 가로막았다.

"둘 다 됐다. 싸움은 다녀와서 해. 음, 모두 바람의 왕국 대평원에 정신을 집중해라. 우리는 그곳으로 간다. 그곳에 도착하면 모여서 나를 기다려라. 내가 맨 마지막에 갈 테니."

그들은 레오니드 앞에 반원형으로 늘어섰다. 레오니드는 초콜릿 사탕을 우적우적 씹어 먹으며 다시 한 번 당부했다.

"모두들 잘 알았겠지. 너무 늦게 돌아와선 안 돼. 아니면 모두들 내

침대에 떨어질지도 모른다고!"

이 위협은 효력이 있었다. 아이들은 서로 얼굴을 바라보며 레오니드의 이불 속에 떨어지기 전에 속히 돌아와야겠다고 다짐했다. 아무리 생각해봐도 신 나는 일이 될 리 없었으니까.

앨리스테어가 아이들 한 사람 한 사람에게 눈으로 물었다.

"준비됐나?"

"준비됐어요."

다섯 명의 아이들은 합창하듯 외쳤다. 앨리스테어도 미소를 되찾고는 이렇게 말했다.

"그래, 좋은 여행들 되기를. 잠시 후에 평원의 끝에서 만나기다!"

울부짖는 협곡

오스카가 케이프 자락으로 어깨를 덮고 에이든에게 다가갔다. 크고 검은 줄기들이 자라는 들판 한가운데에서 에이든은 갈 곳을 몰라 하고 있었다. 에이든이 오스카에게 물었다.

"저게 뭐라고 생각해?"

"전혀 모르겠어. 식물인가? 오래된 나뭇가지?"

오스카가 그 줄기를 하나 잡아당겨보았다. 땅에 뿌리를 내리고 있는 식물이었다.

"고무로 된 것처럼 부드럽다. 이것 좀 봐, 끝이 부채처럼 벌어져 있어."

가까운 곳에서 인기척이 들렸다. 샐리가 가지 사이에서 나타나 흥미롭다는 표정을 지었다.

"어이, 여기가 어디라고 생각해? 거대한 빗자루에 처박힌 것 같아."

세 친구는 잠시 걸어가 그 들판의 반대쪽 끝으로 빠져나왔다. 오스카는 펜던트를 꺼내어 집게손가락 위에 떨어지지 않게 올려놓고 위더스 부인이 가르쳐준 주문을 외웠다.

충성스러운 문자여,
그대는 결코 길을 잃지 않으니
대지가 환히 밝혀지는 그곳에
내가 이르게 해다오.

빙그르르 돌다가 펜던트가 딱 멈추었다. M자의 가장 윗부분에 해당하는 두 점이 오른쪽을 가리키고 있었다. 오스카가 자세히 설명을 해주었다.

"펜던트가 동쪽을 가리킨 거야. 대지가 환히 밝혀지는 곳, 다시 말해 해가 뜨는 쪽이지. 그러니까 북쪽은 이쪽이고, 평원의 끝은 저쪽으로 가야 해."

깊은 인상을 받은 에이든이 미소 지었다.

"나한테도 이렇게 방향 잡는 법을 가르쳐줘." 에이든이 샐리에게 물었다. "펜던트를 나침반으로 쓸 수 있다는 거, 너도 알고 있었어?"

샐리가 그렇다고 하자 에이든은 분하다는 듯이 말했다.

"알았어, 난 아무 짝에도 쓸모가 없구나. 난 항상 맨 꼴찌로 케이프나 펜던트의 힘을 알게 되는 것 같아……."

"위더스 부인과 함께 신체 잠입을 하는 동안 그럴 만한 일이 있어서 알게 된 것뿐이야. 그런 힘을 써먹을 기회가 없었다면 나도 몰랐을 거야. 그래도 주문을 적어줄게. 아주 간단한 주문이야."

에이든이 고개를 푹 숙였다.

"어쨌든, 난 이곳에서 트로피를 가져오지 못할 거야."

"뭐야, 펜던트로 동쪽을 찾는 방법을 모른다고 해서 그렇게 풀 죽을 건 없잖아!"

아직 이 허약한 소년에 대해 잘 모르는 샐리가 깜짝 놀라면서 말했다.

오스카가 에이든을 붙잡고 흔들었다.

"이봐, 네가 작년에 내 목숨을 구해줬잖아. 굳이 이런 말까지 해야겠어? 네가 없었더라면, 네가 불의 원반을 멋지게 날리지 않았더라면 난 아마 곤죽이 되었을 거라고……."

샐리가 옆에서 조바심을 냈다.

"이봐, 너희끼리 추켜세우는 건 그쯤 하고……. 여기가 겁나는 거야, 뭐야? 자, 이제 가자, 다른 애들이랑 만나야 할 것 아냐. 다리를 좀 풀어 줘야겠어. 나한테 토요일은 스포츠의 날이란 말이야."

오스카는 벌써 저만치 앞서가는 샐리를 바라보며 툴툴거렸다.

"글쎄, 어떨까! 쟤가 스포츠를 토요일만 하겠냐. 월요일부터 일요일 까지 내리 스포츠겠지, 암!"

에이든과 보조를 맞추기 위해 그는 걸음을 늦추었다.

"네 말이 맞아. 저 애는 체력이 굉장히 잘 단련되어 있어. 저 애를 따라갈 수는 없겠어."

"너희 어디로 가는 거냐?"

오스카가 뒤를 돌아보니 앨리스테어가 환한 얼굴로 그들을 보고 있었다. 바로 그 옆에서 로넌은 그 희한한 식물 줄기 조각을 가지고 놀고 있었고 아이리스는 헐벗은 나무 아래서 그늘을 찾고 있었다. 샐리도 가던 길을 되돌아왔다. 모두가 한데 모인 것을 기뻐했다.

"방향을 제대로 잡았더구나. 우리는 맞바람 평원의 끄트머리에 와 있다. 그리고 바로 저것 아래에 와 있는 셈이지!"

앨리스테어가 집게손가락으로 먼 곳을 가리키자 다섯 쌍의 눈동자가 휘둥그레졌다. 그들 앞에는 어마어마한 협곡이 우뚝 서 있었고 현기증 나게 깎아지른 절벽 사이로 좁다란 통로가 어렴풋이 보였다. 어찌 보면 거대한 오렌지색 생일 케이크가 두 조각으로 쫙 갈라진 것처럼 보이기도 했다.

오스카는 다른 아이들과 마찬가지로 압도되어 그 장관을 하염없이 바라보았다.

"마치 서부영화 속에 들어온 것 같아. 선인장과 인디언이 없을 뿐이지……."

"가끔은 서부영화 못지않게 위험한 곳이기도 하지. 그래도 일단 저기까지 가야 한다. 저기를 지나가야 해."

앨리스테어는 더 이상 밝히지 않고 그렇게만 말했다.

"아, 30분이면 도착하고도 남겠는데요! 제가 아빠랑 매일 저녁 뛰는 조깅 코스도 그것보단 멀어요." 샐리가 신 나게 대꾸했다.

"착각하지 마라. 협곡에 도착하려면 멀었어. 저 협곡은 우리가 생각하는 것 이상으로 크다."

"건너편에는 뭐가 있는데요?"

로넌이 자기가 꺾은 줄기를 휙 내던지며 물었다.

"너 뭐하는 거야? 이게 뭔지나 아나?"

앨리스테어가 그 줄기 쪼가리들을 주워 모으며 말했다.

"플라스틱 쪼가리나 뭐 그 비슷한 거겠지요. 뭐 어때서요?"

"이건 상피의 섬모*다. 이 평원을 깨끗하게 지켜주는 도구지. 그러니까 나에게 물어보기 전에는 뭐든지 함부로 만지지 마라."

앨리스테어는 눈에 띄게 언짢은 기색으로 이렇게 당부했다.

"로넌의 질문에는 대답하지 않았잖아요. 저 협곡을 넘어가면 뭐가 있는데요?"

아이리스가 나섰다. 소녀는 이 상황이 몹시 불편한 모양이었다.

"이 첫 번째 여행의 목표가 있다. 바로 아이올로스**의 궁전이지. 그곳에 너희가 획득해야 할 트로피의 첫 번째 조각이 있다. 이제 가보자!"

그들은 끊임없이 왔다 갔다 휘청거리며 걷기 시작했다. 그러나 채 50미터도 가기 전에 맨 뒤에서 아이리스의 불평이 들려왔다.

"이 햇볕 아래를 걷다니 말도 안 돼요. 피부에 나쁘단 말이에요. 그리고 너무 더워서 못 견디겠어요."

"그 할머니 조끼부터 벗고 그런 얘기를 하시지. 도움이 필요하면 주저하지 말고 부탁해. 내가 일 초 만에 그 조끼를 벗겨줄 테니까."

샐리가 뒤도 돌아보지 않고 시큰둥하니 충고했다.

"됐거든! 난 여기 있을래. 일단……."

아이리스는 말을 미처 맺지 못했다. 눈 깜짝할 찰나에 앨리스테어가 그녀 앞으로 다가와 우뚝 섰기 때문이다. 청년은 무서운 눈으로 아이리스에게 으름장을 놓았다.

"아가씨, 프랑스혁명이 일어났을 때 변덕쟁이 귀족 아가씨들이 어떻게 됐는지 알아?"

어깨를 으쓱하며 아이리스는 괜히 딴전을 부렸다.

"장작불 위에 묶어놓고 태워 죽였지, 그래, 그 아가씨들은 정말로 뜨

★ 폐의 표면을 덮고 있는 상피조직에는 섬모(纖毛)가 있어서 폐에 들어온 이물질을 걸러내는 역할을 한다.
★★ 그리스신화에 나오는 바람의 신.

거웠을 거야. 여기다가 댈 것도 아니거든? 그리고 나중에는 목을 쳐서 죽였다고!"

겁에 질린 아이리스가 뒤로 물러났다. 하지만 이 소녀의 타고난 성질이 그렇게 쉽게 죽지는 않았다.

"이런 식으로 날 협박할 권리는 없을 텐데요! 내 목을 치겠다고요? 아, 그래요, 그래요. 브레이브 씨에게 반드시 따질 거예요!"

모카신을 신은 아이리스가 꼿꼿하니 굽히지 않고 쨍쨍거렸다. 처음에는 소녀의 오만한 태도에 놀랐던 아이들은 이 말을 듣고 와자하니 웃음을 터뜨렸다.

"만약 그렇게 되면 모가지가 잘렸는데도 부산 떨며 도망 다니는 암탉이 따로 없겠지. 하긴, 쟤는 목이 잘려도 쿠미데스 서클에 불평하러 가고도 남을 거다!" 에이든이 속닥거렸다.

모두 아이리스를 무시하고 다시 걷기 시작했다. 낯선 평원에 혼자 덩그러니 남자니 겁이 난 아이리스도 결국 자존심을 곱게 접고 계속 걷는 수밖에 없었다. 일행을 곁눈질로 감시하며 걸어가던 앨리스테어도 나중에는 아이리스가 조금 가엾게 생각되었다.

"너무 더우면 케이프로 몸을 감싸렴. 케이프에는 온도 조절 기능도 있기 때문에 적당한 체온을 유지할 수 있게 도와준단다."

로넌은 케이프를 어깨에만 두르고 여자아이들에게 멋진 근육을 과시하고 싶은 듯 셔츠를 열어젖혔다. 하지만 샐리는 로넌이 투명인간이라도 되는 것처럼 눈길 한 번 주지 않았다. 한편, 아이리스는 로넌에게 이렇게 말했다.

"너 꼭 그러고 다녀야 되겠니? 너무 천박해서 보기 불편하거든? 셔츠 단추 좀 채워줬으면 좋겠어."

살짝 기분이 상한 로넌은 껌을 소리 나게 딱딱 씹었다. 처음으로 오스카의 눈에 변덕쟁이 아이리스가 그럭저럭 괜찮은 아이로 비쳤다.

앨리스테어의 말은 사실이었다. 한 시간을 내리 걸었는데도 협곡은 여전히 멀고 한없이 크게만 보였다. 이제 협곡의 측면은 거의 보이지 않았고 거대한 바윗덩어리는 하늘을 온통 뒤덮을 듯했다. 아이들은 쉴 새 없이 걸음을 옮기면서 협곡을 쳐다보았지만 그 풍광에 압도당한 나머지 어떤 말도 입 밖으로 뱉지 못했다. 가운데가 쩍 갈라진 돌덩어리는 그들이 다가가면 다가갈수록 덩치가 불어나는 듯했다. 그 바위산을 넘어가려면 반드시 그 좁은 틈으로 들어가야만 할 터였지만, 그 좁은 길은 왠지 불안해 보였다.

하지만 무엇보다 그들을 불안으로 몰아넣은 것은 어떤 소리였다. 처음에는 가볍게 쉭쉭대는 소리였지만 그 소리는 이내 울부짖음으로 변했다. 협곡으로 파고든 바람조차 암벽 사이를 통과하며 무섭다고 비명을 지르는 것 같았다. 앨리스테어는 그 음산한 울음소리에 지지 않기 위해 목청을 한껏 돋우어야 했다.

"이 협곡에 붙은 이름이 납득이 될 거다. 트라케아* 협곡 혹은 최대 협곡, 그리고 '울부짖는 협곡'이라는 인상적인 이름도 빼놓을 수 없지."

"최대 협곡이라고요? 왜요? 그럼 다른 협곡들도 있다는 뜻인가요?"

"바로 뒤에 있지, 어린 친구! 바로 뒤에……. 자, 기운을 내. 이제 거의 다 왔으니까."

지저분해 보이는 얼룩투성이 바윗덩어리가 차츰 눈에 들어왔다. 협

★ Trachée, 숨이 드나드는 통로인 기도(氣道)를 뜻하는 라틴어.

곡의 꼭대기는 침식되었고 암벽에도 여기저기 금 간 데가 보였다. 바위산에서 떨어져 나온 커다란 돌덩어리들이 바닥에 나뒹굴었다.

마침내 그들은 협곡 아래에 도달했다. 아이들은 길잡이 앨리스테어를 빙 둘러쌌다.

"지진을 겪은 적이 있는 오래된 산 같네요." 에이든이 말했다.

"정확하게 보았다. 레오니드는 그동안 건강을 잘 관리했다고는 볼 수 없는 영감님이지."

누군가가 자기 손을 끈적끈적한 달팽이들을 모아놓은 봉지에 억지로 집어넣기라도 한 듯 아이리스는 인상을 심하게 찡그렸다.

"왜 좀 더 건강한 사람을 선택하지 않았는데요?"

"너희는 여러 난관을 직접 경험하고 어떤 상황에서든 알아서 헤쳐 나가는 법을 배워야 하니까. 자, 간다!"

그들은 한 줄로 늘어서서 좁은 길을 지나갔다. 앨리스테어가 계속 주의를 주었는데도 로년 모스만이 종종 대열에서 벗어나 이 바위 저 바위로 뛰어다니며 일행과 다른 길을 찾아보려고 했다. 맨 뒤에 선 오스카는 바로 자기 앞에서 걸어가는 에이든에게 신경을 집중했다. 에이든이 심하게 숨을 헐떡이며 힘들어했기 때문이다. 오스카는 고개를 들고 위를 쳐다보았다. 그 자신도 장대하고 가파른 암벽 사이에 샌드위치처럼 끼여 질식할 것 같은 기분이 들었다. 설상가상으로 암벽 여기저기에서 갈색과 초록색이 감도는 희끄무레하고 기묘한 물질이 뚝뚝 떨어지고 있었다. 위더스 부인은 바람의 왕국이 인체에서 어디에 해당하는지 설명해주었었다. 설명대로라면 그들은 지금 레오니드의 폐에 있고, 그 폐는 딱 보기에도 상태가 좋지 않았다. 대협곡의 암벽에 잔뜩 들러붙은 저 구역질나는 물질이 무엇일지 상상하기란 어렵지 않았다.

그들은 천천히 앞으로 나아갔다. 태양은 하늘의 정점에서 뙤약볕을 정통으로 내리꽂고 있었다. 케이프로 햇볕을 차단했음에도 불구하고 모두들 구슬 같은 땀방울을 흘리고 있었다. 앨리스테어는 그 어느 때보다 촉각을 곤두세우고 암벽의 균열을 눈여겨보았다. 그는 바위가 무너질 가능성이 있는 자리를 피하기 위해 시간을 들여 차분하게 길을 골랐다.

몇 번 미끄러져 떨어지거나 가벼운 찰과상을 입긴 했지만 일행은 무사히 대협곡을 빠져나오는 데 성공했다. 하지만 모두 녹초가 되었고 목이 말라 죽을 지경이었다. 게다가 그들의 눈앞에는 무수히 많은 협곡들이 펼쳐져 있었다. 협곡들은 방금 지나온 최대 협곡과 비슷했지만 규모는 훨씬 작았다. 다른 협곡들도 있다는 이야기를 아까 듣긴 했지만 이 광경을 본 아이들은 완전히 질려버렸다.

"저걸 다 통과해야 해요?"

오스카는 내키지 않아 하며 물었다.

"안심해, 전부 다 지나갈 필요는 없단다. 하나면 충분해. 제일 가까운 곳으로 가자. 어쨌든 전부 다 같은 장소로 통하니까. 잠시 쉬었다 가자. 너희는 정말로 휴식이 필요해."

모두 앉았다. 아니, 먼지투성이 바닥에 풀썩 주저앉았다고 할까. 그래도 아이리스만은 주름치마가 구겨지지 않게 조심하며 그늘진 바위 위에 앉았다. 앨리스테어가 아이들에게 수통을 돌렸다.

"저는 물을 따로 가져왔어요. 여러 명이 한 물통에 입을 대고 마시면 좋지 않아요."

아이리스는 다른 아이들을 경계하는 눈으로 바라보며 이렇게 말했다.

오스카와 샐리가 뭐라고 대꾸하려는 순간, 땅에서 진동이 일어났다. 모두 자리에서 벌떡 일어났다. 에이든은 넘어질 뻔했고 다리가 탄탄하고 힘이 좋은 샐리와 로넌조차 좌우로 크게 휘청대며 겨우 균형을 잡았다. 아이리스는 용수철처럼 기세 좋게 일어나 주위를 두리번거렸다. 그 모습이 귀를 쫑긋 곤두세우고 매복하는 여우원숭이 같았다.

"땅이 흔들렸던 것 같은데요."

에이든이 불안해하며 말했다.

"내가 뭐라고 했어요. 신중한 선택이 아니었다고요. 들어갈 상대를 잘못 골라서 이런 거예요."

아이리스가 주장했다.

오스카는 앨리스테어에게 다가갔다.

"방금 뭐였죠?"

앨리스테어가 고개를 절레절레 흔들었다.

"우리의 친구 레오니드가 참을성이 바닥난 모양이다."

사실 레오니드는 안락의자에 한 시간쯤 잘 앉아 있다가 슬슬 몸을 비틀기 시작했다. 처음에 메디쿠스들의 신체 잠입을 수락했을 때부터 아들 레너드는 딱 잘라 말했다. "아버지, 몇 시간 동안 차분하게 계실 자신이 없으면 지금 안 되겠다고 말씀하세요."

"넌 아비를 어떻게 보고 그런 소리를 하냐? 나만큼 참을성으로 똘똘 뭉친 사람이 또 어디 있다고!"

레오니드는 그렇게 화를 냈고 레너드는 더 이상 아무 말도 하지 않고 미소만 지었다. 레오니드는 10분 이상 가만히 있어야 한다는 생각만 해도 벌써부터 좀이 쑤시는지 부산하게 움직이며 큰소리를 쳤다. "난 한 번 말한 건 꼭 지키는 사람이다! 꼬맹이들이 내 몸에 들어와도 좋다고 했으니 그렇게 해야지! 이제 그 얘기는 그만해!"

하지만 레오니드의 굳은 의지에도 불구하고—그 의지가 오래가지 않는 게 문제였지만—말처럼 쉽지 않았다. 레오니드는 좀이 쑤셨다. 게다가 허리가 아파서 이번만은 의사의 충고를 따르고 싶어졌다. "스미스 씨, 운동을 하셔야 합니다. 매일 조금씩 운동하면 건강에 아주 이롭습니다. 더구나 스미스 씨가 가장 좋아하는…… 취미를 그만두고 싶지 않다면요." 의사는 손만 내밀면 닿을 곳에 놓인 위스키 병과 재떨이를 바라보며 그렇게 덧붙였었다.

그때 레오니드는 어깨만 으쓱했다. "이보시오, 의사 양반. 이건 스포츠 경기 같은 거요. 잘나가고 있는 팀은 바꾸면 안 되는 거요."

하지만 지금은 의사의 충고가 왠지 끌렸다. 몸에 이롭다는데 기분도 좋아질 수 있다면 두 마리 토끼를 잡는 게 아닌가?

다리를 풀러 정원에 나간 그는 장미 나무 가지마다 몇 송이의 꽃들이 피어 있는지 일일이 확인했다(그는 이 지시를 따르지 않는다는 이유로 이미 정원사를 세 명이나 해고했다). 그러나 앨리스테어와 그 일행에게는 참으로 다행스럽게도 레오니드는 숨을 헐떡이며 부리나케 집 안으로 돌아왔다. 아까 앉았던 안락의자에 주저앉아 잠시 망설이다가 노인은 팔걸이 옆 야트막한 탁자에 놓인 나무 세공 상자를 열었다. 두툼한 시가를 한 개비 꺼내어 끝 부분을 정성껏 잘라내고 시가를 입으로 가져가더니 성냥에 불을 붙였다. 노인은 신이 나서 눈이 반짝거렸다.

"이 좋은 코히바 시가를 몇 모금 빤다고 해서 누구에게든 해로울 건 없겠지."

진동이 그치자 앨리스테어는 아이들을 떠밀며 재촉했다. 레오니드의 평소 습관을 생각해보건대 그가 움직였다는 것은 그의 몸속에 들어와 있는 메디쿠스에게 전혀 좋은 소식이 아니었다. 청년은 초조한 기색을 보이며 말했다.

"얘들아, 여기서 꾸물거릴 수 없다. 최대한 빨리 이 새로운 협곡을 지나가는 게 좋겠어. 아까만큼 힘들진 않겠지만 아직도 갈 길이 멀다고."

그러나 앨리스테어도 발길을 멈추어야만 했다. 그는 고개를 들고 공기를 들이마시더니 멍한 눈으로 북쪽의 지평선을 바라보며 뒷걸음질했다. 바로 그 순간, 파란 작업복을 입고 장갑을 낀 남자들이 아까 그 정체불명의 섬모를 들고 땅굴에서 개미들이 우르르 나오듯 여기저기서 나타났다. 우두머리로 보이는 남자가 그들을 두 줄로 세웠다. 그는 소형 사륜구동에 몸을 싣고 메디쿠스 일행을 향해 전속력으로 달려왔다.

앨리스테어가 아이들을 돌아보며 말했다.

"너희는 여기서 꼼짝하지 마라. 알았지?"

그의 목소리에서 묻어나는 팽팽한 긴장감 때문에 그 말에 따르지 않을 생각은 그 누구도 하지 못했다. 앨리스테어가 사륜구동 사나이를 맞으러 앞으로 나아갔다. 그쪽도 앨리스테어를 알아본 것 같았다. 사나이는 인사도 생략하고 멀찍이 떨어진 메디쿠스 아이들을 바라보며 다짜고짜 물었다.

"앨리스테어, 여기서 뭐하십니까? 누구를 데리고 온 겁니까?"

"어린 메디쿠스들입니다, 질다. 두 왕국의 트로피를 가지러 온 아이들이지요. 무슨 일입니까?"

바람이 협곡을 왔다 갔다 하며 울부짖는 소리가 아까보다 더 거세어졌다.

"무슨 일인지 알고 싶으십니까?"

작업복 차림의 사내들을 지휘하던 남자가 언성을 높여 대꾸했다. 그는 어두워진 지평선 쪽을 돌아보며 손가락을 들어 그들을 향해 다가오는 갈색 구름을 가리켰다.

"더 말할 필요 없겠지요?" 그는 다시 얼른 돌아섰다. "빨리요, 애들이 무사하길 바란다면 얼른 대피시키세요."

앨리스테어는 설명을 들을 필요가 없었다. 지금 평원에 몰아치는 토네이도를 보건대 레오니드의 취미가 무엇인지는 뻔했다. 한 모금만으로도 이곳의 공기는 숨 쉴 수 없게 변하고 말 것이다. 어째서 이 제멋대로인 노신사에게 기본 수칙을 다시 한 번 일러주지 않았단 말인가? 앨리스테어는 온 힘을 다해 쏜살같이 아이들에게로 돌아왔다.

아이리스가 양손을 허리에 짚고 다가왔다.

"맥쿨리 씨, 그런 식으로 우리만 남겨두고 가면 안 되잖아요? 너무나 신중하지 못한 행동이었어요. 정말로 그런 건……."

"둥글게 모여라, 무릎을 꿇어! 군소리 말고 시키는 대로 해!"

아이리스에게 콧방귀도 뀌지 않고 앨리스테어는 다급하게 말했다. 그는 땅에서 올라오는 회오리 구름과 그 구름이 휩쓸고 올 경로를 살폈다. 작업복 부대는 구름을 어떻게든 막으려는 듯 협곡 앞에 버티고 서서 마스크를 얼굴에 착용하고 섬모를 들어올렸다. 섬모가 쫙 펼쳐지더니 빠른 속도로 부채질을 하기 시작했다. 태풍에 맞설 만한 또 다른 바람을 일으키려는 것이었다.

어린 메디쿠스들은 애원하듯 앨리스테어를 쳐다보았다. 그들의 운명이 이 청년의 손에 있었다. 빨리, 아주 빨리 행동해야만 했다.

"모두 두 손으로 케이프 자락을 한쪽씩 들어라. 케이프를 손으로 잡은 채 옆 사람과 손이 닿을 정도로 두 팔을 벌려."

아이들은 당황했지만 군말 없이 시키는 대로 했다. 역청 냄새가 확

끼치는 바람에 아이들은 기침을 했다. 그래도 모두들 앨리스테어의 지시에 집중했다. 케이프들이 합쳐져 그들을 감싸는 천막 모양이 되었다.

"내가 하는 말을 따라 해라."

등딱지 속에서처럼
이 케이프 아래에서
위험을 만나지 않고
곱게 피할지어다.

아이들의 목소리가 하나가 되자 케이프들은 원래 한 장이었던 것처럼 서로 맞붙으며 신비로운 이글루가 만들어졌다. 칠흑 같은 어둠 속에서 아이들은 뜨거운 파도 같은 것이 천막 위로 지나가는 것을 느꼈다. 그 파도는 영원히 끝나지 않을 것 같았다. 오스카도 친구들처럼 몸을 웅크리고 있었지만 눈을 뜨고 케이프 자락을 살짝 들추어보았다. 순식간에 구역질 나는 공기가 들어와 질식해 죽을 것 같았다. 당황한 오스카는 허겁지겁 틈새를 막으려 했지만 그의 힘으로는 케이프 자락을 도로 내릴 수 없었다. 숨통을 죄는 연기가 모두에게 엄습하자 오스카는 절망적인 눈으로 앨리스테어를 바라보았다.

앨리스테어가 펜던트를 꺼냈다. 바람의 신음 소리와 고약한 연기 바람 속에서 청년이 알아들을 수 없는 주문을 외우자, 펜던트의 문자에서 스르르 나온 안개가 케이프 천막을 따라 돌다가 조금 전에 오스카가 만든 틈새로 한데 모였다. 케이프 자락이 서서히 펴지는가 싶더니 틈새가 막혔다. 그러자 연기도 더 이상 천막 안으로 들어오지 못했다.

케이프가 다시 흐물흐물해지며 그들의 등을 덮었다. 앨리스테어가 이제 일어나도 괜찮다고 말했을 때에는 모두들 몇 시간은 그러고 있었던 것 같은 기분이 들었다.

앨리스테어도 일어나 주위를 둘러보았다. 바닥에는 갈색 더께가 쌓였고 죽은 나뭇가지 비슷한 것들도 널려 있었다. 떨어져 나간 돌조각들도 바람에 떠밀려 이쪽으로 굴렀다가 저쪽으로 굴렀다가 했다. 기진맥진한 작업복 부대는 여기저기 나가떨어져 있었다. 그들의 섬모는 비틀리거나 그을렸고 개중에는 아예 망가진 것도 있었다. 대장은 대원들을 다시 모았다. 그들은 힘겨운 걸음을 옮겨 메디쿠스들이 아까 지나온 대협곡의 울퉁불퉁한 굴곡 너머로 사라졌다.

폭풍이 휩쓸고 간 참담한 흔적을 바라보며 아무 말도 못하는 아이들에게 앨리스테어가 고개를 돌렸다.

"봤지. 자기 몸을 망치는 데에는 굳이 파톨로구스가 필요치 않아. 안타까운 일이야. 레오니드는 자기 몸을 돌보는 사람이 아니라서 시가를 한 대 더 피울지도 몰라. 그러니까 빨리 가자, 전원 무사하다면⋯⋯."

이 말을 하다 말고 앨리스테어가 멈칫 굳어버렸다.

"다섯 번째 메디쿠스는? 로넌 모스는 어디 갔지?"

모두 주위를 두리번거렸다. 로넌은 흔적조차 없었다. 앨리스테어의 입에서 욕설이 튀어나왔다.

"제기랄! 너희들을 끌고 다니기가 힘들 줄은 알았지만! 당장 로넌을 찾아! 빨리!"

청년은 하늘을 쳐다보았다. 하늘에는 아직도 거대한 갈색 구름들이 자욱했다. 구름을 밀어낼 바람이 좀체 미치지 못하는 모양이었다. 앨리스테어가 오스카에게 말했다.

"멀리는 못 갔을 거다. 분명히 이 세 협곡 중 하나로 들어갔을 거야.

필과 플록하트는 왼쪽 협곡으로 간다. 스펜서와 벙커는 오른쪽으로 가고. 내가 가운데 협곡으로 가겠다. 명심해라, 너희는 '항상' 같이 다녀야 해. 뭔가 문제가 발생하거든 가던 길을 되돌아와서 여기 비탈 앞에서 기다려라. 아무 문제도 없으면 모두 자기가 맡은 협곡을 통과해서 저쪽에서 만나는 거다. 잘 알아들었지?"

오스카와 아이리스의 눈이 서로 마주쳤다. 한 조가 된 것에 둘 다 할 말이 많은 눈치였다. 하지만 오스카는 결단을 내렸다.

"네, 알았어요."

아이리스가 오스카의 팔을 잡았다.

"내가 앞장설 테니 따라와."

오스카는 아이리스의 명령을 단 1분이라도 더 참을 수 있을지 자신이 없었지만 지금은 시시콜콜 따질 때가 아니었다. 아이리스는 이미 앨리스테어를 충분히 성가시게 했고 오스카까지 거기에 가세할 수는 없었다. 그래서 오스카는 아이리스가 앞장서게 내버려두고 에이든에게 손짓으로 인사를 보냈다. 에이든은 믿음직한 샐리 뒤를 순순히 따라갔다.

좁은 통로에 발을 들여놓자마자 아이리스는 걸음을 멈추고 팔짱을 끼더니 목청이 터져라 소리를 질렀다.

"모스! 여기 있어? 이젠 됐으니까 나와! 우리가 지금 너나 찾고 있을 때가 아니라고!"

오스카는 어이가 없어서 아이리스가 하는 짓을 지켜보기만 했다. 보면서도 자기 눈을 믿을 수 없었다. 이 계집애는 바보거나 로넌 모스를 너무 모르거나 둘 중 하나일 것이다. 오스카는 진심으로 후자의 경우이기를 바랐다. 그는 아이리스를 설득해보려 했다.

"로넌이 제 발로 숨은 거라면 이런다고 대답을 하겠냐."

아이리스는 정말로 놀라는 표정으로 오스카를 돌아보았다.

"그렇게 생각해? 내가 이렇게 명령하는데도?"

아이리스는 통로를 돌아다니다가 툭 튀어나온 작은 바위를 발견하고는 그 위로 올라갔다. 그러고는 몸을 일으키고 더욱더 고래고래 소리를 질렀다.

"모스! 10초 안에 나오지 않으면 그랜드 마스터에게 고자질할 거야. 분명히 경고했다!"

오스카는 조금 뒤쪽으로 빠져서 그 꼴을 보고 있었다. 기가 막혀 웃음이 나왔지만 도저히 웃을 상황이 아니었다. 가까운 곳에서 무슨 소리가 나서 뒤를 홱 돌아보았다. 협곡 위에서 떨어진 돌멩이들이 오스카의 발치까지 굴러온 것이었다. 오스카는 고개를 들고 위를 잘 살펴보았다. 이제 아무렇지도 않았다. 그저 레오니드의 힘겨운 호흡에 따라 바람이 이쪽에서 저쪽으로 오가기를 반복할 뿐이었다. 몇 초 후에 같은 현상이 다시 일어났다. 이번에는 크고 작은 돌멩이들이 더 많이 부서져 내렸다. 협곡의 꼭대기를 살피던 오스카는 얼핏 초록색 조각이 나타났다 사라지는 것을 목격했다. 그 자리에서 균열이 일어나는가 싶더니 암벽에 쩍 하고 금이 갔다. 누군가의 손과 오스카가 익히 잘 아는 펜던트가 빛나는 것이 아주 잠깐 보였고 바로 다음 순간 거대한 바윗덩어리가 떨어지기 시작했다. 오스카가 고함을 질렀다.

"아이리스! 조심해, 아이리스!"

고막이 나갈 듯한 굉음과 함께 바위가 비탈을 굴러 땅에 떨어졌다. 충격을 피하기 위해 오스카는 암벽에 움푹 파인 자리로 들어갔다. 그곳에서 나왔을 때에는 통로가 완전히 봉쇄된 후였다. 게다가 아이리스도 보이지 않았다.

오스카는 바위를 타고 올라가보려 했지만 허사였다. 이제는 협곡 건너편으로 넘어갈 방법이 없었다. 아이리스의 이름을 몇 번이나 외쳤지만 돌아오는 대답은 메아리뿐이었다. 아이리스는 바위에 깔려버린걸까? 목숨은 붙어 있지만 통로 어딘가에 갇힌 걸까? 오스카는 고개를 들었다. 협곡 위에는 케이프도, 펜던트도, 그 누구도 보이지 않았다.

망설일 것 없이 오스카는 당장 오던 길을 되돌아갔다. 그는 바위가 무너지는 소리를 듣고 달려온 앨리스테어와 마주쳤다.

"무슨 일이 일어난 거냐?"

오스카는 방금 있었던 일을 간략하게 설명했다. 그다음에 앨리스테어와 함께 사건 현장으로 달려갔다. 숨을 헐떡이며 오스카가 말했다.

"아이리스를 불러봤지만 대답이 없었어요."

"아이리스!" 앨리스테어가 고함을 쳤다. "내 목소리 들리거든 케이프를 벗어서 허공에 띄워라! 전에 배운 대로 하면 돼!"

앨리스테어와 오스카는 그 자리에 꼼짝 않고 서서 어디선가 케이프가 둥실 떠오르기를 고대했다. 몇 초의 기다림이 영원처럼 길게 느껴졌다. 앨리스테어가 다시 한 번 고함을 치려는데 드디어 케이프 자락이 거대한 바윗덩어리 건너편에서 떠올랐다. 오스카는 깜짝 놀랐다. 아이리스는 살아 있었던 것이다.

"확실히 이 돌덩이는 너무 무거워서 옮길 수 없겠다."

앨리스테어가 해결책을 궁리하며 말했다.

"우리 펜던트를 써서 쪼개보면 어떨까요?"

물에 빠진 틸라를 구할 때 썼던 방법이 떠오른 오스카가 제안했다.

"너무 위험해. 아이리스가 바위 밑에 갇혀 있을 수도 있어. 자칫하면 그 애가 다칠지도 몰라."

잠시 생각에 골몰하던 앨리스테어는 펜던트를 도로 집어넣는 오스카의 팔을 붙잡았다.

"오스카, 벽에 기대라! 벽에 몸을 붙여!"

오스카는 앨리스테어를 의아한 눈으로 바라보았다. 뭐라고 물어볼 겨를도 없었다.

"내가 하는 대로 따라하는 거다."

앨리스테어가 펜던트를 꺼내어 거기에서 뿜어져 나오는 빛을 주변의 바위에 쏘았다. 그러나 빛을 강하게 후려치지는 않고 여기저기에 단속적으로 쏘는 정도였다.

"바위가 부서지지 않게 조심해. 작은 구멍들만 생길 정도로! 기관지 협곡을 따끔따끔하게 자극하면 레오니드가 반응을 보일 거야. 그러면 일은 우리가 원하는 대로 풀리겠지!"

오스카는 앨리스테어가 하라는 대로 펜던트 광선으로 작은 구멍들을 만들었다. 소년은 사방에서 튀어오는 파편들을 피하며 앨리스테어에게 물었다.

"우리가 원하는 대로 일이 풀리다니요?"

"생각해봐, 오스카. 폐가 자극을 받는다고. 그럼 어떻게 되겠니?"

레오니드는 입에서 시가를 떼고 가슴에 손을 얹었다. 조금 전부터 가슴이 따끔하다 싶더니 금세 심장 안쪽에서 괴로운 통증이 일어났다. 그는 의심스러운 눈으로 시가를 바라보았다. 시가의 품질이 좋지 않았나? 시가를 판 상인을 비난하며 레오니드는 코히바 시가를 재떨이에 내려놓았다. 크게 숨을 들이마셨다가 내쉬었다. 아무 소용없었다. 통증이 더 심해졌다. 레오니드도 다른 사람들과 똑같이 반응을 했다. 숨을 한껏 들이마시고…… 기침을 한 것이다. 에취, 에취, 에취, 그렇게 허파가 떨어져나갈 정도로 세게 기침을 했다.

협곡으로 불어 들어오는 바람을 감지하자마자 앨리스테어는 작전이 통했다는 것을 알았다.

"됐다!" 그는 의기양양하게 외쳤다. 그때 반대 방향으로 다시 세찬 바람이 불기 시작했다. "잘했다, 오스카. 레오니드가 방금 숨을 크게 들이마셨어. 이제 곧 다 잘될 거야."

"다 잘되다니, 어떻게 되는데요?"

"어서 피하기나 해. 레오니드가 기침을 하면 거센 역풍이 일어나 저 바위가 번쩍 들릴 거라고! 빨리, 이쪽으로!"

그는 바위에 움푹 들어간 자리를 가리키며 오스카를 그쪽으로 우악스럽게 떠밀었다. 동시에 거센 돌풍이 협곡의 출구 쪽에서부터 파고들어 바윗덩어리를 한 번, 두 번, 세 번 밀어냈다. 세 번째 공격에는 바위도 배겨 나지 못하고 그 커다란 덩어리가 허공으로 들리더니 앨리스테어와 오스카 사이에 떨어져 무시무시한 굉음과 함께 박살 났다. 10여 조각으로 갈라진 돌덩어리들이 사방팔방으로 굴러갔다.

레오니드의 호흡에 따라 협곡을 왕복하는 바람이 차분하게 돌아오자 두 메디쿠스는 숨어 있던 곳에서 나왔다.

돌조각이 여기저기 난무하고 먼지와 여러 가지 색깔의 끈적끈적한 입자가 자욱하게 떠 있었다. 그 한복판에 주저앉은 아이리스가 발목을 주무르고 있었다.

"내가 처음부터 위험하다고 그랬잖아요! 이제 한 발짝도 못 걷겠어요. 발목이 부러졌나 봐요!"

머리부터 발끝까지 점액을 뒤집어 쓴 소녀가 불평했다.

"다친 곳이 입이 아니라 발목이라니, 유감이군."

오스카가 조그맣게 중얼거렸다.

"아아, 어떡해. 내 근사한 옷이 다 망가졌잖아."

아이리스는 주름치마와 블라우스를 털면서 징징댔다.

"근사한 옷? 도대체 어디가 근사한데?"

"안목이 없으면 입이라도 다물어!"

아이리스가 쏘아붙였다. 방금 그렇게 참담한 사고를 당했는데도 이 소녀는 여전히 오만했다. 앨리스테어가 아이리스에게 다가가 얼른 발목을 살펴보았다.

"부러진 것 같지는 않구나. 기껏해야 접질린 정도야. 어디 좀 일어서 보렴."

앨리스테어는 아이리스를 조심스럽게 일으켜 자기 품에 안았다. 아이리스가 우는 소리를 했다.

"살살 해요! 아픈 건 질색이라고요!"

"아픈 걸 좋아하는 사람도 있니?"

"몰라요, 몰라. 어쨌든 다른 사람이 아프면 좋아하는 사람들은 있잖아요."

아이리스는 그렇게 말하며 앨리스테어를 가자미눈으로 흘겨보았다. 그들은 협곡 밖으로 나와서 에이든과 샐리를 만났다. 그 애들도 아까 회오리바람을 만나서 협곡 밖으로 도로 나온 참이었다. 그들의 등 뒤에서 웬 목소리가 들렸다.

"아, 여기들 있군요."

모두 뒤를 돌아보았다. 그들을 한참 기다렸다는 듯이 로넌이 노골적으로 언짢아하는 표정을 짓고 있었다. 앨리스테어는 '부상자'를 그야 말로 부대 자루 던지듯 땅바닥에 내려놓고 아이리스가 뭐라고 떠들어 대건 말건 횅하니 로넌에게 달려갔다. 흥분할 대로 흥분한 그는 로넌의 멱살을 잡고 퍼부었다.

"너 어디 있었어? 누가 무리에서 이탈해도 좋다고 했지?"

로넌은 앨리스테어를 거칠게 뿌리쳤다. 반사적으로 말대답을 하려고 했지만 앨리스테어가 머리끝까지 화가 난 것을 알고 마음을 그는 고쳐 먹었다. 그래서 그저 고깝다는 눈초리로 청년을 노려보기만 했다.

"모두들 연기구름이 닥치자 케이프 속에서 벌벌 떨기만 했잖아요. 난 앞으로 나아가고 싶었어요."

오스카도 격분해서 이성을 잃어버렸다.

"거짓말쟁이! 협곡을 타고 올라갔잖아. 거기서 펜던트로 바위를 쪼 개서 아이리스와 나에게 떨어뜨렸잖아!"

로넌이 킬킬대며 웃기 시작했다.

"입에서 나오면 다 말인 줄 아냐, 필? 내가 그랬다는 증거 있어?"

"어쨌든, 나는 무리에서의 이탈을 금지했었다."

앨리스테어가 차갑게 잘라 말했다.

"나의 스승은 그쪽이 아니라 플레처 윔입니다."

로넌이 경멸하는 투로 대꾸했다.

이 말에 앨리스테어는 완전히 폭발했다. 분을 이기지 못해 얼굴 표정 까지 변했다. 그제야 불안해졌는지 로넌도 움찔했다.

"잘 들어라, 모스. 두 번은 말하지 않을 테니까. 여기서는 내가 결정 을 내리고 금지할 건 금지한다. 너처럼 잘난 체하는 풋내기는 닥치고 시키는 대로 하는 수밖에 없지. 무슨 말인지 알았냐?"

로넌은 침묵을 지켰다.

"다시 한 번 묻는다. 무슨 말인지 알겠냐?"

마침내 로넌도 고개를 끄덕였다.

"한 번만 더 그 따위 말본새를 보이거나 실수하면 용서하지 않겠다. 무슨 수를 써서라도 너를 집으로 돌려보내고 다시는 신체 내 우주에 발도 못 들이도록 할 테다."

앨리스테어가 이렇게 말하는 동안 아이들은 찍소리도 하지 못했다. 아이리스조차도 우는 소리를 뚝 그쳤다. 로넌은 앨리스테어의 분이 가라앉기를 기다렸다가 슬쩍 오스카에게 다가갔다. 녀석은 앨리스테어가 저만치 멀어진 틈을 타서 이렇게 빈정거렸다.

"뭘 잘못 생각한 모양인데. 난 저런 바보 같은 계집애를 깔아뭉개고 싶었던 게 아냐. 내 목표는 너, 바로 너였다고. 하지만 다음 기회를 노려야겠다."

오스카는 로넌의 사악한 눈빛에 넘어가지 않았다. 놈은 정면으로 맞붙고 싶어서 안달이었고, 오스카는 선택의 여지가 없다는 걸 잘 알고 있었다. 자신을 방어하기 위해서 싸움도 필요할 터였다. 전쟁은 이미 선포되었음을 그는 마음에 새겼다.

그사이에 그들의 길잡이는 주변을 꼼꼼하게 살피고 있었다. 그가 마침내 손가락을 들어 어느 한 방향을 가리키자 모두 그 방향으로 갔다. 회오리바람이 그들과 가장 가까운 협곡의 암벽에서 돌조각들을 털어내고 모두가 익히 잘 아는 상징을 새겨놓았던 것이다. M자가 떠오른 잔, 그리고 그 아래를 제 몸으로 칭칭 감은 뱀.

앨리스테어가 아이리스를 부축해 일으키며 말했다.

"자, 모두 동의하겠지. 이제 돌아간다."

기억의 구멍

"오스카! 오스카! 어디 있니? 점심상 다 차렸다!"

체리는 양손으로 허리를 짚고 정원을 돌아다녔다.

"닭고기가 식는단 말이야!"

그러나 회양목 너머에서는 새들의 지저귐과 분수의 물소리만 들릴 뿐, 아무도 대답하지 않았다. 결국 체리는 오스카를 찾는 것을 단념하고 다시 주방으로 들어갔다.

그제야 울창한 떡갈나무의 가장귀가 활짝 벌어졌다. 나뭇가지에 올라가 있던 메디쿠스 소년이 상체를 앞으로 내밀었다. 체리 아줌마의 닭고기 요리를 상상하면 아직도 기분이 오싹했다.

"좋았어, 아줌마가 들어갔군. 이제 내려줘도 돼."

떡갈나무는 나뭇가지가 땅에 스칠락 말락 할 정도로 몸뚱이를 부드럽게 수그려주었다. 오스카가 잔디밭으로 폴짝 뛰어내렸다.

"고마워, 지주. 넌 내 생명의 은인이야."

"산다는 게 언제 어디서나 목숨이 왔다 갔다 하는 싸움이거든!"

오스카는 펄쩍 놀라며 사방을 두리번거렸다. 어디서 들리는 걸까? 분명히 친근한 목소리인데…….

"위쪽이다, 오스카."

소년이 고개를 쳐들었다. 제일 높은 나뭇가지에서 앨리스테어가 환하게 웃는 얼굴로 그를 내려다보고 있었다. 나뭇가지가 스르르 내려오며 청년을 바닥에 내려주었다.

"내 친구들이 너와도 친한가 보다."

앨리스테어는 지주에게 윙크를 하고 다정한 손길로 나무의 몸통을 어루만졌다.

"지주의 꼭대기, 쿠미데스 서클에서 내가 가장 좋아하는 장소지. 저기 올라가면 무엇이든 피할 수 있잖아. 게다가 전략적으로 망을 보기에도 최고지. 이런 특권을 누리는 사람이 너랑 나 외에 그렇게 많을 것 같진 않구나."

오스카에게 가까이 와서 그는 소년의 빨간 머리를 손으로 헝클어뜨렸다. 나이 차이는 있지만 둘은 여러 면에서 닮았다. 두 사람 다 단정한 것과는 거리가 멀었고, 왕성한 모험심, 반항적 기질, 심지어 덥수룩한 머리 모양까지도—앨리스테어는 갈색 머리고 오스카는 빨간 머리였지만—똑같았다.

"그래, 두 번째 우주를 처음으로 여행한 소감은?"

오스카는 어깨만 으쓱했다.

"우주는 괜찮았어요. 다만……."

소년은 머뭇거렸다. 앨리스테어는 오스카가 하려던 말을 대신 했다.

"오늘 아침에 함께했던 일행 모두가 마음에 들지는 않는다, 이거냐?"

청년은 얼굴을 가까이 들이밀고 속내를 털어놓듯 이렇게 덧붙였다.

"까놓고 말하자면 나도 우리 둘만 갔으면 좋겠다. 그랬으면 아마 벌써 두 번째 트로피의 절반은 가지고 왔을걸. 하지만 이 불안하고 어려운 시대에 너희들이 우리에게 힘이 되려면 모두 함께 발전해야 하지 않겠니? 알다시피, 이제 메디쿠스는 그리 많지 않아. 머릿수는 둘째 치고, 신체 잠입을 아예 할 줄 모르는 메디쿠스들이 널렸지! 너희들을 빨리 집단적으로 양성해야 해."

오스카는 동의했다. 그도 알고 있었다. 어둠의 왕자가 탈옥하자, 메디쿠스들의 그랜드 마스터는 비상사태를 선언하고 전 세계 메디쿠스들에게 신속한 결집과 훈련을 호소했다. 그래서 오스카처럼 어리고 경험이 없는 메디쿠스 자녀들을 최대한 빨리 훈련시키기 위해 메디쿠스 가문들을 재촉해야만 했다. 오스카는 아빠가 돌아가셨고 엄마는 메디쿠스가 아니었지만 위더스 부인이 후견인을 자처하고 나섰다. 지금으로서는 어둠의 왕자가―아마도―아직 본색을 드러내지 않았지만 윈스턴 브레이브와 최고위원회는 헛된 환상을 품지 않았다. 그들의 적은 언제고, 그것도 머지않은 앞날에 반드시 공격해올 것이다. 싸울 태세를 갖춰야 했다.

"어이, 오스카, 머릿속에서 오만 가지 생각이 바쁘게 돌아가는 것 같은데? 별로 즐겁지 않은 생각도 있을 테고. 내 말이 틀려?"

앨리스테어가 집게손가락으로 오스카의 이마를 장난스럽게 누르며 말했다. 그러고는 몸을 일으키고 정원 쪽으로 돌아섰다.

"둘이 산책이나 할까? 음, 우리의 친구 본즈 집사님께서 잘 깎아놓은 잔디밭보다는 거친 야생의 들판이 더 좋기는 하지만. 그래도 잠시 조용한 시간을 가져보자고."

오스카는 기꺼이 그러자고 했다. 왠지 앨리스테어와 몹시 가까운 느낌이 들었다. 오늘처럼 앨리스테어에게서 평소와 다름없는 활력과 기질을 발견할 때에는 더욱더 그랬다.

그들은 장미원의 오솔길을 따라 걷다가 지붕이 푸른 잎으로 뒤덮인 정자 아래 그늘진 벤치를 발견했다. 앨리스테어가 다시 말문을 열었다.

"무엇보다 네 용기가 가상하구나, 오스카. 네 덕분에 아이리스가 잘 빠져나올 수 있었어. 음, 그렇다고 걔가 네 목에 매달려 고마워할 '거라는 기대는 하지 마."

"괜찮아요. 그건 정말 사양하고 싶으니까요!"

앨리스테어가 웃음을 터뜨렸다.

"그 마음, 나도 이해하지. 걔가 하는 말이 잔소리 아니면 누구누구에게 고자질하겠다는 협박밖에 더 있겠냐. 그렇지만 말이다, 아이리스도 그렇게까지 나쁜 애는 아닐 거다."

오스카는 앨리스테어를 멍하니 바라보았다. 그럼 아이리스의 성격이 좋단 말인가? 참으로 의심스러운 말이었다. 하지만 오스카도 이렇게 시인했다.

"아마 로넌 모스만큼 나쁘지는 않겠지요."

"모스에 대해서는 걱정하지 마. 내가 앞으로 그 녀석을 주시할 테니까. 네가 위험해질 일은 없을 거야."

"로넌 모스 따위는 겁나지 않아요. 게다가 이젠 습관이 됐어요. 녀석과 같은 반이거든요."

"그럼 잘됐고! 너에 대해서는 걱정하지 않는다. 난 네 출신에 대해서도 잘 아니까."

앨리스테어는 오스카의 마음까지 다 안다는 듯한 눈빛을 보내고는 활짝 웃으면서 팔꿈치로 오스카를 슬쩍 찔렀다.

"너희 아버지는 훌륭한 분이셨어. 내가 듣기로는 그래. 네 아버지라면 기사단을 위해 항상 앞장서서 총대를 메셨을 거야. 난 그렇게 믿어 의심치 않는다!"

앨리스테어가 흥분하며 말했다. 과연 언제라도 새로운 혁명에 뛰어들 준비가 된 청년이었다.

오스카는 대답하지 않았다. 그냥 주머니에 손을 찔러 넣고 요즘 들어 한시도 곁에서 떼어놓지 않는 작은 사진첩을 손가락으로 만져볼 뿐이었다.

"물론 난 윈스턴 브레이브를 존경해. 위더스 부인도 참 좋아하고. 그렇지만 너희 아버지는 훨씬 더 젊고 열정이 넘치는 사람이었지……."

문득 말을 멈추고 앨리스테어가 오스카에게 고개를 돌렸다. 그는 자신이 괜한 소리를 했다는 것을 깨달았다.

"메디쿠스들도 너희 아빠를 그리워하지만 아들에게 비교할 수는 없겠지. 미안하다, 오스카. 내가 실수했구나."

소년은 미소로 화답했지만 그 미소는 조금 서글퍼 보였다. 하지만 앨리스테어를 원망하지는 않았다. 아니, 오히려 그 반대였다. 앨리스테어가 자신을 어른처럼 대해주고 진솔하게 속내를 보여주는 게 마음에 들었다. 물론 그게 다는 아니었다. 메디쿠스의 한 사람이 이처럼 아빠에게 존경과 찬사를 보내준다는 사실이 행복했다. 아빠에게 씌워진 '배신자' 이미지가 무색할 정도로.

"있잖아, 사람은 아버지 없이 자라도 훌륭한 사람이 될 수 있어. 그 점에 대해서는 나도 좀 알지."

앨리스테어가 덧붙여 말했다. 오스카가 고개를 번쩍 들었다.

"앨리스테어에겐 아버지가 계셨잖아요?"

청년은 망설였다. 우울한 생각이 그의 뇌리를 스치고 지나갔다. 말년에는 정신병원에만 처박혀 지내야 했던 노인, 이따금 찾아가도 아들의 얼굴조차 알아보지도 못했던 노인.

"그래, 말년의 아버지 모습은 별로 뵙고 싶지 않았지만……."

"무슨 말이 그래요? 나는 딱 한 번만이라도 아빠를 만났으면 좋겠다고요."

앨리스테어가 빙그레 웃었다.

"네 말이 맞아. 내가 헛소리를 했구나. 사랑하는 사람은 아무리 자주 봐도 보고 싶은 법이지."

오스카는 주머니 속의 사진첩을 꼭 쥐었다. 그는 이 기회를 놓치지 않고 앨리스테어에게 넌지시 말을 꺼냈다.

"저번에 앨리스테어가 에메랄드 서판에 대해 말했었잖아요. 그 말을 듣고 생각했어요. 혹시……."

청년이 깜짝 놀라며 몸을 일으켰다.

"지금 무슨 소리를 하는 거니?"

"아, 그 에메랄드 서판과 우주의 파나케이아가 사람들을 살려낸다고 그랬잖아요! 난 그럴 수 있다고 믿어요!"

오스카가 희망에 부풀어 외쳤다.

"누가 너에게 그런 얘기를 했지, 오스카?"

앨리스테어가 어리둥절해하며 물었다.

"누구긴요, 앨리스테어가 그랬잖아요!"

앨리스테어는 오스카의 얼굴을 뚫어져라 들여다보았다. 청년은 언짢다 못해 화가 단단히 난 것 같았다.

"잘 들어, 네가 그 서판과 파나케이아 얘기를 어디서 주워들었는지는 모르지만 나에게 사실을 곧이곧대로 털어놓았으면 해. 거짓말하는 사람과는 친구가 될 수 없으니까."

오스카는 이 말에 상처를 입고 벌떡 일어났다.

"나는 사실대로 말했어요! 기억 안 나요? 앨리스테어가 바빌론 하이츠에 있는 우리 학교까지 찾아왔었잖아요!"

앨리스테어도 일어났다. 그는 잠시 관자놀이를 손으로 짚고 있다가 정신을 차렸다.

"나도 네가 거짓말하는 게 아니라고 믿고 싶어. 하지만 네가 상상으로 꾸며낸 이야기를 너 자신에게 하고 있다는 생각도 들어. 이 일은 잊을게. 너도 잊어버려."

오스카는 뒷걸음질을 쳤다. 어째서 자기 말을 믿어주지 않는 건지 이해가 되지 않았다. 그는 꿈을 꾼 것이 아니었다. 앨리스테어 본인이 먼저 얘기를 꺼내고 그런 서판이 있다는 정보를 주지 않았던가! 앨리스테어는 이어서 이렇게 말했다.

"그 서판과 죽은 사람의 부활에 대한 얘기는 잊어버리는 게 나아. 우리 메디쿠스들과는 상관없는 음침한 얘기인 데다가 아무런 의미도 없어. 그런 것은 결코, 결코 존재하지 않으니까. 어쩌다 믿었던 사람들은 혼쭐이 나고 말았지."

오스카는 대꾸하지 않았다. 말대답해봤자 상황이 악화될 것 같았다. 최근에 있었던 사고가 생각났다. 앨리스테어가 차에 치였던 사고……. 검사 결과로는 아무 이상 없다고 했지만 그때의 후유증으로 그의 기억력에 뭔가 문제가 생긴 게 아닐까? 그 순간, 레오니드의 집에서 아이들이 목격했던 그 희한한 상황도 떠올랐다. 만약 그때 레오니드가 한 말이 사실이라면? 앨리스테어가 자신의 부친과 같은 병을 앓고 있어서 그 일을 정말로 깨끗하게 잊어버렸다면?

확실히 더 이상은 밀어붙이지 않는 게 좋을 듯했다. 그러나 이 수수께끼를 완전히 저버릴 마음은 없었다. 그 점에 관해서는 그 어느 때보다 강한 확신이 들었다.

앨리스테어는 마음이 누그러졌는지 오스카의 어깨에 스스럼없이 손을 얹었다.

"네 기분은 알아. 사랑하는 사람이 곁에 없어서 가끔 무척 힘이 들 때가 있지. 하지만 지금은⋯⋯." 청년이 따뜻하게 미소 지으며 말했다. "너에게 큰형이 생겼잖아. 아버지만은 못하겠지만 그래도 나쁘지 않지?"

오스카도 앨리스테어에게 미소를 지어 보이며 고개를 끄덕였다. 청년은 조금 전 상황을 다 잊은 듯했다. 그는 그 어느 때보다 신 나게 외쳤다.

"좋았어! 너무 멀리 떨어지지 마. 너나 나나, 얘기 아직 안 끝났어." 앨리스테어는 즐거워하면서도 뭔가 감추는 것이 있는 듯 이렇게 덧붙였다. "내가 너에게 아주 중요한 사람을 소개해야 하거든."

그를 기다리고 있는 사람이 누구일까 궁금해하며 오스카는 앨리스테어를 물끄러미 쳐다보았다. 하지만 소년은 자신의 우선 과제를 잊지 않았다. 오스카 역시 이걸로 끝은 아니었다. 그는 잘 알고 있었다. 이제 틈이 나는 대로 무엇을 해야 하는지를⋯⋯.

줄리아가 찾다

이 층으로 올라간 본즈는 계단의 난간을 주의 깊게 손으로 쓸어보고 먼지 한 톨 묻어나지 않는 장갑을 흡족한 눈으로 바라보았다. 방금 전에 필과 그 친구들이 맥쿨리 군의 지휘 하에 그다지 부럽지 않은 여행을 떠났다. 쿠미데스 서클이 그곳의 집사에게 딱 어울리는 평화와 고요를 되찾은 것이다.

오스카가 쿠미데스 서클에 곧 돌아온다는 소식을 듣고서 본즈는 몹시 심란했다. 오스카에게 좋지 않은 감정이 있어서가 아니었다. 아니, 오히려 본즈는 작년에 저승 문턱까지 갔던 자신을 구해준 이 소년에게 감사하고 있었다. 오스카는 괜찮은 아이 같았고 브레이브 씨의 후의를 입고 있었다. 브레이브 씨의 후의란 본즈에게 그 어떤 추천장보다 막강한 것이었다. 그렇지만 과거는 흔적을 남긴다. 본즈는 작년 여름의 일을 결코 잊지 않았다. 그때 일을 생각만 해도 신경이 날카로워졌다. 영국인 집사로서는 감당하기 힘든 일이었으니까. 오스카라는 이름만 들어도 그가 지극정성으로 평온하게 꾸려온 이 저택 안에 태풍이 휘몰아칠 것 같았다. 게다가 오스카는 비탈리 필의 아들이었다. 그의 본심은 알 수 없지만 어쨌든 비탈리 필은 영웅적인 행동을 보이다가 '적의 편'에 붙은 인물이었다. 누가 미래를 예언할 수 있으며 그 아들의 본성을 단언할 수 있겠는가? 아무렴, 본즈는 소년에 대한 반감이 조금도 없었지만 누가 뭐라고 하든 그를 주시하고 싶었다.

오늘 아침에는 오스카가 없기 때문에 달콤한 여유를 만끽하며 집안 구석구석을 돌아보고 가구, 장식품, 그림, 못 하나에 이르기까지 점검하리라 마음먹었다. 그리고 나면 '태풍 필', 쿠미데스 서클을 뒤집어엎기 일쑤인 그 소년에게도 버텨낼 수 있을 것이라는 확신이 들었다. 오스카의 제멋대로인 성격과 천방지축으로 뻗어 나가는 호기심을 감안한다면 꼭 본즈를 흉볼 수만은 없을 것이다.

그러나 저택을 철두철미하게 탐사하기 전에 본즈는 이 집의 또 다른 위험 요소부터 손보는 것이 타당하겠다고 생각했다. 다른 세상에서 튀어나온 기묘한 소년과 소녀, 이 두 아이도 일을 저지르기로는 오스카에게 뒤지지 않았다. 평생을—혹은 '거의' 평생을—겪은 일인데도 소용이 없었다. 본즈는 메디쿠스들의 그랜드 마스터인 이 집 주인의 그늘에서 기사단의 일원들과 그 밖의 사람들을 숱하게 접했고 그들의 비밀과 특별한 능력에 대해서도 알 만큼 알았다. 그런데도 신체 내 우주에서 튀어나온 이 두 아이는 그와 완전히 동떨어진 존재, 도무지 이해하기 힘든 존재였다. 로렌스와 발랑틴은 경계 대상에서 제외될 수 없었다. 어쨌든 본즈의 생애에 숨겨진 사연은 그를 어떤 상황에서나 의심부터 하고 보는 사람으로 만들었다. 그리고 성격을 바꾸기에 이제 그는 너무 나이가 많았다.

본즈는 지금 제일 먼저 해야 할 일이 무엇인지 정확히 알았다. 시한 폭탄 같은 말썽쟁이들이 브레이브 씨가 지정해준 자리에 잘 붙어 있는지, 즉 각자 자기 방 책상에 얌전히 앉아서 과제물을 하고 있는지 살펴봐야 했다. 그랜드 마스터의 명령은 두 아이가 이 세상, 그것도 이곳 쿠미데스 서클에 남아도 좋다고 결정한 그날부터—본즈에겐 참으로 딱한 일이었지만—지금까지도 울려 퍼지고 있었다. 윈스턴 브레이브의 말은 이러했다. "좋다, 단 조건이 있다. 내 집에서의 규칙을 확실히 지켜야 한다. 그 규칙은 본즈가 너희에게 자세히 설명해줄 것이다."

아이들은 그랜드 마스터의 마음이 변할세라 얼른 좋다고 했다.

"그게 다가 아니다. 너희가 너희의 세상이 아닌 이곳에 머물고 싶다면 이 세상을 충분히 익히고 배워야 할 터, 반드시 알아야 할 것에 대해서는 토를 달지 말고 전부 배우고 공부해야 한다."

로렌스는 희희낙락했지만 발랑틴에게는 이 소식이 별로 달갑지 않았다. 로렌스에게 지식을 죄다 빨아들이겠다는 야망이 있는 반면 발랑틴은 자신의 자유와 실전 감각을 무엇보다 소중하게 여겼기 때문이다(특히 위험천만하고 정신을 쏙 빼놓는 모험을 즐겼다). 그럼에도 발랑틴은 그랜드 마스터의 요구를 받아들였다. GRIU로 돌아가야 하는 것만 아니면 뭐든지 할 수 있었으니까. 평생을 사람 몸속 혈관에서 잠수정이나 몰고 다니고 싶지는 않았다. 결국 두 아이는 오스카가 돌아오기를 손꼽아 기다리게 되었다. 매일 밤낮으로 친구의 귀환을 기다렸지만 오스카가 돌아왔어도 그들이 의무적으로 해야 할 일에는 그다지 변화가 없었다. 무슨 일이 있든지 일요일만 빼놓고 매일 오전 3시간 동안 공부를 해야 했기 때문에 본즈는 그들이 지금 어디에 있을지 훤히 꿰고 있었다.

첫 번째 층계참에서 본즈는 젊은 셀레니아의 석고상을 흘끗 쳐다보았다. 본즈가 지나가고 나자 평범한 조각상은 비로소 눈동자에 생기를 띠었다. 본즈는 오른쪽 복도로 고개를 내밀었다. 아무도 없었다. 왼쪽 복도로 들어가 맨 끝의 기밀실 문 앞에 멈춰 섰다. 기밀실 안에는 다시 두 개의 문이 있었다. 그중 한쪽 문에 얼굴을 들이밀자, 고함 소리가 방에서 튀어나오는 바람에 본즈는 움찔하고 물러섰다.

"지겨워, 지겨워! 거지 같은 책 따위!"

울화통이 터진다는 듯 발랑틴이 소리를 지르고 있었다.

발랑틴의 성격이나 공부에 대한 그녀의 태도를 익히 아는 본즈는 안심하며 다른 쪽 문에 귀를 갖다 댔다. 책장이 넘어가는 가벼운 소리밖에 들리지 않았다. 그렇지 않아도 기분이 좋지 않은 발랑틴을 굳이 마주하고 싶지는 않았으므로 본즈는 로렌스만 상대하기로 했다. 대놓고 똑똑한 티를 내는 로렌스도 쉬운 상대는 아니었지만 발랑틴보다는 나았다. 문을 두드린 후 본즈는 대답을 기다리지 않고 들어갔다.

로렌스가 책에서 고개를 들었다.

"벌써 끝났어요? 오늘 아침에는 시작한 지 얼마 되지도 않은 것 같은데요?"

이렇게 말하는 로렌스는 정말로 실망한 기색이었다.

"아닙니다. 책을 읽을 시간은 아직 남아 있어요."

다시 옆방에서 고함 소리가 났다.

"발랑틴은 지리 공부라면 학을 떼요. 제 생각엔 혼자 있게 내버려두는 게 나을 것 같아요. 뭐, 그래도 굳이 가보고 싶으시다면……."

본즈가 저쪽 문에 걱정스러운 시선을 던지며 고개를 저었다.

"아니, 나도 발랑틴은 혼자 두는 게 낫다고 생각해요. 나중에 같이 점심 먹으러 내려와요."

"알았습니다."

로렌스가 다시 책 속에 고개를 처박으며 말했다.

하지만 본즈가 문에서 충분히 멀어질 때까지 기다렸다가 그는 자리를 박차고 창가로 달려가 고개를 내밀었다. 바로 그 순간, 지주의 가장 높은 나뭇가지가 스르르 내려오면서 발랑틴은 땅으로 내려올 수 있었다. 로렌스가 목소리를 낮추어 발랑틴을 꾸짖었다.

"너 미쳤어! 지금 무슨 짓을 한 건지 알아? 네 목소리를 듣자마자 본즈가 직접 가서 확인했더라면 어쩔 뻔했어!"

"쉿!"

발랑틴은 씨익 웃어 보이고는 정원과 통하는 주방의 문을 향해 쪼르르 도망갔다.

로렌스는 도리질을 하며 방에서 빠져나가 발랑틴의 방으로 갔다. 물론 그 방에는 아무도 없었다. 로렌스는 살금살금 책상까지 가서 컴퓨터 키보드를 두드려 발랑틴의 목소리를 녹음한 음성 파일의 소리를 꺼버렸다.

소년은 소리 없이 그 방에서 나와 복도로 갔다. 뭔가 할 일이 있어서 본즈가 계속 이 층에 발이 묶여 있기만을 바랐다. 그러나 본즈는 느리지만 확실하게 계단으로 다가가는 참이었다. 작전대로 발랑틴이 주방을 지나 서재로 들어가려면 아직 시간이 좀 더 필요했다. 로렌스는 속으로 욕이 나왔다. 발랑틴 때문에 또 무슨 골탕을 먹어야 하나? 그들은 이미 별의별 위험을 다 겪었다. 다만 로렌스는 위험이라면 질색하고, 발랑틴은 좋다고 달려든다는 차이가 있을 뿐이었다. 하지만 도대체 왜 발랑틴은 오늘 아침 꼭 서재에 가야만 했을까?

"오스카가 우리에게 부탁했잖아."

본즈의 눈을 속일 작전을 세우면서 발랑틴은 그렇게 대꾸했었다.

"하지만 왜 하필 오늘 아침이야? 기다리면 안 돼?"

"오늘이 토요일이야. 월요일 전에는 서재에 들어갈 기회가 없다고. 그런데 오스카는 한시바삐 에메랄드 서판에 대한 정보를 구해야 해. 그리고 어쨌든." 발랑틴은 책을 펴기도 전에 말했다. "난 공부라면 지긋지긋해. 모험을 좀 해야겠어! 두 번째 우주에 따라가는 일도 좌절된 판국에, 여기서라도 뭔가 해봐야겠다고."

이런 상황이었으니 녹음 파일을 만들기 위해 공부하기 싫다고 고함을 질러대는 연기쯤은 발랑틴에게 식은 죽 먹기였다.

"이러다 무슨 일이 나고 말 거야. 두고 봐라."

로렌스는 발랑틴의 컴퓨터로 음성 파일을 전송하면서 투덜거렸다. 반대로 규율을 어기고 본즈를 농락한다는 생각에 신이 난 발랑틴은 몹시 들떠서 깔깔대고 웃었다.

"어머, 분위기 좋은데 찬물 끼얹지 마. 너랑 본즈랑 친척인가 보다…… 진심이야, 너랑 본즈는 좀 닮은 데가 있다니까."

발랑틴은 방금 녹음한 파일을 들어보면서 로렌스를 골려댔다. 로렌스는 거울 앞에서 두둑한 뱃살을 어루만지며 얼굴을 요리조리 비춰보았다. 그는 손으로 뻣뻣한 금빛 머리를 쓸어보고는 코에 걸친 금속 테 안경을 바로잡았다.

"말이면 다인 줄 알아? 본즈는 삐쩍 마르고 머리숱도 거의 없잖아. 건강미 넘치는 나하고 어디가 닮았다는 거야!"

"그래, 그렇게 튼튼하다면 겁날 것도 없겠네? 넌 그냥 본즈가 나타나자마자 음성 파일을 반복 재생하고 네 방에서 얌전히 책이나 보고 있으면 돼!"

오늘 아침, 로렌스는 내키지 않는다고 했지만 그러거나 말거나 발랑틴은 작전을 실행에 옮겼다. 발랑틴은 로렌스가 절대로 나 몰라라 하지 않을 것을 알고 있었다. 오스카와 다른 메디쿠스 수련생들이 출발하기를 기다렸다가, 때가 되자 발랑틴은 창문을 열고 지주의 나뭇가지로 몸을 날렸다. 지주는 그들과 손발이 착착 맞는 공범이었으니까.

로렌스가 본즈의 동정을 살피는 동안 발랑틴은 부엌으로 잠입했다. 문을 여니 홀에는 아무도 없었다. 박차고 뛰어나가려는 순간, 뒤에서 새된 목소리가 그녀의 발목을 잡았다.

"발랑틴, 우리 귀염둥이 아가씨, 여기서 뭐하는 거니?"

체리 아줌마가 블라우스 차림으로 서 있었다. 길고 마른 몸매와 뻣뻣한 자세 때문에 덥수룩한 노란 머리칼이 가로등 위에 매달린 전구처럼 보였다.

"그래, 배가 고픈데도 말을 못하고 있었구나. 그래도 나한테 말을 해야지. 있잖니, 배가 고픈데 계속 참으면 몸에 아주 안 좋단다. 제리도 너에게 같은 말을 할 거다. 그이는 내가 만드는 요리라면 환장을 하고 내 요리를 밤낮으로 먹을 수도 있는 사람이지. 제리가 너를 얼마나 끔찍하게 위하는지, 그건 너도 알지? 나도 마찬가지란다. 물론 내가 네 방 정리에 대해서 조금 빡빡하게 굴고 매일매일 샤워를 하라고 달달 볶기는 하지만 말이야. 하지만 너도 내가 널 친딸처럼 예뻐한다는 건 알겠지. 음, 그래, 네 머리 색깔은 토마토처럼 빨간색이니 누가 봐도 내 친딸로 보이진 않겠지. 그래도 친자식처럼 생각하는 마음만은 진짜야. 그러니까 배가 고플 때에는 뭐든지 달라고 해도 괜찮아. 그리고……."

끊임없이 쏟아져 나오는 아줌마의 말을 아무 대꾸도 하지 않고 들으면서 발랑틴은 계단 쪽의 동정을 살폈다. 아줌마의 수다를 멈추게 할 방법은 없었다. 하지만 어떻게 해야 본즈가 오기 전에 상냥한 체리 아줌마를 상처 입히지 않고 무사히 빠져나갈 수 있을까? 시간은 째각째각 흐르고 있었다. 발랑틴은 공포와 위험이 서서히 다가오는 것을 느꼈다.

'이게 무슨 일이람? 당황해서 어쩔 줄 모르는 건 로렌스의 특기잖아? 난 아니라고! 뭔가 손을 써야 해!'

발랑틴은 살짝 열린 문틈으로 고개를 내밀었지만, 너무 늦었다. 등이 구부정한 그림자가 벌써 계단 쪽 벽에 바른 M자가 수놓인 초록색 천에 비치고 있었던 것이다. 발랑틴이 이 층에 있는 줄로만 아는 본즈가 여기에서 그녀를 보면 뭐라고 할 것이며, 발랑틴은 뭐라고 대답을 한단 말인가? 최악의 사태가 다가오고 있었다. 현장에서 딱 걸리면 로렌스가 그녀를 절대로 용서하지 않을 테니까. 발랑틴은 너무나 잘 알고 있었다. 만약 모든 게 발각되어 벌을 받는다면 로렌스가 죽을 때까지 이 일을 우려먹으며 잔소리를 할 텐데⋯⋯.

발랑틴은 머리를 굴리느라 체리의 말이 들리지 않았다. 체리는 주방을 뱅글뱅글 돌아다니면서 여전히 말보따리를 풀어내는 중이었다. 그때 모두가 잘 아는 목소리가 삼 층에서부터 울려 퍼졌다.

"본즈, 잠시 와보게."

틀림없는 그랜드 마스터의 목소리였다. 하지만 그 목소리에 실린 힘 때문에 놀라지 않을 수 없었다. 그랜드 마스터는 화가 났을 때조차도 언성을 높일 필요를 느끼지 않는 사람이었다. 그의 목소리는 낮고 허스키했지만 언제나 자연스러웠다. 체리 아줌마조차 입을 다물고 놀라서 평소보다 더 심하게 눈을 깜박거렸다. 일 초도 머뭇거리지 않고 발길을 돌린 본즈는 걸음을 재촉하여 삼 층 계단참까지 단숨에 올라갔다.

삼 층에는 아무도 보이지 않았다. 본즈가 고개를 들자 벽감 속에 들어앉은 로다의 흉상이 못마땅한 눈으로 그를 내려다보고 있었다. 본즈는 로다의 반응을 기다렸지만 그녀는 잠잠했다. 그는 오른쪽 복도로 들어가 정교하게 세공된 나무 문 앞에서 멈추었다. 또렷하게 새겨진 M자에 박힌 초록색 돌에서 강렬한 빛이 일어났다. 본즈는 그 신호를 알아보았다. 그랜드 마스터가 집무실에 있다는 신호였다.

본즈는 노크를 하고 그랜드 마스터의 허락을 기다렸다.

"들어오게, 본즈."

브레이브 씨는 오랜 세월 동안 본즈가 그의 방에 들어올 때마다 취하는 태도를 익히 알고 있었다. 집사는 소리가 나지 않게 문짝을 밀고서 문간에 서서 부동자세를 취했다.

"부르셨습니까, 주인어른."

윈스턴 브레이브는 널찍한 직사각형의 방 한쪽 구석에 놓인 책상에 앉아 있었다. 집무실에는 정원으로 난 커다란 창이 두 개나 있었기 때문에 햇볕이 잘 들어왔다. 이곳은 변호사로서의 직무를 처리하는 집무실이었다. 메디쿠스들의 그랜드 마스터로서의 소임을 맡아 기사단과 관련된 계획과 업무를 처리할 때에는 이 저택 북쪽의 작은 탑 안에 조심스럽게 숨어 있는 소小집무실에 처박혀 있는 것을 좋아했다. 소집무실로 가려면 거실의 숨은 문을 통해 비밀 계단으로 올라가야만 했다. 하지만 어디로 눈을 돌리든 쿠미데스 서클에서는 메디쿠스의 인장을 볼 수 있었다. 변호사 일을 보는 대大집무실의 커튼도 예의 그 초록색 벨벳이었고 그 커튼을 모아서 고정시키는 커튼 걸이에도 메디쿠스의 문자가 새겨져 있었다. 얽히고설킨 무늬로 가장자리를 장식한 양탄자도 마찬가지였다. 조금만 신경 써서 들여다보면 아이비 덩굴과 미르라 나무가 꽃술처럼 늘어진 무늬 속에서 M자를 찾아볼 수 있었다. 아르데

코풍의 책상다리에도 M자 도안이 들어가 있었고 소파에도 거실에 있는 것과 똑같은 초록색 벨벳이 씌워져 있었다. 책상에 깔린 가죽 매트 오른쪽 하단에도 M자가 들어가 있었고 그 바로 옆에 있는 스탠드를 켰을 때에도 스탠드 전등갓에서 투명하게 나타나는 그 문자를 알아볼 수 있었다.

브레이브 씨가 복잡한 서류에 처박고 있던 고개를 들었다. 한창 일하고 있는데 왜 방해하느냐는 눈치였다.

"아니, 부른 적 없는데."

그는 다시 서류에 얼굴을 묻고 일에 집중하려고 했다. 그만 가보라는 뜻이었다. 당황한 본즈는 집무실에서 나왔다.

본즈는 문을 닫고 복도 한가운데에 우두커니 서서 어찌 된 일일까 생각했다. 비록 나이는 많아도 정신을 놓거나 노망이 나진 않았다. 주인이 부르는 소리를 그는 두 귀로 똑똑히 들었다. 본즈는 고개를 절레절레 흔들며 로다의 흉상이 자리 잡은 벽감 앞으로 지나갔다. 기가 막혔지만 그냥 어깨를 으쓱하고 그 자리에서 물러났다.

왼쪽 복도 벽의 움푹 들어간 자리에서 문 뒤에 바짝 붙은 로렌스는 비지땀을 흘리고 있었다. 그가 몸에 지니고 있는 MP3 플레이어가 지금껏 이렇게 요긴했던 적은 없었다. 작년에 제레미가 자기네 시장 구석에서 주워서 발랑틴에게 선사한 물건이었다. 쿠미데스 서클의 온갖 소리를 마이크로 녹음해서 MP3 파일을 만드는 것은 로렌스와 발랑틴이 즐기는 놀이였다. "이렇게 하면 이 집 사람들 목소리를 그대로 흉내 낼 수 있겠다. 그럼 써먹을 데가 많겠지?" 발랑틴은 그렇게 말했었다.

로렌스는 어떤 기계 장비든 천재적으로 작동법을 파악했지만 성대모사에는 소질이 없었다. 그래서 본즈가 계단을 내려가려고 하자마자 재빨리 MP3 플레이어로 달려가 미니 스피커를 연결하고 음량을 최대로 키웠다. 브레이브 씨의 목소리가 우레처럼 쩌렁쩌렁하게 울렸다. 로렌스는 이제 다 들켰다는 생각에 얼굴이 새파래졌으나 희한하게도 본즈는 아무 의심 없이 바로 삼 층으로 올라갔다.

부들부들 떨면서 숨었던 곳에서 나온 로렌스는 로다에게 입을 다물어주어 고맙다는 뜻으로 왕궁에서 신사가 인사를 올리듯 정중하게 인사했다. 그러고는 다시 자기 방으로 내려갔다. 이제 그가 벌어놓은 잠시 동안 발랑틴이 무사히 서재에 잠입했기를 바랄 수밖에 없었다.

발랑틴은 일 초도 허비하지 않았다. 그녀는 삼 층 계단 난간에서 보름달 같은 로렌스의 얼굴을 얼핏 스치듯 보았고 잠깐이라도 시간을 벌어주려는 친구의 속셈을 즉각 간파했다. 발랑틴은 체리 아줌마의 입을 막을 때 언제나 통하는 최고의 수단—목에 매달려 뽀뽀하기—을 동원했다. 얼굴이 발그스름하게 달아오르고 눈가가 촉촉해진 아줌마는 벅찬 감정을 감추려고 찬장이나 냄비 쪽으로 시선을 돌렸다. 그 틈을 타서 발랑틴은 서재 문까지 한달음에 달려갔다. 그녀는 침착하게 서재 문을 열어젖히고 들어가 조심스럽게 문을 닫았다.

드디어 발랑틴은 그토록 바라던 목표 지점에서 혼자가 되었다. 시간이 많지 않기 때문에 얼른 까치발로 서가에 다가갔다. 초상화들이 걸린 뒤쪽 벽을 별 생각 없이 돌아보니, 그중 한 액자가 빛나고 있었다. 이름 모르는 어느 노부인의 초상화였다. 노부인은 그녀의 표정과 옷차림 못지않게 스산한 분위기의 그림 속에서 고개를 숙이고 있었다. 그러니까 벽 너머 불멸의 방에는 그 노부인 외에 아무도 없다는 뜻이었고 그녀조차도 발랑틴을 보지 못했을 가능성이 높았다.

발랑틴은 잠시 서가를 뒤지다가 흥미로운 책을 한 권 찾았다. 두툼한 사전이었다. 발랑틴은 위더스 부인의 전용 의자 티투스에게 달려갔다.

"티투스, 저 책을 꺼낼 수 있게 도와주시겠어요?"

티투스는 망설이는 것 같았다. 마음이 급한 나머지 발랑틴은 자기 멋대로 의자를 끌고 가려 했지만 티투스는 마룻바닥에 못 박힌 듯 꼼짝도 하지 않았다. 예의를 차릴 새가 없었던 소녀는 끈도 풀지 않고 운동화를 벗어던진 후 서가를 사다리 삼아 책을 꺼내려 했다. 그러나 두 번째 단에 발을 올려놓자마자 물 위에서 보트가 흔들리는 것처럼 나무판이 심하게 출렁거렸다. 가장자리를 잡고 버티려 했지만 가느다란 가시들이 손을 찌르자 버틸 재간이 없었다. 소녀는 뒤로 나자빠지며 가브로슈의 폭신한 쿠션 위로 엉덩이부터 떨어졌다. 가브로슈는 앨리스테어 맥쿨리의 전용 의자였다. 서가 옆에 있던 가브로슈가 티투스를 제치고 재빨리 다가와 발랑틴이 다치지 않게 받아주었던 것이다. 발랑틴은 일어나면서 감사하는 마음으로 의자의 벨벳을 쓰다듬었다.

"고마워요. 하마터면 빈대떡처럼 납작해질 뻔했어요! 그랬더라면 본즈가 삽과 쓰레받기를 들고 와서 뒤처리를 하겠지요."

발랑틴은 낙심해서 책들을 쳐다보았다.

"그럼 난 완전 망하는 거예요. 어떻게 해야 저 책을 꺼낼 수 있을까요?"

티투스가 포기했다는 듯 발랑틴에게 다가왔다. 소녀는 얼른 그 위로 올라가 손을 뻗었다. 마침내 그 책을 꺼내어 펼쳐볼 수 있었다. 물론 책을 펼치기 무섭게 글자들이 사라졌다. 규칙은 변하지 않았다. 저자와 소장자의 허락이 없으면 아무도 이 서재에 있는 책들을 읽을 수 없었다. 자격 없는 사람이 책을 펼치면 마법처럼 글자가 사라졌으니까.

발랑틴은 얼른 표지를 보고 금빛 글자로 박혀 있는 저자의 이름을 읽었다.

"제발 부탁이에요, 비글 씨. 브레이브 씨는 제가 서재에 있는 책을 읽어도 된다고 했어요! 전…… 이 집 주인이랑 아주 친하단 말이에요!"

소녀는 주위를 두리번거렸다. 이번만은 너무 엄청난 거짓말을 한 것 같아 양심에 찔렸다. 다행히도 초상화가 걸린 벽은 아무 변화 없었고 불멸의 방도 나타나지 않았다. 아까 그 초상화 속의 노부인이 발랑틴의 말을 들었다 해도 그녀는 이미 죽은 사람이니 새삼 발작을 일으킨다든가 하지는 않을 것이다.

어쨌든 백과사전의 면지에 글이 한 줄 나타났다. 백과사전의 편찬자 스타니슬라스 비글이 이 낯선 독자와 대화를 나눠보기로 결심한 모양이었다.

"무엇을 알고 싶은데요?"

발랑틴이 안도의 한숨을 쉬었다.

"에메랄드 서판에 대한 내용을 읽고 싶어요. 부탁이에요."

"뭐, 뭐라고요?" 비글 씨는 깜짝 놀라는 눈치였다.

"에메랄드 서판요. 어서요, 비글 씨. 제가 조금…… 급하거든요. 얼른 얘기해주세요."

홀에서 들려오는 소리에 불안해진 발랑틴은 문 쪽을 흘끗 쳐다보면서 재촉했다.

비글 씨의 글씨체가 흐트러졌다. 발랑틴이 꺼낸 얘기에 몹시 심란해진 듯했다.

"무슨 말 하는 건지 모르겠군요. 난 아가씨도 자기가 무슨 말을 하는지조차 모를 거라고 믿어 의심치 않아요. 그 주제에 대해서는 아무런 할 말이 없습니다. 나를 내버려둬요. 이 서재의 다른 책들도 마찬가지고요. 이건 충고입니다!"

글자가 사라지고 면지가 다시 새하얗게 변하기 전까지 발랑틴은 겨우 이 말만을 읽을 수 있었다. 소녀는 골이 나서 소리를 질렀다.

"쳇, 내가 무슨 말을 하는지 정도는 안다고요! 뭐더라, 기억은 안 나지만 우주의 뭐시기를 써서 죽은 사람들을 도로 살려내는 서판이잖아요! 돌아와요!" 발랑틴은 티투스 위에서 발을 동동 굴렀다. "당장 돌아오라고요, 못된 작가 같으니!"

티투스가 몸을 크게 뒤흔들며 발랑틴에게 정신 차리라는 신호를 보냈다.

"어머나, 미안해요. 쿠션이 상하면 안 되는데. 티투스! 내가 무슨 짓을 한 거죠? 빈손으로 돌아갈 수는 없어요. 그 서판에 대해 뭔가를 찾아내겠다고 오스카에게 약속했단 말이에요. 게다가 로렌스가 귀에 못이 박히도록 잔소리를 늘어놓을 거라고요. '그러니까 서재에 내려갈 필요는 없었잖아. 내가 몇 번이나 말했지? 어쩌면 그렇게 네 멋대로냐? 어쩌고저쩌고, 주저리주저리…….'"

극도로 실망한 발랑틴은 의자에서 내려왔다. 티투스를 원래대로 원탁 가까이 밀어놓고 고개를 푹 숙인 채 서재에서 나가려는데 뭔가 부스럭대는 소리가 그녀의 주의를 끌었다. 의아해하며 사방을 두리번거리던 발랑틴은 바로 옆 서가에서 줄리아 제이콥의 서류첩을 발견했다. 거기에는 그랜드 마스터의 개인적인 문서와 기사단 관련 문서, 특히 신문 스크랩이 주로 들어 있었다. 서류첩의 마분지 표지가 저절로 벌어졌다 닫혔다 하면서 들릴 듯 말 듯 부스럭거렸다. 서류첩은 손만 내밀면 닿을 곳에 있었다. 발랑틴은 서류첩을 꺼내어 원탁 위에 올려놓았다.

서류첩을 펼치자 깨알 같은 글씨들이 나타났다. 머리카락으로 쓴 것처럼 가느다란 글씨는 수줍고 얌전한 줄리아와 닮았다. 줄리아가 어찌나 부끄러움을 타는지 편지의 귀퉁이가 살짝 안으로 구부러졌다.

"안녕, 발랑틴. 오스카 군의 친구 맞지요? 전에 여기서 본 적이 있답니다. 하지만 감히 먼저 말을 걸지는 못했어요."

"감히 말을 걸지 못하다니요? 무슨 말씀이세요! 저는 한 번도 그래본 적이 없어서요!"

"미안해요, 발랑틴은 나를 경솔하다고 생각하겠지요. 그래도 발랑틴이 뭔가를 찾고 있는데 소득이 없는 것 같아서요……."

"비글 씨는 저에게 대답하기 싫은가 봐요. 제 질문에 겁을 먹은 것 같았어요. 저를 도와주실 수 있을까요?"

희망에 부푼 발랑틴이 줄리아에게 물었다.

"내가 할 수 있는 일이라면 뭐든지 할게요. 말씀해보세요."

줄리아는 조심성 있게 대답했다.

이번만은 발랑틴도 좀 더 신중하게 생각했다. 에메랄드 서판이 그토록 민감한 사안이라면 서재의 모든 책들을 뒤지고 다녀봤자 소득이 없을 것이다. 발랑틴은 그녀와 오스카, 로렌스가 너무나 잘 아는 구부러지고 상한 책 한 권을 흘끗 쳐다보았다. 빌리 보이드의 『파톨로구스 선집』이었다. 그 성미가 고약한 저자가 작년에 오스카와 그 친구들을 얼마나 여러 번 골탕 먹였는지 모른다. 보이드는 결점이 한두 가지가 아니었지만 그래도 착한 척하는 위인은 아니었다. 뭔가를 알고 있고 이 일에 끼어들 마음이 있다면 진작 그렇게 했을 것이다. 그래서 발랑틴은 마음 놓고 입을 열었다.

"줄리아, 에메랄드 서판에 대해서 들어본 적 있어요?"

줄리아는 잠시 생각에 잠겼다가 편지에 몇 마디 띄웠다.

"내 기억으로는 없어요. 하지만 내가 갖고 있는 서류를 찾아볼게요. 기다려줄래요?"

"꼼짝 않고 기다릴게요!"

발랑틴은 조바심이 나서 가슴이 두근거리기 시작했다.

서류첩이 저절로 닫히고 그 안에 든 문서들이 미친 듯이 요동치기 시작했다. 마치 누군가가 그 문서들을 빛의 속도로 분류하고 추려내는 것 같았다. 발랑틴은 홀에서 나는 발소리를 들었다. 그 발소리가 서재를 향하고 있는지, 혹은 체리나 본즈, 제리의 발소리인지 판단할 수는 없었지만 사태의 긴박함은 충분히 느낄 수 있었다. 언제까지나 서재에 숨어 있을 수는 없을 것이다. 발랑틴은 줄리아를 다그치고 싶은 마음을 참느라 이를 악물었다. 그 잠깐이 발랑틴에게는 영원처럼 길게 느껴졌다. 드디어 서류첩이 다시 쫙 펼쳐지고 글자들이 스르르 나타났다.

"유감스럽지만 발랑틴에게 실망을 안겨주게 될 것 같아요. 에메랄드 서관에 대해서 딱히 알아낸 것은 없어요. 100년도 더 된 언론 기사와 문서를 모두 살펴보았지만 전혀 정보가 없네요."

소녀는 땅이 꺼져라 한숨을 내쉬었다. 아무래도 여기서는 실마리를 찾을 수 없을 성싶었다. 하지만 발랑틴이 서류첩을 들고 작별 인사를 하려는 순간, 면지에 다시 글씨가 나타났다.

"전혀……는 아닐지도 모르겠네요. 여기 세포의 재생에 대한 학술 기사가 있어요."

"재생이 뭐예요?" 발랑틴이 멍하니 물었다.

"나도 전문가는 아니지만 신체를 구성하는 가장 작은 요소를 되살리고 증가시키는 방식이라고 할 수 있을 것 같아요. 방금 전 발랑틴이 죽은 사람들을 살려낸다는 말을 했었잖아요? 그래서 얘기해두는 게 좋을 것 같아서 일러주는 거예요. 하지만 내가 잘못 생각했나 봐요."

줄리아는 당황하며 그렇게 말했다.

"계속 말해보세요."

확신이 서지 않았지만 발랑틴은 줄리아에게 청했다. 로렌스가 조금만 덜 이성적이어서 이 자리까지 함께 와주었더라면 좋았을 것이다. 척척박사 로렌스라면 에메랄드 서판의 놀라운 힘과 세포 재생에 대한 이 기사의 연결 고리를 찾을 수 있을지도 모른다. 하지만 발랑틴은 이 생소한 단어를 기억하는 것만으로도 벅찼다! 장방형의 서재에서 벽시계가 오전 11시를 알렸다. 서둘러야 할 때였다.

줄리아는 계속 얘기를 해도 좋겠다고 생각했다.

"그 기사는 뛰어난 생물학자 메디쿠스가 쓴 건데요, 여기에 헤르메스라는 사람에 대한 언급이 있어요. 이게 도움이 될지는 모르지만 어쨌든 말하는 게 좋을 것 같아서요."

"헤르메스…… 좋아요, 알았어요. 그러니까……."

발랑틴은 미처 말을 다 맺지 못했다. 서재 문이 벌컥 열리고 본즈가 그 어느 때보다 꼬장꼬장한 모습으로 들이닥쳤기 때문이다. 그는 집안 구석구석의 얼룩을 제거하기로 작정했었지만 아까 일어난 기묘한 일에 대해 만족스러운 대답을 찾지 못했기 때문에 본능적으로 브레이브 씨가 부르는 소리를 듣기 전에 그가 가려고 했던 곳, 바로 서재에 가보아야겠다고 생각했다.

"여기서 뭐하고 있지요? 발랑틴 양은 자기 방에서 공부를 하고 있어야 하잖아요!"

놀란 본즈가 발랑틴을 다그쳤다.

줄리아의 서류첩이 원탁 위에서 저절로 닫히고 서가의 원래 자리를 향해 슥 물러났다. 본즈가 경악한 눈으로 지켜보고 있었지만 발랑틴은 서두르지도 않고 서류첩을 꽂은 뒤 운동화를 신었다.

"미리 말해둡니다. 이 일을 브레이브 씨에게 말씀드려야겠어요."

발랑틴은 태평하게 서재 문으로 걸어가 본즈 앞에서 멈춰 섰다. 그러고는 천연덕스럽게 함박웃음을 지으며 말했다.

"11시 2분이에요. 공부 시간은 2분 전에 벌써 끝났다고요. 전 이제 막 들어왔어요. 제가 홀을 지나서 서재에 들어오는 모습을 못 보셨나 봐요? 본즈 집사님, 안경을 끼셔야겠네요."

소녀는 본즈 앞을 유유히 지나 계단까지 걸어갔다. 그녀는 계단을 오르려다가 말고 뒤를 돌아보았다.

"토요일에는 쉬세요. 토요일도 일을 하셔서 피곤하신가 봐요."

빨간 소파의 팔로마

앨리스테어는 쿠미데스 서클의 응접실을 지나 테라스와 정원 뒤쪽으로 통하는 문을 열었다.

그는 방금 그랜드 마스터와 면담하고 메디쿠스 수련생들의 첫 원정대가 두 번째 우주의 바람의 왕국에서 협곡을 통과했다고 보고했다. 물론 아이리스의 건강 상태에 대해서도 알렸다. 하지만 아이리스는 너무나 멀쩡해 보였다. 소녀는 병원에 도착한 지 10분 만에 갖가지 지시, 충고, 협박, 불평으로 의료진을 진저리 나게 만들었다. 의사들은 재빨리 아이리스에게 필요하지도 않는 진통제를 처방하고 귀가 조치를 서둘렀다. 그녀는 이미 두 번째 여행을 떠날 준비가 되어 있었다.

로넌 모스의 행동에 대한 언급도 앨리스테어는 빼놓지 않았다.

"그나마 필이 반사 신경이 뛰어나고 용감한 소년이라서 다행이었지요."

그랜드 마스터가 앨리스테어에게 당부했다.

"그것만으로는 위기를 피하지 못할 수도 있네. 자네가 잘 감시하게. 모스가 보기만큼 나쁜 녀석은 아닐 거라고 생각하네만……."

"천사 같은 아이일 거라고 생각하지도 않습니다."

"그건 필도 마찬가지야. 진짜 문제는 그 둘이 서로 눈만 마주치면 으르렁댄다는 거지. 상대에게 위험하기는 피차 마찬가지라네. 바로 그렇기 때문에 자네가 그 두 소년을 잘 지켜봐야 한다는 거야."

앨리스테어는 그랜드 마스터가 이렇게 나오자 놀라서 아무 대꾸도 하지 않았다. 그랜드 마스터가 말을 이었다.

"프랑스와 이탈리아에서 걱정스러운 소식을 들었네. 아시아에서도 몇 가지 불안한 신호가 오고 있고……."

"어둠의 왕자 건입니까?"

"이상한 질병들이 발생했다네. 기껏해야 몇 건에 지나지 않아서 아무도 경계하고 있지는 않지만. 하지만 나도 알고 우리 모두가 알지. 이건 시작일 뿐이야. 자, 가서 그 애들을 보살피게. 우리에겐 젊은 피가 필요하다네. 어서 가봐."

청년은 더 이상 설명을 요구하지 않았다. 때때로 윈스턴 브레이브는 그저 혼잣말을 중얼대는 것 같았고 그럴 때에는 자세히 말해달라고 부탁해봤자 소용이 없었다. 면담은 그걸로 끝났다. 앨리스테어에겐 꼭 지키고 싶은 급한 약속이 있었기 때문에 시간이 촉박했다. 게다가 혼자 가는 약속도 아니었다.

앨리스테어는 돌계단을 내려와 정원으로 들어갔다. 그는 떡갈나무, 자작나무, 유칼립투스나무가 그늘을 드리운 스산한 오솔길을 따라 걸었다. 이 세상 것 같지 않게 알록달록한 색깔이 확 튀는 수국들이 죽 늘어서 있었다. 안나 마리아 룸피니 백작부인은 쿠미데스 서클의 풀과 나

무에 들어가 식물에게 움직일 수 있는 힘만 주고 나온 게 아닌 것 같았
다. 백작부인은 메디쿠스 중에서도 식물에 들어갈 수 있는 힘을 지닌
몇 안 되는 사람 중 한 명이었는데, 이곳의 식물에는 백작부인의 놀라
운 색채 감각이 뚜렷이 반영되어 있었다. 그때부터 쿠미데스 서클의 꽃
들은 요란한 치장을 좋아하는 백작부인의 얼굴처럼 얼룩덜룩하니 물들
게 되었으니까.

미지근한 바람에 나뭇잎이 스치는 소리와 새들의 지저귐 속에서 인
기척이 느껴졌다. 앨리스테어는 귀를 쫑긋 세웠다. 사람의 목소리, 좀
더 정확하게는 아이들 목소리 같았다. 빙그레 웃으며 청년은 소리가 나
는 쪽으로 발걸음을 옮겼다.

흐드러지게 만발한 거대한 진달래 무리가 앞길을 가로막았다. 앨리
스테어는 그 꽃무리를 지나고 물결치는 잔디밭을 넘었다. 진로를 방해
하려고 불룩 튀어나온 나무뿌리도 폴짝 뛰어넘었다. 드디어 장미원에
도착했을 때쯤엔 재미는 있었지만 숨이 몹시 찼다. 그는 자신의 건강
상태에 놀랐다. 몸에 이상도 없고 운동을 꾸준히 하고 있었는데도 기운
이 다 빠진 기분이었다. 그는 이미 쿠미데스 서클의 드넓은 정원에서
식물들이 만들어내는 장애물 넘기를 골백번도 더 해보았다. 그런데 왜
오늘은 이렇게 피곤한 걸까? 교통사고의 후유증인가? 아니면 간밤에
아버지가 나오는 꿈에 시달린 탓일까? 앨리스테어는 원래 휴가와 거리
가 먼 사람이었지만 이번만은 확실히 조금 쉬어야할 것 같았다.

잡념을 몰아내고 싶어서 그는 장미 나무 쪽으로 고개를 숙였다. 장미
나무는 위협적인 자세를 보이려 했지만 소용없었다. 과연, 아이들의 목
소리가 또렷하게 귀에 들어왔다.

오스카, 발랑틴, 로렌스는 장미원에서 사람들의 시선을 피해 장미 나

무가 만들어준 향기로운 꽃 지붕 아래 숨어 있었다. 쿠미데스 서클의 두 식객은 정원에 친구들을 많이 사귀어놓은 것이 분명했다. 그 덕분에 정원에 숨을 곳이 아주 많았지만 그중에서도 그들이 가장 좋아하는 장소가 바로 여기였다. 만발한 꽃송이와 뾰족한 가시 때문에 경솔한 구경꾼들조차 다가올 엄두를 내지 못하는 이 비밀 장소를 두 친구는 오스카에게도 알려주었다. "장미의 천막 밑에서 만나자." 오스카도 그러려고 했었다. 하지만 점심시간에 체리 아줌마를 피해 지주의 나뭇가지에 숨어 있다가 예상치 않게 앨리스테어와 만나는 바람에 그럴 수가 없었다. 그래서 앨리스테어가 그랜드 마스터를 만나러 가자마자 오스카는 장미원으로 허겁지겁 달려왔다. 오스카가 합류하자 발랑틴은 줄리아에게 얻은 정보를 토씨 하나 틀리지 않고 그대로 옮겼다.

"서재에 있는 친구들은 그 서판 이야기가 영 껄끄러운 눈치였어. 비글 씨는 신경이 완전히 날카로워졌었다니까! 빨리 책을 덮어버리고 싶은 생각밖에 없는 것 같더라."

"그렇다면 더더욱 물고 늘어져야 해. 어쨌든 그런 서판이 실제로 존재하고 모두들 그 서판의 힘을 겁낸다는 뜻이잖아?" 오스카는 오해의 소지를 없애고 싶은 듯 이 말을 덧붙였다. "아, 난 겁나지 않아. 오히려 그 반대지."

"나도 그래! 언제 출발하지?"

발랑틴이 희희낙락해서 외쳤다.

"'언제 출발하지?'라니, 그게 무슨 소리야? 모험을 떠나기에는 아직 좀 이르다고 생각하지 않아?"

로렌스가 미심쩍다는 듯이 말했다.

"아, 이래서 지루한 녀석은 할 수 없다니까!"

"그러는 너는? 아무리 그래도 생각이라는 걸 조금은 해야 하잖아? 무슨 단서라도 있어?"

"그럼! 내가 '헤르메스'라는 단서를 찾았잖아."

"사실 그 단서만으로는 부족해. 로렌스, 뭐 짚이는 거 있어?"

오스카가 로렌스에게 물었다.

발랑틴조차도 로렌스가 생각을 가다듬을 수 있도록 조용히 입을 다물어야 했다. 그 수수께끼의 헤르메스가 무엇인지 알아낼 수만 있다면 발랑틴도 얼마든지 기다릴 수 있었을 것이다. 헤파톨리아 출신 소년은 별로 오랜 시간을 들이지 않고도 대답을 내놓았다. 로렌스는 진지하게 말했다.

"물론 짚이는 거야 있지. 헤르메스는 그리스신화에 등장하는 상업의 신이잖아."

"아, 그러면 제레미의 친척쯤 되겠다."

오스카가 농담으로 그렇게 말했다.

"헤르메스는 약삭빠른 계책의 신이기도 해. 그러니까 발랑틴 너하고도 친척일지 몰라."

"아주 재미있구나. 계속해봐."

"헤르메스에게는 형이 있어. 그 형이 바로 아폴론이지. 태양의 신이자 이성의 신, 음악과 예술을 주관하는 신 말이야."

"혹시 브레이브 씨하고 착각한 거 아니야? 브레이브 씨는 정말정말 낭만적이고……."

발랑틴이 머리채를 배배 꼬며 끼어들었다. 자기가 신 나게 말할 때 남이 중간에 끼어드는 것을 좋아하지 않는 로렌스가 발랑틴에게 툴툴거렸다.

"나도 말 좀 하자고. 아폴론은 자신의 리라를 헤르메스의 지팡이와 바꾸었지. 헤르메스의 지팡이에는 두 마리의 뱀이 감겨 있는데……. 이봐, 이 말 듣고서 생각나는 것 없어?"

"메디쿠스의 카뒤세하고 무진장 비슷하잖아!"

오스카가 외쳤다.

"바로 그거야. 물론 헤르메스의 지팡이는 잔 모양이 아니지만. 게다가 로마인들은 헤르메스를 의술의 신으로 숭상했어. 아직도 미국에서 헤르메스의 지팡이는 의술의 상징으로 쓰인다고."

"지금 당장은 그 지팡이가 그놈의 서판과 무슨 상관이 있는지 모르겠는데. 뭐야, 진전된 게 없잖아!"

성질 급한 발랑틴이 투덜거리자, 로렌스도 그 말을 인정했다.

"나도 연관성은 모르겠어. 어쩌면 혹시……."

"혹시 뭐? 빨리 얘기해봐. 그랜드 마스터와 면담을 끝낸 앨리스테어가 나를 찾고 있을 거야. 앨리스테어는 중요한 일이 있다고 했어!"

오스카가 재촉했다. 로렌스가 살짝 미소를 지으며 말했다.

"음, 헤르메스는 이집트에서도 숭배되었거든. 이집트에서 헤르메스에 해당하는 신은 토트야. 그런데 토트는 이시스 여신을 도와 죽은 자들을 살려낸다고 해."

오스카가 고함을 질렀다.

"죽은 자를 살려낸다, 부활시킨다 이거지! 브라보, 로렌스, 바로 그거야! 그렇다면 토트가 에메랄드 서판을 써서 죽은 자를 살려냈을 거라고 생각해?"

"나도 몰라. 헤르메스 신과 그 서판이 무슨 관련이 있는지는 모르겠어. 미안."

"그래도 누구에게 도움을 청해야 할지는 알 것 같아."

오스카는 희망을 포기하고 싶지 않았기 때문에 그렇게 말했다.

"나는 아무도 너희를 도와줄 수 없다고 본다."

아이들이 퍼뜩 놀라 눈을 들었다. 장미꽃과 이파리 사이로 앨리스테어 맥쿨리의 갸름한 얼굴과 제멋대로 뻗친 머리칼이 보였다.

"비밀회의를 방해해서 미안하지만 나도 너희 나이에는 여기를 비밀 기지로 삼았던 것 같구나. 게다가 이 정원에는 나도 너희와 똑같은 친구들을 두고 있거든. 비록 그 친구들이 내가 여기까지 오는 걸 꽤나 방해했지만 말이야."

마침내 장미 나무들이 길을 내어주었다. 세 친구는 일어났다. 앨리스테어는 오스카를 책망하는 눈으로 노려보았다.

"오스카 필, 너도 어지간한 고집쟁이로구나. 때로는 고집이 장점이 되지. 나는 맨 먼저 그 장점을 알아본 사람이기도 하고. 하지만 고집이 엄청난 결점이 될 때도 있어. 내가 말했지? 그따위 것은 존재하지 않는다고. 그런데도 고집스럽게 믿으면 화를 자초하게 될 거라고."

오스카는 대답하지 않았고 두 친구도 침묵을 고수했다. 앨리스테어는 분위기를 조금 부드럽게 풀고 싶었다.

"하지만 너는 모험을 좋아하니까 지금 내가 하는 제안에 꽤 구미가 당길 거다. 가자!"

그러자 발랑틴이 쪼르르 달려가 앨리스테어를 가로막고 애원했다.

"모험은 저도 좋아해요! 게다가 고집도 누구에게 지지 않아요! 제발 저도 데려가주세요!"

앨리스테어가 너털웃음을 터뜨렸다. 발랑틴의 연기력은 이미 쿠미데스 서클에서 유명했다. 로렌스가 옆에서 한술 더 떴다.

"저 아이의 고집에 관한 한, 저도 장담할 수 있어요. 무조건 믿으셔도 돼요."

"미안하구나. 오늘 약속에 초대받은 사람은 오스카 한 명뿐이다. 그리고 오스카는 절대 그 약속을 놓쳐서는 안 돼." 앨리스테어가 손목시계를 들여다보았다. "다음에 또 보자꾸나, 고집쟁이 아가씨. 오스카, 너는 가서 케이프를 가져와라. 홀에서 기다리겠다."

오스카는 케이프를 안고 우당탕탕 뛰어서 계단을 내려왔다. 현관문이 열려 있기에 그대로 현관 계단까지 돌진했다. 제리 아저씨가 브레이브 씨의 리무진 운전석에 앉아 있었고 앨리스테어는 문을 열어놓고 차 앞에 서 있었다.

"빨리, 빨리! 차로 20분쯤 걸린다. 우리가 만날 상대를 기다리게 해서는 안 돼!"

오스카가 차에 몸을 싣자마자 제리는 지체 없이 출발했다.

그들은 도시의 남쪽에서 북쪽으로 이동했다. 오스카의 눈에 바빌론 하이츠의 장밋빛 종탑이 들어왔다. 언덕배기에 자리 잡은 그의 동네가 보였고, 이어서 엄마가 일하는 오피스 밀집 지구의 공장 건물들이 보였다. 그쪽으로 지날 일이 거의 없었지만 어쩌다 그곳을 지날 때면 엄마가 거대한 굴뚝이 토해내는 공해와 매연에 찌든 건물과 불결한 사무실에 나가지 않아도 되는 날이 얼른 왔으면 좋겠다고 오스카는 생각했다. 오스카도 엄마가 자식들 때문에 직장 생활을 참고 견딘다는 것을 속으로는 알고 있었다. 셋이서 먹고 살려면 엄마가 일을 해야만 했다. 그랬다, 이것만은 확실했다. 하지만 언젠가는 엄마가 사장의 변덕과 악의를 더 이상 참지 않아도 되도록 할 것이다. 필요하다면 그 징그러운 겔도프 아저씨의 몸속에 잠입해서 뭔가 해볼 마음도 있었다.

20분쯤 달리자 제리 아저씨가 속도를 늦추었다. 차가 달리는 내내, 앨리스테어는 목적지에 대해 아무 말도 하지 않았다. 그들은 높이 솟은 담장으로 다가가 국경 지대의 세관처럼 생긴 경비 초소에 접근했다. 하지만 사실 그들은 그들이 사는 도시에서 채 벗어나지도 않았다. 제리 아저씨가 비닐 코팅된 카드를 앞 차창으로 내밀자 경비가 문을 열었다.

자동차는 제각기 다른 거대한 건물들이 늘어선 거리로 느릿느릿 진입했다. 그 건물들은 너나 할 것 없이 엄청나게 유명한 명소들이었다. 오스카도 그 앞으로 지나가면서 건물들을 알아보았다.

"세상에, 저건 엠파이어스테이트빌딩이네요! 뉴욕에 있는 거잖아요!"

"그렇단다. 이쪽에 있는 이집트의 피라미드도 아마 알겠지. 저기에는 영국의 대형 시계탑 빅벤이 있고, 그 옆에는 아테네의 신전 판테온이 있지. 그리고 오른쪽 저 끝에 있는 건물도 알겠지."

"백악관이잖아요! 여기가 어디에요?"

오스카는 어안이 벙벙해서 물었다.

"모뉴먼트 디스트릭트. 플리전트빌의 근교에 있지만 이곳을 아는 사람은 거의 없지. 허가 없이는 발을 들일 수 없으니까. 하지만 우리가 방문할 건물은 다른 곳보다 한층 더 네 마음에 들 거다. 거의 다 왔어, 저기 봐."

이곳에 홀딱 빠진 메디쿠스 소년은 조바심을 내며 차창에 얼굴을 붙였다. 하늘을 올려다본 소년은 아무 말도 못한 채 입이 떡 벌어졌다. 제리가 뒷자리로 고개를 돌리고 앨리스테어와 미소를 주고받았다.

"딱 네 취향이라고 생각하는데, 아니야?"

앨리스테어가 장난치듯이 물었다. 눈앞에 우뚝 선 거대하고 장엄한 탑을 구경하느라 오스카는 대꾸조차 하지 못했다.

"파리에 가본 적 있니?"

오스카가 도리질을 했다.

"그렇다면 에펠탑에 온 것을 환영한다, 오스카."

리무진이 정지했고 운전수는 시동을 껐다. 오스카는 단박에 문을 열어젖히고 차에서 튀어나왔다. 그들의 리무진 앞에는 검정색 세단이 이미 주차되어 있었다. 제리가 마뜩찮은 듯 눈살을 찌푸렸다.

"맥쿨리 씨, 다른 손님이 있는 것 같군요."

제리는 그 손님의 정체를 다 알고 있는 듯한 태도였다. 앨리스테어 역시 그 검정색 세단의 주인이 누구인지 알고 있었기 때문에 들떴던 기분이 착 가라앉았다.

"그렇군요. 그쪽도 우리가 온다는 사실을 아는 게 분명해요. 누가 알려줬을까요?"

"모르겠습니다. 하지만 원하신다면 저는 여기서 기다리고 있지요."

"고마워요, 제리. 그렇게 오래 걸리지는 않을 거예요."

"천천히 하세요."

제리는 검정색 세단에서 눈을 떼지 않은 채 그렇게 말했다.

앨리스테어도 리무진에서 내려 오스카의 옆으로 왔다. 오스카는 레이스처럼 복잡한 무늬를 이루며 끝이 보이지 않을 정도로 하늘 높이 뻗은 그 철탑을 하염없이 바라보지 않을 수 없었다.

"가자, 오스카. 탑의 북쪽 면에서 엘리베이터를 탈 거야. 아직 놀랄 일이 많은데 벌써부터 넋을 빼놓고 있으면 안 돼."

엘리베이터 앞으로 가자 아주 짧은 반바지와 허리에 매듭이 있는 하얀 셔츠를 입고 검정색 하이힐을 신은 젊은 여자가 미소를 지으며 그들을 맞았다. 빨간 립스틱을 바른 하트 모양의 입술, 완벽하게 고른 치아, 살짝 들린 작은 코, 윤기가 흐르는 검정색 곱슬머리의 그녀는 눈부시게 아름다웠다. 아무튼 앨리스테어가 좋아하는 스타일인 것만은 분명했다. 그는 아가씨에게 미소로 화답을 하고 다리를 떨기 시작했다. 게다가 말까지 더듬거렸다.

"안녕, 피프티스, 음…… 아, 그러니까…… 이 친구를…… 소개하고 싶은데……."

오스카는 웃음이 터질 뻔했다. 앨리스테어가 지금 얼마나 심란할지 알고도 남았다. 오스카도 틸라의 얼굴을 마주할 때마다 이런 증상을 수십 번은 겪지 않았던가. 앨리스테어처럼 다 큰 어른도 열세 살밖에 안 된 자신처럼 여자 앞에서 어쩔 줄을 모르고 당황한다는 사실에 안도감마저 들었다.

청년이 열 번쯤 목을 가다듬기만 하고 말을 못 꺼내자 오스카는 직접 자기소개를 하기로 마음먹었다.

"안녕하세요, 제 이름은 오스카예요. 오스카 필이요. 음…… 맥쿨리 씨와 저는 오늘 약속이 있어서 왔어요. 누구랑 만나는지 저는 잘 몰라요."

오스카가 이 말을 덧붙이는 동안에도 앨리스테어는 갑자기 더워서 참을 수가 없는지 재킷을 벗느라 여념이 없었다. 아름다운 아가씨는 화보 촬영이라도 하는 것처럼 한 손으로 허리를 짚고 다른 쪽 손은 머리 뒤로 넘기며 대답했다.

"반가워요. 내 이름은 피프티스 핀업이고 여러분을 안내할 거예요.

이리로 들어가세요."

아가씨가 엘리베이터 안을 가리켰다. 두 메디쿠스가 엘리베이터에 타자 문이 닫혔다. 피프티스는 앨리스테어에게서 눈을 떼지 않은 채 어린 계집아이 같은 목소리로 재잘재잘 떠들었다. 정신이 나간 앨리스테어는 자신이 어디에 와 있는지도 모르는 것 같았다.

"안녕하세요, 환영합니다. 여기는 에펠탑을 완벽하게 복제해서 만들었답니다. 아, 저는 파리를 사랑해요. 맥쿨리 씨는 어떠신가요?"

아가씨는 집게손가락을 하트 모양의 빨간 입술에 고혹적으로 얹은 채 물었다.

"그럼요, 그럼요……. 사리를 파랑해요! 아니, 아니, 저도 파리를 사랑한다고요!"

"여러분 오른쪽에서는 플리전트빌 북쪽 구역을 보실 수 있습니다. 그리고 왼쪽으로는……. 음……."

매력적인 안내원은 잠시 주저하다가 말했다.

"……남쪽 구역인가요? 이런, 저도 잘 모르겠네요!"

그렇게 고백하고 피프티스는 천진난만하게 까르르 웃었다.

얼굴이 홍당무처럼 붉어진 앨리스테어는 이유도 모른 채 따라 웃었다. 오스카도 웃음을 터뜨렸지만 솔직히 피프티스가 하는 말보다는 앨리스테어의 반응이 더 웃겼다. 오스카는 두 사람이 북쪽과 남쪽에 대해 철학적인 대화를 나누도록 내버려두고 엘리베이터의 투명한 벽 너머로 근사한 경치를 감상하는 데 몰두했다. 플리전트빌을 이렇게 높은 곳에서 내려다본 적은 없었다. 도시는 그 어느 때보다 아름답게 보였다. 그가 사는 곳을 찾아보았다. 킬데어 스트리트와 그가 사는 집의 알록달록한 기와지붕—군데군데 기와가 빠진 데도 있는—을 찾은 것도 같았다.

구름 한 점 없이 맑은 날의 야경을 상상해보자 비올레트 누나 생각이
났다. 누나도 하늘과 별에 한층 다가선 이곳에 오면 참 좋아할 것 같았
다. 그러나 피프티스의 목소리가 오스카를 몽상에서 끌어냈다.

"도착하셨습니다!"

그녀의 말투는 마치 스타의 등장을 무대에 예고하는 것처럼 들렸다.

그들은 엘리베이터에서 내려 시커멓고 두툼하다 못해 물컹하게까지
느껴지는 융단을 밟고 지나갔다. 오스카는 숨을 죽이고 사방을 두리번
거렸다.

엘리베이터 문이 열린 곳은 거대한 거실의 한복판이었다. 반원형의
거실은 사방이 통유리로 막혀 있었다. 여기가 자기 집이 아니라는 것도
잊고 오스카는 유리벽으로 뛰어갔다. 온 세상이 그의 눈 아래 펼쳐진
것 같았다. 지평선조차 어느 낯선 행성의 지평선처럼 볼록하니 튀어나
온 것처럼 보였다. 피프티스가 벽을 배경 삼아 우아하게 포즈를 취하며
말했다.

"여러분은 274미터 높이에 와 계십니다. 경치를 감상하시도록 저는
이만 물러날까요?"

그녀는 곧장 앨리스테어에게 다가가 귀에 대고 속삭였다. "안녕, 곧
또 봐요."

"……봐요."

앨리스테어는 널찍하고 새빨간 소파 가장자리에 주저앉으며 겨우 그
렇게 웅얼거렸다. 하지만 청년의 시선은 웅장한 대리석 계단 뒤로 사라
져 가는 핀업 양의 육감적인 몸매에서 떨어질 줄을 몰랐다. 앨리스테어
는 재킷을 벨벳 위에 놓고 야트막한 탁자 위에 놓여 있던 패션 잡지를
들어 부채질을 했다. 탁자에는 유리로 된 구와 쟁반이 놓여 있었고 장

식이라고는 진홍색 아마릴리스를 꽂은 화병뿐이었다. 이곳의 전망에 홀린 오스카는 유리벽에서 떨어질 줄을 몰랐다. 그러다 가수처럼 쩌렁쩌렁하게 울리는 여자 목소리에 소스라치게 놀랐다.

"우리 앨리스테어, 왔군요! 기쁘기도 해라. 와서 뽀뽀해줘요."

소년은 얼른 뒤를 돌아보았다.

계단 위에 검은 머리를 각진 단발로 자른 키 큰 여자가 서 있었다. 그녀는 가슴이 많이 파이고 몸에 딱 붙는 검정색 드레스를 입고 있었는데 치마 쪽 옆선이 쫙 찢어져 있어서 그 사이로 한없이 긴 다리가 드러나 있었다. 팔꿈치까지 오는 벨벳 장갑을 낀 여인은 한 손으로 금빛 난간을 우아하게 잡고 다른 쪽 손에는 궐련용 파이프를 들고 있었다.

여인은 두 손님에게 다소 부자연스럽지만 치밀하게 계산된 미소를 보내고 공연장의 가수 같은 자세로 계단을 내려왔다. 그녀가 신은 하이힐은 피프티스의 하이힐보다 더 높고 아찔했다. 여인은 대단한 요령을 발휘하여—경험에서 쌓은 요령이겠지만—계단을 끝까지 내려온 뒤에 손을 내밀었다. 앨리스테어가 그 손을 잡았다. 그는 이제 평소처럼 편하고 자연스러운 태도로 돌아와 있었다.

"여전히 아름다우십니다."

청년이 환하게 웃으며 말했다.

"그리고 우리의 보물 앨리스테어는 여전히 패션에 신경을 안 쓰고요." 여인은 그렇게 말하며 청년의 차림을 흘끗 훑어보았다. "안타까워죽겠어요. 조금만 꾸미면 정말 매력적일 텐데. 내 마음을 앗아갈지도 모른다고요."

"그랬으면 좋겠습니다만, 그냥 포기하고 이렇게 살렵니다."

여인은 지나치게 길고 검은 가짜 속눈썹 너머로 타는 듯한 시선을 보내고는 소파 앞으로 다가갔다. 그녀는 하이힐을 신은 발로 우아하게 몸을 틀어 자리에 앉은 후 다리를 꼬고 벨벳을 어루만지며 팔을 팔걸이에 걸치고 그 어느 때보다 요염한 포즈를 취했다.

"나는 '레에에에드'와 '블래애액'을 좋아해요. 메디쿠스의 초록색은 진력이 나요. 우리 가문에서 보는 초록색으로 족하다고요…….."

여인은 그레타 가르보 같은 분위기로 단어의 끝을 길게 끌며 말했다. 그녀가 등장한 이후로 오스카는 잠시도 시선을 거둘 수 없었다. 그녀는 엄마가 열심히 보는 옛날 영화의 여배우들을 닮았다. 어쩌다 저녁에 그런 영화를 볼 때면 엄마는 눈물을 쏟으며 요즘 영화는 옛날 영화만큼 낭만이 없다고 열변을 토했다. 오스카는 엄마가 입에 침이 마르도록 칭송하는 유명한 여배우 엘리자베스 테일러, 아바 가드너, 그 밖의 기타 등등에 대해 잘 몰랐지만 지금 이 여인과 그들의 분위기가 매우 비슷하다는 것만은 알 수 있었다. 다만 영화 속의 여배우들은 대단히 젊고 아름다운 반면 이 여인은 이미 한창때를 지난 부인이라는 차이가 있을 뿐이었다. 좀 더 가까이서 들여다보니 눈가와 입가는 물론, 목에도 잔주름이 자글자글했다. 그러나 아름다운 초록색 눈만은 아직도 젊은 여자의 눈처럼 총기와 재치로 반짝거렸다. 그 눈은 묘하게 친근했지만 누구의 눈과 닮았다고 꼭 집어 말할 수는 없었다. 어쨌든 만약 이 부인이 진짜 영화배우라면 아마도 아주 많은 작품을 찍었을 것 같았다.

부인이 오스카에게 고개를 돌렸다. 앨리스테어가 먼저 말을 꺼냈다.

"팔로마, 전도유망한 메디쿠스의 새싹을 소개해도 되겠습니까? 모험심 넘치는 대담한 눈동자의 소년입니다. 저는 그렇게 보았습니다. 오스카, 팔로마 님을 만나게 된 것을 영광으로 알려무나."

"조용히 해봐요. 통성명은 내가 할 테니까. 못된 아첨꾼 같으니, 그러니까 나를 보러 온 게 아니라 이 아이를 소개하러 왔군요. 그렇잖아도 앨리스테어가 오랫동안 방문하지 않은 걸 마음에 두었는데."

"이 소년이 누구인지 아신다면 저처럼 보잘것없는 사람에게는 일 초도 더 관심을 두지 않으실 텐데요. 이 아이는 오스카 필입니다."

몸을 일으킨 팔로마가 컬렉션용 파이프를 크리스털 재떨이에 내려놓았다. 사실 그녀는 절대로 담배를 피우지 않았다. 흡연은 피부를 상하게 했고 담배 연기도 싫었다. 그녀는 오스카를 뚫어져라 바라보며 소파 쿠션 밑에 손을 넣어 작은 손가방을 꺼냈다. 그녀는 인조 보석이 박힌 주머니처럼 생긴 검정색 새틴 가방을 열고 안경을 꺼내더니 뒤로 돌아서서 서둘러 몰래 안경을 꼈다.

"친애하는 앨리스테어, 내가 손님과 잠시 이야기를 나누는 동안 전망을 감상하고 있지 않을래요?"

앨리스테어는 재빨리 자리를 비켜주고 통유리 쪽으로 갔다. 안경을 쓴 팔로마는 시장에 가축을 사러 나온 사람처럼 오스카를 꼼꼼하게 뜯어보았다. 그러더니 안경을 꺼냈을 때처럼 신속하게 벗어서 집어넣고 연극하는 것처럼 한 손을 가슴에 얹었다.

"앨리스테어, 이렇게 갑자기 충격을 주면 어떡해요! 이 소년은 비탈리 필의 아들이 맞군요. 얼굴을 보니 확실하네요!"

"윈스턴 브레이브에게 이미 소식을 듣지 않았습니까?"

"물론 들었죠. 하지만 농담하는 줄 알았다고요!"

그녀는 다시 고개를 내밀고 눈을 찡그리며 오스카를 뜯어보더니 소파에 기댔다. 장난기 어린 미소와 고혹적인 포즈가 어느새 돌아와 있었다.

"게다가 이 아이도 비탈리 못지않은 미남이군요. 10년쯤 있다가 소개하지 않기를 잘했어요. 그랬다가는 내가 쓰러질지도 모르니까."

"그랬다가는 이 아이도 부인의 미모에 쓰러지겠지요. 부인 앞에 우리 모두가 쓰러졌던 것처럼요."

앨리스테어가 어깨 위에 삐뚜름하게 걸친 재킷과 마구 뻗친 머리를 매만지려고 노력하면서 말했다. 그는 찬사에 서툴렀다. 어쨌든 팔로마는 이 말에 만족했다.

"상처 주는 말을 하게 되어 미안해요, 앨리스테어. 하지만 조금 전에 내가 한 말은 진심이 아니었어요. 앨리스테어는 솔직히 내 타입이 아니에요. 비탈리 필 같은 남자라면 나도 내 마음을 어쩌지 못하겠지만요."

팔로마는 꿈을 꾸듯이 말했다.

오스카는 웃을 수가 없었다. 당장이라도 할리우드 파티에 참석할 기세의 이 늙은 부인은 사진 속의 아빠와 도무지 어울리지 않았기 때문이다.

"뭐가 그렇게 재미있나요?"

팔로마가 갑자기 어두워진 얼굴로 물었다. 앨리스테어가 오스카에게 눈을 부릅떴다.

"아무것도 아닙니다, 부인. 저는 단지…… 부인께서 저희 어머니와 조금 닮으신 것 같아서요. 정말입니다. 그러니까…… 저희 아버지도 부인을 무척 아름답다고 생각하셨을 거예요."

오스카가 천연덕스럽게 거짓말을 하자, 앨리스테어는 안도했는지 조용히 한숨을 쉬었다. 팔로마의 태도도 누그러졌다. 그녀는 오스카의 턱을 손가락으로 쓰다듬으며 말했다.

"너무너어어무 귀여워어어어! 잘생기기만 한 게 아니라 여자들에게 어떤 말을 해야 하는지도 아는군요. 앞으로 굉장하겠는데요. 앨리스테어, 이 어린 친구를 본받아야 되겠어요."

앨리스테어에게 대꾸할 겨를을 주지 않고 그녀는 뭔가 급한 일이 있는 것처럼 벌떡 일어났다.

"이 잘생긴 소년 얼굴 구경이나 하라고 메디쿠스의 그랜드 마스터가 나를 부르지는 않았겠지요. 여러분도 나에게 아첨이나 하려고 온 것은 아닐 테고요. 따라와요, 귀염둥이들."

그녀는 턱을 매우 꼿꼿하게 쳐들고 두 손을 작은 새처럼 나긋나긋 흔들며 계단으로 다가가더니 흐느적흐느적 걸음을 옮겼다. 앨리스테어와 오스카가 그 뒤를 따라갔다.

그들은 긴 복도를 따라 걸었다. 벽에는 팔로마와 함께했던 남자들의 초상화들이 수없이 붙어 있었다. 연령과 분위기를 종잡을 수 없이 제각기 다른 얼굴들이었다. 팔로마가 지나가다가 그중 하나를 슬쩍 어루만졌다.

"소중한 사람, 너무나 특별했던 브래드……. 아, 작년에 앤젤리나가 나를 얼마나 원망했는지! 그 여자는 여러분이 상상도 못할 질투의 화신이에요. 반면에……." 팔로마가 조지 클루니의 사진 앞을 지나가면서 인상을 찡그렸다. "이 남자는 정말정말정마아아알 실망스러웠지요. 그냥 차나 한 잔 마시고 헤어지면 딱 좋은 남자였는데."

그들은 마침내 팔로마의 주거 공간 반대편에 있는 다른 엘리베이터 앞에 도달했다. 자기 직무에 충실한 피프티스가 엘리베이터 앞에서 기다리고 있었다.

"내 사랑, 요 귀여운 것." 팔로마가 피프티스의 뺨을 어루만지며 말했다. 그녀는 아가씨의 입술을 뚫어져라 바라보며 말했다. "우리 예쁜이, 당장 립스틱을 다시 발라라. 립스틱이 입술 밖으로 삐져나왔잖니. 그러면 끔찍하게 천박해 보인단다. 너 때문에 내 기분을 잡치겠어. 그리고 셔츠도 좀 단정히 하고. 너무 헐렁해서 앞섶이 훤히 들여다보여.

아빠 셔츠를 훔쳐 입고 나온 줄 알겠다. 너는 수도원에서 일하는 것도 아니고 우리 언니를 위해 일하는 것도 아니야. 둘러치나 메어치나 그게 그거지만. 아니, 아니, 지금 어쩌라는 게 아니야. 더구나 엘리베이터 안에서 뭐하자는 거니……."

그렇게 말하며 팔로마는 허공을 쳐다보았다. 피프티스는 셔츠 자락을 무람없이 풀어헤치다 말고—하지만 그 셔츠를 지금 이상으로 단정하게 입기란 매우 어려울 성싶었다—눈을 동그랗게 떴다.

"하지만…… 아까는 '당장'이라고 하셨잖아요."

"당장 손보라고 한 건 셔츠가 아니라 립스틱이었지. 그리고 말이 그렇다는 거지 곧이곧대로 들을 것 없잖니. 어쨌든 우리를 먼저 내려주고 난 다음에 적당한 장소를 찾아서 매무새를 고치도록 해."

팔로마가 두 손님들에게 고개를 살짝 기울이며 조그만 목소리로 말했다.

"쟤는 시간깨나 잡아먹을 거예요. 예쁘기는 참 예쁜데, 애가 좀 맹해서요. 뭐, 여러분들도 다 보셔서 알겠지만."

"아, 아닙니다. 제 생각엔…… 아니, 아니, 부인께서 그렇게 말씀하신다면 분명히 그렇겠지요."

피프티스 쪽을 곁눈질하며 앨리스테어는 가급적 신중하게 더듬더듬 둘러댔다.

팔로마는 그런 앨리스테어를 유심히 보더니 빙그레 미소를 지었다.

"알겠어요……. 앨리스테어도 남자로군요. 진짜 남자."

팔로마는 엘리베이터 문이 열리는 순간, 오스카에게 말했다.

"우리 귀염둥이, 절대로 이 청년을 본받으면 안 돼요."

그녀는 엘리베이터에서 내렸고 두 명의 메디쿠스도 그 뒤를 따랐다.

그들은 사방이 새하얀 공간에 들어섰다. 네모진 그 방에는 창문이 하나도 없었다. 초록색 가운을 입은 10여 명의 사람들이 티끌 한 점 없는 바닥을 부산하게 사뿐사뿐 오갔다. 작업복에 장갑까지 갖춘 젊은 여자가 다가와 팔로마에게 같은 색깔의 가운을 내밀었다. 팔로마는 못마땅한 표정으로 그 가운을 걸쳤다.

"이 검정색 드레스에 초록색은 정말……. 하지만 어쩌겠어요. 기사단에도 몇 가지는 양보해야지."

"여기는 어디인가요?" 오스카가 흥미를 보였다.

"탑 밑에 온 거란다." 앨리스테어가 대답했다.

팔로마는 위엄 있게 자신과 오스카 사이에 서 있던 앨리스테어를 비켜나게 하고는 비극을 연기하는 배우 같은 어조로 말했다.

"오스카 필, 여기 팔로마 센터에 온 것을 환영해요. 팔로마(PALOMA)는 '전문적 식견을 지닌 메디쿠스를 위한 방어 및 가벼운 공격용 장비(Protection et Armement Léger Offensif pour Médicus Avertis)'를 뜻하지요."

오스카가 입을 떡 벌리고 한 발 앞으로 다가갔다. 방 한가운데에 한 사람씩 차지한 10여 개의 책상이 나란히 놓여 있었다. 책상마다 컴퓨터 모니터, 현미경, 강화유리로 된 케이스가 놓여 있었다. 사람들은 두꺼운 장갑을 낀 손으로 이상한 물체들을 그 케이스에 집어넣었다. 그러고 보니 방의 양쪽 벽에는 유리벽과 칸막이로 구분된 부스들이 두 줄로 늘어서 있었다.

"자신을 방어하거나 가공할 만한 위력의 메디쿠스로서 갖춰야 할 도구를 내가 제공할 수 있다는 사실을 알아두세요. 기사단의 일원과 전사들을 위해 우리가 고안하고 제조한 무기와 장비가 모두 다 여기에 있답니다. 오스카의 아버지도 한때 이곳을 찾았더랬지요." 팔로마는 아까보다 덜 과장된 태도로 덧붙였다. "오스카도 아버지 못지않게 요긴한 물건을 찾기 바라요."

팔로마에게 가운을 내밀었던 여자가 오스카와 앨리스테어에게도 가운을 주었다. 두 사람은 가운을 걸쳤다. 오스카는 가운의 가슴께에 붙은 주머니에 새겨진 메디쿠스의 문자를 알아보았다.

그들을 데리고 팔로마는 첫 번째 유리 부스로 다가갔다. 그 안에서 숱이 없는 금발의 왜소한 사내가 그들을 돌아보며 손짓을 했다. 당장이라도 달나라 여행을 떠나려는 우주 비행사처럼 그는 괴상한 옷차림을 하고 있었다. 이상한 물질로 이루어진 갑피가 머리부터 발끝까지 감싸고 있었다고나 할까. 팔로마는 책상에 가서 마이크의 버튼을 누르고 말했다.

"안녕, 휴고."

"안녕하십니까, 부인."

남자의 목소리는 그들의 머리 위에 설치된 스피커에서 울려 나왔다.

"이번에 개발한 보호복은 어떤가요?"

"음, 안타깝지만 그냥 그저 그래요. 하지만 이 신형 비라도르믹스*에는 희망을 걸고 있습니다."

오스카도 가까이 가보았다. 구석에, 그러니까 휴고라는 남자 바로 옆에 뭔가 시커먼 것이 웅크리고 있었다. 그것이 으르렁거리는 소리를 내자 휴고가 바닥에 초록색 고기 완자 같은 것을 던져주었다.

수수께끼의 시커먼 덩어리가 스르르 일어났다. 오스카는 며칠 전 악몽 속에서 보았던 괴물을 보고 소스라치게 놀라 뒤로 펄쩍 물러났다.

★ Viradormix, 바이러스를 뜻하는 'vira-'와 잠을 뜻하는 'dormir'를 합쳐서 만든 단어로 여기서는 바이러스를 잠재우는 무기로 쓰인다.

"어머, 어머! 혹시 이 귀여운 녀석들과 이미 만난 적이 있나요?"

팔로마가 물었다.

"실제로 만난 건 아니고요. 꿈속에서 봤어요. 하지만 볼 만큼 봤으니 다시 만나고 싶지는 않네요."

"그렇지만 오스카가 만나지 않을 수 없는 상대예요. 이건 바이러스거든요. 바이러스는 어느 우주에나 있는 데다가 그 수가 점점 더 불어나고 있지요. 이놈은 두 번째 우주에서 끌고 왔어요. 이제 곧 다시 한 번 그 우주로 떠나게 되어 있지 않나요?"

오스카는 고개를 끄덕이고 마음을 놓지 못한 채 그 흉악한 괴물을 바라보았다. 이 괴물을 정녕 현실에서도 상대해야 한다면 신체 내 여행은 그가 상상했던 것 이상으로 위험천만한 일이 될 성싶었다. 그의 목표가 붕 떠나버린 자동차처럼 멀어진 기분이 들었다. 가급적 빨리 다섯 개의 트로피를 거머쥐고 당당한 메디쿠스가 된다는 목표는 생각보다 훨씬 힘겨운 일일 것이다. 그러나 부질없는 생각은 그만하고 팔로마의 설명에 집중하기로 오스카는 마음먹었다. 그녀의 설명은 분명히 도움이 될 터였다.

"작년에 생포한 놈이지요. 피하조직에 전자 칩을 이식하고 귀 위에도 마이크로 카메라를 장착한 다음에 풀어주었어요. 그 후에 놈을 다시 찾았어요. 덕분에 바이러스 무리에 대해서 많은 것을 알게 되었지요. 바이러스의 습속이라든가, 생존하고 영양을 얻는 방식, 한 우주를 감염시키고 파괴하는 수법 등에 대해서요. 또한 안타깝지만 파톨로구스가 저항력이 더 센 변종 바이러스들을 만들어낸다는 것도 알게 됐지요. 이곳에 있는 휴고 텐라머는 그 분야의 전문가예요."

팔로마가 다시 마이크에 대고 말했다.

"휴고, 귀여운 사람, 서둘러줘요. 우리에게 신형 비라도르믹스의 효과를 보여줘요. 오늘 미남과 점심 약속이 있어요. 스물다섯 살밖에 안 된 친구예요. 그 나이에는 참을성이 부족하다는 점이 너무너어어어무 끔찍하지만."

주머니에서 오스카의 것과 똑같은 펜던트를 꺼낸 휴고는 금빛 원에 든 M자를 초록색 완자를 향해 내밀었다. 펜던트의 빛이 그 물체에 닿자 금빛이 감도는가 싶던 완자는 어느새 붉은빛을 띠었다. 괴물은 냉큼 달려들어 그 완자를 먹어치웠다.

"휴고는 엄청난 물질을 개발했어요. 비라도르믹스는 문자의 빛을 쐬면 먹음직스러운 핏빛을 띠게 되지요. 그러면 바이러스들이 아주 환장을 하고 달려들어요. 하지만 잠시 후면……."

오스카는 팔로마의 시선을 쫓았다. 몸집이 시커면 바이러스가 비틀비틀 걷기 시작하더니 네 발로 주저앉았다가 조그맣게 끙끙 소리를 냈다. 눈 깜짝할 사이에 바이러스는 바닥에 완전히 엎어져 할딱대며 꿈틀거리는 신세가 되었다.

휴고가 웃는 얼굴로 일행을 돌아보았다.

"아직 이 약이 놈들에게 얼마나 오래 효력을 미치는지는 알아내지 못했습니다."

"오스카와 나는 이만 가볼 테니까 자기는 지속 시간을 측정해보세요. 그럼 또 봐요."

팔로마는 손에서 잠시도 놓지 않는 궐련 파이프로 오스카를 쿡쿡 찌르며 부스 밖으로 끌고 나갔다.

"이리 와요, 귀염둥이. 정말정마아아알 굉장한 다른 것들도 보여줘야 하니까."

팔로마는 다음 부스는 그냥 지나치고 위엄 넘치는 몸짓으로 세 번째 부스의 문을 열었다. 기다란 드레스 자락이 신부의 면사포처럼 바닥에 질질 끌렸다.

"리비아, 우리 공주, 우리에게 무엇을 보여주겠니? 여기 사랑스러운 오스카 필이 왔단다. 이 아이는 아주 괜찮은 남자가 될 거야. 힘세고, 용감하고, 매력적이고, 황홀하고……."

기다란 갈색 머리를 목 뒤로 단정하게 묶은 젊은 여자가 보호안경을 벗고 팔로마가 더 이상 형용사들을 줄줄이 늘어놓지 못하도록 딱 잘라 말했다.

"그 장래가 촉망되는 소년에게 제 최신형 감마 레이저 컷을 선보이면 어떨까요?"

"어머, 자기이이는 정말 머리가 잘 돌아간다니까!"

잔뜩 흥분한 오스카도 리비아가 내미는 보호안경을 착용하고 자신의 펜던트를 꼭 쥐었다. 리비아는 오스카의 펜던트에 다면체를 반으로 자른 것처럼 깎인 크리스털을 부착해주었다.

"여러 각도로 깎인 표면이 펜던트에서 뿜는 빛을 집중시키기 위해 보정해야 하는 각도를 정확하게 계산해주지요. 그 결과, 펜던트의 빛은 극도로 예리한 칼날 같은 위력을 갖게 돼요. 이 크리스털을 부착하면 신체 내의 모든 것을 자를 수 있어요. 이걸로 자르지 못할 것은 아무것도 없답니다. 저 콘크리트 덩어리로 시험해보세요."

오스카는 다면체 크리스털에 금빛 M자를 끼웠다. 리비아의 설명이 이어졌다.

"이제 표적을 향해 팔을 쭉 뻗는 거예요. 그다음에 내가 하는 말을 따라 하세요. '감마 레이저 컷!'"

"감마 레이저 컷!"

오스카가 외쳤다.

M자가 활활 타오르는 불의 원으로 변했다. 그 원에서 초록 빛살이 뿜어 나오더니 크리스털을 통과하면서 한 점에 모여 머리카락보다도 가늘게 보이는 빛의 선이 되어 콘크리트 덩어리를 버터 자르듯 간단하게 갈라버렸다. 단번에 두 동강으로 갈라진 콘크리트 조각들이 양쪽으로 나가떨어졌다.

"완벽해. 이거라면 신체 내 우주에 어떤 이물질이 들어와도 해치울 수 있겠군요. 고마워, 우리 예쁜이, 우리는 이만 가볼 테니 계속 테스트에 매진하도록. 또 돌아봐야 할 곳이 있어서."

팔로마가 손가락 끝으로 박수 치는 시늉을 하며 그렇게 말했다. 두 사람은 부스에서 나왔다. 그사이에 앨리스테어가 사라져서 보이지 않았다. 피프티스도 온데간데없었다.

"뭐야, 이제 아무도 없는 건가? 아직 끝이 아닌데. 분쇄기, 서번텍스, 토니박스의 작동 원리도 봐야 할 텐데요. 파비앵이 무랄린에 대해서도 알려줄 거고……."

"무랄린까지? 팔로마, 분별을 잃었군."

그 목소리에 오스카는 얼른 뒤를 돌아보았다. 아무리 많은 사람들이 떠들어대도 그 목소리의 주인공만은 언제라도 알 수 있었다.

팔로마가 땅이 꺼져라 한숨을 쉬고는 내키지 않는 듯 고개만 슬쩍 돌렸다.

"베레니스, 만나서 반가워. 그렇잖아도 심각하고 고루한 사람이 없어서 내 설명이 빛을 잃고 있었지 뭐야."

베레니스 위더스는 주위를 둘러보며 무엇인가를 찾는 시늉을 했다.

"카메라는 없군. 파파라치의 플래시 따위는 걱정하지 않아도 되겠네. 팔로마, 화장을 지우고 좀 더 편안한 차림을 해도 괜찮지 않겠어?"

오스카는 이 말에 깔깔 웃고 싶었다. 위더스 부인의 신랄한 유머, 상대의 신경을 아슬아슬하게 건드리는 말대꾸에 유쾌해졌던 것이다. 언제나 백발이 뽀글뽀글하고 영국 여왕처럼 딱딱한 정장 차림을 고수하는 이 노부인은 본인 스스로는 시대에 뒤처졌다고 생각할지도 모르지만 그녀의 내면에 잠자고 있는 화산은 어느 때라도 깨어날 수 있었다. 팔로마의 정체가 과연 무엇이기에 위더스 부인이 이처럼 위험한 발언을 불사한 것일까?

위더스 부인은 자신의 라이벌에게 다가갔다. 팔로마가 미소를 보냈다. 두 여자는 마음에서 우러난 포옹을 주고받았다.

"안녕, 자기야, 우리 언니 왔구나."

금지된 무기

오스카는 놀라다 못해 뒤로 나가떨어질 뻔했다.

"어, 언니라고요?"

"응, 그래요. 비록 이런 언니를 둔다는 게 나에겐 과분한 운명이지만." 팔로마는 고대 비극을 연기하는 말투도 대답했다. "사랑스러운 필루네*, 아무리 그래도 어머니나 할머니뻘로는 보이지 않잖아요?"

오스카는 어느 쪽의 심기도 거스르고 싶지 않았기 때문에 대답을 삼갔다. 솔직히 팔로마는 소녀로 분장한 중년 부인 같았고 위더스 부인은 간간한 할머니 같아 보이긴 했다. 그래도 둘 다 한 가지 비슷한 점이 있었다. 두 사람 다 작고 짓궂은 초록색 눈동자를 갖고 있었다. 비록 팔로마의 눈동자 색깔이 마스카라 때문에 좀 더 맑아 보이긴 했지만 말이다.

베레니스가 오스카 대신 대답했다.

★ 오스카의 성(姓)인 '필'의 애칭.

"성형수술을 족히 열 번은 더 한 것 같구나. 그 얘긴 나중에 하자." 부인이 여동생에게 목소리를 낮추어 물었다. "그건 그렇고, 이 열세 살 아이를 만나면서 꼭 그렇게 앞이 훤히 파인 옷을 입어야 했니?"

팔로마가 오스카의 뺨을 어루만지며 대답했다.

"우선 오스카 혼자 온 게 아니었거든. 그리고 열세 살짜리도 결국은 남자가 된단 말씀이야. 마지막으로 매력적인 미남과의 점심 약속에 바로 가봐야 해서 어쩔 수 없었어. 베레니스, 내가 전에도 말했잖아. 하루 중 언제라도, 그 어떤 상황에서도 '준비'가 되어 있어야 한다고."

"무슨 준비요?"

오스카는 신중하게 굴겠다는 다짐을 잠시 잊고 물어보았다.

"만남을 위한 준비지, 우리 귀염둥이! 우연이 우리를 어디로 인도할지는 모르는 거잖니." 팔로마는 그렇게 말하며 언니가 목에 두른 레몬색 스카프를 한심하다는 듯이 만지작거렸다. "언니도 내 말을 들었더라면, 내 말을 조금만 새겨듣고 패션에 신경을 썼더라면 진작 결혼에 성공했을 거야. 어쩌면 지금도 한 번 만나달라는 남자들이 줄을 설지도 모르지."

위더스 부인이 질세라 대꾸했다.

"너도 내 말을 좀 새겨들었더라면 다섯 번이나 결혼하지는 않았겠지. 물론 다섯 번 이혼하지도 않았을 테고. 게다가 그 많은 애인들을 한 번쯤 헤아려볼 용기라도 낼 수 있겠지."

팔로마는 이 말을 칭찬으로 받아들였다. 그녀는 다이아몬드가 박힌 백금 시계 팔찌를 내려다보고는 펄쩍 뛰었다.

"어머, 세상에! 이미 30분이나 늦었잖아! 남자를 좀 애태울 줄도 알아야 하지만 지나쳐서는 곤란하지. 잘 기억해둬요, 귀여운 소년. 잘 기억해두라고요. 그리고 절대로 우리 언니처럼 굴면 안 돼요. 내 조언을 따라요. 그 분야에 관한 한 내가 전문가니까."

"그래, 그건 분명하지."

위더스 부인도 인정했다.

"자기들, 난 이만 가요! 안녕!"

"나도 약속이 있어서 가봐야 해. 물론 연애랑은 별 관련 없는 약속이지만. 그 문제로 너하고 얘기를 좀 나누고 싶어. 아주 중요한 일이야."

위더스 부인이 그렇게 말하면서 오스카를 흘끗 쳐다보았다.

"어휴, 언니, 저어어얼대 안 돼. 저녁에 내가 들어오면 얘기해. 아님 내일도 괜찮아. 어차피 같은 층에 사는데 뭐가 그리 급해."

오스카에게는 놀라움의 연속이었다. 그렇다면 위더스 부인도 이 탑 꼭대기에 산단 말인가! 위더스 부인이 사는 곳을 한 번 보고 싶었다. 둘의 패션 취향이 다르듯 인테리어 취향도 완전히 정반대일 것이 뻔했다.

팔로마는 레드카펫을 밟는 여배우처럼 우아한 걸음걸이도 잊고 그녀의 이름을 딴 센터를 잽싸게 가로질러 저쪽으로 가더니 작은 가방을 오스카에게 가져다주었다.

"여기 전부 들어 있어요. 내용물을 짜느라 정성깨나 들였답니다. 적재적소에서 요긴한 장비들을 찾을 수 있을 거예요. 행운을 빌어요. 어떤 것도 망가뜨리거나 고장 내면 안 돼요! 전부 굉장히 비싼 거란 말이에요! 그런데 앨리스테어는 어디 있지? 오스카를 쿠미데스 서클까지 데려다줘야 하는데?"

"내가 앨리스테어에게 위에서 기다리라고 했어. 불청객이 들이닥치지 못하게 시간을 벌고 있는 중이야. 사실은 그 문제로 얘기를 나누고 싶은데, 팔로마. 나와 단 둘이서. 아주 잠깐이면 될 거야."

"저는 시간에 맞춰 왔습니다만."

느릿느릿하면서도 귀에 거슬리는 음성에 모두가 입을 다물었다.

위더스 부인과 앨리스테어의 눈이 마주쳤다. 엘리베이터 쪽에 물러나 있던 앨리스테어가 어쩔 수 없었다는 듯이 어깨를 으쓱했다. '붙잡아두려고 할 수 있는 데까지 해봤어요.' 앨리스테어가 소리 없이 입을 벙긋벙긋하며 그렇게 말했다.

플레처 웜이 이곳의 여주인을 향해 몇 발짝 걸어왔다. 팔로마는 아무렇지도 않다는 듯이 미소를 보였다. 팔로마는 여러 재주가 많았지만 그 중에서도 불시에 허를 찔려도 아무렇지 않은 척하는 재주가 압권이었다. 궐련용 파이프를 입술로 가져가며 한 손을 내밀었지만 그녀는 그 손을 계속 어정쩡하게 들고 있어야만 했다. 플레처 웜은 팔로마의 손에 키스할 마음이 눈곱만큼도 없었고, 특히 지금은 영 그럴 기분이 아니었다. 그는 침착해 보였지만 긴장된 표정이었다. 희끗희끗한 머리칼로 덮인 관자놀이를 향해 길게 찢어진 두 눈은 잔뜩 찌푸린 나머지 길고 빛나는 틈새로밖에 보이지 않았다. 웜은 그 자리에 있는 모든 사람들을 차례로 넌지시 바라보았는데 그의 시선은 꼼짝 않고 자신을 노려보는 오스카에게 특히 오래 머물렀다.

팔로마가 마침내 손을 거두고 플레처 웜을 무섭게 째려보았다.

"플레처, '나의' 집에 이렇게 '불시에' 찾아와주다니 얼마나 기쁜지 모르겠군요."

몇몇 단어들을 유독 힘주어 강조하는 그녀의 목소리가 얼음처럼 차가웠다. 암만 봐도 팔로마는 상대를 경멸하는 연기를 하고 있는 것이 아니었다. 그녀의 태도는 진심에서 우러나온 것이었다. 웜은 그러거나 말거나 신경도 쓰지 않는 눈치였다. 한참 연구소 안을 둘러보던 그는 드디어 팔로마를 정면으로 바라보았다.

"얼마 전에 위더스 부인과 얘기를 나누었습니다. 부인은 당분간 이 연구소가 어린 메디쿠스들에게 개방되지 않을 거라고 하더군요. 그런데 여기 이 소년은 웬일입니까? 여기서 필 군을 만나다니, 아닌 밤중에 홍두깨가 따로 없군요. 정말로 실망입니다. 더구나 지금으로서는 어린 친구들이 자질도 부족하고 서툴기 짝이 없다는 평가를 받지 않았나요?" 웜은 오스카를 돌아보며 이 말을 덧붙였다. "뭐, 집안 내력을 본다면 그리 놀랄 것도 없습니다만……."

오스카는 더 이상 참을 수 없었다.

"우리 집안을 들먹이지 말라고 분명히 말했습니다! 그리고 제가 우주에 들어가 뭘 어떻게 했는지 아시지도 못하면서 왜 그러시죠?"

"분명히 말했다라……."

웜은 오스카의 말꼬투리를 잡고는 픽 하고 웃더니 이렇게 말했다.

"내가 알기로, 두 번째 우주를 처음 탐사하는 과정에서 아이리스 플록하트가 심각한 부상을 입었던 것 같은데. 게다가 참으로 공교롭게도 아이리스는 오스카 자네와 같은 조였지."

"로넌 모스 때문에 일어난 일이었습니다! 로넌의 후견인은 당신이잖아요. 그렇다고 분명히 말씀하시지 않았나요? 그러니 그 애에게 가서 왜 펜던트를 써서 우리에게 바위를 떨어뜨렸는지 물어보시죠!"

위더스 부인이 말싸움을 말리기 위해 끼어들었다. 그녀는 감히 토를 달 수 없는 준엄한 말투로 일렀다.

"오스카, 그만해라."

소년은 부인의 말에 따랐다. 웜은 아무렇지도 않다는 듯이 오스카에게 다가갔다.

"게다가 버릇도 없구먼. 하지만 역시 놀라운 일도 아니야. 오만 방자하기로는 제 아비도 똑같았으니까. 그렇게 건방을 떨다가 어떻게 됐는지는 모두 다 알지."

앨리스테어와 위더스 부인이 즉시 오스카와 플레처 웜 사이를 가로막았다. 그들은 두 사람의 성격을 너무 잘 알았다. 플레처 웜이 무자비하면서도 빈틈없는 사람이라는 점은 더 이상 따지고 말고 할 것도 없었다. 웜이 몇 마디만 간죽거려도 오스카가 홱 돌아버릴 것이 뻔했다. 일이 그렇게 전개되면 오스카만 손해였다.

웜이 몸을 일으켰다.

"베레니스, 당신이 나에게 거짓말을 했다고는 상상할 수도 없습니다. 그러니까 이번에도 윈스턴 브레이브의 생각이 바뀌었는데 우리에게 전달이 안 됐다고 해두지요. 이 소년이 팔로마 센터에 오게 된 것도 계획적인 일은 아니었을 거라고 믿어보렵니다."

"마음대로 생각하세요. 그럼 이 정도로 해둡시다."

"이 정도로 해두다니요? 물론 그럴 수는 없지요."

"플레처, 방금 그 대답은 재고하는 게 좋을 거예요. 선을 넘으려고 하지 말아요."

베레니스 위더스의 말투가 강경해졌다. 그럴 때마다 부인의 목소리에서 놀라운 힘이 느껴지고 외모마저 달라 보였다. 왜소하고 힘없는 노부인에서 금방이라도 자리를 박차고 튀어 나갈 야수로 돌변한다고나 할까. 모두들 어안이 벙벙했다. 무거운 침묵이 내려앉았다. 심지어 센터에서 일하는 기술자들마저 꼼짝하지 않았다. 오스카는 한바탕 맞붙고 싶었지만 웜은 신중을 기했다. 위더스 부인은 존경받고 영향력도 있는 강자라는 사실을 웜도 잘 알고 있었다. 위더스 부인과 충돌해봤자 좋을 게 없었다. 더구나 기사단의 일원과 최고위원회의 일원이 함께 있는 자리가 아닌가. 그는 평소보다 더 바람이 새는 듯한 목소리로 이렇게 둘러댔다.

"제가 하고 싶은 말은 다른 아이들에게도 팔로마 위더스와 그 연구팀의 뛰어난 능력을 접할 기회가 주어져야 공평하지 않느냐는 것이었습니다. 그 아이들에게도 이런 장비 세트가 제공되어야 하지 않나요."

웜은 거미 다리처럼 기다란 손가락을 뻗어 탁자 위에 놓인 가방을 가리켰다.

팔로마가 처음으로 귈련용 파이프를 탁자에 내려놓고는 이렇게 쏘아붙였다.

"웃기는 얘기예요. 일단, 이곳은 메디쿠스를 위한 슈퍼마켓이 아니거든요? 그리고 모두에게 이런 도구가 필요하진 않아요."

"그렇다면 그룹별로 공유하는 장비 세트라고 해둡시다."

"무슨 말씀을 하시고 싶은 건가요?" 위더스 부인이 약간 누그러진 말투로 물었다. "아이들이 모두 한 그룹에 속해 있지 않다는 뜻이에요? 잊으셨다면 다시 한 번 말씀드리는데 우리는 모두 한 팀이고 똑같은 싸움을 하고 있어요. 바로 그런 정신에 입각해서 어린 메디쿠스들을 양성하기로 결정한 거고요. 그러니 아이들은 누구 하나 빠질 것 없이 두 번째 우주에서 트로피를 가져와야 해요. 편 가르기를 하기보다는 아이들에게 그러한 정신을 일깨워주고 싶어요."

웜은 위더스 부인이 자신을 어떤 함정으로 끌고 들어가려는지 간파했다. 확실히 아이들은 두 편으로 갈라져 있었다. 그의 편과 위더스 부인의 편. 이제는 딱히 비밀도 아니었다. 그러나 함정에 제 발로 뛰어들고 싶지 않았다.

"부인의 의견에 전적으로 동감합니다. 그렇지만 앨리스테어 맥쿨리가 아이들을 두 편으로 가른 것 같아서 말이지요. 제가 보기에는 어쩌다 그렇게 편이 갈린 것만도 아닌 성싶지만, 어쨌든 부인의 의견에 동의합니다."

어처구니없게도 앨리스테어에게 화살이 돌아간 셈이었다. 위더스 부인은 잠시 생각에 잠겼다가 입을 열었다. 웜은 교묘하게 모든 반박을 피해갔다. 이제 부인도 선택의 여지가 없었다.

"좋아요. 그러면 플레처의 주장대로 두 세트가 갖추어져야겠군요."

웜은 싱긋 웃으며 조심스럽게 팔로마에게 고개를 숙였다.

"친애하는 팔로마, 뵙게 될 때마다 늘 기쁠 따름입니다. 그럼 조만간 또 뵙겠습니다. 당신을 만나러 오는 거지만 나 역시 혼자 오지는 않을 생각입니다. 모스 군을 데리고 오지요."

모두들 아까보다 떨떠름한 미소를 짓고 있는 피프티스를 따라 플레처 웜이 엘리베이터를 타고 사라지기를 기다렸다. 드디어 그가 퇴장하자 모두들 그제야 긴장을 풀고 저마다 자기 일로 돌아갔다.

"예의도 모르는 인간! 내 발가락에 키스할 수만 있다면 죽어도 좋다는 사내들이 널렸는데! 감히 내 집에서 저렇게 상스럽게 굴다니!"

팔로마가 욕설을 퍼부었다. 하지만 크게 심호흡을 하고는 그녀가 그럭저럭 괜찮다고 생각하는 포즈로 돌아갔다. 그녀는 탁자 가장자리에 걸터앉아 허리를 활처럼 구부리고 두 다리를 옆으로 모아 늘어뜨렸다.

"어떻게 하려고 그래?"

위더스 부인이 팔로마에게 물었다.

"나만 믿어. 그자에게도 장비를 한 세트 줄 거야."

팔로마는 불도 붙지 않은 담배를 빨고 가상의 연기를 뿜어내며 대꾸했다.

"팔로마, 문제 있는 장비를 제공해서 아이들을 위험에 빠뜨리지는 않았으면 해요. 다시 한 번 말씀드리지만 내가 그 아이들을 책임지고 있다고요⋯⋯."

앨리스테어가 걱정을 했다.

"어머, 사람을 뭘로 보는 거예요? 나만 믿어요. 문제 있는 장비는 사용하지 않아요."

오스카는 혼자 분을 삭이느라 대화는 뒷전이었다. 어째서 그가 대협곡에서 발생한 사건의 범인이 웜의 피후견인 로넌 모스라고 주장했을 때 아무도 그의 편을 들어주지 않았을까? 로넌이 팔로마의 장비를 손에 넣게 된다면 앞으로 일은 더욱 암울하고 어렵게 꼬일 것이다. 두 왕국 탐험과 트로피 찾는 일도 즐거운 시합이 될 리 만무했다. 오스카는 암담한 미래를 확신했고 최악의 사태도 각오했다. 어른들끼리 대화에 몰두하게 내버려두고 그는 기분 전환을 위해 연구소 사람들과 곳곳에서 일어나는 실험들을 구경하기로 마음먹었다.

그는 맨 끝에 있는 부스로 갔다. 그곳은 사람들 눈에 잘 띄지 않게 살짝 안쪽으로 더 들어가 있었다. 거울처럼 그림자가 잘 비치는 유리벽 때문에 안쪽은 거의 볼 수 없었다. 오스카가 얼굴을 바싹 갖다 대자 희미한 실루엣이 겨우 눈에 들어왔다. 뒤를 돌아보니 아무도 오스카에게는 신경 쓰지 않고 있었다. 그가 없어진 줄도 모르는 눈치였다. 소년은 오래 망설이지 않았다. 문을 열려고 했지만 다른 부스들과 달리 문이 잠겨 있었다. 하지만 잠금장치에 새겨진 문자를 보자 펜던트로 열 수 있겠다는 감이 왔다. 펜던트를 금속에 가져가자 M자에 기묘한 반사광이 일어났다. 그런 빛을 딱 한 번 본 적이 있었다. 작년에 그랜드 마스터가 자신의 펜던트에 오스카의 펜던트를 포개었을 때에도 그런 빛을 발했었다. 잠금장치가 즉각 풀리고 문이 열리자 오스카는 소리 없이 안으로 들어갔다.

부스 안에는 공간을 둘로 나누는 투명한 보호벽이 없었다. 오스카의 바로 앞에 남자인지 여자인지 모를 어떤 사람이 은빛 작업복을 입고 서 있었다. 그 사람은 오스카를 등진 채 작업대 앞에 서 있었다. 수수께끼의 인물은 한손에 펜던트를 쥐고 몹시 환하게 빛나는 상자 속에 그 펜던트를 집어넣는 중이었다. 오스카는 상체를 좀 더 내밀었다. 양쪽 끝부분이 고정된 길쭉하고 붉은 덩어리가 작업대에 놓여 있었다. 마치 쟁반 전체에 꽉 들어찬 푸짐한 고깃덩이 같아 보였다. 무엇을 하는 곳인지 짐작도 가지 않았지만 오스카는 감히 접근할 수도 없었다. 발각되어 진행 중인 작업에 방해될까 봐 겁이 났던 것이다.

바로 그 순간, 그 사람이 상자에서 펜던트를 도로 끄집어냈다. M자의 중심부에서 빛이 꺼졌다 켜졌다를 반복하듯이 붉은 빛이 단속적으로 타닥타닥 일어났다. 남자는—이제 보니 남자 같았다—펜던트를 높이 치켜들고 주문을 외웠다.

수축도 이완도
문자에게 복종하여라.
너희들의 비상을 멈출지어다.

뭔가 놀라운 현상이 일어나기를 기다리며 오스카는 꼼짝 않고 숨을 죽였다. 그러나 아무런 변화도 일어나지 않았다.

남자는 한 번 더 펜던트를 수수께끼의 상자에 집어넣었다. 그는 상자를 조심스럽게 닫고 한 발 뒤로 물러나더니 새로운 주문을 외우기 시작했다.

수축도 이완도
문자가 너희에게 명하는 대로
다시 날아오를지어다.
다시 살아날지어다.

작업대가 무섭게 한 번 흔들렸다. 두 번째, 세 번째 요동이 연달아 일어났다. 작업대가 한 번씩 흔들릴 때마다 강도가 한층 더 심해지는 것 같았다. 오스카는 무서워서 벽에 딱 붙었고 연구원조차도 뒤로 움찔 물러났다. 작업대가 네 번째로 유난히 심하게 흔들리더니 공중에서 박살이 나며 금속과 나무 조각이 사방으로 튀었다. 오스카는 가까스로 얼굴을 가렸다. 하지만 파편 하나가 정수리에 부딪치는 바람에 뒤로 벌러덩 넘어지고 말았다. 남자가 인기척에 놀라서 얼른 뒤돌아섰다.

"당신은 누구입니까? 여기서 뭐하고 있는 겁니까?"

남자는 그렇게 말하면서 황급히 그 상자를 등 뒤로 숨겼다.

"죄송합니다, 저는…… 그게……."

오스카는 말을 맺지 못하고 얼른 문으로 달려갔다. 소년은 얼얼한 정수리를 문지르며 문을 벌컥 열고 나왔다. 다행히도 심각한 부상은 아니었다.

부스에서 남자가 따라 나오는 바람에 오스카는 오도 가도 못하는 상황이 되었다. 뒤에는 남자가 있었고 앞쪽에는 메디쿠스 일행이 있었다. 폭발음이 일어나자 아찔한 하이힐을 신었음에도 불구하고 팔로마가 제일 먼저 달려왔던 것이다.

"도대체 누가 허락도 받지 않고 저기에 들어가도 좋다고 했지요? 세상에, 이 도시에서 버릇없기로 이름난 사람들은 모두 오늘 내 연구소에 모이기로 했나 보군요! 이렇게 끔찍할 데가!"

흥분한 팔로마가 날뛰었다. 그녀는 당장 쓰러지기라도 할 것처럼 가슴팍에 손을 얹었다.

오스카는 얼굴에서 두피까지 시뻘게졌다. 그의 눈이 준엄하게 꾸짖는 듯한 위더스 부인의 눈과 마주쳤다. 정말이지 되는 일이 없는 날이었다. 가장 든든한 우군마저 편들어주지 않다니!

오스카가 겨우 입을 열었다.

"정말 죄송합니다. 말씀 나누고 계시기에 방해되지 않으려고……. 계속 부스들을 둘러봐도 괜찮을 줄 알았어요."

"내가 동행하지 않고는 절대 안 돼요! 내 말 알아들었어요? 나 없이는 절대로 안 돼요!"

팔로마는 오스카를 바라보다가 살짝 미소를 지으며 누그러진 태도를 보였다.

"하느님, 감사합니다. 오늘도 그렇지만 앞으로도 너어어무나 사랑스러운 그 얼굴에 끔찍한 벌이 떨어져서는 안 돼요. 하지만 잘생긴 얼굴을 너무 이용하지는 말아요. 여자들이 모두 나처럼 낭만에 죽고 사는 건 아니니까."

입을 다물고 있기에 오스카는 호기심이 너무 많았다. 그는 결국 참지 못하고 이렇게 질문하고 말았다.

"부인……."

팔로마가 어이없다는 듯이 하늘을 쳐다보았다.

"이보세요, 선생님? 노티 나는 '부인' 소리는 우리 언니에게나 하고 나는 그냥 팔로마라고 불러줄래요? 그래주겠어요, 귀염둥이?"

"팔로마, 방금 그건 뭐였어요?"

"뭐가요?"

오스카를 훤히 꿰뚫고 있는 위더스 부인이 재빨리 선수를 쳤다.

"아무것도 아니다. 지금 당장은 너와 상관없는 일이야."

오스카는 팔로마에게 애원하는 눈길을 보냈다. 하지만 팔로마도 위더스 부인 못지않게 강경했다.

"이번만은 베레니스 언니와 나의 마음이 하나가 됐군요. 아까 그 무기에 대해서는 더 이상 알 필요 없어요. 봐서 알겠지만 우리 센터에서 일하는 최고의 전문가들도 다루는 데 애를 먹는 무기예요. 자, 이걸로 얘기 끝!"

미소를 머금고 연구소 중앙으로 걸어간 팔로마는 오스카에게 줄 가방에 다이아몬드라도 들어 있는 것처럼 소중히 손길을 올려놓았다. 오스카는 아쉬웠지만 마지막으로 뒤를 한 번 돌아보고 팔로마를 따라갔다. 그사이에 아까 그 남자는 문제의 부스 안으로 모습을 감추었다.

"날 믿어요. 오스카에게 필요한 건 다 여기 있다니까요. 이제 난 정말로 가보겠어요."

팔로마는 콘서트를 마무리하는 여가수처럼 그들에게 키스를 날렸다. 그녀는 엘리베이터에 탑승하기 전에 마지막으로 한 번 더 그들을 바라보며 고개를 한껏 뒤로 젖힌 채 이렇게 말했다.

"날 붙잡으려고 애쓰지 말아요. 그래봤자 가망 없어요."

불충

로넌 모스는 마침내 좁은 통로로 이어지는 계단을 찾았다.

그는 30분 넘도록 음산한 홀에서 기다리기만 했다. 로넌에게 기다림 보다 더 진력나는 것은 없었다. 그는 아버지보다 참을성이 뛰어나지도 않았고, 블루파크에서부터 웜 가문의 성까지 차를 타고 오면서 이미 짜증이 날 대로 나 있었다.

게다가 성 안은 몹시 어두웠다. 로넌은 어둠을 끔찍이도 무서워했다. 그의 아버지는 어릴 때나 잠시 그러려니 생각하고 버릇을 고치려했지만 소용이 없었다. 게다가 그 아버지는 아들의 공포를 치료하는 데에도 자기가 가장 선호하는 방법, 즉 체벌과 제약이 먹힐 거라고 생각했다. 물론 그 결과는 참담했다. 어린 로넌은 며칠 밤낮을 벽장 속이나 완전히 컴컴한 방 안에서 갇혀 지내야 했다. "악에는 악으로 맞서야 효과가 있다"는 것이 로넌의 아버지 루퍼스 모스의 주장이었다.

어둠에 익숙해지기는커녕 로넌은 더욱더 겁을 내게 되었다. 단순히 겁내는 정도가 아니라 구제 불능의 공포증 환자가 되어버렸다. 그는 어둠에 대한 공포를 숨길 수밖에 없었고 아버지에게 또 다른 고문을 당하지 않기 위해 거짓말할 수밖에 없었다. 이런 형편이었으니 빛이 파고들지 못하는 이 성, 사방을 칙칙한 천으로 발라놓은 이 성에 들어오자마자 당장 나가고 싶었던 것도 당연했다.

우리 속의 사자처럼 그는 홀에서 빙빙 돌았다. 이마저도 참을 수 없게 되었을 때에 이 통로, 홀을 빙 두르고 있는 이 층의 발코니, 그곳에 즐비한 기둥들이 눈에 들어왔다. 이 층에는 문들도 많이 보였고 최소한 그중 어떤 방에는 창문이라도 나 있을 터였다. 그랬다, 이 빌어먹을 집구석에도 어딘가에 창문이 있을 것이었다.

딱히 조심스럽게 행동해야 한다는 자각 없이 계단을 올라간 그는 오른쪽 통로를 따라 걸어가면서 눈에 보이는 문이란 문은 다 열어보려 했지만 헛수고였다. 문은 모두 다 잠겨 있었던 것이다. 그래서 반대쪽으로 걸어가며 난간 너머를 흘끗 내려다보았지만, 홀에는 아무도 없었고 썰렁한 기운마저 감돌았다. 최소한 아무렇게나 행동해도 말릴 사람은 없었다. 정 그래야 한다면 웜 씨를 만나지 않고 그냥 돌아갈 생각도 있었다. 우악스러운 몸집의 소년은 죽 늘어선 기둥들 사이를 지나가며 문고리마다 손을 대어보았다. 왔던 길을 되돌아가려는데 맨 마지막 문고리만은 잠기지 않았는지 슥 돌아갔다. 그는 그 문을 밀고 들어갔다.

정사각형의 방에 들어서자 숨이 턱 막혔다. 진홍빛의 벨벳 벽지를 바른 방인데, 사방에 세간이 쌓여 있었다. 설상가상으로, 창문이 하나도 없었다. 괜히 성질이 난 로넌은 의자 하나를 발로 걸어차고는 방에서 바로 나가려 했다. 순간, 어떤 소리가 그를 붙잡았다.

그것은 '사람'의 소리였다. 심호흡 소리와 비슷했다. 혹은, 한숨 쉬는 소리.

로넌은 뒤돌아서서 그 방 안을 살폈다.

"이 난장판에 누가 있나?"

대답 대신 한숨 소리가 다시 한 번 방 안을 메웠다. 이번에는 소리가 어디서 나는지 알 것 같았다. 벽과 벽 사이에 묵직하니 늘어진 진홍색 장막, 그 뒤에서 나는 듯했다. 로넌은 장막으로 다가갔다. 그는 별로 망설이지도 않고 손을 내밀어 장막을 들추었다.

"안 돼요!"

로넌의 등 뒤에서 어떤 여자가 비명을 질렀다. 로넌은 화들짝 놀라서 뒤를 돌아보았다. 하녀로 짐작되는 여자가 이제 막 로넌을 발견했는지 얼굴이 새하얗게 질린 채 문틀에 서 있었다.

로넌은 자기가 함부로 방에 들어온 주제에 되레 이렇게 물었다.

"여기서 뭐하시는 겁니까?"

하늘이 무너지는 것 같았던 여자는 정신을 수습했다. 그녀는 로넌의 적대적인 태도에 눌리지 않았고 재빨리 그의 앞을 막아서 그를 문으로 밀었다.

"나, 나가주세요. 나가셔야만 해요."

로넌이 돌이킬 수 없는 짓을 저지를 뻔했다는 듯 그녀는 고장난 녹음기처럼 이 말만 반복했다.

"저리 비켜요!" 로넌이 하녀를 밀었다. "나가요. 난 이 뒤에 뭐가 있는지 보고 싶다고요!"

"주인어른께서 기다리고 계십니다만."

이번에는 강경한 명령조의 말투였다. 로넌이 고개를 돌렸다. 아까 그를 맞았던 이 집의 여자 집사였다. 키가 크고 강인해 보이는 여자가 철통같은 자세로 문간에 서 있었다. 그녀는 로넌의 공격적인 태도에 눈 하나 깜짝하지 않는 듯했다. 어린 하녀는 애원하는 눈길로 말했다.

"깁스 부인, 죄송합니다. 이 분이 마님의 거처에 와 있는 것을 보고 얼른 달려왔지만 이미 들어오셔서……."

깁스 부인은 준엄한 손짓 한 번으로 하녀의 말을 끊었다. 그러고는 눈 깜짝할 사이에 로넌의 소매를 잡아끌어 안쓰러운 하녀와 함께 방 밖으로 몰아내고는 문을 잠가버렸다. 그리고 열쇠 꾸러미를 옷 속에 넣고 기둥이 늘어선 복도를 따라 걷기 시작했다.

"따라오세요. 웜 씨가 집무실에서 기다리고 계십니다."

로넌은 뒤를 돌아보았다. 하녀는 마술처럼 자취를 감춘 후였고, 문은 꽁꽁 잠겨버렸으며, 통로는 어느 때보다도 어두워 보였다. 그는 예의를 갖춘 명령─그래도 명령은 명령이었다─에 복종하는 것 외에는 도리가 없었다.

"앉으시지요. 웜 씨께서 금방 들어오실 겁니다."

깁스 부인은 이 말을 남기고 물러났다. 부인의 메시지는 분명했다. 뭐든 뒤져봤자 소용없다, 허튼짓했다가는 웜 씨에게 그 자리에서 덜미를 잡힌다, 이번에는 그렇게 조용히 끝나지 않을 거다. 물론 로넌은 가만히 앉아 있지 않았다. 그래도 깁스 부인이 문을 닫고 나갈 때까지 기다렸다가 집무실을 가로질러 창가로 다가가기는 했다.

드디어 창문을 발견했다!

빛이 더 잘 들어오게끔 커튼을 젖히려는데 완강한 손아귀가 로넌을 저지했다.

"아비와 아들이 다 밝은 곳만 좋아하는군. 닮은 점은 그것뿐이면 좋겠는데."

플레처 웜이 손힘을 풀며 그렇게 중얼거렸다. 그는 뒤로 물러나 로넌 모스를 유심히 바라보았다. 열세 살이라지만 열여섯 살은 되어 보이는 소년. 로넌은 웜만큼 키가 크고 근육은 그보다 두 배쯤 되어 보이는 것이―물론 웜은 절대로 근육질의 기준이 될 만한 체격이 아니었다―이제 곧 덩치로는 자기 아버지도 누를 법했다. 그러나 웜은 완력을 쓸 일이 없는―있어도 아주 드문―사람이었다. 완력을 군이 동원하지 않아도 그의 눈빛, 존재면 충분했으니까. 그에게 복종하게 만드는, 특히 모스 같은 무뢰배들에게 잘 먹히는 특별한 능력이 그에게는 있었다.

웜은 재킷의 차이니스칼라를 매만지며 책상을 향해 다가갔다.

"나는 누가 우리 집을 뒤지는 걸 싫어하지. 그런 건 아주 질색이야. 다음번에는 부르러 갈 때까지 홀에서 얌전하게 기다리도록."

"그럴 마음이 들면 그렇게 하지요. 하지만 사방이 너무 칙칙하더라고요! 무슨 굴속에 들어앉은 것도 아니고……. 되게 지루하더라고요. 저 홀에서 목 빼고 하릴없이 기다리긴 싫습니다."

로넌이 무례하게 말대답을 했다. 웜은 아까 그 자리로 돌아와 로넌의 눈을 매섭게 노려보았다.

"이 집에서 네가 무엇을 해도 좋은가는 내가 결정한다. 아니, 이 집 밖에서도 마찬가지야. 너도 이해할 때가 되었을 텐데."

"제가 겁먹을 거라고 생각하지 마세요. 우리 아빠가 그랬어요. 당신은 어쨌든 내가 필요하다고."

로넌은 당당하게 고개를 쳐들고 킬킬거렸다.

웜의 표정이 얼음처럼 차갑게 변했다. 죄다 오그라든 얼굴 근육이 살갗 아래서 실룩댔다. 로넌 모스는 참으로 오랜만에 누군가에게 공포를 느꼈다.

"우리 중에서 어느 한쪽이 상대를 필요로 한다면 그건 네 쪽이다. 이 하찮은 부랑배 녀석아, 내가 너에게 조금이나마 관심을 써주는 것을 다행으로 여겨야 할 게다. 네가 더 이상 내 관심을 얻지 못하게 되면, 내 계획의 일부가 되지 못하면 그날로 넌 아무것도 아니야. 너도 네 아버지처럼 별 볼일 없는 인간이지. 굳이 따지자면 네가 더 별 볼일 없을 거다. 없느니만 못한 녀석이지. 무슨 말인지 알아들었어?"

윔은 이 말을 검투사도 오싹할 법한 미소로 마무리했다. 심한 모욕감을 느낀 로넌은 입을 꾹 다문 채 괜히 딴 데를 쳐다보았다.

윔은 벽을 향해 걸어가 그와 조금도 닮지 않은 한 남자의 초상화를 마주 보았다. 근사한 말을 탄 그 남자는 키가 크고 어깨가 떡 벌어져 있었다. 검은 머리는 곱슬곱슬하고 숱이 많았다. 번쩍거리는 갑옷은 귀족의 풍모를 느끼게 했다. 윔은 그 초상화를 맞은편에 두고도 딱히 신경써서 보지는 않았다. 그는 손짓으로 로넌을 가까이 오게 했다.

로넌이 고분고분하니 옆에 다가오자 윔은 재킷 속에서 팬던트를 꺼내어 갑옷을 입은 기사의 등자에 갖다 댔다. 초상화가 걸린 벽이 나무 몰딩 뒤로 스르르 미끄러지더니 나선계단이 나타났다. 그들을 향해 계단이 천천히 미끄러져 오더니 딱 멈추었다. 그 광경에 압도된 로넌은 눈을 들었다. 그들의 머리 위에 있던 천장의 일부가 접혀서 사라졌다.

"따라오도록."

그들은 계단을 올라가 지금까지 이 성에서 보았던 어떤 공간보다 어두운 곳으로 들어갔다. 그곳은 칠흑같이 어두웠다. 윔이 어떤 토템 조각상에 펜던트를 갖다 대자 바닥(집무실에서 보면 천장)이 원래대로 돌아왔다. 로넌은 관자놀이가 터질 듯이 심장이 뛰고 공포가 치밀어 오르는 것을 느꼈다. 다행히도 그 순간, 그들을 둘러싸고 작은 불빛들이 나타났다.

그들은 지붕 밑 길쭉한 방에 와 있었다. 그 방은 바닥부터 천장까지 새까맣고 매끈한 플라스틱 같은 것으로 뒤덮여 있었다. 사방에 거대한 유리 덮개와 갖은 크기의 유리병들이 있었다. 그 안의 내용물은—암석 조각? 흙덩어리? 고깃덩어리?—정체를 알 수 없었다. 벽에는 유리문 달린 책장들이 꽉 차 있었다. 로넌은 책장에 다가가 그 안에 들어 있는 책들의 제목을 읽어보았다. 『세레브라에서』, 『뉴로니드』, 『다섯 번째 우주에서의 생존 지침』…….

"네가 본다고 뭘 알겠냐."

웜이 한마디 하자 로넌은 인상을 확 쓰며 검은 크리스털 샹들리에 밑에 앉은 웜을 험악한 시선으로 쏘아보았다. 웜은 대리석 상판이 덮여 있고 서랍이 많은 탁자 앞에 앉아 있었다. 로넌은 그 괴상한 탁자에 다가갔다. 대리석 상판에는 기묘한 기호, 상징, 공식, 지도가 새겨져 있었다. 로넌은 언뜻 그 지도에서 사막 한가운데 솟아 있는 산들을 본 것 같았다. 웜은 천을 펼쳐 상판에 새겨진 기호들을 덮고 탁자 한가운데에 가죽 주머니 하나를 보란 듯이 내려놓았다.

"오늘 저녁에 네가 사는 블루파크의 멋진 저택으로 돌아가면 요긴한 장비들이 가득 든 가방이 도착해 있을 거다. 네가 두 번째 우주를 탐사할 때 큰 도움이 될 물건들이지."

"저도 알아요. 무기들이잖아요. 바보 같은 이름을 가진 여자가 내일 아침에 그 무기들을 다루는 법을 설명해준다면서요."

로넌이 부루퉁한 얼굴로 대꾸했다.

웜은 잠시 사이를 두었다가 여전히 냉정하고 침착한 태도로 이렇게 말했다.

"대답하는 태도가 마음에 안 드는구나. 입을 다물고 있다가 내가 말해도 좋다고 허락할 때에만 말해. 알아들었지?"

로넌은 허공을 쳐다보았다. 메디쿠스들의 최고위원은 알아들을 수 없는 말을 몇 마디 중얼거리더니 잽싸게 자신의 펜던트를 잡아당겼다. 그러자 로넌의 목에 걸린 펜던트도 플레처 웜의 펜던트처럼 팽팽하게 확 젖혀졌다. 눈 깜짝할 찰나에 로넌은 허공에 대롱대롱 매달린 꼴이 되었다.

"내, 내려주세요. 땅에 내려달라고요! 내려줘요!"

펜던트 체인에 목이 졸린 소년이 숨넘어가는 소리로 외쳤다.

플레처 웜이 손을 내리자 로넌은 그대로 바닥에 곤두박질했다. 로넌은 가까이 있던 의자까지 겨우겨우 기어가 숨을 골랐다. 그는 얼얼한 목을 문지르면서도 감히 눈을 들지 못했다. 만약 눈을 들었다가는 플레처 웜이 그의 눈빛에 담긴 분노와 공포를 읽고 말 테니까.

"다시 한 번 말해야 되나? 아니면 알아들었다고 봐도 될까?"

이번에는 로넌도 알았다는 뜻으로 고개만 끄덕였다. 웜의 태도가 풀어졌다.

"네 말마따나 팔로마 위더스가 내일 아침에 자신이 제공하는 무기의 사용법을 시연할 거다. 그리고 이건 말이다." 웜은 가죽 주머니를 로넌 쪽으로 스윽 밀면서 덧붙였다. "이걸 작동시킬 수 있는 사람은 나 한 사람뿐이지. 이 물건을 아는 사람도 나뿐이고. 하지만 로넌, 내일이든 좀 더 나중이든, 이걸 써먹게 될 사람은 너뿐이다."

협곡을 넘어서

오스카는 쿠미데스 서클의 자기 방에서 깨어났다. 어제 있었던 수많은 사건들이 기억 속에서 엎치락뒤치락했다. 두 번째 우주로의 여행, 베레니스 위더스와 조금도 닮지 않은 동생이자 특이한 여인 팔로마 위더스와의 만남, 그리고 그녀의 연구소와 신기한 무기들이 생각났다. 친구들과 그날 있었던 일을 이야기하느라 밤을 새우다시피 했던 것도 기억났다. 본즈가 일장 훈계를 늘어놓고 몇 번이나 돌아다녔지만 그들은 이 방에서 저 방으로 살금살금 도망 다니며 수다를 떨었다. 하지만 애석하게도 이제 본즈는 녹음 파일 따위에 속지 않았고 몇 번이나 그들은 발각되고 말았다.

"모두 자기 방으로 돌아가지 않으면, 저는 브레이브 씨를 깨울 수밖에 없습니다."

본즈는 잠옷 가운 바람으로 그렇게 엄포를 놓았다.

결국 오스카와 친구들은 본즈가 시키는 대로 각자 방으로 돌아가 잠간이나마 눈을 붙이지 않을 수 없었다.

그렇지만 아침에 오스카는 벌떡 자리를 털고 일어나 재빨리 세수를 하고 일 층으로 내려왔다.

주방에는 로렌스와 발랑틴이 못, 설탕, 기름에 적신 빵 접시를 앞에 놓고 오스카를 기다리고 있었다. 둘 다 피곤하긴 해도 신이 나 죽겠다는 표정이었다. 발랑틴이 외쳤다.

"안녕, 오스카! 있잖아, 며칠 더 여기서 지내면 안 돼? 다음 방학은 언제야?"

학교라고는 근처에도 가본 적 없는 발랑틴이 방학이 정해져 있다는 것을 이해할 리 없었다. 그녀는 누구나 자기 마음대로 학교에 가고 안 가고를 정할 수 있다고 철석같이 믿고 있었다.

체리 아줌마가 여느 때보다 더 심하게 눈을 깜박거리며—피곤하거나 신경이 날카로워지면 나오는 아줌마의 습관대로—말했다.

"오, 하느님, 안 돼요, 오늘 밤엔 여기에서 자고 가면 안 돼! 오스카, 내가 오스카가 이곳에 돌아와서 얼마나 행복해했는지 알지? 하지만 아니야, 이건 정말 아니라고! 또 어제 같은 밤을 보내란 말이야? 너희 셋이서 얼마나 난리 법석을 떨었니? 난 이제 못 견디겠어! 오, 주님, 10분에 한 번씩 기병대가 이 층을 휩쓸고 지나가는 줄 알았다니까! 도저히 참을 수가 없었어. 그런데도 무슨 일인지 나가볼 수도 없었지. 머리에 헤어 컬을 잔뜩 말고 있었거든. 그 꼴로 브레이브 씨와 마주치기라도 하면 어떡하니. 맙소사, 그랬다간 창피해서 죽어버리고 싶을 거야. 오, 아줌마가 바보인 줄 아니? 너희가 본즈 집사님의 감시에서 벗어나려고 수작을 꾸몄다는 거 다 알아. 솔직히 아줌마도 너희를 이해해." 아줌마는 헤어 컬을 그렇게 말았는데도 여느 때보다 더 뻣뻣해 보이는 밀짚 색깔의 머리를 넘기며 말했다. "그래도 말이지, 생각해보렴, 우리 남편 제리가…… 그리고 제리의 누님 한 분이 글로체스터에 사시는데, 오스카, 내가 누구 이야기를 하는지 알겠니? 그리고 얘들아, 너희들은 알겠니? 응, 그래, 생각을 해보란 말이야. 그 누님은 잠을 자지 못한 나머지……."

아줌마의 수다에 발동이 걸리자, 아이들은 더 이상 체리 아줌마에게 신경 쓰지 않고 소곤소곤 자기들끼리 얘기를 주고받았다. 체리 아줌마는 딱히 대꾸를 하거나 맞장구를 쳐주지 않아도 혼자서 잘 떠드는 사람이었다.

"오늘은 어떤 신 나는 프로그램이 준비되어 있지? 무기를 제조하는 또 다른 여배우 아줌마가 오시나? 발레리나 첩보 요원?"

로렌스가 물었다. 그는 앨리스테어의 일방적인 리드를 경계하고 있었다.

"그보다 더 짜릿할걸."

오스카가 엄마가 가방에 슬쩍 넣어준 초콜릿 잼을 식탁 아래 무릎 사이에 끼워놓고 숟가락으로 퍼 올리며 대꾸했다.

셀리아는 체리 아줌마가 발휘하는 아주 특별한 요리 솜씨를 알고 있었기 때문에 아들에게 생존 수단을 확실히 챙겨주고 싶었다. 그건 탁월한 선택이었다. 일요일 아침식사랍시고 식탁에 떡하니 올라온 접시에는 갈색 쪼가리들을 얹은 거대한 분홍색 푸딩이 꿈틀대고 있었으니까. 발랑틴은 친구들이 요리를 보지 않도록 푸딩에 냅킨을 떨어뜨리는 연기까지 해보였지만 체리 아줌마가 잽싸게 그 냅킨을 치워버렸다.

"버섯, 마시멜로, 덩어리 설탕, 셀러리를 넣어보았단다. 맛있게 먹어! 특히 우리 오스카, 많이 먹으렴! 앞으로 여행을 자주 다니려면 몸보신을 해야지!"

"그래, 몸보신을 하려면 일단 몸을 지키고 봐야지. 몸이 참 가엾구나, 절대로 포기해서는 안 돼."

기막히다는 표정으로 푸딩을 뚫어져라 바라보며 로렌스가 한마디 했다. 그러고는 접시 앞에서 돌처럼 굳은 오스카에게로 고개를 돌렸다. 친구들은 진심으로 안타까워하며 오스카에게 속삭였다.

"힘내라, 친구야. 우리가 함께 있다. 우린 네 편이야."

오스카는 망설이다가 아줌마를 불렀다.

"체리 아줌마, 제가 어젯밤부터 속이 좀 부대껴서요……."

"어머, 아직도? 너 어제도 그랬잖니? 아무래도 의사 선생님께 보여야 겠다. 혹시 신체 내 여행에서 무슨 탈이 난 건 아닌지 알아봐야지."

아줌마가 부리나케 푸딩 접시를 냉장고 안으로 치우며 말했다.

"맞아요, 아줌마 말씀대로 한번 알아봐야겠네요. 어쨌든 전 배가 고프지 않아요."

오스카가 안도의 한숨을 쉬며 대꾸했다.

발랑틴이 냅킨을 흔들며 눈치를 주었다. 하얀색 냅킨은 아까 푸딩에 닿은 탓에 알록달록하게 물들었다. 오스카는 잠깐 멈칫했지만 금세 발랑틴의 신호를 알아채고 입가를 닦았다. 확실히 오스카가 너무 많이 퍼먹기는 했다. 체리 아줌마의 요리 말고 헤이즐넛 초콜릿 잼을…….

오스카는 얼른 식탁 밑으로 초콜릿 잼 병뚜껑을 닫아서 발랑틴에게 넘겨주며 둘러댔다.

"음, 전 이제 준비해야겠어요. 위더스 부인과 다른 분들의 말씀대로라면 저는 오늘 다시 신체 내 모험을 떠나게 되거든요. 하지만 저도 그 이상은 몰라요. 자세한 정보는 협곡으로 다시 출발할 때에 앨리스테어가 말해준다고 했어요."

드디어 모두의 말소리가 들리지 않을 정도로—요리사 아줌마의 끊이지 않는 수다까지 뒤덮을 만한—시끌벅적해지기 시작했다. 손님들이 왔는지 홀에서부터 요란한 소리가 들려왔다. 쩌렁쩌렁 울리는 앨리스테어의 목소리를 듣자마자 오스카는 주방을 박차고 나갔다. 그는 친구들과 함께 계단을 네 칸씩 우당탕탕 올라가더니 자기 방으로 쏙 들어갔다.

발랑틴과 로렌스는 오스카가 케이프를 걸치고 주술서를 단단히 챙기는 모습을 부러움 섞인 눈으로 말없이 지켜보았다. 탁자에 다가간 오스카는 메디쿠스들의 소중한 무기들이 든 가방을 집어 들고 유심히 살폈다. 가방 뒤쪽에는 홈이 나 있어서 트로피 가방들과 마찬가지로 허리띠에 끼워 단단히 고정할 수 있도록 되어 있었다. 오스카는 무기 가방을 허리띠에 부착하고 어깨에 걸친 케이프의 매무새를 매만졌다. 이제 준비는 끝났다.

"나가 있어, 나도 금방 나갈게."

오스카는 구구절절 설명하지 않고 친구들에게 그렇게만 말했다.

친구들이 방에서 나가자 오스카는 얼른 침대에 가서 베개 밑에 감춰둔 것을 꺼냈다. 가족사진이 든 작은 사진첩이었다. 그는 사진첩을 케이프 안쪽의 커다란 주머니에 쑤셔 넣고 복도에서 기다리는 로렌스와 발랑틴에게로 갔다. 소년은 친구들의 시선을 약간 피하면서 이렇게 말했다.

"음, 나 이제 간다."

오스카는 친구들이—샌님 같은 로렌스조차도—얼마나 그를 따라가고 싶어하는지 알고 있었다. 첫째, 함께 있고 싶어서. 둘째, 이 거대한 저택에 갇혀 지내는 것에 넌더리가 나서. 셋째, 신체 내 세계는 그들의 고향이었기 때문에. 로렌스는 헤파톨리아인이고, 발랑틴은 모엘 독립 공화국의 적혈구가 아닌가. 고향을 떠나온 것을 후회하진 않았지만 시 시때때로 그들은 그곳을 그리워했다. 그래서 오스카와 여행을 하며 그 곳으로 잠시 돌아가고 싶은 마음이 사뭇 간절했다. 친구들은 아무 말도 하지 않았지만 오스카는 다 안다는 듯 이렇게 말했다.

"내가 위더스 부인께 말씀드려볼게. 그래도 안 되면 그랜드 마스터 께도 말씀드릴게. 결국은 우리가 다시 한 번 함께 떠나도 좋다고 하실 거야."

친구들은 고개만 끄덕끄덕했다. 실망을 감추려고 애썼지만 얼굴에 너무나 뚜렷하게 나타난 감정을 어찌할 수는 없었다.

"약속하는 거지?" 발랑틴이 물었다.

"약속해!"

"음, 그럼 우리는 네가 돌아오기를 기다릴게. 바빌론 하이츠로 돌아 가기 전에 오늘 여행 이야기도 해줘야 해. 그리고 모스를 조심하고."

로렌스가 그렇게 마무리 지으며 걱정스러운 듯이 덧붙였다.

"도움이 필요하면 휘파람을 불어. 아니면 레오니드의 속을 들들 볶 아버리는 거야. 그럼 우리는 네가 신호를 보냈구나 생각할 거야."

발랑틴은 한술 더 떠서 이렇게 말했다. 오스카는 빙그레 미소 짓고 계단을 내려갔다.

모두 홀에 와 있었다. 앨리스테어는 물론 에이든도 함박웃음으로 그 를 맞아주었다. 샐리도 친근한 손짓으로 아는 체했다. 로넌은 벽에 기 댄 채 그를 노려보고 있었는데 녀석의 입가에 감도는 삐뚤어진 미소 가 영 심상치 않았다. 로넌을 조심하라는 로렌스의 충고가 적중할까? 어쨌거나 로넌 모스와 함께라면 자나 깨나 조심, 또 조심해야 하겠지만······. 오스카는 다섯 번째 메디쿠스가 보이지 않는 것을 깨닫고 깜짝 놀랐다.

홀 저쪽 끝에 오늘을 위해 특별히 갖다놓은 소파에서 누군가의 목소리가 들렸다.

"좀 서두를 수 없겠니? 우리 이미 늦었다고. 그리고 맥쿨리 씨와 함께 떠나는 여행에서는 매사가 순탄하게만 풀리진 않잖아. 그러니까 최대한 일찍 가서 시간을 벌어두는 게 좋아."

오스카는 한숨이 나왔다. 그는 아이리스가 어떻게 되었는지 걱정하고 있었다. 아니, '걱정'이라는 말은 좀 지나친 감이 있고 최소한 '의문'을 품고 있었다. 하지만 방금 아이리스 본인이 쟁쟁대는 말투로 답을 주었다. 그랬다, 아이리스도 있었다. 안타까운 일이지만 그깟 사고 좀 당했다고 타고난 성질머리가 바뀌겠는가. 소파에 거의 드러눕다시피 한 아이리스 옆에는 아이리스와 꼭 닮은 아주머니가 서 있었다. 목 뒤로 틀어 올린 짙은 색 머리카락, 감청색 주름치마와 흰색 블라우스 차림까지 똑같았다. 아줌마는 핸드백의 가죽끈을 꼬아 쥐고 금방이라도 울음을 터뜨릴 것처럼 일그러진 얼굴을 하고 있었다.

"우, 우리 딸, 너 정말 괜찮은 거니? 꼭 가야 되겠어? 무서운 사고를 당한 후로 아직 몸도 성치 않은데!"

"엄마, 제가 비록 부상을 입은 거나 다름없지만 그 트로피를 '꼭' 갖고 싶단 말이에요."

"부상을 입은 거나 다름없다는 게 어떤 건지 설명 좀 해주라."

주머니에 손을 찔러 넣은 채 소파 주위를 돌아다니던 샐리가 톡 쏘았다. 샐리는 현재 그랜드 마스터의 조상이자 선대 그랜드 마스터이기도 한 지기스문트 브레이브의 조각상을 감상하던 중이었다.

"아주 큰 위험을 가까스로 모면했으면서 극심한 심리적 충격을 받았으니까 부상을 입은 거나 다름없다는 말을 쓸 수 있는 거야. 게다가 난 실제로 다치기까지 했다고."

아이리스가 자기 발을 보란 듯 내밀며 쏘아붙였다.

에이든이 관심을 보이며 아이리스에게 다가갔다. 까다로운 척추 수술을 몇 번이나 받고 병원 생활이라면 이골이 난 에이든은 건강에 대한 관심이 비상했다. 언젠가 오스카가 에이든의 약한 몸을 걱정했을 때에 위더스 부인은 이런 말을 했었다. "바로 그렇기 때문에 에이든은 훌륭한 메디쿠스가 될 수 있을 게다. 그 아이는 질병과 고통에 대해 잘 알거든. 장차 사람의 몸에 들어가지 않고도 그 사람이 느낄 아픔이나 불편을 헤아릴 줄 아는 메디쿠스가 될 거다." 그때 이후로 에이든은 살도 조금 붙고 자세도 많이 좋아졌다. 이따금 자신의 능력에 의심을 품기도 했지만 무엇보다 자신감이 부쩍 상승한 것을 느낄 수 있었다.

"음, 어디 말이야?"

에이든이 아이리스의 다리를 살펴보며 물었다.

"여기! 보면 몰라?"

"음, 여기 조그만 반창고 붙인 데 말이야? 도대체 얼마나 상처가 났다고 그래?"

"의사 선생님이 분명하게 말씀하셨어. 만약 상처가 감염되면 다리를 절단해야 할 수도 있다고."

플록하트 부인은 손수건으로 입을 막으며 더더욱 요란하게 청승을 떨었다. 아이리스를 둘러싼 아이들은 더 이상 말하기도 싫어서 각자 그 자리를 떴다.

"좋다, 다 모였으면 시간 낭비하지 말고 떠나자. 간다!"

앨리스테어가 말했다. 신체 내 여행을 떠난다는 생각에 소년처럼 들뜬 것 같았다. 앨리스테어의 말이 떨어지자 아이들은 모두 문으로 다가갔다.

"다시 한 번 말씀드리지만 저는 부상을 입은 거나 다름없거든요! 그래서 뛸 수가 없단 말이에요, 맥쿨리 씨!"

아이리스가 소파에 처박힌 채 소리를 질렀다.

아이들은 앞다투어 제리 아저씨가 모는 윈스턴 브레이브의 리무진과 앨리스테어의 전자식 컨버터블 사륜구동에 나눠 탔다. 아이리스가 있든 없든 신경 쓰는 사람은 아무도 없었다. 플록하트 부인이 딸을 부축해 일으켰다.

"살살, 아이고, 우리 딸, 요오오기 발로 짚어볼까? 그다음에는 저쪽 발로……. 너 정말 괜찮겠니?"

아이리스는 고개를 내밀고 아직 열린 현관문으로 누가 어느 쪽 차에 탔는지 살피더니, 성질을 부리며 엄마의 손을 홱 뿌리치고 두 발로 펄쩍펄쩍 뛰어가기 시작했다. 아이리스는 고래고래 소리를 질렀다.

"기다려! 기다리라고 했지! 앞자리에는 아무도 앉지 마! 거긴 내 자리야! 난 부상을 입은 거나 다름없다고, 내 말 안 들려? 앞자리는 내 거라니까!"

"확실히 해두자고. 또 기침이 자꾸 나거나 목구멍이 꽉 막힌 것처럼 불편해지면 다시는 허락하지 않겠어! 지난번에는 정말 숨넘어가는 줄 알았단 말이야, 젠장!"

레오니드는 응접실 한복판에 버티고 서서 꿰뚫어볼 듯한 한쪽 눈으로(다른 쪽 눈은 의안義眼이었다) 앨리스테어를 노려보았다. 앨리스테어가 레오니드를 상대하고 아이들은 그 뒤에 얌전하게 기다리고 있었다. 앨리스테어는 레오니드가 한바탕 퍼부을 거라고 예상하고 있었기에 상대를 잘 달래려고 했다.

"친애하는 레오니드, 여부가 있겠습니까. 그리고 기도 폐색은 저희 책임이 아닙니다. 오히려 이 아이들은 기도를 뚫어드리기 위해 있는 힘을 다했습니다. 특히 여기 이 필이라는 소년이 몹시 뛰어난 활약을 보였더랬지요."

"글쎄요, 활약이라고 한다면 활약이겠지요. 저 애 때문에……."

아이리스가 두 손을 허리에 짚고 비꼬듯 말했다. 하지만 소녀는 말을 다 맺지 못했다. 샐리가 아이리스의 뒷머리를 잡아당겨 앨리스테어 뒤쪽 원위치로 복귀시켰기 때문이다. 아이리스는 발버둥 치며 무서운 눈으로 샐리를 째려보았다.

"내가 분명히 말하겠는데……."

"그래, 한마디만 더 해봐. 그러면 나도 뛰어난 활약을 보여줄 테니까, 친구!"

샐리가 주먹을 꽉 쥐면서 으르렁거렸다.

오스카가 그룹의 선두로 나섰다. 미소를 지어 보였지만 레오니드의 완강한 표정은 풀어지지 않았다. 그는 돋보기안경을 쓰고 별로 믿음이 가지 않는다는 듯이 오스카를 눈여겨보았다.

"글쎄, 어쨌든 간에, 내가 조금이라도 불편하거나 재채기가 났다가는 각오하시오! 레오니드 스미스의 이름을 걸고 하는 말이라고!"

앨리스테어는 미소를 지으며 아이들을 돌아보았다. 그는 펜던트를 꺼내들고 물었다.

"준비됐지? 대협곡을 지나면 나오는 소협곡 아래로 간다. 한 사람도 빠짐없이."

그는 로넌 모스를 주시하며 마지막 말을 덧붙였다. 로넌은 건방진 표정으로 앨리스테어의 시선을 받아내더니 펜던트를 휘두르며 제일 먼저 앞으로 박차고 나왔다.

다음 순간, 다섯 아이들은 케이프 자락을 뒤로 넘겼다. 모두 앨리스테어가 약속 장소로 정해준 그곳에 도착해 있었다.

"이제 슬슬 컨트롤이 되나 봐."

모두가 성공한 데 대한 놀라움 반 자부심 반으로 에이든이 말했다.

"모두들 목표를 겨냥해서 잠입하는 데 완벽하게 성공했구나. 정말 잘했다."

앨리스테어가 아이들을 칭찬해주었다.

아이들은 위를 쳐다보았다. 앨리스테어는 바위 위에 올라 앉아 그들을 내려다보며 미소 지었다. 그의 뒤쪽으로 대협곡이 가운데가 갈라진 웅장한 성벽 같은 모습으로 버티고 있었다.

"단번에 이쪽으로 건너오니까 좋네요."

오스카도 지난번 여행의 힘들었던 경험을 떠올리며 기뻐했다.

그 점에서만은 로넌 모스도 예외가 아닌 듯했다. 그도 처음으로 입을 떡 벌리며 놀라고 있었으니까.

"그런데 저 망할 소협곡을 또 지나가야 하는 거예요?"

로넌은 매사가 불만스러운 트집쟁이처럼 따지고 들었다.

"어쩔 수 없는 일이야. 대협곡을 지나왔다는 것은 레오니드의 기도를 통해 폐에 도달했다는 뜻이지. 그다음에는 기관지를 통과해야 해. 바로 이 작은 협곡들이 기관지야. 메디쿠스인 너희는 두 가지 이유에서 반드시 이 과정을 거쳐야 한단다."

"무슨 이유인데요?"

오스카가 물었다.

"첫째, 다음에 왔을 때 그 장소를 알아볼 수 있어야 하니까. 둘째, 장소도 너희를 파악할 수 있어야 하니까."

"하지만…… 저건 그냥 바윗덩어리들이잖아요!"

앨리스테어가 고개를 저었다.

"그렇지 않아. 저 사이를 지나면서 너희를 주시하는 수백 개의 눈들을 보게 될 거다. 다만 그 눈들은 너희와 달리 있는 듯 없는 듯 조용히 숨어 지낼 줄 안다는 차이가 있을 뿐이지."

일행은 대협곡을 등지고 그보다 야트막한 소협곡들을 바라보았다. 에이든이 소협곡들을 눈여겨보다 말고 난색을 표했다.

"어느 쪽을 택하죠?"

"여기저기 다 가보면 안 돼요? 그럼 재미있을 텐데."

신 나게 등산을 한다는 생각밖에 없는 샐리가 물었다.

"퍽이나 재미있겠다. 나라면 최단 거리를 선택하겠어."

아이리스가 샐쭉거렸다.

"이번만은 나도 아이리스와 같은 생각이야."

에이든이 한마디 했다.

"우리는 가운데 협곡으로 갈 거다. 뭐, 이쪽으로 가나 저쪽으로 가나 같은 곳으로 통하니까 걱정할 건 없어."

앨리스테어가 말했다.

"어디로 통하는데요?"

"왕국의 심장부란다, 얘들아. 왕국의 심장부이자…… 너희가 수행해야 할 미션의 핵심이지."

그들은 대협곡보다 좁은 암벽 사이의 통로로 들어갔다. 여기는 대협곡보다도 더웠다. 모두 비지땀을 흘렸고 숨쉬기가 점점 더 힘들어졌다. 앨리스테어가 그 이유를 설명해주었다.

"당연한 일이야. 협곡으로 들어와 순환하는 공기는 차츰 더워져서 체온에 해당하는 37도에 육박하게 돼. 하지만 그게 다가 아니야. 땅만 보고 걷지 말고 저기 위쪽을 한 번 볼래? 뭐 눈에 띄는 것 없어?"

아이들은 숨을 헉헉 몰아쉬며 암벽 위를 올려다보았다. 가느다랗게 뿜어져 나오는 안개를 맨 처음 발견한 사람은 오스카였다.

"바위에 구멍이 나 있나 봐요. 거기서 새어 나오는 것 같아요."

"맞았어! 아니, 그 이상이야. 네 말대로 바위에는 구멍들이 나 있고 그 안쪽에는 따뜻한 물이 흐르는 배관망이 있거든. 그 물은 이곳에 드나드는 공기를 촉촉하게 적셔주는 역할을 하지. 바람의 왕국에 사는 사람들은 아주 창의력이 뛰어나고 발전한 기술을 가지고 있단다. 너희도 앞으로 보게 될 거다."

로넌이 킬킬대며 웃음을 터뜨렸다. 녀석이 소리 내어 웃는 일은 거의 없었기 때문에 일행의 시선이 모두 그에게 쏠렸다. 로넌이 이렇게 빈정댔다.

"너무 가까이 가지 마라, 스펜서. 네 뼈에 박아 넣은 쇠붙이에 녹이라도 슬면 어쩌려고."

에이든은 귀까지 얼굴이 새빨개졌지만 아무 말도 못 들은 체했다. 오스카는 대신 나서서 쏘아붙이고 싶은 마음이 굴뚝같았지만 위더스 부인의 마지막 당부가 생각나서 꾹 참았다. "로넌 모스의 도발에 넘어가서는 안 된다." 오스카는 마음을 진정시키려고 팔로마의 가방에 손을 없었다. 로넌도 더 이상 떠들지 않는 게 이로울 것이다. 만약 그랬더라면 오스카는 메디쿠스용 무기를 로넌에게 시험해보고 싶은 유혹에 빠졌을 테니까.

아니나 다를까, 아이리스가 끼어들 차례였다.

"쇠붙이를 박아 넣었다니, 그게 무슨 소리야?"

"너하고는 상관없잖아. 아니, 아무하고도 상관없는 얘기야."

오스카가 참다 못해 끼어들었다.

아이리스는 경계하는 눈초리로 에이든을 바라보았다. 곤란한 질문을 피하기 위해, 그리고 자신이 일행에서 결코 뒤처지지 않는다는 것을 보여주기 위해 에이든은 앨리스테어와 나란히 선두에서 걸어가고 있었다.

"앨리스테어, 바람의 왕국 사람들을 뭐라고 부르나요?" 오스카가 물었다.

"에올리언이라고 한단다."

"그들은 어디에 살아요?"

"그 답이 멀지 않았다. 저기 저 경사진 암벽만 지나가면 돼."

녹초가 되었지만 호기심에 이끌린 아이들은 발길을 재촉해 거대한 바위를 돌아 나갔다. 마침내 협곡에서 빠져나왔던 것이다. 오스카가 행렬의 가장 끝에서 걸어갔다. 양갓집 규수 같은 옷차림의 아이리스가 꾸물대는 바람에 오스카의 진로에 방해가 되었다.

"빨리 가, 아이리스. 이제……."

그때 눈앞에 펼쳐진 장관에 오스카는 숨이 멎었다. 왜 모두들 빨리 지나가지 않고 그 자리에 못 박혀 있었는지 비로소 깨달았다.

그들 앞에는 새로운 평원이 한없이 펼쳐져 있었다. 평원은 완만한 경사로 내려가는가 싶다가 광대한 안개 속으로 파묻혔다. 그 순간, 일행

쪽으로 불던 바람이 수증기 구름을 몰고 왔다. 잠시 후, 바람의 왕국 평원에서 그랬던 것처럼 바람의 방향이 바뀌었다. 안개가 걷히며 서서히 멀어져갔다. 그제야 해안선과 붉은 바다가 시야에 들어왔다. 검붉은 바다는 우주를 완전히 뒤덮을 듯 아득한 수평선까지 펼쳐져 있었다.

오스카는 입을 다물지 못한 채 몇 걸음 더 걸어갔다. 그는 이 믿기지 않는 광경을 좀 더 잘 보기 위해 일행보다 앞으로 나왔다.

그 붉은 바다의 수면에 거대한 배 한 척이 웅장하게 떠 있었다. 굳이 말하자면 건물처럼 생긴 배였지만 바깥세상에서는 한 번도 본 적이 없는 구조물이었다. 공상과학영화나 비디오게임에서 튀어나온 우주정거장 같다고나 할까. 철제 골조로 고정된 희고 투명한 삼각형들이 거대한 구를 이루고 있었고, 태양 주위를 공전하는 행성들처럼 중앙에 있는 구를 그보다 훨씬 작은 구들이 맴돌고 있었다. 작은 구들과 중앙의 구는 투명한 튜브로 서로 이어져 있었는데 그 속에서 왔다 갔다 하는 까만 점들을 어렴풋이 볼 수 있었다. 움직이는 생명체, 아마도 에올리언들이 저 튜브를 통해 이동하는 것이리라.

로넌은 뒤에 물러나 있을 녀석이 아니었다. 녀석이 오스카를 치고 나오면서 맨 앞자리를 차지했다.

"저건 뭐야? 달나라에라도 온 것 같군."

"저건 아이올로스 왕과 그 백성들이 사는 도시다. 왕국의 심장이라고 해도 좋지. 그리고 너희가 가야 할 곳이기도 하고."

"저길 간다고요? 어떻게요?"

아이리스가 걱정스럽게 물었다.

"눈을 떠봐, 아이리스."

아이리스는 한없이 거대해 보이는 괴상한 왕궁을 향해 고개를 돌렸다. 바람이 왕복한 후 이제 막 안개가 모두 걷히면서 그들의 눈앞에 어떤 다리의 초입이 드러난 참이었다. 파도가 몰아치는 지점보다 한참 앞쪽 모래사장에서 시작된 다리는 거대한 철탑들로 연결되어 검붉은 바다 위로 완만하게 지나가고 있었다. 오스카는 뉴욕이나 샌프란시스코의 거대한 다리들을 사진으로 본 적이 있었다. 그러나 지금 눈앞의 다리에 비하면 그 다리들은 우스울 정도로 보잘것없는 구름다리에 지나지 않았다.

"저, 저리로 가는 거예요? 저 다리를 건너서 아이올로스 시티에 들어가요?"

오스카가 물었다. 앨리스테어는 미소를 지으며 고개만 끄덕였다. 그러고는 눈살을 찡그려가며 수평선 쪽을 유심히 바라보았다.

"게다가 지금 당장 가야겠는걸. 이제 곧 너희들을 요란하게 환영하러 나올 거야. 준비해라, 얘들아."

그 다리 위, 아이들과 몇 킬로미터는 떨어져 있음직한 곳에서 바다 수증기에 아롱거리는 거무스름한 형체들이 나타났다. 잠시 후, 몇몇씩 무리 지어 차를 나눠 타고 출발하는 모습이 좀 더 또렷하니 눈에 들어왔다. 그들은 차를 타고 오스카 일행 쪽으로 오고 있었다.

오스카는 반사적으로 펜던트를 손으로 쥐고 허리띠에 달린 팔로마의 가방을 확인했다. 앨리스테어는 아이들의 태도를 눈여겨보았다. 로넌 모스조차 주먹을 꼭 쥐고 케이프 자락을 신경질적으로 구기고 있었다. 이제 조금 있으면 틀림없이 아이리스는 예상에서 벗어난 원정이라느니, 이렇게 위험할 줄은 몰랐다느니 하며 불만을 터뜨릴 것이고 윗사람들에게 따지겠다고 협박할 것이다. 그래서 앨리스테어는 아이들을 안심시키고 싶었다.

"걱정할 건 없다. 지금 우리를 만나러 오는 사람들은 내가 아주 잘 아는 사람들이야. 아무렴, 저들에 대해서는 아무것도 두려워할 필요 없단다."

앨리스테어의 말에도 에이든은 그다지 안심이 되지 않았지만 용감하게 앞으로 나가 오스카와 부자연스러운 미소를 주고받았다.

환영단은 이제 꽤 근접했다. 그들의 모습이 시야에 뚜렷이 들어올 무렵, 덮개 없는 SUV 차량처럼 생긴 첫 번째 차 한복판에서 앞 차창의 아치형 테두리를 붙잡고 당당하게 선 한 남자가 눈에 띄었다. 아직 꽤 거리가 있었음에도 거인 같은 체격이 한눈에 들어왔다. 그는 윈스턴 브레이브보다도 키가 크고 위풍당당해 보였다.

마침내 세 대의 차가 모두 다리에서 내려와 구름을 일으키며 모래사장을 질주하더니 일행과 몇 미터 떨어진 지점에 정차했다. 아이들은 한자리에 모여 그들을 구경했다. 첫 번째 차에 탄 남자가 바닥에 뛰어내리더니 곧바로 앨리스테어에게 왔다. 그는 기다란 가죽 장화를 신고 얇은 터틀넥에 경찰의 방탄조끼 비슷한 조끼를 걸치고 있었다. 바람의 방향이 바뀌는 바람에 그의 기다란 갈색 머리가 흩날렸다. 에올리언들은 모두 머리가 긴 모양이었다. 에올리언 청년과 앨리스테어가 반갑다는 듯이 악수를 나누었다.

"이렇게 맞아주니 고맙군, 가엘."

"윈스턴 브레이브 님께서 폐하께 전갈을 주셨으니까. 이들을 시험해 보시려고 기다리시는 중이야."

불안해진 아이들은 서로 눈길을 주고받았다. 시험이라니? 무슨 시험일까? 왜 시험을 치른단 말인가?

앨리스테어는 질문을 던질 짬을 주지 않았다.

"우리 어린 친구들아, 이쪽은 가엘 르 쇼브라고 한다. 아이올로스 왕립 군대 파고사이트* 제2연대 연대장이시지. 이분이 너희를 시티까지 안내해주실 거다."

샐리는 재미있다는 표정으로 남자를 구경했다. 그러고는 오스카와 에이든에게 몸을 기울이고 소곤소곤 말했다.

"저렇게 머리숱이 많은데 이름이 가엘 르 쇼브라고? 저 사람 이름이 가엘 르 슈블뤼**가 아니라서 다행이군. 그랬으면 머리가 바닥에 질질 끌렸겠는데!"

그렇게 말하면서 샐리는 아주 짧게 친 자기 머리칼을 뒤로 넘겼다. 샐리의 느긋한 태도에 오스카와 에이든도 긴장이 풀리고 웃음이 나왔다. 이 기회를 놓치지 않고 에이든이 앨리스테어에게 물었다.

"맥쿨리 씨, 우리와 같이 가시지 않나요?"

"나는 가지 않는다. 전에도 말했잖아. 이제 너희가 나설 차례야. 가엘과 아이올로스 왕이 잘 안내할 것이고 너희는 이 우주의 첫 번째 트로피를 거머쥐고 돌아오게 될 거다. 나는 그렇게 믿어 의심치 않는다. 하지만 너희는 나의 도움 없이 자기 힘으로 헤쳐 나가야 한다."

"맥쿨리 씨 도움 없이요? 그러다 잘못되면 어떡하나요? 그런 생각은 해보신 거예요?"

아이리스가 따졌다. 그녀는 대답을 기다리지도 않고 팔짱을 낀 채 그 광경을 지켜보던 가엘을 확 돌아보았다. 다른 두 남자와 한 여자가 차에서 내려 가엘에게 합류했다. 여자가 조금 더 날씬하긴 했지만 모두

★ phagocyte, '식세포'를 뜻하며, 식세포는 균을 잡아먹는 작용을 하여 이물체를 처리하는 세포다.
★★ '쇼브(chauve)'는 프랑스어로 '대머리'라는 뜻이며 '슈블리(chevelu)'는 프랑스어로 '머리털이 길고 덥수룩한'이라는 뜻이다.

체격이 비슷비슷했고 하나같이 얼굴형이 갸름하고 이목구비가 반듯했다. 대장과 마찬가지로 얇은 터틀넥에 일자바지를 입고 방탄조끼 같은 것을 입었다. 어깨 혹은 그 아래까지 치렁치렁하게 늘어뜨린 머리 모양도 하나같았다. 그들은 모두 팔짱을 끼고 고개를 빳빳하게 든 채 아이리스를 굽어보고 있었다.

아이리스의 불만이 줄줄이 터져 나왔다.

"아저씨, 우리의 안전을 위해 무슨 준비를 해두셨나요?" 아이리스가 말하다 말고 오스카를 지목했다. "저는 얘 때문에 죽을 뻔했었다고요. 아저씨는……."

"나 때문이라고? 말은 똑바로 하자! 내가 없었으면 넌 바위에 찌부러졌을 거야!"

가엘이 아이리스를 바라보며 미소 지었다. 완벽한 치열과 새하얀 이가 드러났다. 그의 송곳니는 짐승의 날카로운 송곳니 같았다.

"네 생각에는 나와 함께 있는 게 안전하지 않을 것 같으냐?"

아이리스는 가엘의 고른 치열과 새파란 눈동자, 다부진 턱과 뺨에 난 흉터를 눈여겨보았다. 그러고는 마침내 한 발 물러섰다.

"괜찮을 것 같기는 해요. 그래요, 제 생각에…… 별 탈 없이 지낼 수 있겠네요. 일단은 괜찮겠지요."

아이리스가 뒤로 틀어 올린 머리를 매만지며 더듬더듬 말했다. 가엘은 고개를 들고 어린 메디쿠스들을 위풍당당하게 내려다보았다.

"또 질문 있는 사람?"

대답 대신 몇몇 아이들의 도리질과 침묵만이 돌아왔다.

"그럼, 앨리스테어, 이 아이들과 관련해서 특별히 부탁할 일 없나?"

"부탁이라면 하나뿐이지. 모두 무사히 돌려보내줘. 알다시피, 우리에겐 이 아이들이 정말로 필요해."

가엘이 하늘을 올려다보았다. 하늘도 앨리스테어의 말에 힘을 실어
주고 싶은 듯 구름이 모여들고 있었다.

"모두 무사히 돌려보내겠네. 한 사람도 **빠짐없이**! 나도 앞으로의 전
망이 어둡다는 건 아네. 그리고 나는 우리가 예측하는 것 이상으로 현실
이 힘들어질 거라고 생각한다네." 가엘은 샐리와 아이리스를 지목하며
말했다. "음, 너희 둘은 내 차로 가자. 거기 말라깽이 소년은 키미의 차
에 타고 나머지 둘은 제일 끝에 있는 차에 타라. 당장 오늘부터 고생 시
작이다."

로넌을 제외한 아이들 모두가 앨리스테어를 돌아보았다. 앨리스테어
는 저만치 멀어져가면서 손짓으로 인사를 보낼 뿐이었다. 오스카와 로
넌은 서로를 흘끗 쳐다보고는 세 번째 차에 몸을 실었다.

안개의 도시

자동차는 요란하게 출발했다. 오스카와 로넌은 운전자가 지시한 대로 뒷자리에 나란히 앉아 있었다. 가엘보다 조금 더 나이 들고 살집이 있는 남자는 과묵하니 두 소년을 곁눈질로 굽어보고만 있었다. 두 소년은 서로 등진 채 자기 쪽 차창에 달라붙었다. 지금만큼은 둘 다 싸움을 일으키고 싶은 마음이 없었다. 그들은 흥미롭지만 아직 잘 알지 못하는 우주를 여행하는 중이었다. 게다가 파고사이트 연대의 대장은 '시험'이 그들을 기다리고 있다고 했다. 그러니 무기를 내려놓고 화해하는 편이 나았다. 최소한 지금 당장은……

로넌이 먼저 운전수에게 고개를 내밀었다.

"어디로 가는 거예요?"

"대장을 따라간다."

운전자는 그렇게만 대꾸했다.

그는 선두 차량을 따라잡기 위해 액셀러레이터를 밟았다. 차는 고무

공처럼 모래언덕을 힘차게 박차고 나갔다. 차 밖으로 떨어질까 봐 로 넌이 앞자리를 붙잡고 몸을 웅크리자, 백미러로 이를 본 운전수가 슬쩍 미소를 지었다. 오스카는 대번에 운전수 아저씨에게 호감을 느꼈다. 그 는 덮개 없는 지프차가 심하게 흔들리는 것도 잊고 사방팔방으로 날리 는 곱슬머리를 바로 하려고 애쓰며 주위의 풍경을 넋을 빼고 구경했다. 환영단 차량이 다리에 막 진입하려는 순간, 오스카는 저 멀리 육지에 대도시의 마천루처럼 높이 솟은 철골 기둥들과 가장 위쪽에 달린 거대 한 송풍기 같은 것을 보았다. 오스카는 밑져야 본전이라는 생각으로 운 전수에게 물어보았다.

"아저씨, 저게 뭐예요? 거대한 굴뚝처럼 생긴 저거 말이에요."

오스카는 로넌이 들었던 대답보다는 만족스러운 대답을 얻기 바랐 다. 운전수는 그쪽으로 흘끗 시선을 던지고 나서 대답해주었다.

"저건 굴뚝이 아니라 제피로스* 타워야. 몇 초간 바람을 일으켰다가 다시 빨아들이지. 바로 저 타워들이 맞바람을 만들어내는 거야."

"저 제피로스 타워 덕분에 레오니드 영감님이 숨을 쉴 수 있다, 그런 말씀이신가요?"

남자는 고개를 끄덕였다. 바로 그 순간, 저 멀리서 송풍 장치 중 어느 하나가 고장 나거나 어디가 막힌 것처럼 털털거리는 소리가 들렸다. 하 지만 잠시 후, 바람이 정상으로 돌아왔다.

"이제 타워들이 좀 노후했지. 쓰기도 참 오래 썼지만 담배 연기에 완 전히 절어버렸거든. 그래서 가끔은 저렇게 문제가 생기기도 해. 저럴 때마다 레오니드 영감이 기침을 하는 거지."

★ 제피로스는 그리스신화에 등장하는 바람의 신이다.

오스카는 엄마가 생각나지 않을 수 없었다. 소년은 자신의 특별한 능력을 발견한 이후로, 늘 엄마나 비올레트 누나를, 혹은 제레미나 바르트 같은 친구들을 생각했다. 그들 역시 신체 내 다섯 우주를 지니고, 바다와 대양, 거대한 다리와 저 굴뚝 같은 타워를 품고 있을 터였다. 언젠가는 친구의 몸속에 들어가 협곡을 가로막는 바위를 부수어 숨통을 뚫어줄 수 있을까? 골리노 아줌마의 제피로스 타워는 여전히 잘 작동하고 있을까? 오스카가 사랑하는 사람들의 몸은 아무 이상 없이 잘 기능하고 있을까? 엄마나 누나에게 무슨 일이 생긴다는 것은 상상할 수도 없었다. 자신이 메디쿠스라서 다행이라고 이따금 생각하는 이유가 그것이었다. 엄마나 누나의 몸속에 들어가 그들을 구해낼 수 있을 거라 생각하면 한없이 안심이 되었다. 아빠는 그가 태어나기도 전에 돌아가셨으니 어쩔 수 없었지만 매일매일 아빠의 빈자리는 아프게 다가왔다. 이제 오스카에게는 세상에서 가장 소중한 두 사람을 지킬 힘이 있었다. 만약 엄마와 누나에게 무슨 일이 생긴다면 그는 영원히 자신을 용서할 수 없을 것이다.

오스카는 종종 똑같은 질문을 떠올리곤 했다. 그가 메디쿠스의 능력으로 신체 내 우주의 손상을 회복시킨다면 누군가를 영원히 죽지 않게 지킬 수도 있을까? 아빠 생각이 또 났다. 아빠는 메디쿠스였지만 원통하게도 아무도 아빠의 몸속에 들어가 그 생명을 구해주지 않았다. 지난번에 앨리스테어에게 들은 말이 뇌리에서 떠나지 않았던 이유도 그 때문이다. 만약 아빠를 살려낼 수 있는 에메랄드 서판이 실제로 존재한다면 어떻게 해서든 그 서판을 찾아야 했다. 반드시 찾고 말 것이다.

오스카가 상념에서 벗어나 정신을 차리고 보니 세 대의 차는 이제 다리 중간쯤을 지나고 있었다. 그는 이 철탑에서 저 철탑으로 이어지며 거미줄처럼 기하학적이면서도 조밀한 무늬를 그리는 금속 케이블을 올려다보았다. 이어서 몸을 바깥쪽으로 기울여보았다. 다리 밑, 수백 미터 아래쪽에서 바닷물이 메트로놈처럼 규칙적으로 요동치며 수면에 파장을 일으키고 있었다. 보이지 않는 심해에서 몇 초에 한 번꼴로 충격이 일어나는 듯했다. 그러나 무엇보다 오스카의 마음을 사로잡은 것은 차츰 가까워지는 도시의 위용이었다.

그 도시는 협곡에서 빠져나와서 보았을 때보다 한층 더 크고 웅장해 보였다. 이제 오스카는 거대한 구의 반투명한 벽 너머에서, 그리고 그 구와 주위의 무수한 벌집들을 연결하는 통로에서—에스컬레이터 구조인 것도 있고 엘리베이터 구조인 것도 있었다—살아가며 분주하게 일하는 수천 명의 시민들을 확실히 관찰할 수 있었다. 소년은 이 놀라운 도시를 무엇이 떠받치고 있는지, 어떻게 저 큰 도시가 바다의 표면에 떠 있을 수 있는 건지 궁금해졌다. 그래서 운전수에게 물어보려는데 마침 환영단 차량들이 속도를 늦추었다. 도시의 성문에 도착한 것이었다.

바람의 방향이 다시 바뀌었다. 섭씨 37도의 물에서 올라온 안개가 그들 주위로 퍼졌다. 소용돌이치는 안개 너머로 자동차들이 흐릿하게 보였다. 오스카와 로넌은 지프차에서 내리고 나서도 눅눅한 안개가 걷히기를 잠시 기다려서야 비로소 다른 친구들도 옆에 있다는 것을, 거대한 도성의 문이 이제 막 열렸다는 것을 알 수 있었다.

"따라오너라. 차는 거치적거리니 여기에 두고 간다. 자동차는 해안에 손님들을 맞으러 갈 때에나 유용한 물건이지. 이제부터는 정신 똑바로 차려라."

가엘이 큰 소리로 말했다.

어린 메디쿠스들은 가엘을 따라 거대한 입구로 들어갔다. 그러자 대도시의 광장, 그것도 아주 넓고 현대적인 광장이 나왔다. 도시의 광장과 다른 점이 있다면 상점, 식당, 술집 따위를 전혀 찾아볼 수 없다는 것이었다. 건물이란 건물은 죄다 사무용 빌딩 같았는데, 거대한 구에 갇힌 도시 전체가 일하는 사람들의 공간 같았다. 몹시 흥분한 군중은 이리저리 오갔다. 게다가 모두 바깥세상 사람들과 똑같은 옷을 입고 있어서 놀라지 않을 수 없었다. 청바지, 운동화, 양복, 오만 가지 종류의 옷이 다 있었다. 다만, 색상만은 하나같이 투명하리만치 맑은 푸른색이었다. 게다가 그때그때 바람의 흐름에 복종하듯 때때로 옷들의 형체가 이지러지곤 했다. 사실 이 왕국의 진정한 군주는 바람이 아닌가 싶을 정도로⋯⋯.

오스카는 광장 한복판에 우뚝 솟은 기묘한 기둥을 발견했다. 거울 표면처럼 그림자가 비치는 그 기둥은 천장까지 쭉 뻗어 있을 뿐 아니라 아예 천장을 뚫고 더 높은 곳까지 솟은 듯했다.

그때 에이든이 오스카와 샐리의 팔을 움켜잡았다. 오스카와 샐리도 에이든의 팔을 붙잡고는 눈을 휘둥그레 떴다.

도시는 극장처럼 설계되어 있었다. 둥근 내벽을 빙 둘러가며 극장 관람석 같은 발코니가 여러 층으로 나 있어서 꼭 반지를 여러 개 겹쳐놓은 것 같았다. 각 층에는 다양한 건물과 가옥이 들어차 있었다. 원형의 거리와 대로들이 층층이 중앙 광장을 내려다보는 구조라고 할까. 그리고 광장 바닥에는 군데군데 거대한 튜브가 튀어나와 내벽까지 연결되어 있었다. 그 튜브를 통해 각 층 발코니마다 나 있는 개폐구로 나갈 수 있었다.

남반구에 발코니들이 겹쳐 있다면 북반구에는 주변의 작은 구들과 연결되는 터널이 있었다.

로넌 모스조차도 경탄하며 말을 꺼내지 못했고, 아이리스도 도시의 경관에 압도당한 나머지 에올리언들에게 이래라저래라 하는 것을 잊었다. 가엘이 정신을 차리게 해주지 않았다면—또한 그들의 의무를 일깨워주지 않았다면—모두 넋을 놓고 그 자리에서 도시 구경만 하고 있었을지도 모른다.

가엘은 부드럽게 아이들을 재촉하며 별다른 설명 없이 계단으로 떠밀었다. 계단 아래의 빛나는 구에서 일행은 'TER'이라는 세 개의 문자를 읽을 수 있었다.

샐리는 키미를 향해 고개를 돌렸다. 키미는 긴 갈색 머리를 땋아 내린 젊고 아름다운 에올리언 여성으로 개암나무 빛깔 눈동자와 아몬드형의 눈매가 인상적이었다. 그녀는 가엘이 이끄는 연대의 일원 같았다. 키미는 눈빛이 따뜻하고 외모가 매우 여성스러웠으나 같은 연대의 남자들보다 운동신경이나 기력이 절대로 뒤떨어지지 않았다. 샐리는 키미가 금세 마음에 들었다. 샐리도 언젠가 나이가 차면 군대에 들어가겠다는 꿈을 꾸고 있었으니까.

"특수부대란 말이야."

샐리가 조금 전에 에이든이 키미를 외계인 바라보듯 할 때에도 그렇게 설명해주었다.

샐리와 에이든은 가엘의 차에 함께 탔었다. 아까도 샐리는 차창 밖으로 몸을 기울여가며 키미를 감탄하는 눈으로 바라보았었다.

"특수부대? 아니, 무슨 부대가 그렇게 특수한데?"

에이든은 이해가 가지 않는다는 듯 물었다.

샐리는 어깨를 으쓱했다.

"군대에는 특수부대들이 있어. 특히 위험하고 까다로운 임무를 수행하기 위해 편성된 부대들이지." 소녀는 주먹까지 불끈 쥐며 덧붙였다. "나도 현장에서 뛰는 사람이 되고 싶어. 솔직히 내가 사무원이 될 것 같진 않잖아?"

에이든이 열성적으로 고개를 저었다.

"응, 그건 정말 아니야. 널 사무실에서 보게 될 것 같진 않아. 그래, 진정해. 아무도 네가 사무원이 될 거라고는 생각 안 할 테니까."

이 말을 칭찬으로 받아들인 샐리는 미소를 지었다. 도시에 도착할 때까지 샐리의 눈은 전투복을 입은 옆 차의 새로운 우상―라라 크로프트*를 1순위에서 당당하게 몰아낸―에게 고정되었다.

"그런데 TER은 무슨 뜻인가요?"

샐리는 키미와 보조를 맞추어 TER 정거장 계단을 네 칸씩 성큼성큼 올라가면서 물었다.

"'고속 에올리언 트랜스퍼(Transfert Eolien Rapide)'의 약자야. 더 이상 질문 때문에 지체할 수 없어. 너희들과 곧 만날 분을 기다리시게 해서는 안 되니까."

그들은 지하철 개찰구와 아주 흡사한 공간에 이르렀다. 각자 키미가 건네준 자석 배지를 갖다 대자 삐 소리와 함께 잠금장치가 풀려서 무사히 회전문을 통과할 수 있었다. 다만 이곳의 잠금장치는 금속 빗장이 아니라 푸르스름한 광선이라는 차이가 있을 뿐이었다. 그들은 플랫폼으로 갔지만 레일 따위는 전혀 보이지 않았다. 그 대신 봅슬레이를 연상시키는 크고 넓은 두 개의 튜브가 플랫폼 앞을 지나고 있었다. 가엘은 유리벽 너머에 있는 TER 승무원에게 손짓을 했다. 승무원이 컴퓨터

★ 게임 〈툼레이더〉 시리즈와 동명의 영화에 등장하는 섹시한 여전사 캐릭터.

터치스크린을 톡톡톡 치자 튜브 안에서 금속으로 된 부분이 쫙 벌어지면서 긴 좌석이 놓인 차체의 내부가 드러났다.

"누가 먼저 들어갈래?"

오스카가 자원하려고 했지만 로넌이 우악스럽게 오스카를 밀치고 나섰다.

"남자들이 먼저 가야죠."

녀석은 평소의 공격적인 태도를 되찾은 것 같았다. 가엘은 로넌을 매서운 눈으로 바라보았지만 로넌에게 잔소리할 여유는 없었다. 그는 일단 로넌을 객차에 탑승시켰다.

"몸을 쭉 펴고 누워라. 벨트 착용하고. 됐어?"

로넌은 갑자기 아까보다 기가 꺾인 표정으로 고개를 끄덕이더니, 불안해하며 물었다.

"이제 어떻게 되는 거죠?"

오스카가 끼어들었다. 앙숙을 놀려줄 기회를 놓칠 수는 없었으니까.

"겁나나 봐? 겁나면 남자들이 먼저 가게 양보하지그래."

오스카는 그렇게 말하며 자신과 에이든을 가리켰다. 모욕을 당한 로넌은 무서운 눈으로 오스카를 노려보았지만 아무 대꾸도 하지 못했다. 튜브가 도로 닫히면 혼자 컴컴한 어둠 속에 갇히는 건가? 지금 당장은 그 생각밖에 할 수 없었다. 필 녀석은 나중에 혼내줘도 된다. 그건 급한 일이 아니었다.

"저기요, 문이 닫히면 불도 꺼지는 겁니까?"

로넌은 최대한 얌전하게 가엘에게 물었다.

옆에 물러나 있어서 그때까지 로넌의 시야에 들어오지 않았던 아이리스가 놀랍다는 듯이 큰 소리로 말했다.

"불이 꺼지면 무서워? 세상에, 몇 살인데 아직도!"

로넌이 조그맣게 물었기 때문에 아이리스가 그렇게 호들갑을 떨지만 않았다면 다른 아이들은 무슨 말이 오갔는지도 몰랐을 것이다. 로넌은 벨트로 묶여 있지만 않았다면 당장 아이리스에게 달려들어 목을 조르고 싶었다. 하지만 창피하고도 무서운 마음에 그저 아이리스의 말을 무시하는 수밖에 없었다.

객차의 문이 닫혔다. 가엘이 자기 왼쪽에 있던 플랫폼 가장자리의 버튼을 눌렀다. 그러자 객차는 미사일처럼 무서운 속도로 튜브 속에서 질주했다. 아이들은 불안한 얼굴로 서로 시선을 교환했다.

가엘이 아이리스를 지목했다.

"너, 너는 잔소리를 좋아하니까 2번으로 출발할 자격이 있다. 두 번째 객차에 탑승하도록,"

"저는 다른 아이들과 함께 타고 싶은데요. 변변찮은 애들이라 모두 함께 가야만……. 아아아악!"

가엘이 아이리스를 붙잡아 플랫폼에 대기한 객차 구석으로 밀어 넣은 참이었다. 금속 문짝이 닫히자마자 객차는 앞 차와 같은 코스로 튀어나갔다.

오스카는 플랫폼에 서 있다가 자기가 알아서 객차에 탔다. 안전벨트를 채우고 문이 막 닫히려는 찰나, 가엘이 객차 안으로 고개를 들이밀었다. 처음으로 오스카는 가엘의 시선에서 다정한 기운을 느낄 수 있었다.

"필 가의 아이를 훌륭한 메디쿠스로 성장시키는 데 이바지할 수 있다니 기쁘구나. 정말로 기쁜 일이야. 행운을 빈다."

가엘은 모호한 말투로 그렇게 말했다. 그러고는 몸을 다시 빼고 버튼을 눌렀다.

"출발!"

객차의 문이 닫혔다. 오스카는 부릉부릉하다가 포효하는 엔진의 소리를 들을 수 있었다. 그의 몸뚱이가 롤러코스터에 탄 것처럼 휙 튀어나갔다. 온몸이 사방으로 흔들리고, 몇 바퀴나 빙글빙글 돌았다. 머리통이 터질 것 같다고 생각한 순간, 선체가 딱 멈추었다. 문이 열리자 친구들의 얼굴이 보였다. 로넌 녀석은 얼굴이 백짓장처럼 하얗게 질려 있었고 아이리스는 주름치마와 블라우스가 구겨지거나 말거나 상관없이 땅바닥에 주저앉아 손으로 입을 틀어막고 있었다.

잠시 후, 샐리와 에이든도 비틀거리며 걸어 나왔다. 모두들 심장이 요동치다 못해 몸 밖으로 튀어나올 것 같았다. 가엘과 키미가 그들에게 합류했다.

"처음에는 모두들 충격을 받지. 두 번, 세 번 타면 차츰 아무렇지도 않게 돼. 두고 보면 알 거다."

그들은 TER 정거장에서 나와 도시를 내려다보는 근사한 전망대로 나갔다. 그들이 건너온 다리, 협곡까지 펼쳐져 있는 평원, 끝이 보이지 않는 망망대해가 한눈에 시원스럽게 들어왔다. 키미가 설명했다.

"지금 우리는 도시의 지붕 위에 올라와 있어."

"왜 이곳으로 온 거예요? 어지러워요, 다시 내려가면 안 될까요?" 아이리스가 말했다.

"아니. 여기서 더 올라가야 해."

키미는 그렇게 말하고 오던 길을 돌아갔다. 아이들은 키미를 따라 뒤돌아서서 위를 올려다보았다. 아이올로스 시티의 지붕 위, 그 거대한 구의 가장 위쪽에 안개와 물보라 너머에 찬란하고도 위용이 넘치는 왕궁이 우뚝 솟아 있었다. 가엘이 아이들을 재촉했다.

"서둘러라. 이제 곧 해가 질 텐데 아직 너희를 소개하지도 못했다."

모두들 뛰다시피 걸음을 재촉하여 전망대를 지나 경비 초소 앞으로 지나갔다. 초소에 대기하던 경비들은 아이들의 몸을 머리부터 발끝까지 꼼꼼하게 수색했다. 아이들은 홀을 지나 거대한 문으로 통하는 널찍한 계단을 올라갔다.

"누구에게 우리를 소개한다는 거예요? 전 여기에 트로피를 찾으러 오는 거라고 생각했는데!"

샐리가 조바심 내며 물었다. 키미가 샐리를 보고 빙그레 웃었다. 그러고는 샐리가 더없이 기뻐할 만한 말을 던졌다.

"난 우리가 좀 닮았다고 생각했는데. 사람을 만나거나 소개 받는 것보다는 몸으로 뛰는 걸 더 좋아하는 타입이지? 하지만 지금은 마음에 안 들어도 참아야 해. 우리의 왕께 너희를 데려가는 길이니까."

왕궁 어디선가 바람이 불어와 위로 치솟은 금속성 관을 통해 빨려 들어갔다. 그 때문에 금관악기가 울리듯 장중한 소리가 나고 문들이 활짝 열렸다. 가엘과 키미는 메디쿠스 아이들을 이끌고 들어갔다.

안은 벽에 일련으로 난 유리창들이 접견실을 내려다보는 구조였다. 유리창들은 다양한 색조의 푸른색들로 빛나고 있었다. 줄줄이 늘어선 기둥 앞에는 복장을 완벽하게 갖추고 섬모를 소지한 경비들이 늠름하게 서 있었다. 놀란 오스카는 그들을 바라보다가 에이든에게 살짝 귓속말을 했다.

"봤어? 이 사람들, 어디가 성치 않은 것 같아……."

"확실히 다들 나이가 너무 들어 보여. 피곤한 것 같기도 하고. 저기 저 사람은 아예 움직이지도 않아. 너도 혹시 저 사람이……."

에이든이 맞장구치다 말고 입을 다물었다. 확실히 알아보고 싶은 마음에 가엘과 키미가 이끄는 무리에서 빠져나온 오스카는 유난히 등이 굽은 경비 한 사람에게 다가갔다.

"아저씨? 저…… 괜찮으세요?"

경비는 주름지고 상한 얼굴을 들었다. 자기 의지로 어쩔 수 없는 듯, 턱이 부들부들 떨리고 눈이 자꾸 감겼다. 대답할 기력조차 없어 보였다. 오스카는 그 경비 아저씨가 기댈 기둥이라도 있어서 다행이라고 생각했다. 기둥마저 없으면 당장 바닥에 쓰러질 것 같았다.

"그 사람은 말할 기운도 없을 게다. 우리 도시에 사는 많은 이들이 그 모양이지."

문득 기둥 뒤에서 떨리는 목소리가 그렇게 말했다.

오스카는 화들짝 놀랐다. 키가 큰 남자가 어둠 속에서 스르르 모습을 드러냈다. 잿빛 수염이 왕궁을 스치고 가는 바람결에 날렸다. 바람은 기둥 사이를 가르고 벽을 따라가다가 모서리에 부딪치며 스산하게 울었다. 남자는 파르스름한 빛이 도는 길고 하얀 튜닉을 입었는데, 그 튜닉에는 서로 반대 방향으로 나부끼는 두 개의 깃발이 들어 있는 원이 수놓아져 있었다. 남자의 머리 위에는 허공에 뜬 안개의 왕관이 놓여 있었는데, 마치 소금과 후추를 섞은 듯한 회색의 숱 많은 머리 위에서 한 줄기 바람이 맴을 도는 것 같았다.

아이올로스 왕이 오스카에게 다가갔다. 오스카 일행도 가던 길을 돌아와 두 사람에게 다가왔다.

"레오니드 스미스는 자기 몸을 잘 돌보지 않는 노인이다. 그래서 우리 역시 그와 함께 늙어가고 있지."

아이올로스 왕국의 군주는 다른 사람들과는 달리 나이에 비해 건강해 보였다. 왕은 이중문으로 다가가 발코니로 나갔다. 그 발코니는 전망대에 백성들이 모였을 때에 왕이 공식적인 연설을 하기 위해 나타나는 장소였다. 왕은 발코니에서 자신의 왕국 전체를 내려다볼 수 있었다. 오스카는 왕을 따라 발코니로 나갔다. 아이올로스 왕은 하염없이 먼 곳을 바라보다가 그리움에 젖은 음성으로 이런저런 이야기를 풀어놓기 시작했다.

"이제는 제피로스 타워들이 제대로 돌아가지 않아. 협곡은 여기저기 갈라지든가 막혀버리고. 레오니드가 담배를 피워대니 망가지고 더러워지지 않을 도리가 없지. 에올리언들은 죽거나 늙어가고……. 레오니드는 노인이야. 그가 인생의 황혼기에 있으니 우리도 오늘내일하는 거지. 그래도 레오니드가 조금만 자기 관리를 했더라면……."

왕은 한숨을 내쉬고 무더운 발코니에 내리쬐는 눈부신 햇볕을 피해 시원한 실내로 자리를 옮겼다.

"아마 너희들이 레오니드의 몸과 나의 왕궁을 방문하는 마지막 손님들이 되겠지."

가엘과 키미는 서로 얼굴을 마주 보았다가 메디쿠스들을 바라보았다. 키미는 왕의 이야기를 듣기 위해 한자리에 모여 있던 오스카, 샐리, 에이든에게 살짝 고개를 숙이고 이렇게 말했다.

"그럴 것 같지는 않구나. 어쨌든 폐하는 매우 긍정적인 분이란다. 그리고 기력도 정정하시지."

아이들을 바라보던 아이올로스 왕도 자기 말이 그들의 사기를 떨어뜨릴 수도 있다는 생각을 한 모양이었다. 그는 조금 전보다 한결 밝은 목소리로 말했다.

"나는 모든 일이 잘 풀리기를 바란다. 물론 너희들을 위해서도 그렇고, 내가 각별히 아끼는 윈스턴 브레이브를 위해서도 그렇다. 너희는 어엿하게 제 몫을 하는 메디쿠스가 되어야 하니까. 그것도 하루 빨리! 앞으로 일어날 끔찍한 사태에 대처하려면 너희 힘만으로는 어림없을 게다."

이 말을 들은 오스카가 키미를 쳐다보았다.

"'매우 긍정적인' 분이라고요? 진심이에요?"

가엘이 왕에게 다가가 모두에게 암울하게만 들리는 연설을 일단락 짓게 했다.

"폐하, 옳으신 말씀입니다. 이 친구들이 저들의 트로피를 얻기 위해 도전할 때가 되었습니다."

"트로피? 저들의 트로피라……."

아이올로스 왕은 혼자만의 생각에 잠긴 듯 그 말만 중얼거렸다. 그러다 드디어 나쁜 꿈을 훌훌 털어버리려는 듯 고개를 절레절레 흔들었다.

"그래, 그래, 물론이지!" 왕이 갑자기 이렇게 외치는 바람에 모두 흠칫 놀랐다. "그래, 트로피를 얻기 위해 여기 왔다 이거지. 자신의 기량을 보이고 트로피를 가져갈 자격이 있는지 입증하겠다 이거지. 위대한 자 아이올로스의 숨결을 걸고 선언한다, 시험이 시작되었다!"

이 말이 떨어지기 무섭게 사방의 문들이 활짝 열리고 거센 바람이 밀려들었다. 아이들은 바람에 휘청대지 않으려고 기둥 뒤로 숨었지만 갑자기 나타난 군인들이 그들을 호위해주었다.

아이올로스 왕이 어린 메디쿠스들에게 고개를 돌렸다.

"헤파톨리아에서는 산속을 뒤지고 다녔지만 여기서는 우주에서 마주치는 위험들을 극복해야 트로피를 얻을 수 있다. 애석하게도 바람의 왕국에는 그러한 위험들이 부지기수다. 너희는 여러 장애물을 넘고 적들을 제압할 수 있어야 한다. 이제 곧 적들은 어둠의 왕자 편에 붙어 전

열을 가다듬고 나타날 테니까. 아니, 어쩌면 이미 놈들은 준비가 끝났을지도 몰라. 준비되었느냐?"

"네!"

오스카와 샐리가 한목소리로 씩씩하게 대답했다. 하지만 그들도 이 무서운 경고에 마음이 놓이지 않기는 마찬가지였다.

에이든은 용감하게 고개를 끄덕였고, 아이리스는 팔짱을 낀 채 다음 말이 떨어지기만 기다렸으며, 로넌 모스는 지시를 기다리지도 않고 당장 문으로 향했다. 그러나 가엘이 그의 앞길을 가로막았다.

"어디 가는 거냐?"

"밖으로 나가는 거예요. 그 시험이라는 건 어디서 치르나요? 빨리 끝내자고요."

로넌이 허리띠에 손을 얹었다. 그의 몸짓을 눈여겨보던 오스카는 로넌이 케이프 아래 뭔가 불룩한 것을 감추고 있다는 것을 알아차렸다. 가엘이 로넌의 팔을 잡는 순간, 케이프 자락이 뒤로 젖혀졌다. 오스카는 자신이 차고 있는 것과 똑같은 가방을 로넌의 허리춤에서 보았다. 가방에는 'UP'라는 이니셜이 새겨져 있었다. 그것은 팔로마 센터를 뜻하는 'Unité PALOMA'의 약자였다. 로넌도 오스카와 같은 무기들을 갖고 있었다. 그도 무기들을 받았던 것이다.

"여기 있어라. 시험을 언제, 어디서 치르느냐는 내가 결정하니까."

가엘의 억센 손아귀에 붙들린 로넌은 체념할 수밖에 없었다. 그러나 로넌은 짜증스럽다는 듯 가엘의 손을 홱 뿌리쳤다. 가엘은 다른 아이들에게로 고개를 돌렸다.

"너희들은 이름이 뭐지?"

아이들이 차례대로 자기 이름을 댔다.

"좋다, 그러면 샐리, 아이리스, 에이든은 키미를 따라간다. 나는 여기 두 아이와 남겠다."

가엘은 오스카와 로넌을 지목했다. 그 역시 이 두 소년의 심상찮은 적의를 감지한 모양이었다.

샐리는 희희낙락하면서 홀 중앙의 기둥 사이에 서 있던 젊고 아름다운 에올리언 여성에게 뛰어갔다. 에이든도 얼른 그쪽으로 붙었다. 아이리스는 양손을 허리에 짚고 키미를 똑바로 바라보며 감질난다는 듯이 물었다.

"어디로 가는데요?"

그때 아이올로스 왕이 팔걸이 끄트머리를 누르며 대꾸했다.

"네 머리 위. 지금 네 머리 바로 위로."

다섯 아이들이 일제히 눈을 들었다. 이제 막 지붕 가운데가 갈라지면서 양쪽으로 스르르 밀려나는 참이었다. 눈부신 햇살이 하얀 비처럼 쏟아지는 바람에 모두 잠시 시선을 딴 데 돌리지 않을 수 없었다. 그 순간, 엔진이 돌아가는 굉음이 울려 퍼졌다. 이제 왕궁의 홀은 위가 뻥 뚫려 있었다. 아이들이 겨우 눈을 들 수 있게 되었을 때에 푸른빛이 도는 거대한 곤충이 그들을 향해 날아왔다. 아이리스가 어쩔 줄 몰라 하며 왕을 바라보았다. 왕의 얼굴에서는 짓궂은 미소가 떠나지 않았다. 처음에는 움찔 물러났던 에이든은 당당하게 자세를 펴고 샐리 옆으로 다가가 여차하면 자신과 친구를 보호할 요량으로 펜던트를 거머쥐었다. 엔진 소리가 더욱더 우렁차게 울려 퍼졌다. 마침내 아이들은 바닥에서 몇 미터 높이에 꼼짝 않고 떠 있는 괴물의 정체를 알아볼 수 있었다. 그것은 거대한 헬리콥터였다. 헬리콥터에서 서로 반대 방향으로 나부끼며 교차되어 있는 두 개의 깃발 문장을 볼 수 있었는데 그것은 바람의 왕국을 상징하는 문장이었다.

헬리콥터의 오른쪽 문이 열리고 줄사다리가 키미 일행 앞으로 떨어졌다. 키미가 재촉할 필요도 없이 샐리는 제 발로 달려가 힘차게 사다리를 밟고 올라갔다. 흥분되고 신이 나서 어쩔 줄 모르겠다는 표정이었다. 샐리처럼 동작이 날쌔지 않았기 때문에 조금 더디긴 했지만 에이든도 헬리콥터에 무사히 몸을 실었다. 그다음에 키미는 아이리스의 허리를 붙잡고 억지로 사다리를 오르게 했다. 아이리스는 사방으로 삿대질을 해대며 난리를 쳤다. 다행히도 아이리스의 불평은 헬리콥터 엔진 소리에 묻혀 전혀 들리지 않았다.

홀 중앙으로 달려간 오스카는 자기 허리춤에 달려 있던 팔로마의 가방을 떼어냈다.

"에이든!"

에이든이 헬리콥터 문짝에서 고개를 내밀었다. 오스카는 친구에게 작은 가죽 가방을 던져주었지만 에이든은 그 가방을 잡지 못했다. 대신, 허공에 떠 있던 가방을 잽싸게 잡아챈 사람은 키미였다. 키미는 에이든에게 가방을 건네주었다. 에이든은 오스카를 내려다보고 씩씩하게 미소 지었다. 조종사가 홱 문을 닫자 에이든의 얼굴은 유리창에 아른대는 그림자 너머로 사라졌다.

오스카는 건장한 체구의 가엘에게 돌아와 그의 팔을 잡았다.

"저 아이들은 어디로 가나요?"

오스카는 바람에 휘날리는 케이프 자락을 여미며 큰 소리로 물었다.

대답 대신에 가엘은 가만히 선 두 소년을 문 쪽으로 데려갔다. 그 사이에 헬리콥터는 높이 올라가고 왕궁의 지붕은 원래대로 닫혔다. 오스카는 마지막으로 한 번 더 뒤를 돌아보았다. 홀 안쪽에서 꼼짝 않고 안

락의자에 앉아 있던 아이올로스 왕은 혼자만의 깊은 상념에 푹 빠진 듯
했다. 이제 그의 주위에 아무것도 존재하지 않는 것 같았다.

　가엘과 두 소년은 넓은 계단을 걸어 내려와 왕궁의 웅장한 홀을 가로
질러 전망대로 나갔다. 거기에서 일행은 다시 한 번 하늘을 쳐다보았
다. 친구들을 태운 헬리콥터는 왕국의 창공에서 커브를 틀어 도시와 협
곡, 평원을 이어주는 다리를 향해 날아갔다.

　오스카는 전망대의 난간까지 뛰어갔다. 전망대는 해발 수백 미터 지
점에 위치했고 다리의 서쪽을 향해 하강 비행하는 헬리콥터는 이제 오
스카의 발밑으로 내려다보였다. 헬리콥터는 제피로스 타워로 직진하
고 있었다.

지금이 아니면 다시는

　헬리콥터에 탄 세 아이는 벌벌 떨면서도 높은 곳에서 바라보는 황홀한 장관에 넋을 빼앗겼다. '에올러' 1호는 제피로스 타워 아래 해변에 착륙했다. 세 아이는 헬리콥터에서 내렸다. 헬리콥터가 그들의 머리 위에서 부릉부릉 고함을 토했다. 그러나 아이들을 더욱 압도한 것은 협곡 쪽에서 아주 가깝게 들려오는 소리였다. 바람이 협곡을 통과하며 날카롭게 쉭쉭대는 소리에 고막이 찢어질 것 같았다. 아이들이 키미를 돌아보았다. 조종실에 그대로 남은 키미는 그냥 헬리콥터 문에 매달린 채서 있기만 했다.

　이번에는 에이든이 총대를 멨다.

　"이게 무슨 소리예요? 협곡에서 무슨 일이 난 거죠?"

　"협곡이 좁아져서 그래. 공기가 제대로 통과하기에는 너무 좁은 거야. 이제 제피로스 타워가 공기를 빨아들이는 힘이 달려! 너희가 실력을 보여줄 차례야!"

키미가 두 손을 모아 확성기처럼 입에 대고 힘껏 외쳤다.

"우리가 뭘 할 수 있는데요?"

긴장한 에이든이 큰 소리로 외쳤다. 헬리콥터는 해변에 아이들을 내려놓고 다시 올라가고 있었다. 키미는 에이든의 물음에 대답하지 않고 이 말만 남겼다.

"시간이 별로 없어. 나중에는 기류가 너무 세서 너희를 데리러 올 수 없을 거야! 행운을 빈다!"

아이들이 무슨 행동을 취하거나 대꾸할 겨를도 없이, 키미는 저만치 멀어져갔다.

아이리스가 친구들을 돌아보았다.

"이것 봐! 이럴 줄 알았어! 레오니드는 병자야, 여기 들어오는 건 위험한 짓이었다고! 그런데 맥쿨리 씨는 내 말을 듣지 않았어! 아무도 내 말을 듣지 않았지!"

"음, 그럼 이번에는 네 말을 들어보지. 뭐, 그럴싸한 생각이라도 있어?" 샐리가 물었다. 그렇게 묻는 샐리 자신도 묘안을 구하는 듯 제자리에서 빙글빙글 돌고 있었다. "네가 지금까지 얘기를 똑바로 들었는지는 모르겠다만, 이렇게 꾸물댈 시간이 없거든!"

그때, 에이든이 말했다.

"뭐가 문제인지 알 것 같아. 내 동생도 같은 문제로 고생했거든. 내 동생은 천식을 앓았어!"

아이리스가 목이 꽉 졸린 듯한 목소리로 호들갑을 떨었다.

"천식? 그럼 너도 옳았을지도 모르잖아!" 샐리는 어이가 없어서 하늘을 쳐다보았다. 그녀는 아이리스를 상대하지 않고 에이든에게 다급하게 물었다.

"에이든, 동생이 천식을 앓았을 때 어떻게 했어? 우리도 레오니드를 위해 같은 일을 해줘야 해."

샐리는 손목시계를 흘끗 보았다.

"빨리 손을 쓰지 않으면……."

에이든이 분명하게 말했다.

"네 말이 맞아, 지금 당장 손을 쓰지 않으면 레오니드는 기관지를 시원하게 털어내기 위해 아주 크게 기침을 할 테지. 그럼, 우리는 망하는 거야!"

에이든은 오스카가 헬리콥터가 이륙할 때 던져준 가죽 가방을 허겁지겁 뒤지기 시작했다. 그는 오스카가 무기들에 대해 설명해준 것을 떠올리려고 애썼다. 가방 안을 파헤쳤지만 머릿속 기억은 뒤죽박죽이었고, 가방 속 잡동사니 가운데 딱히 이거다 싶은 것은 보이지 않았다. 포기하려는 순간, 구석에서 무엇인가 반짝였다. 에이든은 가방 깊숙이 손을 집어넣어 세 갈래로 뻗은 작은 별 모양을 꺼냈다. 별 한가운데에는 M자가 새겨져 있었다. 에이든의 눈이 희망으로 번득였다.

"해볼 만하겠는데……. 너희들은 펜던트를 꺼내!" 사람이 달라 보일 정도로 에이든이 자신 있게 외쳤다. "레오니드를 위해서 뭔가 해주고 우리도 살 길을 찾으려면 숨을 잘 쉴 수 있게 도와줘야 해!"

샐리는 군소리 없이 펜던트를 꺼냈고 의심이 많은 아이리스조차도 펜던트를 꺼냈다. 그들은 협곡과 타워를 번갈아 처다보았다. 제피로스 타워는 바람을 일으켰다가 좁아진 협곡을 통해 바람을 빨아들이기를 힘겹게 반복하고 있었다.

샐리와 에이든이 시선을 주고받았다.

"나한테 좋은 생각이 있어." 에이든이 먼저 말했다.

"나도 같은 생각을 하고 있는 것 같은데." 샐리가 응수했다.

두 아이가 아이리스에게로 고개를 돌렸다. 아이리스가 볼멘소리로 대꾸했다.

"날 뭘로 보는 거야? 너희가 좋은 생각을 해냈다면 내가 너희보다 먼저 그 생각을 못했을 것 같아?"

세 아이는 바람의 방향을 알아보기 위해 케이프를 펼쳐서 허공에 띄웠다. 그러나 바람 방향을 잡기도 전에 해변과 다리가 무섭게 뒤흔들렸다. 해수면에서도 거센 파도가 일어났다.

"이런! 레오니드가 기침을 하려고 해! 빨리빨리, 일어나야 해!"

에이든이 질겁하며 외쳤다.

세 아이는 몸을 일으켰다. 바람에 그들의 케이프 자락이 바다 쪽으로 나부꼈다. 그들은 적당한 때를 기다렸다. 거대한 타워의 모터들이 대형 헤어드라이어처럼 돌자 바람이 협곡 쪽으로 방향을 바꾸기 시작했다.

"준비해!"

에이든이 별을 허공으로 던지며 외쳤다. 여자아이들은 이게 통하겠느냐는 듯한 눈빛을 보냈다.

"하지만……."

"지금이야! 모두 문자를 별에 집중시켜!"

에이든이 펜던트를 휘둘렀다. 타워들이 다시 한 번 주춤하는가 싶더니 왕국 전체를 뒤흔드는 두 번째 진동이 일어났다. 에이든이 두 번 말할 필요 없이 샐리와 아이리스는 일사불란하게 명령에 따랐다. 펜던트의 금빛 문자들이 붉게 달아오르는가 싶더니 세 줄기 빛살이 하늘에서 떨어지고 있던 별에 모였다. 빛살이 모이는 순간, 별은 추락을 멈추고 다시 서서히 솟아오르기 시작했다.

"팔을 내리지 마! 별을 떨어뜨려서는 안 돼. 저 별이 타워 꼭대기에 닿을 때까지……."

에이든이 용기를 끌어내려고 큰 소리로 외쳤다.

"하지만 왜 그러는 건데?"

마침내 아이리스가 묻고 말았다. 소녀는 자기가 난생처음으로 명령에 복종하고 있다는 것을―그것도 에이든의 명령에!―깨달았던 것이다.

마음을 바꾼 아이리스는 팔을 내렸다.

"일단 설명을 들어야 나도……."

이전의 진동보다 훨씬 더 강력한 세 번째 진동이 일어나는 바람에 아이리스는 말을 미처 맺지 못했다. 아이리스는 휘청거리다가 뒤로 넘어지면서 엉덩방아를 찧지 않기 위해 두 손을 휘저어야만 했다.

"내 펜던트!"

아이리스가 비명을 질렀지만 바람은 협곡에서 한층 더 세차게 울부짖었다.

질겁한 친구들이 고개를 돌렸다. 아이리스의 금빛 M자는 바닥을 데굴데굴 구르다가 마법처럼 순식간에 자취를 감추었다. 아이리스가 서둘러 달려가 땅바닥을 들여다보았다.

"저기야! 내 펜던트가 갈라진 틈으로 떨어졌어!"

"그럼 얼른 주워 와!"

에이든이 소리를 질렀다.

"난 못해! 너무 깊어서 손이 안 닿아. 게다가 모래나 흙이 손에 묻는 건 질색이라고!"

아이리스가 짜증을 냈다. 에이든이 샐리를 쳐다보았다.

"너 혼자 버틸 수 있겠니? 별이 떨어져 바닥에 닿으면 끝장이야. 그러면 별은 힘을 잃고 말아."

샐리는 고개를 끄덕이고는 자기 펜던트의 빛만으로 별을 지탱하기 위해 정신을 하나로 모았다. 에이든은 무릎을 꿇은 채 지진으로 갈라진 땅바닥을 들여다보던 아이리스 곁으로 부리나케 달려갔다. 균열의 안쪽 깊은 곳에서 새어 나오는 금빛을 볼 수 있었다. 에이든은 체인을 꽉 잡고서 자신의 펜던트를 그 틈으로 내려보냈다.

기껏 도와주러 온 에이든에게 면박을 줄 정도로 아이리스는 뻔뻔하게 굴었다.

"그런 게 무슨 소용이야. 네 펜던트와 내 펜던트는 연결되어 있지 않아. 서로 끌어당길 리가 없다고."

"난 지금 네 바보짓을 수습하려고 애쓰는 중이야. 너 때문에 우리 모두 시험에 떨어지게 생겼어! 그러니 불만은 속으로만 생각해!"

이번만은 아이리스도 더 이상 쏘아붙이지 못하고 나름대로 좋은 수를 내려고 애썼다.

"그 괴상한 가방에 자석은 안 들었니?"

"펜던트는 쇠붙이가 아니잖아!"

머리를 짜내던 에이든이 대꾸했다. 그는 고개를 들어 먼 곳을 쳐다보았다. 레오니드가 기침을 하는 동안에는 그들에게 접근할 방도가 없었기 때문에 헬리콥터는 하늘만 뱅뱅 돌고 있었다. 에이든은 도시의 꼭대기를 바라보다가 왕궁 전망대에서 사람들의 실루엣을 본 것 같은 기분이 들었다. 오스카가 전망대에서 지켜보고 있을지도 모른다고 생각하니 갑자기 힘이 났다. 에이든은 눈살을 찡그려가며 시선을 모으다가 친구의 케이프 자락이 바람에 날리는 것을 보았다.

케이프. 끌어당길 수 있는 것.

에이든은 다짜고짜 아이리스를 떠밀며 그 아이의 케이프를 벗겼다. 아이리스가 자기 케이프를 잡아챘다.

"너 뭐하는 거야? 난 누가 내 물건에 손대는 거 기분 나쁘단 말이야!"

에이든은 우악스럽게 케이프를 잡아당겼지만 아이리스의 저항이 만만치 않았다.

"네 케이프는 네 펜던트를 알아볼 것 아냐! 당장 그것 좀 이리 줘봐!"

"서둘러!" 샐리가 다급하게 외쳤다. 샐리의 튼튼한 팔뚝도 슬슬 힘이 빠지고 있었던 것이다. "별이 다시 떨어지려고 해. 이제 더는 나 혼자 못 버티겠다고……."

아이리스가 항복했다. 에이든은 케이프를 돌돌 말아서 한쪽 끄트머리를 야무지게 잡고 다른 쪽을 바닥의 갈라진 틈새로 내려보냈다. 케이프 자락에 닿자마자 펜던트의 문자가 번쩍 빛나더니 착 달라붙었다. 에이든은 조심스럽게 케이프를 끌어올렸다.

"빨리 와서 나 좀 도와줘!" 샐리가 고함을 질렀다.

에이든과 아이리스가 샐리를 쳐다보았다. 이제 별과 바닥의 거리는 채 2미터도 되지 않았다. 이제 몇 초 후면 별은 곤두박질하고 그들이 시험을 통과할 희망도 산산이 부서지고 말 터였다. 바람이 쉭쉭대는 울음소리가 털털거리는 엔진 소리에 가렸다. 모터보트 한 대가 출렁이는 물살을 가르며 그들에게 다가오는 모습이 보였다.

"헬리콥터로 접근이 불가능하니까 우리를 데려오라고 보트를 보냈나 봐. 우린 틀렸어……."

실의에 빠진 에이든이 중얼거리자 아이리스가 이렇게 말했다.

"잘됐네. 난 더 이상 여기 못 있겠어. 우린 돌아가야 해. 트로피는 다음에도 찾을 수 있다고."

"웃기지 마!" 샐리가 고함을 질렀다. "난 포기 같은 건 몰라! 빨리 펜 던트를 주워서 이리로 뛰어와! 아직은 가능성이 있어!"

에이든이 케이프를 잡아당기자 마침내 펜던트가 모습을 드러냈다. 그들은 몸을 일으키자마자 샐리 옆으로 정신없이 뛰어왔다. 마침내 세 사람이 모두 펜던트의 문자를 별을 향해 뻗었다. 빛살을 받은 별이 서 서히 고도를 회복하기 시작했다. 에이든도 희망을 되찾았다.

"더 높이! 더 높이!"

이제 별은 점점 더 빨리 솟아올라 금세 레오니드의 낡아빠진 제피로 스 타워들에 육박했다.

"바람의 방향이 바뀔 때까지 기다려……. 됐다, 타워들이 바람을 협 곡 쪽으로 보내고 있어! 지금이야, 마지막으로 한 번만 더 힘을 내서 별 을 밀어 올려!"

세 아이는 젖 먹던 힘까지 다해 별을 1미터나 더 높이 올려 보냈다. 이제 별은 바람이 지나가는 지점에 정확하게 놓여 있었다. 바람과 펜던 트가 결합하자 별이 쫙 늘어나면서 어마어마하게 커지더니 날개가 서 개 달린 거대한 프로펠러가 되어 무서운 속도로 돌아가기 시작했다. 바 람이 그 프로펠러로 빨려 들어가면서 타워보다 더 우뚝한 공기 기둥이 생겼다. 무시무시한 돌풍이 땅을 들썩이며 모든 것을 쓸고 지나갔다. 바닥에 납작하게 엎드린 세 아이는 케이프를 둘러쓰고 바람을 피했다.

샐리가 어안이 벙벙해서 고개를 내밀었다.

"믿을 수가 없어! 네가 던진 별이 바람을 완전히……."

"……초강력 태풍으로 바꾸어놓았지! 서번텍스* 덕분이야. 봐봐, 태

★ surventex, '초강력(영어로는 super)'을 뜻하는 프랑스어 접사 sur와 바람을 뜻하는 vent를 합쳐서 만든 이름.

풍이 곧장 협곡으로 들어간다!"

어떤 것도 남기지 않고 땅을 휩쓸어버리는 태풍이 첫 번째 협곡과 만났다. 암벽과 암벽 사이에 쌓인 돌조각들이 지푸라기처럼 힘없이 날아갔다. 버터를 두 동강 내는 칼날처럼 태풍은 협곡의 통로를 깨끗하게 비우고 다른 협곡으로 파고들었다. 거센 바람은 다시 한 번 협곡을 싹 청소하고 이어서 다른 협곡으로 들어갔다.

"우리가 해냈어! 천식 발작이 지나간 거야! 레오니드의 숨통이 다시 트였다고!"

에이든이 펄쩍 뛰며 기뻐했다.

바로 그 순간, 해안에 도착한 보트에서 키미가 훌쩍 뛰어내렸다. 키미는 제피로스 타워들과 저 멀리 길이 탁 트인 협곡을 번갈아 바라보고는 이렇게 말했다.

"아주 잘했다! 너희는 시험을 훌륭하게 통과했어!"

"고마워요. 이 아이들에게 제가 있어서 얼마나 다행이었는지 몰라요. 두 사람만의 힘으로는 절대 저 별을 저렇게 높이 올리지 못했을 테니까요."

아이리스의 대답이었다.

이 뻔뻔한 말에 어떻게 반응해야 할지 몰랐던 샐리와 에이든은 눈이 휘둥그레졌지만 결국 큰 소리로 시원하게 웃어버렸다.

"이제 너희들에게는 마땅한 보상을 받는 일만 남았구나."

키미가 덧붙였다. 세 아이가 키미가 바라보는 곳으로 시선을 돌리자, 그들 뒤로 몇 미터 떨어진 곳에 차가 한 대 대기하고 있었다.

"여기 남아 계실 거예요? 우리와 함께 가면 안 돼요?"

샐리는 키미와 헤어지기가 아쉬웠던지 그렇게 물었다.

"이젠 네 친구들이 시험을 치를 차례야. 나는 그 아이들을 데리러 가야 해."

에이든이 이 말을 듣고 키미에게 다가가 무기 가방을 내밀었다.

"부탁 하나 하고 싶은데요, 이 가방을 오스카에게 전해주시겠어요? 분명히 이게 필요할 거예요."

가방을 받은 키미는 보트가 대기하는 바닷가로 걸어가면서 인사를 보냈다.

"아이올로스 왕국에서는 모두들 언제나 너희를 환영할 거야! 안녕, 행운을 빈다!"

에이든과 아이리스는 벌써 뒷자리에 앉아 있었다. 샐리는 발길이 떨어지지 않았지만 마음을 다잡고 지프차로 와서 운전수 옆 조수석에 앉았다. 차는 조금 전 태풍이 쓸고 간 첫 번째 협곡을 향해 쏜살같이 출발했다.

"어디로 가는 거예요?"

운전수가 액셀러레이터를 밟았다.

"운전은 내가 하지만 길은 너희가 안내해야 해."

당황한 아이들은 서로 얼굴을 쳐다보았다. 그들이 찾고 있는 것이 무엇이며, 어디로 가야 그것을 찾을 수 있는지에 대해 눈곱만큼도 아는 바가 없는데 어떻게 운전수를 안내한단 말인가?

"정말이지, 조직이 엉망이라니까."

아이리스가 툴툴거렸다. 아이리스는 마음에 안 드는 점이 보일 때마다 얘기를 해야만 직성이 풀리는 아이였다.

샐리가 맨 먼저 무언가를 발견했다.

"저기, 협곡 꼭대기를 봐! 바위가 있어!"

"바위! 여기에 널린 게 바위잖아!"

아이리스가 대수롭지 않다는 듯이 일축해버리자, 샐리는 흥분해서 아이리스의 쪽 찐 머리를 휘어잡고 손가락으로 협곡의 정상을 가리켰다.

"저 가운데 바위 말이야! 저걸 보고 뭐 생각나는 거 없어?"

"카뒤세! 메디쿠스의 카뒤세 모양이잖아!"

에이든이 기뻐했다. 머리를 매만지며 아이리스도 안도의 한숨을 쉬었다.

"잘됐네. 운전수 아저씨, 우리를 저기에 내려주세요. 빨리요."

그러자 에이든이 지적했다.

"하지만…… 우리는 아직 돌아갈 수 없어! 아직 트로피를 구하지 못했잖아. 그 트로피가 어떻게 생겨먹었는지도 모른다고!"

샐리가 단호하게 말했다.

"어쨌든 다른 표시가 보이지 않으니 저리로 가볼 수밖에. 아저씨, 부탁드립니다. 저 협곡 위로 통하는 길이 있을까요?"

"5분 안에 도착할 수 있단다."

운전수가 샐리에게 대꾸했다. 아무래도 아이리스의 명령조보다는 샐리의 공손한 말투가 마음에 들었던 모양이었다.

자동차는 협곡 아래로 질주하더니 바위산 안쪽으로 구불구불 돌아가는 길을 따라갔다. 운전수의 말대로 몇 분 만에 그들은 협곡 정상의 널따란 평지에 도착했다. 저 멀리 안개의 도시는 수많은 벌집들에 둘러싸인 채 망망대해에 떠 있는 공처럼 보였다. 에이든은 로넌 모스와 함께 남아 가엘과 키미가 준비한 시험에 도전하고 있을 오스카를 생각했다. 에이든에게는 아이리스가 골칫거리였지만 로넌과 부대끼는 와중에 트로피를 쟁취해야 하는 오스카는 얼마나 고역일까? 에이든은 마음으로 오스카를 응원하며 차에서 내렸다.

샐리는 카뒤세 모양의 바위를 찾았다.

"저기 있다! 그런데…… 좀 이상하네, 저기 카뒤세 모서리에서 빛나
는 세 점들은 뭐야?"

아이들은 바위 언덕으로 달려갔다. 카뒤세의 아랫부분과 상단 양 끝
에 자그마한 세 개의 유리 상자가 놓여 있었다. 아이리스가 조심스럽게
그 상자를 집어 들었다.

"양옆으로 열리는 상자네, 희한하다."

정육면체의 한 면을 열기가 무섭게 그 안에서 웬 목소리가 튀어나왔다.

구렁 위에서
날아올라라.
아이올로스 왕국의
숨을 모아라.

의심스러운 눈으로 상자 안을 들여다보던 아이리스가 이렇게 외쳤다.

"숨? 이 안에다가 숨을 가두라는 거야! 하지만 어떻게?"

"얘기 못 들었어? 이게 아마 그 절반의 트로피겠지."

"그런 것 같아. 숨은 이 왕국의 핵심이지."

에이든은 그렇게 말하고는 고원의 가장자리까지 걸어가 깎아지른 벼
랑을 내려다보았다. 협곡에서 바람이 거칠게 휘몰아쳤다.

친구들을 돌아보고 가슴을 두근거리며 에이든은 자신의 상자를 열었다.

"우리는 사실 선택의 여지가 없어. 벼랑으로 뛰어내려서 이 작은
상자에 바람을 담아야 해. 그 대신 완전히 추락하기 전에 카뒤세에

집중해서 몸 밖 세계로 돌아가는 거지. 만약 타이밍을 놓치면 그때는……."

"그때는?"

아이리스가 반문했다.

"협곡에 처박혀 납작하게 찌부러지고 말겠지. 상자는 텅 빈 채 깨져버릴 테고, 숨이고 뭐고 붙어 있지도 않을 거야. 물론 우리가 사는 세상으로도 돌아가지 못할 거야. 행여 누군가 시신의 잔해라도 거두러 온다면 모를까. 자, 가자!"

샐리는 다른 두 친구보다 자신감 넘치는 목소리로 재촉했다.

세 아이는 벼랑 끝에 나란히 섰다.

"준비됐니?"

자신 없는 목소리로 에이든이 물었다.

"준비됐어!"

최후의 단계에 이르러 잔뜩 흥분한 샐리가 대답했다.

아이리스는 평소보다 자신 없는 태도로 고개만 끄덕였다.

"그럼, 간다!"

마지막으로 세 아이는 서로의 눈을 바라보고 각자 자기 상자를 열었다. 그러고는 크게 심호흡을 하고 허공으로 뛰어내렸다.

에이든은 두 발이 단단한 땅을 떠나고 몸뚱이가 하염없이 추락하는 것을 느꼈다. 다른 두 아이가 내지르는 비명 소리가 고막을 후려쳤지만 자신의 입에서 터져 나오는 비명 소리는 그보다 더 놀라웠다. 소년은 깎아지른 암벽 사이에서 울부짖으며 질주하는 바람을 느끼고 두 팔을 뻗었다. 살아 움직이는 바람이 투명한 정육면체에 들어가자 유리 상자가 저절로 닫히면서 안에서 강렬한 빛을 발산했다. 에이든은 순간적으로 다른 두 아이의 손끝에서도 같은 현상이 일어나는 것을 보았다. 세 아이 모두 아이올로스 왕국의 바람을 상자에 가두는 데 성공했던 것이다. 아이리스와 샐리는 재빨리 고개를 들고 카뒤세를 향해 펜던트를 뻗었다. 두 소녀는 카뒤세의 뱀 머리를 보았다. 눈부신 섬광이 일어났다. 그 빛이 사라졌을 때에는 에이든 혼자 협곡으로 자유낙하를 하고 있었다.

떨어지면서 에이든은 몸을 틀어 암벽 위를 황망하게 바라보았다. 펜던트를 꺼내느라 주춤한 사이에 너무 많이 떨어져버렸는지 카뒤세가 시야에서 완전히 사라졌다. 에이든은 망했다고 생각했다. 이제 그의 몸은 저 땅바닥에서 빈대떡처럼 납작해지고 말 것이다. 가족, 친구, 그를 기다리고 있는 운명이 생각났다. 이제 분노와 공포의 비명이 목구멍에서 새어 나왔다. 에이든은 절망적으로 케이프 자락의 양 귀퉁이를 잡고 쫙 펼쳤다. 케이프가 요트의 돛처럼 변하더니 에이든의 몸뚱이가 자유낙하를 멈추고 행글라이더에 매달린 것처럼 허공에 떴다. 놀랍게도 그 상태에서 더욱 거센 바람이 그를 위로 올려주었다. 에이든은 등짝에 금빛 M자를 단 초록색 박쥐처럼 몇 미터를 날아오르며 눈에 불을 켜고 협곡의 정상을 노려보았다. 바람을 타고 올라가자 하늘에 뜬 신기루처럼 메디쿠스의 카뒤세가 그의 눈에 들어왔다. 그 순간, 희망을 되찾은 에이든은 케이프 자락을 놓고 바위산 쪽으로 펜던트를 힘차게 내밀었다.

다음 순간, 두 암벽 사이에는 흉흉하게 몰아치는 바람만이 남았다.

원형경기장

오스카는 왕궁의 전망대에서 난간을 붙잡고 세 친구가 시험을 치르는 모습을 주시했다. 체력과 자신감이 부족한 에이든이 걱정된 그는 가엘의 전자 쌍안경으로 에이든의 일거수일투족을 지켜보았다. 그리고 에이든의 성공을 목격한 오스카는 뛸 듯이 기뻤다. 이번에도 에이든은 스스로 멋지게 빠져나왔을 뿐 아니라 아이리스와 샐리가 시험을 통과하고 트로피를 차지하도록 도와주었다. 최소한 키미가 돌아와서 설명한 바에 따르면 그랬다. 오스카는 쌍안경으로 태풍이 몰아치고 나서 세 아이가 차를 타고 협곡으로 떠나는 광경밖에 보지 못했기 때문이다.

"그 애들은 시험을 아주 잘 통과하고 성공했단다. 이미 왕국을 떠났어. 이제 너희 차례다."

키미는 그렇게 확인을 해주고 오스카에게 팔로마의 가방을 내밀었다.

가엘에게 간 오스카는 몹시 흥분된 목소리로 물었다.

"우리도 헬리콥터를 타고 가서 다리에 내리나요?"

"나를 따라오너라."

가엘은 더 이상 자세한 언급 없이 그렇게만 말했다.

로넌 모스는 세 친구들이 어찌 되건 털끝만큼도 관심이 없었으므로 하얀 꽃이 핀 수풀 사이의 그늘진 벤치에 줄곧 널브러져 있었다. 그는 보란 듯이 지겨워하는 태를 내며 시큰둥하니 가엘과 오스카를 따라 나섰다.

그들은 다시 왕궁으로 들어갔다. 홀의 넓은 계단 뒤쪽으로 그림자가 거울처럼 비치는 기둥들이 보였다. 그들은 그 기둥에 난 문들을 마주 보았다. 그 문들은 한 밀실로 통했다.

네 사람이 그 방으로 들어갔다. 가엘이 버튼을 누르자 엘리베이터가 내려왔다. 엘리베이터 안에서는 바깥이 완전히 투명하게 내다보였다. 가엘이 설명했다.

"밖에서는 아무도 이 안을 볼 수 없지. 왕과 그분의 손님들만이 이용할 수 있는 엘리베이터니까. 왕궁 안에서 이동할 때나 우리가 지금 가려는 저 아래로 갈 때에."

그들은 왕궁의 지하와 왕궁을 떠받치는 구의 최정상 부분을 지나갔다. 높은 곳에서 들여다보는 도시의 내부는 참으로 신기했다. 그들은 광장을 내려다보았다. 구의 내벽에 층층이 겹쳐진 발코니들의 거리와 건물을 바라보며 오스카는 감탄했다. 그들은 엘리베이터를 탄 채로 그들을 보지 못하는 군중 틈으로 내려갔다. 광장에서도 더 내려가 지하 몇 층쯤 되는 곳에서 엘리베이터가 멈췄다. 문이 열리고 모두 엘리베이터에서 내렸다.

오스카와 로넌은 경계 어린 눈으로 주위를 둘러보았다. 아까 보았던 활기찬 원형 광장과 비슷한 또 다른 광장이 펼쳐져 있었다. 그러나 이 광장에는 주위를 빙 둘러싼 계단식 좌석을 제외하면 거의 아무런 설비도 갖추어져 있지 않았다. 아주 밝은 색깔의 흙바닥에 합성수지 비슷한 재료로 만들어진 좌석들이 있었고, 왕가의 문장이 박힌 연단도 설치되어 있었다. 오스카는 계단식 좌석 쪽으로 난 문이 활짝 열린 것을 보았다.

계단식 좌석을 하나하나 올라간 오스카는 가장 위쪽에 도달해서 잠시 넋을 잃고 눈앞의 장관을 감상했다. 그들은 구의 가장 바닥에 와 있는 것이 분명했다. 구의 내벽이 완전히 투명했다. 오스카는 그들이 물에 둘러싸인 것을 알았다. 안개의 도시는 바다에 아랫부분을 완전히 담근 채 공기 방울처럼 떠 있었던 것이다! 오스카는 두터운 유리벽에 얼굴을 찰싹 붙이고 눈앞의 거대한 수족관을 감상했다. 물고기 대신에 오만 가지 물체와 생물이 나타나 이따금 유리벽에 부딪쳤다. 그러나 그 광경이 그렇게까지 낯설어 보이지는 않았다. 발랑틴과 D5 잠수정을 타고 헤파톨리아의 강과 하천 속을 헤치고 다니며 이미 신체 내 우주의 수생 환경을 접해보았기 때문이었다. 그렇긴 해도 지금 거대하고 투명한 유리벽을 통해 바라보는 풍광은 훨씬 더 규모가 크고 웅장했다. 오스카는 바다 속에도 작은 구들이 매우 많으며 그 구들 주변에서 잠수정 혈구들의 움직임이 활발하다는 것을 알아차렸다. 해수면에서 보았던 광경도 대단했지만 이제 보니 그러한 장관은 이 도시의 일부에 지나지 않았다.

"저 벌집 같은 작은 구 안에서 가스의 교환이 이루어지지. 레오니드가 숨을 내보낼 때 제피로스 타워에서 협곡 쪽으로 보내는 바람에는 이산화탄소가 많아. 그다음에 제피로스 타워는 신선한 공기를 빨아들이지. 그 공기에서 산소를 취해서 혈구들에 실어주는 거야."

가엘이 계단식 좌석에 다가가며 말했다.

"혈구들은 다시 산소를 온몸에 전달하는군요. 우리 몸 구석구석에서 산소를 필요로 하니까요. 제 친구 발랑틴은 에리트로사이트거든요. 그 친구네 식구들이 산소 운송을 맡고 있어요!"

"어이, 홍당무, 물고기들하고 인형 놀이는 다 했냐? 얼른 내려와, 시험인가 뭔가를 치러야 할 것 아냐."

로넌이 오스카에게 면박을 주었다.

오스카는 로넌의 불쾌한 지적을 무시하고 서두르는 기색 없이 원형으로 둘러싼 계단식 좌석 뒤쪽 일행에게 다가갔다. 소년은 다시 한 번 그 장소를 눈여겨보았다. 이제 보니 광장이라기보다는 로마의 원형경기장과 비슷해 보였다. 검투사가 등장하는 영화들이 생각났다. 다만 여기에는 황제와 관중이 없다는 차이가 있을 뿐이었다. 물론 사나운 야수도 없었지만…….

뒤돌아선 오스카가 가엘에게 말을 걸었다.

"그럼 이제부터 무슨……."

소년은 말을 맺지 못했다. 원형경기장 구석에 서 있는 사람은 로넌과 오스카 자신뿐이었다.

일어난 바람이 그들 주위를 빙빙 돌기 시작하더니, 맨 위에 있는 좌석까지 거세게 몰아쳤다. 갑자기 나팔 소리가 울리고 귀가 멍멍할 정도의 굉음이 깊은 정적을 갈랐다. 오스카가 눈을 들었다. 원형경기장 위쪽에 악기들이 설치되어 있었는데, 방금 그쪽으로 지난 바람이 악기를 울려 기묘한 음악을 연주했던 것이다. 귀에 거슬리는 그 불협화음이 아마도 신호를 대신했던 모양이다. 계단식 좌석 위쪽의 문들이 벌컥 열리면서 에올리언들이 쏟아져 나왔다. 옷감에 얼룩이 번지듯 순식간에 관중은 원형경기장을 메웠다.

오스카와 로넌은 어이가 없어서 서로 얼굴만 쳐다보았다. 이제 팔자 좋은 관광은 끝나고 심각한 국면에 접어들었다는 느낌이 들었다. 뭔가 불안한 일이 그들을 기다리고 있을 듯했다. 연단으로 고개를 돌려보니 가엘과 키미가 여느 관중석보다 유독 높게 설치된 자리에 앉아 있었다. 그 밖에도 낯선 얼굴들이 냉담한 표정으로 두 메디쿠스 소년들을 주시하고 있었다.

　　바람의 방향이 바뀌자 다시 한 번 나팔 소리가 울려 퍼졌다. 관중들이 일제히 기립했고 아이올로스 왕이 연단에 올랐다. 백성들이 왕에게 환호하며 박수갈채를 보내는 그 시간이 오스카에게는 영원처럼 길게만 느껴졌다. 도대체 무슨 일이 벌어질지 짐작조차 가지 않았다! 오스카 못지않게 당황한 로넌도 인내심을 잃었다.

　　"도대체 이 수작은 언제 끝나는 겁니까? 당신네들의 도시도, 늙다리 왕도 지겨워죽겠어요! 난 빨리 시험을 통과하고 트로피를 가져가고 싶다고요!"

　　로넌이 고래고래 외쳤다.

　　관중은 순간적으로 쥐죽은 듯 조용해졌다. 로넌의 말에 화도 나고 어이가 없었던 것이다. 짧은 정적이 흐르고 나자 여기저기서 야유가 터져 나왔다. 아이올로스 왕이 한 손을 들자, 다시 좌중은 조용해졌고 바람과 경기장 맨 뒷줄에 늘어선 깃발들마저 잠잠하게 가라앉았다. 아이올로스 왕은 얄궂은 미소를 머금고 이렇게 외쳤다.

　　"저 소년의 말이 옳다. 저 어린 메디쿠스들이 자신의 도전과 책임을 직시할 때가 되었다. 저들은 우리의 적, 특히 파톨로구스 편에 붙은 적을 막으려는 자들이다."

　　파톨로구스라는 이름이 나오자 아까보다 더 맹렬한 야유가 터져 나왔다. 로넌을 비꼴 기회를 놓칠 오스카가 아니었다.

"봤냐? 넌 저들에게 파톨로구스와 동급이구나."

"난 파톨로구스를 해치우듯 널 해치워버릴 거다."

관중에게서 시선을 떼지 않은 채 로넌은 수수께끼 같은 어조로 대꾸했다.

오스카는 괜히 도발했다고 후회했다. 말하기 전에 생각을 좀 할 것을. 더구나 이제 곧 이 원형경기장에서 적들을 상대해야 할 텐데 로넌까지 적으로 돌릴 필요는 없었다. 여차하면 로넌과 한 편이 되어야 할 상황이었다. 게다가 로넌도 오스카와 똑같은 무기들을 지니고 있지 않은가……

왕이 다시 입을 열고 로넌에게 들으라는 듯 말했다.

"우리가 준비한 시험을 서둘러 알고 싶은 모양이니, 더 이상 지체하지 않겠다."

그들 뒤에서 사슬 끌리는 소리가 나더니 갑자기 문이 쾅 하고 열렸다. 두 소년은 반사적으로 뒤를 돌아보지 않을 수 없었다.

오스카는 자기 눈을 믿지 못했다. 이제 막 등장한 시커먼 괴물이 헐떡거리며 눈앞에 버티고 있었다. 꿈속에서 보았던 괴물을 오스카는 금세 알아보았다. 심란한 꿈속에서 그를 포위했던 무서운 괴물, 팔로마 센터에서도 본 적이 있는 바로 그 괴물이 분명했다. 털투성이 뒷발로 선 모습, 삐죽삐죽 곤두선 털, 작달막하지만 힘이 넘치는 몸뚱이, 세모꼴의 주둥이 위에 움푹 들어간 작은 눈. 놈의 콧구멍에서 냄새가 고약한 덩어리진 액체가 흘러내렸다. 괴물은 광대한 원형경기장의 좌우를 번갈아 보더니 관중을 향해 공포의—어쩌면 기쁨의?—울음소리를 토했다.

얼른 시험에 임하고 싶어 안달했었던 두 소년은 아까의 바람을 후회

할 겨를조차 없었다. 원형경기장에서 다른 쪽 문이 왈칵 열렸기 때문이다. 두 소년이 겁에 질린 눈으로 지켜보는 가운데 이번에는 형체가 불분명한 덩어리 같은 것이 먼지구름에서 굴러떨어졌다. 그 덩어리는 머리도, 팔도, 다리도 구분되지 않았는데, 그저 가엘보다 더 크고 무거워 보이는 매끈한 금속성 덩어리밖에 보이지 않았다.

왕이 일어나 그 괴물들을 소개했다.

"바이러스와 박테리아다. 우리에게 가장 익숙한 적이지. 그리고 이제 곧 너희의 적이 될 것이다. 이미 파톨로구스들이 우리를 공격하기 위해 이 못된 놈들 중에서 몇몇을 선발해서 강력하게 키워냈으니까. 우리는 매일매일 그 대가를 치르고 있다."

이 말에 치를 떠느라 관중은 아무 말도 못했다. 오스카는 불안이 엄습하는 것을 느꼈다. 그들의 공공연한 적이 더 이상 그늘에 숨어 있는 것만이 아니라는 확실한 신호가 또 하나 떨어진 셈이었다. 늙은 군주는 말을 이었다.

"오늘 너희는 트로피를 얻기 위해 최근 우리 군대가 생포한 저 놈들을 물리쳐야 한다. (가엘이 왕의 말을 확인해주듯 고개를 살짝 숙였다.) 바람의 왕국 백성들과 짐이 너희의 행운을 빈다!"

아이올로스 왕이 우렁찬 목소리로 외쳤다. 대결을 선언하면서 그는 기운과 활력이 되살아난 것 같았다.

오스카와 로넌은 자연스럽게 서로 등진 자세를 취했다. 아무리 마음이 안 맞는 사이라고 해도 지금은 힘을 합치는 편이 이롭다는 것쯤은 알 수 있었다.

오스카는 땀이 등줄기를 타고 흐르는 것을 느꼈다. 땀은 차갑게 식어 있었다. 로넌이 천천히 걸음을 옮기는 바람에 오스카는 두 괴물 중에서 더 정체를 종잡을 수 없는 박테리아를 마주 볼 수밖에 없었다.

관중은 사방에서 고래고래 소리를 지르며 괴물을 부추겼다. 그들은 빨리 대결이 시작되기를 바라고 있었다. 오스카는 관자놀이의 힘줄이 불끈거릴 정도로 심장이 두방망이질했지만 두려움을 다스리려고 안간힘을 썼다. 그는 괴물에서 눈을 떼지 않은 채 천천히 한 손을 펜던트로 가져가면서 다른 손으로는 팔로마의 가방을 잡았다. 로넌 모스가 고개를 돌리고 쉰 목소리로 물었다.

"너 뭐하는 거야?"

불안한 나머지 로넌은 노골적으로 공격적인 태도를 보이고 있었다. 오스카는 로넌을 흘끗 쳐다보았다. 그의 눈동자에서 뭔가 동물적인 빛이 번득였다. 두 괴물이 로넌을 자기와 같은 부류로 착각할 만큼. 팽팽한 긴장에도 불구하고 녀석은 싸울 생각만 하면 힘이 솟는 모양이었다. 밖으로 표출되기만을 기다리는 에너지, 감출 수 없는 기쁨이 녀석에게서 감지되었다.

먼저 반응한 것은 로넌의 상대였다. 검은 괴물은 뒷발을 구부렸다가 힘차게 뛰어올라 로넌에게 달려들었으나 로넌이 재빨리 몸을 피하자 오스카만 두 괴물 사이에서 오도 가도 못하는 신세가 되었다. 정면에 있던 타원형의 금속성 덩어리가 모습을 스르르 바꾸더니 갑옷과 투구를 갖추고 팔다리까지 달린 전사의 모습으로 변했다. 한편, 뒤쪽에는 털을 곤두세운 괴물이 버티고 있었다.

그때 관중의 환호 속에서 가엘의 목소리가 또렷하게 들렸다.

"검은 괴물은 바이러스다! 놈은 기생체야. 그래서 뭐든지 물어뜯고 잡아먹지만 우리 안에 들어가야만 번식할 수 있지. 놈에게 물리면 절대 안 돼!"

지체 없이 역공에 나선 로넌은 가방에 손을 넣고는 반투명한 주머니를 하나 꺼냈다. 로넌이 그 주머니에 펜던트를 갖다 대고 괴물을 향해 휘두르자, 주머니가 부풀어 오르더니 마침내 펑 하고 터졌다. 관중은 비명을 질렀다. 괴물은 끈끈하고 누런 물질의 둔덕에 파묻혀버렸다.

"점액이야! 여기서 세균을 빠뜨려 죽이기 위해 생산하는 물질이지! 잘했다, 모스!"

키미가 큰 소리로 외쳤다.

로넌이 쓴 무기는 오스카의 가방에도 들어 있는 서팩터*였다. 소년은 자기도 모르게 인상을 찡그렸다. 좋게 말해 점액이지, 저게 곧…… 가래 아닌가! 기관지에 문제가 생기면 폐에서 가래가 많이 올라오는 이유도 그 때문이었다. 불청객들을 쓸어버리고 제거하려면 다량의 점액이 필요하니까.

혐오감은 금세 사라졌다. 안타깝게도 바이러스는 다시 일어나 로넌에게 달려들었다. 오스카는 오스카대로 갑옷 차림의 적을 주시하기에 바빴다. 놈은 아직 공격을 개시하지 않고 있었다.

바이러스의 신속한 대응에 놀란 로넌은 뒤로 주춤 물러났다. 그러다 점액이 튄 자리에 발이 미끄러지면서 뒤로 벌러덩 넘어갔다. 로넌의 펜던트가 저쪽으로 데구르르 굴러갔다. 녀석은 눈을 들어 자신을 덮치는 괴물을 바라보았다. 심장이 미친 듯이 뛰었다. 입을 벌렸지만 아무 소리도 나오지 않았다. 여기서 빠져나갈 방법은 보이지 않았다. 로넌에게 닥칠 위험을 예상한 에올리언 관중도 공포의 비명을 질렀다. 가엘이 무기를 빼어 들고 연단에서 뛰어내렸고 키미도 그 뒤를 따랐다. 군중은

★ Surfactor, 여기에서는 이물질을 강력하게 쓸어버릴 수 있는 무기로 쓰였다.

가엘과 키미의 지원이 너무 늦었다고 생각했는지—혹은, 늦기를 바랐는지—더욱더 목이 터져라 소리를 질러댔다.

오스카는 그 어느 때보다 민첩했다. 그는 케이프를 벗고는 팔을 휙 털어 날려 보냈다. 그와 동시에 침착하게 주문을 외웠다.

바위처럼 단단한 껍질이여.

케이프가 허공에서 펼쳐지더니 괴물이 아가리를 쩍 벌리고 덮치려는 찰나에 로넌의 몸 위로 착 내려앉았다. 케이프는 그 상태 그대로 단단하게 굳어졌다. 흉측한 괴물이 거기에 부딪친 순간, 요란한 충격음이 울려 퍼졌다. 케이프는 무엇이든 막을 수 있는 단단한 껍질로 변해서 괴물이 아무리 악착같이 물어뜯어도 별수 없었다. 놈은 몸뚱이를 일으키고 이제 오스카를 향해 들입다 달려들었다.

가엘이 오스카를 막아주면서 무기를 휘둘렀다. 시커먼 파이프처럼 생긴 기묘한 무기였다. 바이러스가 멈칫하더니 무기에 겁을 먹은 듯 뒤로 물러났다.

로넌은 오스카를 도와주거나 신경 쓰지 않았다. 누군가에게 도움을 받았다는 사실에 자존심이 상했던 것이다. 가만히 있을 로넌이 아니었다. 로넌은 가엘을 향해 소리를 질렀다.

"당신 도움은 필요 없어! 내 일은 내가 알아서 하게 내버려둬요!"

바이러스는 다시 한 발 물러났다. 싸움을 포기하기로 결심한 듯 놈은 차분해 보였다. 원형경기장 뒤에서 문이 열리고 두 명의 군인이 가엘의 무기와 똑같은 파이프와 그물을 들고 나타났다. 군인들은 바이러스를 잡아서 감금하기 위해 경기장에 진입했다. 그들의 손에서 그물을 빼앗은 로넌은 능숙하게 첫 번째 그물을 던졌다. 두 번째 그물도 던지고 나자 바이러스는 그물에 꽁꽁 매여 꼼짝달싹할 수 없게 되었다.

괴물이 공격을 할 수 없게 되자 로넌은 그물에 다가갔다. 그는 가방을 뒤져 망설임 없이 플레처 웜이 건네준 주머니를 꺼냈다. 주머니에서 꺼낸 검은 고리에 펜던트를 고정시킨 다음에 체인을 잡고 펜던트를 바이러스에게 내던졌다. 펜던트의 문자가 커지고 검은 고리의 색이 변하더니 어느새 불에 달군 석쇠처럼 시뻘게졌다. 엄청난 열기가 괴물에게로 뻗어나갔다. 가엘과 키미는 당황스러운 눈빛으로 서로의 얼굴을 바라보았다.

'저건 뭐지? 팔로마가 저런 무기는 말해준 적 없는데!'

오스카는 의문에 휩싸였다.

눈 깜짝할 사이에 검은 고리가 뿜어내는 열기는 1000도를 넘어섰다. 가엘도, 키미도, 군인들도 감히 다가갈 수 없었다. 바이러스는 몸을 배배 틀고 괴로워하며 군중의 간담을 서늘하게 하는 비명을 토했다. 놈의 표피가 쩍쩍 갈라지기 시작했다.

"얼굴을 보호해!"

가엘이 외쳤다. 오스카는 얼른 케이프 자락을 주워서 눈을 가릴 시간밖에 없었다. 결국 바이러스의 껍질이 열에 의해 굳어졌다가 파열되면서 산산이 부서져 내렸다. 가엘이 고개를 들고 무서운 눈으로 로넌을 노려보았다.

"어째서 놈을 죽였지? 지금은 바이러스가 너를 공격하지도 않았잖아!"

로넌은 어깨를 으쓱했다.

"이제 놈은 아무도 공격하지 않겠지요."

"바보 자식, 이제 저 바이러스는 조금도 위험하지 않았단 말이다! 우리가 바이러스에 대한 정보를 얻는 데 유용할 표본이었는데 네가 쓸데없이 죽인 거야! 게다가 너는 우리까지 부상을 입힐 뻔했어."

가엘이 분노를 퍼부었다. 로넌은 자기 알 바 아니라는 듯 무기를 챙겼다. 오스카는 사실 놀라지도 않았다. 로넌 모스는 원래 스스로 보호할 힘이 없는 약자를 괴롭히기 좋아하는 녀석 아닌가!

군중의 환호를 압도할 만큼 쩌렁쩌렁한 금속성 굉음에 오스카의 고개가 저절로 돌아갔다. 갑옷을 입은 괴물이 오스카의 목을 향해 팔을 뻗고 있었다. 놈의 다른 쪽 손에서 손가락들이 돋아나더니 날카로운 칼날로 하나하나 변했다. 그 광경을 지켜보던 관중은 숨을 죽였다.

옆으로 비켜나며 오스카는 펜던트를 휘둘렀다. 가엘과 키미가 물러났다. 로넌을 이미 지켜본 그들은 오스카가 어떻게 할지 보고 싶었다. 소년의 팔은 걷잡을 수 없이 떨렸고 금빛 문자의 광선도 박테리아에 닿기도 전에 대부분 꺼져버렸다. 오스카는 호수에 빠진 틸라를 구하려고 했을 때 펜던트의 광선이 얼마나 밝고 힘차게 솟았던가를 순간 떠올렸다. '내가 간절히 바라고 꼭 될 거라고 믿어야 해!' 바로 그 순간, 펜던트의 광선이 초록빛을 띠고 한층 더 강렬해졌다. 계단식 좌석에 앉아 있던 관중들 사이에서 감탄과 속삭임이 퍼져 나갔다. 아이올로스 왕도 그 광경을 좀 더 자세히 보기 위해 자리에서 일어났다. 빛살이 금속에 부딪쳤다. 그러나 모두의 기대와 달리, 오스카의 레이저광선에도 박테리아의 껍질은 끄떡없었다. 아니, 그 정도가 아니었다. 광선이 갑옷에 부딪쳐 오스카에게로 되돌아왔던 것이다. 오스카는 가까스로 반사광을 피했다. 괴물은 가차 없이 그를 향해 다가오고 있었다.

오스카는 허겁지겁 가방을 뒤졌다. 머릿속에서 한 가지 묘안이 싹텄다. 그는 작은 주머니의 끈을 풀어 엄지와 검지로 가루를 한 줌 집었다. "귀염둥이 오스카, 이건 기존의 의사들이 사용하던 것보다 훨씬 더 강력한 항생제란다. 이 항생제만 있으면 어떤 박테리아라도 끝장낼 수 있어. 뭐, 항생제에도 버틸 수 있도록 파톨로구스들이 훈련시킨 박테리아만 아니라면 말이야." 팔로마의 설명은 그랬다.

오스카는 펜던트 위에 가루를 뿌렸다. 펜던트가 송풍기처럼 돌아가기 시작하자, 항생제가 박테리아 쪽으로 날아갔다. 그러나 항생제의 입자가 닿기도 전에 놈의 갑옷이 두 쪽으로 갈라지는가 싶더니 완전히 똑같은 두 개의 갑옷이 나타났다. 오스카는 믿기지 않는 눈으로 그 광경을 바라보았다. 첫 번째 갑옷은 항생제 가루에 닿자마자 카드로 지은 집처럼 와르르 무너졌다. 그러나 두 번째 갑옷은 더욱더 기세 좋게 두 쪽으로 갈라지면서 다시 자신과 똑같은 분신을 선보일 준비를 하고 있었다.

가엘이 두 손을 모아 확성기처럼 입에 대고 큰 소리로 외쳤다.

"오스카, 놈은 박테리아다. 순식간에 제 몸을 쪼개어 증식하지. 이제 곧 박테리아가 너를 포위할 거다. 놈들을 제거하기 전에 먼저 더 이상 수가 불어나지 않도록 막아야 해!"

가엘이 두 번 말할 필요는 없었다. 오스카가 두 마리 괴물 위로 펜던트를 던지자, 펜던트가 공중에 딱 멎더니 어마어마하게 커졌다. 소년은 위더스 부인과 신체 내 여행을 하면서 배웠던 주문을 외웠다.

금빛 문자여,
너에게 영혼이 있다면
이것들을 굽어보아라.

불이여, 솟아라!

그 순간, 펜던트에서 불의 장막이 쫙 떨어지며 못된 박테리아들을 에워쌌다. 놈들은 불의 벽 속에 갇힌 신세가 되었다. 그러나 아까 바이러스의 껍데기가 부서졌던 것과는 달리, 박테리아들의 금속성 갑옷은 불에도 녹지 않았다. 오스카는 다시 한 번 가방을 뒤져 이번에는 항생제를 한 줌이나 쥐었다. 가루를 뿌리는 동시에 펜던트를 다시 불러들였다. 그러나 항생제는 적들에게 닿기도 전에 어디선가 불어온 바람에 다 날아갔고 그사이에 놈들은 불길에서 빠져나와 공격을 재개할 태세에 들어갔다. 오스카는 불과 위험에 자극을 받아 흥분한 금속 괴물들이 달려드는 모습을 보았다.

오스카는 무슨 일이 일어났는지 알아차리지도 못한 채 숨을 곳을 찾아 미친 듯이 주위를 두리번거렸다. 펜던트를 티셔츠 안에 집어넣으며 사악하게 미소 짓는 로넌의 얼굴이 보였다. 오스카는 털끝만큼도 의심하지 않았다. 로넌 자식이 지금 막 펜던트의 송풍 기능으로 항생제 가루가 박테리아들에게 닿지 않게 일부러 바람을 일으킨 것이었다! 이제는 아무런 아이디어도 떠오르지 않았다. 그때 박테리아 두 마리 중 한 마리가 오스카에게 달려들었다. 오스카는 무력하게 케이프로 몸을 감싸고 뒤로 쓰러졌다.

칼날이 바람을 갈랐다. 오스카가 간발의 차로 피하자, 놈이 다시 팔을 번쩍 치켜들고 치명상을 입힐 준비를 했다. 그 순간, 놈의 움직임이 멎었다. 대가리, 팔, 나아가 몸 전체가 오스카 위로 무너져 내렸다. 박테리아의 몸뚱이에 짓눌린 오스카는 숨이 막힐 것 같았다.

억센 두 손이 박테리아의 시체를 치워준 다음에야 오스카는 자유의 몸이 되었다. 소년은 몸을 일으키며 무기를 벨트에 장착하는 가엘을 향해 애처로운 미소를 보냈다.

"고맙습니다. 저 혼자서는……."

오스카는 박테리아의 등짝에 파인 시커먼 구멍을 바라보며 말했다. 그러나 소년은 말을 다 맺지 못했다. 가엘의 도움 없이 과제를 해결하지 못했다는 현실, 요컨대 시험에 실패하고 말았다는 현실을 깨달았던 것이다.

실패.

그 말은 오스카의 머릿속에서 불길한 소식처럼 울려 퍼졌다. 그는 트로피의 절반을 획득하지 못한 것이다. 무조건 그를 지원해주는 위더스 부인에게, 그리고 그랜드 마스터에게 무슨 낯으로 이 소식을 전한단 말인가? 실망해서 다시 자리에 앉아 있을 아이올로스 왕을 그는 감히 올려다볼 수도 없었다. 그저 로넌을 미움 가득한 눈으로 흘겨보며 조금 전 당한 일은 반드시 갚아주겠노라 다짐할 뿐이었다.

우울한 생각에 빠질 틈도 없이 날카로운 비명 소리에 그는 정신을 차렸다.

"구해주세요! 불이야! 불!"

오스카, 가엘, 로넌이 동시에 뒤를 돌아보았다. 아까 로넌의 펜던트가 일으킨 바람을 타고 불길이 원형경기장의 가장 위쪽 좌석에 옮겨 붙은 것이었다. 불에 탄 좌석들이 지푸라기처럼 무너져갔다. 군중은 불길을 피하기 위해 경기장으로 내려오고, 군인들이 화재를 진압하기 위해 출동했다. 그러나 에올리언들의 대피 경로는 금세 막혀버렸다. 군중이 일으킨 소란과 불길에 흥분한 두 번째 박테리아가 군인들을 피해 연단으로 올라가버렸다. 박테리아는 날카로운 칼날이 달린 팔로 허공을 휘저었다. 관중석 위에는 불이, 관중석 아래에는 괴물이 설치고 있으니 군중은 오도 가도 못하는 신세가 되었다. 군중을 보호하기 위해 가엘과 키미는 군인들을 이끌고 서둘러 박테리아 앞을 가로막았다. 하지만 바로 그 순간, 박테리아는 두 마리로 갈라져 에올리언들의 공격에 맞섰다. 두 놈 중에서 특히 날래고 공격적인 놈이 관중석으로 다가갔다. 공포에 사로잡힌 군중 중 몇몇은 놈의 칼날에 옷과 피부가 찢기는 부상을 입기도 했다.

이 아수라장이 재미있다는 듯 로넌은 아예 팔짱을 끼고 구경하고 있었다. 오스카는 더 이상 참을 수 없었다. 그는 참사의 현장으로 달려갔다. 어떻게 하면 저 불을 끄고 사람들을 관중석 위쪽 문으로 무사히 대피시킬 수 있을까? 소년은 가방을 뒤지다가 자신의 펜던트를 무력하게 바라보았다. 팔로마는 두 번째 우주에 걸맞은 무기, 이를테면 천식이나 세균에 쓰일 법한 무기들만 마련해주었다. 위더스 부인도 펜던트를 소방차로 둔갑시키는 비법 같은 건 가르쳐주지 않았다! 오스카가 단념하려던 바로 그 순간, 아이디어가 번쩍하고 떠올랐다. 그렇다! 파고시텍스*가 있었다! "이 무기는 감염을 막는 방법에서 영감을 얻어 고안되었지. 우리 잘생긴 오스카, 적을 포위해야 한단다. 내 말 듣고 있니? 적이 도망갈 수 없게, 아니 꼼짝달싹 못하게 잡아둬야 해. 연애와도 조금은 비슷하지. 내 말을 믿으렴, 내가 또 그런 기술에는 일가견이 있거든." 팔로마는 교태 어린 미소를 지으며 그렇게 덧붙였다.

이제 오스카가 그 기술을 발휘할 때였다.

그는 작은 꾸러미를 열고 팔로마 센터의 기술자가 보여준 시범을 떠

★ Phagocytex, 파고사이트(식세포)처럼 식균 작용을 하는 무기.

올리려고 했다. 초록색 반죽을 짓이겨 펜던트에 넓게 발랐다. 펜던트를 공중에 던지자 문자가 확 늘어나면서 말랑말랑해지더니 두껍고 빛나는 로프가 되어 허공에 펼쳐졌다. 펜던트 체인을 손잡이 삼아 오스카는 로프를 거대한 올가미처럼 머리 위로 빙글빙글 돌렸다. 가엘과 군인들이 타오르는 불길을 등진 채 용감하게 맞서고 있던 두 마리 박테리아를 향해 그는 올가미를 던졌다.

정확하게 박테리아들에게 떨어진 금빛 M자가 그들의 몸뚱이를 죄었다. 박테리아들은 발버둥 쳤지만 소용없었다. 그중 한 마리가 형체를 바꾸어 올가미를 빠져나가려고 했으나 올가미가 한층 더 꽉 죄어들었다. 다른 박테리아의 음산한 울음소리가 갑옷과 원형경기장에 차례로 울려 퍼졌다. 놈이 다시 두 마리로 갈라졌다. 하지만 좁은 올가미 속에 두 마리도 아니고 세 마리나 들어앉자 정말 꼼짝도 할 수 없게 되어버렸다. 한 덩어리가 된 박테리아들은 관중석에 쓰러졌다가 그대로 오스카의 발치까지 굴러떨어졌다.

마침내 도망갈 길이 트이자 에올리언들은 황급히 불을 피했고 군인들은 화재를 진압했다. 군중은 안도와 기쁨의 탄성을 질렀다. 오스카는 한데 포박당한 세 마리 괴물에게 항생제 가루를 뿌리려다가 마음을 고쳐먹었다.

"이제 너희는 우리에게 위험하지도 않으니까."

"참으로 훌륭한 대처였다."

오스카가 고개를 돌렸다. 가엘, 키미, 그 밖의 고관들과 개인 호위병을 거느린 아이올로스 왕이 오스카를 보고 있는 게 아닌가.

로넌 모스는 멀찍이 물러난 채 흡족한 얼굴로 이 광경을 지켜보고 있었다. 왕이 로넌에게도 가까이 오라고 손짓을 했다. 로넌은 망설였지만 왕의 명령이니 따를 수밖에 없었다. 아이올로스 왕은 로넌이 앞에 오자 엄격한 얼굴로 작은 유리 상자를 내밀었다.

"너는 네 상대를 제압했다. 비록 바이러스는 이미 힘을 잃은 상황이었고 바이러스를 죽여서 득이 될 것이 없었지만 말이다. 어쩌면 잔인한 만족감은 얻었을지도 모르지. 그러니 여기 네 트로피를 받아라."

그렇게 말하는 아이올로스 왕의 목소리에는 기뻐하는 기색이 전혀 없었다. 관중석에서도 분통이 터진다는 듯 비난이 일었다. 그러나 왕은 모두 입을 다물라는 손짓을 했다. 로넌은 희희낙락하며 트로피를 받아들고 오스카는 업신여기는 눈으로 꼬나보았다.

"우리 왕국의 문장이 새겨진 작은 유리문을 열어라. 그다음에 하늘을 향해 팔을 뻗어라."

아이올로스 왕은 위엄 있게 로넌에게 일렀다.

원형경기장에서 바람이 일어나 그들의 주위를 맴돌기 시작했다. 군중이 말없이 자리에서 일어났다. 로넌은 유리 상자를 머리 위로 높이 쳐들었다. 바람이 그 안으로 빨려 들어가더니 투명한 상자 속에서 금빛 회오리가 번쩍이고는 상자가 저절로 닫혔다. 로넌은 허리띠에 매달린 가방을 열고 그 어느 때보다 의기양양하게 트로피를 챙겼다.

아이올로스 왕이 오스카에게 돌아섰다.

빈손으로.

오스카는 고개를 푹 숙이고 왕에게 다가갔다.

"너는 적을 제압하지 못했으며 가엘의 도움이 없었더라면 박테리아에 부상을 입거나 죽었을지도 모른다. 그런데 너도 알다시피 트로피를 얻으려면 이 싸움에서 승리를 거머쥐었어야만 했다, 오스카 필."

오스카는 왕과 그 충복들의 시선을 피해 손을 얌전히 빈 가방에 얹었다. 이 가방은 앞으로도 비어 있을 것이다. 갑자기 그에게 너무나 소중한 그 사람이 여기 있었다면 얼마나 실망할까라는 생각이 들어 케이프 주머니 속에 손을 넣어보았다. 손가락에 작은 가족 앨범이 닿자마자 불에 데기라도 한 듯 소년은 황급히 손을 뺐다.

그는 아무 말 없이 뒤돌아서서 엘리베이터로 통하는 기둥을 향해 걸었다. 지금 그의 바람은 단 하나, 얼른 이곳을 떠나 이 뼈아픈 실패를 잊고 싶다는 것뿐이었다. 다른 친구들은 모두 트로피를 얻었는데 혼자만 빈손으로 돌아가게 생겼다. 위더스 부인, 그리고 브레이브 씨는 이곳에 다시 와서 트로피를 획득하라고 할지도 모른다.

풀 죽은 오스카가 돌아가려는데, 아이올로스 왕이 다시 입을 열었다.

"너는 박테리아와의 대결에서 이 트로피를 얻을 자격이 있는지 입증하지 못했다."

오스카는 더 이상 왕의 지적을 듣고 싶지도, 자괴감에 시달리고 싶지도 않았다. 그러나 왕의 말은 끝나지 않았다.

"……하지만 너는 용감하고 영리한 소년임을 보여주었고, 다른 사람들의 목숨을 구하기 위해 자기 목숨을 걸 수도 있는 사람이라는 것을 입증했으며, 쓸데없는 살상을 저지르지 않았다. 그러한 덕성이 너를 훌륭한 메디쿠스로 성장시킬 것이다."

오스카는 발길을 멈추었지만 뒤돌아설 엄두가 나지 않아 아이올로스 왕의 말에 고개만 끄덕였다. 슬픔과 실망으로 일그러진 얼굴을 남에게 보이고 싶지 않았다. 그에게 다가오는 발소리가 들렸다. 가엘이 오스카의 몸을 자기 쪽으로 돌렸다. 건장한 연대장이 오스카의 턱을 치켜들고 자기 손에 든 것을 내밀었다.

오스카의 얼굴이 환하게 빛났다. 가엘은 그에게 소중한 유리 상자를 건네주었다.

"받아라. 여기 있는 그 누구보다 너는 이것을 받을 자격이 충분해."

가엘은 그렇게 말하면서 또 다른 메디쿠스 소년에게 차가운 시선을 던졌다. 로넌의 표정이 일그러졌다. 사태가 급변하자 화가 머리끝까지 난 것이다.

오스카는 좋아서 어쩔 줄 몰라 하며 뒤돌아섰다. 관중석에서 군중들도 기뻐하며 박수를 보냈다. 가엘이 오스카를 왕 앞으로 데려갔다. 아이올로스 왕이 명령했다.

"오스카, 너도 상자를 열어라."

오스카는 반대 방향으로 나부끼는 두 깃발 문양이 새겨진 면을 찾아서 열고는 하늘을 쳐다보며 조금이라도 바람이 불지 않는지 살폈다. 그러나 아무 일도 일어나지 않았다. 분한 표정으로 오스카는 왕을 쳐다보았다.

"제가 너무 늦었나 봅니다. 그래도 감사합니다."

소년은 그렇게 말하며 서글픈 미소를 지었다. 그러나 아이올로스 왕은 오스카의 말을 듣고 있지 않았다. 왕은 고개를 숙이고 입술을 벌리더니 상자 안으로 한참이나 숨을 불어 넣었다. 수많은 점들이 반짝반짝하더니 유리 상자 안에서 회오리를 이루었다. 오스카의 트로피가 다이아몬드처럼 눈부시게 빛났다. 키미와 가엘을 비롯한 구경꾼들이 그 광경을 보고 놀라워하면서도 기뻐했다.

가엘이 오스카의 귀에 대고 속삭였다.

"폐하께서 일개 메디쿠스에게 이런 영예를 베푸시는 것은 처음이란다. 자랑스러워할 만한 일이지!"

왕이 몸을 일으켰다. 그는 다시 숨을 들이마시고는 이렇게 선언했다.

"너의 트로피에는 평원과 협곡과 도시의 숨만 깃든 게 아니다. 이 왕국의 군주, 나 아이올로스의 숨도 어려 있다. 그 힘과 능력을 너도 나중에는 알게 될지도 모르지. 그러나 나는 그리 되기를 바라지 않는다." 아이올로스 왕은 수수께끼 같은 말을 했다. 그는 이미 다른 상념에 빠진 듯 딴 곳을 바라보고 있었다. "그렇지만 이 숨이 너의 길을 끝까지 가는 데 언젠가는 도움이 될 것이다. 행운을 빈다. 건투를 빈다, 오스카 필, 용맹한 비탈리 필의 아들이여."

아이올로스 왕은 갑자기 힘이 빠진 것처럼 보였다. 측근들이 왕을 조심스럽게 부축해서 엘리베이터로 모셔갔다.

군중들도 서서히 빠져나가고 원형경기장은 금세 텅 비어버렸다. 오스카, 로넌, 가엘, 키미 외에는 아무도 남지 않았다. 조금 멀찍이서 군인들이 박테리아를 경기장 지하로 끌고 가고 있었다. 다른 군인들은 가엘이 해치운 박테리아의 사체와 로넌이 죽인 바이러스의 사체를 처리했다. 빨리 떠나고 싶은지 로넌은 안절부절못하며 경기장 안을 살폈다.

"저기 봐! 저기, 땅바닥 말이야!"

괴물이 흘린 시커먼 피가 뱀에 감긴 잔 모양을 이루고 있었다. 이제는 돌아갈 때였다.

키미가 오스카와 로넌에게 다가갔다.

"바람의 왕국과 폼페이 왕국, 그 두 왕국에서만큼 생명의 가치를 뼈저리게 깨달을 수 있는 곳은 없단다. 폐와 심장은 레오니드의 몸에서 목숨을 좌지우지하는 중심부니까. 우리가 버텨야만, 젊은 에올리언들이 계속 폼페이 시티가 돌아가도록 일해야만 레오니드는 살아갈 수 있단다. 하지만 우리가 얼마나 더 버틸 수 있을까?"

오스카가 지적했다.

"아까 그 박테리아는 제가 쏜 펜던트 광선에도 끄떡없었어요. 그건 아마도⋯⋯."

"파톨로구스 때문이겠지. 그래, 놈들이 박테리아의 내성을 더 강하게 키운 거야. 바로 그렇기 때문에 우린 너희가 필요해. 우릴 잊지 마!"

키미는 그렇게 말하면 신뢰 가득한 미소를 보냈다. 가엘이 좀더 진지한 어조로 덧붙였다.

"우리는 여기서 매일 생명의 가치를 배우고 있단다. 우리는 생명을 위해 싸우고 있으니까. 레오니드의 생명뿐만 아니라 적들의 생명까지도. 그들처럼 되지는 마라. 살상을 위한 살상은 하지 마. 적이니까 무조건 죽이고 봐야 한다는 생각도 금물이다. 살아 있는 것들은 모두 다 서로를 필요로 한단다."

오스카는 가엘의 말을 새겨들으며 고개를 끄덕였다. 로넌은 펜던트를 꺼내며 두 번째 우주를 떠날 채비를 했다.

"잘 가거라. 생명의 가치를 잊으면 안 된다. 절대로."

가엘은 그들과 헤어지면서 다시 한 번 말했다.

"약속할게요."

오스카가 중얼거렸다.

세 배나 더 크다

　오스카가 쿠미데스 서클의 주방 한복판에 떨어진 때는 오후 1시가 조금 지난 시각이었다. 배에서 꼬르륵 소리가 나면서 레오니드의 바람의 왕국에서 돌아갈 착륙 장소로 자연스럽게 주방이 선택되었던 것이다.

　참으로 다행스럽게도, 체리 아줌마는 주방에 없었다. 아줌마의 이상한 요리 대신 다른 것을 찾아서 방에 올라가 몰래 끼니를 때울 기회였다. 오늘 저녁엔 제리 아저씨가 오스카를 바빌론 하이츠로 데려다줄 테니 진짜 식사다운 식사를 할 수 있을 것이다.

　오스카는 까치발로 살금살금 걸어가 찬장 문을 열었다. 말이 찬장이지, 음식을 보관할 수 있는 선반이 있는 작은 방이나 다름없었지만, 평소 오스카는 잼과 빵 혹은 비스킷 정도면 만족했다. 체리 아줌마는 주방에서 뭔가가 없어지면 귀신같이 알아채는 재주가 있었다. 어쨌든, 쿠미데스 서클에 사는 사람들은 모두 다—브레이브 씨를 비롯해서—식탁에 올라오는 요리를 쥐도 새도 모르게 처리하고 저택 밖에서 진짜 요깃

거리를 조달해 오든가 오스카처럼 비상식량을 챙겨두는 수완이 기막히게 뛰어났다.

오스카는 조심스럽게 찬장 안으로 들어가 문을 닫고 손으로 더듬더듬 스위치를 찾았다. 문짝 위 등에 불이 들어왔다. 뒤로 돌아선 오스카는 놀라서 간이 떨어질 뻔했다.

제리 아저씨가 조그마한 간이 의자에 앉아 커다란 샌드위치를 입이 미어지게 우적우적 먹고 있는 게 아닌가! 아저씨는 애절한 눈빛으로 오스카에게 조용히 하라는 신호를 보냈다.

"귀여운 오스카, 넌 오늘 정말로 운이 좋았던 거야. 체리가 오늘따라 유난히 독창적인 요리를 선보였지 뭐냐. 점심에 생선 꼬치를 만들었는데 양념으로 브로콜리, 루바브, 피스타치오, 감초를 섞고 장미 식초를 '들이붓다시피' 했지. 물론 구이가 아니라 날생선이었어. 내 인생의 동반자가 만든 별의별 요리를 다 먹어봤지만 솔직히 오늘은 심해도 너무 심했어."

아저씨는 검은 수염 사이로 눈부시게 하얀 이를 드러내며 미소를 지었다. 오스카도 따라서 웃었다.

"아줌마가 제 몫을 남겨두지 않았기를 바랄게요."

"글쎄다, 체리가 널 발견한다면 과연 네가 그 요리를 피할 수 있을지는 확실치 않아. 생선 꼬치가 엄청 많이 남았어. 브레이브 씨께서 오늘 점심은 됐다고 하고 집무실에서 내려오지 않으셨거든. 본즈가 친절하게도 미리 귀띔을 해드린 모양이야."

메디쿠스 소년은 제리 아저씨에게 다가가며 햄, 치즈, 양상추, 방울토마토, 오이 피클, 겨자를 촉촉한 빵 사이에 끼운 먹음직스러운 샌드위치를 부러운 눈으로 쳐다보았다. 아저씨는 오스카에게 한쪽 눈을 찡긋해 보이더니 샌드위치를 반으로 잘라 건넸다.

"자, 이거면 저녁때까지 그럭저럭 버틸 수 있겠지."

오스카는 사양하지 않고 샌드위치를 덥석 물었다.

"고맙습니다. 와, 맛있다. 제리 아저씨는 샌드위치 만들기 대장이에
요!"

"그래, 몸속에서 온 친구들조차 내가 만든 샌드위치는 먹어보고 싶
다고 했단다! 아차, 내가 깜박 잊고 있었네. 걔들이 네 방에서 기다리고
있어. 나랑 숨어서 이런 것 먹었다는 얘기는 하지 말고……."

"걱정 마세요. 친구들에게는 급한 일이 있어서 늦었다고 할게요!"

오스카는 남은 샌드위치를 허겁지겁 입안에 우겨넣으며 말했다.

제리는 너털웃음을 터뜨렸지만 언제나 도사리고 있는 위험을 떠올렸
다. 아내가 언제라도 주방에 내려올지 모른다는 위험 말이다. 비상식량
으로 끼니를 때우고 있는 모습을 들키기라도 했다간 바람을 피우다 들
킨 것 못지않게 욕을 먹을 터였다.

제리는 흠잡을 데 없는 양복과 금실 자수가 놓인 초록색 벨벳 조끼의
매무새를 살폈다. 체리는 끔찍할 정도로 요리를 못했지만 남편의 옷가
지를 관리하는 솜씨만은 완벽했다. 제리 아저씨는 아무 일도 없었다는
듯이 찬장에서 나왔고 오스카도 천사처럼 순진한 얼굴로 아저씨를 따
라 나왔다. 두 사람은 공범처럼 의미심장한 눈길을 주고받은 후 홀에서
각자의 길로 헤어졌다.

오스카는 안개의 도시 이야기를 족히 15분쯤 늘어놓았다. 친구들은
그의 모험담에 귀를 기울이며 한마디 한마디에 탄성을 질러댔다. 특히
발랑틴은 흥분하면서도 근사한 모험에 함께하지 못해 아쉬운 눈치였

다. 아이올로스 왕과의 만남, 시험, 그리고 로넌 모스의 비겁한 수작에 관한 대목에 이르자 친구들은 분개했다. 발랑틴은 옆에 있던 매트리스를 주먹으로 내리쳤다.

"망할 자식!"

"진정해, 괜히 네 손만 아프고 로넌 모스는 아무렇지도 않을 테니까."

로렌스가 한마디 했다.

"아이고, 내가 참아야지! 매트리스 대신에 네 얼굴을 후려쳐줄까?" 발랑틴은 로렌스를 꼬집었다. "오스카, 너도 그래! 무슨 바람이 들어서 그 자식의 목숨을 구해준 거야? 네가 나서지 않았으면 바이러스가 놈을 잡아먹었을 텐데. 보나마나 맛은 없었겠지만 적어도 우리는 골칫거리를 덜었을 거 아냐!"

"나도 모르겠어. 어쨌든 두 왕국에 다녀오면 너도 생명이 정말로 소중하다는, 그러니까 함부로 말할 문제가 아니라는 생각이 들 거야. 대단치도 않은 이유로 그 누구도 죽음을 당해서는 안 된다고 할까……."

"로넌 모스도?" 발랑틴이 놀라면서 물었다.

"그래, 로넌 녀석도. 그 녀석의 몸속에도 그 녀석을 살리기 위해 몸부림치는 수많은 이들이 있다고. 게다가 로넌을 소중하게 생각하는 사람들이 있을 거야."

오스카는 가엘과 키미에게 마지막으로 들은 말을 친구들에게도 전해주었다.

"어쨌든, 정말 굉장해. 생명이 그렇게 쉽게 왔다 갔다 한다니……. 박테리아 몇 마리가 증식해서 한 왕국을 송두리째 감염시키면 그 왕국의 숨통은 끊어지는 거잖아. 물론, 우리도 마찬가지고!"

"그렇지만 안심이 되기도 해. 그 가엘이라는 사람과 군인들이 우주를 방어하기 위해 애쓰고 있잖아. 게다가 그들은 수가 아주 많다며."

발랑틴이 말했다.

오스카는 여전히 머릿속에서 되풀이되는 가엘의 목소리를 듣고 있었다. '생명의 가치를 잊으면 안 된다.' 이 말을 영원히 잊을 수 없으리라는 예감이 들었다. 우리는 삶을 빼앗길 때에 비로소 그것이 얼마나 소중한 것인지 절감한다. 그런데 오스카는 태어나서 지금까지 늘 자기 삶이 없는 것처럼 느꼈다. 아빠의 빈자리는 오스카의 삶에 뻥 뚫린 구멍 같았다. 그러한 감정이 늘 마음속 깊은 곳에 있었다. 그랬다, 그는 목숨과 인생의 가치를 알고 있었다. 생애는 싸워서 지킬 가치가 있었다. 그러니까 정말로 가능하다면 죽은 자들을 살려내기 위해 무슨 짓이라도 할 것이다. 오스카는 가능한 일이라고 믿고 싶었다.

"문제의 서판에 대해 조사할 시간은 있었니?"

오스카는 희망에 부풀어 친구들에게 물었다.

"응. 하지만 실망할 거야."

발랑틴은 오스카에게 신체 내 왕국 원정만큼 아슬아슬하고 스릴 넘쳤던 서재 잠입에 대해 얘기해주었다. 본즈가 어슬렁거리는 일요일 아침에 친구들이 서재에 들어가기 위해 써먹은 방법을 듣고서 오스카는 킬킬대고 웃었다. 그러나 줄리아가 준 단서 얘기가 나오자 표정이 진지해졌다.

"헤르메스 신에 대한 책은 전부 다 읽어봤어. 그런데도 달리 찾은 것은 없어. 여러 민족들이 그 신을 부활의 신으로 섬겼을 거라는 것만은 확실해. 그리고 또……."

"그리고 또? 뭔가를 찾아낸 거야?"

발랑틴이 놀라며 다그쳤다.

"머리가 잘 돌아가고 꾀가 많은 신이지. 도둑과 상인의 수호신이니까. 왠지 마음이 놓이지 않아. 앨리스테어의 말이 옳은 건 아닐까? 그 서판에 대한 얘기는 죽은 사람을 살려낼 수 있다고 믿고 싶은 사람들을 꼬드기기 위해 지어낸 게 아닐까?"

내키지 않는다는 듯이 로렌스가 말했다. 그러나 그 말이 마음에 들지 않는지 오스카는 무뚝뚝하게 딱 잘라 말했다.

"앨리스테어가 틀렸을 수도 있잖아."

로렌스는 더 이상 자기 의견을 내세우지 않았다. 오스카가 다시 입을 열었다.

"다른 사람의 의견이 필요할 것 같아."

"뭔가 꿍꿍이가 있나 보구나."

발랑틴이 넌지시 물어보았다. 오스카는 빙그레 미소를 지었다.

"전설, 신화 속의 신……. 이런 쪽으로 일가견이 있는 사람이 누구라고 생각해?"

그들은 남의 눈에 띄지 않도록 조심조심 계단을 내려가 쿠미데스 서클의 홀을 가로질렀다. 까치발로 서재에 들어간 오스카가 얼른 티투스를 불렀다. 부탁할 필요도 없이 안락의자가 스르르 서가로 다가왔다. 티투스는 자신의 주인 베레니스 위더스에게만큼이나 오스카에게도 헌신적이었다.

빛의 속도로 신발을 벗어던지고 올라간 오스카는 가장 두툼한 책들이 꽂혀 있는 맨 위 서가에 손을 뻗었다. 그는 단면에 금박을 입힌 가죽 표지의 장서를 조심스럽게 꺼내고 티투스에서 내려와 그 책을 탁자에 내려놓았다. 발랑틴이 의심스러워하는 기색을 보였다.

"이 책이 우리를 도와줄 수 있을 거라고 생각해? 작년에도 기억이 오락가락하던 사람이잖아. 그런데 이제 와서……."

로렌스가 발랑틴을 무서운 눈으로 째려보았다.

"어떻게 알퐁스 후작님을 그런 식으로 말할 수 있어? 후작님은 아주 명석한 분이야. 그분의 지식은 엄청나다고……."

"나이도 엄청나게 많잖아!"

발랑틴은 알퐁스 후작이 들을까 봐 한껏 목소리를 낮추어 소곤거렸다.

"어쨌든 달리 뾰족한 수가 없어. 운이 좋다면 알퐁스 후작님의 상태가 좋을 수도 있잖아."

오스카는 그렇게 말하고 하얀 면지를 펼쳤다. 소년이 명랑하고 또렷한 목소리로 말을 건넸다.

"안녕하세요, 후작님! 오스카 필이에요. 제가 방해가 된 건 아니겠지요?"

대답이 없었다. 면지에 잉크 자국도 보이지 않았고, 알퐁스가 아직까지 고수하고 있는 거위 깃털 펜이 종이 위에서 사각거리는 소리도 들리지 않았다.

당황한 오스카가 친구들을 바라보았다.

"잠이 드셨나?"

체념한 발랑틴이 고개를 저었다.

"잠든 게 아니야. 귀가 먹은 거야. 그건 별개의 문제지."

"그게 아냐! 이봐, 지금이 낮잠 시간이라서 그래. 그것뿐이야!"

로렌스가 자기 일처럼 분개했다.

"그럼 후작님은 24시간 중에서 20시간쯤 주무시고 나머지 4시간은 귀가 안 들린다고 해두자. 내 말은, 우리가 시간 낭비만 했다는 뜻이야.”

그때, 오스카의 눈이 휘둥그레졌다.

“잠깐만! 됐어, 후작님이 계셔!”

또박또박하지는 않아도 우아하게 멋을 부린 손 글씨들이 종이 위에 나타나기 시작했던 것이다.

“뭐? 뭐라고 했지? 무슨 일인가? 병사들이여, 무기를 들고 싸우라! 조국의 아이들아, 가자! 영광의 날이 왔도다!”

갑자기 프랑스 국가의 가사와 음표가 뒤죽박죽 나타났다. 발랑틴이 못 말리겠다는 표정으로 허공을 쳐다보았다.

“그것 봐봐, 후작님은 프랑스대혁명에 빠져 계시나 봐. 30분쯤은 저기서 못 빠져나오실걸.”

오스카는 포기하지 않았다.

“아니에요, 알퐁스 후작님, 프랑스대혁명은 이미 끝났어요. 교수형도 끝났고요. 저 오스카예요. 발랑틴과 로렌스도 왔어요. 저희를 잘 아시잖아요. 저를 도와주셨었잖아요.”

오스카가 친구들을 팔꿈치로 쿡 찔렀다. 로렌스와 발랑틴도 인사말을 건넸다.

“아, 그래, 그래, 알다마다. 아무래도…… 내가 너무 혼자 생각에 골몰했나 보다. 너희가 들어오는 소리도 못 들었지 뭐냐.”

“생각에 골몰해 계셨다고요…….” 발랑틴이 재미있다는 듯이 덧붙였다. “물론, 저도 밤새 깊은 생각에 빠져 지낸답니다. 그러니 저도 똑똑해질 수 있겠지요?”

“신중해지는 법을 배운다면 그것만으로도 좋겠다. 그러다 후작님 심기를 거스르겠어.” 로렌스가 발랑틴에게 귓속말을 했다.

"애들아, 어떻게 지내고 있니?"

후작님이 완전히 잠기운을 떨쳤는지 이제 글씨가 한결 고르게 돌아와 있었다.

"잘 지냈어요. 감사합니다. 제가 어떤 생각을 좀 하다가 궁금한 게 생겼는데요, 하지만 그 답을 구하지 못했어요. 틀림없이 후작님이 저를 도와주실 수 있을 것 같아요."

"물어보려무나. 궁금한 게 있으면 물어봐! 보잘것없는 식견이나마 너에게 도움이 되도록 힘써보마!"

알퐁스는 열정적으로 대답했다. 오스카는 사양하지 않았다.

"헤르메스 신을 아시나요, 알퐁스?"

"헤르메스? 제우스의 아들이자 아폴론의 형제가 아니냐? 물론 알고 있지."

"그것 봐, 나도 너희들에게 그렇게 말했잖아."

자기 말을 못 미더워하는 친구들이 섭섭했는지 로렌스가 공연히 한소리를 했다.

"지치지도 않고 늘 귀찮은 일을 만들지만, 그래도 꽤 호감 가는 친구지. 그런데 너희가 그에게 무슨 볼일이 있느냐?"

"헤르메스 신의 역할을 알고 싶어요."

오스카는 신중하게 그 정도만 물었다. 발랑틴의 귀띔을 새겨들었던 것이다. 에메랄드 서판 얘기만 나오면 모두가 질겁했었다. 알퐁스는 이 서재에서 기대할 수 있는 마지막 카드일 것이다. 섣부른 행동은 금물이다.

알퐁스는 생각에 잠겼다. 그 틈을 타서 오스카는 좀 더 예리한 질문을 던졌다.

"헤르메스 신에게…… 죽은 이를 살리는 힘이 있다는 건 사실인가요?"

"꼭 그렇다고 할 수는 없지. 하지만 시간이 흐르면서 그런 믿음이 생겨나기는 했단다. 고대 문헌을 참조해보면 사실 헤르메스는 죽은 이들을 저승으로 데려가는 임무를 맡은 신이었지."

세 아이는 실망 가득한 눈으로 서로의 얼굴을 바라보았다. 알퐁스도 이를 알아차렸다.

"기대에 어긋난 모양이로구나. 왜 헤르메스가 그토록 너희를 사로잡았는지 물어봐도 될까? 그게 궁금하구나."

오스카는 알퐁스에게 거짓말하고 싶지 않았지만 대충 둘러댈 수밖에 없었다.

"음, 세포 재생에 대한 기사를 읽었거든요. 그런데 헤르메스가 어쩌고저쩌고하는 대목이 있더라고요. 그래서 좀 더 알고 싶어졌어요."

"메디쿠스의 역사에는 아주 유명한 헤르메스가 있지. 하지만 그 헤르메스와 신화 속의 헤르메스는 아무 관련도 없는데……."

"좀 더 말씀해주세요!"

호기심이 생긴 발랑틴이 외쳤다.

"물론, 그건 헤르메스 트리스메지스트 얘기란다."

헤르메스 트리스메지스트라는 이름을 처음 듣는 로렌스도 알퐁스 후작에게 청했다.

"그렇군요. 그 헤르메스에 대해서 더 자세히 말씀해주실 수 있나요?"

알퐁스 후작이 대뜸 한숨을 쉬었다. 그 바람에 가죽 표지가 슬쩍 들렸다가 내려왔다.

"시간을 조금 다오. 나도 내 책을 잠시 살펴봐야겠다. 가끔 기억이 가

물가물해서 말이야."

"네, 천천히 하셔도 괜찮아요."

오스카는 속으로 조바심이 났지만 그렇게 말했다.

근사한 장서가 먼지를 훅 일으키며 닫혔다가 다시 펼쳐졌다. 이쪽저쪽으로 책장이 넘어갔다. 마침내 알퐁스 후작이 어느 한 페이지에 머물렀다. 그 페이지에 인쇄된 초상화에는 아직 젊지만 머리가 희끗희끗한 남자가 환하게 웃는 얼굴로 손에 금괴를 들고 있었다.

후작의 글씨가 그 페이지 상단의 여백에 나타났다.

"찾았다! 헤르메스 트리스메지스트, 출생 년도는 미상. 어떤 이들은 이 자가 고대에도 있었다고 하지. 중세 사람이라는 둥, 15세기 사람이라는 둥, 18세기 말에야 겨우 나타났다는 둥, 정말로 말이 많단다. 이 사람의 이름으로 미루어 보건대, 1세기 무렵에 살았던 사람이 아닐까 생각하지만 확실치는 않아."

"제가 보기에 '트리스메지스트'라는 이름은 '세 배나 더 크다'는 뜻 같은데요."

로렌스가 용기를 내어 말해보았다.

"대단하구나. 정확히 그런 뜻이란다. 헤파톨리아에서도 그리스어를 배우는 게냐?"

알퐁스 후작이 칭찬해주자 로렌스가 뿌듯해했다.

"아뇨, 하지만 인터넷으로 그리스어 학습 DVD를 주문했어요. 주문자는 본즈로 하고 번호를 입력하니까 결재가 되더라고요."

"번호를 입력하다니? 무슨 번호?" 오스카는 깜짝 놀랐다.

"솔직히 말하면 나도 무슨 번호인지는 몰라. 하지만 본즈가 전화로 물건을 주문하면서 12자리 번호를 불러주더라고. 그걸 보고 참 편리하겠다 싶어서 번호를 외워뒀지."

로렌스가 천연덕스럽게 대답했다. 발랑틴은 한술 더 떴다.

"진짜 편리하더라고! 그래서 여러 번 써먹었는데 매번 통하더라!"

본즈의 은행 계좌 잔고가 확 줄어들었을 생각에 오스카는 진땀이 났다. 하지만 지금은 이야기가 삼천포로 빠져서 알퐁스 후작이 본론으로 돌아오지 못하는 게 더 겁나는 일이었다. 그래서 은행 카드에 대해서는 친구들에게 나중에 설명해줘야겠다고 생각하고 본래의 화제로 돌아갔다.

"헤르메스 트리스메지스트는 어떤 일을 했는데요?"

"일단 그는 화학자였단다. 사람들은 오랫동안 그를 메디쿠스라고 생각했지. 하지만 그는 죽은 세포를 살릴 수 있다고 주장한 사기꾼이었어."

"헤르메스 트리스메지스트에게 정말 그런 능력이 있기는 했나요?"

로렌스가 물었다. 그런 종류의 이야기에 현혹되기에 그는 지나치게 논리적이었다.

"아니다. 실제로는 그러지 못했지. 하지만 사람들은 헤르메스 트리스메지스트에게 그런 힘이 있다고 믿게 되었어. 그가 마술을 부리는 거라고 생각했지. 체면을 구기지 않기 위해 그는 세간의 관심을 자신의 화학적 연구로 돌려놓았어. 납이나 다른 금속을 금으로 바꿀 수 있다고 주장하면서 말이야. 헤르메스 트리스메지스트는 굉장한 부자였기 때문에 사람들이 쇠붙이를 가져오면 그걸 받고 자기 소유의 금을 내어주는 수법을 썼단다."

"요컨대, 돈으로 때웠다는 거네요!" 발랑틴이 외쳤다.

"그렇단다. 돈이야 엄청 깨졌겠지만 허풍쟁이 사기꾼으로서 치러야 할 대가였지."

"그래도…… 그자에게 뭔가 다른 능력은 없었나요? 뭔가…… 삶과 죽음에 관련된 능력 말이에요."

오스카는 미련을 떨치지 못하고 다시 물어보았다.

후작은 잠시 망설였다. 세 아이는 후작이 살아온 오랜 세월에 희망을 걸어보았다.

"*내가 말하지 않았느냐. 그건 소문에 불과했어. 그래, 내 얘기가 도움이 되었느냐?*"

"네, 고맙습니다, 알퐁스 후작님."

오스카는 조그만 목소리로 대답했다. 그러고는 책을 덮어 제자리에 돌려놓았다.

세 친구는 조용히 서재를 빠져나왔다. 발랑틴과 로렌스가 서로 시선을 교환하고는 오스카를 둘러쌌다. 로렌스가 일부러 기운찬 목소리로 말을 건넸다.

"이제 어떻게 할까?"

의욕을 잃은 오스카는 어깨만 으쓱했다. 발랑틴은 오스카의 가라앉은 기분을 북돋아주려고 애썼다.

"로렌스와 나는 이미 마음을 굳혔어. 그만둔다는 건 말도 안 돼. 다른 쪽으로 찾아보자!"

오스카가 친구들에게 미소를 지었다.

"고마워. 하지만 지금은 할 일이 있을 것 같아."

로렌스와 발랑틴도 오스카가 바라보는 곳으로 시선을 돌렸다. 계단 밑에 오스카의 트렁크가 내려와 있었고 그 옆에는 본즈가 눈을 반쯤 내리깔고 구부정한 자세로 꼼짝 않고 서 있었다.

"제리가 기다리고 있어요. 바빌론 하이츠로 돌아갈 시간입니다."

본즈는 느릿느릿한 말투로 말했다.

오스카는 본즈의 말투에서 왠지 안심하는 기색을 느낀 것 같았다. 그는 맥없이 대꾸했다.

"가야죠."

"두 번째 왕국에는 언제 가?"

발랑틴이 물었다.

"다음 주말에 여기에서 모인다고 앨리스테어가 그랬어. 레오니드가 허락만 한다면 그날 가겠지."

"그 영감님이 지금부터 담배를 무지막지하게 피워대지만 않는다면. 그래, 이제 가봐. 학교에도 다니고 참 좋겠다." 로렌스는 오스카를 격려하기 위해 일부러 그렇게 말했다. "우리는 계속 조사해볼게."

"주중에도 우리를 보러 와. 잊으면 안 돼?"

"내일 방과 후에 올게." 오스카는 약속했다.

브레비에르 공작, 카라뱅 후작, 메디쿠스의 역사를 누구보다 꼼꼼하고 정확하게 기록한 작가 알퐁스 드 생 라링스는 서재에 스며드는 부드러운 햇살 속에서 피가 바짝바짝 마르는 것 같은 불안을 느꼈다.

노망난 늙은이 연기를 하면 편한 점이 많았다. 귀먹고 정신이 오락가락하는 노인네 앞에서 사람들은 조심성이 없어진다. 그렇게 사람들의 방심을 이용하여 알퐁스는 다른 때 같으면 절대로 알아낼 수 없을 것들을 알아내곤 했다. 지금 그는 오스카가 자신에게 들은 얘기에 만족하지 않고 더 알아내려 한다는 사실을 완벽하게 파악하고 있었다.

오스카의 물음은 결정적이었다. 그보다 더 분명한 단서는 없었다. '헤르메스 트리스메지스트에게 삶과 죽음에 관련된 능력은 없었나요?'

사람들은 알퐁스를 늙다리라고 얕보았지만 반대로 알퐁스는 다른 사람들을 절대 과소평가하지 않았다. 그는 오스카라는 소년이 얼마나 영리한지 잘 알고 있었다. 오스카에게는 틀림없이 무슨 속셈이 있을 터였다. 다만 그 속셈이 무엇인지는 아직 분명하게 감이 오지 않았다.

알퐁스는 자신의 책에서 헤르메스 트리스메지스트의 초상화가 실린 페이지를 다시 한 번 읽었다. 한 장이 넘어가자 백지가 나왔다. 아까 아이들이 볼까 봐 지워놓았던 내용이 비로소 다시 나타나기 시작했다. 알퐁스는 그 페이지의 소제목을 읽었다.

헤르메스 트리스메지스트의 가공할 만한 발견

알퐁스의 영이 책 속 깊은 곳에서 한숨을 쉬었다. 그는 굳게 믿고 있었다. 이건 미친 짓이며, 과거에 허다한 메디쿠스들이 방황만 했듯이 이것에 매달려봤자 어떤 것도 얻지 못할 거라고. 근거 없는 전설, 신화에 불과하다고.

모두가 오랫동안 그렇게 주장했었다. 그가 그 주제에 매달리기 전까지는.

그랬다. 다른 누구도 아닌 그가 장본인이었다.

하지만 그들은 인류의 행복과 안전을 생각해서 그들이 발견한 것을 비밀로 부치기로 결심하지 않았던가? 그 발견의 자취는 오직 그의 책에만 남아 있었다. 그것도 극단적인 상황, 꼭 필요한 경우에만 독자에게 내용을 공개한다는 조건하에.

오늘, 세 아이들을 만나면서 알퐁스는 그럴 필요성을 조금도 느끼지 않았다. 아니, 오히려 그 반대였다.

그가 아는 사실을 숨기는 것이 신중한 처사였다. 그들을 위해서, 알퐁스 자신을 위해서, 기사단을 위해서.

아무렴, 그렇고말고. 위험하고 의문에 싸인 에메랄드 서판에 대한 글을 아이들에게 보여주지 않은 것은 백 번 천 번 잘한 짓이었다.

미스터 아웃

배리는 셀리아를 집어삼킬 듯한 눈으로 바라보았다. 셀리아는 꽃무늬 앞치마를 두르고 주방을 분주히 오가며 식사 준비에 여념이 없었다. 그녀는 미소를 지어 보였다. 이 남자가 자기에게 완전히 빠진 것을 잘 알고 있었다. 이제 셀리아는 그 사실이 부끄럽지 않았다.

처음에는 쉽지 않았다. 아이들의 반응 때문은 아니었다. 아니, 그건 문제가 아니었다. 아이들은 세상 누구를 데려와도 받아들이지 않을 것이다. '아빠의 자리를 대신할 다른 남자'라는 말은 꺼내지도 않았다. 셀리아 자신도 누군가의 자리를 다른 이가 대신할 수는 없다고 생각하곤 했다. 더욱이, 어떤 식으로든 비탈리의 자리를 대신할 수 있는 사람이 과연 있을 수 있을까? 아니, 셀리아를 가장 무겁게 짓누른 것은 아이들의 시선이 아니었다. 그것은 자신의 시선이었다. 거의 14년 전 저세상으로 가버린 남편 말고 다른 남자를 원하게 될지도 모른다고 생각하면 마음이 불편해서 거울 속에 비친 자기 모습조차 똑바로 볼 수 없었다.

다른 사람과 새로운 가정을 꾸린다는 상상만 해도 죄책감이 들었다.

그렇지만 배리 덕분에 사정이 조금 변했다. 배리는 오랫동안 그녀를 따라다녔지만 그녀는 줄곧 그의 호의를 거절해왔다.

배리가 그녀의 환심을 사기로 작정한 후부터 셀리아는 늘 그의 구애를 받았다. 그가 전화라도 걸지 않는 날은 하루도 없었다. 꽃다발도 수시로 받았다. 비록 그가 조금 느끼하게 치근대고, 비록 그의 전화 목소리가 약간 천박하긴 해도, 비록 그가 준 꽃다발이 그다지 어울리지 않는 꽃들을 모아놓은 꽃다발이기는 해도, 셀리아는 기뻤다. 나아가 자신도 또래 여자들과 마찬가지로 이런 애정 표현을 누릴 권리가 있고 이런 것들이 죽은 남편을 배신하는 것은 아니라고 생각하게 되었다(그녀는 이제 겨우 서른다섯 살이었다).

문득 그녀의 허리를 껴안는 두 손의 촉감을 느꼈다. 넙적하고 힘이 넘치는, 망설임 없이 솔직하게 다가오는 손길이었다. 셀리아는 빙그레 웃으며 나무 국자를 내려놓고 부드럽게 그 손을 자기 몸에서 밀어냈다. 배리가 셀리아에게 말했다.

"이봐, 꼭 집에서 저녁을 먹어야 하는 거야? 모처럼 일요일에 만나는 거니 함께 외출할 수도 있었을 텐데! 괜찮은 레스토랑에 갈 수도 있었을 거라고! 내가 자기를 아무데나 데려갈 것 같아? 근사한 맛집으로 모실게."

셀리아가 돌아서서 배리를 바라보았다. 오스카가 이 사람을 너무 질색해서 마음이 안 좋기는 했지만 아들의 눈이 아주 틀린 것만도 아님을 인정해야 했다. 확실히 배리는 섬세한 사람은 아니었다. 그러나 그런 것은 중요하지 않았다. 그는 자상했다. 셀리아를 '근사한 맛집'에 데려가주겠다는 말을 고장 난 녹음기처럼 반복할 사람이었지만 그래도 그녀에게 마음을 써주는 것만은 사실이었다. 셀리아에겐 그런 사람이 필요했다. 게다가 배리는 미남이었다. 잘생겨서 나쁠 게 있겠는가.

"애들이 있잖아요. 오스카도 방금 돌아왔고……."

"그런데 걔는 어디에 다녀온 거야? 당신은 주말 내내 아들만 기다리는 사람 같아. 너무 이상하잖아……."

배리가 물었다. 하지만 원래 그는 호기심이 많은 사람은 아니었다. 자동차, 스포츠, '맛집'을 제외하면 말이다.

셀리아는 거짓말로 둘러대기보다 화제를 돌리고 싶었다.

"올라가서 애들 좀 보고 올래요? 사실 우리 애들과 당신은 서로 볼 일이 없으니까……. 서로 할 얘기가 많을 거예요. 이것도 기회잖아요? 그동안 나는 식사 준비를 마칠게요."

배리의 얼굴에서 웃음기가 가셨다. 관심도 없는 두 꼬맹이를 보러 가는 건 정말로 내키지 않는 일이었다. 어쨌거나 장님이 아닌 이상 배리도 자신과 아이들 사이에 공통분모가 없다는 사실을 모를 리 없었다. 계집애와는 극단적으로 말이 통하지 않았지만 그래서 차라리 쉬운 면도 있었다. 그 아이는 지구를 거치지 않고 다른 별에서 떨어진 것 같았지만 그 별세계로 돌려보내기도 쉬웠다. 그래서 아예 대화를 나눌 필요가 없다는 장점이 있었다. 요즘 들어 비올레트는 장롱이나 의자처럼 대화와 무관한 아이가 되어 있었다. 반면에 사내 녀석은 까다로웠다. 절대로 편하게 대할 수 없는 녀석이었다. 뭐, 그래도 셀리아가 원한다면야……. 그리고 나쁜 순간도 결국은 지나가게 마련이니까.

성질을 부리며 오스카는 방문을 닫았다. 한 주의 시작을 잡쳐서 그러는 것도, 지난주가 끔찍해서 그러는 것도 아니었다.

브레이브 씨의 차에서 내리고 보니 새빨간 스포츠카가 집 앞에 삐뚤게 주차되어 있었다. 그때부터 오스카는 어떤 꼴을 보게 될지 짐작이 갔다. 체격만 좋은 비호감 배리가 주방이나 거실에 떡 버티고 있을 게 뻔했다. 오스카는 낙심한 눈으로 제리 아저씨를 바라보았지만 그렇다고 해서 바뀔 것은 없었다. 제리 아저씨는 힘내라는 손짓을 했을 뿐, 벤틀리를 몰고 모퉁이를 돌아 사라졌다.

크게 심호흡을 하고 오스카는 집으로 들어섰다. 엄마와 포옹을 하고 배리 아저씨에게는 고개만 살짝 까딱해 보였다. 그다음에 계단 오르기 세계신기록이라도 수립하려는 듯 쏜살같이 이 층으로 내뺐다.

소년은 씩씩대며 가방을 방바닥에 내동댕이쳤다. 복도로 슬쩍 고개를 내밀어보았다. 이 층은 조용했다. 그래서 얼른 누나 방으로 갔다. 문이 빠끔하니 열려 있었다.

비올레트는 허리까지 오는 머리를 풀어헤친 채 바닥에 앉아 있었다. 옆에는 가위가 놓여 있었다. 비올레트는 머리채를 모아서 왼쪽 어깨 위로 넘겼다. 명상할 때에 듣는 것 같은 인도 음악을 틀어놓고 뭐라고 중얼중얼하면서 머리끝을 빗으로 다듬는 중이었다. 오스카는 누나가 뭔 소리를 하는지 알아들을 수 없었다. 살금살금 자기 방으로 돌아오는데 계단을 올라오는 발소리가 들렸다. 엄마의 가볍고 경쾌한 발소리가 아니었다. 딱딱 울리는 구두창 소리는 마치 소 한 마리가 계단을 올라오는 듯했다. 뻔했다. 배리 아저씨였다.

오스카는 문을 이중으로 잠갔다. 평소에는 하지 않는 짓이었다. 감출 것이 없기 때문이기도 했고, 그러지 말라고 엄마가 평소에 당부한 까닭도 있었다. "혹시 무슨 일이 났을 때 네 방에 못 들어가면 어떡하니?" 오스카는 문짝에 귀를 갖다 댔다. 무슨 바람이 불어서 저 머저리 아저씨가 이 층에까지 올라왔담? 엄마가 벽장이나 서랍장에서 뭘 찾아오라고 아저씨에게 부탁한 것은 아니기를 바랐다. 아저씨가 엄마의 침실에 들어간다는 생각만 해도 오스카는 속이 뒤틀렸다.

"안에 있니?"

배리 아저씨가 오스카의 방 앞에 서서 큰 소리로 물었다.

오스카는 찬물을 뒤집어쓴 고양이처럼 흠칫하며 뒤로 물러났다. 대꾸하고 싶지 않았다. 문을 열어줄 생각은 더욱더 없었다.

배리 아저씨는 냄새 맡는 시늉을 하기 시작했다.

"킁킁…… 어디 보자……. 여기서 빨간 머리 냄새가 난다. 안에 있구나, 응?"

기가 막혀서 천장을 쳐다보았지만 아저씨는 웃기지도 않은 농담이 재미있는지 배를 잡고 웃음을 터뜨렸다.

아저씨의 발소리가 차츰 멀어져가는 것을 확인하며 오스카는 안도의 한숨을 쉬었다. 그는 문짝에 다가갔다. 계단이 조용했다. 배리 아저씨는 어디로 간 걸까?

옆방이 소란스러웠다. 비올레트 누나의 목소리가 들렸다. 다시 한 번 아저씨의 웃음소리가 일어났다. 이어서 비명이 울려 퍼졌다.

오스카는 온몸이 싸늘하게 얼어붙는 것 같았다. 누나가 저렇게 비명을 지른 적은 한 번도, 단 한 번도 없었다.

대포알처럼 방에서 튀어나간 오스카는 비올레트의 방에 들이닥쳤다. 배리 아저씨의 손에 가위와 붉은 머리카락이 들려 있었다. 소년은 두 사람 사이를 막아섰다.

"무슨 짓을 한 거예요! 누나가 왜 소리를 질렀냐고요!"

"가벼운 장난을 쳤을 뿐이야. 얘가 머리카락을 세어보려는 것 같아서 내가 2센티미터쯤 잘라줬지. 그런 일로 소동을 피우진 않겠지, 응?"

겁에 질린 비올레트는 동생 뒤에 숨었다. 오스카는 미친 듯이 화가 나서 배리 아저씨를 쏘아보았다.

"장난이라고요? 얼간이 같으니! 장난은 유머가 눈곱만큼이라도 있는 사람이 치는 거예요!"

'응 아저씨'의 얼굴에서 미소가 사라졌다.

"코흘리개 주제에, 어디서 감히!" 배리는 가위와 머리카락을 내던지고 당장 오스카의 팔을 잡더니 우악스럽게 흔들었다. "내가 왜 너희 같은 애들을 상대해야 되는데? 계집애는 제 머리카락하고 떠들어대질 않나, 그리고 네놈은 감히 나를 모욕했겠다?"

더 이상 분을 참을 수 없었던 오스카는 미친 듯이 몸부림을 치며 되는 대로 주먹과 발을 날렸다. 배리는 오스카의 머리끄덩이를 쥐고 바닥에서 번쩍 들어 올리더니 벽에다 세게 메다꽂았다.

"그만! 그만둬요! 당신 미쳤어!"

따귀를 갈기는 소리가 총성처럼 방 안에 울려 퍼졌다. 엄마가 자기 손을 문지르고 있었다. 이성을 잃은 나머지 방금 자기가 무슨 짓을 했는지도 모르는 것 같았다. 눈이 왕방울만 해진 배리 아저씨도 이게 무슨 일인가라는 표정으로 아픈 뺨을 어루만지고 있었다.

마침내 아저씨가 더듬더듬 말문을 열었다.

"당신 딸은 제정신이 아니야. 얘는 자기 머리카락에 알아듣지 못할 말을 웅얼대고 있었어. 그리고 쟤는⋯⋯." 그는 오스카를 손가락으로 가리켰다. "쟤가 나한테 미친놈처럼 달려들었어!"

엄마는 두 아이를 자기 쪽으로 끌어당기고 배리의 눈을 똑바로 바라보았다. 엄마의 두 눈은 이글거렸고 두 뺨도 불이 난 것처럼 달아올라 있었다.

"우리 딸은 특별하고 우리 아들은 용감해요. 자, 그게 다예요. 당신이 우리 애들에게 손을 대는 건 이번이 처음이자 마지막이에요. 알아들었나요, 배리 헉슬리?"

"하지만……."

"이제 당신 나이에 어울리지도 않는 모자나 챙겨요. 시끄럽고 천박한 스포츠카를 몰고 가버려요. 그리고 두 번 다시 여기에 발을 들여놓지 말아요. 다시는 오지 말라고요."

엄마는 여차하면 상대를 갈가리 찢어발길 태세로 온몸을 팽팽하게 긴장시키고 있었다. 그녀는 누군가의 여자 친구이기 이전에 두 아이의 엄마였다. 자식들에게 손대는 자에게는 암사자로 변해 달려들 수 있는 여자였다.

배리는 아직도 뺨을 어루만지며 성난 눈으로 아이들과 셀리아를 번갈아 바라보았다. 어떻게 해야 할지 감이 서지 않는 모양이었다,

"분명히 말했어요. 가세요."

엄마가 다시 한 번 말했다. 배리는 숨을 크게 들이마시고는 고개를 흔들며 복도로 나갔다.

엄마는 현관문이 쾅 소리를 내며 닫힐 때까지 기다렸다가 비로소 비올레트의 침대에 주저앉으며 눈을 감았다. 아이들은 아무 말 없이 엄마를 껴안았다. 엄마는 잠시 아이들을 안아주고는 자리에서 일어났다.

"엄마, 우리는……."

오스카가 무슨 말이든 해야 할 것 같았다. 그러나 엄마는 뒤도 돌아보지 않고 들릴 듯 말 듯한 목소리로 아들의 말을 막았다.

"아니다. 엄마는 잠깐만 혼자 있고 싶어. 아주 잠깐이면 돼."

엄마는 앞치마를 풀어 방바닥에 떨어뜨려놓고는 방에서 나갔다. 두 아이는 난장판이 된 방에서 꼼짝도 하지 못한 채 고개만 푹 숙였다.

"아저씨가 다시는 오지 않을까?"

비올레트가 물었다.

"그럴걸. 오지 않을 거야."

희한하게도 그다지 기쁘지 않았다. 오스카는 구겨진 채 바닥에 떨어진 엄마의 앞치마를 뚫어져라 바라보았다.

비올레트는 빨간 머리칼을 주워 모으고는 안타까운 눈으로 바라보았다. 그녀는 머리를 이리저리 헤집어가며 머리칼이 잘려나간 부분을 찾았다. 비올레트는 잘린 머리칼을 도로 붙이려다가 결국 포기했다.

"헤어진다는 건 참 아프겠지."

이제 영영 떨어져나간 머리칼을 아쉬워하며 비올레트가 말했다.

오스카는 엄마의 방을 바라보았다. 방문은 닫혀 있었다.

"응, 분명히 아프겠지."

소년은 그렇게 말했다.

앨리스테어

월요일이 되어 학교생활로 돌아가려니 힘들었다. 오스카의 머릿속은 아직도 협곡과 안개의 도시에서 보았던 벌집 같은 작은 구들, 왕궁, 원형경기장, 괴물 등으로 꽉 차 있었다. 운동장에서 수업이 시작하는 종이 치기를 기다리는 동안에도—기적적으로 오늘은 종이 치기 전에 학교에 도착했다—그의 정신은 딴 데 가 있었다.

첫째 왕국에서 있었던 일도 그렇지만, 알퐁스가 알려준 사실도 뇌리에서 떠나지 않았다. 아니, 오히려 그가 알려주지 않은 정보에 마음을 빼앗겼다고 해야 할까. 어쨌든 후작은 헤르메스와 에메랄드 서판에 대해 아무것도 찾아내지 못했다. 좀 더 솔직하게 고백하고 대놓고 물어볼걸 그랬나? 솔직히 이젠 어떤 단서를 따라가야 할지도 알 수 없었다. 오스카는 그 생각은 나중으로 미루기로 했다. 아이들이 모두 학교 건물로 발걸음을 옮기고 있었기 때문이다.

오스카도 교실에 들어갔다. 교실 뒷자리에 로넌 모스가 졸개들에게 둘러싸인 채 의자에 퍼질러 앉아 있었다. 녀석은 스웨터에 달린 후드를 짧게 친 머리에 뒤집어쓰고 있었다. 얼굴에 여드름이 더 많아진 것 같았다. 로넌은 오스카가 교실에 들어서도 모른 체했다. 마치 각자 자기 집에서 평화로운 주말을 보내다 왔다는 듯이.

오스카도 자기 자리에 앉았다. 제레미 옆자리였다. 제레미는 몹시 흥분해 있었다.

"왜 어제 우리 집에 들르지 않았냐? 무슨 일이 있었는지 궁금해죽을 뻔했다! 말 좀 해봐!"

대꾸를 하려다 오스카는 자기 책상 위에 굵은 사인펜으로 휘갈겨놓은 낙서를 발견했다.

제레미도 오스카와 동시에 낙서를 발견하고는 재미있다는 듯이 큰 소리로 읽었다.

"'난쟁이에게 불쌍하다고 트로피를 주는 일은 이제 없다. 실력으로 따내라.' 이게 무슨 소리지? 무슨 뜻이야, 이게?"

화가 난 오스카가 뒤를 돌아보았다. 자기가 한 짓에 만족한 로넌이 히죽거리며 오스카를 보고 있었다. 오스카는 공책으로 책상 위의 낙서를 덮으면서 구시렁댔다.

"저 자식, 복수해주겠어. 발랑틴이 백 번 천 번 옳은 말을 했지! 바이러스가 저 자식을 잡아먹으려고 할 때 도와주지 말걸!"

제레미가 놀라서 소리를 질렀다.

"뭐? 네가 모스를 구해줬다고? 너, 죽고 싶어? 아니면 뭐야! 나 참, 정말이지 너란 녀석은 혼자 내버려둘 수 없겠다. 언제부터 그렇게 친절남이 됐는데? 아니면 바보가 된 거야?"

회초리가 소년의 귓가에서 쉭 하고 바람을 가르더니 책상을 내리쳤다. 제레미와 오스카는 소스라치게 놀라서 곧장 허리를 꼿꼿하게 폈다.

"나는 이 자세가 훨씬 좋구나."

허스키하고 나지막한 여자 목소리가 말했다.

앳우드 선생님이 이제 막 교실에 나타난 참이었다. 아니, 학생들의 앉은키보다 조금 높을까 말까한 선생님의 모자를 보고 그렇게 짐작할 뿐이었다.

과학을 가르치는 이 여선생님은 키가 몹시 작았지만 기질은 외모와 정반대였다. 앳우드 선생님이 일단 흥분했다 하면 그 앞에서 알짱대지 않는 게 좋았다. 아니, 시야에서 완전히 벗어날 필요가 있었다. 선생님은 자기 키보다 더 기다란 회초리를 다루는 솜씨가 기막히게 능숙했다. 길쭉한 대나무 가지 같은 그 회초리는 선생님 손에서 한시도 떠나지 않았다. 선생님은 소란스러운 아이들의 주의를 끌어야 할 때에도 회초리를 사용했다. 물론, 그래봤자 학생이 회초리에 맞지는 않게 간발의 차이를 두고—정확히 몇 밀리미터 간격만 남기고—허공을 후려치는 것뿐이었지만 그 정도만으로도 가장 시끄러운 아이들을 꼼짝 못하게 만들 수 있었다. 오스카를 비롯한 모두가 입을 꾹 다물었다.

선생님이 교단에 올라서며 말했다.

"좋다. 모두 생물 책을 꺼내서 24페이지를 펴라. 오늘은 호흡기에 대해서 공부한다. 두고 봐라, 아주 흥미진진할 테니까!"

제레미가 소리를 죽여 킬킬거렸다.

"우리 중에서 누구누구는 그렇게 흥미진진하지 않겠는걸. 도대체 왜 메디쿠스들이 생물 수업을 들어야 하는지 모르겠다!"

앳우드 선생님은 누가 뒤에서 잡아당기기라도 한 듯이 회초리를 휘두를 태세로 뒤를 돌아보았다.

"누가 소리를 냈지? 누구야?"

제레미가 손을 번쩍 들었다.

"모스입니다. 하지만 모스가 떠들지는 않았어요. 배에서 꾸르륵 소리가 나는 게 걔 잘못은 아니잖아요. 아무래도 내장 쪽에 문제가 좀 있나 봐요."

아이들이 일제히 와 하고 웃음을 터뜨렸다. 로넌은 많은 의미가 담긴 성난 눈으로 제레미를 쏘아보았다. 로넌은 모든 사람들이 지켜보는 가운데서 놀림을 당하고서―더구나 제레미 오말리 같은 애송이에게―가만히 넘어갈 녀석은 분명 아니었다.

제레미는 아예 쐐기를 박기로 작정했다.

"선생님, 폐 대신에 소화기관을 공부하면 어떨까요? 그러면 로넌 모스의 문제가 무엇인지 알게 될 거예요!"

"오말리, 쉬는 시간에 좀 보자."

로넌 모스는 이를 악물고 으르렁댔다.

"어떤 오말리를 말하는 거지?"

제레미의 뒷줄에 앉아 있던 바르트가 상체를 내밀며 위협적으로 대꾸했다. 제레미는 입이 찢어져라 웃으며 간죽거렸다.

"우리 집에서는 한 사람을 부르면 두 사람이 대답을 하거든."

"이제 됐다!" 앳우드 선생님이 소리를 질렀다. 선생님으로서는 흐트러진 수업 분위기를 많이 참아준 편이었다.

로넌 모스의 편을 들어주는 선생님은 거의 없었다. 대부분 마음 속 깊이 로넌 모스의 아버지를 경멸하고 있었기 때문이다. 반면 제레미에게는 대개 호의적이었다. 사실은 앳우드 선생님도 웃음을 참고 있었다. 작은 폭군 로넌에게 바락바락 맞서는 학생이 있다는 것만으로도 기분이 좋았던 것이다. 원칙을 일깨워주겠다는 듯이 회초리가 아이들의 머리 위를 가르며 지나갔다. 회초리는 후드를 뒤집어쓴 로넌의 머리 위에서 조금 더 머문 것 같았다. 어쨌든 회초리의 위력 덕분에 수업이 끝나는 종이 칠 때까지 아무도 토를 달지 않았다.

종이 치자 맨 먼저 일어난 학생은 틸라였다. 틸라는 섀도와 바비를 거느리고 긴 의자들 사이를 빠져나와 오스카의 책상으로 다가왔다.

"로넌은 트로피를 땄다고 하더라. 넌 어땠어, 오스카?"

은근하게 미소를 지으며 틸라가 물었다. 오스카는 크게 심호흡을 하고 틸라의 말을 무시한 채 학용품을 주섬주섬 챙겼다.

"시합에 나간 거 맞지?"

틸라와 똑같은 옷을 입고 있던 섀도가 물었다. 그 아이는 틸라의 살짝 빈정대는 말투까지 흉내를 내려고 노력하는 중이었다.

"맞아." 제레미가 섀도의 동그란 코를 납작하게 누르면서 대신 대답했다. "아주 특별한 시합이었지. 친구를 흉내 내기 위해 뭐든지 다 해야 하는 시합, 비록 조금도 닮아 보이지 않더라도 말이야. 무엇보다, 자기 개성을 깡그리 죽여야 하는 시합이지! 섀도, 네가 그 시합에 나오지 않아서 정말 다행이야. 네가 나왔으면 트로피는 따놓은 당상이었을 테니까."

죽고 싶을 정도로 창피해진 섀도는 어깨를 으쓱하고는 틸라의 그림자로 숨어버렸다. 틸라는 오스카의 눈을 뚫어져라 들여다보며 다시 입을 열었다.

"나는 시합을 아주 좋아해. 멋지잖아. 이기기 위해서 모든 것을 거는 시합이라면 더할 나위 없겠지."

이번에는 오스카도 시선을 피하지 않고 침착하게 대꾸했다.

"나는 이기기 위해 싸움을 하거나 속임수를 쓸 필요가 없어. 그러니까 그런 얘기는 모스에게 하는 편이 나을 거야."

벌써 다 읽었으면서 틸라는 괜히 머리채를 만지작거리며 책상 위의 낙서를 한 번 더 읽는 척했다.

"당연히 그렇겠지. 자격이 없어도 트로피를 딸 수 있는데 싸울 필요가 있겠니."

오스카는 틸라의 지적을 무시하고 교실 문으로 걸어갔다. 틸라가 뒤를 돌아보았다.

"잠깐! 로넌은 그게 무슨 시합이었는지 얘기하지도 않았어."

틸라의 두 친구는 이유도 없이 괜히 키득키득 웃기 시작했다.

제레미와 바르트는 세 여자아이에게 눈길도 주지 않고 오스카를 따라갔다. 제레미가 오스카에게 물었다.

"어째서 너는 저 망할 계집애한테 매몰차게 굴지 못하냐? 내가 나설 수도 있어. 하지만 내가 괜히 끼어들면 저 계집애가 너보고 자기 앞가림도 못하는 녀석이라고 떠들어대겠지."

"난 아무하고도 싸우고 싶지 않아. 로넌하고도, 틸라하고도."

이건 꼭 진실이라고는 할 수 없었다. 오스카 자신도 알고 있었다. 틸라와 정면으로 맞설 마음은 없었지만 지난 이틀간 당한 일을 로넌에게 되갚아줄 수 있다면 절대 망설이지 않을 터였다.

"좋아, 좋아, 알았어. 그 얘기는 그만두자. 다음번에는 내가 상대해주지. 저 계집애들은 아주 골치 아프니까 질질 끌어선 안 돼. 우리랑 같이 급식실에 갈래?"

오스카가 도리질을 했다. 오말리 형제는 오스카의 대답을 미리 알아차렸다.

"너희 엄마가 오늘도 세상에서 최고로 맛있는 샌드위치를 싸주셨구나!"

제레미와 바르트는 부러워죽겠다는 듯 한목소리로 외쳤다.

"안됐지만 할 수 없지. 우리는 리나 아줌마한테 맛없는 야채 말고 딴걸 달라고 눈물로 호소해야겠다."

제레미가 말했다.

바르트는 힘센 팔로 오스카의 등을 쿡 찔렀다.

"네 몫의 감자튀김은 내가 최선을 다해 먹어주마."

"고맙다, 진짜 친구는 다르구나."

오스카는 어깨를 문지르며 그렇게 대꾸했다.

ʻ오스카는 친구들이 왁자지껄하게 교실을 나가 급식소로 향할 때까지 기다렸다. 학생주임 선생님의 감시를 피해 학교를 빠져나가기 위해서였다. 물론, 어떤 학생도 학교 밖으로 나가서는 안 되지만 오스카는 하지 말라고 했다고 안 할 녀석도, 그렇다고 굳이 선생님의 허락을 받을 녀석도 아니었다. 게다가 오늘은 더욱더 그럴 수 없었다. 오스카는 혼자 있고 싶었다. 숨통을 좀 틔우고, 자신이 처한 상황을 정리해볼 필요가 있었다.

바빌론 하이츠 공원 정문으로 들어설 즈음, 정리는 끝났다. 이럴 때가 아니었다. 당장 사람들의 눈을 피해 숨을 곳이 필요했다. 오스카를 잘 아는 사람들이 공원에서 그를 본다면 당연히 말을 건네거나 지금은 수백 명의 학생들과 부대끼며 급식을 먹고 있어야 할 시각이 아니냐고 일깨워줄 터였다.

오스카는 사람들이 많이 오가는 오솔길을 교묘하게 피해 잔디밭을 가로질러 곧장 호수로 갔다. 그곳에서 오스카를 어렸을 때부터 보아온 밀렌 아줌마에게 애교를 부려 작은 부탁을 했다. 아줌마는 공짜로 보트를 빌려주었을 뿐만 아니라 무엇보다 이 일을 오스카네 엄마에게 일러바치지 않겠다는 약속까지 하고 말았다. 아줌마는 검지를 흔들며 몇 번이나 다짐을 받았다.

"그러니까 분명히 말했다? 절대로 구명조끼를 벗지 말 것, 섬 뒤쪽으로는 가지 말 것. 내 시야에서 벗어나면 안 된다는 얘기야. 너한테 무슨 일이 생겼다간 아줌마가 일자리를 잃게 돼."

오스카는 오른손을 가슴에 얹고 미소를 지으며 철석같이 약속했다.

"약속할게요. 그냥 저기까지 잠깐 갔다 오기만 할 거예요. 그 이상은 아니에요."

아줌마가 한숨을 쉬었다.

"애 혼자 보트에 태우다니……. 내가 미쳤나 봐. 그래도 좋아, 넌 믿을 수 있는 아이니까."

소년은 밀렌 아줌마의 마음이 바뀔까 봐 얼른 보트에 올라타고는 가급적 남의 눈에 띄지 않게 최대한 빨리 노를 저었다. 호수 중앙의 섬에 상륙해서는 호숫가에서 눈에 불을 켜고 바라보는 밀렌 아줌마에게 손짓을 했다. 그리고 툭 튀어나온 나무뿌리에 보트를 묶어두었다.

자신이 찾는 것이 눈에 띌 때까지 오스카는 잡초와 나뭇가지들을 헤치고 키 작은 관목 사이를 요리조리 빠져나갔다. 마침내 그는 자세를 낮추고 바위에 난 틈으로 몸을 숨겼다. 이끼로 뒤덮인 작은 동굴에 들어간 후에야 비로소 허리를 펼 수 있었다. 재작년에 비올레트 누나와 함께 이 비밀 동굴을 발견하고 얼마나 기분이 좋았는지 모른다. 이곳이야말로 오스카가 숨고 싶은 장소, 확실하게 편안함을 느낄 수 있는 장소였다.

땅바닥에 그대로 주저앉은 오스카는 서늘한 암벽에 기댄 채 눈을 감았다. 사실, 지난 보름간의 상황은 단순했다. 모든 것이 불시에 급작스럽게 시작되었다. 그는 메디쿠스로서의 능력을 되찾았고, 쿠미데스 서클로 소환되었으며, 이제 두 번째 트로피를 찾아도 좋다는 허락을 받았다. 그 후에는 나쁜 소식과 환멸의 연속이었다. 그중에서도 로넌 모스가 기사단 소속이고 플레처 웜이 그의 대부나 다름없다는 사실은 어이가 없다 못해 충격적이었다. 두 번째 우주로의 여행에는 함정이 부지기수였고, 두 번째 트로피의 반쪽을 획득하지 못할 뻔했다. 어쩌면 로넌 모스가 옳을 것이다. 오스카는 동정표로 트로피를 얻은 게 아닐까? 아니, 그건 아니다. 아이올로스 왕은 친히 숨을 불어넣어주면서 그가 트로피를 얻을 자격이 있음을 분명히 보여주지 않았는가.

지금까지는 아무것도 아니었다. 남의 앞길을 스스럼없이 방해할 수 있는 로넌 녀석의 성격을 생각해본다면—더구나 상대방이 오스카 필이라면 단순한 방해 정도로 끝나지 않겠지만—트로피의 나머지 반을 찾기 위한 여정은 더욱더 다사다난할 것이 분명했다.

정말로 오스카를 심란하게 하는 문제는 따로 있었다. 오스카는 언제나 용기를 잃지 않았다. 그는 자신이 끝까지 가고야 말 것임을 알고 있었다. 처음부터 그렇게 작정하지 않았던가. 자신을 위해서, 가족을 위해서, 무엇보다 아빠의 실추된 명예를 되찾기 위해서.

아빠. 그랬다, 오스카는 그 어떤 이유보다도 아빠 때문에 슬펐다. 앨리스테어의 말이 아직도 그의 기억에서 떠나지 않고 있었으니까. 오스카는 앨리스테어의 말을 제대로 들었고, 아빠를 그의 곁으로 돌아오게 할 방법이 어딘가에 틀림없이 있다고 믿었다. 아빠는 아주 잠깐 살아났다가 다시 사라지고 마는 걸까? 그래도 상관없었다. 아빠를 만날 수만 있다면 단 1분이라도 좋았다. 아빠를 눈으로 직접 보고, 손으로 만질 수 있다면. 아빠의 목소리를 들을 수 있다면.

그러자면 에메랄드 서판의 힘을 빌려야 할 것이다.

희한하게도 오스카가 그 서판에 대해 물어볼 때마다 상대는 아무것도 모르든가, 화제를 돌리든가, 오스카의 의지를 꺾으려고 했다. 그렇기 때문에 더욱더 뭔가가 있다는 예감과 앨리스테어가 거짓말한 것이 아니라는 확신이 들었다. 앨리스테어가 자기는 그런 말을 한 적이 없다고 잡아떼는 까닭은 그의 기억력에 문제가 있기 때문이지 오스카의 착각 때문이 아니다. 오스카는 그가 했던 말을 세세한 부분까지 기억하고 있었다. 지금 이 순간에도 앨리스테어의 목소리가 생생하게 들리는 것 같았다.

"아직도 그 생각을 하고 있군, 맞지?"

오스카는 고개를 끄덕였다. 지금 이 목소리가 지난주에는 부인했던 사실을 확인해준다면, 아니, 확실한 답을 준다면 얼마나 좋을까. 그 목소리가 다시 말했다.

"오스카, 네 생각이 맞다. 에메랄드 서판은 있어. 그 서판의 무시무시한 힘이 겁나서 아무도 인정하고 싶어하지 않지만 말이야. 그래도 좋게 사용하면 좋은 결과를 얻을 수도 있을 텐데……."

이 말을 들은 오스카가 무심코 중얼거렸다.

"사람들을 살려낼 수 있다면요. 그런데 헤르메스 트리스메지스트가 정말로 그 서판을 만들었을까요?"

"맞았어."

목소리가 변했다. 마지막 한마디는 유난히 차갑고 매정하게 들렸다.

앨리스테어가 에메랄드 서판 얘기를 처음으로 꺼내던 그날의 목소리와도 비슷했다. 얼음장처럼 차가운 손이 어깨에 닿자, 소년은 소스라치게 놀라서 벌떡 일어났다.

어슴푸레한 그늘에서 오스카는 호리호리한 청년의 실루엣을 어렵지 않게 알아볼 수 있었다.

"앨리스테어!" 오스카는 어안이 벙벙했다. "아니…… 앨리스테어 맞아요? 진짜로?"

앨리스테어는 세월에 닳고 닳아 반들반들해진 바위에 앉아 있었다. 일어서서 양지로 걸어 나온 그는 몹시 피곤해 보였고 낯빛도 다시 창백해졌다. 이제 막 또 다른 사고를 당해서 기력이 쪽 빠진 것 같은 모습이었다. 얼굴에는 웃음기가 없었고 옷차림도 그 어느 때보다 어수선했다.

"응, 진짜란다. 왜 그래? 유령이라고 생각하는 거야?"

오스카는 이 말을 농담으로 받아들였다. 비록 농담을 하는 것처럼 보이지는 않았지만 말이다.

"그렇잖아도 앨리스테어 생각을 하고 있었거든요. 전에 앨리스테어에게 들었던 얘기를요. 그런데 진짜로 여기에 나타날 줄이야."

"실망스럽겠지만 난 너와 같은 메디쿠스지 마법사는 아니야. 네 나이 때에는 나도 여기 자주 왔었어. 그뿐이야. 지금도 종종 이곳에 오고 싶을 때가 있어. 그러니까 우연이야. 아니, 어쩌면 우연이 아니라고 할 수 있겠지."

"아뇨, 전 우연이 아니라고 확신해요. 저는 에메랄드 서판에 대해 생각하고 있었어요."

오스카는 희망에 가득 차서 큰 소리로 말했다.

"그 서판이 정말로 있다고 믿는구나."

"모르겠어요. 아무것도 찾아내지 못했으니까요. 헤르메스 트리스메지스트라는 화학자가 죽은 자들을 살려낸다는 소문이 돌았다는 것 외에는 아무것도 몰라요. 하지만 그 소문은 거짓이라고 했어요. 금속을 황금으로 바꿀 수 있다는 말도 다 사기였다고…….'"

"음, 나는 분명하게 말할 수 있어. 헤르메스 트리스메지스트는 실제로 에메랄드 서판을 만들었단다. 너도 그렇다고 믿고 싶니?"

"네. 전 앨리스테어를 믿어요. 비록…….'"

"비록?"

오스카는 망설이다가 솔직히 털어놓았다.

"비록 앨리스테어가 이따금 기억을 잃어버리는 것 같지만요."

앨리스테어는 조용히 킬킬대더니 표정이 이내 다시 굳어졌다.

"내가…… 어디 아픈 사람 같아? 내가 정신이 온전치 않다고 생각하는 거니, 오스카?"

"아뇨." 소년은 황급히 대꾸했다.

"있잖아, 미친다는 건 별것 아니야. 무엇을 '정상'으로 보느냐에 달렸지."

"아버님께서는…….'"

오스카는 그렇게 말을 꺼내놓고 뭐라고 해야 할지 몰랐다.

"나는 아버지가 정신을 놓았다고 생각하지 않아. 어쩌면 아버지도 나와 같았을 거야. 귀찮은 질문에 시달리기 싫어서 일부러 기억나지 않는 척하는 거야."

별말 없이 고개만 끄덕이고 오스카는 다시 축축한 바닥에 앉아 앨리스테어의 말을 마저 기다렸다. 청년은 오스카의 생각을 훤히 읽는 것 같았다.

"어쨌거나 내가 너에게 그 서판 얘기를 했다는 사실은 잊지 않았어."

오스카는 앨리스테어에게 달려들어 목을 껴안고 싶을 만큼 기뻤다. 그러나 뭔가 차갑고 어색한 그의 태도 때문에 그럴 엄두가 나지 않았다. 질문 공세를 퍼붓고 싶어서 입이 근질근질했지만 한 가지만 물어보았다.

"그런데 왜 앨리스테어만 저한테 그 서판에 대해 말해주는 거죠?"

앨리스테어가 어둠침침한 동굴 속에서 빛나는 두 눈을 들었다.

"아주 단순해. 그 서판을 찾아내서 죽은 이들을 되살리는 놀라운 능력을 발휘하면 어떻게 될까? 그러면 메디쿠스들은 할 일이 없어지잖아? 그래, 그렇기 때문에 아무도 그 서판의 존재를 인정하고 싶지 않은 거야. 그랜드 마스터라면 더더욱 그렇겠지. 메디쿠스들은 오히려 에메랄드 서판을 찾으려는 사람들을 방해하는 입장이야. 하지만 나는 그 서판이 메디쿠스들의 도움을 받지 못했던 사람들에게 이롭게 작용할 수 있다고 생각해. 그뿐이야."

오스카는 이 위험한 발언에 놀랐지만 앨리스테어가 원래부터 규칙에 굽히지 않는 반항아로 유명하다는 사실을 잘 알고 있었다. 확실히 이 청년은 그랜드 마스터의 지령을 빈틈없이 수행하는 위더스 부인이나 모린 주베르와는 달랐다. 그 점에 관한 한, 오스카도 앨리스테어에게 훈계를 할 처지는 아니었으니…….

"어떤 면에서는 기사단이 옳겠지? 에메랄드 서판의 힘을 남발한다면 우리 기사단은 존재할 이유도 없잖아?"

"아뇨!" 오스카가 소리를 질렀다. "그렇지 않아요. 앨리스테어 말이 맞아요. 에메랄드 서판이 좋게 쓰일 수도 있어요. 딱 한 번만 쓰고 다시는 손대지 않는다면……."

"그렇게 할 수 있을 거라고 생각해?"

"네." 오스카는 결연하게 대답했다. "약속할게요. 전 약속을 꼭 지키는 사람이에요."

앨리스테어는 갑자기 무거운 피로가 몰려오는 듯 땅이 꺼져라 한숨을 쉬었다.

"좋아. 난 너를 믿어. 그리고 내가 너에게 말했었지. 너와 나는 좀 비슷하다고. 하지만 너는 네 아버지를 한 번도 본 적이 없어. 그러니까 누군가가 에메랄드 서판을 찾아서 꼭 한 번만 쓸 수 있다면 그 사람은 바로 네가 될 거야."

오스카는 고마움을 가득 담아 앨리스테어를 쳐다보았다.

"앨리스테어에게…… 폐가 되지는 않을까요?"

"내가 말했잖아. 네가 우선이야. 나 역시 약속은 꼭 지키는 사람이란다."

오스카는 좋아서 앨리스테어의 품에 펄쩍 뛰어들었다. 그러나 앨리스테어는 거북하다는 듯이 오스카를 밀어냈다. 오스카도 뒤로 움찔 물러났다. 앨리스테어의 몸이 바위처럼 차가웠기 때문이다.

"괜찮은 거예요? 지난번에 사고를 당하고서 충분히 쉬지 못하셨나 봐요."

"괜찮아, 괜찮아, 아무렇지도 않다고."

앨리스테어는 신경질적으로 대꾸했다. 그러고는 몸을 일으키면서 순간적으로 비틀거리더니 암벽에 기댔다.

"너무 갑자기 일어나서 그래."

오스카가 끼어들지 못하게 그는 그렇게만 말했다. 안심이 되지 않은 오스카는 청년을 지켜보았다. 앨리스테어가 정보를 더 주지 않고 가버릴까 봐 걱정스러운 마음도 있었다. 누가 알겠는가? 오늘 나눈 대화를 깡그리 잊고 다음번에 만나서는 그런 적 없다고 잡아뗄지도 모르지 않는가! 오스카는 절대 이대로 앨리스테어를 놓치지 않겠다고 결심했다.

"에메랄드 서판이 어디 있는지 아세요?"

주저하던 앨리스테어는 마음을 굳히고 뒤돌아서더니 동굴 깊은 곳으로 걸어갔다. 오스카도 그 뒤를 따랐다. 앨리스테어가 고개를 숙였다. 두 사람의 거리가 어찌나 가까웠는지 비록 어둠 때문에 앨리스테어의 얼굴은 잘 볼 수 없었지만 오스카는 그의 숨결이 머리 위에 와 닿는 것을 느낄 수 있었다.

"알아. 그렇지만 모른다고 할 수도 있어. 에메랄드 서판은…… 두 번째 우주 어딘가에 숨겨져 있거든. 두 왕국에 그 서판이 있다고. 하지만 어디에 있을까? 그건 몰라. 아는 사람들은 절대로 입을 열지 않을 거야. 절대로."

"그럼, 어떻게 해야 그 서판을 찾을 수 있는데요?"

몹시 실망한 오스카가 물었다.

"넌 이제 곧 다시 두 번째 우주 원정에 나설 거야. 난 에메랄드 서판이 그곳에 있을 거라고 거의 확신해. 그렇기만 하다면 내가 너를 도울 수 있겠지."

"어떻게요? 앨리스테어도 우리와 함께 갈 건가요?"

"아니. 그렇지만 너를 도울 방법을 찾아볼게. 나만 믿어. 지금은 가 봐야겠다." 앨리스테어는 동굴을 나가기 위해 허리를 구부리다 말고 생각난 듯이 덧붙였다. "아참, 마지막으로 할 말이 있는데……."

오스카가 귀를 기울였다.

"이건 어디까지나 우리 둘만의 비밀이다. 알았지?"

"그럼요, 알았어요."

"브레이브 씨나 위더스 부인에겐 아무 말도 하지 마. 그랬다간 에메랄드 서판이고 뭐고 없어. 아니, 어쩌면 우리 둘은 영영 신체 내 여행이 금지될지도 모르지."

두 편의 영상

"요구르트가 들어갈 배는 없는 거니?"

셀리아가 후식으로 작은 요구르트 병을 흔들어 보이며 아이들에게 묻자, 오스카와 비올레트는 동시에 고개를 도리도리 흔들며 후식을 사양했다.

셀리아는 식탁을 치우려고 일어났다. 오스카는 엄마를 주시했다. 저녁 식사를 시작할 때부터 엄마는 서글퍼 보였다. 아름다운 보랏빛 눈동자는—누나는 엄마의 예쁜 눈을 그대로 물려받았기 때문에 '비올레트'라는 이름을 얻었다—광채가 꺼져 있었다. 엄마가 머리를 빗지도 않고 누나의 멜론 모양 머리끈으로 아무렇게나 묶은 모습도 처음이었다. 엄마가 고개를 돌리는 바람에 오스카와 눈이 딱 마주쳤다. 엄마는 손으로 머리를 조금 단정하게 매만졌다. 오스카는 엄마가 왜 이렇게 됐는지 짐작하고도 남았다. 비올레트 누나는 어제저녁의 소동을 까맣게 잊은 듯 평소와 다름없이 콧노래를 흥얼대며 말 같잖은 소리를 늘어놓고 있었다.

"이제 방에 올라가서 숙제해야지. 그다음에는 씻고 책 한 권 들고 잠자리에 드는 거다."

엄마가 일렀다.

오스카는 엄마와 단 둘이 남을 때를 기다렸다.

"엄마, 제가 하고 싶은 얘기가 있는데요……."

엄마는 오스카를 돌아보며 주의 깊게 귀를 기울였다. 어떻게 말을 꺼낼지 궁리하던 오스카는 서툴게 이런저런 얘기를 늘어놓기 시작했다.

"있잖아요, 어제 비올레트 누나 방에서 '웅 아저씨'…… 아니, 배리 아저씨하고 있었던 일은……."

엄마가 한숨을 쉬더니 시선을 딴 곳으로 돌렸다.

"잘 들어, 오스카. 엄마 생각에는…… 아직 그런 얘기를 할 때가 아닌 것 같구나."

"제가 잘못했어요. 아저씨에게 그런 말을 하면 안 되는데……."

오스카는 힘들게나마 자신의 잘못을 인정했다. 엄마의 말투가 좀 더 단호해졌다.

"오스카, 때가 아니라고 했지. 엄마한테는 아직 그래. 나중에 다시 얘기하자. 내일 얘기해."

오스카는 아무 말 없이 고개를 끄덕였다.

"네가 너의 잘못을 인정했다는 점은 높이 산단다. 이제 방에 올라가 주겠니?"

엄마는 그렇게만 말했다.

오스카가 주방을 나서려는데 엄마가 오스카의 소매를 잡았다.

"혹시 몰라서 다시 한 번 말하는데, 엄마는 침대에서 책을 읽으라고 했다? 케이프, 펜던트, 메디쿠스의 역사니 신체 내 우주의 지리를 다룬

교재, 그 밖의 그렇고 그런 것들은 잠시 덮어두고 말이야."

이 말에 오스카의 표정은 웃는 것인지 인상을 쓰는 것인지 구분되지 않게 변했다.

"이번 주 토요일에 두 번째 왕국에 간단 말이에요. 그래서……."

하지만 엄마는 딱 잘라 말했다.

"내 알 바가 아니야. 어느 우울한 저녁에 두 번째 왕국 생각을 하지 않는다고 해서 그 왕국이 어디로 날아가거나 땅으로 꺼지는 건 아니잖니? 읽고 싶은 책을 골라 읽으며 긴장이나 풀렴."

오스카는 잠옷으로 갈아입고 기세 좋게 양치질을 했지만 생각은 딴 데 가 있었다. 엄마 생각을 하지 않을 수가 없었다. 잘못했다고 느끼면서도 어젯밤의 소동에 대해서 허심탄회하게 얘기를 하고 싶었다. 하지만 엄마는 대화를 짧게 마무리하고 싶어했다. 죄책감이 들기는 했지만 오스카는 여전히 '응 아저씨'가 원망스러웠다. 어쨌거나 엄마는 그 아저씨 때문에 상심하고 있는 셈이니까. 솔직히 그 아저씨가 조금만 더 눈치 있고 요령껏 처신할 줄 아는 사람이었다면 엄마도 불결한 벌레 쫓아내듯 그렇게 내치지는 않았을 것이다.

오스카는 그 괴로운 장면을 머릿속에서 몰아냈다. 엄마에게 미소와 행복을 되찾아주는 게 급선무였다. 그러려면 다른 남자가 필요할까? 엄마가 새 삶을 꾸려야만 할까? 이 집에서—비록 무너지기 일보 직전의 낡은 집이기는 해도—세 식구가 오순도순 살아가는 생활에 엄마가 만족하면 좋으련만. 비올레트와 오스카는 엄마 말고는 그 누구도 필요치 않은데! 그들에게 아빠를 대신하겠다는 얼간이는 필요하지 않았다. 그런데 왜 엄마는 만족을 못한단 말인가? 자신과 누나만으로는 엄마에게 충분치 않다는 생각은 하고 싶지도 않았다.

기운이 빠진 소년은 이 출구 없는 생각을 억누르려고 애썼다. 그러자 학교에서 돌아올 때부터 힘겹게 억누르고 있던 다른 생각이 고개를 쳐들었다. 앨리스테어와의 은밀한 대화와 에메랄드 서판에 대한 생각이.

어두운 방에서 전구 불빛이 들어오듯 문득 두 생각의 관계가 선명하게 보였다. 만약 오스카가 그 서판을 손에 넣는다면 모든 고민이 동시에 해결되지 않겠는가! 그는 한 번도 보지 못했던 아빠를 볼 것이요, 엄마는 남편이 돌아오는 셈이니 그동안 포기했던 여자로서의 삶을 되찾을 것이다! 그렇게만 된다면 '웅 아저씨'도 필요 없고, 슬퍼할 필요도 없다. 에메랄드 서판만 찾으면 모두가 행복해질 수 있다!

하지만 앨리스테어에게 던졌던 마지막 물음은 여전히 해결되지 않은 상태였다. 어떻게 해야 그 귀중한 서판을 찾을 수 있을까?

오스카의 고개가 자동적으로 의자 등받이에 아무렇게나 걸린 메디쿠스의 케이프 쪽으로 돌아갔다. 그는 케이프를 펼쳐서 장롱 안 옷걸이에 잘 걸었다. 괜히 웃음이 났다. 엄마가 불시에 이 방에 들어왔다가 얌전하게 케이프를 챙기는 아들의 모습을 보면 얼마나 놀랄까. 오스카의 방은 장롱에 폭탄이라도 떨어진 것처럼 옷가지들이 사방팔방에 널려 있기 일쑤였으니……. 소년은 메디쿠스의 힘이 뭔가 영감을 주지 않을까라는 희망을 품고 부적을 어루만지듯 펜던트를 쓰다듬었다. 하지만 위더스 부인이 몇 번이나 말하지 않았던가. "우리는 재미로 마술을 부리는 게 아니다, 오스카. 우리는 메디쿠스야. 우리의 신기한 힘은 다른 사람들을 위해 쓰여야 하지." 오스카는 펜던트를 놓고 장롱 안에 고개를 집어넣은 채 트렁크가 잘 있는지 확인했다. 트로피 허리띠가 든 트렁크는 굳게 잠긴 채 제자리에 놓여 있었다. 오스카의 머리가 케이프에 스치다가 뭔가 딱딱한 것에 부딪쳤다. 오스카는 투덜거리며 머리를 문지르다가, 감전이라도 당한 것처럼 벌떡 일어났다.

소년은 케이프를 다시 옷걸이에서 벗기고 큼지막한 안주머니를 미친 듯이 뒤졌다. 그러고는 의기양양하게 책 한 권을 꺼냈다.

주술서였다!

왜 주술서 생각을 못했을까? 벌써 1년도 넘게 주술서를 쓰지 않은 탓에 이 책의 신기한 능력을 잊었나 보다. 주술서는 주인이 묻는 말에 무조건 대답할 의무가 있지 않은가. 오스카는 서둘러 복층 침대에 올라가 뒤를 돌아보았다. 방문이 반쯤 열려 있었지만 도로 내려가 문을 닫고 오기에는 마음이 너무 급했다. 누가 보지 않게 벽에 딱 붙어서 오스카는 주술서를 침대 시트에 내려놓았다.

소년의 손가락이 초록색 벨벳 표지를 스치다가 금실로 수놓은 M자에 잠시 머물렀다. 주술서를 사용하는 법과 주문이 자연스럽게 떠올랐다. 그 절차는 변함이 없었다. 트로피 캘린더의 지시에 따라 오랫동안 주술서가 침묵했는데도 아직 사용법을 잊지 않았다는 사실이 기뻤다. 그는 티끌 한 점 없는 백지를 펼치고는 망설임 없이 나지막한 목소리로 주문을 읊조렸다.

주술서야,
기억하거든 지체하지 말고 답하여라.
희망이 없다는 생각은 하지 않게 해다오.

백지가 순간적으로 전율했다. 주술서도 준비가 된 것 같았다. 주술서가 분명히 답을 줄 것이라는 기대에, 소년은 한없이 기뻤다. 그는 왼손을 백지 위에 얹고 주술서에게 물었다.

"주술서야, 나는 에메랄드 서판을 꼭 찾아야 해. 그 서판이 어디에 있는지 말해줄 수 있니?"

가느다란 펜촉에 초록색 잉크를 묻혀 쓴 듯한 글씨들이 나타났다.

"*오스카 필, 나는 너와 관련 있는 물음에만 답할 수 있다.*"

"나랑 관계가 있어! 난 그 서판을 찾으러 갈 거니까! 네가 날 도와줘야 한다고!"

오스카가 숨죽이고 지켜보는 동안, 글씨들이 스르르 지워지고 처음과 같은 백지 상태가 되었다. 한참이 지나고 액자 같은 것이 나타났다. 그 안에서 어떤 이미지가 흐릿하게 나타나더니 차츰 선명해졌다.

두근거리는 가슴으로 오스카는 그 이미지에 집중했다. 하늘에서 내려다본 파문처럼 일렁이는 물결들이 보였다. 책에서 익숙한 바람 소리가 새어 나왔다. 바람 소리는 번갈아가며 거세게 일어났다. 그다음에는 카메라가 점점 접근해 들어가듯 바다의 표면에서 일어나는 파도를 볼 수 있었다. 파도는 어떤 중심점에서부터 원형으로 퍼져 나오고 있었다. 수면이 매끈하고 잔잔한 웅덩이에 조약돌을 던지면 일어나는 파문처럼. 카메라는 다시 위로 올라갔고 아주 잠깐이지만 오스카는 아이올로스 왕의 도시와 강을 연결하는 거대한 다리를 보았다. 그 순간, 카메라가 파도를 향해 곤두박질해서 붉은 물속으로 처박힌 것 같았다. 페이지 전체에 물이 튀었다.

이제 물속에 들어온 기분이 들었다. 사방이 쥐 죽은 듯 고요했다. 잠수정, Prot&In, 그 밖의 오만 가지 괴상망측한 생물들이 바다 밑에서 움직이고 있었다. 시커멓고 형체가 불분명한 얼룩이 나타났다. 카메라는 그 얼룩을 따라가는 듯했다. 얼룩의 크기가 쉴 새 없이 변했다.

"저건 뭐야? 에메랄드 서판을 찾으려면 저기로 가야 한단 말인가?"

겁이 난 오스카가 중얼거렸다.

오스카가 이 말을 하는 사이에 영상이 사라졌다. 소년은 주술서를 붙잡고 외쳤다.

"아니, 잠깐만! 주술서야, 나의 주술서야, 돌아와! 어디로 가야 하는지 제대로 보지도 못했는데……."

오스카는 말을 다 맺지 못했다. 액자 속에서 두 번째 영상이 나타나기 시작했기 때문이다. 이번에는 금방 알아볼 수 있는 장소가 나왔다. 새하얀 공간에 배치된 작업대들, 검은 드레스 자락, 아련하니 멀어지는 잊을 수 없는 목소리. 줄줄이 난 유리문들과 그 너머에서 괴상한 물건들을 조작하는 남자와 여자들. 팔로마 센터였다. 카메라는 서서히 연구소의 가장 구석에 위치한 실험 부스로 향했다. 빠끔하니 열린 부스의 문 사이로 뒤를 돌아보는 한 남자의 얼굴이 보였다. 오스카는 휴고의 얼굴을 알아보았다. 그의 뒤편에 진홍색 덩어리가 있었다. 그 장면은 아주 잠깐 사이에 지나갔다. 휴고가 서둘러 문을 닫자 영상이 주술서에서 스르르 사라졌다.

책을 덮고 벽에 기댄 채 오스카는 눈을 감았다. 그러니까 이것이 그의 질문에 대한 주술서의 대답이었다. 늘 그랬지만 이번에도 주술서의 대답은 수수께끼 같았다. 한 발짝 뒤로 물러나 천천히 이 해답의 의미를 생각해보아야 했다. 그나마 오늘은 다소 분명해 보였다. 적어도 부분적으로는 그랬다. 에메랄드 서판을 찾으려면 어디로 가야 할지는 알 것 같았으니까. 그렇지만 팔로마 센터는 생각지도 못했다. 사실 그곳과 에메랄드 서판의 관계는 도무지 감이 잡히지 않았다.

"나도 말하는 책이 있었으면 좋겠다. 어디서 그런 책을 찾았어?"

오스카는 화들짝 놀라며 주술서를 베개 밑에 밀어 넣었다. 비올레트 누나가 침대 사다리에 매달린 채 동생의 대답을 초조하게 기다리고 있었다.

엄마는 항상 오스카에게 메디쿠스와 관련된 얘기는 될 수 있는 대로 누나에게 하지 말라고 당부했다. 비올레트는 덤벙대는 편이라 누군가의 꼬임에 넘어가면 애써 지켜온 비밀을 누설할 위험이 있었다. 확실히 누나는 방금 목격한 광경에도 그다지 놀라지 않았다. 누나가 괴짜라서 좋은 점이 있다면 바로 이런 것이었다. 괴상한 사물이나 말도 안 되는 사건에도 비올레트는 꿈쩍하지 않았다. 사실 어떤 면에서 그런 것들은 비올레트가 만들어내는 것들에 비하면 하나도 놀랍지 않았다.

"나도 한 권 구해줄래?"

"아니, 음…… 사실 그건 책이 아니었어……. 내가 DVD 플레이어를 책 속에 끼워놓았던 것뿐이야. 그래, 맞아, 그건…… DVD 플레이어였어."

비올레트가 난처한 표정으로 매트리스에 팔을 괴었다.

"이상하다, 분명히 네가 말을 거니까 책이 대답하는 걸 본 것 같은데. 네 DVD 플레이어는 대답도 할 수 있어? 뭐, 어쨌든." 비올레트가 환하게 웃었다. "나는 대화를 나눌 수 있는 물건이 좋아. 말도 하고, 대답도 할 수 있고, 그런 물건. 알아? 나도 물건들에게 자주 말을 걸어. 대답은 거의 들을 수 없지만."

누나는 진심으로 아쉬워하는 표정이었다. 오스카가 대답했다.

"응, 나도 잘 알아. 그런 걸 찾게 되면 꼭 누나한테 줄게. 알았지? 하지만 엄마한테는 이런 얘기하지 마. 엄마는 이해해주지 않을걸."

"나도 알지."

동생이 맞장구를 쳐주고 속내를 털어놓아 비올레트는 기쁜 듯했다.

사다리에서 내려온 비올레트는 동생의 방에서 나가려다가 생각을 바꾸었다.

"엄마가 요즘 웃지를 않네. 그래서…… 안타까워."

소녀는 조그마한 목소리로 그렇게 중얼거리고는 잠시 망설이다가 덧붙였다.

"어쩌면 우리도 요즘 엄마를 잘 이해하지 못하는 게 아닐까?"

"걱정하지 마. 우리가 엄마를 기쁘게 해드릴 수 있어."

"어떻게? 언제?"

소년은 베개 밑에 손을 넣어 초록색 벨벳의 촉감을 느끼며 말했다.

"이제 곧."

나뭇가지 사이의 공모

발랑틴이 미소 지으며 사근사근하게 말했다.

"생각 좀 해봐. 네가 복사본을 만들 수만 있다면 그때부터 우리는 완전히 자유야! 로, 우리는 자유가 필요해, 너도 거절할 수 없을걸. 아무렴, 그렇게는 못할 거야."

"거절이라는 게 어떤 건지 보여줘? 분명히 말하는데, 안 돼."

발랑틴은 로렌스 앞에 버티고 서서 허공을 쳐다보았다. 로렌스는 방 한가운데에 팔짱을 턱 끼고 발랑틴과 마주 보고 있었다. 로렌스는 오른손으로 자기가 만든 괴상한 반죽 같은 것을 주무르는 중이었다.

"들어봐, 로렌스, 네 입으로 여기는 너무 답답하다고 하지 않았어?"

발랑틴이 다시 한 번 미끼를 던졌다.

"말은 똑바로 하자. 너한테 시달림을 당할 때마다 답답하다고 했지. 이 말이 그 말하고 같냐?"

"나한테 시달림을 당해? 야, 나 같은 천사가 어디 있다고 그러냐!"

"네가 천사라면 난 천국 가기 싫어."

"정말 이름대로 노는구나!★ 어쩌면 그렇게 꽉 막혔냐! 그래, 좋아! 내가 가끔 고집을 부린다고 치자, 그게 다 우리 둘이 잘 살아보자고 그런 거지. 게다가 이보다 쉬운 일이 어디 있어? 나한테는 주방에서 정원으로 통하는 문 열쇠가 있고, 너한테는 그 열쇠의 복사본을 뜰 수 있는 반죽이 있잖아. 뭐가 문제라는 거야? 그게 꼭 너한테 문제가 된다면, 그러니까 네가 양심의 가책을 느낀다면 내가 안심시켜줄게. 너는 복사만 해. 복사본은 내가 가질 테니까."

유리창에서 덜컹대는 소리가 나서 두 아이는 소스라치게 놀랐다. 얼굴이 창백해진 로렌스는 허둥지둥 고개를 돌렸다. 손에 쥐고 있던 반죽은 어떻게 할지 몰라서 일단 입에 넣었다.

"너 뭐하는 거야? 미쳤어?"

발랑틴이 당황해서 고함을 질렀다.

"다생갸기이써서이러능거야(다 생각이 있어서 이러는 거야). 이러문 우리가배바늘꾸밍즌거가남찌아나(이러면 우리가 배반을 꾸민 증거가 남지 않아)!"

"우리가 무슨 배반을 꾸몄다고 그래! 당장 뱉어! 로! 이러다가 너 중독된단 말이야!"

발랑틴은 이렇게 쏘아붙이며 로렌스의 입을 억지로 벌리고 소중한 반죽을 뱉게 했다. 발랑틴이 로렌스의 등을 얼마나 세게 내리쳤는지 로렌스는 하마터면 균형을 잃고 넘어질 뻔했다.

"그만!" 로렌스가 한없이 쓸쓸한 반죽을 뱉어내며 외쳤다. "삼키지

★ 로렌스의 애칭 '로(law)'에는 '법'이라는 뜻이 있다.

는 않았단 말이야! 게다가 이렇게 맛이 고약한 반죽을 삼킬 생각은 없어. 제기랄, 차라리 감옥에 가고 말지."

있는 대로 인상을 쓰며 로렌스가 말했다.

유리창 너머에서 덜컥대는 소리가 더욱더 집요해졌다. 누군가가 계속 유리창을 두드리고 있었다. 하지만 발랑틴은 지척에서 나는 소음에는 신경도 쓰지 않고 로렌스를 골리기에 바빴다.

"감옥이라……. 아무렴 어때! 최악의 경우엔 브레이브 씨가 너를 헤파톨리아로 당장 돌려보내겠지."

로렌스의 두 눈이 휘둥그레졌다. 소년은 반죽 덩어리가 흉측한 벌레라도 되는 듯 책상에 올려놓고 그대로 주저앉았다.

"돌려보낸다고? 왜? 왜 나를 보낸다는 거야? 난 아무 짓도 하지 않았어! 아무 짓도……."

로렌스는 마냥 탄식만 하고 있을 수 없었다. 밖에서 유리창을 깨뜨릴 듯이 거세게 두드려댔기 때문이다. 발랑틴과 로렌스는 무슨 말을 하고 있었는지도 잊고 뒤를 돌아보았다. 두 아이는 유리창에 짓눌린 얼굴을 보자마자 서둘러 창문을 열었다.

"오스카! 뭐야…… 지주 위에 올라가서 뭐하고 있었어?"

발랑틴이 반가움 반 놀라움 반으로 외쳤다.

지주의 꼭대기에 올라가 있던 오스카가 균형을 잡으며 나지막하게 속삭였다.

"내가 여기 있다는 게 알려져서 좋을 게 뭐 있어. 그리고 감시를 피하고 싶었어. 너희에게 하고 싶은 말이 있거든."

매사에 계획적이고 모든 사람의 일과표를 훤히 꿰고 있는 로렌스가 말했다.

"본즈는 지금 없어. 오후 5시잖아. 이 시각에는 항상 뭔가를 사러 외출한단 말이야. 그나저나 들어오지그래? 네가 그러고 있으니까 현기증이 난다…….."

"너희가 내 쪽으로 건너왔으면 좋겠는데."

오스카가 그렇게 말하자 지주는 아이들이 올라탈 수 있도록 굵은 가지 하나를 부드럽게 내밀어주었다.

두 친구는 조금도 망설이지 않았다. 발랑틴은 지주의 솜씨와 요령을 믿고 착지할 곳을 보지도 않고 몸을 날렸고, 로렌스는 좀 더 조심스럽게 나무에 올라갔다.

떡갈나무는 무성한 이파리들로 세 아이를 감싼 채 쿠미데스 서클의 삼 층 창가를 떠났다. 삼 층에는 브레이브 씨의 사저와 집무실이 있었기 때문이다. 충분히 거리를 두고 뿌리를 내린 지주가 가장귀를 쫙 펼치자, 오스카와 친구들에게 밝은 햇살이 다시 와 닿았다.

오스카는 앨리스테어와 최근에 만났던 일을 친구들에게 보고했다. 주술서가 보여준 수수께끼의 영상에 대해서도 털어놓았다.

"안개의 도시를 둘러싼 바다 속이었던 것 같아. 하지만 팔로마 센터는 왜 나왔지? 에메랄드 서판이 첫 번째 영상과 두 번째 영상 중 어디에 있다는 거지?"

발랑틴이 말했다.

"주술서에게 다시 물어봤어? 내 말은, 그놈의 책들은……. 내가 무슨 생각 하는지 알지? 가끔 책들은 아무 말이나 막 한단 말이야."

이 말도 안 되는 중상모략에 충격을 받은 나머지, 로렌스는 나뭇가지에서 떨어질 뻔했다. 그가 기술 개발에 힘쓰는 와중에 틈틈이 시간을 쪼개서 밤낮으로 독파하는 책들을 저렇게 말하다니!

"아무 말이나 막 하는 건 너야! 어쨌거나 책들도 너와 생각이 비슷할 테니 걱정 붙들어 매시지! 넌 네가 무슨 말을 하는지도 모르잖아."

"내가 어제도 물어보고 오늘도 물어봤어." 오스카가 말했다.

"그래서?"

"늘 같은 대답이었어. 어제저녁에 마지막으로 한 번 더 물어봤는데 주술서가 신경질을 내더라. 큼지막한 글자로 '내가 벌써 대답했잖아!'라면서 면박을 주더라고……."

그러자 로렌스가 끼어들었다.

"그렇다면 주술서의 대답은 명확해 보이는군."

나뭇가지에 드러누운 발랑틴은 하염없이 하늘만 쳐다보며 빈정댔다.

"말씀해보시지요, 아인슈타인 박사님, 아시다시피 저희는 머리가 그렇게 빨리 돌아가지 않아서……."

흡족한 미소를 지으며 로렌스가 대꾸했다.

"그래, 내가 설명해주지. 그럼 '천천히' 설명을 해볼까나."

로렌스는 잠시 생각에 잠겼다가 추리의 가닥을 잡기 시작했다.

"오스카, 너는 왜 팔로마 센터에 갔었지?"

"말했잖아. 팔로마가 나에게 두 번째 우주에서 요긴하게 쓰일 방어용 무기가 가득 든 가방을 줬다고."

"그렇다면 내 해석에 좀 더 확신이 생기는군. 정리를 해보자. 너도 첫 번째 영상의 의미는 이해했을 거라고 생각해. 주술서는 두 번째 왕국 쪽을, 그러니까 폼페이의 바다 속 깊은 곳을 뒤져야 네가 원하는 것을 찾을 수 있다고 말하는 거야. 그런데 팔로마 센터에 서판이 있을 리는 없지. 그렇다면 그 서판을 찾을 때 아주 유용한 무기가 거기에 있는 것 아닐까?"

오스카는 좀 더 명확하게 그 영상들을 떠올려보았다. 그 영상들은 연구소의 마지막 부스로 집중되었다. 팔로마가 접근하지 못하게 막았던 무기가 어쩌면 바로 그것일까?

"요컨대 서판은 깊은 바다 속에 있지만 거기까지 가려면 먼저 에펠탑을 거쳐야 한다, 이 말씀이로군."

발랑틴이 결론을 내렸다.

"로렌스, 네가 제대로 짚었다면 나는 다른 아이들보다 먼저 두 번째 왕국으로 떠나야 해. 그들과 함께 여행하면서 그 서판을 찾을 기회는 없을 거야."

"너를 호시탐탐 노리는 로넌 모스와 함께라면 더욱더 그렇겠지." 발랑틴도 맞장구를 쳤다.

"혼자 가겠다고?" 로렌스는 당황해했다. "그건 위험해. 넌 두 번째 왕국에 대해 아는 것도, 아는 사람도 없어. 그런 짓을 해서는 안 돼."

"어머, 누가 오스카를 혼자 보낸다는 거야? 나도 갈 거야! 로렌스, 가기 싫으면 넌 남아도 돼."

발랑틴은 드디어 기회가 왔다는 듯이 좋아서 어쩔 줄 몰랐다. 로렌스는 어깨를 으쓱했다.

"바보 같은 소리 하지 마. 너희에겐 내가 필요해. 너희를 버릴 마음은 없어."

"물론이지, 넌 우리의 이동도서관이잖아……. 자, 너도 우리와 같이 가고 싶어 죽겠다고 말해봐!"

로렌스가 미소를 지었다.

"그래, 틀린 말은 아니야. 그리고 우리는 네 친구잖아. 그렇지 않아, 오스카? 그리고 우리는 이미 고생에는 단련이 됐잖아, 그렇지?"

"잘했어, 결정됐어. 우린 오스카와 함께 갈 거야." 발랑틴이 한쪽 머리채를 만지작거리며 선언했다. 그러고는 조금 자신 없는 목소리로 덧붙였다. "그런데 한 가지만 짚고 넘어가자. 팔로마가 그 수수께끼의 무기를 너에게 줄 것 같아? 지난주 토요일에 네가 조금 구경만 했는데도 펄쩍 뛰었다면서?"

"그럴 것 같지 않아. 그러니까 팔로마의 허가 없이 그걸 빼낼 방법을 찾아야겠지."

"뭐라고? 허가 없이 빼내겠다고? 그래도……." 로렌스가 반발했다.

"아, 됐어, 넌 뭐야? 시간과 규율에 조금만 어긋날 때마다 사사건건 우릴 성가시게 할 참이야?" 발랑틴이 흥분했다.

"어찌 됐건, 난 선택의 여지가 없어. 나에겐 그 서판이 꼭 필요하고 그 무기도 필요해."

오스카는 단칼에 잘라 말했다. 결연한 태도였다.

"그래서 어떻게 할 생각이야?"

로렌스가 물었다. 그도 이제 이 무법자 같은 친구들에게 익숙해지고 있었다. 무엇보다 친구들이 이렇게 나올 때에는 반대해봤자 씨알도 먹히지 않는다는 것을 잘 알고 있었다.

"나? 아무 생각도 없어. 그래도 내일이면 아이디어를 내놓을 사람이 있잖아. 누구보다 뛰어난 아이디어를……."

오스카는 슬쩍 미소를 지으며 로렌스를 바라보았다.

바로 그 순간, 이파리가 무성한 지주의 나뭇가지가 오스카를 덮치자, 그들이 앉아 있던 나뭇가지는 땅바닥까지 쑥 내려갔다.

"이봐, 지주, 왜 이래? 아직 얘기 안 끝났단 말이야!"

발랑틴이 성질을 냈다.

"지주도 가끔은 남들이 시키는 대로 하지요. 여기서 무슨 작당을 하고 있었는지 물어봐도 될까요?"

떡갈나무 아래에서 기다리던 본즈가 대꾸했다.

발랑틴과 로렌스가 서로 눈치를 보다가 로렌스가 먼저 입을 열었다.

"아, 그게 말이죠, 음…… 그냥 바람을 쐬고 싶었다고나 할까요, 본즈 집사님. 그래요, 초저녁 무렵에는 방이 너무 더워서 숨이 막힐 지경이에요. 나뭇가지에 앉아서 바람을 쐬면 얼마나 상쾌하고 좋은지 몰라요. 마치…… 음, 마치 작은 새가 된 기분이랄까?"

기가 막힌다는 듯 발랑틴이 로렌스를 쳐다보았다. 본즈가 눈을 반쯤 내리깐 채 로렌스의 전원 예찬에 귀를 기울이는 동안 발랑틴은 조그맣게 중얼거렸다.

"뭐야, 그 작은 새 타령은?"

"나도 몰라. 무슨 말을 해야 할지 모르겠는데 어떡해! 그러는 넌? 너는 뭐 뾰족한 수가 있어?"

로렌스도 소리를 죽여 발랑틴에게 쏘아붙였다.

본즈는 한숨을 쉬더니 두 아이를 저택 건물과 통하는 오솔길로 떠밀었다.

"자, 그러면 이제 작은 새들은 둥지로 돌아갈까요. 그리고 잘 알아둬요. 앞으로는 바람을 쐬러 나갈 때 문이라는 것을 이용하면 훨씬 실용적이고 편리할 겁니다."

잠시 그 자리를 지킨 채 본즈는 목을 길게 빼고 떡갈나무 꼭대기를 감시하려고 애썼다.

"내가 한 말은 모든 사람들에게 해당됩니다!"

본즈는 갑자기 우렁찬 목소리로 그렇게 말하자, 로렌스와 발랑틴은 깜짝 놀랐다. 본즈가 발랑틴을 불렀다. "발랑틴 양, 같이 갑시다."

발랑틴은 로렌스를 돌아보았다. 로렌스는 몸 둘 바를 몰라서 어깨를 으쓱하고는 먼저 집으로 들어갔다.

"본즈 집사님, 전 집사님 때문에 항상 놀란다니까요. 그거 아세요?"

"그럴 거라고 생각합니다."

집사는 좀체 보기 힘든 탓에 사람을 놀라게 만드는 희미한 미소를 머금고 그렇게 대꾸했다.

조용히 하세요, 찍습니다!

벤틀리는 조용히 속도를 늦추었다. 그 차는 엔진이 나갔거나 도로가 아닌 물 위를 스르르 미끄러지는 것처럼 소음이 없었다.

벤틀리는 경비 초소 앞에 멈추었다. 선팅이 된 차창이 약간 내려가고 장갑 낀 손이 그 틈으로 배지를 내밀었다. 경비가 명랑한 표정을 지었다.

"어이, 제리, 한 주에 이렇게 여러 번 모뉴먼트 디스트릭트를 찾은 적은 없잖아! 건강하지?"

"제리가 만든 맛있는 수제 샌드위치! 진짜 별미는 그것뿐이지!"

제리가 쩌렁쩌렁한 목소리로 답했다.

황당하다는 듯이 경비가 눈살을 찌푸렸다.

"뭐야, 먹어본 적은 없지만 자네를 믿지! 그래, 잘 지내는 거야?" 차창 안을 들여다볼 요량으로 경비는 상체를 쭉 내밀었다. "배가 고픈가봐? 요리사의 남편이 배가 고프다니, 참 별일도 다 있지!"

경비가 너털웃음을 터뜨렸다. 제리는 대답 대신에 손짓만 한 번 해

보이고 차창을 매몰차게 닫았다. 제리의 반응에 놀란 경비는 잠시 주춤했지만 이내 차단기를 올려주었다. 리무진이 모뉴먼트 디스트릭트로 진입했다.

운전석에서 제리 아저씨의 외투와 모자에 파묻힌 로렌스는 비지땀을 흘리고 있었다. 평소에는 호박색이었던 피부도 창백하고 누렇게 뜨다 못해 초록색이 군데군데 감돌 지경이었다. 로렌스가 부들부들 떨리는 목소리로 말했다.

"속도 줄여, 속도 줄이라고!"

운전석 밑에 쪼그리고 앉은 발랑틴이 손으로 급하게 페달을 누르면서 말했다.

"운전대나 잘 잡아. 넌 뭐가 보이는지만 말해주면 돼. 나한테는 신경 꺼. 나는 직접 만든 사람만큼이나 이 차에 대해 잘 안다고! 그런데 아까 그 샌드위치 타령은 그럴싸하더라! 어떻게 그런 생각을 했니?"

"어떻게 그런 생각을 했느냐고? 어떻게 그런 생각을 했느냐고?…… 너 진짜 웃긴다! 녹음된 음성이 그것밖에 없으니까 그랬지! 내가 허구한 날 제리 아저씨 말만 녹음하고 있는 줄 알아?"

MP3 플레이어와 미니 스피커를 주머니에 쑤셔 넣으며 로렌스가 내뱉었다.

"출발해서 지금까지 짜증을 바가지로 부리는데, 진짜 못 봐주겠다."

"짜증 나서 이러는 게 아니야. 겁이 나서 죽겠단 말이야."

"천만의 말씀, 있잖아, 그냥 넌 조금 초조한 것뿐인데 스스로 겁이 난 다고 생각하는 거야."

발랑틴은 로렌스의 무릎을 톡톡 건드리며 여유 만만하게 말했다.

"내가 왜 초조한지 몰라? 세상 사람들 눈에 우리는 열두 살, 열세 살

어린애들이야. 그런 어린애들이 주인도 모르게 '빌린' 고급 승용차를 몰고 있다고……. 여기 온 것 자체가 미친 짓이었어."

이 말만 벌써 열 번째였다. 로렌스는 경찰이 그들을 지켜보고 있다가 언제고 불쑥 튀어나올 거라며 사방을 두리번거렸다.

"미친 짓? 절대로 그렇지 않아. 우린 그저 영리할 뿐이야. 거봐, 주방 열쇠와 차고 열쇠를 복사해놓길 잘했지? 누구에게 감사해야 할까?"

"발각되면 즉시 몸속으로 돌아가야 할 거다. 돌아간 너에게 223만 4331명의 형제자매들이 일자리를 마련해준다면 그때 가서 감사하다고 해라. 그런데 제리 아저씨가 차를 쓰려고 찾으면 어떡하지? 그럴 경우에 대해서는 잠깐이라도 생각해봤어?"

"오늘 낮에 브레이브 씨는 뉴욕에 계셔. 그러니까 제리 아저씨는 휴가라고."

"이건 꿈일 거야." 로렌스가 갑자기 소매로 자기 얼굴을 문질렀다. "난 분명히 꿈을 꾸고 있는 걸 거야. 이건 절대 현실이 아니야. 그래, 악몽일 거야. 빨리 이 꿈에서 벗어나야 해."

"입 다물고 길이나 잘 봐. 너 때문에 뭔 일 나겠다! 도대체 뭘 보고 있는 거야?"

"타지마할 앞을 지나가고 있어. 속도 좀 늦춰, 어제 오스카가 준 지도를 보고 길을 확인해야겠어. 아, 됐다, 바로 여기네! 거의 다 왔어."

로렌스가 눈을 들어 실내 중앙의 백미러를 쳐다보았다.

"뒷자리는? 괜찮아?"

대체로 평온해 보이는 세 얼굴들이 말없이 고개만 끄덕였다.

로렌스는 좌석 밑의 공동 운전수를 내려다보았다. 발랑틴은 흥분을 감추지 못하고 외쳤다.

"자, 간다!"

발랑틴이 액셀러레이터를 누르자 자동차가 교차로까지 총알처럼 튀어나갔다. 교차로에는 캐나다 토론토의 CN 타워와 베르사유 궁전의 완벽한 복제품이 서로 마주 보고 있었다. 파리의 노트르담 대성당, 시드니의 오페라하우스, 중국의 만리장성을 차례로 지난 일행은 그 거리 모퉁이에서 거대한 금속 레이스로 만든 것 같은 위더스 자매의 집을 보았다.

경비 초소를 통과한 다음부터 다시 운전대를 잡은 발랑틴이 거대한 에펠탑 앞에 차를 세웠다. 발랑틴은 시동을 끄고 뒤를 돌아보았다.

"다 왔어. 이제 너희가 나설 차례야!"

세 명의 승객은 차에서 내렸다. 발랑틴이 잠깐 차창을 내리고 첩보영화에 나오는 배우처럼 심각한 표정으로 말했다.

"지금 오후 5시 30분이야. 너희에게 주어진 시간은 30분밖에 없어. 그보다 늦으면 러시아워에 걸리는데 7시까지는 무슨 일이 있어도 돌아가야 해."

"30분이나 걸리지도 않을걸."

셋 중에서 가장 작은 친구가 자신 있게 큰소리를 쳤다.

소년은 다른 두 명을 거느리고 에펠탑의 북쪽 면으로 걸어가다가 문득 뒤를 돌아보았다. 그러고는 시칠리아 악센트를 일부러 과장해서 느글느글하게 말했다.

"조금 있다 보자고, 꼬맹이 아가씨."

발랑틴이 피식 웃었다.

"야, 내가 너보다 크거든! 행운을 빌어, 조금 있다 봐. 절대로 들키면 안 돼!"

벨이 한 번 더, 아까보다 길게 울리자 피프티스는 배꼽이 살짝 보이게 블라우스 자락을 묶고 엘리베이터로 뛰어갈 틈밖에 없었다. 15센티미터 굽이 달린 구두를 신고 뛰어봤자였지만! 문을 열어보니 이상한 광경이 펼쳐졌다. 마릴린 먼로와 그 남자 친구의 목소리가 울려 퍼지고 있었다. 세 사람이 미소를 띤 얼굴로 꼼짝 않고 그녀를 바라보고 있었다.

가운데 소년은 키가 가장 작았는데 레인코트를 입고 허리를 질끈 묶은 데다가 중절모까지 쓰고 있어서 시카고를 배경으로 하는 1930년대 영화에서 튀어나온 형사 같았다. 소년은 입에 시가를 문 채로 무슨 말을 하려고 애쓰는 것 같았다. 옆에는 체격이 떡 벌어진 다른 소년이 있었다. 윗머리를 세우고 양 옆머리를 짧게 친 그 소년은 운동화 차림으로 편안하게 두 손을 주머니에 찔러 넣고 서 있었다. 다른 쪽 옆에는 빨간 머리를 묶어서 이상하게 틀어 올린 키 큰 소녀가 있었다. 사람 세 명은 들어갈 것처럼 헐렁한 부인복을 입은 소녀는 굽 있는 구두를 신고 용케 기적적으로 균형을 잡고 있었다. 세 사람 모두 만화영화에서 방금 튀어나온 것 같은 모습이었다.

피프티스는 가운데 소년이 하는 말을 하나도 알아듣지 못했지만 일단 웃는 얼굴로 맞이했다. 뭔지도 모른 채 웃는 일이 한두 번이 아니었으므로, 파프티스는 가짜 속눈썹을 위 아래로 파닥파닥 떨며 매혹적인 미소를 연출하는 데 아무 어려움이 없었다. 레인코트 차림의 소년은 알아들을 수 있게 말을 하려고 잠시 시가를 입에서 빼서 손에 들었다.

"핀업 양?"

"네, 바로 전데요!" 피프티스는 복권 당첨이라도 된 듯이 반갑게 대답했다. "그런데 전에 뵌 적이 있나요?"

소년이 다시 시가를 입에 물었다.

"정학한 이르믄 피프티츠 피너프 양, 마찌요?"

"뭐라고요?"

"정확한 이름은 피프티스 핀업 양이냐고 묻는 거예요. 정말 이상하지요? 이 사람이 당신 이름을 알다니?"

옆에 있던 꺽다리 빨간 머리 소녀가 대신 해석을 해주었다. 그래놓고서 소녀는 체격 좋은 소년에게 물었다.

"그런데…… 진짜 아는 사이야?"

제레미는 슬그머니 팔꿈치로 소녀를 쿡 찌르며 눈치를 주었다. 그는 마침내 시가를 포기하고 레인코트 주머니에 아무렇게나 쑤셔 넣었다. 소년은 피프티스를 머리부터 발끝까지 뜯어보며 말했다.

"완벽하군. 모든 면에서 완벽해. 바로 우리가 찾던 사람이야."

옆에 있던 떡대는 고개만 끄덕끄덕했고 빨간 머리 소녀는 노골적으로 기쁜 태를 내며 손뼉을 쳤다.

"그래요, 핀업 양, 당신은 완벽해요! 이 사람에겐 당신이 필요해요!"

피프티스는 아까보다 더 맹하게 웃었다. 무슨 일이 일어나고 있는지, 이들이 왜 이러는지, 점점 더 알 수 없었기 때문이다.

이 괴상한 조합의 대장으로 보이는 가운데 소년이 선수를 쳤다.

"얘기를 좀 해야겠소, 핀업 양. 이리 오시오. 잠시 앉을까요. 당신이 사는 곳은 아주 좋아 보이는군요."

소년은 정중하게 피프티스를 안쪽으로 인도했다. 엉겁결에 모두 에펠탑 안으로 들어갔다. 피프티스는 즉시 늘 하던 대로 안내 멘트를 했다. "여러분을 팔로마 위더스 양의 아주 특별한 자택으로 모시게 되어 기쁩니다, 어쩌고저쩌고……."

대장이 피프티스에게 그만하라는 손짓을 하더니 그녀를 엘리베이터

쪽으로 밀어붙였다.

"그래요, 그래, 당연하지요. 압니다, 알아요. 정말 고맙군요. 잘 들어요, 피프티스, 굉장한 소식이 하나 있습니다. 당신은 지금 미국 영화의 살아 있는 전설 제레미이이오와 바르톨로메에에오 코오오오르말레오네를 만난 거요."

"미국이 아니라 시칠리아잖아. 시칠리아로 하기로 하지 않았어?"

빨간 머리 소녀가 조그만 목소리로 잘못을 정정해주었다. 작전이 얼렁뚱땅 수정되자 혼란스러웠던 것이다. 레인코트 소년은 빨간 머리 소녀의 눈치를 보면서 말을 바꾸었다.

"아, 그렇지, 그렇지. 시칠리아 영화의 살아 있는 전설……. 하지만 그 후 미국으로 건너가 눈부신 성공을 거두었지. 그래, 당연하지. 음, 어쨌든, 피프티스, 당신은 운이 좋아요. 겁나게 운이 좋아."

"어머, 정말로 고맙습니다."

피프티스는 진심으로 고마워하는 표정이었다.

"왜 운이 좋다고 하는지 알아요?"

"아뇨, 어쨌든 여러분은 참 친절하시네요."

"친절하다는 말로는 부족해요! 일생일대의 기회를 당신에게 주려는 겁니다!"

피프티스가 깜짝 놀라며 뒷걸음질을 했다.

"일생일대의 기회? 세상에!"

'감독'은 그럴 줄 알았다는 듯이 이렇게 말했다.

"겁내지 말아요. 이제 알게 될 겁니다. 우리는 영화를 찍고 있어요. 그런데 주인공 역할을 맡을 여배우가 필요합니다. 누구를 염두에 두고 있는지 알아요?"

피프티스는 머리를 짜내는 시늉을 했지만 별수 없었다. 작전을 마무리하기로 결심한 영화감독은 이렇게 선언했다.

"바로 당신이에요, 피프티스. 당신이라고요. 참으로 놀라운 우연이 아닌가요? 여배우를 찾고 있던 중 마침 당신 얘기를 들었던 겁니다!"

빨간 머리 소녀는 걱정스러운 표정을 짓더니 덩치 좋은 떡대에게 몸을 기울이고 소곤소곤 물었다.

"진짜로 누구를 잃어버렸던 거야, 바르트?"

"아냐, 비올레트. 여배우를 잃어버렸기 때문에 찾는 게 아니라 아직 구하지 못했기 때문에 찾는 거야. 아까 차에서 발랑틴이랑 로렌스랑 다 얘기했던 대로야. 이건 그냥 놀이야. 하지만 아무것도 말하면 안 돼. 알았지?"

"아, 걱정이 돼서 그랬지." 비올레트는 그렇게 소곤대고는 다시 큰 소리로 말했다. "어쨌든, 피프티스 양, 당신은 그 역할에 완벽하게 들어맞아요."

"오, 정말 놀라워요. 여러분은 정말로 제가 영화배우가 될 수 있을 거라고 생각하세요?"

"물론이죠!" 피프티스가 황홀해하는 모습에 비올레트는 완전히 신이 났다. "제레미가…… 아니, 제레미오가 그렇다고 하면 그런 거예요!"

제레미가 고개를 끄덕였다. 당초 우려와 달리 작전은 완벽하게 굴러갔다. 바빌론 하이츠에서 정신을 딴 데 팔고 다니는 아이로 유명한 비올레트조차도 아직 일을 망치지 않았다. 바르트가 고집을 부려서 결국 비올레트도 끼워주었고, 비올레트가 위기를 잘 모면하기는 했지만 제레미는 마음을 놓을 수 없었다. 일을 빨리 진척하지 않으면 언제 비올레트의 황당무계한 행동이 모든 것을 엎어버릴지 몰랐다.

"당신은 그 역에 필요한 모든 것을 갖췄어요. 하지만 확실히 해두고 싶으니까 카메라 테스트를 했으면 좋겠네요. 바르톨로메에에오, 필요한 것 가져왔지?"

바르트가 크로스백에서 낡은 슈퍼 8밀리 카메라를 꺼내어 머리 위로 흔들어 보였다. 다락방에서 찾아 제레미의 시장에 내놓았던 물건이었다. 신기한 동물 보듯 피프티스가 카메라를 구경하자 제레미가 옆에서 설명했다.

"물론 우리는 최신식 스튜디오에서 촬영할 겁니다. 하지만 오디션에는 가벼운 카메라를 가지고 다니지요. 음, 그런 장소가 있으면 좋겠는데요. 배경이 하얗고 널찍한 공간요. 무슨 말인지 알지요? 그런 곳이 있나요?"

"물론이지요. 응접실로 가면 돼요. 팔로마는 지금 그곳에 안 계시니까." 피프티스가 호들갑스럽게 대답했다.

두 소년은 안심했다는 눈빛을 교환했다. 이 집의 여주인과 맞닥뜨릴까 봐 두려웠던 것이다. 팔로마는 상냥한 피프티스처럼 호락호락하지 않을 것이 뻔했다. 하지만 비올레트는 몹시 실망한 눈치였다.

"안타까워라! 우리 동생이 팔로마는 아주 특이한 사람이라 그랬는데!"

"아? 동생분이 누구신지?" 피프티스가 흥미를 보였다.

"팬입니다." 제레미가 서둘러 대답을 가로챘다. "위더스 부인의 영화를 한 편도 빼놓지 않고 본 극성팬이지요."

"어, 그래? 하지만……." 비올레트가 들릴 듯 말 듯 말했다. 제레미가 큰 소리로 상황을 무마하려고 했다.

"어디까지 얘기했더라? 아, 그래, 응접실. 아니, 거기 가는 건 좋은 생각이 아니군요. 빛이 너무 많이 들어와도 안 되고, 가구나 세간이 많아도 안 되니까."

제레미가 피프티스에게 다가갔다. 아찔한 하이힐을 신은 그녀는 제레미보다 족히 머리 두 개는 더 컸다.

"피프티스, 당신은 매우 아름다워요. 그러니까 배경이 단순해야만 당신의 미모가 돋보일 수 있어요. 바닥이 하얗고, 다소 밋밋한 공간이랄까? 알겠어요?"

"음……. 엘리베이터 안은 어떨까요?"

감이 잡히지 않는다는 듯 피프티스는 그렇게 말했다. 제레미는 허공을 쳐다보았다.

"있잖아요, 어떤 곳과 비슷하다고 해야 할까……, 연구……."

제레미로서는 절망스럽게도, 피프티스는 '연구'로 시작하는 단어가 무엇인지 몰라서 예쁜 눈을 찡그리며 인상을 썼다. 바르트마저 한숨을 쉬었다. 잘 돌아가지 않는 머리를 굴리느라 힘들어하는 피프티스를 도와주고 싶어 안달이 날 지경이었다.

"연구소?"

비올레트가 환하게 웃으며 넌지시 말하자, 제레미가 호들갑을 떨었다.

"그래, 정말로 좋은 생각이야! 연구소는 생각도 못했는데! 하지만 이곳에는 연구소가 없겠지."

"아니에요, 있어요오오오! 여기 지하에 연구소가 있답니다!"

갑자기 깨달음을 얻은 듯 피프티스는 두 손으로 자기 뺨을 감쌌다. 그러나 이내 곤란하다는 표정을 지었다.

"그렇지만 여러분을 그곳에 데려갈 수는 없어요. 안 될 일, 절대로 해서는 안 될 일이에요. 팔로마의 허락 없이는 아무도 연구소에 들어갈 수 없답니다."

제레미가 두 친구를 향해 돌아섰다.

"그렇다면 할 수 없지. 정말로 실망했소. 피프티스 당신 때문이오. 당신이 그 영화에 출연하면 정말로 근사할 텐데, 그 예쁜 얼굴이 들어간 포스터가 전 세계에 나붙는다면⋯⋯."

자신의 주특기인 낙심한 표정 연기를 하면서 제레미는 고개를 절레절레 흔들었다.

"이렇게 애석할 데가⋯⋯. 그 연구소에서 딱 2분만 테스트해보면 되는데. 두 사람 모두에게 엄청난 행운일 텐데. 모르겠어? 시작은 기막히게 좋았잖아. 피프티스가 우리를 맞아주었고, 마침 연구소도 이 안에 있다고 하고⋯⋯. 그런데 이럴 수가! 아주 간단한 카메라 테스트 하나 할 수 없다는 이유로 전부 수포가 되다니. 뭐, 하는 수 없지." 제레미는 한숨을 쉬고 말을 이었다. "여배우로서의 눈부신 커리어는 물거품이 된 거야. 자, 떠나자고. 장비 챙겨, 바르톨로메에에오⋯⋯."

눈물이 글썽해진 비올레트는 피프티스를 다그쳤다. 정말로 안타까운 듯했다.

"오, 안 돼요, 피프티스 양, 이렇게 포기하다니요! 눈부신 커리어가 물거품이 된다잖아요. 정말 그럴 수밖에 없는 거야, 제레미?"

바르트가 슬금슬금 비올레트를 출구로 밀었다.

"제레미가 아니고 제레미오."

"어머, 미안." 비올레트가 조그맣게 대꾸했다. "비록 사실은 아니지만 너무 슬펐어! 정말 너무나도 아름다운 스토리였어. 한 편의 동화 같아. 제레미는 콧방귀를 뀌겠지만."

"제레미오라니까." 바르트가 다시 주의를 주었다.

"그래, 제레미오."

문제의 제레미오는 그들을 문으로 밀어붙이면서 피프티스를 곁눈질했다. 가엾은 아가씨는 허겁지겁 그들을 쫓아왔다.

"기다리세요, 정말로 잠깐이면 되나요?"

"그럼요! 다른 촬영이 있어서 바쁩니다. 여기서 세월아 네월아 꾸물거릴 수가 없어요." 제레미가 단언했다.

"그럼, 조심스럽게 행동해주실 수 있죠?"

"무슨 일이 있었는지도 모를 만큼 조용히 있다 가겠습니다. 약속해요, 아무도 모를 겁니다."

"그럼 빨리 이쪽으로 오세요."

　피프티스가 눈을 반짝반짝 빛내며 외치더니 엘리베이터를 향해 뛰었다. 제레미는 두 친구에게 윙크를 했다. 세 아이는 냉큼 피프티스를 따라갔다.

　문이 열리자 아무 장식 없는 간결한 공간이 눈앞에 펼쳐졌다. 가운을 입은 여자 한 명만이 책상에 들러붙어 분주하게 일하고 있었고 다른 사람은 아무도 없었다. 피프티스는 엘리베이터에서 내리자마자 그 여자에게 황급히 다가갔다.

"안녕하세요, 리비아, 여기서 카메라 테스트를 좀 해도 될까요? 영화 촬영 때문이에요. 제가 영화배우가 된다고요. 오래 걸리지 않을 테니 팔로마도 화내진 않을 거예요."

　상대방은 고개를 돌려 피프티스를 어이없다는 듯이 쳐다보았다.

"피프티스, 무슨 소리를 하는 거예요? 이 사람들은 누구죠?"

　리비아는 삼인조를 의심 가득한 눈으로 바라보았다. 제레미는 레인코트의 허리띠를 풀고 모자를 벗고서 그녀에게 다가갔다. 그사이에 바르트와 비올레트는 피프티스를 연구소 구석으로, 다른 문들과 다소 떨어진 유리문 근처로 끌고 갔다.

"안녕하십니까, 제레미오 코르말레오네라고 합니다. 저는 바빌론 하이츠 학교의 교지 편집부에 있습니다. 이번에 팔로마 센터에 대한 취재를 해보려고 하는데요. 물론 팔로마 위더스 부인의 허락은 미리 받아두었습니다."

믿을 수 없다는 얼굴로 리비아는 긴 머리를 하나로 묶었다.

"허락을 받은 게 확실해요? 이름을 다시 한 번 말씀해주시지요."

"받다마다요! 저는 교지에 실릴 기사를……."

"그쪽이 다니는 학교의 교지요, 그건 이미 알아들었어요."

제레미는 불쌍한 강아지 같은 눈을 하면서 동정심에 호소하는 작전을 펼쳤다.

"문제아동들이 다니는 학교인데 아동 학대를 당하거나, 보호자가 없거나, 버려진 아이들도 있답니다. 아니면 정신적으로 좀 문제가 있든가요." 이 말을 덧붙이며 제레미는 일부러 바르트와 비올레트 쪽을 쳐다보았다.

리비아는 체격은 건장하지만 카메라를 어정쩡하게 들고 난처해하는 소년과 몸매가 날렵하고 싱글벙글 웃기만 하는 빨간 머리 소녀를 유심히 바라보았다. 아이들의 기이한 행색을 봐서는 그 학교에 머리가 조금 이상한 아이들이 다닌다는 말은 사실 같았다.

"여기서 뭘 어쩌려고요?"

"별일 아닙니다. 핀업 양의 사진을 두세 컷 찍고 싶습니다. 기사에 흥미를 약간 더해줄 겁니다."

"아, 그런 거라면 피프티스의 입술만 카메라에 담아도 충분할 거예요. 음, 여기서 잠시 기다려요."

그렇게 말하고 자리를 뜨면서도 리비아는 경계를 완전히 풀지는 않았다. 그녀는 잰걸음으로 걸어가 어떤 사무실 문을 열고는 그 안에서 수화기를 들었다.

제레미는 일 분도 허비해서는 안 된다는 것을 즉시 깨달았다. 그는 피프티스의 팔을 잡아끌었다. 비올레트의 격려에 힘이 난 피프티스는 말도 안 되는 포즈들을 맹렬히 연습하는 중이었다. 제레미는 피프티스를 유리문에 밀어붙였다. 오스카는 "엘리베이터에서 나와서 오른쪽 맨 끝에 있는 부스야. 찾기는 어렵지 않을 거야."라고 했었다.

제레미는 심호흡을 하고 연구소의 반대쪽을 곁눈질로 살폈다.

"바르트, 제자리로! 움직이지 말고! 피프티스, 웃어요! 지금 찍고 있어요!"

그들에게 문을 열어준 이후로 피프티스는 계속 웃고만 있었으므로 더 이상 웃는 얼굴을 한다는 것은 무리였다. 그래도 방금 립스틱을 새로 바른 입술로 열심히 미소를 지어 보였다. 피프티스가 두 손으로 무릎을 짚고 입술을 하트 모양으로 쭉 내밀며 마릴린 먼로 흉내를 내는 순간, 사무실 문이 벌컥 열렸다. 제레미는 실험용 부스의 문고리를 비틀었다. 다행히 그 문은 잠겨 있지 않았다. 제레미가 피프티스를 억지로 일으켜 실험실로 밀어 넣자, 카메라를 들고 있던 바르트와 회중전등을 조명 삼아 비추던 비올레트도 냉큼 따라 들어갔다. 제레미가 소리 나지 않게 문을 닫았다.

그는 비올레트의 회중전등을 빼앗아 들고 실험실 안을 요모조모 살폈다. 탁자가 하나, 그 위에는 바닥 부분이 둥글게 마감된 네모난 상자가 있었다. 상자에는 초록색 뚜껑이 덮여 있었다. 오스카가 말해준 상자가 틀림없는 것 같았다.

제레미는 긴장 반 흥분 반으로 심장이 콩닥거렸다. 과연, 제대로 찾아 들어온 것이다.

"그래도…… 여긴 좀 어둡지 않나요?"

피프티스가 물었다.

"아뇨, 아뇨, 당신에게만 스포트라이트를 비출 겁니다. 딱 좋네요, 당신은 더욱 돋보일 거고요!" 제레미는 회중전등을 피프티스의 눈에 정통으로 비추었다. 눈이 부신 피프티스가 소리를 질렀다.

"어, 아무것도 안 보여요!"

"할리우드에 진출하려면 카메라 플래시에 익숙해져야지요!"

제레미가 신호를 보내자 바르트는 조심스럽게 탁자에 다가가 소중한 상자에 손을 뻗었다. 그는 카메라를 잠시 내려놓고 전리품을 가방에 쑤셔 넣으려 했지만 예상보다 상자가 커서 가방에 넣을 수 없었다. 바르트는 얼른 자기 몸으로 상자를 가리고 어떻게든 셔츠 안에 감추려고 했는데, 그러자면 단추를 풀고 상반신을 거의 다 드러내는 수밖에 없었다. 피프티스는 비틀비틀 걸어와 넘어지지 않으려고 탁자를 붙잡았다.

얼른 달려온 제레미가 피프티스의 팔을 붙잡았다. 피프티스가 항의했다.

"당신들, 뭐하는 거예요? 아직 찍지도 않았잖아요?"

"생각이 바뀌었습니다. 아무래도 밖에서 찍는 게 낫겠어요."

그렇게 말하며 제레미는 바르트와 비올레트에게 신호를 보냈다.

"어두운 곳에서 찍어야 제가 더 돋보인다면서요?"

"하얀 배경도 당신에겐 잘 어울릴 겁니다. 자, 자, 모두 나가자고요."

제레미가 다급하게 부스 문을 열면서 둘러댔다.

"찾았어. 이제 갈 수 있어." 바르트가 제레미에게 귓속말을 했다.

일행을 밖으로 내몰고 제레미는 다시 실험실 안으로 들어갔다. 바르트가 제레미를 재촉했다.

"뭐하는 거야? 서둘러! 이러다 들키겠어!"

"이게 뭐하는 코미디인지 당장 설명을 해보실까!"

연구소 저쪽에서 여자의 고함 소리가 들렸다.

가슴이 많이 파인 붉은 비단 드레스를 입고 예쁜 갈색 머리를 한 여자가 두 손을 허리에 얹고 엘리베이터 앞에 버티고 있었다. 옆에는 아까 마주쳤던 리비아가 크리스털 다면체를 끼운 펜던트를 그들에게 겨냥하고 있었다.

"정체 모를 교지 출판부 취재기자들에게 한 가지 충고를 한다면, 그 자리에서 꼼짝하지 말라는 거예요. 이 무기에서 발사되는 광선은 진짜 레이저니까."

눈이 부셔서 아무것도 못 보다가 겨우 사물을 분간하게 된 피프티스가 쪼르르 팔로마에게 달려갔다.

"위더스 양, 너어어어어무 놀라운 소식이 있어요! 제가 배우가 된대요! 당신처럼 배우가 되는 거예요!"

"또 다른 소식을 전해주지. 넌 이제 그 새로운 커리어에 전념할 수 있게 될 거야. 왜냐하면 내가 이 자리에서 널 해고할 테니까! 너희는 뭐야? 뭐하는 사람들이야?"

팔로마가 성난 목소리로 꾸짖었다. 피프티스는 이 청천벽력 같은 말에 뒤돌아서서 바르트의 어깨에 기대어 눈물을 쏟았다. 등 뒤에 수수께끼의 상자를 감추고 있던 바르트는 자세가 여간 불편하지 않았다. 비올레트는 리비아의 위협이나 팔로마의 분노에 찬 심문에도 아무렇지 않은 듯 앞으로 걸어 나갔다. 소녀는 두 손을 모으며 이렇게 말했다.

"어머, 너무나 아름다운 부인이시네요! 정말이지, 대단한 미인이세요! 우리 엄마가 즐겨 보는 영화 속의 배우 같아요. 있잖아요, '맨발의 백작부인*'이라고……."

팔로마가 자신의 발을 내려다보았다. 이 옷 저 옷을 입어보다가 리비아의 전화를 받고 서둘러 내려오느라 실내화조차 신을 겨를이 없었던 것이다. 얼굴을 붉히며 그녀는 드레스 앞자락으로 발을 덮었다. 절대로, 죽었다 깨어나는 한이 있어도, 하이힐을 신지 않고는 사람들 앞에 나서지 않는 그녀였다. 어쨌든 그 사실을 일깨워준 것만은 고맙게 생각했다.

"귀여운 것, 아마 아바를 생각한 모양이구나. 그런데 그 여자는 실물이 생각보다 훠어어어얼씬 별로야. 난 아바의 민낯을 본 적 있지. 다른 사람들도 아니라고는 말 못할 거다. 하지만 내 미모는 타고난 거야!"

팔로마가 맨발로 바닥을 구르며 말하자, 리비아가 놀라서 팔로마를 쳐다보았다.

"팔로마, 우리 연구소에 영화를 찍겠다고 들이닥친 사람은 아바 가드너가 아니잖아요. 그보다 지금은 저 수상한 아이들에 대해 알아봐야 할 때가 아닌가요?"

그때까지 실험실 부스 안에서 가만히 이 소동을 지켜보던 제레미가 즉시 튀어나왔다. 제레미는 천연덕스럽게 팔로마를 뚫어져라 바라보았다.

"당신이군요!"

★ 미국의 유명한 여배우 아바 가드너가 출연한 1950년대 미국 영화 제목.

함정에 빠지지 않고 팔로마는 침착하게 대꾸했다.

"그래, 나다. 그런데 너는 누구지?"

제레미는 비올레트와 바르트 쪽을 돌아보았다.

"자, 됐어, 이제 만족해? 봤으니까 됐지? 이제 집에 가도 돼?"

그러고 나서 소년은 안도의 한숨을 내쉬더니 조심스럽게 비올레트를 엘리베이터 쪽으로 데려갔다.

"팔로마 위더스 부인, 이 아이들은 당신의 극성팬이에요. 자기 방뿐만 아니라 집안 구석구석을 당신 사진으로 도배해놓고 살아요. 누가 보면 아예 당신 얼굴이 찍힌 벽지가 나오는 줄 알 거예요! 그래서 당신을 만나게 해주려고 이 일을 꾸몄어요. 이렇게라도 하지 않으면 절대 들여보내주지 않을 테니까……."

제레미는 팔로마에게 더없이 매력적인 미소를 지어 보이고는 뒤돌아서서 두 친구들을 무서운 눈으로 노려보았다.

"당신을 보고 넋이 나가서 애들이 말도 제대로 못하네요. 뭐라고 말 좀 해봐!"

비올레트가 고분고분 말했다.

"그래요, 맞아요, 전 당신이 너무 좋아요. 당신을 잘 알지는 못하지만 벌써 좋아졌어요."

제레미는 눈을 감고 주저앉았다.

"됐어, 위더스 부인에게 더 이상 실례를 범할 순 없지."

하지만 피프티스의 목소리에 제레미는 뒤돌아서지 않을 수 없었다.

"그럼…… 날 보러 온 게 아니었어요? 난 영화계의 스타가 될 수 없는 건가요?"

피프티스가 측은해진 비올레트는 열변을 토했다.

"아니에요! 될 수 있어요! 제레미가 된다고 했잖아요! 게다가 그건 간단한 일이에요. 정말로 영화배우가 되고 싶다면 나처럼 하면 돼요. 머릿속으로 영화를 만들어내서 연기를 하면 되잖아요. 그 영화는 상상으로 볼 수 있어요. 그게 얼마나 근사한데요, 꼭 진짜 영화 같아요!"

비올레트만큼 상상력이 풍부하지 못한 가련한 피프티스는 머릿속으로 찍는 영화가 세계적인 성공을 안겨주지 못할까 봐 두려웠기에―물론 이건 타당한 두려움이었다―그 자리에서 눈물을 쏟았다. 말 그대로 그녀는 바르트의 품으로 쓰러졌지만 귀중한 노획물 때문에 어정쩡하게 서 있던 바르트는 피프티스를 받아줄 수 없었다. 울어봤자 받아줄 사람이 없다는 걸 깨달은 피프티스는 울음을 잠시 멈추고 일단 바르트의 풀어헤친 셔츠 자락을 잡았다. 셔츠가 벗겨지면서 피프티스는 두 팔을 허둥대다가 그대로 바닥에 쓰러지고 말았다. 제레미가 황급히 바르트를 구하러 갔다. 얼른 상자를 건네받은 소년은 아무 일도 아니라는 듯이 자신의 레인코트 안에 상자를 쑤셔 넣었다. 연구소 한복판에서 상체를 훤히 드러낸 바르트는 만망해져서 주머니에 손을 찔러 넣고 입술을 잘근잘근 깨물었다.

한편, 팔로마는 머릿속이 새하얘졌다. 소년, 아니 청년에 가까운 젊은 남자―바르트는 또래보다 성숙해서 만 열여덟 살은 되어 보였다―의 근육질 몸매가 유감없이 드러난 순간, 팔로마의 젊음과 배우 기질이 되돌아왔다. 연구소 중앙으로 걸어 나온 그녀는 책상에 엉덩이를 걸치고 앉아 치명적인 매력을 과시하는 단골 포즈를 취했다. 그녀가 고개를 뒤로 젖히고 불타는 눈으로 바르트를 눈여겨보자 불쌍한 바르트는 몸 둘 바를 몰랐다.

"그래, 그렇다는 말이지. 청년도 내 팬인가요?"

팔로마가 끈적끈적한 목소리로 물었다. 피프티스의 몸을 뛰어넘은 제레미가 바르트와 비올레트를 문 쪽으로 밀면서 대신 대답했다.

"팬이냐고요? 농담 마세요. 단순한 팬인 정도가 아니라 격정적인 사랑에 빠졌다니까요! 함께 기념사진을 찍어도 될까요?"

경계심을 풀지 않고 무기를 계속 들고 있던 리비아가 팔로마와 사기꾼 일당 사이를 가로막고 나섰다. 그녀는 팔로마에게 말했다.

"그 전에 실험실을 살펴봐도 괜찮겠지요. 이 아이들이 저기에 들어갔다 나왔습니다."

"그렇게 해, 알아서 해. 난 이들을 감시하고 있지."

여전히 바르트에게서 눈을 떼지 못한 채 팔로마가 말했다.

리비아는 연구소 구석으로 걸어가면서 아직도 실망에서 헤어나지 못하는 가엾은 피프티스의 어깨를 토닥여주었다. 리비아가 어두컴컴한 맨 끝 부스로 들어가자 바르트의 얼굴에 핏기가 가셨다. 하지만 제레미는 아무렇지도 않은 얼굴로 슬쩍 엘리베이터 버튼을 눌렀다. 제레미가 형을 팔로마 쪽으로 밀자, 팔로마는 기다렸다는 듯이 바르트의 품에 찰싹 달라붙었다.

한편, 리비아는 침착하게 자기 할 일을 했다. 그녀는 실험실에 들어가 볼펜을 꺼냈다. 버튼을 한 번 누르자 볼펜은 회중전등으로 변했다. 리비아는 불빛으로 실험실 안을 대략 훑어보고 탁자 위를 확인했다. 회중전등의 불빛은 약했지만 금지된 비밀 무기가 든 상자가 고이 놓여 있는 것을 확인할 수 있었다.

부스에서 나온 리비아는 연구소 반대편에 있는 팔로마가 들을 수 있도록 큰 소리로 말했다.

"전부 다 제자리에 있습니다."

"잘됐군, 잘됐어, 우리 귀염둥이! 이제 돌아가도 좋아. 꾸물거리지 말고 얼른 가. 너희가 소동을 일으켰다는 건 말 안 해도 알겠지." 팔로마가 초조하게 대꾸했다. "그리고 저 딱한 계집애도 데려가. 바닥에 저렇게 주저앉아 있다가 애가 쪼그라들겠네. 저 눈물 바람은 또 뭐람. 오, 얼굴 좀 보자! 세상에, 예쁘고 매력적인 얼굴이 어디로 갔나, 시커먼 마스카라가 줄줄 흘러내리잖아!"

"마스카라는 지우면 돼요. 어차피 계속 울면 다 지워질 거예요."

비올레트가 안타까워했다.

잠시 비올레트를 유심히 보던 팔로마는 어깨를 으쓱하고는 다시 바르트의 어깨에 머리를 기댄 채 포즈에만 집중했다.

바로 그 순간, 엘리베이터 문이 열렸다. 제레미는 카메라를 어깨에 메고 비올레트는 끌고 뒷걸음질로 엘리베이터에 들어가 '로비' 버튼을 눌렀다.

바르트는 전기 고문이라도 당한 사람처럼 벌떡 일어났다.

"이봐, 나랑 같이 가!"

머리를 받쳐주던 어깨가 사라지자 팔로마가 고개를 들며 소리를 질렀다.

"아니, 뭐하는 거예요?"

엘리베이터의 양쪽 문이 스르르 닫혔을 뿐, 그 물음에 대답하는 사람은 아무도 없었다.

스물한 층을 올라가서 세 아이는 엘리베이터에서 로켓처럼 튀어나왔다. 제레미가 입구를 열자 모두들 미친 듯이 달리기 시작했다.

"이제 가자. 우리는 여기 있으면 안 돼. 필요하다면 나중에 택시로 데리러 오자. 제리 아저씨가 곧 돌아올 텐데……."

로렌스의 말은 중간에 뚝 끊겼다.

"뭐야? 왜 그래?"

자동변속기 기어를 무심하게 가지고 놀던 발랑틴은 눈곱만큼도 긴장하는 기색 없이 물었다.

"출발해."

로렌스는 커다랗게 뜬 눈을 다른 데로 돌리지 못하고 그저 그렇게만 말했다.

발랑틴도 로렌스의 시선이 향한 곳을 쳐다보았다. 세 친구가―그것도 한 명은 웃통을 홀딱 벗고―미친 듯이 팔을 휘저으며 육상 세계신기록이라도 세울 기세로 달려오고 있었다. 로렌스가 고함을 질렀다.

"출발해!"

문이 열리고 세 명의 천둥벌거숭이들이 차에 타기 무섭게 발랑틴은 출발했다. 자동차는 급발진했다가 타이어가 타들어갈 정도로 맹렬하게 아스팔트 위를 질주했다.

캐리가 나서다

세단 승용차는 소리 없이 모뉴먼트 디스트릭트를 지나갔다. 차에 탄 승객들은 선팅된 차창을 조금도 내리지 않도록 주의했다.

자동차가 5분쯤 달리고 난 후에야 모두들 숨을 돌리고 이인조 운전수의 질문에 대답할 수 있었다.

"그래, 그래, 다 잘 넘겼어."

제레미는 그렇게 말했다. 하지만 바르트는 셔츠 단추를 맨 위까지 단단히 채우면서 동생에게 반문했다.

"무슨 소리야. 실험실에 무기를 두고 와버렸잖아."

제레미가 씩 웃더니 레인코트 앞섶을 벌리고 의기양양하게 문제의 상자를 꺼냈다. 바닥이 둥글고 초록색 뚜껑이 덮인 바로 그 상자였다.

"이거 말이야?"

"어떻게 한 거야? 가운을 입은 여자가 실험실에 들어가서 전부 다 제자리에 있다고 확인했잖아?"

그때 뒷자리 밑에서 머리가 산발이 된 비올레트가 벌게진 얼굴을 들었다.

"이봐, 누가 내 달팽이 여행용 상자 못 봤어? 뚜껑이랑 바닥이 초록색인데. 그래야 달팽이들이 잔디밭인 줄 안단 말이야. 팔로마의 집에 들어가기 전에 분명히 여기에다 뒀는데……."

발랑틴과 로렌스가 배를 잡고 웃기 시작했고, 바르트는 웃음이 터지려는 것을 참았다. 제레미는 그런 얘기는 처음 듣는다는 듯이 창밖을 바라보며 딴청을 피웠다.

"뭐야? 뭐가 그렇게 웃긴데? 내 달팽이들이 여행을 좋아하지 않는다고 생각하는 거야?"

비올레트는 어리둥절해하며 물었다. 제레미가 대꾸했다.

"그 반대야. 달팽이들은 캠핑장에 남아 있을 거야."

30분도 안 되어 모두가 조마조마한 마음으로 목적지에 도착했다. 지나가는 사람들이 빨간불 신호를 세 번, 일방통행 표시를 몇 번이나 무시하고 질주하는 브레이브 씨의 벤틀리를 보았더라면 F1 자동차경주에라도 출전한 줄 알았을 것이다.

발랑틴이 액셀러레이터에서 발을 뗐다. 일행은 조용히 블루파크 애비뉴를 따라 달렸다. 쿠미데스 서클을 50미터 남겨두고 발랑틴이 브레이크를 밟자 로렌스가 차에서 내렸다. 발랑틴이 그에게 부탁했다.

"길에 아무도 없으면 손을 흔들어줘! 뭐야, 너 왜 그래? 얼굴이 완전 창백하잖아. 아니, 창백한 노란색이라고 해야 하나? 아무튼."

"아냐, 괜찮아. 네 말마따나 그냥 좀 긴장해서 그래. 금방 괜찮아져. 그럼 간다."

로렌스는 그렇게 말하며 발랑틴이 모는 차에서 살아서 내린 것만으로도 감사해했다. 그는 조심스럽게 철창 대문으로 접근했다. 문은 닫혀 있었지만 집으로 들어가는 통로와 현관에는 아무도 없었다. 물론 문 뒤에서 본즈가 기다리고 있을지 모른다는 위험이 있었다. 발랑틴이 차고에 차를 집어넣는 바로 그 순간, 본즈가 문을 벌컥 열지도 몰랐다. 간간한 노집사와 함께 사는 건 매 순간 손에 땀을 쥐게 했다. 물론 발랑틴은 그런 스릴을 마다하지 않았다. 어쨌든 집 주위는 조용했고 커튼은 대부분 처져 있었다. 절호의 순간은 오래 지속되지 않을 터였다. 지금이야말로 차를 제자리에 돌려놓을 기회였다.

약속대로 로렌스가 팔을 휘이휘이 젓자, 자동차가 철창 대문까지 다가왔다. 자동차 그릴에 새겨진 M자가 철창 대문에 달린 M자와 만나는 순간, 문이 자동으로 열렸다.

타이어가 자갈길 위를 소리 내며 굴러가는 몇 초가 로렌스에게는 한없이 길게만 느껴졌다. 벤틀리는 저택을 돌아 차고로 들어갔다. 차고 문이 내려가자 그는 겨우 한숨을 쉴 수 있었다. 잠시 후, 친구들이 합류했다.

"짜잔!" 발랑틴이 자동차 열쇠를 흔들어 보이며 희희낙락했다. "아무도 못 봤고, 아무도 몰라. 이제 안심해도 돼, 로렌스. 이제 좀 더 자주 차를 빌릴 수 있을 거야."

"그래, 물론이지. 음, 이제 오스카를 기다리기만 하면 되겠네. 어떻게 하는 게 좋을까? 여기까지 왔는데 집에 들어가서 본즈에게 응접실로 과일 주스라도 내어달라고 할까?"

발랑틴은 열쇠를 공중에 던졌다 받느라 대답도 하지 않았다. 비올레트는 몹시 기뻐하며 그 제안을 받아들였다.

"과일 주스? 그럼 좋지. 본즈라는 사람이 누군지는 모르지만 굉장히 친절한가 보다. 바르트, 너도 목마르지?"

대답 대신 침묵만 돌아오자 이상하다는 생각에 뒤를 돌아본 비올레트의 예쁜 보랏빛 눈이 커다래졌다. 거대한 떡갈나무가 나뭇가지를 드리워 바르트와 제레미를 위협적으로 땅바닥에서 1미터나 들어 올렸던 것이다. 두 소년은 차고의 외벽에 바짝 붙은 채 공중에 올라가 있었다.

"내, 내 생각에······. 이 나무와 뭔가 문제가 있는 것 같아."

여간해선 불안해하지 않는 제레미가 간신히 말했다. 발랑틴과 로렌스가 얼른 친구들을 구하러 갔다.

"지주, 걔들은 우리 친구야! 제발 걔들을 내려줘."

지주는 잠깐 망설였지만 곧 그 청을 들어주었다.

제레미와 바르트는 옷매무새를 고치고 아직도 충격에서 헤어나지 못한 듯 슬금슬금 뒷걸음질을 쳤다. 얼이 빠진 제레미가 물었다.

"그런데······ 이 나무는 도대체 뭐야?"

로렌스가 주의를 주었다.

"조용히 말해. 지주가 언짢아하겠다. 갑자기 박치기를 하는 수가 있으니까 조심해."

너무나 자연스럽게 지주에게 다가간 비올레트는 가장 아래쪽으로 뻗은 나뭇가지를 잡고 악수를 했다. 마음대로 움직이고 생각도 하는 나무를 평생 보고 살아온 것처럼 스스럼이 없었다.

"안녕, 나는 비올레트 필이에요. 이름이 뭐예요?"

바르트가 나무에서 눈을 떼지 않은 채 조심스레 비올레트에게 가서 팔을 잡고 조그맣게 말을 건넸다.

"비올레트?"

"응?"

"넌, 넌 지금 나무랑 말을 하고 있어."

바빌론 하이츠 사람이라면 누구나 그렇듯이 바르트도 비올레트가 괴짜라는 것은 잘 알고 있었다. 하지만 바르트는 비올레트의 마음을 불편하게 하거나 상처 주지 않으려고 무던히 애써왔다. 비올레트는 그의 지적이 놀랍다는 듯 오히려 눈을 동그랗게 떴다.

"음…… 이게 나무라는 건 나도 알아. 그게 어때서? 나무는 말하지 말란 법 있어?"

"물론이야. 네 말이 맞아."

세심하게도 바르트는 이렇게 대답해주었다. 비올레트는 지주를 돌아보았다. 떡갈나무는 아까보다 호의적인 것 같았다. 비올레트는 몹시 정중하게 말을 건넸다.

"꼭 전에 만났던 사이 같아요. 혹시 우리 집 정원에 그쪽 가족이 사는 게 아닐까요? 난 바빌론 하이츠에 있는 킬데어 스트리트에 살아요."

지주는 나뭇가지만 부르르 떨었다.

"아, 그럼 꼭 닮은 나무가 있나 봐요. 그런데 오스카는 왜 이런 나무가 있다는 얘기를 나한테 안 했을까?"

오스카라는 이름이 나오자마자 지주는 야트막한 가지들을 아래로 드리워 소녀의 뺨을 쓰다듬었다. 비올레트는 속내를 숨김없이 드러내 보이는 함박웃음으로 답했다.

"또 볼 수 있었으면 좋겠네요."

"도대체 모두들 여기서 뭐해? 온 정원을 10분이나 뒤지고 다녔다고!"

이 말에 다섯 명의 아이들이 일제히 뒤를 돌아보았다. 오스카가 숨을 헐떡이며 그들 앞에 서 있었다.

"걱정했잖아."

"어쩌다 보니 이리로 오게 됐어."

제레미가 대꾸했다. 오늘은 천당에서 지옥까지 두루 경험한 날이었다. 자전거를 벽에 세우며 오스카가 주의를 주었다.

"집에 너무 붙어 있잖아. 브레이브 씨 방 창문도 이쪽으로 나 있다고!"

발랑틴이 고개를 도리도리 흔들었다.

"누가 집에 있고 없고를 확인해달라고 우리가 널 기다린 줄 아니?"

"여기엔 브레이브 씨만 사는 게 아니잖아."

그렇게 말하고 오스카는 눈을 들어 떡갈나무를 보았다. 지주에게 홀딱 빠진 비올레트는 나무 앞에서 떠날 줄을 몰랐다. 오스카가 말했다.

"우리에게 지주가 필요할 것 같아. 뭐, 이미 서로 인사는 했나 보네."

오스카는 지주에게 다가갔다.

"지주, 우리 좀 도와주겠어? 우리는 여기 말고 블루파크에 가서 얘기를 나누는 게 좋을 것 같은데."

지주는 높고 튼튼한 가지 하나를 땅에 닿을 만큼 낮게 드리워주었다.

"자, 가자. 올라타!"

오스카를 필두로 한 다섯 아이들이 나뭇가지에 올라갔다. 메디쿠스 소년이 나무에게 말했다.

"준비됐어!"

"그래, 오늘 별의별 짓을 다 해보는구나. 열쇠 복사에, 자동차 운전에, 망보는 것도 모자라서 이제 나무로 시소 타기까지……. 으아아악!"

로렌스의 불평은 허공으로 흩어졌다. 지주가 천천히 나뭇가지를 일으키지 않고 새총 쏘듯 휘둘렀기 때문이다. 여섯 아이들은 비명을 지르는 대포알처럼 창살 너머로 날아가 푹신하게 쌓인 풍성한 나뭇잎 천지에 떨어졌다. 오스카가 몸을 일으켰다.

"전부 다 온 거야? 다친 데는 없고?"

"저 나무는 미쳤어. 우린 모두 미쳤어! 오늘 하루가 언제 끝날지!"

로렌스가 나뭇잎을 관처럼 뒤집어쓴 머리를 쳐들며 투덜거렸다.

다른 네 아이들도 나뭇잎 천지에서 나왔다. 모두 무사해 보였다. 일어나서 운동화 끝으로 바닥을 가늠해 보던 오스카가 흠칫했다.

"아, 너무 갑자기 일어서진 마⋯⋯. 높은 곳이 무섭지 않다면 괜찮지만."

오스카는 그렇게 말하고 아래를 굽어보았다. 20미터쯤 아래에 공원 오솔길을 산책하는 사람들이 보였다.

"방금 알게 된 사실이 있어."

제레미가 말했다. 폭포에서 떨어진대도 겁내지 않을 바르트도 아래를 굽어보았다. 하지만 바르트도 높은 곳이 불안하지 않은 것은 아니었다. 그는 제레미에게 물었다.

"뭘 알게 됐는데?"

"내 키보다 더 높은 곳에 서면 어지럽다는 거야."

제레미는 그렇게 말하며 눈을 질끈 감았다.

비올레트는 주위의 나뭇잎들을 어루만지며 말했다.

"난 여기 있으니까 참 좋은데. 꼭 땅만 밟고 살라는 법은 없잖아?"

로렌스가 미소를 지었다.

"난 지구보다 달나라에 더 자주 가 있는 여자아이를 한 명 아는데⋯⋯."

"아, 그래? 누구? 좋겠다. 나도 달나라에 가보고 싶은데⋯⋯."

누나보다 훨씬 현실적인 오스카가 화제를 돌렸다.

"자, 그런데 이제 어떻게 저 아래로 내려간담?"

그때 나뭇가지들이 마법처럼 쫙 벌어졌다. 오스카, 발랑틴, 로렌스는 일제히 나무의 몸통에서 빛나는 상징을 알아보았다. 로렌스가 외쳤다.

"메디쿠스의 M이잖아! 그렇다면 이건…….."

발랑틴이 그 말을 이어받았다.

"길을 여는 나무구나! 난 이 나무가 사라진 줄 알았는데!"

길을 여는 나무는 가지들을 엮어 남들의 눈에 띄지 않게 아이들을 감싼 후에 바닥까지 내려주었다. 나뭇가지들이 흩어지는 순간, 아이들은 뛰어내렸다.

"이해를 못하겠네. 그래도 내가 축구공처럼 생기진 않았잖아? 어째서 지주는 나를 축구공 차듯 뻥 내동댕이치는 거야?"

로렌스가 얼굴처럼 둥그런 뱃살을 손으로 쓸면서 중얼거렸다.

"이봐, 이 동네에 평범한 나무들은 없어?"

바르트가 어리둥절해하며 말하자 발랑틴이 설명했다.

"넌 아무것도 모르겠구나. 이 나무 안에는 지하 통로로 연결되는 엘리베이터가 있었다고!"

"있었다니? 그럼 지금은 없단 말이야?"

어느 때보다 호기심을 번득이며 제레미가 물었다.

제레미에게 설명하려던 발랑틴은 오스카와 눈이 마주치는 바람에 입을 다물었다. 제레미는 좋은 친구였지만 지나치게 호기심이 많았고 입이 가볍기로는 둘째가라면 서러운 아이였다. 무엇보다도 오말리 형제들은 메디쿠스가 아니었다. 그러니 아마 조금 더 신중해야 할 것이다. 비올레트도 기사단 소속이 아니었지만, 아버지와 남동생이 모두 메디쿠스고 게다가 워낙 엉뚱하고 특이한 소녀라서 오늘 본 일도 금세 잊어버릴 것이다. 아니, 오늘 있었던 일에 아예 충격받지도 않았을 것이다!

오스카가 화제를 다른 쪽으로 돌렸다.

"그래, 팔로마네 집에 갔던 일은?"

갑자기 모두들 뒤죽박죽 두서없이 이야기를 늘어놓았기 때문에 무슨 말인지 알아듣지도 못하던 오스카는 제레미가 귀중한 상자를 내밀자 더없이 안심했다. 제레미는 의기양양하게 외쳤다.

"제레미의 시장에서 드리는 선물입니다!"

"잘했어! 너희들은 천재야."

오스카가 상자를 넘겨받으며 칭찬을 했다.

"너희 누나가 잘해주었어."

바르트가 얼굴을 붉히며 비올레트에게 공을 돌리자 제레미는 놀라서 형을 바라보았다. 바르트는 변명을 했다.

"맞는 말이잖아, 비올레트 때문에 팔로마가 방심하게 됐으니까."

제레미는 어깨만 한 번 으쓱하고 오스카에게로 시선을 돌렸다. 오스카는 작은 상자를 조심스럽게 살펴보는 중이었다. 제레미가 물었다.

"어떻게 쓰는 건지 좀 보여줄래?"

하지만 오스카는 일부러 상자를 열지 않았다.

"그럴 수 없어. 주술서는 나에게 이게 필요할 거라는 암시밖에 주지 않았어. 내가 찾는 것을 얻으려면 말이야."

"넌 네가 무엇을 찾는지조차 우리에게 털어놓지 않았잖아."

호기심이 더욱 동한 제레미는 그 점을 지적했다.

로렌스의 충고 없이 이번에는 오스카도 신중하게 행동했다. 그는 자세한 설명을 피한 채 이렇게 둘러댔다.

"내가 찾는 트로피에 관련된 거야. 나한테는 그게 꼭 필요해. 난 1년을 허비했잖아. 뒤처진 만큼 따라잡아야지."

오스카는 상자를 책가방에 집어넣고 손목시계를 흘끗 보았다.

"누나, 20분만 더 있으면 엄마가 우리가 실종됐다며 경찰서에 신고할 거야. 빨리 돌아가야 해. 모두들 고마워."

바로 지척에서 인기척이 나자 오스카와 제레미가 동시에 고개를 돌렸다. 친구들에게 조용히 하라는 눈치를 주고 오스카는 펜던트를 꺼내서 살금살금 그쪽으로 다가갔다. 작년에 이 공원에서 있었던 일을 생각하면 사소한 것도 무시할 수 없었다.

무성한 수풀을 향해 M자를 내밀자 초록빛 광선이 가장 바깥쪽에 있는 나뭇잎들을 가열했다. 그렇게 몇 초가 지나가 광선이 수풀 안쪽을 뚫고 들어가기 시작하면서 가느다란 연기가 피어올랐다.

"조심해, 오스카. 불이 날 수도 있어!"

로렌스가 나지막한 목소리로 주의를 주었다.

그때 날카로운 비명 소리가 일어났다. 오스카는 펜던트를 든 팔을 내렸다. 누군가가 수풀을 들썩들썩하는가 싶더니 키가 작은 여자아이가 엉덩이에 손을 얹고 튀어나왔다. 제대로 조준된 것만은 틀림없었다. 제레미가 그 여자아이를 보고 펄쩍 뛰었다.

"캐리! 너 여기서 뭐하는 거야? 우리를 감시하고 있었어?"

"얘가 누군데?" 발랑틴이 물었다.

"로넌 모스의 막내 여동생이야."

바르트는 '모스'라는 이름만 말하고도 주먹에 불끈 힘이 들어갔다. 하지만 비올레트는 캐리를 보고 반갑게 외쳤다.

"안녕, 캐리! 너도 이 나무에서 저 나무로 옮겨 다니는 중이었니?"

펜던트를 손에서 놓지 않은 채 오스카는 꼬마 스파이에게 다가갔다. 캐리는 뒷걸음질 치기는커녕 그 자리에서 꼼짝도 하지 않고 오스카와 눈싸움을 했다.

"오스카 오빠를 따라왔어."

"왜?"

캐리는 어깨를 으쓱했다.

"우리 오빠한테 유일하게 맞서는 사람이니까. 저기 힘세고 조금 바보 같은 오빠도 그렇지만."

바르트가 위협적으로 캐리에게 얼굴을 들이밀었다.

"말해봐, 쥐방울, 너 지금 누구 얘기하는 거야?"

덩치 큰 바르트와 가까이 있으니 캐리는 마치 고목나무에 들러붙은 매미 같았다. 하지만 그 아이의 기를 꺾어놓기 위해서 그걸로는 부족했다. 캐리는 눈 하나 깜짝하지 않고 당돌하게 대꾸했다.

"바로 오빠 얘기지! 하지만 난 로넌 오빠를 무서워하지 않는 것처럼 바르트 오빠도 무섭지 않아! 난 아무도 겁내지 않는다고!"

캐리는 악을 쓰다시피 외치고 있었다. 로넌의 이름을 입 밖으로 뱉을 때마다 속에서 뭔가가 부글부글 끓어올라 화를 주체할 수 없는 것 같았다.

그냥 넘어갈 오스카가 아니었다. 그는 캐리에게 물었다.

"왜 나를 따라왔는데? 우리 얘기를 얼마나 들었지?"

캐리는 거짓말을 했다.

"전부 다 들었어. 한마디도 빼놓지 않고 다 들었다고. 나도 한 편이 되고 싶어! 로넌 오빠에 대해서 뭐든지 말해줄 수 있어. 그리고 난 힘도 아주 세단 말이야!"

캐리는 키가 작고 말랐지만 날쌔고 강단이 있었다. 힘이 세다는 말은 사실이었다.

"쥐방울만 한 계집애가 우리한테 도움이 될 것 같아?"

바르트가 킬킬대며 비웃었다. 조금 전에 캐리가 한 말 때문에 기분이 상했던 것이다.

"물론이지! 바르트 오빠가 있으니 힘쓸 사람은 있지만 머리 쓸 사람이 필요할 거 아냐!"

바르트는 캐리를 길을 여는 나무 위로 집어던져 열여덟 살은 되어 보이는 열네 살 오빠를 비웃어서는 안 된다는 교훈을 주고 싶었지만 제레미가 둘 사이에 끼어들었다.

"그 점에 있어서는 나도 동의해, 캐리. 하지만 머리 쓸 사람은 벌써 있거든. 바로 내가 있잖아!"

오스카도 캐리에게 말했다.

"잘 들어. 우리를 돕겠다는 건 고마운데, 네 오빠 문제라면 나 혼자 알아서 할 수 있어. 게다가 넌 너무 어려……."

"난 어리지 않아! 날 아기 취급하지 마!"

제레미가 딱 잘라 말했다.

"우리는 네가 필요 없어. 이제 우리 일에 상관 말고 너희 집으로 돌아가, 캐리. 혹시 사탕이 먹고 싶으면 나중에 우리 시장에 들러."

"사탕 같은 건 안 줘도 돼!"

비올레트가 캐리를 달래려고 했지만 캐리는 비올레트의 손을 매몰차게 뿌리쳤다.

"다들 우리 오빠랑 똑같아! 무조건 자기 말을 들으라고 하고, 나는 말도 못하게 하지! 아빠가 엄마에게 함부로 하는 것처럼 오빠도 나랑 우리 언니를 자기 마음대로 다루려고 해! 하지만 난 로나 언니처럼 당하고 살지 않을 거야! 절대로!"

캐리가 뛰어서 달아났다. 비올레트가 소리를 질렀다.

"기다려, 캐리! 어리다는 게 얼마나 좋은데! 그건 아주 멋진 거야!"

"조그만 게 성질 한 번 끝내주네. 쟨 몇 살이야?" 발랑틴이 물었다.

"열 살." 오스카가 대답했다.

"앞으로가 걱정이군. 여기에 끼워주지 않았기에 망정이지……."
로렌스가 불안하다는 듯이 말했다.

오스카는 대꾸하지 않고 나무들 사이로 멀어져 가는 키 작은 소녀를 바라보았다. 모두의 시야에서 사라지기 직전, 캐리는 마지막으로 한 번 뒤를 돌아보았는데 눈물범벅이 된 그 얼굴을 보자 오스카는 후회가 되었다. 하지만 당장 급한 일이 있었다. 그는 무기를 손에 넣었고 문제의 서판에 그만큼 가까워졌다. 사흘 안에 다른 친구들보다 앞서서 비밀리에 혼자 레오니드의 몸속으로 여행을 떠날 것이다. 그리고 그 서판을 찾아낼 것이다. 캐리를 달래는 일은 그다음으로 미뤄도 된다.

틸라가 캐묻다

그 후 이틀이 지나도록 오스카는 캐리나 로넌에 대해서는 눈곱만큼도 신경 쓰지 않았다.

시간이 흐를수록 얼마 남지 않은 위험한 여행밖에 생각할 수 없었다. 그는 메디쿠스로서 맨 처음 받았던 명령을 위반하기로 결심했으니까. 메디쿠스는 기사단에 알리지 않고 신체 내 잠입을 실시해서는 안 되었다. 그러나 선택의 여지가 없었다. 그는 가서 에메랄드 서판을 찾을 것이다. 그래도 발랑틴과 로렌스가 있어서—그들이 함께 가야만 한다고 지독히 고집을 피웠기 때문에—오스카는 안심이 되었다.

그는 쿠미데스 서클에 두 번 잠깐 들러서 친구들과 계획을 세웠다. 이번에 브레이브 씨의 자동차를 쓸 수 없다는 것만은 분명했다. 그들이 떠나고 불과 몇 시간 후에 앨리스테어와 제리 아저씨가 차를 운전해서 다른 메디쿠스 친구들을 레오니드의 집으로 데려갈 것이기 때문이었다.

"비밀 병기는 잘 숨겨뒀어? 그게 꼭 필요할 때가 있을 거라는 예감이

들어. 첫째 왕국과 그곳에서 만난 괴물들 이야기를 너에게 들고 난 후부터 둘째 왕국이 무서워졌어. 더구나 그 괴물들이 파톨로구스 편으로 넘어갔다면…….”

로렌스가 걱정스럽게 말했다.

“걱정하지 마. 팔로마의 무기들은 최첨단이야. 파톨로구스들도, 변종 바이러스와 박테리아 군대도 배겨날 수 없을걸. 게다가 비밀 병기도 우리 집 궤짝 속에 트로피들과 함께 잘 모셔두었지.”

“음, 난 우리 작전에 필요한 자재를 조달하고 지원할게. 버스 시간표, 플리전트빌 상세 지도, 본즈와 브레이브 씨의 이번 주 토요일 스케줄…….”

“그럼 주방에서 식량을 ‘빌리는’ 일은 내가 맡지. 체리 아줌마가 동전을 넣어두는 깡통에서도 조금 가져오고.” 발랑틴이 말했다.

“뭐! 그건 아줌마의 돈을 훔치는 거잖아!” 오스카가 펄쩍 뛰었다.

“어머, 괜찮아. 그래봤자 금속 쪼가리인데! 아줌마는 주방 곳곳에 쇠붙이를 둬. 통조림 캔이랑, 철제 의자랑…….”

“그런 것과는 달라! 돈을 물건을 살 때 값을 치르라고 있는 거야. 전에도 얘기했잖아. 여기는 우리가 살던 곳과 달라. 여기서는 눈에 보이는 대로 덥석덥석 가져가면 곤란해.” 로렌스도 발랑틴을 다그쳤다.

오스카는 작년에 이미 친구들에게 돈의 가치와 쓰임에 대해 설명한 적이 있었다. 하지만 그 후로도 두 친구는 쿠미데스 서클의 담장 안에서만 살았기 때문에 실제로 돈을 쓸 기회가 없었다. 발랑틴은 계속 고집을 피웠다.

“내가 깡통 안의 동전을 가져가도 아줌마는 제리 아저씨나 브레이브 씨의 동전을 쓸 수 있잖아? 안 그래?”

"아니, 그럴 순 없어. 너도 사람들이 어떻게 돈을 버는지 알아둘 필요가 있어, 발. 내가 엄마에게 버스 요금이 필요하다고 말할게. 그러니까 넌 체리 아줌마의 돈을 가져올 필요 없어."

"왜 너는 엄마 돈을 가져도 되고 난 아줌마의 돈을 가지면 안 돼?"

누구 돈이 어쩌고저쩌고하는 이 이야기를 도무지 이해할 수 없게 된 발랑틴이 물었다.

"체리 아줌마가 열심히 일해서 번 돈이니까!" 오스카가 대꾸했다.

"그럼 너희 엄마는? 너네 엄마도 열심히 일해서 번 돈이잖아?"

"맞아, 하지만 난 엄마의 아들이잖아. 엄마가 돈을 버는 이유는 나를 키우기 위해서이기도 해."

"음, 그럼 아무 문제없어. 체리 아줌마는 나를 친딸처럼 생각한다고 그랬단 말이야."

"관두자, 관둬."

그들은 토요일 아침 일찍 만나서 버스를 타고 레오니드의 집으로 가기로 했다. 금요일에 오스카는 독감이나 감기 핑계를 대고 공식 소집에 불참할 것이다.

금요일이 되자 오스카는 안절부절못했다. 신중한 로렌스의 충고에 따라 제레미와 바르트에게는 계획을 발설하지 않았다. 제레미는 수업 시간 내내 의자에서 다리를 달달 떠는 오스카를 보고 소곤소곤 물었다.

"너 뭔 일 있냐? 네가 다리를 너무 떨어서 교실 전체가 울리겠다. 그러면 나만 의심받겠지!"

칠판에서 수학 문제의 식을 써 내려가던 펭귄 선생님이 뒤를 돌아보았다.

"오말리, 내 목소리가 너무 커서 방해가 되는 건 아니겠지? 네 얘기 끝날 때까지 선생님이 기다려줄까?"

"아닙니다, 아니에요, 계속하세요, 선생님. 어차피 오스카는 제 얘기를 듣지도 않으니까 그냥 입을 다물고 말죠. 아차! 죄송합니다."

학급 전체가 와자하니 웃음바다가 되었다. 펭귄 선생님이 다가와 뒷짐을 지고 고개를 내밀었다.

"정말로 착한 학생이로구나. 하지만 너의 수다를 방해해서 선생님은 좀 미안하거든? 그러니까 수업 끝나고 남아. 그러면 네가 하고 싶은 얘기를 얼마든지 할 수 있잖아. 선생님도 좀 들어보자. 얼마나 할 말이 많겠니."

"오, 선생님, 제발요!" 제레미가 애원했다. "전 학교 끝나고 오후에 시장을 열어야 해요. 세일을 시작한단 말이에요! 선생님도 생각 있으시면 들러주세요. 절대로 실망하지 않으실 거……."

"장사는 나중에 해. 수업 끝나고 한 시간 남아! 계속 징징거리면 두 시간이다! 이제 입도 벙긋하지 마!"

오스카는 아무 말도 하지 않고 잘 참았다. 펭귄 선생님이 오스카에게도 벌을 주겠다는 결심을 했다가는 모든 계획을 수정해야 할 것이다. 수업 끝나는 종이 치자 오스카는 초상이라도 치르는 표정을 한 제레미에게 힘내라는 신호를 보냈다. 바르트가 그들에게 다가오자 제레미는 자기가 갈 때까지 바르트에게 시장을 부탁했다.

"일주일 내내 동네와 학교에 전단지를 돌리느라 고생한 걸 생각하면! 손님들이 엄청 기대할 텐데 여기 붙들려 있어야 한다니! 바르트, 잘할 수 있겠어?"

바르트는 듬직하게 고개를 끄덕였다. 제레미는 오스카에게 고개를 돌렸다.

"야, 좀 도와주면 안 돼? 딱 한 시간만!"

오스카는 제레미의 시장 세일에 절대로 가고 싶지 않았다. 바빌론 하이츠에 사는 애들은 꼬맹이부터 제일 큰 형들까지 죄다 와서 우글거릴 텐데, 그런 곳은 아주 질색이었다. 그래서 변명을 했다.

"엄마를 도와드려야 할 것 같아."

"말도 안 돼. 너희 엄마도 기꺼이 오시겠다고 할걸!"

제레미가 딱 잘라 말했다. 오스카는 어떤 핑계를 대야 할지 알 수 없었다.

"좋아, 그럼 비올레트 누나에게 바르트를 도와주라고 해볼게. 그러고 나서 나중에 나도 갈게. 그러면 되겠어?"

"그럼 좋지!" 바르트가 기뻐했다.

인상을 쓰던 제레미는 할 수 없다는 듯이 어깨만 으쓱하고 형에게 자세한 지침을 내렸다. 가엾은 바르트는 동생의 잡다한 충고와 지시, 잔소리에 시달려야만 했다. 그 기회를 놓치지 않고 오스카는 자리를 떴다. 저만치 앞을 보니 틸라와 그 친구들이 로넌의 패거리에 끼어 있었다. 틸라가 고개를 돌리고 얼굴에 늘어뜨린 머리칼 사이로 오스카에게 미소를 보냈다. 자기가 오스카에게 미소 짓는 모습을 로넌에게 일부러 보여주려는 듯했다. 오스카는 어느 누구에게도 신경 쓰지 않고 자전거에 올라탔다. 지금은 자신과 친구들의 버스표를 사두고 집에 가서 준비물을 챙겨야 했다.

집에 도착한 오스카는 아무도 없는지 확인했다. 엄마는 아직 퇴근하기 전이었고 비올레트 누나에게는 바르트와 함께 곧장 시장으로 가라고 말해두었다.

　계단을 몇 칸씩 성큼성큼 올라가 자기 방으로 들어간 소년은 장롱을 열어 케이프를 개키고 주술서와 장롱 안쪽에 있는 궤짝을 챙겼다. 궤짝 안에는 허리띠, 헤파톨리아의 유리병, 아이올로스 왕의 숨결이 든 유리 상자가 있었다. 오스카는 커다란 스포츠 가방에 그것들을 죄다 밀어 넣었다. 그대로 방에서 나오려다가 생각을 바꾸어 베개 밑의 가족 앨범까지 바지 주머니에 넣었다. 그러고 나서 방에서부터 일 층 현관까지 한달음에 뛰어나왔다.

　그는 집 옆으로 돌아가 자전거를 넣어두는 창고를 열었다. 바람이 반쯤 빠진 물놀이용 튜브에 양동이, 삽, 구명 튜브, 그 밖에도 옛날에 바닷가에 피서 가서 썼던 물건들이 잔뜩 있었다. 오스카는 그 뒤에 스포츠 가방을 감추었다. 이렇게 해놓으면 내일 아침 일찍 가족들을 깨우지 않고 가방만 쏙 챙겨서 로렌스와 발랑틴을 만나러 갈 수 있을 것이다. 어차피 엄마는 토요일에 오스카가 외출한다는 것을 알고 있었다. 왜 제리 아저씨가 데리러 오지 않고 그렇게 일찍 자전거로 나가는지 묻지만 않는다면 만사 오케이일 텐데…….

　그는 아무도 없는 것을 확인하고 창고 문을 닫았다. 작은 대문으로 나가서 비올레트와 바르트에게 합류하기 위해 오스카는 킬데어 스트리트를 신 나게 달렸다.

　오말리 형제의 집 근처는 폭동이라도 일어난 듯 소란스러웠다. 열광하는 군중들이 슈퍼스타의 등장을 기다리고 있는 것 같다고 할까. 비올레트와 바르트는 세일 상품을 맨 먼저 잡으려고 길게 줄을 선 손님들을 헤치고 들어가는 것조차 힘겨웠다.

문을 열기 무섭게 아이들이 오말리네 차고로 우르르 들이닥쳤다. 하늘이 도왔는지 오말리 가의 어른들은 아무도 집에 없었다. 사업하느라 바쁘신 아드님께서 엄마 아빠에게 집에 있지 말아달라고 부탁했기 때문이다.

　"안 돼요, 세일을 하는 동안 아빠 엄마가 집에 있으면 안 된다고요! 애들이 자기네 아빠 엄마가 보낸 스파이라고 생각할 걸요!"

　제레미의 생각은 적중했다. 아이들은 시장에 어른은 그림자도 비치지 않는 것을 원했다. 어른이 한 명도 오지 못한다는 소문이 퍼지자 아이들은 몹시 기뻐했다. 어른뿐만 아니라 어른 비슷한 사람도 들어올 수 없었다. 심지어 좀 나이가 많은 형이나 누나들도 입장이 허락되지 않는다고 했다.

　일에 파묻힌 바르트는 무엇부터 손을 대야 할지 몰랐다. 그는 물건을 둘 곳을 지시하고, 포장을 풀고, 다시 포장을 하고, 창고에서 마당을 오가며 돈을 받았다. 다행히도 오스카가 오말리 형제에게 소개해준 샐리 벙커도 그 자리에 와 있었다. 바르트는 샐리에게 시장 입구에서 물건을 슬쩍하는 사람이 없는지 검사해달라고 부탁했고, 샐리는 임무를 멋지게 소화했다. 샐리가 보디가드처럼 팔짱을 끼고 자기 자리에 버티고 서 있다가 손만 까딱해도 모두들 군소리 없이 가방을 열고 내용물을 확인할 수 있게 해주었다. 샐리 벙커에게 맞설 수 있는 아이는 아무도 없었다.

　한편, 비올레트는 이 시골 장터 같은 곳이 자신과 몹시 어울리지 않는다는 것을 금세 깨달았다. 사람들은 서로 좋은 물건을 잡겠다고 고함을 지르고 몸싸움도 마다하지 않았다. 웃고 밀치고 하는 북새통에서 비올레트는 그저 사람들 위로 홀연히 날아오르는 구름이 되어 피신했다가 이 아수라장이 잠잠해진 후에 돌아오고 싶다는 꿈을 꾸었다. 진작에

멀찌감치 떨어진 비올레트는 소란스러운 손님들을 구경만 하고 있었다. 그녀는 자신에게 말을 시키려 드는 사람들에게나, 그 밖의 다른 사람들에게나 맹한 미소만 지어 보였다.

비올레트는 장에 나온 물건들처럼 꼼짝도 하지 않고 상자가 쌓인 차고 구석에 얌전하게 앉아 있었다. 그때, 누군가의 목소리가 보호막 속에 숨은 그녀를 끌어냈다.

"심심해, 비올레트?"

비올레트가 눈을 들어보니 호의인지 놀림인지 알 수 없는 모호한 미소를 띤 틸라가 서 있었다. 다행히도 비올레트는 혼자만의 꿈과 딴 세상 놀음에 빠져 살았으므로 자기를 놀리는 아이들이 있다는 사실도 잘 몰랐다. 다행히 그런 아이들이 많지는 않았고, 사실 대부분은 비올레트를 좋아했다. 그들은 이 소녀의 괴짜 행각이 재미있어서 웃을 뿐, 그녀를 업신여기지는 않았다.

비올레트도 사심 없는 미소를 지어 보였다.

"아니, 심심하지 않아. 집에 돌아왔거든."

틸라는 이게 무슨 말인가 싶어서 의아한 눈길을 보냈다. 섀도와 바비가 틸라의 뒤에서 나타났다.

"이 언니는 뭐라고 하는 거야?"

바비가 물었다. 그 애는 조금 전까지만 해도 '중국산 잡화' 코너에서 고른 세련된 머리핀 두 개를 놓고 어느 쪽을 꽂을까 고민하고 있었다.

"언니는 여기에 우리랑 같이 있잖아?" 섀도도 물었다.

"응, 그렇지. 하지만 내 마음에서는 집에 돌아왔어."

비올레트는 너무나 당연한 얘기를 한다는 듯이 손가락으로 자기 머리를 가리키면서 대꾸했다.

새도는 깔깔깔 웃음을 터뜨렸지만 얼른 웃음을 거두었다. 자기 반응보다 틸라의 반응을 보고 싶었던 것이다. 바비는 어깨를 으쓱하고 두 개의 머리핀 중에서 하나를 최종 선택하기 위해 가버렸다. 잠시 주저하던 틸라는 무슨 말인지 안다는 듯이 고개를 까딱거렸다. 그러고는 비올레트의 머리통을 쳐다보며 이렇게 청했다.

"물론 그렇겠지. 그런데 집에서 나와서 여기 시장으로 잠시 돌아오면 안 될까? 물어보고 싶은 게 있어서 그래."

"그래, 좋아."

보통사람과 사고방식이 너무 달라 소통이 쉽지 않아서 그렇지, 비올레트는 언제나 기꺼이 다른 사람과 대화를 나누고 상대를 기쁘게 해줄 마음이 있는 소녀였다. 틸라는 그런 비올레트와라도 얘기해보고 싶었다. 틸라가 뒤로 홱 돌아서서 새도에게 눈치를 주자, 틸라의 운동화와 자기 운동화가 똑같은 분홍색인지 확인하고 있던 새도는 찍소리 못하고 물러났다. 새도가 확실히 가버리자 틸라는 천사 같은 미소를 지으며 비올레트에게 물었다.

"있잖아, 난 언니 남동생을 좋아해. 그런데 그 애는 너무 비밀이 많아. 나랑은 말도 하기 싫은가 봐."

"어머, 그래? 오스카는 나한테 뭐든지 이야기하는데!" 비올레트가 순진하게 대답했다.

"그러면 낯을 가리는 걸까? 내가 예쁘다고 생각은 하지만 말은 못하는 걸까."

틸라가 곱슬머리 한 가닥을 만지작거리며 짐짓 떠보았다.

하지만 비올레트는 단호하게 고개를 저었다.

"그건 아냐. 아니라고. 그건 아닐 거야. 그냥 네가 어느 편인지 몰라서 그러는 거지. 오스카는 네가 모스와 한 편이라고 생각하고 있어."

틸라는 작고 어여쁜 마음에 상처라도 입었다는 듯이 펄쩍 뛰었다.

"내가? 세상에…… 절대로 그렇지 않아!" 그녀는 당당하게 이 말을 덧붙였다. "일단, 난 누구의 편도 아니야."

"그리고 오스카는 네가 외모로 덕을 본다고 생각해. 모두들 너보고 예쁘다고 하잖아. 오스카는 나오미도 너만큼 예쁘다고 하더라. 나오미가 누구인지 알지? 키가 크고 머리가 갈색인 여자애."

이 말을 듣고 틸라의 얼굴이 어두워졌다. 비올레트의 입을 열기는 쉬웠지만 그 입에서 나온 말은 마음에 들지 않았기 때문이다.

"걔? 걔가 나만큼 예쁘다고? 음, 오스카에게 한마디 하자면……."

틸라는 말을 하다 말았다. 비올레트와 입씨름을 하는 것보다 자기 뜻대로 이용하는 편이 나을 것 같았다. 오스카가 생각하는 예쁜 여자의 기준에 대해서 이러쿵저러쿵하기에는 아직 너무 일렀다. 그래서 일단 이렇게 인정했다.

"응, 나오미도 괜찮지. 나도…… 오스카와 생각이 같아."

이 말을 하면서 어찌나 마음이 내키지 않았는지 틸라는 침을 삼키기조차 힘들었다. 그녀는 행여 이 고백을 엿들은 사람은 없는지 조심스럽게 주위를 살펴보고 말을 이었다.

"오스카와 조금만 어울릴 기회가 있었다면 그 애도 분명히 나에 대해 다르게 생각했을 거야. 이를테면…… 나도…… 오스카가 트로피를 따는 자리에 함께하고 싶은데."

틸라는 숨을 죽이고 비올레트가 함정에 빠지기를 기다렸다.

"아, 오스카가 그 얘기도 했어? 오스카는 토요일 아침에 또 거기에 갈 거라고 했어. 하지만 이번에는 발랑틴과 로렌스를 몰래 만나야 하기 때문에 아침 7시에 나갈 거래!"

"발랑틴?"

여자아이 이름이 나오자 틸라는 호기심 반 질투 반으로 그렇게 되물었다.

"절대 말하면 안 돼. 우리 엄마는 모르시거든. 하지만 어찌 됐건 너는 같이 못 가."

"어머, 왜?"

그때 바로 옆에서 어리지만 단호한 목소리가 대신 대답했다.

"왜냐하면 언니랑은 상관없는 일이니까. 왜 비올레트 언니에게 그런 걸 묻는데?"

틸라는 화들짝 놀랐다. 수탉처럼 고개를 빳빳이 세운 키 작은 여자아이가 비올레트의 앞을 막아서며 틸라를 눈 하나 깜짝하지 않고 노려보았기 때문이다. 잠시 동안의 충격에서 벗어나자 틸라도 기세가 살아났다.

"뭐야, 캐리? 언니들끼리 하는 말을 엿듣고 있었어? 내가 너희 오빠한테 이르면 그냥 넘어가진 않을걸?"

틸라가 얄미운 소리를 하자, 열 살 소녀는 벌벌 떠는 시늉을 하다가 호기롭게 외쳤다.

"언니 말에 내가 겁먹을 거라고 생각하지 마! 어쨌든, 난 오스카 오빠에게 말하겠어. 언니가 오스카 오빠에게 아주 관심이 많더라고 말이야."

어깨를 으쓱한 틸라는 더 이상 아무 말 하지 않고 그 자리에서 물러났다. 캐리가 틸라를 쫓아가며 바락바락 외쳤다.

"나오미 언니도 언니만큼 예쁘다고 했던 말, 절대 잊지 않을게!"

"상관 마, 이 바보야!"

틸라가 화를 냈다. 캐리는 깔깔깔 웃음을 터뜨렸다. 틸라는 신경질을 내며 캐리를 따돌리고 시장 반대쪽으로 자리를 피했다.

　로넌 모스의 막내 여동생은 안타깝다는 표정으로 비올레트에게 돌아왔다.

　"언니, 틸라 언니가 언니를 통해 뭔가를 캐내려는 거 몰랐어?"

　"물론 알고 있었어. 틸라가 이것저것 물어봤으니까."

　비올레트가 미소를 지으며 말했다. 캐리는 별수 없다는 표정으로 하늘만 처다보았다.

　"틸라 언니가 언니 입에서 나와서는 안 될 얘기를 끌어내려 했잖아! 난 거의 다 들었어. 트로피 얘기를 꺼낸 건 언니가 뭔가 좀 더 정보를 흘리기 바라서였다고. 혹시 그게 뭔지 설명까지 해줬어?"

　"아니, 난 틸라가 다 알고서 하는 말인 줄 알았지."

　캐리가 비올레트에게 다가가 목소리를 낮추어 말했다.

　"틸라 언니는 아마 메디쿠스들에 대해서 알아내려는 걸 거야. 알겠어? 그건 절대로 누설해선 안 돼! 절대로 '비밀'을 지켜야 해!"

　"왜? 틸라는 상냥하게 물어봤어."

　"우리는 부모나 형제가 메디쿠스니까 알아도 돼. 그렇지만 다른 사람들은 알면 안 돼. 그렇지 않으면 메디쿠스들이 위험해지잖아."

　캐리는 참을성 있게 설명했다. 비올레트는 갑자기 걱정에 빠졌다.

　"위험해진다고? 무슨 위험? 그럼 몸속으로 숨으면 되잖아!"

　"캐리, 너 왔니? 가자. 기다리잖아."

　캐리와 목소리가 비슷하면서도 조금 더 나이가 느껴지는 여자아이의 목소리가 그렇게 말했다. 로나 모스는 열두 살이었지만 동생과 달리 늘 고민과 두려움에 치여 사는 인상이었다. 사람들을 똑바로 처다보지도 못했고 누구에게 대드는 일은 있을 수도 없었다. 언제나 체념하고 복종하는 자세로 눈을 떨어뜨리고 땅만 보고 다녔다.

"기다리다니? 도대체 누가? 엄마 아빠는 여기에 없잖아?"

"알면서 왜 그래. 가자, 말썽 피우지 말고. 그러지 않으면…….”

"그러지 않으면 어쩔 건데! 오빠가 뭘 어떻게 한다는 거야? 그래봤자 그냥 오빠잖아! 오빠가 겁나면 언니나 가버려. 난 상관없어. 여기 있을 거야!”

로나는 땅이 꺼져라 한숨을 쉬고 누가 들을까 봐 겁난다는 듯이 주위를 살폈다.

"제발 부탁이야. 우리 가자.”

화가 난 캐리는 이를 악물었지만 언니의 뜻에 따랐다. 언니 혼자 오빠에게 당하게 할 순 없었기 때문이다. 캐리는 뒤를 돌아보며 비올레트에게 마지막으로 신신당부했다.

"비올레트 언니, 잘 들어. 누구에게든 메디쿠스에 대한 이야기는 하면 안 돼, 알았지? 아무리 상냥하게 물어봐도 말해주지 마.”

그 순간, 그들 앞에 마법에라도 걸린 듯 꼼짝 않고 선 오스카가 보였다. 손님들의 무리를 헤치고 비올레트나 바르트를 찾으러 들어왔다가 그들 사이에 오가는 말을 들었던 모양이다. 오스카는 화를 내며 따졌다.

"캐리, 넌 또 뭘 원하는 거야?"

"내가 뭘! 오히려 난…….”

"내가 바보인 줄 알아!”

오스카는 듣는 사람이 있을까 봐 조금 멈칫했다가 목소리를 낮추어 쏘아붙였다.

"메디쿠스 운운했잖아. 다 들었어! 이젠 우리 일에 끼어들지 마, 알았어? 다시 한 번 말하지만 네가 낄 자리가 아니야. 계속 이런 식으로 나오면 모두 골치 아파진다고!"

완전히 어린애 꾸짖는 말투였다. 캐리는 머리끝까지 화가 났다.

"비올레트 언니에게 설명하느라 그런 거였어! 이제 언니가 아무한테나 그런 얘기를 흘리고 다녀도 난 몰라! 나도 이제 지겨워!" 캐리는 발을 구르며 소리를 질렀다. "나한테 고마워해도 모자랄 판에 화만 내고! 이제 나한테 아무 말도 하지 마! 다시는!"

오스카가 뭐라 대꾸를 하기도 전에 캐리는 토끼처럼 뛰어갔고 로나가 그 뒤를 따라갔다. 오스카는 고개를 저었다. 캐리는 고집만 센 게 아니라 성격도 여간내기가 아니었다. 그래도 캐리가 기사단에 대해서 꼬치꼬치 캐내도록 내버려두진 않을 것이다.

오스카는 누나를 돌아보았지만 캐리가 뭘 물어봤는지 알아볼 수도 없었다. 비올레트가 '미안해, 난 지금 딴 세상에 가 있어. 나중에 보자'라는 표정을 짓고 있었기 때문이다.

그는 누나의 뜻에 따랐다. 그래서 몽상에 빠진 비올레트를 내버려두고 그에게 손짓하는 바르트에게 갔다. 나중에 와보면 누나에게 뭔가 물어보고 대답을 들을 수 있을 것이다. 만약 그사이에 누나가 캐리의 질문과 자신이 했던 대답을 죄다 잊어버린대도 할 수 없었다. 중요한 것은 비올레트가 다른 누구에게 메디쿠스들에 대해, 그리고 오스카의 비밀 계획에 대해 말하지 않는 것이었다.

스파이들은 너무 일찍 일어난다

계단에 첫 발을 디디자 나무판자가 그 어느 때보다 심하게 삐걱거렸다. 온 동네 사람에게 들킨 것 같은 기분에 오스카는 두근대는 가슴을 안고 동작을 멈추었다. 엄마 방에서 뒤척이는 소리가 났지만 이내 잠잠해졌다. 엄마는 잠귀가 무척 밝았기 때문에 엄마나 누나가 깨지 않도록 천천히 계단을 내려와야 했다. 계단 맨 아래 칸까지 내려온 오스카는 까치발로 홀을 가로질러 현관문을 열었다. 문을 닫으려는 순간, 운동화 창에 뭔가 불룩한 것이 밟혔다. 비올레트가 '새들이 알 껍질을 찾지 못할 경우를 대비해' 반으로 잘라놓은 탁구공이었다. 오스카의 머리 위로 열린 누나 방 창문에서 자명종 소리가 한참이나 들리더니 한숨이 새어나왔다. 그러나 누나의 방은 이내 다시 잠잠해졌다. 오스카는 안도의 한숨을 쉬었다. 비올레트는 꿈속에서 헤어나지 못한 채 꽃, 벤치, 잠자리와 대화를 나누고 있을 터였다.

오스카는 집을 빙 둘러 창고로 들어갔다. 가방은 그가 놓아둔 자리에 무사히 잘 있었다. 주머니에 손을 넣어 버스표와 가족 앨범이 잘 있는지 확인했다. 오스카는 자전거를 꺼내서 대문까지 끌고 갔다. 마지막으로 식구들이 자고 있는 방 창문을 바라보았다. 모두 잠든 게 분명했다. 손목시계를 흘끗 보니 7시 10분이었다. 토요일 아침이라 거리는 고요했다. 쿠미데스 서클까지 갈 시간은 충분했다.

오스카는 자전거 페달을 밟으며 전속력으로 달렸다. 식구들이 잠들었는지 확인하고 출발하기에 바빴기 때문에 뒤에서 그를 쫓아오는 자전거가 있다는 것은 눈치도 채지 못했다.

7시 30분, 쿠미데스 서클까지는 몇 미터 남지 않았다. 오스카는 자전거를 가로등에 기대어놓고 조심스럽게 자세를 낮춘 채 이웃집 담벼락에 딱 붙어 쿠미데스 서클의 철창 대문으로 접근했다. 정원과 저택을 살펴보니 아무도 없었다. 주위는 적막하기 이를 데 없었고, 바람이 나뭇잎을 스치는 소리조차 들리지 않았다. 오스카는 지주가 보이지 않는 것을 깨닫고 깜짝 놀랐다. 펜던트를 꺼내어 철창 대문 잠금장치에 새겨진 M에 가져갔다. 문이 소리 없이 열렸고 소년은 만발한 진달래 꽃무리에 숨어 정원 안으로 들어갔다.

오스카가 귀를 쫑긋 세우자 자갈길을 달려오는 발소리가 들렸다. 새빨간 포니테일 머리를 한 소녀가 돌풍처럼 오스카 앞으로 달려왔다. 오스카는 팔을 내밀어 그 뒤를 따라온 로렌스를 잡아주었다. 놀란 로렌스가 비명을 지르자 오스카가 얼른 주의를 주었다.

"쉿, 너 때문에 본즈가 깨겠다! 조심하라고……."

발랑틴이 오던 길을 되돌아가 수풀 속에 몸을 숨겼다. 로렌스는 눈을 감고 두근대는 가슴에 손을 얹었다.

"한 번만 더 날 놀라게 해봐. 그때는 아무도 깨우지 않겠지. 난 심장 마비를 일으켜 그 자리에서 죽어버릴 테니까!"

"그런데 왜 약속한 대로 밖에서 기다리지 않았어?" 오스카가 물었다.

"왜냐하면 주방으로 내려와서 주방에서 정원으로 통하는 문을 이용해야 했거든."

발랑틴이 귀중한 열쇠 복사본을 흔들어 보이며 소곤소곤 말했다.

"지주에게 부탁해서 창문으로 나오면 되잖아!"

"방에서 봤더니 지주가 정원 맨 구석에 가 있더라고. 그런데 우리는 연못 근처에 가면 안 된다고 했거든."

로렌스가 미소를 지으며 좀 더 분명히 설명했다.

"그런데 발랑틴은 가지 말라고 하면 더 가보고 싶어하는 아이잖아."

"그냥 불러보지 그랬어?" 오스카가 놀라며 물었다.

"불러봤지. 그런데 소용이 없었어. 브레이브 씨가 지주에게 감시라도 시켰나 봐."

"좋아." 오스카는 시간을 확인하고는 그 얘기는 일단락 지었다. "준비됐어? 여기 바로 뒤, 바틀비 애비뉴로 지나가는 버스의 시간표를 확인해봤어. 그 버스가 레오니드의 집이 있는 스노 베이까지 가거든. 5분 후에 버스가 오니까 얼른 가자. 다른 아이들은 오전 11시에 오기로 했으니까 우리가 그 애들보다 세 시간 먼저 가 있는 셈이지."

"그 안에 에메랄드 서판을 찾아내기 바랄 뿐이야." 로렌스가 확신 없다는 듯 대꾸했다.

"자, 그럼 가자! 일 분 일 초가 아쉽다고!"

그들이 쿠미데스 서클을 나오자 등 뒤에서 철창 대문이 닫혔다. 세 친구는 그들뿐만 아니라 스파이들도 일찍 일어난다는 사실을 꿈에도 모른 채 힘차게 달려 나갔다.

　　운 좋게도 312번 버스는 레오니드 스미스의 아름다운 저택 바로 앞에 멈춰 섰다. 작은 대문을 조심스럽게 밀고 들어간 그들은 화단을 피해 잔디밭 한가운데에서 가지를 축축 늘어뜨린 버드나무 뒤에 몸을 숨기고 작전을 세웠다. 로렌스가 주머니에서 빼곡하게 글씨를 끼적인 종이 뭉치를 꺼냈다. 그는 자기가 작성한 메모를 보며 말했다.

　　"내가 책을 많이 뒤져봤어. 특히 도시를 포위하는 공격에 대해 다룬 메디쿠스 초기 시대의 아주 흥미로운 논문이 있었거든. 경비가 삼엄한 울타리를 넘어 난공불락의 성에 침입하는 28가지 방법을 정리해봤어. 그중 첫 번째부터 시작하자면……."

　　발랑틴이 말했다.

　　"그럼 어떤 방법보다 효과가 좋은 29번째 방법을 내가 제시해주지. 여기서 천 년 만 년 있을 건 아니니까 후다닥 해치우자! 내가 자물쇠 하나만 풀면 돼. 게임은 이미 시작됐어."

　　"천 년은 고사하고 10초도 허락할 수 없다! 이 불한당 같은 놈들아!"

　　이 고함 소리에 로렌스는 뒤로 나자빠졌다. 로렌스가 넘어지면서 두 친구를 잡아끄는 바람에 세 친구는 모두 땅바닥에 주저앉은 꼬락서니가 되었다. 나비넥타이와 멜빵 차림의 뚱뚱한 노신사가 시뻘건 얼굴에 눈썹을 곤두세우고 그들에게 그림자를 드리웠다. 그는 허리에 손을 짚고 세 아이에게 얼굴을 들이밀었다. 아래에서 올려다본 레오니드의 얼굴은 매부리코와 사람을 꿰뚫어보는 움푹한 눈 때문에 무서운 인상을 풍겼다. 말 많은 발랑틴조차 찍소리 못하고 입을 다물었다.

　　제일 먼저 정신을 수습한 오스카가 입을 열었다.

"안녕하세요, 레오니드 선생님. 저는 오스카 필입니다. 저 기억하시
죠? 일전에도……."

"오스카 필이고 나발이고 당장 거기서 나와, 이 못된 녀석아! 지금 잔
디를 밟고 있잖아!"

레오니드가 호통을 쳤다.

세 아이는 당장 잔디밭을 박차고 나와 갈퀴로 완벽하게 정리된 오솔
길에 섰다. 레오니드도 아이들을 따라 나왔는데, 레오니드 한 사람만으
로 오솔길이 꽉 차는 느낌이었다. 로렌스가 자기 뱃살을 내려다보았다.
레오니드 옆에 있으니 로렌스는 차라리 마른 편이었다.

레오니드가 화를 쏟아낼 여유를 주지 않는 게 나을 것 같았기 때문에
오스카는 바로 말을 이었다.

"아시죠, 저는 메디쿠스예요. 그리고……."

"네가 누구인지는 당연히 알지. 너도 맥쿨리처럼 내가 노망난 늙은
이라고 생각하는 게냐? 오늘 같이 온 이 두 녀석은 뭐야?"

오스카가 발랑틴과 로렌스를 소개하기 위해 앞으로 내세웠다.

"이쪽은 발랑틴……."

"뒤그리위." 발랑틴이 거들었다.

"그래요, 발랑틴 뒤그리위라고 합니다. 성이 뒤그리위*예요. 맞지,
발랑틴?"

발랑틴이 눈을 동그랗게 뜨고 오스카를 보았지만 이내 고개를 끄덕
였다. 그러나 레오니드는 경계하는 기색을 보였다.

"그런 성은 들어본 적이 없는데."

★ 프랑스어로 뒤그리위(du GRIU)는 'GRIU의'라는 뜻이므로, 발랑틴은 자신을 'GRIU의 발랑틴'이라고 은연
중에 소개하고 있다.

로렌스는 옛 시대에나 어울릴 법한 고풍스러운 태도로 자기소개를 했다.

"안녕하세요, 선생님. 제 이름은 로렌스 드 라 민입니다.* 자작의 작위를 갖고 있는……."

"로렌스, 그 정도면 됐어. 스미스 선생님께는 네 성만 말씀드려도 돼." 오스카가 한마디 했다.

발랑틴도 헤파톨리아 친구에게 바짝 붙어 귓속말을 했다.

"네가 자작이면 난 대공비야. 우리 앞에서 살랑살랑 그런 수작을 부려?"

"난 헤파톨리아 광산 출신이잖아, 안 그래? 그리고 저 영감님의 나비 넥타이와 연세를 고려해서 '자작' 행세를 하면 통하겠다고 생각했을 뿐이야. 그게 그렇게 마음에 안 들어?"

발랑틴이 친구의 어깨를 토닥토닥하며 안심시켰다.

"아냐, 아냐. 완벽해, 아주 우아했어."

로렌스가 빙그레 웃으며 고마움을 표했다.

레오니드가 의심스럽다는 듯 물었다.

"이 아이들도 메디쿠스인가? 한 번도 본 적이 없는데. 어쨌든 이런 피부색은 처음 보는군."

"친애하는 스미스 선생님, 궁정에선 이런 피부색이 유행입니다."

로렌스가 대답했다. 그는 최근에 알퐁스 후작의 『메디쿠스 영웅서사』에서 루이 14세 시대의 베르사유 궁전에 대한 내용을 읽었기 때문에 자신만만했다.

★ 로렌스가 자신의 성으로 밝힌 '민(Mine)'은 프랑스어로 '광산'이라는 뜻이다.

"아니, 궁정이라니, 그게 뭔 얘기인가?"

레오니드는 슬슬 짜증이 나는 것 같았다.

"학교 운동장* 얘기예요. 당연하잖아요." 오스카가 얼른 대신 대답했다. "학교 얘기가 나와서 말인데 오늘은 수업이 없었어요. 그래서 약속했던 시각보다 조금 일찍 도착한 거예요!"

"뭐라고? 그럼, 아침 8시부터 신체 잠입을 하겠다는 말이야? 너희들, 제정신이냐? 이제 겨우 블랙커피 한 잔밖에 마시지 않았는데!"

"하지만……."

"난 준비가 안됐어. 그렇다면 그런 줄 알아. 이제 너희들 집으로 돌아가! 오전 10시에 보도록 하겠다. 그 이전에는 어림없어!"

레오니드는 이미 몸을 틀었지만 오스카가 잽싸게 달려가 그의 앞을 가로막았다.

"스미스 선생님, 우리가 모두 10시까지 여기서 기다린다면 둘째 왕국으로 떠날 때 너무 북적거리지 않을까요. 그랬다간 선생님께서 또 기침 발작을 일으키실지 몰라요! 하지만 두 그룹으로 나눠서 출발을 한다면 선생님도 부담을 느끼지 않으실 텐데요."

"더 이상 말할 가치도 없어. 안 된다고 했으면 그걸로 끝이야!"

레오니드가 온 동네 사람을 다 깨울 기세로 호통을 치며 문을 닫으려는 찰나, 그에 질세라 오스카의 목소리가 우렁차게 울려 퍼졌다.

"앨리스테어 말이 맞군요! 선생님은 괴팍한 영감님일 뿐이라더니! 이제 보니 그뿐 아니라 선생님은 성질이 정말 고약해요!"

레오니드는 그 자리에서 굳었다. 압력솥에서 뜨거운 김이 올라오듯

★ 프랑스어에서 'cour'라는 단어(영어의 court)에는 '궁정'이라는 뜻과 '마당, 운동장'이라는 뜻이 모두 있다.

화가 부글부글 끓어오르는 것이 보였다. 하지만 희한하게도 레오니드는 한마디도 못한 채 인상만 쓰고 문간에 서 있었다.

폭풍우가 휘몰아치겠구나 싶어서 로렌스와 발랑틴은 조심스레 한 발짝 뒤로 물러났다. 로렌스는 오스카가 '태풍 레오니드'에 휩쓸리지 않도록 잡아끌려고 했지만 오스카는 자리에서 꿈쩍도 하지 않았다.

"영감님은 앨리스테어의 아버지가 정신이 나갔다고 비웃었었지요. 하지만 저 같으면 심술쟁이 영감이 되느니 차라리 정신이 좀 이상해지는 편을 택하겠어요! 영감님은 아주 오랜 시간을 외롭게 보내셔야 할 거예요. 아무도 영감님을 좋아하지 않을 테니까요!"

레오니드가 뒷짐을 진 채 아이들을 돌아보았다. 잠시 생각에 잠겼던 그는 묘한 미소를 머금고 오스카의 눈을 똑바로 들여다보았다.

"아, 그러니까 맥쿨리가 나를 정나미 떨어지는 노인네라고 생각한다 이거지……."

오스카는 고개를 저었다.

"사실은…… '제가' 그렇게 생각한다고요."

"맥쿨리와 비교하면 넌 솔직하기는 하구나. 그렇지만 맥쿨리 같은 바보 얼간이를 감싸진 마라. 그 녀석도 이제 곧 내 평판을 실감하게 될 테니!"

레오니드는 얼굴이 토마토처럼 빨개져서 고함을 질렀다.

그는 뚱뚱한 노인 치고는 믿을 수 없을 정도로 번개처럼 빠르게 세 아이의 멱살을 잡고 집 안으로 밀어 넣은 뒤에 쾅 소리가 나게 문을 닫았다.

"당장 그 흙투성이 신발부터 벗지 못해, 이 지저분한 녀석들!"

안심할 수 없었지만 세 아이는 시키는 대로 했다. 오스카는 자기가 심했다는 후회가 들었다. 자기 자신이 화를 입을 것보다 친구들을 난처한 상황에 몰아넣었다고 생각하니 마음이 착잡했다. 만약 레오니드가 그랜드 마스터에게 불평을 해서 친구들이 신체 내 세계로 돌아가야 한다면? 양말만 신고 현관 중앙에 선 발랑틴과 로렌스는 불안한 눈으로 오스카를 바라보았다. 레오니드가 고개를 숙이고 아이들의 발을 꼼꼼하게 관찰했다.

"좋은 점이 한 가지는 있구나. 너희 양말은 깨끗하고 구멍 난 데도 없군."

체리는 수다쟁이에 형편없는 요리사였지만 위생과 청결 관념은 철저했다. 로렌스와 발랑틴은 체리에게 고마운 마음이 들었다. 이번만은 깨끗한 걸로 덕을 봤다!

"나를 따라오너라. 아무것도 건드리지 않도록 조심하고."

그렇게 말하는 레오니드는 조금 전에 힘깨나 쓴 탓인지 아직도 땀을 흘리고 있었다. 아이들은 그를 따라 흠잡을 데 없이 번쩍거리는 응접실로 들어갔다. 티끌 한 점 없는 그곳의 실내장식이 오스카에게는 낯설지 않았다. 사냥한 동물 박제조차도 어찌나 털에 윤기가 좔좔 흐르는지 진짜 살아 있는 것처럼 보였다.

"혹시 저 할아버지 딸이 체리 아줌마 아닐까?" 발랑틴이 속삭였다.

로렌스와 오스카가 눈을 크게 부릅뜨자 발랑틴도 더는 아무 말 하지 않았다.

레오니드는 육중한 몸을 안락의자에 파묻고 위스키 병을 열어 커다란 잔에 술을 따랐다.

"흥분했더니 목이 타는구나. 소란스럽고 버릇없는 꼬맹이들 때문이기도 하지만."

이 말엔 아무 대꾸도 하지 않는 게 나을 성싶었다. 사실 말대답은 이미 할 만큼 했으니까.

"오스카 필, 너는 버릇없이 자란 어린애고 난 네가 한 말을 그저 받아들일 수 없을 뿐이다."

고개를 떨어뜨린 오스카는 사과의 말을 웅얼거렸다. 버릇없이 자랐다는 말은 정말로 듣고 싶지 않았다. 남편 없이 혼자서 아이들을 키운 엄마를 흉보는 것 같아서였다.

"그렇지만 난 용기 있고 배짱 좋은 사내아이들을 좋아한다. 게다가 내가 사람들이 생각하는 것만큼 못된 늙은이는 아니거든. 음, 그래서 내 몸의 둘째 왕국에 너희를 들여보낼 생각이다."

세 아이의 얼굴에 대번에 환한 함박웃음이 떠올랐다.

"마음이 바뀌기 전에 서둘러라! 요 알록달록한 사고뭉치들아!"

그렇게 말하면서 레오니드는 요란하게 기침을 해댔다.

오스카는 소지품들을 챙기기 위해 소파에 가방을 내려놓았다.

"살살 해! 그러다 소파의 벨벳이 망가지겠다! 그리고 지금 네 가방을 어디다 놓고 끌고 있는지 봐봐."

결국 오스카가 가방을 들어 올려 물건을 꺼내는 동안 로렌스가 가방을 떠받치고 있어야 했다. 메디쿠스 소년은 케이프를 꺼내어 얼른 목에 둘렀다. 허리띠는 저절로 소년의 허리에 와서 감겼다. 오스카는 주술서가 주머니에 잘 있는지, 허리띠의 가방 안에는 트로피들이 잘 있는지 확인했다. 케이프 자락을 걷어보니 팔로마 센터 마크가 새겨진 여섯 번째 가방도 허리띠에 단단히 고정되어 있었다. 오스카는 팔로마 연구소에서 몰래 훔쳐온 금지된 무기를 조심스럽게 그 가방에 넣었다.

소년은 펜던트를 꺼내고 두 친구가 들어갈 수 있도록 케이프 자락을 넓게 벌렸다. 그는 레오니드의 심장이 있는 부분을 뚫어져라 노려보며 자리를 박차고 뛰어나갈 준비를 했다.

"오스카 필!"

화들짝 놀란 오스카가 팔을 떨어뜨렸다. 발랑틴과 로렌스도 금실로 M자가 수놓인 초록색 벨벳 자락에서 고개를 내밀었다.

"네, 스미스 선생님?"

"네 말은 완전히 틀렸어. 난 성질이 고약한 정도가 아니거든."

"네, 제가 잘못 말했습니다."

레오니드가 심술궂은 표정으로 세 아이에게 바짝 얼굴을 내밀었다.

"내 말은, 고약하다는 말로는 부족하다는 뜻이야! 그러니까 내 몸속에서 소란을 일으키지 않도록 조심하는 게 좋을 거다!"

오스카는 싱긋 웃으며 다시 팔을 내밀었다. 레오니드의 꼬장꼬장한 얼굴에도 희미한 미소가 감도는 것을, 아니 순간 한쪽 눈까지 찡긋하는 것을 볼 수 있었다.

"조금 있다 뵙겠습니다, 스미스 선생님."

오스카는 그렇게 말하고 달리기 시작했다.

잠시 후, 눈부신 섬광이 일어났다가 반짝이는 먼지처럼 흩어지자 레오니드는 눈을 꼭 감고 안락의자에 몸을 묻었다.

거실 창 밖 무성한 수풀 한가운데 숨어 있던 소녀는 금빛 눈을 동그랗게 뜨고 있었다. 지금 막 외계인이 지구에 착륙하는 광경이라도 목격한 듯한 소녀는 눈을 깜박이는 것마저 잠시 잊은 듯했다. 그 정도로 믿을 수도 없고 말도 안 되는 장면이었다. 욕심 많고 못생긴 할아버지를 향해 다다다 뛰어가던 아이들이 방 안에서 온데간데없이 사라졌다고 말하면 누가 믿겠는가? 아무도 믿지 않을 것이다.

그렇지만 예쁘고 영악한 틸라가 꿈을 꾼 것은 아니었다. 같은 반 친구 오스카는 희한한 보석을 앞으로 내밀고 달려가더니 삽시간에 증발해버렸다.

이렇게 신기한 광경은 난생처음이었다.

틸라는 싱긋 웃었다. 괴짜 소녀 비올레트 필에게서 이처럼 소중한 정보를 빼냈다는 것이 기뻤다.

틸라는 몸을 숨긴 채 집의 외벽을 따라 걸어갔다. 그러고는 몸을 일으켜 아까 사라진 세 친구처럼 눈 깜짝할 사이에 모습을 감추었다.

미트라의 왕홀

무서운 돌풍에 떠밀려 로렌스의 몸뚱이가 단단한 표면 위를 굴렀다. 그는 힘겹게 고개를 들고 주위를 두리번거렸다. 그러나 시야에 뭔가가 들어오기 무섭게 로렌스는 다시 땅바닥에 납작하게 붙었다. 친근한 목소리가 로렌스를 다그쳤다.

"일어나! 뭐하는 거야?"

"나, 나, 낮잠 자는 거야. 있잖아, 지금은 낮잠을 잘 시간……."

로렌스가 덜덜 떨리는 목소리로 발랑틴에게 대답했다. 그러나 단단한 손아귀가 그의 어깨에 와 닿는 것을 느끼고 다시 고개를 들었다. 오스카가 그에게 고개를 내밀고 있었다.

"미안해, 첫 번째 왕국의 해변에 떨어질 줄 알았는데."

"그럼 여기는 어디야?"

"아이올로스 시티와 연결되는 다리 위야. 내가 착륙 지점을 살짝 잘못 조준했나 봐."

고소공포증이 있는 로렌스는 거대한 철탑과 철탑 사이를 연결하는 금속 그물을 붙잡고 겨우겨우 일어났다. 사나운 바람이 이쪽에서 저쪽으로 방향을 바꿀 때마다 다리가 흔들리는 바람에 로렌스는 토할 것 같았다. 주위를 둘러보자 끝이 보이지 않는 바다가 사방으로 그들을 에워싸고 있었다. 다리 끝에는 경이로운 안개의 도시와 그 정상에 자리 잡은 아이올로스 왕궁이 성난 물결 위에 우뚝 솟아 있었다. 반대쪽에는 해안과 제피로스 타워들이, 그리고 오스카와 메디쿠스 친구들이 고생해서 지나왔던 협곡들이 어렴풋이 보였다.

"이제 여기서 뭘 어떻게 해야 하지?"

오스카는 양쪽의 거리를 번갈아 가늠해보았다. 해안으로 걸어가든, 도시로 걸어가든, 양쪽 다 시간이 만만찮게 걸릴 듯했다. 다른 메디쿠스들이 곧 레오니드의 몸으로 들어올 텐데 이렇게 시간을 잡아먹어서는 일찍 온 보람이 없을 것이다. 하지만 어떻게 한다? 바로 그 순간, 안개를 조심하라는 경적이 울리듯 우렁찬 소리가 울려 퍼졌다. 세 친구는 황급히 다리 가장자리로 달려갔다. 로렌스조차 위태위태한 자세로 몸을 쭉 내밀었다. 아이들은 다리 밑으로 지나가는 거대한 군함을 놀란 눈으로 바라보았다.

오스카는 일 초도 망설이지 않았다. 그는 양손으로 케이프 모서리를 잡고 친구들에게 말했다.

"준비됐어?"

"준비됐어." 발랑틴이 말했다.

"오, 안 돼, 오스카, 제발 나에게……."

"빨리 와, 로렌스! 우물쭈물할 시간이 없다고!"

그렇게 말하고 오스카는 다리 난간 위로 올라갔다. 로렌스는 한숨을 내쉬며 하늘만 쳐다보았다. 그는 기도하는 마음으로 발랑틴을 따라 난간으로 올라갔다. 발랑틴과 로렌스가 케이프 아래 들어가 오스카를 꽉 잡고 매달렸다.

"간다!" 오스카가 외쳤다.

세 아이는 동시에 허공으로 몸을 던지며 일제히―누구는 흥분해서, 누구는 무서워서―비명을 내질렀다.

케이프 자락이 바람에 확 부풀더니 삼각 날개를 단 소형 행글라이더가 되어 강한 바람을 타고 군함 위 100미터 상공을 날아다녔다. 세 아이는 포도 알처럼 그 행글라이더 아래에 대롱대롱 매달렸다. 오스카가 아래를 내려다보았다. 그들은 바다를 향해 그대로 떨어지는 중이었다.

그들이 군함에 접근하려는 순간, 아까보다 더 거센 돌풍이 행글라이더를 밀어 올렸다. 회오리바람에 휩쓸린 세 친구는 미친 듯이 비명을 지르며 뱅글뱅글 돌았다. 오스카는 젖 먹던 힘까지 짜내어 케이프를 붙잡고 늘어져 겨우 행글라이더를 제대로 일으키는 데 성공했다.

"오스카, 케이프의 오른쪽을 낮춰. 지금 고도도 충분하지 않은 데다가 엉뚱한 데로 날아가려고 해!"

로렌스가 고함을 질렀다. 수학을 잘하는 로렌스는 과학 분야에 관해서는 물리학자나 공학자 못지않은 실력을 갖추고 있었다. 셋 중에서 모험심은 가장 부족했지만 부조종사 역할을 하기에는 적격이었다. 오스카는 지체 없이 로렌스의 지시를 따랐다. 행글라이더가 방향을 바꾸어 군함의 뱃머리 위에 잠시 떠 있게 되었다.

"오스카, 급강하하자! 그대로 내려가는 거야! 몇 미터만 남겨두고 행글라이더를 세우면 갑판 위에 부드럽게 착륙할 수 있어!" 로렌스가 지시했다.

세 친구는 고개를 숙이고 군함을 향해 대포알처럼 떨어졌다. 배까지 불과 몇 미터 남았을 때에 갑자기 바람의 방향이 바뀌며 케이프가 반대쪽으로 확 부풀었다. 세 아이는 옆으로 튕겨나가 미지근한 붉은 물속에 처박히며 엄청난 물기둥을 일으켰다. 발랑틴의 머리가 맨 먼저 바다 거품 속에서 튀어나왔고 다른 두 소년도 고개를 물 밖으로 내밀었다.

"바다에 사람이 빠졌다!"

군함의 갑판 위에서 누군가가 소리쳤다.

삽시간에 구명 튜브들이 내려오고 보트 한 척이 물에 떴다. 오스카는 구명 튜브를 향해 헤엄쳤다. 발랑틴도 금세 구명 튜브를 붙들었지만 로렌스는 사방으로 허우적대며 물 밖으로 고개를 내밀려고 안간힘을 썼다. 우렁찬 남자 목소리가 들렸다.

"그렇게 움직이면 안 된다! 금세 힘이 빠지고 말아! 물에 드러눕는다는 기분으로 가만히 있으면 몸이 뜰 거야!"

그러나 제정신이 아닌 로렌스의 귀에는 아무 말도 들리지 않았다.

"나, 난 수영을 못해!"

발랑틴과 오스카가 겁에 질린 시선을 교환했다. 물살을 거슬러 로렌스에게 다가간 오스카는 구명 튜브를 내밀었다. 로렌스는 겨우겨우 튜브를 붙잡고 입과 콧구멍에서 붉은 물을 마구 뿜어냈다. 바로 그때, 세 번째 구명 튜브가 떨어지면서 하필이면 오스카의 머리통에 정통으로 부딪혔다. 오스카의 사지가 뻣뻣해지더니 물속으로 가라앉았다. 발랑틴이 외마디 비명을 질렀다.

"오스카!" 로렌스도 무력하게 부르짖었다.

로렌스는 무서움도, 자신이 수영을 못한다는 것도 잊고 오스카의 케이프나 팔, 하다못해 머리칼이라도 움켜잡기 위해서 구명 튜브를 놓아버렸다. 그러나 허사였다. 로렌스는 자기 머리조차 물 밖으로 내밀 수 없었다. 발랑틴이 어떻게 힘을 써서 로렌스는 붙잡았지만 그사이에 오스카의 몸뚱이는 이미 그들의 시야에서 사라져버렸다.

의식을 잃지 않으려고 오스카는 안간힘을 썼다. 몸이 납덩이처럼 무겁고 팔다리가 말을 듣지 않았다. 친구들의 목소리가 점점 멀어지다가 마침내 아무것도 들리지 않게 되었다. 오스카의 머리통이 물밑으로 내려갔다.

사방이 고요했다. 파도 소리도 친구들의 목소리처럼 차츰 스러져갔다. 처음에는 물살이, 그다음에는 케이프가 몸을 감싸는 것을 느낄 수 있었다. 그제야 자신이 더 이상 숨을 쉬지 않고 있다는 것을 깨달았다. 공기를 들이마시고 싶었으나 목구멍과 폐에 들이닥친 것은 공기가 아닌 물이었다. 감전이라도 당한 기분이었다. 오스카는 눈을 뜨고 상황을 파악하려고 했다. 기침이 터지면서 그나마 남아 있던 약간의 공기마저 빼앗겼지만 정신을 차리려고 노력했다. 오스카가 티셔츠 속의 펜던트를 꺼내자, 문자가 빛나면서 광선이 해수면 밖까지 치솟았다. 왼손으로는 케이프를 풀어서 몸을 감쌌다. 이 난관을 벗어날 마지막 기회라는 생각이 들었다. 오스카는 작년에 했던 대로 몇 마디 말을 속으로 읊조렸다. '솟아라, 케이프야, 너는 솟아오를 수 있잖아. 나를 구해줘…….' 케이프는 소년의 몸을 둘둘 감고 그의 입술에서 새어 나오는 마지막 공기 방울들이 밖으로 빠져나가지 못하게 막았다. 오스카가 숨을 들이마시는 동안, 케이프는 서서히 위로 올라갔다. 물 밖으로 나가려면 아직도 몇 미터나 남았지만 오스카의 폐는 불이 붙은 듯 뜨거웠다. 어둠이 그를 덮치자 모든 것이 컴컴해지고 조용해졌다. 꼭 닫힌 눈꺼풀에서 수많은 장면들이 주마등처럼, 빠른 속도로 돌리는 동영상처럼 스쳐 지나

갔다. 최후의 순간에 소년은 이렇게 생각했다. '이제 죽는구나. 나도 아빠 곁으로 가는구나.'

바로 그 순간, 오스카는 수면으로 떠오르는 공처럼 물 밖으로 튀어나왔다. 여러 사람의 손이 그를 건져내어 보트 바닥에 눕혔다. 오스카가 눈을 떠보니 일그러져 있던 친구들의 얼굴에 비로소 안도하는 표정이 떠올랐다. 발랑틴이 아무 말 없이―이번만은!―오스카를 덥석 끌어안았다. 로렌스는 훌쩍훌쩍 울면서 친구에게 말했다.

"미안해, 오스카. 나도 노력했지만⋯⋯."

오스카는 몸을 일으키고 폐에 들어간 물을 모두 토해낸 후에야 겨우 대답했다.

"그러지 말았어야 했어. 위험하잖아."

로렌스는 친구들에게 수영을 할 줄 모른다고 고백한 적이 없었다. 그런데도 바다를 향해 뛰어내리는 것도, 오스카를 구하기 위해 구명 튜브를 버리는 것도 망설이지 않았다. 발랑틴과 오스카가 서로 의미심장한 눈길을 주고받았다. 겁 많은 로렌스가 사실은 가장 용감한 친구였던 것이다.

"어쨌든, 반사 신경이 뛰어나구나."

이 말에 오스카가 뒤를 돌아보니, 아이올로스 왕의 호위대장 가엘이 그곳에 와 있었다.

"아니, 여기에는 웬 일이세요?"

오스카는 어안이 벙벙했다. 가엘이 미소를 지었다.

"그건 내가 묻고 싶은 말인데? 오전 8시 30분에 안개의 도시 군 순찰선에서 뭐하고 있는 거냐? 뭐, 어쨌든 그 질문에 대한 답은 다리로 돌아가서 해도 좋아. 너희 셋 다 지금은 조금 쉬어야 하니까."

"쉬어요? 저희는 시간이 없어요!" 오스카는 불안했다.

"시키는 대로 해." 가엘이 명령했다.

모두 군말 없이 가엘의 명령에 따랐다. 사실, 셋 다 기진맥진해서 더 이상 반박할 수도 없었다.

구조용 보트가 군함에 접근하자 사다리가 내려왔다. 발랑틴이 맨 먼저 올라가고 로렌스가 그 뒤를 따랐다. 가엘과 파고사이트 해병 두 사람이 그들과 함께 배에 올랐다. 가엘은 오스카에게 물었다.

"혼자 올라갈 수 있겠니? 아니면 내가 좀 도와줄까?"

오스카는 심란하게 요동치는 바닷물을 바라보았다. 파도가 배를 뒤집을 듯 거세게 일어나 군함에 와서 부딪쳤다. 그렇지만 약한 모습을 보일 순 없었다. 충분히 회복되지 않은 것처럼 보이면 가엘은 그들을 절대 보내주지 않을 것 같았다.

"아뇨, 괜찮아요. 저 혼자 올라갈 수 있어요."

무진장 애를 써서 겨우 몸을 일으킨 오스카는 펜던트에 손을 얹었다. 따뜻한 기운이 몸속으로 퍼지면서 원기가 되살아났다. 티셔츠를 내려다보니 평소에는 볼 수 없었던 초록빛이 옷감 밖으로 새어 나오고 있었다. 그랜드 마스터가 자신의 펜던트와 오스카의 펜던트를 포개었을 때 보았던 바로 그 빛이었다. 오스카는 미소를 지으며 고개를 들었다.

"힘내, 오스카."

로렌스가 위에서 불안한 눈으로 지켜보고 있었다.

오스카는 첫 번째 가로대에 발을 얹고 가엘이 억센 손으로 붙잡고 있는데도 바람에 이리저리 흔들리는 밧줄 사다리를 타고 올라갔다. 세 번째 칸까지는 어려움 없이 올라갔지만 네 번째 가로대에서 발이 미끄러졌다. 몸이 뒤로 넘어갔지만 간발의 차로 맨 위의 가로대를 움켜잡을 수 있었다. 가엘도 오스카의 허리를 붙잡아주었다. 그때 케이프 자락이 바람이 휘날리면서 팔로마 센터의 마크가 찍힌 상자가 가엘의 눈에 들어왔다. 살짝 벌어진 가죽 덮개 사이로 붉은 빛이 새어 나오고 있었다.

"이건 뭐지? 메디쿠스들의 무기를 많이 봐왔지만 이런 색깔의 빛은……."

가엘이 흥미롭다는 듯이 물었다.

오스카는 서둘러 위로 올라가 가방을 살폈다. 흘끗 살펴보니 아까 물 속에 떨어지면서 금지된 무기의 뚜껑이 벗겨진 모양이었다. 오스카는 얼른 뚜껑을 제대로 덮고 가방을 잘 단속했다.

"아무것도 아니에요. 위더스 부인에게 받은 거예요."

다시 기운을 낸 오스카는 사다리를 다 올라가 갑판에 뛰어내렸다. 가슴이 두근거렸지만 가엘이 방금 본 것을 얼른 잊기만을 바랐다. 발랑틴과 로렌스는 무슨 일이 있었는지 꿈에도 모른 채 오스카가 자기 발로 힘차게 걸어 올라오는 모습을 보고 기뻐했다.

가엘도 갑판으로 올라왔다. 뒤따라 올라온 두 명의 군인들은 구조용 보트를 배에 도로 끌어올리는 일을 맡았다. 가엘은 아이들을 한 층 위의 갑판으로 이어지는 계단으로 데려가 널찍한 선실로 들여보냈다. 그곳에서 그들은 가엘의 연대에 속한 여군이자 가엘의 아내이기도 한 키미를 만났다. 키미는 미소 띤 얼굴로 오스카에게 인사를 했다.

"안녕, 오스카. 다시 만나서 기쁘구나. 우리가 보고 싶어서 왔니?"

가엘이 과일 주스를 내오면서 말했다.

"이제 너희가 여기서 뭘 하고 있었는지 말해보렴."

발랑틴과 로렌스는 예의 바르게 과일 주스를 사양했다.

"그래, 너희는 신체 내 세계에서 온 아이들이로구나. 그러니 이런 음료를 마실 리가 없지. 우린 항상 '바깥'에서 온 손님들에게만 음료를 권하거든."

오스카도 목이 마르지 않기는 마찬가지였다. 그가 바라는 것은 단 하나, 한시바삐 원래대로 일정을 밀어붙이는 것이었다! 가엘은 오스카의 생각을 읽은 것 같았다.

"우릴 만나려고 들른 것 같진 않은데? 내 말이 맞지?"

"네, 그런 건 아니에요. 원래는 두 번째 왕국으로 가려고 했어요."

"앨리스테어가 너희들과 동행할 거라고 생각했는데. 게다가 수가 확 줄었잖아. 다섯 명 중에서 네 명은 보이지 않는데? 빠져도 너무 많이 빠진 것 아냐?" 키미가 지적했다.

가엘과 키미는 오스카의 얼굴에서 단서라도 찾으려는 듯 시선을 거두지 않았다. 오스카는 동요하는 기색을 들키지 않으려고 최선을 다했다. 그들의 비밀 목표가 드러나서는 안 된다. 그렇다고 그 목표를 포기한다는 것은 더더욱 있을 수 없었다.

"앨리스테어가 그룹을 둘로 나눴어요. 우리끼리 마음이 잘 맞지 않아서요."

오스카는 당당하게 말했다. 키미는 깜짝 놀라는 눈치였다.

"그래서 너 혼자 왔다고? 그것 참, 희한하게도 나눴구나. 5명을 1명 대 4명으로 나누다니."

"실례지만 오스카는 혼자 오지 않았다는 말씀을 드리고 싶은데요."

로렌스가 안경을 정성스레 닦으면서 한마디 했다.

"발과 로가 브레이브 씨의 허락을 받아 저와 함께 왔어요." 오스카도 덧붙였다.

이보다 더한 거짓말은 있을 수 없었다. 키미와 가엘은 서로 눈길을 주고받았다. 이윽고 가엘이 일어났다.

"좋다, 너희가 꼭 거기에 가야 한다면 우리가 도와주마."

오스카는 좋아서 눈이 반짝거렸다. 드디어 희망이 보이기 시작한 것이다.

"도와주신다고요? 어떻게요?"

키미가 발랑틴에게 자가갔다.

"실례가 되는 질문일지도 모르겠지만, 아가씨는 GRIU의 에리트로사이트가 아닌가요?"

"네, 그렇지만 전 몸속에 잠시 들어온 것뿐이에요. 제가 사는 곳은 바깥세상이거든요. 브레이브 씨도 허락하셨어요."

강제로 몸속 세상에 환송될까 봐 두려워진 발랑틴이 말했다.

"과연, 브레이브 씨께서 아가씨를 위해 그런 결정을 내리셨다 이거죠."

발랑틴은 태연자약하게 말했다.

"네, 브레이브 씨와 저는 서로를 참 좋아해요. 그렇게 아시면 돼요."

가엘은 배짱 있는 발랑틴을 재미있어하면서 이렇게 말했다.

"알 만하군. 걱정하지 마. 그런데 아가씨가 에리트로사이트라면 당연히 혈구 잠수정을 모는 법도 알 텐데……."

발랑틴이 피식하고 웃었다.

"장난하세요? 나보다 잠수정을 더 잘 모는 사람은 없어요. 나를 이길 수 있는 사람은 없어요. 에리트로사이트들에게 물어보세요."

그러자 로렌스가 가엘에게 통사정을 했다.

"저 애 말을 그냥 믿어주세요. 시범을 보이겠다고 할까 봐 겁나요. 더구나 누굴 태우려 든다면……."

키미가 고개를 저었다.

"미안하지만 어쩔 수 없네요."

발랑틴이 안전벨트를 채우면서 조바심을 냈다.

"그래, 나도 무슨 말인지는 알아들었어. 내가 혈구 잠수정을 몰 수 있는데 이걸 왜 못 몰겠어."

그렇게 말하면서 발랑틴은 계기반에 나열되어 있는 표시등과 버튼을 만지작거렸다.

그들이 탄 잠수정은 군함 내의 폐쇄 통로를 10여 분 달려 기밀실에 와 있었다. 가엘은 그곳의 모니터에 눈을 가까이 가져갔다. 책만큼이나 첨단 기술에도 관심이 많은 로렌스가 물었다.

"가엘이 뭐하는 거예요?"

키미가 설명해주었다.

"저건 눈의 망막을 확인하는 장치란다."

일행은 조종실과 물이 가득한 구멍이 있는 방으로 들어갔다. 가엘이 구멍을 가리켰다.

"저 아래는 그냥 바다야."

"왜 우리를 이곳으로 데려오셨나요?" 시간이 모자랄까 봐 걱정이 된 오스카가 초조하게 물었다.

"폼페이 왕국으로 가고 싶다면 그 왕국의 깊은 바다를 통해서 가야만 하니까. 두 번째 왕국은 해저에 있어. 잊은 건 아니겠지, 오스카?"

그때, 가까운 컴퓨터 앞에 앉아 조종을 하던 남자가 가엘에게 손짓을 했다. 물속에서 잠망경이 솟아올랐다. 이어서 시커먼 잠수정의 표면도 모습을 드러냈다.

"이건 아이올로스 바다 3호야. 5명이 탈 수 있는 소형 잠수정이지. 주로 국경을 순찰할 때 사용한단다. 아이올로스 왕과 그분의 누이이자 폼페이 왕국의 여왕 미트라는 그다지 사이가 좋지 않지. 그래도 두 왕국의 외교가 재개되었으니 그쪽에서도 너희를 기꺼이 맞아주리라 생각해."

승강구가 열리자마자 발랑틴은 서둘러 탑승하고는 가엘의 설명에 귀를 기울였다.

"좋아, 너희도 들어가서 착석하렴."

오스카와 로렌스도 꾸물대지 않고 그 말에 따랐다.

"길은 알겠지?"

"뭐라고요! 이 잠수정에는 GPS도 없나요?" 발랑틴이 외쳤다.

"GPS보다 더 좋은 게 있지. 두 왕국은 서로 왕래하는 이동 수단의 신원 확인에 대한 협정을 체결했거든. 그래서 네가 안개의 도시에서 벗어나 폼페이 왕국으로 접근하면 네 잠수정은 자동으로 위치가 확인되어 사정거리에 진입하는 대로 저쪽의 인도를 받게 돼. 그러니까 저쪽에서 이끄는 대로 잠수정을 내버려두기만 하면 된다 이 말씀이지."

"그거 참 좋네요! 애들아, 준비됐어?"

발랑틴은 다른 아이들의 대답을 기다리지 않았다. 가엘이 몸을 일으키고 바닥으로 내려가기 무섭게 발랑틴은 잠수정의 승강구를 닫고 깊은 바다 속으로 내려갔다.

책에서 읽거나 위더스 부인을 비롯한 다른 최고위원들에게 설명을 들은 적이 있긴 했지만, 막상 잠수정이 폼페이의 바다로 파고들자 오스카는 완전히 새롭고 낯선 세상을 처음으로 생생하게 느낄 수 있었다. 그들은 조종사 없이 물살의 흐름에 따라 자동으로 운항하는 최첨단 이동 수단들과 맞닥뜨렸고, 바다 밑바닥에 솟아 있거나 아예 물속에 뜬 구조물들을 보았으며, 그 밖에도 여러 건물들과 잠수정을 보았다.

"봐봐, 루코사이트*들의 전쟁용 잠수정이야. 어디선가 감염성 공격이 일어난 게 틀림없어. 전속력으로 달려가는 것 좀 봐."

그 순간, 그들의 잠수정에서 작동 이상을 알리는 듯한 소리가 났다. 오스카는 넘어지지 않으려고 좌석으로 돌아가야만 했다. 발랑틴이 조종간을 다루며 의아하다는 듯이 말했다.

"무슨 일이지? 모니터에는 이상을 알리는 표시가 전혀 없는데."

"이상은 없어. 하지만 여기 연료 게이지 표시가 있잖아. 우리는……연료가 없는 잠수정에 탄 거야!"

"뭐, 그렇다면 끝장이야! 잠수정을 탈 때에는 말 안 해도 연료를 가득 채우는 게 상식인데, 에올리언들은 그런 것도 안 배웠나……." 발랑틴이 흥분해서 날뛰었다.

"저기!"

로렌스가 오른쪽 차창 너머를 손가락으로 가리키자, 발랑틴이 안도했다는 듯이 한숨을 쉬었다.

"살았다! 2분이면 돼."

친구들이 무슨 얘기를 하는지 알아듣지 못한 오스카가 물었다.

"저기, 너 뭐하는 거야?"

"저거 안 보여? 연료 보급소가 있잖아."

눈살을 잔뜩 찌푸린 오스카는 주유소와 비슷하게 생긴 플랫폼을 겨우 알아보았다. 발랑틴이 잠수정 속도를 늦추어 첫 번째 주유기 앞에

★ leucocyte, '백혈구'를 뜻하며 백혈구는 감염성 세균과 싸워서 우리 몸을 보호하는 역할을 한다.

정차했다. 잠수복을 입은 사람이 초소에서 튀어나와 모자에 붙은 마이크에 대고 말했다.

"가득 채워드릴까요?"

발랑틴도 잠수정 내의 마이크를 통해 대답을 했다.

"네, 그렇게 해주세요. 보통 글루코오스*로요, 고맙습니다."

오스카는 놀란 눈으로 그 현장을 지켜보았다.

"돈은 어떻게 내려고?"

"아, 그래, 너희 인간들은 매사에 돈, 돈, 돈 하지! 여기서는 모든 게 공동 소유야. 있으면 모두가 누리고, 없으면 아무도 못 누리고, 그게 다야! 그게 훨씬 더 간단하잖아?"

주유원에게 환한 미소로 감사를 표한 발랑틴은 잠수정을 다시 출발시켰다. 오스카는 손목시계에 잠시 눈길을 주었다. 9시가 거의 다 되었다. 앨리스테어와 다른 친구들이 레오니드의 집에 도착해서 오스카가 앞질러 출발했다는 사실을 알게 될 시각도 얼마 남지 않았다. 오스카는 정신이 아득해졌다.

"가자, 발. 우리는 아직 두 번째 왕국의 문 앞에도 못 갔어."

발랑틴은 오스카가 하자는 대로 거침없이 속도를 높였다. 아이들은 좌석에 딱 달라붙어야 했다. 잠수정은 어뢰가 되어 깊은 바다 속을 제멋대로 누비고 다녔다. 다행히 발랑틴이 자신의 조종 실력을 과대평가한 것은 아니었다. 실제로 뛰어난 솜씨를 발휘한 발랑틴은 수많은 장애물과 수중 생물들을 요리조리 피해갔다. 그들의 잠수정은 이내 같은 방향으로 운행하는 수천 대의 다른 잠수정들 틈에 섞여 들어갔다.

★ glucose, 혈액 속의 포도당을 가리킨다.

"이들은 여기서 무엇을 하는 걸까?" 로렌스가 흥미를 보였다.

"이들은 아이올로스 왕국에 산소를 가득 실어주고 이곳을 지나 다섯 우주로 다시 흩어질 거야." 오스카가 대답했다.

"여기서 내가 먼 친척과 맞닥뜨리는 일은 없어야 할 텐데."

발랑틴은 운전석에서 몸을 쪼그리며 불안한 듯 내뱉었다.

그녀는 조종간 옆 서랍을 뒤져서 검정색 선글라스를 꺼내더니 서둘러 코에 걸쳤다. 그 모습을 본 오스카가 물었다.

"넌 그게 소용이 있을 거라고 생각해?"

"돌다리도 두들겨 보고 건너야 하는 법이지."

잠시 후, 오스카와 로렌스가 무슨 일인지 알아차리기도 전에 발랑틴이 그들을 향해 고개를 돌렸다.

"폼페이 왕국에 도착한 것을 환영해, 친구들."

두 소년은 눈을 동그랗게 뜨고 전경을 보기 위해 다가갔다.

그들 앞에는 줄무늬가 두드러진 검붉은 벽이 펼쳐져 있었다. 어디에서 시작되어 어디에서 끝나는지 알 수 없을 만큼 거대한 벽이었다. 벽의 중앙에는 두 개의 입구가 팽창과 수축을 반복하고 있었다. 오스카는 그가 배웠던 내용을 기억해냈다.

"왕국의 밸브야. 이 문을 판막*이라고 부른대. 한쪽이 열리면 다른 쪽은 닫히지. 이 문들은 물의 흐름에 따라 열리고 닫히지. 바람의 왕국에서 바람의 방향이 수시로 바뀌었던 것처럼 판막을 열고 닫는 흐름도 계속 바뀐다고."

확실히 오스카의 말이 옳았다. 폼페이 왕국으로 모이는 것들은 죄다

★ 심장의 이완과 수축에 따라 열리고 닫혀서 혈액이 거꾸로 흐르는 것을 막는 막.

두 문 중의 하나, 오른쪽 문을 지나야만 진입할 수 있었다. 오른쪽 문이 닫힐 때에는 왼쪽 문이 열리면서 폼페이 왕국을 떠나려는 이들이 반대 흐름을 타고 나왔다.

오스카와 친구들이 오른쪽 판막에 접근하는데 괴상한 소리가 울려 퍼졌다. 바다에서 퍼지는 파장이 그들이 탄 잠수정에서 느껴졌다. 로렌스가 계기반을 보면서 물었다.

"이게 뭘까?"

발랑틴이 대꾸했다.

"우리 잠수정에서 일어나는 진동은 아니야. 우리가 앞으로 접근하면 접근할수록 진동이 더 세지잖아. 조심해!"

발랑틴은 더 말할 겨를이 없었다. 소녀는 온 힘을 다해 브레이크를 밟았고 잠수정은 바닥으로 떨어져 누워버렸다. 발랑틴이 선글라스를 벗었다.

"왜 그래?" 로렌스가 머리를 문지르며 외쳤다.

"저기 봐." 발랑틴은 벽을 올려다보며 그렇게만 말했다.

세 아이는 눈앞에 펼쳐지는 괴상한 광경에 집중했다. 판막은 문짝이 끊임없이 열렸다 닫히는 거대한 문이었다. 문짝이 움직일 때마다 귀에 거슬리는 삐걱 소리가 울려 퍼졌다. 레오니드의 판막은 참담하리만치 녹이 슬고 때에 찌들어 있었다. 희끄무레한 판이 나무와 경첩 위에 놓여 있었는데 판을 끌어당기는 사슬이 있기는 했지만 판막을 개방하는 데에는 한계가 있었다. 수많은 잠수정들이 그 안으로 들어가려고 기회를 엿보고 있었고 그중 일부는 억지로 폼페이 왕국에 밀고 들어가는 형편이었다.

오스카는 친구들을 돌아보았다.

"우리가 저 판막으로 들어갈 수 있다고 생각해?"

자신 없다는 듯이 로렌스가 인상을 찡그렸다.

"어려울 것 같은데. 혈구 잠수정도 진입하기 어려워 보이는데 이 잠수정은 혈구 잠수정보다도 크잖아."

"어쨌든 노력해봐야지. 발, 시도해볼 수 있겠어?" 오스카는 단호하게 말했다.

"물론이지. 시도만 하는 게 아니라 성공하고 말 테야!"

발랑틴은 친구들에게 용기를 심어주고 싶어서 자신있게 장담했다. 로렌스가 자기 자리에 앉았다.

"발랑틴, 네 말대로 되어야 할 텐데……. 그래도 일단 안전벨트는 채울래. 너만 믿는다!"

"그럼, 간다! 안장에 올라라, 카우보이들!" 발랑틴은 로데오 시합이라도 벌이듯이 소리를 질렀다.

잠수정이 모래투성이 바닥에서 솟아올랐다. 그 어느 때보다 요란한 엔진 소리를 내며 잠수정은 곧장 판막을 향해 돌진했다. 물의 흐름이 바뀌었다. 발랑틴은 더 이상 물살을 헤치고 나아가느라 용쓰지 않아도 되었다. 이제 잠수정은 힘차게 앞으로 나아갔고 판막의 거대한 문도 거센 물살에 떠밀려 넓게 열렸다. 발랑틴이 외쳤다.

"지금 아니면 기회가 없어! 꽉 잡아, 죽기 아니면 까무러치기다!"

좁은 입구를 통과하기 위해 발랑틴은 액셀러레이터를 끝까지 꽉 밟았다. 그들이 탄 잠수정이 총알처럼 앞으로 튀어나갔다.

엄청난 충격에 그들의 몸은 야자나무처럼 크게 흔들렸다. 고막이 찢어질 것 같은 금속성 굉음이 울려 퍼졌다. 잠수정을 앞으로 끌고 가려고 엔진이 맹렬하게 돌았지만 선체는 꿈쩍도 하지 않았다. 세 친구는 조종실 이쪽저쪽을 두리번거렸다. 잠수정이 판막에 끼어 선체가 찌그러져 있었다. 로렌스가 가장 먼저 말했다.

"봐봐! 선체에 구멍이 났어! 선실로 물이 들어온다!"

로렌스는 친구들을 돌아보았다.

"무슨 수가 없을까? 조금 전에도 그랬지만 난 지금도 수영을 못하기는 마찬가지라고……."

발랑틴이 마지막으로 한 번 더 돌파를 시도했지만, 엔진실에서부터 조종실까지 타는 냄새가 훅 불어올 뿐이었다.

"용써봤자 소용없어. 우린 완전히 갇혔어."

그렇게 말하고 발랑틴은 여기저기 사방을 뒤지고 다니는 오스카를 바라보았다.

"지금 그렇게 돌아다닐 때가 아니거든?"

대답 없이 오스카는 조종실에서 나갔다. 발랑틴과 로렌스가 의아한 시선을 주고받았다.

잠시 후, 품에 무엇인가를 한 아름 안고 나타난 오스카의 눈에서 희망의 빛이 보였다.

"우리는 빠져나갈 수 있을 거야. 수영을 못해도 말이야."

자신의 장비를 꼭 잡은 채 오스카는 뒤를 돌아보았다. 마스크를 통해 가까이에서 따라오는 두 친구를 볼 수 있었다. 세 사람 모두 몸 전체를 감싸는 검정색 잠수복을 입고 오리발과 산소통까지 착용했다. 하지만 가장 중요한 장비는 지금 그들이 손으로 붙잡고 몸을 딱 붙이고 있는 추진 장치였다. 다행히도 잠수정 바닥에서 이 장치를 발견한 오스카가 로렌스에게 어떠냐는 듯한 시선을 보냈다. 로렌스는 놀랄 만큼 느긋한 자세로 오케이 사인을 보냈다. 세 친구는 뒤를 돌아보았다. 그들은 판막에 끼인 잠수정을 버리고 빠져나온 참이었다.

더없이 깊은 바다를 통해 그들은 마침내 미트라 여왕의 왕국에 진입했다. 간단하게 말하자면, 레오니드의 심장에 들어온 것이었다.

오스카는 일행의 선두를 유지했다. 그는 촉각을 곤두세우고 오만 가지 잠수정들을 요리조리 피해 갔다. 최첨단 자율 기계 Prot&In들은 무한한 구조물 위에 자리 잡고 있었는데, 그 구조물들은 Prot&In을 수정하고, 복원하고, 분할하는 장치였다. 그 밖에도 바이러스나 박테리아와 흡사한 생물들이 셀 수 없이 많았다. 그러나 이 바다 속 생물들은 바이러스나 박테리아와 달리 어떤 공격성도 보이지 않았다. 조그만 물고기나 해조류는 눈을 씻고 보아도 찾을 수 없었다.

잠시 멈추고 생각을 가다듬을 수 있는 곳을 찾기 바라면서 오스카는 거의 아무것도 보이지 않는 바다 속을 헤치고 나아갔다. 지금 당장은 문제 해결을 위한 실마리가 부족하다는 것을 인정해야만 했다. 떠나기 전에도, 두 왕국으로 들어온 지금도 마찬가지였다. 그런 생각을 떨쳐버리기 위해 오스카는 더욱더 속도를 높였다. 한순간, 하늘 높이 솟은 태양이 작열하며 바다 속 왕국까지 햇살이 파고들었다. 그때 웬 그림자가 오스카와 친구들을 덮치자 어리둥절해진 그들은 자연스럽게 속도를 늦추었다. 그들 앞에 거대한 두 덩어리가 붙은 듯한 타원형 그림자가 나타났다. 마치 검붉은 감자 두 개가 나란히 놓인 것 같았는데, 그 꼭대기에는 두 개의 심장이 햇살을 받아 빛나고 있었다. 한쪽 심장은 자주색이었고 다른 쪽은 선홍색이었다. 오스카는 친구들에게 따라오라고 손짓하고 그 거대한 덩어리에 다가가 수많은 출입구들을 확인했다. 타원형 건물 중 하나의 전면에 난 유독 널찍한 출입구는 대문처럼 보였다. 출입구에 접근한 세 친구는 주랑에 그물처럼 뒤엉킨 나무뿌리처럼 섬세한 돌을새김 장식이 들어가 있는 것을 보았다.

문에 다가가면서 오스카는 잠수복 안으로 열기가 확 퍼지는 느낌을 받았다. 지퍼를 내리고 펜던트를 꺼내자 펜던트가 강렬한 빛을 발산했다. 문 둘레가 환하게 빛나더니 기둥을 둘러싼 그물 조직의 돌을새김이 반짝반짝하는 꽃술로 변했다. 문이 서서히 열리고 세 아이는 코로나 왕궁으로 들어갔다.

아무것도 없는 공간에 들어서자 문이 뒤에서 천천히 닫혔다. 그들은 매끈한 구형의 공간을 돌아보았다. 잠시 후, 발랑틴이 친구들에게 와보라고 손짓했다. 벽면에 좁고 유일한 출구가 있었다. 그들은 추진 장치를 버리고 그 출구를 통해 나갔다. 로렌스는 산소통에 산소가 얼마나 남았는지 알려주는 눈금을 흘끗 보았다. 호흡량이 많은 로렌스는 이미 그 안에 있는 산소의 90퍼센트를 들이마셨다. 이제 산소통이 필요 없는 곳으로 올라가야 했다. 하지만 어떻게, 어디로 가야 할까?

아까 그들이 들어온 괴상한 기둥을 한 바퀴 돌아보았지만 이번에는 어떤 출입구도 보이지 않았다. 점점 더 숨쉬기가 힘들어진 로렌스가 방금 통과한 좁은 출구를 향해 뒤돌았다. 그러나 출구는 어디에서도 찾을 수 없었다. 막다른 골목에 들어온 셈이었다!

세 친구는 밖으로 통하는 조그마한 틈새라도 찾으려고 오리발을 허우적거리며 사방으로 돌아다녔지만 소용없었다. 발랑틴도 슬슬 숨이 가빠오기 시작했다. 산소통은 거의 비었다. 낙심한 오스카는 친구들에게 다가갔다. 어쩌자고 친구들을 여기로 끌고 왔을까? 친구들은 아마 익사하고 말 것이다. 오스카는 친구들이 숨을 쉴 수 있도록 자기 산소

통과 연결된 예비 호흡기를 내밀었다. 그러나 로렌스와 발랑틴은 한사코 거부했다. 오스카는 친구들을 설득하고 싶었지만 그들의 머리 위에서 뭔가가 찰랑거리는 이상한 소음에 신경이 쓰였다. 동시에 눈을 든 세 친구는 그토록 기다리던 장면을 목격했다. 물의 수위가 차츰 낮아지고 있었던 것이다.

더 생각할 것도 없이 세 친구는 물 위를 향해 오리발을 힘차게 저었다. 물 밖으로 고개를 내밀자마자 모두 마스크, 잠수복에 달린 후드, 감압판을 벗어던지고 허파 가득 숨을 들이마셨다. 그사이에도 물은 계속 빠지고 있었다. 발랑틴이 숨을 헐떡거리며 말했다.

"나도 이번만은 죽었구나 생각했어! 그런데 도대체 여기는 어딜까?"

아무도 그 물음에 답을 줄 수 없었다.

맨 먼저 오스카의 오리발에 땅이 닿았다. 그들은 물이 줄줄 흘러내리는 몸으로 벽난로에서 연기가 빠져나가는 관같이 생긴 수수께끼의 튜브 속 축축하고 평평한 바닥에 주저앉아 있었다. 바닥에 배수장치라도 있는 듯 물이 쫙쫙 빠졌다. 아이들은 잠수 장비를 모두 벗어버렸다.

"땅을 밟으니 나쁘지 않네." 로렌스가 말했다.

"오래 가진 않을걸. 빨리 여기를 빠져나가야 해. 여기서 꾸물댈 시간이 없어."

"네 소원대로 될 거야, 발. 저걸 봐!"

오스카가 벽을 뚫어져라 바라보며 말했다.

벽에 틈이 생기고 판이 옆으로 미끄러지는가 싶더니 문 크기의 출구가 생겼다. 오스카와 친구들은 서로 거리를 좁히고 조심스럽게 그곳을 빠져나갔다.

세 친구는 홀린 듯이 제자리를 한 바퀴 돌았다. 그들은 천장이 한없이 높고 밖에서부터 빛이 들어오는 것 같은 자줏빛 반투명 벽으로 둘러싸인 넓은 방에 와 있었다. 그 벽에서 오래되어 삭아가는 나뭇잎의 잎맥처럼 미세한 그물 조직을 볼 수 있었다.

"심장은 거대한 거미줄에 싸여 있는 것 같아. 정말 굉장한데." 발랑틴이 감탄했다.

그러나 레오니드의 심장 박동 사이사이에 그곳을 장악하는 적막함은 더욱 인상적이었다. 그 넓은 방 뒤쪽에는 붉은 융단이 깔린 계단이 한없이 높은 곳으로 뻗어 있었다. 포도주색 벨벳 소파들이 벽을 따라 놓여 있었고 그 위에는 불규칙한 선들이 난무하는 추상화들이 걸려 있었다. 그러나 아이들은 왕궁 입구의 호화로운 실내장식을 오래 구경할 짬이 없었다. 반대쪽 끝에서 이중문이 벌컥 열리면서 무장한 군인들이 달려왔기 때문이다. 로렌스가 얼굴이 창백해졌다.

"매크로파지*다! 우리가 이물질이라고 생각하나 봐!"

"좋아, 그렇다고 설명하지 뭐. 그래도……." 발랑틴이 대꾸했다.

"그러면 안 돼! 저들에게 이물질은 곧 위험이야. 매크로파지는 이물질을 제거해야만 해. 다른 경우는 없어!"

오스카는 일 초도 주저하지 않았다.

"뛰어!"

세 친구는 쏜살같이 계단으로 올라갔다. 미트라 여왕의 무시무시한 매크로파지 군인들도 기세 좋게 따라왔다.

"이…… 계단은…… 끝이 없나 봐……."

살이 찐 데다가 운동 부족인 로렌스가 거칠게 숨을 몰아쉬며 말했다.

★ macrophage, '대식세포'를 뜻하며 대식세포는 침입한 세균 등을 잡아서 소화하고 그에 대항하는 면역 정보를 림프구에 전달하는 역할을 한다

오스카가 뒤를 돌아보니, 군인들이 바로 뒤까지 따라붙었다. 소년은 속도를 늦추지 않은 채 팔로마 센터의 가방을 열어 리비아가 개발한 크리스털 다면체를 꺼냈다. 그는 펜던트에 크리스털을 장착하면서 친구들에게 말했다.

"계속 뛰어. 나도 곧 갈 테니까."

"안 돼! 널 두고 가진 않을 거야!" 발랑틴이 소리를 질렀다.

"말도 안 돼!" 로렌스도 맞장구를 쳤다.

"멈추지 말고 달려! 내가 곧 간다고 했잖아. 어서 가!" 오스카가 좀 더 단호하게 명령했다.

발랑틴과 로렌스는 내키지 않았지만 오스카에게서 눈을 떼지 못한 채 앞으로 뛰어올라갔다. 오스카는 돌아서서 추격자들을 마주 보았다. 무기를 내려다보고 팔로마의 말을 떠올렸다. "적을 무력화하는 무기로는 기가 막히게 효과적이지. 파톨로구스는 물론이고 다른 적에게도 쓸 수 있어. 우리 귀염둥이, 머리를 써야 한다. 아무렴, 머리를 써야지. 그 어떤 무기보다 요 물건이 요긴하게 쓰일 거야."

오스카는 팔로마의 조언을 제대로 따랐기를, 절체절명의 순간에 떠올린 아이디어가 제대로 통하기를 바랐다. 소름이 돋았지만 그는 당당하게 팔을 뻗었다. M의 중심에 모인 에너지가 푸른 광선이 되어 크리스털을 꿰뚫고 나와 오스카의 발치에 놓인 돌을 후려쳤다. 그러자 계단 위에 얼음 층이 깔렸다.

군인들은 이제 30여 미터밖에 떨어져 있지 않았다. 먹잇감을 잡아채려고 그들은 벌써부터 쇠붙이가 달린 촉수 같은 팔을 뻗고 있었다. 심장이 뛰다 못해 머리가 울리는 것 같았으나 흔들림 없이 계단을 따라서, 그리고 양쪽 난간을 따라서 광선을 쏘았다. 돌은 얼음 결정들로 뒤덮여갔다. 얼음 결정들이 빼곡하게 들어차며 희끄무레한 빛깔을 띠기 시작했다.

마침내 계단에 희미하게 금이 갔다.

군인들은 빛의 속도로 오스카를 쫓아왔다. 제일 덩치도 크고 무섭게 생긴 사람—아마도 그 무리의 대장—이 드디어 얼어붙은 계단에 발을 디뎠다. '망했다, 망했어.' 오스카는 속으로 그렇게 생각했다. 그는 뒤로 움찔 물러서며 눈을 감았다.

폭발음이 일어났다. 오스카가 다시 눈을 떠보니 추위와 팽창 때문에 아까 그 계단은 산산조각 나고 나머지 아래쪽 계단은 심하게 흔들리고 있었다. 대장은 한순간 균형을 잡는 듯했으나 부하들과 함께 허공으로 떨어지고 말았다. 오스카는 남은 계단을 한꺼번에 몇 칸씩 올라가 기다리던 친구들에게 합류했다. 땀에 흠뻑 젖은 로렌스가 말했다.

"잘했어, 오스카. 무슨 일 나는 줄 알았어."

"난 이해가 안 돼. 네 펜던트는 우리를 이곳에 들여보내주었지. 그건 이 왕국이 메디쿠스들을 친구로 여긴다는 뜻 아냐? 그런데 매크로파지들은 왜 우리를 공격한 거야?" 발랑틴이 물었다.

"아마도 '너희'는 메디쿠스가 아니기 때문이겠지."

그렇게 말하고 오스카는 좌우를 번갈아 보았다. 끝이 보이지 않을 만큼 통로가 길게 뻗어 있었다.

"이제 어떻게 하지? 지원군이 닥칠 거야. 분명히." 로렌스가 말했다.

"호랑이도 제 말 하면 온다더니!" 발랑틴이 왼쪽 통로를 가리키며 외쳤다.

오래 생각할 틈도 없이 그들은 군인들을 피해 오른쪽 통로로 달려갔다. 이제 겨우 한숨 돌리나 싶었는데 금세 또 쫓기는 신세가 되었다.

"결정을 내려야 해! 빨리이이이이! 이제 곧 잡히고 말겠어. 저들이 우리보다 빨라!"

발랑틴이 외쳤다. 오스카는 대답하려고 했지만 아무 말도 나오지 않았다. 몇 미터 앞에서 문이 벌컥 열리고 두 팔이 튀어나와 달리는 오스카를 홱 잡아챘기 때문이다. 어안이 벙벙해진 발랑틴과 로렌스는 급정거했다. 두 팔이 다시 한 번 튀어나와 그들도 휘어잡고 끌어당겼다.

엄청난 위력이 세 아이를 문 바로 옆 벽에 붙여 세웠다.

"쉿, 아무 말도 하지 마!" 상대가 속삭였다.

문은 열렸을 때만큼 신속하게 닫혔다. 바로 옆 통로에서 군인들이 우당탕탕 뛰어가는 소리가 나더니 점차 멀어졌다. 세 친구는 숨을 몰아쉬며 고개를 들었다. 그들 앞에는 덥수룩한 머리의 호리호리한 청년이 서 있었다. 오스카는 하느님이라도 본 듯 펄쩍 뛰었다.

"앨리스테어! 하지만…… 다른 아이들과 있어야 하잖아요?"

앨리스테어는 손가락으로 오스카의 입을 막으며 눈치를 주었다. 그는 어두컴컴한 그곳에서 마치 유령처럼 나타났다. 오스카는 어둠 속에서도 청년을 유심히 보았다. 앨리스테어는 그 어느 때보다 왜소해 보였다. 눈동자만이 여전히 차갑게 빛나고 있을 뿐이었다.

"쿠미테스 서클로 가려고 하던 중에 네가 일행을 따돌리고 먼저 출발했다는 걸 알았지. 하지만 나도 시간은 있으니까. 오늘 오후까지만 돌아가면 돼."

"앨리스테어, 레오니드의 집에서 오전 10시에 만나기로 되어 있었잖아요. 벌써 늦지 않았나요? 지금이 9시 45분인데요."

앨리스테어가 역정을 냈다.

"그딴 건 중요하지 않아. 난 여기 있으면 안 되지만 널 돕겠다고 말했으니까 약속을 지키는 거야. 넌 이제……." 그는 오스카의 두 친구를 눈여겨보며 조심스럽게 덧붙였다. "목표에 거의 다 왔단다."

이 말에 오스카는 피곤이 눈 깜짝할 사이에 눈 녹듯 사라지는 기분이 들었다. 그는 그 방의 모양과 윤곽을 구분하려고 애쓰며 옅띤 목소리로 물었다.

"그런데 여기가 어딘가요?"

앨리스테어가 팔을 내밀자 손끝에서 마법처럼 횃불이 나타났다. 세 친구는 주위를 둘러보았다. 아까의 거대한 홀만큼 넓지는 않아도 그 못지않게 천장이 높았다. 게다가 세간도 훨씬 더 잘 갖추어져 있었다. 벽에는 붉은색, 포도주색, 검푸른 색, 금색의 태피스트리들이 걸려 있었다. 그중 한 점에서 왕국의 전경을 볼 수 있었는데, 왕국은 성벽으로 빙 둘러싸여 있었고 그 한가운데에 왕궁이 위치했다. 또 다른 태피스트리에는 머리가 길고 하얀 여성이 하트 모양의 루비가 박힌 관을 쓰고 있었다. 세 번째 태피스트리를 보니 이 붉은 왕국과 뚜렷한 대조를 이루는 흰색과 푸른색의 하늘이 보였다.

방 안쪽으로 석류색 벨벳이 덮인 연단 위에 정교하게 세공된 나무 의자가 놓여 있었다. 의자의 다리, 팔걸이, 등받이의 세공이 어찌나 섬세한지 나무를 깎아 만든 레이스라고 해도 좋을 것 같았다. 앨리스테어가 단조로운 목소리로 말했다.

"너희는 폼페이 왕국의 접견실에 와 있어. 이게 바로 아이올로스 왕의 누이인 미트라 여왕의 옥좌야. 여왕은 이곳에 자신의 측근들을 불러 모으지."

오스카는 놀라서 청년을 쳐다보았다. 앨리스테어가 로봇처럼 억양이 하나도 없는 목소리로 말하고 있었기 때문이다. 무슨 일이 있었던 걸까? 기억도 사라진 듯했고 태도가 이상했다. 오스카는 진심으로 그가 걱정되었다. 비록 기복이 심한 성격 때문에 가끔 불편할 때도 있었지만 어쨌든 그는 이 청년을 아주 좋아했다. 앨리스테어는 어떨 때는 친형처럼 살갑게 굴었지만 어떨 때에는 냉정하고 무심했다. 오스카는 앨리스테어의 상태에 대해 브레이브 씨에게, 아니면 적어도 앨리스테어를 아끼는 위더스 부인에게라도 귀띔하는 게 좋지 않을까 싶었다. 위더스 부인이라면 어떻게 손을 써야 할지 알 것이다.

연단 아래에는 오스카의 키보다 작은 기둥이 하나 있었다. 그 기둥이 소년의 관심을 끌었다. 기둥 위에는 자줏빛 안개가 아른댔고 잘 분간되지 않는 물체가 놓여 있었다. 오스카 못지않게 호기심이 많은 발랑틴도 방을 가로질러 그 기둥의 받침돌 앞에 가보았다.

"참 예쁘네요. 이게 뭔가요?"

이번에는 앨리스테어의 음성이 좀 더 활기차게 방 안에 울려 퍼졌다.

"여왕의 왕홀이지."

발랑틴이 주춤 물러났다. 태피스트리에서 보았던 여왕의 관처럼 다양한 크기의 보석이 박힌 이 막대도 조금 거리를 두고 보아야 눈에 더 잘 들어왔다. 여러 면으로 깎인 하트 모양의 보석들은 한껏 반짝거렸다. 앨리스테어도 두 소년과 함께 왕홀에 다가갔다.

"예쁘기만 한 게 아니라 너에게 꽤 유용할 거다. 네가 가고자 하는 곳으로 가려면 '없어서는 안 될' 물건이기도 하고."

"왕홀이 에메랄드 서판을 찾을 수 있게 도와준다고요? 어떻게요?"

로렌스가 의심스럽다는 표정으로 물었다.

헤파톨리아인 소년에게 이런 질문을 받고 앨리스테어는 놀라는 기색이었다. 오스카가 설명했다.

"제 친구들이에요. 얘들도 다 알아요."

앨리스테어가 언짢은 얼굴을 했다.

"조심했어야지. 좀 더 신중해야 했어."

"우리는 오스카의 친구들이에요. 그건 우리가 아무 말도 하지 않을 거라는 뜻이지요. 우린 절대 친구를 배신하지 않아요. 친구가 뭔지는 알죠?" 발랑틴이 말했다.

오스카와 로렌스는 이 배짱 좋은 말에 놀라서 발랑틴의 얼굴만 쳐다보았다. 그러나 앨리스테어는 발랑틴의 뻔뻔한 태도를 무시했다.

"어쨌거나 이젠 너무 늦었어. 이미 엎질러진 물. 어쨌든 네가 혼자가 아니라 잘됐구나. 나는 이제 함께 갈 수 없거든."

그러자 발랑틴은 안개 자욱한 둥근 덮개 쪽으로 손을 뻗으며 이렇게 말했다.

"좋아요. 이 왕홀이 필요하다면 가져가면 되죠, 뭐! 원하는 것을 찾고 나면 제자리에 얌전히 돌려 놓을게요."

앨리스테어가 발랑틴을 말렸다.

"그러지 마."

"왜요? 이걸 가져가야 한다면서요!"

"오직 여왕만이 지금 네가 하려는 일을 할 수 있어."

"안개를 통과하면 무슨 일이 일어나는데요?"

"안쪽에는 다른 가스가 들어 있어. 그 가스가 공기에 닿으면 즉시 폭발하고 말아."

"그럼 어떻게 왕홀을 가져가요?"

"여왕만이 할 수 있는 일이지. 아니면 메디쿠스가."

"그럼, 당신이 직접 들어 올리면 되잖아요." 로렌스는 경계 어린 눈으로 앨리스테어를 바라보며 넌지시 떠보았다.

앨리스테어가 보일 듯 말 듯 움찔했다.

"안 돼. 저 왕홀을 손에 들고 15분간 버틸 수 있는 메디쿠스라야만 하니까."

오스카는 발랑틴을 물러나게 하고 자기가 기둥 앞에 섰다.

"잠깐만. 네가 손을 넣으면 폭발이 일어날 거야."

"메디쿠스는 이 왕홀을 들 수 있다면서요!"

"메디쿠스라고 해도 폭발이 일어나는 건 마찬가지야. 다만, 메디쿠스에겐 자신을 보호할 수단이 있다는 차이가 있을 뿐이지."

오스카가 잠시 생각에 잠겼다. 그가 아는 메디쿠스의 능력 가운데 방어책이 될 만한 것은 하나밖에 없었다.

"케이프를 이용하나요?"

"맞았어. 무슨 일이 일어나기 전에 먼저 그 둥그스름한 끝 부분을 케이프로 덮어."

"앨리스테어는 케이프가 없나요?" 로렌스가 딴지를 걸었다.

"급해서 두고 왔……."

통로에서 와자지껄한 소음이 일어나는 바람에 앨리스테어의 말은 끝까지 들리지 않았다. 사람들이 통로에서 마구 내달리는 것 같기는 했지만 거리가 좀 있었다. 어쨌든 한시가 급했다. 앨리스테어는 문 밖으로 고개를 내밀었다가 도로 문을 얼른 닫았다.

"이제 곧 저들이 여기까지 올 거야! 빨리 해!"

오스카는 케이프를 풀어서 둥근 덮개에 던졌다. 희한하게도 케이프가 덮히자 안개는 유리처럼 단단하게 굳어지는 듯했다.

"자, 이제 들어 올릴 수 있을 거다."

발랑틴과 로렌스가 멀찍이 물러났지만 너무 늦었다. 펑 하고 폭발이 일어나면서 케이프가 번쩍 들리고 세 아이는 양탄자 한 귀퉁이까지 나가떨어졌던 것이다. 앨리스테어조차도 뒤로 넘어가지 않으려고 안락의자를 붙잡고 매달려야만 했다.

오스카는 벌떡 일어나 왕홀을 향해 뛰어갔다. 붉은 안개가 흩어지면서 케이프는 다시 귀한 왕홀 위로 내려앉았다. 오스카는 앨리스테어의 눈치를 보다가 그가 부추기자 케이프를 조심스레 들추어보았다.

케이프의 섬유조직에서 수천 개의 크리스털 조각들이 눈송이처럼 후드득 떨어졌다. 오스카는 케이프를 털고 조심스레 걷었다. 기둥에 놓여 있던 미트라의 왕홀은 아무 이상 없이 붉은색과 주황색으로 반짝반짝 빛나고 있었다.

소년은 숨을 죽이고 망설였다. 차가운 땀이 등줄기를 타고 흘러내렸다. 친구들과 눈빛을 교환하고 나니 결심이 섰다. 그는 손을 뻗어 왕홀을 잡았다. 아무렇지도 않았다. 벼락이 치지도 않았고, 또다시 폭발이 일어나지도 않았으며, 그의 몸뚱이는 멀쩡했다. 겨우 안도한 소년은 눈을 감았다. 로렌스와 발랑틴도 동시에 한숨을 쉬었다.

"왕홀에 주술이라도 걸려 있어서 무서운 저주가 우리를 덮치는 줄 알았어."

오스카가 고백했다. 발랑틴은 친구의 등을 정답게 토닥거렸다.

"내가 그랬잖아, 넌 소설을 너무 많이 읽었다니까. 이건 현실이야. 저주나 마법 따위는 없다고."

이 말을 들은 오스카와 로렌스가 미소를 지었다. 발랑틴은 방의 실내 장식을 가만히 바라보다가 말을 바꾸었다.

"그래, 좋아. 그럼…… 없는 거나 마찬가지라고 하지, 뭐."

통로에서 들려온 비명에 그들은 위험천만한 현실로 돌아왔다. 무기와 쇠붙이가 부딪치는 소리, 서둘러 달려오는 발소리가 사방에서 다가왔다. 앨리스테어가 다급하게 외쳤다.

"저들이 왕궁의 방이란 방은 다 뒤질 거야. 이제 가야 해. 따라와!"

"어디로요? 사방이 군인들 천지예요. 무작정 도망치다가 호랑이 굴로 들어갈 순 없잖아요."

오스카의 말에 앨리스테어가 수수께끼 같은 표정을 지었다.

"누가 이 방에서 나간대? 빨리 옥좌로 가!"

오스카는 군말 없이 시키는 대로 했다.

"거기 등받이 위를 봐. 하트 모양의 루비가 두 개 있지? 한쪽은 연한 색, 다른 쪽은 진한 색."

"네, 보여요. 이 왕국의 문장이잖아요."

"두 개의 하트 사이에 공간이 있을 거야. 거기에 왕홀을 집어넣어. 꾸물거리지 말고!"

오스카는 발돋움을 하고 구멍 속에 왕홀의 아랫부분을 끼워 넣었다. 눈부신 빛이 옥좌의 다리를 감싸고 불꽃처럼 솟아올랐다. 빛은 팔꿈치, 등받이를 거쳐 마침내 하트 모양의 두 보석에까지 닿았다. 연단이 부르르 떨리는가 싶더니 마구 흔들리기 시작했다.

그 순간, 밖에서 문을 열려는 기척이 났다. 다행히 앨리스테어가 아까 잠가놓은 문이었다. 위압적인 목소리가 문 밖에서 명령했다.

"열어라! 당장 이 문을 열어!"

"올라가! 세 명 다 연단 위로! 빨리!"

앨리스테어는 그렇게 외치고 의자 하나를 문 앞으로 끌어당겨놓았다. 발랑틴과 로렌스는 즉시 오스카 옆으로 가서 그의 케이프를 붙잡았다. 이제 연단은 느릿느릿 위아래로 흔들리면서 가라앉고 있었다. 연단 아래 바닥이 꺼지고 있었던 것이다. 앨리스테어가 그들을 돌아보았다. 이제는 아이들의 상반신밖에 보이지 않았다.

"앨리스테어는요?" 오스카가 외쳤다.

"내 걱정은 하지 마라. 난 곧장 네 친구들에게 돌아갈 거야."

밖에서는 불도저로 문을 밀어버리려고 하는 것 같았다. 앨리스테어는 오스카에게서 눈을 떼지 않은 채 거의 알아들을 수 없는 이상한 목소리로 한마디 남겼다.

"행운을 빈다, 오스카 필."

바닥은 점점 아래로 꺼져갔고 오스카는 밖에서 한 번씩 밀어붙일 때마다 문짝이 조금씩 넘어가는 광경밖에 보지 못했다. 그러다 갑자기 머리 위에서 스르르 판이 닫히며 세 아이는 칠흑 같은 어둠에 빠졌다.

문짝이 산산조각 나며 철통같이 무장한 군인들이 접견실에 들이닥쳤다. 모두들 물러나 열을 맞추고 복도에 대기했다.

무리가 잠잠해지자 몹시 키가 큰 여인이 문간에 나타났다. 여인은 매우 단순한 자주색 드레스를 입고 있었다. 면사포처럼 한없이 길게 드리운 하얀 머리카락과 드레스 색깔과 똑같은 자주색 입술이 뚜렷한 대조를 이루었다. 여인은 잠시 꿈쩍도 하지 않았다. 깊고 검은 눈동자만이 이 방에서 일어난 사태를 파악하려는 듯 사방을 바쁘게 훑어 내렸다.

그녀는 앞으로 나아갔다. 그녀의 눈길은 대번에 기둥 위쪽을, 땅바닥에 흩어진 안개의 결정들을, 그리고 그 뒤쪽으로 원래대로라면 옥좌와 연단이 있어야 할 빈 공간을 살폈다. 여인은 본능적으로 손을 목에 가져가 목걸이 줄에 매달린 두 개의 하트 모양 펜던트를 어루만졌다. 여인이 펜던트를 내려다보았다. 보석의 광채가 급격하게 약해져 있었다.

기둥으로 다가간 여인은 아직도 남은 자줏빛 연기를 분노 어린 손짓으로 밀어냈다. 그녀가 뒤돌아섰다. 주름진 얼굴은 안색이 좋지 않았지만 눈동자만은 불꽃처럼 이글거렸다.

"로마노!"

나이가 젊고 얼굴선이 유독 고운 한 남자가 앞으로 나왔다. 그는 수염이 없을 뿐 아니라 눈썹과 머리칼도 박박 밀고 있었다.

"여왕 폐하, 왕홀이 사라졌습니다. 폐하가 아니면 아무도 그 왕홀을 잡을 수 없습니다. 메디쿠스라면 얘기가 다르겠지만요."

여왕은 아무것도 남지 않은 기둥 위를 굽어보았다. 남자는 신경질적으로 맨머리를 만지작거리며 망설이더니, 이내 얼굴을 바짝 내밀고 조그맣게 속삭였다.

"옥좌도 사라졌습니다. 이것은 왕홀을 훔친 자가 동굴과 그…… 방으로 갔다는 뜻이온데……."

미트라 여왕이 차갑게 딱 잘라 말했다.

"나도 안다. 그 정도는."

여왕의 충복은 허리를 굽히고 뒤로 물러났다.

찰나의 순간, 지금까지 알아차리지 못했던 뭔가가 여왕의 눈에 들어왔다. 접견실 구석, 묵직한 커튼과 벽걸이의 그늘 속에서 여왕의 눈에 익은 호리호리한 청년의 몸매가 보였던 것이다. 그러나 뭔가 흔들린다 싶더니 더 이상 아무것도 보이지 않았다. 여왕과 그녀가 거느린 군사 외에는 아무도 없었다.

여왕의 신임을 받는 충복도 뒤를 돌아보았다가 똑같은 것을 목격한 참이었다. 그는 믿을 수 없다는 표정으로 여왕을 쳐다보았다.

"저 자는? 아니…… 이게 가능한 일입니까?"

미트라 여왕이 차가운 목소리로 가차 없이 명령했다.

"그를 찾아라. 앨리스테어 맥쿨리를 찾아내. 빨리. 죽이지 말고 내 앞에 끌고 와."

여왕은 부리나케 접견실에서 나갔다. 로마노와 군사들도 그 뒤를 따랐다. 그때, 엄청난 지진이 일어났다. 통로에서 불빛이 흔들리고 춤을 추는 듯하더니 하나둘 꺼져버렸다. 로마노가 비명을 질렀다.

"여왕 폐하! 여왕님을 보호해라!"

군인들은 여왕을 빙 둘러싸고 보호막을 세웠다. 로마노는 허리띠의 칼집에서 묘하게 붉은빛으로 번쩍이는 단검을 꺼냈다. 미트라 여왕이 군인들에게 물러날 것을 명했다. 그녀는 망설임 없이 말했다.

"공격당한 게 아니다."

로마노는 사소한 신호나 움직임도 놓치지 않으려고 경계를 곤두세우며 물었다.

"그럼, 뭡니까? 어떻게 확신하시지요?"

여왕은 군사를 이끌고 빠르게 통로를 걸어가며 대꾸했다.

"틀림없다. 나는 레오니드 스미스라는 경솔한 늙은이를 잘 아니까. 왕국 전체에 경보를 울려라!"

레오니드의 딜레마

과연, 미트라는 레오니드를 잘 알았다.

오스카 일행이 몸속으로 들어가자마자 이 노인네는 안락의자에 앉아 위스키 병을 마주하고 오전 8시부터 술을 마시는 것에 대해 곰곰이 생각했다. 솔직히 '술을 마실 수도 있지'라고 생각하게 되는 이유들은 너무 많았다. 우선, 그는 위스키를 좋아했다. 좋아하는 것에는 시간과 돈을 아끼지 않는 법이다. 그렇다 보니 술을 마시면 시간을 잊을 수 있었다. 게다가 술은 그를 진정시켜주었다. 적어도 그는 그렇게 믿었다. 아까의 예기치 않은 방문은 그에게 몹시 스트레스를 주었으니까. 필이라는 건방진 꼬맹이가 한 말이 특히 그랬다.

어쨌든 그 건방진 태도에 놀란 것은 아니었다. 지난주에 맥쿨리가 꼬맹이들을 데리고 나타난 이후, 레오니드도 위스키를 즐기는 동안 짬짬이 알아볼 기회가 있었다. 아들 레너드는 (이제는 고인이 되어 평온하게 잠든) 아내에게서 메디쿠스의 능력을 물려받았다. 그 아들이 필 가에 얽힌 사연을, 특히 그 꼬맹이의 부친에 대한 이야기를 들려주었다. 꽤나 유망한 메디쿠스로 대단한 활약을 펼쳤지만 수수께끼의 불미스러운 사연 때문에 결국 죽고 말았다나. 그 아버지가 성격도 있고 용감한 사내였다는 점만은 분명했다. 그런 면에서는 아들도 뒤지지 않는다고 봐야 할 것이다.

하지만 그렇다고 해서 철없는 꼬맹이가 존경받아 마땅한 노신사에게 그딴 소리를 지껄여도 될까? 레오니드는 자신이 너무 물렀다고 후회하고 있었다.

"좀 더 혼내줄걸 그랬어. 그놈의 신체 잠입은 못하게 하는 건데. 게다가 맥쿨리가 그 녀석에게 철딱서니를 가르칠 거라고는 기대할 수도 없지!"

몇 분 동안 구시렁거리던 레오니드는 눈을 감고 깊이 잠들어버렸다. 오만 가지 생각이 그의 꿈속을 어지럽혔다.

15분 후, 그는 소스라치며 일어났다. 생생한 악몽이었다. 빨간 머리 애송이가 그의 몸속에서 악착같이 날뛰며 킬킬대고 고함을 질러대는 게 아닌가. "당신은 성질 고약한 영감이에요! 성질이 아주 고약하다고요!" 레오니드는 심장이 뛰다 못해 가슴팍을 뚫고 튀어나올 것 같았다.

몸을 일으킨 그는 주위를 둘러보고는 안심해서 약통에 손을 뻗었다. 심장 약을 먹을 시각이었다.

레오니드는 툴툴거리며—어차피 깬 시간의 90퍼센트는 불평하면서 보냈지만—복용해야 할 약들을 추렸다. 심장의 리듬을 조절하는 알약이 한 알, 혈압약이 한 알, 동맥경화를 방지하는 약이 또 한 알. 그는 이런 약들을 삼키고 싶지 않았고, 이 약들을 먹고 나면 위스키로 입가심을 하거나 시간을 죽일 수가 없었다. 담당 의사가—메디쿠스가 아니라

진짜 의사가!—그 문제에 대해 명확하게 짚고 넘어갔다. 절대로, 절대로 약과 술을 함께 먹으면 안 된다고.

의사의 지시를 떠올리자 레오니드는 꾸지람을 들은 어린애처럼 기분이 나빠졌다. 닥터 피치의 잔소리 때문에 인생의 소소한 낙도 누리지 못한다고 생각하니 짜증이 났다. 결국 의사들도 메디쿠스들보다 조금 나을까 말까 하는 정도라는 생각이 들었다. 아내와 아들이 그 망할 기사단에 소속되지만 않았어도, 그리고 자신의 망할 심장이 그 따위 약 없이도 잘만 버텨준다면, 레오니드는 의사나 메디쿠스와 상종할 일도 없었을 터였다.

그는 이를 악물고 번득이는 작은 눈으로 크리스털 술병을 쳐다보았다. 그러고는 호박색 액체를 눈으로나마 음미했다. 술을 바라볼 때면 늘 그렇듯이 희미한 미소가 레오니드의 입가에 감돌았다.

그는 잠시 손바닥에 알약들을 놓고 만지작거리다가 망설였다. 바로 옆에 놓인 빈 잔을 손가락으로 훑었다. 그는 엉뚱한 데를 보면서 의뭉스러운 표정으로 술병을 집어 위스키를 약간 따랐다. 사이를 두었다가 조금 더 따랐고, 그다음에는 술잔을 거의 다 채우다시피 했다. 레오니드는 술병을 내려놓고 신 나는 노래를 흥얼흥얼하면서 알약들을 약통에 도로 넣었다.

사사건건 간섭하는 닥터 피치의 건강을 위해서가 아니라 자신의 건강을 위해 그는 잔을 들었다. 순수한 맥아의 향기가 감미롭게 입안에서 퍼졌다. 레오니드는 눈을 감고 느긋하니 한숨을 쉬었다. 약통을 흘끗 보고는 멀찌감치 밀어놓았다.

"아, 이제 됐어! 내가 나중에 먹겠다고 했잖아! 그런 것도 내 맘대로 못해?"

누가 자기에게 잔소리라도 한 것처럼 그는 약통을 보며 투덜거렸다.

노인은 두 번째 모금을 삼키고 미소를 지었다. 처음에는 예의상 홀짝거리던 레오니드는 드디어—가식은 집어치우라는 듯이—단숨에 잔을 비웠다. 커어, 소리를 만족스럽게 뱉으며 잔을 내려놓고 머리를 등받이에 기댔다.

정말로 맛있는 한 잔이었다.

유일한 문제는 그 맛이 오래 남지 않는다는 것이었다. 술잔을 비우기가 무섭게 입에서 술맛이 사라졌다. 결과적으로, 그가 할 일은 단 하나뿐이었다. 그는 처음으로 돌아가 다시 술을 따랐다. 한 잔이 두 잔이 되고, 석 잔째에 접어들었다.

석 잔을 비우자 머리를 기댈 힘도, 술잔을 내려놓을 힘도 없었다.

레오니드는 곧장 잠에 떨어졌다.

탁자 위에는 약통이 놓여 있었다. 안타깝게도, 약은 한 알도 축나지 않았다.

접견실 바닥이 머리 위에서 닫히고 로렌스, 발랑틴, 오스카가 선 연단은 몇 미터를 더 내려갔다.

마침내 연단에서 내려온 그들은 평평한 지대에 발을 디뎠다. 그곳에서부터 신기한 터널이 뻗어 있었다. 바다 밑으로 난 터널, 해저터널이었다. 터널의 천장은 흐르는 바닷물 덕분에 말끔하게 닦인 거대한 유리판이었다. 터널 속에서 위를 쳐다보면 폼페이 왕국의 심해와 그곳에 사는 모든 생물들을 얼마든지 구경할 수 있었다.

"믿을 수 없군! 거대한 아쿠아리움 밑으로 지나가는 기분이야. 책에서 본 것 같아!" 로렌스가 감탄했다.

발랑틴은 바다 속 구경에 넋을 놓고 있을 틈이 없었다. 그녀는 오스카와 함께 달리기 시작하며 로렌스를 독촉했다.

"로렌스, 빨리! 여왕의 군사들은 책에 있는 게 아니라고! 그들은 진짜 우리를 쫓고 있어!"

"터널 끝으로 빨리 나가야 해. 서둘러!" 오스카가 벌써 한참 앞서가며 외쳤다.

로렌스도 허겁지겁 달리기 시작했다.

"하나만 더 묻자. 이 터널이 어디로 통하는지는 아는 거야?"

"아니, 하지만 이제 곧 알게 되겠지."

그 순간, 첫 번째 진동이 일어났다. 넘어지지 않기 위해 그들은 동굴 벽에 붙었다. 로렌스가 머리 위의 붉은 물을 올려다보았다.

"무슨 일이지? 왕국 전체가 어두워지고 있잖아!"

"저것 봐!" 오스카가 소리쳤다. "저기 Prot&In들이 더 이상 앞으로 가지 못하잖아! 마치…… 바다 속의 흐름이 사라진 것 같아!"

발랑틴이 티셔츠의 목둘레선을 잡아당기며 말했다.

"너희는 어떤지 모르겠지만, 난 숨이 답답해."

빛이 흔들리는가 싶더니 다시 주위가 환해졌다. 폼페이 왕국의 심해에서 바닷물이 다시 움직이고 이동 수단들도 제대로 작동하기 시작했다. 로렌스가 걱정했다.

"잠깐이었지만 뭔가 이상하고 기분이 찜찜해. 왕국 전체가 마비된 것 같았어."

오스카는 친구들을 일으켰다.

"너희도 느꼈어? 심장이 잠깐 멎었다가 다시 뛰기 시작했어. 레오니드의 심장에 문제가 많은 것 같아."

"그래서 바다 속 교통이 마비되었던 걸까?" 로렌스가 물었다.

"어쩌면 그럴지도 모르지. 어쨌든 혈구들이 더 이상 움직이지 않는다면……."

"산소를 운반할 수 없겠지! 논리적으로 당연하잖아. 이곳의 산소저장 탱크가 그리 크지 않다면 당장 숨쉬기가 힘들어질 테지." 발랑틴이 말했다.

다시 달려갈 준비가 됐다고 생각한 오스카는 이렇게 선언했다.

"모든 게 정상으로 돌아왔지? 그럼 더 이상 미적거릴 이유가 없어. 가던 길, 계속 갈까?"

"물론이지. 사소한 문제가 있었을 뿐이잖아. 가자!" 발랑틴이 용감하게 외쳤다.

그들은 다시 터널을 달려갔다. 그러나 두 번째 진동이 일어나자 땅에 넘어지고 말았다. 이번에는 사방이 컴컴해졌다.

"발, 로, 괜찮아?"

"으응!" 두 친구는 한목소리로 대답했다.

"괜찮아. 큰 혹이 하나 생기긴 했지만." 로렌스가 말했다.

"그리고 숨쉬기가 또 힘들어졌어." 발랑틴이 덧붙였다.

그들은 더듬더듬 서로를 찾아 모였다. 먼 곳의 비명 소리가 물을 타고 와 유리 천장을 뚫고 그들에게까지 들리는 듯했다. 세 친구는 등골이 오싹했다. 오스카는 불안한 목소리로 말했다.

"내 생각에…… 레오니드의 심장이 진짜로 멎은 것 같아."

레오니드가 눈을 떴다. 가슴을 바이스로 조이듯 끔찍한 통증이 일어났다. 몸은 땀에 흠뻑 젖었고 사지가 노곤하게 늘어졌다. 이런 느낌이 처음은 아니었다. 작년에 구급차에 실려 가다가 깨어났을 때에도 이랬다. 의료진은 그의 심장이 '잘못' 뛰기 시작했다고 설명했다. 심장이 '잘못' 뛰다니, 그건 무슨 뜻이란 말인가? 닥터 피치는 부정맥이 나타났고 심장이 약해졌다고 풀어서 설명해주었다. "심장이라는 펌프가 제대로 기능하지 못하면 피가 몸속 구석구석 잘 돌지 못하지요."

그때부터 레오니드는 심장 약을 복용해야만 했다. "가볍게 생각하실 일이 아닙니다, 스미스 씨. 깜박 잊고 약을 먹지 않았다가 심각한 위험에 빠질 수도 있어요." 의사는 그렇게 으름장을 놓았다.

그래, 약! 레오니드는 펄쩍 뛰었다. 약을 복용하는 걸 잊고 있었던 것이다. 그래서 또 증상이 나타난 건가 보다. 그는 탁자를 향해 고개를 돌렸다. 바로 옆에 있는 탁자가 한없이 멀게만 보였다. 기운이 하나도 없고 손이 부들부들 떨려서 약통을 집어 들고 약을 먹을 수조차 없었다.

레오니드는 화도 나고 무섭기도 해서 고개를 옆으로 기댔다. 무릎 위에 쓰러진 술잔을 바라보는 것 외에는 아무것도 할 수 없었다. 그 순간, 심장이 제멋대로 불규칙하게 뛰면서 가슴이 비수에 찔린 듯 날카로운 통증이 일어났다.

그 후에는 모든 것이 시커멨다.

바빌론 하이츠에 사는 아이들은 토요일 아침 일찍부터 동네 공원에 모이곤 했다. 가을이나 겨울에는 주말에도 집에만 갇혀 지내야 했기 때문에 화창한 날씨를 아침부터 즐긴다는 것은 기분 좋은 일이었다.

오전 9시, 공원 분위기는 벌써 한껏 무르익었다.

"틸라!"

자신의 우상을 만나서 기뻤는지 섀도가 큰 소리로 틸라를 불렀다. 그러나 그녀의 반가운 표정은 연기처럼 금세 사라져버렸다.

"그런데…… 자수 놓인 청바지 안 입었네?"

엄마를 졸라서 틸라와 똑같은 청바지를 급히 사두었던 섀도는 몹시 실망했다. 오늘 틸라는 반짝반짝한 금속 조각이 붙은 티셔츠와 치마를 입고 있었다. 그 옷은 틸라에게 눈부시게 잘 어울렸다. 소녀는 살짝 미소를 지으며 대꾸했다.

"응, 안 입었어. 생각이 바뀌었거든."

사방으로 땋은 머리채와 올림머리로 복잡하게 모양을 낸 리즈가 틸라에게 물었다.

"어디서 오는 길이야? 한 시간이나 기다렸는데!"

"스노 베이에서 약속이 있었어. 너희에게 말할 수는 없지만……."

틸라는 모호하게 얼버무렸다. 그녀는 단짝 친구들에게조차 비밀스럽게 행동했다.

"스노 베이? 하지만 거긴 바빌론 하이츠에서 엄청 멀다고! 거기에 무슨 볼일이 있어서?"

리즈가 깜짝 놀라며 물었다. 한편, 집에 가서 옷을 갈아입고 올 시간이 있을지 고민하던 섀도는—마침 옷장에 틸라의 것과 비슷한 치마가 있었다—갑자기 틸라의 말에 관심을 보였다. 아니, 틸라가 그들에게 숨기는 것에 관심이 갔다고나 할까……. 섀도는 쑥덕공론과 소문에 관심이 많았다. 더구나 틸라의 사생활에 대한 소문이라면 놓칠 수 없었다. 섀도가 킥킥대며 틸라를 떠보았다.

"뭐야, 얘기해봐! 너, 남자애 때문에 거기 간 거지?"

틸라는 누구보다도 사람의 심리를 잘 이용할 줄 알았기 때문에 친구들이 조금 김이 샐 때까지 대답하지 않고 시간을 끌었다.

"뭐, 그렇다고 할 수도 있지. 하지만……."

"하지만?" 두 친구가 물었다.

"하지만 너희가 생각하는 것과는 다를걸."

틸라는 땅이 꺼져라 한숨을 쉬고서 덧붙였다.

"정말이지, 너희들에게 아무 말도 할 수 없어서 너무 안타깝다. 너희도 아주 좋아할 이야기인데!"

"그 얘기가 뭔지 나도 좀 알고 싶은데."

틸라의 뒤에서 소년의 목소리가 들렸다. 틸라가 아주 잘 아는 목소리였다. 그녀는 머리칼을 홱 흩날려 한쪽으로 모으며 고개를 돌렸다. 그러면 자신의 금빛 눈동자가 햇빛을 받아 그 어느 때보다 아름답게 보인다는 것을 그녀는 잘 알고 있었다.

"그래, 로넌. 너도 아주 재미있어할 거야. 내가 오늘 아침에 뭘 보았는지 알면……."

로넌은 늘 거느리고 다니는 부하들에게로 고개를 돌렸다. 도허티는 튼실한 다리로 버티고 서서 맹하게 웃고 있었다. 특히 리즈가 주위에 있을 때면 도허티의 얼굴에는 바보 같은 미소가 떠나지 않았으나 리즈는 그에게 눈곱만큼도 관심이 없었다. 노턴은 공연히 나뭇가지를 꺾어 작은 조각들을 부러뜨리고 있었다. 세 부하 중에서 가장 교활하고 엉큼한 지미 베이츠는 기분 나쁜 미소를 지으며 얼굴을 가리는 긴 앞머리 사이로 여자아이들을 눈여겨보고 있었다. 틸라와 섀도가 충고했음에도 리즈는 지미에게 추파를 보내고 있었지만 지미는 그러거나 말거나 차갑고 빛나는 눈으로 틸라를 주목했다. 지미는 나쁜 남자 스타일의 미남이었기 때문에 틸라도 그의 눈빛에 아주 무관심하지만은 않았다. 어쨌든 틸라는 누가 자기에게 관심이 있는지에 대해서는 눈치가 훤했다.

"너희는 좀 꺼져 있어."

로넌이 주위의 친구들을 위협적으로 쏘아보며 명령했다. 여자아이들은 꾸물대지 않았고 도허티와 노턴도 얼른 물러났다. 지미 베이츠는 서두르는 기색 없이 몸을 일으켰다. 그는 뒤를 한 번 돌아보고 그 자리에서 떠났다.

"자, 이제 말해봐. 오늘 아침에 뭘 봤는데 그래? 네가 원하면 도와줄 수도 있어."

틸라도 사실은 로넌이 아이들을 쫓아 보내기를 기다리고 있었다. 로넌에게 충격을 주고 싶었기 때문이다. 틸라는 로넌을 정확히 꿰뚫고 있었다. 로넌이 자기 주위를 맴돌며 대장 노릇하는 걸 한두 번 본 것도 아니니까. 틸라가 어깨를 으쓱했다.

"아니, 난 오스카와 잠시 시간을 보내고 싶었을 뿐이야."

로넌의 표정이 대번에 변했다.

"필? 오늘 아침에 필과 함께 있었단 말이야?"

틸라는 살짝 미소를 지으며 다른 것에 관심이 쏠리기라도 한 듯 엉뚱한 곳을 바라보았다. 뻐기듯이 어깨에 힘을 준 로넌이 틸라 앞을 막아섰다.

"그래서 뭘 했는데?"

로넌은 억지로 비웃는 시늉을 했다.

"이봐, 그 자식은 형편없는 녀석이야. 5분만 같이 있으면 싫증이 날 정도지. 네가 그딴 걸 좋아한다면야……."

로넌은 그 자리를 떠나려는 척했다. 하지만 사람을 갖고 노는 걸로는 틸라가 한 수 위였다. 틸라는 로넌을 잡지 않고 가만히 기다렸다. 오래 기다릴 필요도 없었다. 금세 되돌아온 로넌이 틸라를 다그쳤다.

"그래도 말이나 해봐. 적어도 난 너한테는 관심이 있으니까. 필은 귀찮은 놈이지만 그래도 네 얘기라면 듣고 싶다고."

"어머, 아무것도 아니야, 그렇지만……."

"그렇지만?" 로넌이 신경질적으로 물었다.

"걔는 네가 말한 것만큼 형편없는 애가 아니야."

"뭘 보고 그런 소리를 하는데?"

"걔는 특별한 힘이 있거든. 아마 네가 할 수 없는 일을 그 애는 할 수 있을 거야."

"예를 들어 어떤 일?" 로넌의 주먹에 힘이 들어갔다.

"아, 나도 더는 몰라. 이 얘긴 잊어버리자. 알았지?"

틸라가 눈을 돌려 친구들을 찾자, 로넌이 틸라의 팔을 세게 잡았다.

"뭐야, 아프잖아!" 틸라가 비명을 질렀다.

"그 자식이 뭘 했는데?" 틸라의 비명에도 아랑곳하지 않고 로넌이 다그쳤다.

틸라가 로넌의 눈을 보았다. 그녀는 더 이상 로넌을 유혹할 마음이 없었고 로넌 역시 치근덕거릴 여유가 없었다. 둘 다 가식 없이 본색을 드러낸 것이었다. 모질고 단호한 본색을.

여유 부릴 때가 아님을 깨달은 틸라는 더 이상 저항하지 않았다.

"오스카는 너보다 '훨씬' 더 강한 아이야. 그 애가 마법처럼 사라지는 걸 봤어!"

틸라가 통쾌하다는 듯이 말했다. 로넌은 흥미를 보이며 팔을 잡았던 손을 살짝 풀어주었다.

"뭐야, '사라지는' 걸 봤다니? 그게 무슨 뜻인데? 대충 둘러댈 생각 하지 마."

"오스카가 목에 걸고 다니는 펜던트를 앞으로 내밀었어. 그러더니 마법처럼 사라졌다니까. 네가 못하는 일이라고 해서 다른 사람도 할 수 없는 건 아니야⋯⋯."

로넌이 눈살을 찌푸렸다. 틸라는 자기가 무슨 말을 하는지 몰랐지만 그건 분명히 신체 잠입에 대한 얘기였다. 어떻게 틸라가 그 장면을 목격하게 된 걸까? 이 아이는 메디쿠스에 대해 무엇을 얼마나 알고 있을까? 오스카가 말했을까? 아빠 외에는 누구의 명령에도 복종하지 않는 로넌조차 그런 얘기를 함부로 발설해서는 안 된다는 지시는 따랐다. 그러나 로넌은 놀라지 않았다. 비탈리 필이 배신자였다면 그 아들이라고 해서 뭐가 다를까.

"어디서?"

틸라는 아프고 분해서 약간 눈물을 보였다.

"내가 아프다고 했지!"

"어디서 걔를 봤는데? 그리고 언제 얘기야, 그게?"

"스노 베이에서! 오늘 아침이라고 했잖아! 이제 놔! 당장 놓아주지 않으면 소리를 지를 테야!"

로넌이 우악스러운 손아귀 힘을 조금 풀자, 틸라는 잽싸게 휙 벗어나 달아났다. 소녀는 충분히 거리를 확보할 만큼 뛰어갔다가 이글거리는 눈으로 로넌을 쏘아보았다.

"네가 제일 바보야! 너보다는 차라리 지미 베이츠가 낫겠다!"

틸라는 자기가 날린 마지막 독설이 마음에 들었는지 깔깔깔 웃으며 뛰어갔다. 그러나 로넌은 틸라의 말을 듣고 있지도 않았다. 신경이 온통 오스카 필에게 쏠려 있었기 때문이다. 쿠미데스 서클에서 만나서 10시까지 그 노망난 늙은이 집으로 가기로 되어 있는데, 틸라의 말대로라면 그

빌어먹을 자식이 남들보다 앞서 트로피의 반쪽을 찾으러 떠났다는 얘기다. 만약 그렇다면 그 자식은 다른 아이들이 트로피의 반쪽을 찾지 못하도록 수단과 방법을 가리지 않고 방해할 것이다. 물론 다른 아이들은 알바가 아니었다. 자기 목적을 달성하기 위해서라면 다른 아이들을 죄다 짓밟을 수도 있는 로넌이었다. 로넌에게 오스카는 걸림돌일 뿐이었다.

로넌은 손목시계를 보았다. 9시 15분이었다. 서두르면 놈을 따라잡을 수 있을지도 모른다.

쿠미데스 서클에서 만나기로 한 약속은 안됐지만 별수 없었다. 위험신호가 울렸으니 한순간도 허비할 수 없다. 필은 자기가 한 짓을 후회하게 될 것이다.

로넌은 멀찍이서 자기를 기다리는 부하들에게 눈길 한 번 주지 않고 공원 옆 대로에 한 시간 전부터 주차되어 있는 아빠의 리무진을 향해 달려갔다.

약속 시각에 늦은 앨리스테어가 쿠미데스 서클로 바람처럼 들이닥쳤지만, 로넌과 오스카는 그곳에 없었다. 어제 오스카가 전화를 했었다는 얘기는 체리에게 들었다. 오스카는 병이 나서 오늘 올 수 없다고 했다.

"모스는요?"

"아무 소식 없었는데요."

체리 아줌마가 왠지 만족스럽다는 듯이 대꾸했다. 로넌 모스가 결석해서 기분이 좋은 모양이었다. 아이리스가 정의의 여신처럼 잽싸게 팔짱을 끼고 앞으로 나섰다.

"걔들은 어쩔 수 없어요. 계획을 미룬다는 건 말도 안 돼요. 우리끼리 가요!"

앨리스테어는 에이든 스펜서와 샐리 벙커에게 다정한 손짓을 하며 세 아이를 현관문으로 밀었다. 제리는 이미 한참 전부터 리무진 앞에서 기다리고 있었다.

청년은 일행을 모두 차에 태웠다. 자신도 조수석에 자리를 잡고 앉아 있는데 뒤에서 허스키한 저음 목소리가 들려왔다. 그랜드 마스터가 현관에 서 있었던 것이다.

"앨리스테어, 전원 참석한 건가? 다섯 명이 출발하기로 했는데 세 명 밖에 보이지 않는 것 같군."

"필과 모스가 오지 않았습니다."

브레이브 씨가 눈살을 찌푸렸다. 앙숙인 두 사람이 동시에 빠진 것이 왠지 불안했다.

"오지 않아? 왜?"

"필은 병이 났다고 하고요. 모스는 모르겠습니다. 아무도 연락 받지 못했어요."

저택의 홀에서 귀를 쫑긋 세우고 있던 체리 아줌마가 블라우스의 매무새를 다듬고 그랜드 마스터에게 다가갔다.

"오스카, 그 딱한 것이 어제 전화를 했더라고요. 저도 걱정이 되어서 피가 바짝바짝 마르는 줄 알았……."

체리 아줌마는 오스카가 식욕은 있을지, 몸이 약해서 걱정이라는 둥, 제대로 챙겨 먹지도 못하고 사는 것 같다는 둥, 오만 가지 상념을 늘어 놓았지만 아무도 듣고 있지 않았다. 브레이브 씨도 이런 때에 한 귀로 듣고 한 귀로 흘리는 요령을 익혀둔 참이었다. 앨리스테어가 초조하게 물었다.

"저, 그만 가도 되겠습니까? 레오니드 영감님 성미 아시잖아요. 늦었다간 경을 칠 거라고요!"

윈스턴 브레이브는 알았다는 뜻으로 미소를 지어 보였다. 체리는 여전히 수다 삼매경에 빠져 있었다.

"그리고요, 마스터, 저는 항상 오스카가 음식을 양껏 먹고 있는지 걱정했다고요. 그렇잖으면 왜 걔가 병이 나겠어요, 게다가……."

그랜드 마스터는 듬직한 손으로 그녀의 팔을 잡아 입을 다물게 했다.

"오스카를 직접 본 건가? 그 애가 여기 왔나?"

"아뇨, 전화를 걸었다니까요. 그래도……."

"분명히 말해줘서 고맙네, 체리. 오스카의 건강에 대해서는 내가 알아볼 테니 너무 걱정하지 말게."

그랜드 마스터는 자동차가 멀어져가는 것을 바라보다가 잽싸게 집무실로 올라갔다.

제리가 제한속도를 아슬아슬하게 지키며 질주했기 때문에 15분도 되지 않아 그들은 레오니드의 집 앞에 도착했다. 앨리스테어는 말 그대로 아이들을 차에서 발로 뻥 차다시피 내보냈다. 그동안에도 아이리스는 제리가 열어놓은 운전석 차창으로 삿대질을 해대며 주의를 주었다.

"아저씨, 운전을 그렇게 하시면 어떻게 해요! 빨간 불에서 달리는 거, 나한테 두 번이나 딱 걸렸다고요!"

운전수는 아무 말 없이 차창을 올렸다.

"이번만은 아이리스가 제대로 말한 것 같은데요."

난폭 운전이라면 질색하는 에이든도 한마디 했다. 그다음 모두들 앨리스테어를 따라가 문간에서 대기했다.

앨리스테어가 초인종을 눌렀다. 이어서 한 번 더 눌렀다. 세 번째 눌렀을 때에도 반응이 없자 앨리스테어는 잔디를 밟았다고 혼날 위험을 무릅쓰고 집을 한 바퀴 돌아보았다. 거실 창문에 접근한 그는 유리창에 반사되는 그림자 때문에 안쪽이 잘 보이지 않자 손으로 눈 주위를 가리고 창문에 바짝 다가갔다. 그러자 안락의자에 파묻힌 레오니드의 몸집이 보였다. 청년은 조심스레 창문을 두들겼다. 손에 점점 힘이 들어가면서 나중에는 주먹으로 쾅쾅 내리치기에 이르렀다. 그때, 노인이 힘겹게 한 팔을 팔걸이에서 들면서 뭔가를 바닥에 떨어뜨렸다. 유리 깨지는 소리였다.

이번만은 앨리스테어도 잔디가 망가지건 말건 문까지 전속력으로 달렸다. 그는 현관을 가로질러 응접실로 뛰어들었다. 아이들도 근심 반 호기심 반으로 그 뒤를 따랐다.

가엾은 레오니드는 통증으로 얼굴이 일그러진 채 땀에 흠뻑 젖어 한 손으로 가슴을 부여잡고 있었다. 입술이 새파랬고 숨쉬기가 몹시 힘들어 보였다. 레오니드가 입을 열었지만 뭐라고 하는지 알아들을 수는 없었다. 앨리스테어가 그의 몸을 일으켜주자 레오니드는 자세가 조금 편해진 듯했다.

"너희…… 신…… 자……."

"뭐라고 하시는 거예요, 레오니드? 천천히, 차분하게 숨을 고르고 무슨 일인지 말씀해보세요!"

"너희…… 너희……."

"우리가 뭐요?" 조바심이 난 앨리스테어는 구급차를 부르기 위해 전화기부터 찾았다.

"너희…… 신발을 신고…… 내 양탄……자에 올라왔잖아!"

앨리스테어는 기가 막혀서 허공을 쳐다보았다.

"있다가 나가면서 청소기 돌릴게요. 약속해요! 그보다 무슨 일이에요? 말씀은 하실 수 있어요?"

"내…… 약……."

앨리스테어는 노인의 힘없는 손짓을 눈으로 좇다가 탁자 위에 놓인 약통을 발견했다. 약통을 들어 내용물을 확인했다. 아침에 먹었어야 할 약이 사각형 칸막이 속에 그대로 있었다.

"레오니드! 오늘 먹을 약을 드시지 않았군요!"

레오니드가 고개를 끄덕였다.

"그 애들이…… 너무 일찍 출발을 해서……. 나도 긴장을 좀 풀어야 했다고……."

"그 애들이라니요? 누구를 말씀하시는 겁니까? 언제요?"

"오늘 아침…… 필이라는…… 빨간 머리 꼬마와…… 피부가 노랗고 투실투실한 녀석……."

잠시 뜸을 들이고 거칠게 숨을 몰아쉬던 레오니드는 말을 이었다.

"알록달록한…… 메디쿠스들이라니……. 하다 하다 별 걸 다!"

"오늘 아침이라고요? 오스카가 여기에 발랑틴과 로렌스를 데리고 왔단 말이에요?" 어안이 벙벙해진 에이든이 끼어들었다.

"진정하세요, 레오니드. 지금은 진정하셔야 할 때입니다. 일단 닥터 피치를 부르겠어요. 의사가 올 때까지 차분하게 숨을 쉬면서 오스카와 그 친구들이 뭘 어떻게 했는지 말씀해보세요!"

"당연한 걸 왜 묻나! 자네들과…… 똑같은 짓을 하러 온 거지."

화난 레오니드가 고함쳤다. 그는 화내지 않고 말하는 법을 몰랐다.

샐리는 주방에서 물 한 잔을 가져와 앨리스테어에게 내밀자 그는 레오니드의 손에 알약을 쥐어주고 억지로 먹게 했다. 모두들 레오니드가 제대로 설명을 할 수 있을 때까지 잠자코 기다렸다.

"무슨 말씀을 하시는 겁니까?" 앨리스테어가 물었다.

"생각을 해봐!" 그렇게 쏘아붙이며 레오니드는 쓰디쓴 세제나 대구 간유를 억지로 먹은 사람처럼 인상을 썼다. "개네가…… 들어가고 싶다고 했어!"

"선생님 몸속으로요?" 샐리가 물었다.

"나보다 선수를 쳤다고? 어떻게 감히 그럴 수가!" 아이리스가 기가 막히다는 듯 소리를 질렀다.

"너희는 조용히 해!" 앨리스테어가 명령했다. "그래서 개들이 어디로 갔습니까?"

"개들이 어디로 갔으면 좋겠는데? 그들은…… 선발대로 가는 거라고 했네, 그게 다야! 그러니까……."

다시 한 번 날카로운 통증 때문에 레오니드는 말을 이을 수 없었다.

얼굴이 창백해진 앨리스테어는 일어났다. 그는 세 아이들을 돌아보며 이렇게 일렀다.

"너희는 여기서 꼼짝하지 마라. 알았지? 그리고 당장 닥터 피치를 불러라. 나는 네 친구들을 데리러 가겠다."

"스미스 선생님, 저희가 곁에 있을게요. 주치의 선생님이 곧 오실 겁니다." 에이든이 레오니드를 안심시켰다.

"내 주치의? 아무 쓸모도 없는 사람이야! 그런 작자는 필요 없다. 이제 많이 괜찮아졌어."

에이든과 샐리가 레오니드를 슬쩍 훑어보았다. 상태가 악화되진 않았으나 솔직히 나아졌다고 할 수도 없었다. 오스카, 발랑틴, 로렌스가 처한 상황도 분명히 좋지 않을 터였다.

"레오니드, 이번만은 제 말을 따라주세요. 의사가 도착할 거고요, 그
동안 제가 손을 써보겠습니다. 한결 편해질 거예요."

그렇게 말하고 앨리스테어는 펜던트를 꺼냈다. 마지막으로 그는 아
이들에게 당부했다.

"여기서 꼼짝하지 마라. 금방 돌아올 테니."

아이들이 대답하기도 전에 앨리스테어는 레오니드의 두 번째 왕국을
향해 돌진했다.

더 이상은 1분도

앨리스테어는 코로나 왕궁의 홀에서 케이프를 젖히며 일어났다.

멀리 여기저기서 비명이 들려왔다. 무리 지어 이동하는 긴박한 발소리가 왕궁에 울려 퍼졌다. 왕궁의 밖, 폼페이 왕국의 깊은 바다 속은 말로 표현할 수 없는 아수라장이었다. 수많은 혈구들이 앞다투어 출구로 달려가고 있었고, Prot&In들은 목적 없이 떠돌고 있었으며, 물은 다른 우주들에서 실려 온 노폐물로 가득 차 불길하리만치 거무스름하게 변해 있었다. 두 번째 왕국, 곧 심장의 이상 때문에 레오니드의 몸 곳곳에서는 산소 부족으로 괴로워하고 있었다. 그의 심장은 두 번이나 완전히 마비되었고 지금도 불규칙적이고 비효율적으로 뛰고 있었다. 사방에서 요란하게 울부짖는 사이렌이 코로나 주민들의 비명을 뒤덮었다.

앨리스테어는 황급히 계단을 올라갔다. 그러나 머지않아 그는 걸음을 멈추었다. 계단 맨 윗칸에 미트라 여왕이 당당하고 곧은 자세로 버티고 있었던 것이다. 앨리스테어가 허리를 크게 구부리며 인사를 했다.

"폐하, 메디쿠스들에 대한 여왕 폐하의 특별한 환대를 빙자하여 이처럼 예고 없이 찾아뵙는 실례를 범하였으나 양해해주시기 바랍니다."

그는 이어서 얘기하려 했으나 입을 열어서는 안 될 것 같은 분위기였다. 군인들이 구름 떼처럼 계단을 올라오고 있었다. 뒤에서 나는 소리에 앨리스테어는 돌아섰다. 홀에 수십 명의 군인들이 몰려들어와 그를 포위하고 있는 게 아닌가!

앨리스테어는 기가 막혀서 여왕을 쳐다보았다. 여왕의 얼굴은 대리석처럼 굳어 있었지만 파르르 떨리는 근육과 으스러져라 쥔 주먹이 눈에 들어왔다. 그는 여왕이 화산 같은 분노를 가까스로 참고 있다는 것을 깨달았다.

군인들이 그를 향해 무기를 겨누었다. 매크로파지 두 명이 앨리스테어를 낚아채려고 길고 긴 팔을 뻗었다.

"여왕 폐하, 도대체 왜……."

"닥쳐라, 앨리스테어 맥쿨리! 감히 이곳에 또 나타나다니! 그러고도 무사할 줄 알았더냐!" 여왕의 청천벽력 같은 목소리가 울려 퍼졌다.

"하오나……."

"아무 말도 듣지 않겠다, 아무 말도. 너를 믿고 언제나 문을 열어주었건만, 나를 배신하다니!"

앨리스테어는 어리둥절했다. 여왕이 하는 말을 도무지 이해할 수 없었다. 그가 배신을 했다고? 어째서 이렇게 부당한 모욕을 들어야 한단 말인가? 그는 자신을 죄어오는 매크로파지의 촉수에도 굴하지 않고 해명을 하려고 노력했다.

"여왕님, 오해가 있는 게 분명합니다. 저는 폐하를 배신한 적이 없습니다! 왜 저를 비난하시는지조차 모르겠습니다……."

여왕은 가차 없이 손을 들었다.

"많은 이들이 그대가 부친을 닮아 정신이 오락가락한다고 하지! 그러나 그런 핑계로 나를 속일 생각은 마라! 내가 무슨 말을 하는지 그대도 잘 알 것이다. 불과 조금 전에 그대는 큰 죄를 저질렀다. 그대의 손가락에는 내 왕홀에 데인 흔적이 아직도 남아 있을 터! 기억이 나지 않는다고 수작부리지 마라!"

창백해진 앨리스테어가 주저앉았다.

"폐하의…… 왕홀이라고요? 제가 왕홀을 가져갔다는 말씀이십니까?"

"저 자를 수색하라!"

여왕의 명령이 떨어지자 그녀의 뒤에서 젊고 괴상한 고문관 로마노가 잽싸게 튀어나와 계단을 내려갔다. 그는 꼼꼼하게 앨리스테어의 몸을 수색했지만 아무 성과도 거두지 못했다.

"아무것도 없습니다, 여왕 폐하. 이 자에게는 왕홀이 없습니다."

"전 아무것도 훔치지 않았으니까요! 이게 무슨 웃기지도 않는 수작입니까!" 혈기 왕성하고 참을성이 부족한 앨리스테어가 대들었다.

여왕은 불꽃처럼 이글거리는 눈으로 앨리스테어를 쏘아보면서 친히 계단을 내려왔다. 앨리스테어를 몇 단 위에서 굽어보는 위치에 이르자 여왕이 아까보다 착 가라앉은 목소리로 말했다.

"웃기지도 않는 수작? 그래, 좋다. 현장에서 덜미를 잡혔던 주제에 이제 와서 명백한 죄를 부인하다니, 누가 제일 웃기지도 않은 인간인지 가려보자. 저 자를 끌고 가라!"

군인들이 강한 촉수를 풀자마자 앨리스테어는 숨을 헐떡이며 바닥에 쓰러졌다. 이곳까지 한참을 끌려오는 동안 그는 숨이 막혀 죽을 뻔했다.

앨리스테어는 주위를 두리번거렸다. 그는 붉은 유리로 된 거대한 구의 중앙에 있는 판에 서 있었다. 바다, 그리고 저 멀리 붉은 물 위로 정점에 오른 태양이 보였다. 그들은 왕궁에서 가장 높은 곳, 앨리스테어가 한 번도 발을 들여본 적 없는 곳에 온 듯했다.

앨리스테어를 포위한 군인들이 그의 케이프를 벗기고 물러났다. 여왕이 로마노를 거느리고 그에게 다가왔다.

미트라 여왕이 손을 들자 그녀 앞 허공에 투명한 스크린이 나타났다. 여왕이 스크린에 손을 얹자 앨리스테어가 선 판이 땅에서 기둥이라도 솟아난 듯 돌연 쑥 올라갔다. 앨리스테어는 무슨 일인지도 모른 채 고개를 들었다. 그는 구의 지붕에 붙어 있고, 높이가 10미터쯤 되는 유리 기둥에 갇힌 신세가 되었다. 앨리스테어가 유리벽을 주먹으로 두들겼다. 로마노의 목소리가 기둥 내부에 장착된 스피커에서 들렸다.

"무슨 짓을 해도 소용없소, 맥쿨리 씨. 그 유리관은 어떤 충격에도 끄떡없으니까. 펜던트의 광선을 써봤자 꿈적도 하지 않을 거요."

미트라 여왕의 신임을 받는 로마노가 다가왔다. 붉은빛이 도는 구 속에서 그의 매끈하고 창백한 얼굴은 놀랄 만큼 어둡게 보였다. 그는 손가락으로 가까운 바다 속을 가리키며 거의 알아들을 수 없는 목소리로 말을 이었다.

"보시오, 저기 왕국 바로 뒤에 있는 폼페이의 동굴을. 저 바다 속의 동굴이 왕국의 피를 빨아들였다가 뱉어내어 우리의 우주 밖으로 내보내는 거요. 저 동굴이 없으면 GRIU에는 물론, 그 어느 곳에도 물이 흐르지 않소. 강, 하천, 해수의 흐름도 없어지는 거요. 레오니드의 몸속에서 모든 것이 멈춰버린다는 뜻이지. 당신도 잘 알 거요."

"됐다, 로마노! 맥쿨리, 저 동굴을 봐라." 늙은 여왕이 명령했다.

앨리스테어는 시키는 대로 했다. 해저의 급사면에 뚫려 있는 거대한 분화구 같은 것이 왕국 전체에 퍼지는 박동을 따라 쉴 새 없이 수축과 팽창을 반복하고 있었다. 그러나 이따금 동굴에 무슨 문제라도 있는 듯 분화구에서 경련이 일어나는 것이 보였다. 제대로 내용물을 뿜어내지도 못한 채 바로 다음 수축으로 넘어가기도 했다. 그래서 동굴에서 솟아나오는 바닷물의 양은 너무 적었다. 여왕이 고백이라도 하듯 말했다.

"동굴이 제대로 작동하지 않아. 레오니드의 심장이 불규칙하게 뛰면서 동굴도 점점 약해졌지. 저기에서 밤낮으로 일하는 자들이 몹시 힘겨워하고 있다. 레오니드는 규칙적으로 약을 복용하지 않는 것 같다."

다시 한 번 사이렌이 울렸다. 로마노가 끼어들었다.

"코로나 남부 운하의 경보입니다, 폐하. 그쪽 수로가 막혀서 포도당과 산소를 동굴까지 운반할 수 없습니다. 일꾼들도 나가떨어졌습니다. 일부는 상태가 심각하다고 합니다."

"레오니드는 약을 복용하지 않은 건가?"

"뒤늦게 먹기는 했습니다. 헤파톨리아의 밀사들이 와서 지금 약 성분이 GRIU의 화물선으로 운반되는 중이라고 전했습니다. 그러나 화물선이 여기에 도착하려면 한두 시간 더 기다려야 합니다. 그사이에 운하를 확장할 방도를 찾아야 할 텐데요."

미트라 여왕이 잠시 생각에 잠겼다. 골몰한 표정을 지으니 주름이 한층 깊어 보였다.

"레오니드의 신체 활동을 최소한으로 줄여야 한다. 세레브라에 밀사들을 보내라. 통증과 피로를 일으켜야 한다. 동굴에서 일하는 자들의 활동도 최소한으로 줄여라."

로마노는 고개를 꾸벅 숙이고 눈짓 한 번으로 군인 두 사람을 보냈다. 여왕은 눈을 들어 유리 감옥 속에 웅크린 앨리스테어에게 다시 말을 걸었다.

"그대들의 그랜드 마스터는 레오니드의 아들을 도와 메디쿠스들의 귀한 무기를 써서 몇 번이나 레오니드를 구해주었다. 덕택에 나의 왕국과 백성들도 화를 면하였지. 그 점에 대해서는 메디쿠스들의 그랜드 마스터에게 참으로 고맙게 생각한다. 그렇기 때문에 그대들의 기사단이 폼페이 왕국에 들어올 수 있도록 허락한 것이었다, 맥쿨리 군."

여왕은 힐난조로 마지막 말을 덧붙였다. 그러고는 천천히 유리 기둥을 한 바퀴 돌았다.

"난 심지어 나의 왕홀을 이용하여 동굴에 진입하는 것도 메디쿠스들에게만은 허락했다. 어디 그뿐이더냐……. 그런데 그대는 오늘 나를 배신했다!"

여왕은 절규하듯이 마지막 말을 내뱉었다. 거미처럼 긴 팔이 파들파들 떨리고, 눈에서는 불꽃이 튀었다. 끝이 보이지 않는 백발조차 분노한 듯 음산한 구름처럼 주위로 흩날렸다.

앨리스테어는 아무것도 할 수 없는 처지에 절망하며 유리벽을 주먹으로 내리쳤다.

"말씀드리지 않았습니까! 폐하께 해가 될 만한 행동은 아무것도 하지 않았습니다!"

"됐다! 내 왕홀을 내놓아라. 당장 그것을 찾아야 한다. 그러나 그대가 순순히 협조하지 않으니……."

두 개의 나선형 계단이 기둥 위까지 뻗어 올라왔다. 여왕이 고개를 한 번 까딱하자 로마노가 오른쪽 계단으로 꼭대기까지 올라갔다. 여왕이 이렇게 말했다.

"이 기둥은 나에게 무척 소중한 것이다. 이 기둥이 어떻게 쓰이는지 알고 싶은가?"

앨리스테어는 그 따위 알게 무어냐고 쏘아붙이고 싶었지만 여왕의 심기를 건드릴 때가 아니었기에 말없이 고개만 저었다.

"이 기둥은 동굴의 작동 상태를 밖에서도 알 수 있게 해준다. 고개를 들어 기둥 꼭대기, 유리 구의 지붕에 달린 두 개의 하트를 보아라."

"보입니다." 앨리스테어는 점점 더 자신의 앞날이 걱정되었다.

"한쪽 하트는 그대가 있는 기둥 속에 물을 들여보내고 다른 쪽 하트는 기둥 속의 물을 퍼낸다. 동굴에 문제가 있으면 동굴 안의 물을 빨아들여 왕국 밖으로 내보내지 못한다고 했지? 그렇다면 그대가 있는 기둥 속에서도 물의 수위가 점점 높아질 것이야."

여왕이 로마노를 돌아보며 명령했다.

"맥쿨리 군에게 시범을 보여줘라."

로마노가 오른쪽 하트를 눌렀다. 기둥 꼭대기에서 샤워기처럼 앨리스테어의 머리 위로 물이 쏟아졌다. 질겁한 앨리스테어는 유리벽에 붙었다.

로마노가 아래로 내려갔다가 이번에는 왼쪽 계단을 통해 올라왔다. 왼쪽의 하트를 누르자 앨리스테어의 발치에서 찰랑대던 물이 아주 약간 위로 빨려 올라갔다. 레오니드의 심장 박동에 맞춰 기둥 위에서 물이 쏟아졌다가 약간 빨려 올라가기를 반복하고 있었다.

그러나 미트라 여왕이 말한 대로 동굴은 비참한 상황에 빠져 있었다. 빠져나가는 물보다 들어오는 물이 훨씬 더 많았다. 기둥 속에서도 느리지만 확실하게 수위가 착착 상승하고 있었다.

앨리스테어에게 쏟아지는 물은 뜨뜻했지만 여왕의 목소리는 얼음처럼 차갑게 기둥 속에 울려 퍼졌다.

"얼마나 오래 물 밖으로 고개를 내놓을 수 있을지 모르겠구나, 앨리스테어. 동굴이 지금보다 힘차게 물을 뱉어주기 바랄 수밖에. 너무 늦기 전에 도둑맞은 왕홀이 내 손에 돌아오기를 바랄 뿐이다."

여왕이 기둥에 바짝 다가와 구 안이 쩌렁쩌렁하게 외쳤다.

"한 시간이다. 한 시간 뒤에 오겠다. 그때까지 내가 귀중한 왕홀을 돌려받지 못했는데도 네가 기적적으로 살아 있다면 로마노가 왼쪽 하트를 잠가버릴 것이다. 그러면 물이 전혀 빠지지 않아 몇 분 만에 너는 확실히 죽게 되겠지."

"폐하, 저는 이렇게 죽어야 할 이유가 없습니다. 제 말을 믿어주십시오." 앨리스테어가 애원했다.

미트라가 휙 돌아섰다. 여왕의 늘씬한 실루엣이 멀어져갔다. 두 줄로 정렬한 군사들이 그 뒤를 따랐다.

잠시 후, 앨리스테어는 지옥 아닌 지옥에 혼자 덩그러니 남았다.

어떻게 빠져나간담? 그는 이 빌어먹을 구의 꼭대기에 붙은 유리관에 완전히 갇혔고 이미 물은 발목까지 올라왔다. 레오니드의 집에 남은 아이들 외에는 그가 이곳에 있다는 것을 아는 사람이 아무도 없다. 아이들에게는 금방 돌아올 테니 꼼짝하지 말라고 말해두었다. 어쨌거나 왕궁의 가장 꼭대기, 아마도 가장 비밀스러운 장소인 듯한 이곳에 그가 갇혀 있다는 것을 아무도 모를 것이다. 이곳에는 그의 편이 아무도 없었다. 여왕을 비롯하여 모두들 그가 미트라의 왕홀을 빼돌린 범인이라고 철석같이 믿고 있었다. 누가 그런 짓을 했을까? 순간적으로 어린 오스카의 얼굴이 뇌리를 스쳐갔다. 아니, 오스카가 그랬을 리는 없다. 그 애가 왜 왕홀을 훔친단 말인가? 오스카가 그 왕홀에 대해서, 왕홀에 숨겨진 힘에 대해서 뭘 안다고⋯⋯. 하지만 오스카 말고 여기에 들어온 사람이 또 있었을까? 앨리스테어는 아까 여왕의 군사들에게 붙잡혔을 때 들었던 말을 떠올렸다. '부친을 닮아 정신이 오락가락한다는 핑계로 나를 속일 생각은 말아라!'

만약 그들의 말이 전부 다 옳다면? 정말로 자기가 그런 짓을 저질러 놓고 기억을 잃어버린 거라면? 지금 자신이 처한 상황도 잊고 앨리스테어는 고개를 도리도리 저었다 '아냐, 아냐, 그건 거짓말이야!' 청년은 속으로 부르짖었다.

점점 차오르는 물 때문에 우울한 생각에 빠져 있을 겨를도 없었다. 붉은 물이 장딴지까지 마구 튀었다. 떠오르는 의문들을 잠시 접고 그는 빠져나갈 방법에만 집중하기로 했다. 펜던트를 꺼내 유리벽을 향해 뻗었다. 광선이 유리벽을 후려쳤지만 벽에 부딪혀 기둥 안쪽으로 튀어나왔다. 얼른 피하지 않았으면 자기가 쏜 광선에 자기가 맞고 말았을 것이다. 청년은 유리벽을 손으로 쓸어보았지만 긁힌 흔적조차 없었다. 로마노의 말마따나, 금빛 문자의 광선으로도 이 기둥을 망가뜨릴 수는 없었다.

그렇다면 이 감옥에서 나갈 도리는 없을 것이다.

"앨리스테어가 떠난 지 30분도 더 됐어."

에이든이 거실의 벽시계를 흘끗 쳐다보며 말했다.

"30분이 아니라 몇 시간은 된 것 같아."

샐리가 말했다. 그 아이는 우리에 갇힌 사자처럼 초조하게 주위를 어슬렁댔다.

아이리스가 팔짱을 끼고 두 친구를 바라보며 말했다.

"진작 들어갔어야 했는데. 그랬으면 벌써 트로피의 나머지 반을 찾았을지도 모르는데, 그런 생각을 하니 화가 나 죽겠어."

샐리는 짜증이 날 대로 나서 아이리스의 눈을 똑바로 쏘아보았다.

"네가 '화가 나서' 죽겠다니 정말 '유감'이로구나."

아이리스는 어깨만 으쓱하고는 거실 한복판에 가만히 서 있었다. 에이든은 레오니드에게 다가가 보았다.

"잠든 것 같아?"

이 물음에 샐리는 조금 망설였지만 거침없이 레오니드의 팔을 톡톡 건드려보았다. 레오니드가 신음 소리를 내더니 눈을 떴다.

"아, 그래, 잠들었어. 아니, 이제 깼으니까 '잠들었었다고' 해야겠네."

레오니드는 미지의 행성에 착륙하기라도 한 것처럼 주위를 두리번거렸다.

"무슨 일이야? 무슨 일이 났어? 너희는 누구냐? 소년들아, 모두 갑판으로!"

"진정하세요, 레오니드 선생님, 저희예요, 모르시겠어요? 맥쿨리 씨가 이끄는 메디쿠스들이라고요."

"맥쿨리!" 레오니드가 정신을 차렸다. "그 친구는 어디 있지? 맥쿨리를 찾아, 맥쿨리를! 맥쿨리가 돌아와야 해. 이제 지겨워, 이제 아무도 내 몸속에 들어갈 수 없어, 알았어? 이젠 싫다고! 절대로 허락할 수 없어! 나는……."

가슴에서 다시 통증을 느낀 레오니드는 말을 잇지 못했다. 그는 고개를 등받이에 기대며 중얼거렸다.

"토할 것 같아."

"무슨 생각을 하시는 거예요? 앨리스테어가 어디 숨었는지 우리가 알면 진작 돌아오라고 했겠죠! 뭐, 어쨌든 나라면 그렇게 명령했을 거예요!" 아이리스가 대꾸했다.

샐리가 아이리스를 응접실 구석으로 밀어붙였다.

"네 명령은 피아노에게나 내려. 우리는 내버려두고 말이야, 알았어?"

샐리가 에이든에게 돌아왔다. 에이든은 레오니드를 달래려 노력했다.

"차분하게 계세요, 선생님. 그래야 통증이 심해지지 않아요."

샐리가 한숨을 쉬고는 레오니드에게 고개를 들이밀었다.

"이보세요, 스미스 영감님. 이렇게 흥분하실 거면 닥터 피치를 부를게요. 의사가 주사를 한 방 놓으면 잠잠해지시겠죠. 두고 보세요, 분명히 효과가 좋을거예요."

"안 돼! 그 무능한 의사는 안 돼! 절대 안 돼!"

"좋아요, 그럼 그 대신 안락의자에 얌전하게 앉아 계세요."

샐리가 레오니드에게 손을 내밀었다. 레오니드는 망치라도 집어 들 듯 힘겹게 한 손을 올려 샐리의 손바닥을 쳤다.

"그건 좀 문제가 있어! 허튼짓하지 말라고 했잖아! 앨리스테어는 의사 선생님에게 전화를 걸라고 했어." 에이든이 소리를 한껏 낮추어 샐리에게 속삭였다. "게다가 너 아까 나한테는 전화를 걸었다고 했잖아! 나한테 거짓말을 하다니!"

"레오니드는 약을 먹었어. 위험할 게 없다고! 게다가 의사가 그 할아버지에게 또 뭘 먹으라고 할지 몰라……. 앨리스테어와 오스카가 몸속에 있는데 무슨 일이 일어날지도 모르잖아!"

에이든은 한숨을 쉬었지만 결국 항복했다.

"좋아, 알았어. 레오니드가 잠들게 내버려두자. 하지만……."

"하지만은 무슨?"

"우리가 가야겠어! 여기서 하루 종일 그들이 돌아오기만 기다릴 수는 없잖아, 안 그래? 그들에게서 아무 소식도 없어! 어쩌면 우리 도움이 필요할지도 몰라!"

"그렇지!" 신이 난 샐리가 맞장구를 치고는 펜던트를 꺼내 들었다. "언제까지 이러고 있어야 하나 했다! 당장 가자! 그런데 어디 가서 그들을 찾지?"

에이든은 뒤돌아서서 주위를 탐색하기 시작했다. 그러고는 꾸벅꾸벅 조는 레오니드의 깨끗하고 잘 다려진 재킷에서 무엇인가를 발견했다. 머리카락이었다.

"길고 제멋대로 뻗친 곱슬머리야. 틀림없이 앨리스테어의 머리카락이겠지. 이걸 우리 펜던트에 붙이기만 하면 돼."

"어떻게 이런 걸 다 알아?"

"나도 지금 놀라고 있는 중이야. 아빠가 가르쳐줬어."

"이야!" 샐리는 친근하게 에이든의 등을 탁 쳤다. 에이든은 간이 떨어지는 줄 알았다. "너 정말 보기보다 능력 있다! 좋아, 이제 떠날 준비됐다!"

"말. 도. 안. 돼!" 그들 뒤에서 권위적인 목소리가 쏘아붙였다.

두 친구가 뒤돌아섰다. 모든 이야기를 들은 아이리스가 그들에게 다가왔다.

"우리는 여기서 꼼짝하면 안 돼. 맥쿨리 씨가 하는 말 못 들었어? 게다가 맥쿨리 씨가 없는 동안은 내 지시에 따라야 해. 나는 절대로 너희가 떠나는 걸 허락할 수 없어."

샐리는 터져 나오는 웃음을 참을 수 없었다. 그러나 웃을 때가 아니었다. 샐리는 침착함을 되찾은 후에 말했다.

"10까지 셀 수 있지?"

"나 참……."

아이리스는 어이가 없다는 듯 하늘만 쳐다보았다.

"자, 이렇게 하자. 넌 10까지 세. 그다음에 우린 여기 없을 거야. 너도 가고 싶으면 가자. 하지만 가기 싫으면 우리가 앨리스테어를 데려올 때까지 얌전하게 여기 있든지. 그럼 앨리스테어가 없는 동안 네가 앨리스테어 대신 우리를 지휘했다고 설명할 수 있잖아. 좋지?"

에이든은 케이프를 두르고 펜던트를 꺼냈다. 샐리도 그렇게 했다.

"너희, 그냥 넘어가지 않을 거야. 난 분명히 경고했다! 너희는 틀림없이……." 아이리스가 으름장을 놓았다.

샐리와 에이든은 뜻을 함께했다. 그들은 10초까지 기다리지도 않았다. 아니, 아이리스의 말이 끝날 때까지 기다릴 것도 없이 레오니드의 심장을 향해 돌진했다.

박동실

오스카, 발랑틴, 로렌스는 15분이 넘도록 쉬지 않고 터널을 따라 걸었다. 이따금 자신들이 계속 전진하고 있는지 확인하기 위해 투명한 천장을 올려다보곤 했지만 그들은 서로에게서 눈을 거의 떼지 않았다. 신기하게도 터널 깊숙이 걸어갈수록 왕국의 생명에 리듬을 부여하는 심장 박동이 점점 더 강렬하게 감지되었다. 터널 속은 두근두근, 두근두근, 두근두근, 울림이 가득했다. 이제 터널은 점점 위로 올라가 폼페이의 바다 밑바닥으로 통할 것 같았다.

심란해진 세 친구는 발길을 멈추었다. 지금 막 막다른 공간으로 들어온 참이었다. 그 곳의 네모진 세 벽은 투명한 유리로 되어 있었고 터널과 통하는 나머지 한 벽만 돌이었다. 폼페이의 해저 풍경이 압도적으로 펼쳐졌다. 바로 근처에 있는 거대한 급사면이 물속의 낭떠러지를 방불케 했다. 세 아이는 방 안을 빙 둘러보았다. 바닥, 암벽, 터널과 통하는 출입구 주위를 손으로 만져보았지만, 그들이 지금 막 들어선 출입구

외에는 빠져나갈 구멍이 하나도 없었다.

평소에는 차분하기 그지없던 로렌스가 욕설을 내뱉으며 유리벽을 발로 걷어찼다.

"뭐야? 이게 다야? 우린 여기에 아쿠아리움을 보러 온 게 아니란 말이야!"

화난 얼굴로 로렌스는 오스카를 쳐다보았다.

"어째서 앨리스테어는 너를 이곳까지 오게 한 거야? 정말이지, 그 사람 좀 이상해……."

"여기로 와봐."

유리벽에 바짝 붙어 있던 오스카가 한마디 했다. 발랑틴도 유리벽에 다가갔다. 발랑틴의 입이 떡 벌어졌지만 말은 한마디도 나오지 않았다. 발랑틴이 할 말을 잃다니, 로렌스가 화를 내는 것만큼이나 드문 일이었다. 세 사람 모두 문제의 급사면을, 그리고 그 중앙에 있는 시커먼 구멍이 심장 박동에 따라 벌어졌다 좁혀졌다 하는 모습을 넋 놓고 바라보았다. 마침내 로렌스가 입을 열었다.

"폼페이 동굴이군. 그렇다면 저게 바로……."

발랑틴도 정신을 차렸다.

"경이로운 광경인데. 하지만 에메랄드 서판에 대한 단서는 아직 없는걸. 우리는 그 서판 때문에 여기 온 거잖아."

오스카도 그들의 목표에 대해 다시 생각했다. 그는 앨리스테어의 기묘한 태도를 떠올렸다. 이번에도 앨리스테어는 차갑고 무심해 보였다. 하지만 그는 왕홀을 가져가야 한다고, 그리고 로렌스와 발랑틴과 오스카가 이 터널로 들어가야 한다고 주장했다. 아무 이유도 없이 그랬을 리는 없었다. 터널을 따라 들어오면서 천장을 살펴보느라 뭔가 놓치고 지나온 걸까? 오스카는 터널과 통하는 출입구 바로 옆 벽에 기대어 무심코 왕홀을 만지작거렸다. 그에겐 뾰족한 수가 없었고, 그의 친구들도 마찬가지였다.

로렌스가 오스카를 돌아보며 어쩔 수 없다는 듯이 팔을 벌렸다.

"미안해, 여기서 지나가는 혈구들에게 손을 흔들어 인사하는 것 외에 뭘 할 수 있을지 모르겠다."

오스카는 포기하지 않았다. 신경이 날카로워진 소년은 탬버린처럼 방 안에 울리는 심장 박동에 따라 벽을 왕홀 끝으로 툭툭 건드렸다.

"오스카!"

오스카 맞은편에 있던 발랑틴이 사색이 되어 외쳤다.

"왜 그래?" 오스카가 고개를 들며 물었다.

"아냐, 계속해!"

"아니, 뭘 계속하라는 거야? 내가 뭘 했다는 건지 모르겠는데……."

"왕홀로 벽을 두드리라는 얘기야. 벽을 두들겨보라고!" 로렌스가 눈을 빛내며 환하게 미소 지었다.

오스카는 차가운 돌에 꼼짝 않고 기댄 채 왕홀 끝으로 벽을 툭툭 치는 동작을 기계적으로 반복했다. 발랑틴이 오스카 주위의 벽을 손가락으로 가리키며 외쳤다.

"봐!"

오스카가 눈을 들었다. 왕홀이 벽에 닿을 때마다 빛나는 점이 바닥에서부터 붉은 선을 조금씩 끌어올리고 있었다. 오스카는 더 빠른 리듬으로 손목을 움직이려고 했다.

"아냐, 서두르지 말고 레오니드의 심장 박동에 맞춰야 해."

그렇게 말하는 로렌스도 조바심 나기는 마찬가지였다.

차츰 복잡해지고 뒤틀리던 붉은 선은 여왕의 옥좌에서 보았던 세공과 기묘하게 닮아가기 시작했다. 이윽고 벽에 윤곽이 뚜렷한 문틀이 나타났다. 문틀의 모양이 완성되자 왕홀로 벽을 두드릴 때마다 그 문틀의 빛이 점점 강렬해졌다.

로렌스는 문틀의 윤곽을 꼼꼼하게 관찰하며 문을 열고 닫을 수 있는 장치가 있는지 찾아보았다. 그러나 아무것도 찾지 못했다.

"아무것도 안 보여."

"좀 더 세게 치면 문고리가 나타나지 않을까?" 발랑틴이 물었다.

오스카 역시 마음이 급했다. 그는 문틀이 사라질까 봐 뒤로 물러서지도 못한 채 이렇게 결론을 내렸다.

"음, 이 망할 문을 열려면 이 왕홀을 어떻게 써야 할 것 같긴 한데. 이것 봐, 여기 틀 위쪽에도 뭐가 있잖아."

오스카는 문틀을 따라 길쭉하게 그려진 붉은 선을 가리켰다. 로렌스가 오스카의 케이프로 안경을 닦고 얼굴을 바짝 가져다 댔다. 오스카가 신경질을 냈다.

"로렌스, 몇 번을 이야기해야 돼? 이건 메디쿠스의 케이프야, 네 안경 닦이 천이 아니라고!"

"아, 미안. 이 케이프가 진짜 안경이 잘 닦인단 말이야. 음, 어디서 이 왕홀을 봤지? 아, 여기 이 문양은…… 아무래도 뱀 같은데……."

"아니, 그런 것 같지 않아. 이 문양에는 군데군데 보석들이 박혀 있는데, 그건 반드시……."

설명을 돕기 위해 오스카는 왕홀 끝으로 그 문양을 살짝 눌렀다. 그러나 그는 말을 미처 맺지 못했다. 문양에 왕홀이 겹쳐진 바로 그 순간, 문틀 속의 문짝이 빙그르르 돌면서 오스카는 번개처럼 반대편으로 넘어가버렸다. 깜짝 놀란 로렌스와 발랑틴은 허겁지겁 벽으로 달려가 문짝을 두들겼다.

"오스카! 오스카! 우리 목소리 들려?"

그들에게는 심장 박동의 메아리밖에 들리지 않았다. 로렌스와 발랑틴이 겁에 질린 시선을 주고받았다. 암벽에서 문의 흔적은 온데간데없이 사라졌고 그 벽이 말 그대로 삼켜버린 친구는 아무 대답이 없었다.

오스카는 사라지고 말았던 것이다.

벽에 붙은 오스카는 숨을 죽였다.

칠흑 같은 어둠 속에서 저 멀리 아련하게 후광이 보였다. 오스카는 왕홀을 지팡이 삼아 벽의 위치를 가늠했다. 그는 문보다 조금 클까 말까 한 통로, 천장이 둥그런 터널 같은 곳에 와 있었다. 눈이 차차 어둠에 익숙해지자 그는 이 바위 속 터널을 따라 빛이 비치는 곳까지 가보기로 결심했다. 이제 심장의 박동은 진짜 지진처럼 벽을 따라 위협적으로 울려 퍼졌다.

구불구불한 통로는 끝이 없는 것처럼 느껴졌다. 그는 드디어 빛이 들어오지 않는 지하실에 발을 들였다.

이 괴상한 곳이 바다 밑 모래 속, 해저지형 아래에 있다는 생각을 하며 오스카는 고개를 들었다. 방 한가운데에는 큰 불이 타고 있어서 그 열기가 벽까지 미쳤다. 거대한 불꽃의 붉은 그림자가 벽에서 춤추고 있었다. 오스카는 이 방의 모양이 미트라의 왕궁과 똑같다는 사실을 알아차렸다. 끝 부분에 두 개의 혹이 튀어나온 듯한 타원형, 요컨대 하트를 모로 눕힌 모양이었다.

오스카는 이 방의 완벽한 정적을 순간순간 깨뜨리는 심장 박동의 꿍음을 잊으려고, 넘실거리는 불꽃 너머로 무엇이 보이는지 집중하려고 애썼다. 무엇인가가 움직인 것 같았다. 오스카는 무기 가방이 잘 있는지 허리띠를 손으로 확인하고 불을 빙 둘러 가려고 했다. 그는 땀을 뻘뻘 흘리고 있었지만 꼭 불꽃의 열기 때문만이라고 할 수는 없었다.

반 바퀴쯤 돌았을 때에 믿을 수 없는 광경을 맞닥뜨린 오스카는 멈춰 섰다.

바위에 파인 계단이 천장에 매달린 원반까지 이어졌고, 돌로 된 그 원반 위에는 한 남자가 서 있었다. 남자는 나이가 꽤 있어 보였고 상반신을 드러낸 채 붉은 벨벳 바지만 입고 있었다. 지나치게 작고 닳아빠진 그 바지는 오래전부터 입었던 것처럼 보였다. 넓적하고 여기저기 갈라진 가죽 허리띠가 불룩 튀어나온 뱃살을 간신히 지탱하고 있었다. 남자의 얼굴은 낯설지 않았다. 레오니드와 쌍둥이처럼 닮은 얼굴이었다.

구부정하니 선 남자는 두 손에 실뭉당이 같은 것이 끝에 끼워진 기다란 막대를 들고 있었다. 그는 자기가 서 있는 원반에 매달린 거대한 두 개의 청동 원반을 그 북채 같은 막대로 번갈아 치고 있었다.

이쪽 한 번, 저쪽 한 번. 1초 간격으로, 쉴 새 없이.

둥, 둥. 둥, 둥. 둥, 둥.

이곳에 난데없이 침입한 자기 처지도 잊고 몸을 숨길 생각조차 하지 않은 채 오스카는 그 수수께끼의 방에 있는 인물을 멀거니 구경하고 있었다.

메디쿠스의 길에 입문하면서 위더스 부인과 앨리스테어를 통해, 그리고 책들을 통해 이 방에 대해서 조금 보고 들은 바가 있었다. 그러나 이 방이 신성한 금기의 장소라도 되는 듯 그 누구도 확실한 정보를 주지 않았다. 오늘, 지금 막 이곳에 들어와서야 오스카는 한 인간의 생명이 이곳에, 이 방의 저 움푹한 곳에, 이 우주의 가장 깊은 곳에, 꺼지지 않는 생명의 불꽃 속에, 일생 동안 쉬지 않고 두 개의 징을 울려야 하는 저 사람의 손에 달렸다는 것을 깨달았다. 오스카는 생각했다. 죽은 자를 살려내는 에메랄드 서판이 어딘가에 분명히 있다면 바로 이곳일 거라고.

남자의 목소리에 오스카는 퍼뜩 정신을 차렸다.

"애야, 너는 누구냐?"

"안녕하세요, 저는 오스카 필입니다. 저, 아저씨는 누구세요?"

남자는 북채로 번갈아 징을 울리는 동작을 멈추지 않은 채, 벌컥 화를 냈다.

"넌 나의 박동실에 함부로 들어왔다. 그런 주제에 주인인 나에게 누구냐고 묻다니! 이렇게 염치없는 녀석을 보았나!"

오스카는 하마터면 웃음을 터뜨릴 뻔했다. 과연 이 사람은 레오니드 영감님을 빼다 박은 듯 닮았다.

"내 이름은 토렐이다, 뻔뻔한 손님이여. 나는 생명의 징잡이 형제 중 맏이다. 나의 세 동생들은 저쪽에 있지. 플랙, 아쇼프, 타와라라고 한다."

토렐이 턱으로 불의 열기와 빛이 잘 미치지 않는 방 뒤쪽 구석을 가리켰다. 오스카가 그쪽으로 가보니 야전침대에 널브러진 세 남자가 요란하게 코를 골고 있었다. 세 사람 모두 토렐과 생김새가 똑같았다.

"우리는 두 시간마다 교대를 하지. 나이 때문에 팔 힘이 달려서…….특히 레오니드가 제시간에 약을 챙겨 먹지 않았을 때에는 정말 힘들지. 아니, 그런데 내가 왜 너 같은 조무래기에게 이딴 설명을 하고 있지? 나도 모르겠군!"

토렐은 그렇게 말하면서 잠시 북채를 놓고 두 손으로 허리를 짚었다. 불꽃이 타닥타닥 소리를 내더니 눈에 띄게 약해졌다.

"저, 토렐 씨……. 징을 치셔야죠! 박동이 멈추면 어떡해요!"

걱정이 된 오스카가 외치자, 화들짝 놀란 토렐은 다시 양쪽 징을 번갈아 치며 아까의 리듬을 되찾았다.

"이제 꺼져! 네가 얼마나 방해가 되는지 봤지! 레오니드가 이상 수축을 일으킬 거야!"

"뭐라고요?"

"심장이 놀란다는 뜻이야! 조금 전에 그랬던 것처럼! 자, 이제 여기서 나가!"

오스카는 이대로 물러날 수 없었다. 단 하나의 목표를 위해 온갖 위험을 무릅쓰고 여기까지 오지 않았던가. 이제 목표에 거의 다 왔다는 느낌이 왔다. 손만 뻗으면 닿을 곳에 있을 것 같았다. 절대로 빈손으로 떠날 수는 없었다.

"한 가지만 여쭙겠……."

"내가 분명히 말했지. 당장 꺼지라고!" 토렐이 호통을 쳤다.

오스카는 징잡이 형제들을 쳐다보았다. 그중 두 명이 이제 막 잠에서 깬 모양이었다. 토렐이 계속 소리를 지르면 그들이 모두 깨어나 오스카를 강제로 내보낼 것이다. 어쩌면 에메랄드 서판을 찾는 걸 단념해야 할지도 모른다. 오스카는 괜히 불을 빙 둘러 돌아가는 시늉을 했다. 그동안 토렐은 눈을 감고 평생을 해야 하는 일에 전념했다. 폼페이 동굴의 일꾼들이 쉬지 않고 일하도록 징을 울리는 임무에…….

불을 피해 돌아간 오스카는 납작한 판 뒤에 숨어서 박동실을 꼼꼼하게 뜯어보았다. 가죽끈을 교차시켜 만든 간소한 침대 세 개 외에는(일하는 당번을 유혹하지 않기 위해서 침대는 딱 세 개뿐이었다) 아무것도 없었다. 한복판을 차지한 거대한 불, 원반형 돌 받침, 두 개의 징이 전부였다. 어쨌든 서판 비슷한 물건은 전혀 없었다.

실망해서 한숨이 절로 났다. 처음으로 포기할 수밖에 없다는 생각이 들었다. 아마도 앨리스테어가 잘못 짚었을 것이다. 어쩌면 앨리스테어에 대한 소문을 믿어야 할지도 몰랐다. 그의 머리가 정상이 아니라면……. 오스카는 토렐을 쳐다보았다. 이제 측면에서 바라본 토렐은 뚱뚱한 뱃살이 왼쪽 징 위로 툭 튀어나와 보였다.

생각에 잠긴 채 오스카는 징잡이의 팔놀림을 멀거니 바라보았다. 북채의 회색 뭉치가 거대한 청동 원반을 힘차게 울렸다.

찰나의 순간, 초록빛 섬광이 일어났다.

오스카는 고개를 흔들며 환각이라도 본 듯 눈을 비볐다.

꿈을 꾼 것일까? 실망, 긴장, 열기 때문에? 그 모든 것이 합쳐져 환각을 불러일으킨 것일까? 소년은 그 어느 때보다 무서운 집중력을 발휘했다. 아까 언뜻 보았던 것은 북채가 징에 부딪치는 바로 그 순간에만 나타나는 듯했다. 그는 다시 한 번 토렐을 뚫어져라 바라보았다. 토렐이 왼쪽 징을 후려치는 순간, 조금 전 어렴풋이 보았던 그것이 뚜렷하게 드러났다. 징의 안쪽 면에 전기가 일어나면서 문양과 문자들이 신기루처럼 나타났다. 오스카는 숨을 죽이고 그가 징을 다시 칠 때까지 기다렸다. 두 번, 세 번, 네 번, 연거푸 같은 현상이 일어났다.

거대한 원반에는 심장이 박동하는 그 순간에만, '생명'과 함께일 때에만 보이는 글이 있었다. 그 글은 귀중한 보석의 색, 바로 에메랄드의 색을 띠고 있었다.

에메랄드 서판은 바로 그의 눈앞에, 이 박동실 한가운데에서 나타났다 사라지기를 반복하고 있었던 것이다.

이 놀라운 발견에 압도된 오스카는 그저 이를 멍하니 보고만 있었다. 섬광이 나타났다 사라지기를 반복할 때마다 거기에 새겨진 글이 조금씩 뚜렷하게 보였다. 그러나 오스카는 그 의미를 전혀 알 수 없었다. 난감해진 소년은 몸을 일으켰다. 어떻게 저 서판을 가져간단 말인가?

'생각을 해, 오스카. 생각을 하자, 서두르기보다는 그 편이 나아.' 주술서에서 보았던 영상이 기억났다. 오스카는 케이프와 팔로마가 준 가방을 만지작거렸다. 그러자 어떤 아이디어가 떠올랐다. 바보 같은, 거의 실현 불가능한 아이디어였지만 시도할 만한 가치는 있을 성싶었다.

우선 토렐에게 발각되어 계획이 좌절될 위험을 피해야 했다. 그러자면 방법은 하나뿐이었다.

그는 무기 가방을 열고 조심스럽게 초록색 뚜껑이 덮인 문제의 붉은 상자를 꺼내어 옆에 내려놓았다. 그러고는 떨리는 손으로 덮개를 열었다.

금지된 무기.

그가 이 무기를 몰래 가져왔다는 걸, 심지어 사용하기까지 했다는 걸 위더스 부인과 브레이브 씨가 알게 되면 뭐라고 할까? 생각도 하기 싫었다. 박동실에서 타오르는 불꽃만큼 강렬한 빛이 상자 주위를 감쌌다. 소년은 용기를 잃지 않으려고 속으로 되뇌었다.

'넌 할 수 있어. 겁내지 마.'

오스카는 체인에 걸린 펜던트의 금빛 문자를 집어서 상자 안에 넣었다가 뺐다. M자가 붉은빛으로 물들었을 뿐 아니라 심장 박동에 따라 빛이 강해졌다 약해졌다를 반복했다. 팔로마 센터 가장 끝에 있던 부스, 그곳에서 들었던 주문이 방금 전에 들었던 것처럼 생생하게 기억났다. 들킬 위험이 있었지만 오스카는 아랑곳하지 않고 낭랑한 목소리로 주문을 외웠다. 어차피 메아리치는 징 소리 때문에 아무 소리도 들리지 않을 것이었다.

수축도 이완도
문자에게 복종하여라.
너희들의 비상을 멈출지어다.

주문과 문자의 힘이 통했는지 토렐이 석상처럼 굳어버렸다. 어안이 벙벙해진 오스카는 펜던트와 징잡이를 번갈아 쳐다보았다. 통했다! 뒤쪽의 불꽃은 조금 전에 토렐이 징 치는 손을 잠시 멈췄을 때처럼 타닥타닥 소리를 냈다. 박동실에는 무거운 정적이 감돌았다. 불빛이 위험하리만치 약해졌다. 심장 박동이 멈추었으니 왕국 전체가 무서운 고통에 빠졌을 것이다. 서둘러야만 했다. 오스카는 서둘러 케이프를 풀어 허공에 띄웠다. '날아라, 케이프야, 솟아올라 네가 가고 싶은 곳으로 가렴.' 오스카는 징을 노려보며 속으로 빌었다. 케이프가 뻣뻣해지면서 쑥 올라가 토렐과 금속 원반—그가 찾던 에메랄드 서판—이 있는 곳에 이르렀다.

그 순간, 야수의 하품 소리 같은 것이 바로 지척에서 들렸다. 토렐의 동생 플랙이 잠에서 깬 것이었다. 아마도 교대할 때가 된 듯했다.

오스카는 시간이 별로 없다는 걸 깨닫고 두근대는 가슴으로 케이프에 온 정신을 모았다. 그는 애송이 메디쿠스에 지나지 않았기에 어떻게 해야 케이프의 속도를 더 빠르게 할 수 있는지 몰랐다. 어쨌든 케이프는 이제 부드럽게 판에 닿았다.

오스카는 다시 한 번 펜던트를 수수께끼의 상자에 넣었다가 뺐다. 그러고는 한 발짝 뒤로 물러나 두 번째 주문을 외웠다.

　수축도 이완도
　문자가 너희에게 명하는 대로
　다시 날아오를지어다.
　다시 살아날지어다.

　순간 정지되었던 영상이 다시 돌아가듯 토렐의 얼굴과 몸에 활기가 돌아왔다. 토렐은 숨을 들이마시고 오른팔과 왼팔을 번갈아 휘둘렀다. 그는 케이프가 청동 징 앞을 가로막은 줄도 모르고 거세게 북채를 내리쳤다. 오스카는 케이프 너머로 금속판이 번쩍 빛나는 것을 보았다. 토렐의 눈이 휘둥그레졌다.

　"뭐야, 너 아직도 있었어! 이게 도대체 무슨……."

　대답 없이 오스카는 눈을 질끈 감았다. 다시 부드러운 천으로 돌아온 케이프가 징이 있던 곳에서 바닥으로 툭 떨어졌다. 오스카는 얼른 케이프를 주우러 달려갔다.

　"어이, 넌 여기에 볼일이 없다고!"

　오스카가 홱 돌아섰다. 그의 앞에는 토렐과 똑같은—그러나 손이 비어 있는!—사내가 주먹을 불끈 쥐고 버티고 있었다. 토렐은 징을 계속 후려치면서 고함을 질렀다.

　"플랙, 그 녀석을 잡아!"

　일단 도망치고 봐야했다. 오스카는 문으로 들입다 달려가며 케이프의 주머니 속을 뒤졌다. 미지근하게 손에 와 닿은 왕홀을 꺼내어 아까와 똑같은 방법으로 문짝 반대편으로 넘어갈 수 있기만을 바랐다. 암벽에 딱 붙은 소년은 아까처럼 문의 문양을 왕홀로 힘차게 두들겼다.

뚱뚱한 몸집으로 헐레벌떡 달려온 플랙이 벽에 이르렀을 때에는 모래 바닥에 찍힌 소년의 운동화 자국밖에 남아 있지 않았다.

"오스카! 무슨 일이 있었던 거야?" 발랑틴이 황급히 달려왔다.

땀에 젖고 심장이 미친 듯이 뛰어서 오스카는 잠시 벽에 기댔다. 소년은 숨을 몰아쉬며 대꾸했다.

"응, 좀…… 까다로운 사람들을…… 만났어!"

로렌스가 흘끗 오스카의 손을 보았다. 그러나 왕홀과 케이프 외에는 보이지 않았다. 그는 망설이다가 결국 질문을 던졌다.

"그 서판은 못 찾았어? 그런 거야?"

"찾았어."

두 친구가 좋아서 펄쩍 뛰었다.

"가지고 왔어? 보여줘!"

"아니. 그건 안에다 두고 왔어."

"뭐라고? 찾았는데 두고 왔다고? 도대체 왜?" 발랑틴이 믿을 수 없다는 듯이 외쳤다.

"레오니드한테 그게 있어야 하니까……. 그리고 더 좋은 방법이 있거든. 복사를 해 왔다고!"

그렇게 말하며 오스카는 케이프를 쫙 펼쳐 보였다. 두 친구는 입을 떡 벌리고 그 천을 바라보았다. 케이프 안쪽에는 에메랄드 서판의 글귀가 완벽하게 찍혀 있었다.

"이런! 어디 좀 보자." 로렌스가 안경을 고쳐 쓰며 고개를 들이밀었다. "브레이브 씨의 서재에서 수많은 책들을 읽었으니 이것도 해독할 수 있겠지!"

오스카는 흘끔 뒤를 돌아보았다. 징잡이 형제들이 벽 너머에서 빠져나와 그를 쫓아온다면? 그토록 찾던 것, 그토록 원하던 것을 손에 넣은 이상 꾸물대지 않는 편이 좋았다.

"이제 쿠미데스 서클로 돌아가는 게 어때?" 오스카가 말을 꺼냈다.

"좋은 생각이야. 자, 집으로 가자. 바다는 보기만 해도 지겨워! 철분을 과잉 섭취했더니 몸에 녹이 슬 것 같아." 발랑틴이 대꾸했다.

세 친구는 터널로 달려갔다. 미트라의 옥좌에 이르러서야 그들은 겨우 발길을 멈추었다. 옥좌가 놓인 단을 올라간 오스카가 두 개의 하트 사이에 왕홀 아래쪽을 서둘러 끼워 넣었다. 천장이 쫙 갈라지면서 연단이 상승했고 그들은 다시 접견실로 올라왔다.

그때, 공격적인 음성이 쩌렁쩌렁하게 울려 퍼졌다.

"이런 식으로 빠져나갈 수 있을 거라 생각했나, 필?"

제2의 피부

오스카는 지척에 폭탄이 떨어지기라도 한 듯 휙 돌아섰다.

"넌 여기서 뭐하는 거야, 모스?"

"그건 내가 할 질문인데. 필, 너는 더러운 사기꾼에다가 위선자야. 감히 나를 추월하려고 들어? 내가 본때를 보여주지."

오스카의 시선이 로넌의 손으로 내려갔다. 그의 한 손에는 펜던트가, 다른 손에는 작은 가방이 들려 있었다. 그 가방을 본 오스카는 불안해졌다. 이전에 본 적 없는 가공할 만한 위력을 가진 무기, 아이올로스 왕의 원형경기장에서 처음 보았던 그 무기였다. 온도를 1000도 이상으로 끌어올려 어떤 적이든 태워 죽일 수 있는 무기. 오스카 같은 평범한 소년이 그 무기에 당해낼 재간이 있을 리 없었다.

오스카가 두 친구를 끌고 뒤로 물러났다.

"무엇을 원하는 거야, 모스?"

"네가 케이프 주머니에 감추고 있는 것."

로넌은 증오와 탐욕이 이글거리는 눈빛으로 그렇게 쏘아붙였다.

오스카는 케이프를 흔들어 보였다.

"아무것도 없어. 내 주술서뿐이다."

"누굴 바보 취급하는 거야! 트로피의 나머지 절반을 찾았을 것 아냐. 누가 모를 줄 알아! 그것 때문에 남들을 따돌리고 선수를 친 거잖아! 그러니 당장 그걸 내놓으시지!"

로넌 모스는 위협을 하려는 듯 방금 펜던트에 부착한 검은 고리를 휘둘렀다. 오스카는 의심하지 않았다. 그가 저항하면 로넌은 단 일 초도 망설이지 않고 저 무기를 쓸 것이다. 하지만 무엇을 내놓는단 말인가? 아무것도 없다고 해도 로넌이 믿을 리가 없었다. 어쨌거나, 트로피는 고사하고 트로피 그림자도 없는 판국에……

"하지만 내가 얘기했잖아, 난……."

오스카는 말을 맺을 틈도 없었다. 익숙한 목소리가 들렸기 때문이다.

"드디어 찾았구나!"

주위의 빛에 아직 눈이 익지 않았던 오스카는 눈살을 찡그리고 그들 앞에 나타난 길쭉하고 호리호리한 실루엣에 시선을 집중했다.

"앨리스테어! 무사하셨군요! 그들에게 잡혔을까 봐 걱정했어요!"

"걱정할 것 없어. 난 괜찮아. 그들은 날 보지 못했다."

앨리스테어가 고개를 홱 돌리자 로넌은 부리나케 자신의 무기를 감추었다. 한편, 로렌스는 앨리스테어의 출현이 뜻밖이라는 듯 흥미를 보였다.

"다른 아이들은요? 아이들을 데리러 쿠미데스 서클로 돌아간 게 아니었나요?"

"그들은 저 밑에 있다. 걔들 걱정은 하지 않아도 돼."

앨리스테어는 그렇게 얼버무리고 오스카에게 다가갔다. 그의 목소리는 얼음처럼 차가웠다.

"찾는 것은 찾았어?"

오스카는 앨리스테어의 차가운 음성에는 신경 쓰지 않고 미소 지으며 케이프를 펼쳐 보였다. 그는 로넌이 충분히 멀찍이 떨어져 있는지 확인하고는 소곤소곤 말했다.

"네, 여기 다 적혀 있어요. 케이프에요!"

"잘했구나. 케이프를 풀어서 바닥에 펴봐." 앨리스테어는 문 쪽의 동정을 살피며 지시했다.

오스카는 잠시 망설였지만 앨리스테어의 변덕스러움에 더는 연연하지 않기로 마음먹었다. 그들은 친구, 어찌 보면 형제 같은 사이였다. 브레이브 씨의 정원에서 앨리스테어가 자기 입으로 그렇게 말하지 않았던가. 형과 아우는 모든 것을 함께 나누는 법이다.

로렌스가 다가와 오스카의 팔을 잡았다. 그는 앨리스테어에게서 눈을 떼지 않았다.

"쿠미데스 서클에 가서 케이프를 살펴보기로 했잖아, 오스카."

앨리스테어도 로렌스를 뚫어져라 노려보았다. 그의 시선에 불편해진 로렌스가 고개를 돌렸다. 앨리스테어가 오스카를 재촉했다.

"뭣하러 그때까지 기다려? 당장 보자꾸나. 쿠미데스 서클로 돌아가면 시끄러워질걸. 에메랄드 서판을 손에 넣었다고 사방팔방 떠들고 다닐 필요는 없잖아?"

고개를 끄덕이고 오스카는 케이프를 바닥에 펼쳤다. 이번에는 발랑틴이 앨리스테어의 앞을 가로막았다. 소녀는 인상을 찡그리며 앨리스테어의 얼굴을 들여다보았다.

"무슨 일 있어요, 맥쿨리 씨?"

"무슨 일은. 아무렇지도 않아. 비켜라." 앨리스테어는 조급하게 발랑 틴을 밀어내려고 했다.

"여기요. 살갗이…… 까졌잖아요."

발랑틴은 그렇게 말하면서 검지로 앨리스테어의 팔을 가리켰다. 바로 다음 순간, 발랑틴이 친구들을 향해 홱 돌아섰다. 오스카도 번개처럼 케이프를 잡아채어 몸에 걸치고 목의 끈을 단단히 묶었다.

앨리스테어가 한 손을 팔목에 가져갔다. 벗겨진 살갗 조각이 아직도 그의 손가락에 붙어 있었다. 세 친구가 뒷걸음질을 쳤다. 앨리스테어의 온몸이 괴상하게 변해가면서 이 현상이 모가지까지 퍼졌다. 그 아래쪽 에서는 피부가 푸르스름하게 변하고 가느다란 혈관 같은 것이 좍좍 뻗 어 나갔다.

그때, 오스카와 친구들이 흠칫하며 전율했다. 검은 양복 위쪽의 붉은 옷깃이 눈에 들어왔던 것이다.

앨리스테어 맥쿨리 행세를 하던 자가 외투를 벗듯 기묘한 거죽을 벗 어던졌다. 그의 양복 가슴팍에서 빛나는 문자는 어떤 설명도 필요치 않 았다. 목깃과 똑같은 붉은색의 문자 P였다.

파톨로구스. 오스카가 최근 몇 주 동안 상대했던 이는 파톨로구스였 다. 속내를 털어놓고, 끝까지 믿었던 상대가 파톨로구스라니.

얼굴의 살갗마저 갈라지고 떨어져 나가자 표정 없는 붉은 가면이 드 러났다. 남자가 한 손을 가면 위까지 들어올렸다. 손가락이 오그라들었 다가 뼛속까지 밴 악을 분출하기라도 하듯이 발작적으로 경련하며 흔 들렸다. 겁에 질린 세 아이는 꼼짝도 하지 못했다. 갑자기 자신이 없어 진 로넌이 케이프 주머니에 손을 넣었다.

"꼼짝 마라." 파톨로구스가 명령했다.

로넌은 꼼짝 않고 서서 다른 아이들과 눈길만 주고받았다.

"당신은 누구죠?"

오스카는 그렇게 물었지만 대답을 듣기가 두려웠다. 사내는 아무 말 없이 가슴팍에 새겨진 P자에 손을 얹었다.

"앨리스테어는, 진짜 앨리스테어는 어떻게 한 거예요?"

"그자는 잘 있다. 나는 그저 그의 이미지만을 훔쳐왔으니까."

파톨로구스의 목소리는 느릿느릿하고 달콤하게, 그러면서도 무시무시하게 변해 있었다. 굴속에서 울려 퍼지는 듯한 목소리였다. 사내가 킬킬대고 웃었다.

"쉬운 일이었다. 교통사고, 그다음에 스캐너 비슷한 장비를 잠깐 통과하게 하면 순식간에 짠, 이니까……."

오스카는 순간적으로 그 장면을 떠올렸다. 앨리스테어를 들이받았던 차, 근처의 낯선 병원으로 앨리스테어를 데려갔던 운전수…….

"그 후엔 진짜 앨리스테어가 있는 자리를 피해서 등장하기만 하면 되었지."

"그래서 앨리스테어가 에메랄드 서판에 대해 했던 말을 자꾸 바꾸는 것처럼 보였군요."

"진짜 앨리스테어는 네 뜻을 꺾고 싶었겠지. 나는 그렇지 않다만……. 이제 나에게 그 케이프를 다오." 남자가 손을 내밀며 명령했다.

오스카와 친구들은 계속해서 뒷걸음질을 쳤다.

"케이프. 케이프를 내놔라. 그러면 너희를 보내주겠다."

"거짓말! 그래놓고 우리를 죽이겠지. 오스카, 절대 안 돼. 절대로 넘겨주지 마!" 로렌스가 소리를 질렀다.

남자가 팔짱을 꼈다. 웃음소리가 가면 사이로 새어 나왔다.

"너희를 죽이고 싶었다면 진즉에 그랬을 거다."

"내가 필요했겠지. 메디쿠스만이 에메랄드 서판에 접근할 수 있으니까 나를 이용한 것 아냐! 같은 편의 죽은 자들을 살려내서 악을 퍼뜨리려고!" 오스카가 말했다.

남자가 더 크게 웃었다.

"죽은 자들을 살려낸다……. 정말이지, 순진해빠진 녀석이로군."

파톨로구스가 주먹을 쥐고 앞으로 다가왔다.

"이제 됐다. 이제 그 케이프를 나에게 넘겨라."

대답하지 않고 케이프를 바짝 끌어당긴 채 오스카는 펜던트를 꺼냈다. 심장이 폭주하다 못해 머리가 폭발할 것 같았다.

"가까이 오지 마. 다가오면……. 내 케이프를 망가뜨리겠어."

발랑틴과 로렌스는 오스카 뒤에 숨어서 공격을 막거나 도망칠 구석이 없는지 사방을 두리번거렸다. 로넌 모스는 오스카가 무슨 얘기를 하는지 알아듣지도 못한 채 문간에 우두커니 서 있었다. 파톨로구스에게 홀리기라도 한 표정이었다.

사내가 깊은 한숨을 쉬었다.

"그렇다면 너희를 죽일 수밖에."

오스카는 파톨로구스가 위협을 실행에 옮길 틈을 주지 않고 잽싸게 펜던트를 휘둘렀다. 금빛 광선이 M자의 중앙에 모였다가 방 안을 가르고 파톨로구스를 향해 뻗어나갔다. 상대는 손바닥을 쭉 내밀었다. 장갑의 손바닥 부분에 새겨진 P자가 빛나더니 강력한 빛살이 펜던트의 광선을 삼켜버렸다. 세 아이 앞에서 시뻘건 소용돌이가 작열했다. 금빛 문자가 너무 뜨거워져서 오스카는 비명을 지르며 펜던트를 놓쳐버렸다.

오스카는 불길을 피해 로렌스와 발랑틴을 케이프로 감싸고 목걸이 줄을 잡아당겨 펜던트를 도로 회수했다.

"케이프를 내놔!" 파톨로구스가 고함을 질렀다.

격렬한 불꽃, 그 숨 막히는 열기가 케이프를 이루는 천 조직을 뚫고 들어왔다. 세 친구는 이대로 바비큐가 되는 건가 싶었다. 로렌스의 티셔츠 밖으로 땀이 새어 나왔다. 모공에서 헤파톨리아의 넥타가 방울져 흘러내렸다. 아이들은 절망에 빠진 눈으로 서로를 바라보았다.

오스카는 케이프 속에서 펜던트를 쥐고서 배웠던 걸 떠올렸다. 그의 입에서 거침없이 낭랑하게 주문이 흘러나왔다.

금빛 문자여, 금빛 문자여,
방패처럼 튼튼하게 우리를 지켜다오!

초록 구름이 M자 주위에 모였다가 우산처럼 쫙 펼쳐졌다. 그러나 파톨로구스의 불길은 잦아들 줄 모르고 그 방패를 얼음처럼 녹여버렸다.

"단순한 파톨로구스가 아니야." 오스카가 중얼거렸다.

"왜 그렇게 생각하는데?" 낯빛이 머리카락만큼 벌게진 발랑틴이 물었다.

"저 자는 내 펜던트로 감당할 수 없을 만큼 강해. 내 펜던트는 그랜드 마스터의 펜던트와 이어져 있는데!"

"그렇다면……."

세 아이는 차마 말을 맺지 못한 채 서로 얼굴만 바라보았다. 질식할 것 같은 불길과 열기를 피해 케이프 아래 숨었는데도 등줄기가 쭈뼛하며 소름이 돋았다.

오스카는 절망적으로 가방을 뒤져서 황급히 붉은 상자를 꺼냈다. 금지된 무기, 이것에 마지막 운을 걸 수밖에 없었다. 아무도 이 무기에는 대항할 수 없을 것이다.

파톨로구스 중에서 가장 강한 자라 하더라도.

오스카는 미친 듯이 펜던트를 상자에 넣었다가 주문을 외우며 도로 꺼냈다.

아니, 소용없었다. 금지된 무기는 단 한 번만 쓸 수 있기라도 한 듯 꿈쩍도 하지 않았다. 마지못해 오스카는 이렇게 말했다.

"좋다. 케이프를 주겠다."

불길이 거짓말처럼 잦아들자 오스카가 케이프를 펼쳤다. 모두들 비틀거리며 몸을 일으켰다. 방 안은 아수라장이었다. 세간의 일부는 숯덩이가 되어 있었고 아직도 불이 붙은 것도 더러 있었다. 아름다운 벽걸이들도 눌어붙거나 거무스름하게 변색되었다. 매캐한 연기가 유독한 안개처럼 감돌며 목구멍을 따갑게 찔렀다.

오스카는 케이프를 풀었지만 망설였다. 어둠의 왕자가 손을 내밀었다.

"어서."

오스카는 결국 케이프를 넘겨주었다. 그러나 희한하게도 케이프는 저항하는 것처럼 보였다. 저절로 물러나 오스카의 발치에 도로 떨어진 것이다.

"오스카 필, 헛된 수작 부리지 마라. 나한테는 통하지 않는다."

"내가 그런 게 아닌데. 케이프가 당신에게 가는 걸 거부하는 거야. 당신은 파톨로구스니까."

오스카는 무력하니 중얼거렸다. 사내가 한숨을 쉬었다.

"그러면 케이프를 바닥에 펼치고 뒤로 물러나라."

내키지 않았지만 소년은 시키는 대로 조심스레 케이프를 펼쳤다. 그래도 케이프는 땅에서 몇 센티미터 뜬 것처럼 보였다.

파톨로구스는 처음으로 잠시 아무 말 없이 징에 새겨진 상징과 문자, 에메랄드 서판을 구성하는 그 모든 것을 눈여겨보았다. 그 상징과 문자는 시계 바늘판의 숫자들처럼 금빛 원을 따라 흩어져 있었다.

파톨로구스가 케이프에 다가갔다. 오스카는 가면의 눈구멍 너머로 탐욕에 빛나는 눈동자를 볼 수 있었다. 파톨로구스는 만족했다는 듯 중얼거렸다.

"드디어, 드디어 내 손에 들어왔구나."

그를 지켜보던 오스카와 친구들은 무섭기도 하고 화도 난 데다 절망스러웠다. 그자는 눈앞의 물건에 넋을 뺏긴 채 그들을 완전히 무시하고 있었다. 하나의 원, 그리고 그 원 주위에 늘어선 상징들. 아니, 실제로는 동서남북의 위치에 상징이 하나씩 놓여 있었다. 위쪽, 그러니까 북쪽에 나타난 첫 번째 상징은 그림자가 아른아른 비치는 검은색 정육면체였다. 파톨로구스는 그 상징 위의 글자를 읽었다.

"이 순간을 참으로 오랫동안 기다렸지…… . 성소…… ."

그는 원을 따라 손을 시계방향으로 돌리다가 두 번째 상징에서 멈추었다. 오스카가 목에 두르고 있는 펜던트와 흡사하지만 아주 예스럽게 공을 들인 듯한 M자가 있었다.

발랑틴과 로렌스는 두려움도 잊고 좀 더 다가가 에메랄드 서판을 구경했다. 파톨로구스가 그들에게 명령했다.

"물러나라!"

그들은 시키는 대로 했다. 오스카는 꿈쩍도 하지 않았다. 그는 파톨로구스의 손이 지나간 순간 거무스름하게 변한 세 번째 상징에 주목하고 있었다. 스치듯 보았을 뿐이지만 그 상징이 잔을 휘감은 뱀, 즉 메디쿠스의 카뒤세라는 것은 알 수 있었다.

아무것도 이해할 수 없었다. 고풍스러운 M자, 파톨로구스가 '성소'라고 불렀던 빛나는 검은색 큐브, 그리고 잔이라! 이것들은 메디쿠스 기사단의 전형적인 표식들이 아닌가? 기사단과 에메랄드 서판은 어떤 관계가 있을까? 어째서 책들을 뒤져봐도 이것에 관해서는 전혀 나오지 않았을까?

파톨로구스는 그들에게 더 이상 관심이 없는 듯했다. 오스카는 그의 시선이 좇는 방향을 따라가 원의 아래쪽에 주목했다. 아까 오스카가 양탄자 위에 케이프를 펼쳤을 때 케이프 자락이 저절로 접혀서 내용의 일부를 가렸었다. 파톨로구스가 손을 뻗어 그 부분을 펼치려 했지만 케이프 자락이 빠져나갔다. 그제야 파톨로구스가 오스카를 쳐다보았다.

"케이프를 펴라."

감히 반항할 수 없게 만드는 목소리였다. 오스카는 망설였다. 숨이 가빠오고, 비지땀이 났다. 소년은 침착하게 생각해보려고 했다. 케이프가 저절로 접혔다면 절대로 드러나서는 안 될 내용이 그곳에 있다는 뜻이었다. 그 부분에 쓰인 글귀는—적어도 파톨로구스에게는—비밀에 부쳐져야 했다. 오스카는 파톨로구스에게 저항할 수 없었던 자신을, 처음부터 철저하게 그의 손에 놀아났던 자신을 뼈아프게 자책했다. 저 자가 기어이 에메랄드 서판을 보게 되다니……. 어쩌면 이 일로 파톨로구스가 그동안의 공백을 만회하고 힘을 떨치게 될지도 몰랐다.

오스카는 번개처럼 잽싸게 케이프를 확 걷고는 친구들을 끌고 옥좌 뒤로 달려갔다.

"당장 케이프를 가지고 돌아와! 아니면 다시는 케이프를 쓸 수 없게 만들어주겠다!"

파톨로구스가 우레처럼 고함을 질렀다. 그자가 손을 내밀자 장갑의 손바닥에 새겨진 P자에서 붉은 나선이 뿜어져 나왔다. 그 소용돌이에 닿는 것은 무엇이든 으스러지고 파괴되었다. 이제 오스카를 막아줄 것은 아무것도 없어 보였다. 이번에는 오스카도 막막했다. 그러나 바로 그 순간, 웬 광선이 파톨로구스의 손목을 후려쳤다. 사내는 비명을 지르며 손을 거두었고 그와 동시에 소용돌이도 허공에서 사라졌다. 화가 난 파톨로구스가 문간으로 고개를 돌렸다. 그를 공격한 광선은 분명 그쪽 방향에서 쏜 것이었다.

"모스가!" 발랑틴은 자기 눈을 믿을 수 없다는 듯이 외쳤다.

눈 깜짝할 사이, 파톨로구스가 반격해 왔다. 그가 손을 뻗자 불꽃으로 이루어진 괴물 두 마리가 로넌을 향해 튀어나갔다. 그 괴물들은 오스카와 로넌이 아이올로스 왕의 원형경기장에서 상대해야 했던 바이러스들과 놀랄 만큼 흡사했다.

"필!" 로넌은 외마디 소리를 지르며 케이프로 몸을 보호하려 했다.

로넌 모스의 펜던트에서 발사된 레이저는 그 괴물들에게 전혀 듣지 않았고, 그들은 단단한 보호막으로 변한 케이프를 악착같이 물고 늘어졌다. 오스카는 바닥에 가방 속 내용물을 쏟고 크리스털 다면체를 꺼내어 펜던트에 부착했다. 오스카가 손을 쫙 뻗자 광선은 케이프에 가서 부딪쳤다.

"좀 더 오른쪽으로, 오스카, 오른쪽이야!" 발랑틴이 외쳤다.

하지만 오스카는 고집스레 자세를 유지했다. 그러자 로넌의 케이프 위로 두터운 얼음층이 쌓였다. 불의 괴물들이 발톱을 휘두르거나 이빨로 물어뜯을 때마다 얼음이 녹으면서 불을 꺼뜨렸다. 괴물들은 연기를 일으키며 뒤로 물러났다. 로렌스가 친구를 칭찬했다.

"불에는 얼음이지! 잘했어, 오스카!"

그러나 얼음이 녹기가 무섭게 괴물들의 기세가 되살아났다.

오스카는 가방을 뒤져 팔로마 센터의 휴고 덴라머가 개발한 초록색 고기 완자를 꺼냈다. 완자를 휙 던지고 펜던트로 빛을 비추자 완자에 먹음직스러운 핏빛이 돌았다. 첫 번째 바이러스가 고개를 돌리고 킁킁 냄새를 맡더니 완자를 꿀꺽 삼켜버렸다. 오스카는 신약 비라도르믹스가 효과가 있기만을 바랐다. 다음 순간, 바이러스는 낑낑대는 털북숭이가 되는가 싶더니 작고 순한 강아지처럼 쪼그라들었다. 두 번째 바이러스도 오스카가 서둘러 던져준 완자에 덥석 달려들었다.

파톨로구스는 미소를 짓고만 있었다. 이윽고 길게 한숨을 쉬던 그는 기도하듯 두 손을 모았다. 그의 목소리가 이상하게 나긋나긋해졌다.

"더 이상은 너희와 노닥거릴 시간이 없어서 말이다, 얘들아. 자, 이제 안녕이다."

그의 두 손 사이에서 시커먼 덩어리가 거침없이 불어나더니 괴상한 모양을 띠며 허공을 떠다녔다. 순식간에 낫 모양의 거대한 P자가 그의 손에서 떨어져 나와 공기를 가르고 벽에 와 부딪쳤다. 나무, 석고, 태피스트리, 그림 따위가 무서운 굉음과 함께 산산조각 났다. 로넌이 있던 문간으로 달아난 아이들은 다 함께 통로로 도망치려 했다. 그러나 치명적인 P자가 그들 앞을 가로막았다. 그들은 파톨로구스와 사악한 낫 사이에 샌드위치처럼 끼인 신세가 되었다. 더 이상 출구는 없었다.

"말 한번 잘했다, 스카스데일. 이제 노닥거릴 때가 아니지."

걸걸한 저음의 목소리가 방 저쪽 끝에서 울려 퍼졌다.

차분하고 섬세한 또 다른 목소리가 반대쪽에서 이에 화답했다.

"라즐로, 다시 만나게 되어 얼마나 기쁜지 모르겠군요. 시베리아 몽누아르 감옥 사람들도 나와 같은 생각일 거예요."

이쪽에서 저쪽으로 고개를 두리번거리던 오스카는 크게 안도했다. 다른 세 아이들도 마찬가지였다.

"브레이브 씨! 위더스 부인!"

메디쿠스의 그랜드 마스터는 어느 때보다 키가 크고 위엄 있었다. 한편, 키 작은 노부인은 소매 끝에 레이스가 달린 플랫칼라의 연한 초록색 원피스를 입고 플랫슈즈를 신고 푹신하고 낮은 안락의자에 앉아 두손을 가지런히 무릎에 모으고 있었다. 부인이 어깨에 두른 메디쿠스의 케이프 자락은 멋들어지게 뒤로 넘어가 있었다. 원피스와 똑같은 색깔의 작은 눈만이 새빨간 플라스틱 네모 안경 너머에서 반짝거렸다.

"방금 아이들에게 작별 인사를 했으니 우리가 이만 감옥으로 모셔도 되겠지요?" 부인은 매력적인 미소를 지으며 넌지시 말을 건넸다.

파톨로구스도 부인에게 미소로 답했다. 그러나 그의 미소는 분노 어린 입가의 경련으로 바뀌어 있었다. 그가 손짓으로 거대한 낫을 그랜드 마스터에게 날렸다. 위더스 부인은 누구보다 빨리 자수 놓인 손수건을 팽개치고 일어나 펜던트를 내밀었고, 윈스턴 브레이브도 펜던트를 내밀었다. 부인의 금빛 광선과 그랜드 마스터의 에메랄드빛 광선이 접견실의 격자 천장 아래서 만나자 번쩍하고 나타난 거대한 공이 낫을 가두어버렸다. 메디쿠스 최고위원회의 두 위원이 제자리에 멈춰 선 채 손안에서 펜던트를 돌리자 공은 제자리에서 빙글빙글 돌았다. 파톨로구스가 팔을 내밀자 검은 기운이 흘러나왔지만 여전히 환하게 빛나는 금빛과 에메랄드빛 공을 꿰뚫지는 못했다.

공 안에 갇힌 P가 마침내 폭발해서 허공에 산산이 흩어졌다.

그랜드 마스터와 위더스 부인이 팔을 내리고 시선을 떨어뜨렸을 때, 어둠의 왕자는 이미 자취를 감추고 없었다.

"저기요, 저 뒤에!" 오스카가 외쳤다.

파톨로구스는 이미 계단을 올라가고 있었다. 그랜드 마스터가 베레니스 위더스를 만류했다.

"아닙니다. 그럴 것 없어요."

"윈스턴! 저 자는 그렇고 그런 파톨로구스가 아니에요! 라즐로 스카스데일이라고요! 반드시 잡아야 해요."

"우리가 여기서 저 자와 맞서 싸우면 이곳이 초토화되고 말 겁니다. 그렇잖아도 레오니드의 상태가 좋지 않은데, 그렇게 되면 버티지 못할 거예요. 왕궁은 넓고 알다시피 이곳에는 우리의 적과 내통하는 이들도 있어요. 어찌 됐든 저 자는 우리 손아귀를 빠져나가고 말 겁니다."

그랜드 마스터가 눈을 들었다. 접견실 뒤쪽 계단 위에 있는 숨겨진 문에서 도전적인 자세로 우뚝 멈춰 선 스카스데일이 우렁찬 목소리로 큰소리를 쳤다.

"이 순간을 즐겨라, 가련한 메디쿠스들아. 지금은 너희가 작은 승리를 얻겠지만 내가 원했던 것은 이미 내 손 안에 있다. 내가 전쟁을 선포할 때, 내가 대대적으로 전쟁을 벌이는 그날 너희는 무릎을 꿇을 것이다. 너희를 짓밟아버릴 테다!"

쾅 소리와 함께 문이 닫혔다. 미트라 왕궁의 미로처럼 복잡하게 뒤얽힌 통로에서 소름 끼치는 웃음소리가 한참이나 울려 퍼졌다. 오스카가 자신의 케이프를 내려다보았다. '내가 원했던 것은 이미 내 손 안에 있다.' 어둠의 왕자가 남긴 말이 아직도 허공에 떠돌고 있었다. 그러나 불안에 빠질 틈도 없이 힘세고 듬직한 손이 그의 손에서 케이프를 가져갔다.

케이프에 찍힌 수수께끼의 상징과 문자를 본 윈스턴 브레이브는 위더스 부인과 걱정스러운 눈빛을 주고받았다. 발랑틴은 감탄하는 눈빛으로 윈스턴 브레이브에게 냉큼 달려가서 여배우처럼 과장된 어조로 이렇게 말했다.

"당신이…… 우리 목숨을 구해주셨군요!"

로렌스는 기가 막히다는 표정을 지었지만 윈스턴은 조용히 미소를 지었다.

"내가 아니라 저 아가씨에게 감사를 해야 할걸."

아이들이 문간으로 고개를 돌렸다. 문지방에는 하얀 블라우스 단추를 목깃까지 채우고 쪽 찐 머리를 올린 아이리스가 팔짱을 끼고 두 발을 모은 채 그들을 거만하게 바라보고 있었다.

"하여간 말을 안 듣는다니까! 내가 그랬어. 브레이브 씨에게 전부 다 얘기했다고!"

그랜드 마스터는 재미있다는 듯이 아이리스를 바라보았다.

"왜 아까와 태도가 다르지? 아까는 너도 이 아이들을 걱정했었잖아."

겸연쩍은 듯 아이리스는 어깨를 으쓱했다.

"아니, 그건요……. 그냥 얘들이 제 말을 안 듣는 게 싫어서 그랬을 뿐이에요."

서로 눈치를 보던 네 아이는 깔깔깔 웃음을 터뜨렸다. 아이들은 우르르 아이리스에게 달려갔다. 발랑틴은 당황해하는 아이리스에게 쪽 소리 나게 뽀뽀까지 했다.

"고마워, 아이리스! 너의 고약한 성격이 우리를 살렸구나!"

아이리스는 머리가 헝클어지고 얼굴이 벌게져서 아이들을 뿌리쳤다. 생각지도 못했던 친구들의 반응에 머쓱해진 것이다.

"됐거든! 난…… 내가 그럴 거라고 했잖아! 그래서 그런 것뿐이야!"

그랜드 마스터가 갑자기 심각한 얼굴로 오스카를 바라보았다.

"오스카 필, 내가 그랬지. 너의 호기심과 고집이 문제를 일으킬 거라고."

그랜드 마스터의 손에는 여전히 오스카의 케이프가 들려 있었다. 그의 눈빛이 어두웠다.

"우리끼리 있게 해다오, 오스카와 잠시 얘기를 해야겠다."

위더스 부인은 로넌, 아이리스, 발랑틴, 로렌스를 내보냈다. 오스카는 그랜드 마스터 앞에서 고개를 들지 못했다. 이윽고 위더스 부인이 냉정한 목소리로 선언했다.

"자, 오스카, 이제 다시는 너를 믿을 수 없을 것 같구나."

오스카는 비수에 찔린 듯 가슴이 아팠다. 그는 언제나 진실되게 행동했다. 믿을 수 없는 사람, 정직하지 않은 사람으로 보인다고 생각하니 참을 수가 없었다.

"아니에요, 절 믿으셔도 돼요. 언제나요."

"그럼 어디 들어보자꾸나. 진실만을 말해다오."

오스카는 위더스 부인에게 모든 것을 털어놓았다. 앨리스테어가 교통사고를 당했고, 그의 이미지를 훔쳐낸 어둠의 왕자가 가짜 앨리스테어 노릇을 했다고. 수수께끼의 에메랄드 서판에 대해서 알게 되었고, 헤르메스 트리스메지스트가 사기꾼이라고 해서 실망했지만 가짜 앨리스테어가 에메랄드 서판은 두 번째 왕국에 있다고 했으며, 그 서판이 죽은 자를 살려낸다는 얘기를 듣고 간절한 바람을 품게 되었다는 얘기까지 모두 털어놓았다.

"전…… 바랐어요……. 소원이었어요……. 만나고 싶었어요. 살아

생전의 모습을요."

그랜드 마스터는 굳이 그 이름을 듣지 않고도 오스카가 누구를 살려내고 싶었는지 헤아릴 수 있었다. 그는 한숨을 쉬고 적당한 말을 고르듯 주위를 두리번거렸다.

"헤르메스 트리스메지스트는 사기꾼이 아니었다, 오스카. 사실 그도 너와 나 같은 메디쿠스였지. 그것도 아주 뛰어난 메디쿠스였다."

"하지만…… 저는 그 사람이 메디쿠스가 아니라고 생각했어요. 쇠붙이를 금으로 바꿀 수 있다고 거짓말했잖아요!"

"그 말은 맞아. 다른 금속을 금으로 만드는 재주는 그에게 없었으니까. 그렇지만 그러한 수작으로 세간의 관심을 돌릴 수는 있었지."

"무엇에 대한 관심을요?"

"헤르메스는 조심성이 없는 사람이었지. 그래서 신체 잠입 현장을 사람들에게 들키고 말았어. 사람들은 그를 마법사라고 생각했지. 그래서 관심을 다른 곳으로 돌리려고 쇠붙이를 금으로 바꾼다는 소문을 낸 거야."

"어쨌든 거짓말이었잖아요!"

"그래, 하지만 없어서는 안 될 보호막이었지. 그래서 헤르메스는 이름을 하나 만들어냈다. 그는 자신을 연금술사라고 칭했지. 오랜 역사 동안에 연금술사들은 모두 헤르메스와 동일한 수법을 썼다. 자기들이 메디쿠스라는 사실을 감추기 위해 보통 금속을 금으로 바꿀 수 있다는 전설을 만들어냈던 게야. 그랬다, 그들의 황금은……."

"연금술 따윈 없었다는 건가요? 그들이 모두 거짓말을 했다고요?"

"어떤 면에서는 거짓말이었다고 할 수 없다. 그들은 어떤 병이든 고칠 수 있는 파나케이아를 만들 수 있다고 주장하기도 했으니까. 그런데 그건 거짓이 아니었어. 실제로 그들은 사람의 신체에 몰래 잠입해서 아픈 데를 고쳐주곤 했단다."

"그렇다면 헤르메스 트리스메지스트가 에메랄드 서판을 발견한 사람이 맞나요?"

"그래, 맞다. 그는 얼른 그 서판의 존재를 감추고 거기에 쓰인 내용을 비밀에 부쳐야 한다는 것을 깨달았지."

오스카는 희망에 부풀어 브레이브 씨를 쳐다보았다.

"정말로 그 서판이 죽은 사람을……."

"살려낼 수 있는지 묻는 거냐? 아니다, 오스카, 그렇지 않아. 실망시켜서 미안하구나. 하지만 실제로 그 서판에 생명의 비밀이 깃들어 있기는 하지."

윈스턴 브레이브는 잠시 주저하다가 오스카에게 케이프의 일부를 펼쳐 보였다.

"봐라, 오스카 필, 네가 무엇을 세상에 드러냈는지."

오스카는 다시 한 번 상징들을 주목했다. 큐브, M, 뱀이 휘감은 잔. 그리고 각각의 상징 위에는 '내 안의 앎', '내 안의 힘', '내 안의 결심'이라는 문구가 쓰여 있었다.

"이것이 메디쿠스들의 신성한 서판, 이른바 에메랄드 서판이다. 물론 에메랄드색은 우리 기사단을 상징하는 색이지. 여기에 나타난 세 개의 상징은 기사단을 떠받치는 기둥이요, 이 문구들은 우리의 신조다. 지식의 성소는 앎을 나타낸다. 기원의 문자 M은 행동하는 힘을 뜻하지. 마지막으로 황금 카뒤세는 공정한 판단을 의미한다."

"그래서 에메랄드 서판에 생명의 비밀이 있다는 거군요. 기사단의 기둥들을 드러내기 때문에."

"이 기둥들이 없으면, 이 유물들이 없으면 기사단은 아무것도 아니며, 우리는 모든 능력을 잃고 말 것이다. 그렇기 때문에 헤르메스가 찾아낸 에메랄드 서판은 메디쿠스의 서판이라 할 수 있으며, 절대로 그 존재가 드러나서는 안 되었다. 이러한 기둥들이 존재한다는 것도 알려져서는 안 되었어."

윈스턴 브레이브가 사람을 꿰뚫어보는 듯한 검은 눈으로 오스카를 바라보았다.

"너는 이제 본의 아니게 비밀을 안고 살게 됐다. 이 비밀을 기억 깊숙이 숨기고 살아야 할 것이다, 오스카. 누구에게도, 무엇이든 이 비밀에 대한 것을 흘려서는 안 돼. 절대로. 약속하겠느냐?"

이 말은 질문이 아니라 명령이었다. 오스카는 고개를 끄덕였지만 이내 얼굴이 새파래졌다.

"마스터……. 조금 전에, 그러니까 두 분이 오시기 전에……. '그자' 가 그 기둥들을 보았습니다."

그랜드 마스터가 한숨을 쉬었다.

"나도 안다. 알고 있어. 이제 우리의 약점을 잡혔으니, 그 어느 때보다 주의를 곤두세워야 할 것이야."

오스카는 너무 놀라서 아무 말도 할 수 없었다. 그의 잘못으로 파톨로구스의 왕자에게 에메랄드 서판의 비밀이 드러나고 말았다. 상대는 세 개의 기둥을 알아냈고 이제 그 기둥들을 장악하려 할 것이 분명했다.

그랜드 마스터는 오스카를 안심시키려 했다.

"어쨌든 그는 서판의 존재를 이미 알고 있었다. 서판의 내용과 소재도 알고 있었어. 그러나 메디쿠스가 아니기 때문에 직접 서판에 접근할 수는 없었지. 그래서 너를 이용한 거다. 그러나 다음에도 다른 메디쿠스를 이용할 거야."

"그자가 찾아내면요? 스카스데일이 기사단의 기둥들을 손에 넣으면 어떻게 되는데요?"

"아직은 어림없는 일이다. 어쨌든 그자가 그렇게 하도록 우리가 가만히 있지 않을 테니까. 이제는 돌아갈 때다."

윈스턴 브레이브는 그렇게 말하고 멀찍이 물러나 있던 다른 일행을 향해 돌아섰다. 위더스 부인이 몇 발짝 걷다 말고 바닥에 떨어진 희한한 껍질과 피부 조각을 눈여겨보았다. 로렌스가 나서서 설명했다.

"앨리스테어의 껍데기예요. 진짜 앨리스테어의 이미지요, 부인. 어둠의 왕자가 훔쳐낸……."

"건드리지 마라."

위더스 부인은 그렇게 명하고 펜던트를 가까이 가져갔다.

펜던트에서 솟아난 구름 속에서 피부 조각들이 자석처럼 서로 달라붙고 죽은 껍데기가 합쳐졌다. 그 파편들이 뭉쳐져 금빛 공이 되자 위더스 부인은 그것을 케이프 안주머니에 넣었다. 노부인이 설명했다.

"문제는 이거다. 진짜 앨리스테어는 어디 있지? 24시간 내에 그의 이미지를 돌려주지 않으면 앨리스테어는 형체를 잃고 말아. 앨리스테어가 투명인간이 되는 건 바라지 않는다."

"나머지 아이들을 데리고 들어오려고 레오니드의 몸 밖으로 나갔을 것 같은데요. 최대한 빨리 여기서 나가요!"

그때, 접견실 문이 열리고 우렁찬 목소리가 울려 퍼졌다.

"그럴 수야 없지. 배신자들은 이 궁 밖에서 한 발짝도 나가지 못해!"

윈스턴 브레이브와 위더스 부인이 제일 먼저 뒤돌아섰다. 그들 앞에는 거만하고 꼿꼿한 미트라 여왕이 버티고 서 있었다. 그들 사이에 거리가 꽤 있었음에도 불구하고 여왕은 그 어느 때보다 키가 크고 늘씬해 보였다. 그녀의 얼굴에 분노와 원한이 고스란히 드러났다. 브레이브 씨가 앞으로 나아가 고개를 숙였다.

"미트라, 폼페이의 위대하신 여왕이여, 어찌하여 우리를 이런 식으로 맞으십니까?"

"차라리 왜 내가 그대들에게 왕국을 무조건 개방했느냐고 물어보시지요? 그 대가가 이것입니까? 당신들의 메디쿠스가 나를 배신하고 도둑질을 했습니다. 내가 실각하고 내 백성들이 멸망하는 것을 원하는 겁니까?"

여왕은 윈스턴 브레이브와 위더스 부인이 대답할 겨를도 주지 않고 팔을 번쩍 들었다. 우르르 쏟아져 나온 군인들이 메디쿠스들을 포위했다. 오스카는 본능적으로 다른 메디쿠스들과 거리를 좁혔다. 그때, 케이프 주머니에 든 단단하고 차가운 물체가 몸에 와 닿았다. 그랜드 마스터는 놀란 기색으로 여왕에게 반문했다.

"도둑질이라니요? 배신이라니요? 무슨 말씀을 하시는 겁니까?"

"그랜드 마스터, 이겁니다."

오스카가 위더스 부인과 윈스턴 사이로 나서더니 여왕을 향해 한 발짝 더 나아갔다. 소년이 손을 내밀었다. 여왕이 다가와 그의 손에서 왕홀을 낚아챘다. 위더스 부인이 소스라치게 놀랐다.

"오스카, 무슨 짓을 한 거냐? 우리에게 설명해봐!"

"그럴 것 없습니다. 어쩌다가 왕홀이 이 소년의 손에 들어갔는지는 모르지만 우리는 이미 범인을 잡았으니까요. 그자는 이미 죗값을 받고 있어요. 지금쯤은 죽었겠지요." 여왕이 냉정하게 대꾸했다.

"어둠의 왕자가 저에게 이걸 가져가야 한다고 했어요. 박동실에 들여보내기 위해서였지요. 저는 이곳에 돌아와서 제자리에 갖다놓으면 된다고 생각했어요." 오스카가 실토했다.

여왕의 얼굴이 갑자기 굳어졌다.

"어둠의 왕자? 아니, 스카스데일이 여기서 무슨 짓을 했다는 겁니까? 있을 수 없는 일이에요."

"스카스데일은 조금 전까지 이곳에 있었습니다. 그자가 메디쿠스 최고위원으로 위장하고 이 왕국에 들어왔던 겁니다. 그래서 이 왕국에 들어올 수 있었던 겁니다."

위더스 부인은 이 말을 끝내고 앨리스테어의 조각난 이미지를 담은 금빛 공을 증거로 내밀었다. 여왕이 다시 물었다.

"최고위원 중 한 사람이라면?"

위더스 부인은 여왕의 반응에 불안을 느끼며 대답했다.

"앨리스테어 맥쿨리입니다, 폐하."

얼굴이 하얗게 질린 미트라가 돌아섰다. 로마노는 이미 여왕의 옆에 있지 않았다.

"내가 끔찍한 실수를 저지른 게 아닌가 모르겠군요. 애석하지만 돌이킬 수 없는 실수를."

공기를!

앨리스테어는 고개를 쳐들고 기둥 속에 남은 공기를 마시려고 목을 쭉 뺐다.

시간이 흘러도 레오니드의 심장은 상태가 나아지지 않았고 동굴은 왕국의 물을 잘 퍼 올리지 못했다. 물의 수위는 가차 없이 불어나서 조금 전부터는 발이 땅에 닿지 않았다. 기둥이 워낙 좁아서 자맥질을 하는 것도 불가능했다.

'움직이지 마, 앨리스테어. 네 몸은 물보다 밀도가 낮아. 몸부림치지 않으면 몸이 떠오를 거야.'

안타깝게도 언제나 생각보다 실천이 어렵다. 앨리스테어는 구두창과 손으로 유리벽을 짚고 버텼지만 물이 튀고 흘러내리는 유리벽은 몹시 미끄러웠기 때문에 이마저도 쉽지 않았다. 그는 위를 쳐다보았다. 물과 기둥 꼭대기 사이에는 공기가 얼마 남지 않았다.

겁에 질려 허둥지둥해서는 안 되었다. 그런 태도는 금물이었다. 서른 세 살이면 아직 젊지만 보고 들은 것이 있다. 침착성과 용기 덕분에 목숨을 보전한 때가 얼마나 많았던가. 그래서 앨리스테어는 위대한 메디쿠스로서 최고위원의 자리에 올라올 수 있었다.

10미터 아래의 동정을 살펴보았다. 아무도 없었다. 한 명 있던 기술자마저 여왕의 명령대로 그를 팔자소관에 맡기고 자리를 뜬 상태였다. 앨리스테어의 케이프만이 바닥에 애처롭게 팽개쳐져 있었고 문은 굳게 닫혔다. 미트라의 마음은 바뀌지 않았고 앨리스테어도 여왕의 성격을 잘 알았다. 여왕은 결코 굽히지 않을 것이다. 물은 점점 높아지고 있었다. 그는 이 왕국의 유리관 속에서 익사할 것이다. 두렵지는 않았다. 다만 몸속에서 죽기 때문에 자신의 그 무엇도 남지 않을 거라고 생각하면 비참했다. 아버지의 외아들로서, 아무것도 남기지 못하고 죽을 것이다. 그는 손에 쥔 펜던트를 들여다보았다. 이미 머리통은 천장에 닿았는데 물은 턱까지 차 있었다. 이 펜던트가 얼마나 여러 번 그의 목숨을 구해줬던가? 그가 신체에 잠입해서 이 펜던트로 고쳐준 사람들 또한 얼마나 많았던가? 지금은 펜던트도 그를 위해 아무것도 해주지 못했다. 아무도 그를 위해 손을 써줄 수 없었다.

행여⋯⋯.

물이 앨리스테어의 입술을 삼켜버렸다. 그는 마지막으로 펜던트를 바라보고 눈을 질끈 감았다.

샐리와 에이든은 주위를 둘러보았다. 심장의 박동이 바닥, 벽, 공기를 타고 울렸다. 그들은 앨리스테어의 머리카락을 가지고 있었기 때문에 두 번째 왕국의 이 방에 '곧장' 도착할 수 있었다. 그렇지만 붉은 유리 구는 텅 비었고 쥐새끼 한 마리 보이지 않았다. 샐리가 실망해서 이렇게 말했다.

"알았다. 머리카락은 소용없겠어. 이제 뭘 어떻게 하지?"

"여기를 나가서 찾아보자. 가자."

그들은 문으로 뛰어갔다. 에이든이 조심스럽게 문을 열었다. 통로도 비어 있었다. 정적을 가르는 것은 심장 박동 소리뿐이었다. 샐리는 문을 나서지 않은 채 한마디 했다.

"음, 규칙적으로 뛰고 있지 않아. 레오니드 영감님의 심장 말이야."

"왜 그런 소리를 해?"

"심장이 뛰는 소리 말고, 그 사이에 뭐가 안 들려?"

"아니, 나한테는 규칙적으로 들리는데. 두근두근. 두근두근." 통로에 서 있던 에이든이 놀라면서 말했다.

"그래? 난 두근두근, 탁, 두근두근, 두근두근, 탁, 이렇게 들려."

에이든이 도로 방 안으로 들어와 문을 닫았다.

"이 소리는 어디서 나는 걸까?"

탁.

두 아이는 고개를 들었다가 입을 딱 벌렸다.

앨리스테어의 몸이 둥근 천장에 매달린 유리관에 갇힌 채 시뻘건 물속에 떠 있었다. 샐리와 에이든이 겁에 질린 눈으로 서로의 얼굴을 쳐다보았다. 에이든의 얼굴에 핏기가 가셨다.

"저기…… 앨리스테어가 죽은 것 같아?"

샐리는 아무 말도 하지 못한 채 앨리스테어를 쳐다보았다. 그때 탁, 소리가 다시 한 번 들렸다. 그제야 샐리는 앨리스테어가 유리벽에 발길질하고 있다는 것을 깨달았다.

"살아 있어! 살아 있다고!"

에이든은 기둥 위를 좀 더 면밀히 살폈다. 그러자 앨리스테어의 얼굴과 입술에 붙은 빛나는 방울 같은 것이 보였다.

"공기다! 펜던트를 써서 공기를 약간 가둬놓은 거야! 빨리빨리! 앨리스테어를 구출해야 해!"

두 아이는 거침없이 펜던트를 꺼내어 유리관을 향해 내밀었다. 빛살이 뿜어 나갔지만 유리관에 흠집도 내지 못하고 튕겨 나왔다. 에이든은 케이프를 풀어서 깃 부분을 잡고 손목을 써서 힘차게 돌렸다.

프로펠러처럼 돌아라.
부드러운 천이 단단해질지어다!

금속처럼 굳어진 케이프가 빙글빙글 돌면서 솟아올랐다. 에이든과 샐리는 유리 조각을 피하기 위해 멀리 도망갔다. 케이프는 강철로 만든 회전날개처럼 돌아가며 유리관으로 날아갔다. 섬광이 허공을 가르며 퍼지더니 케이프가 도로 땅에 떨어졌다. 유리관에 다가간 아이들은 제 눈을 믿을 수 없었다. 유리관은 조금도 상한 데가 없었다.

"저놈의 유리는 뭘로 된 거야? 앨리스테어가 숨이 막혀 죽어가는데, 우리는 여기서 구경이나 해야 하나!" 샐리가 분통을 터뜨렸다.

에이든은 고개를 저었지만 별도리가 없었다. 그는 케이프를 주워들었다. 확신은 없었지만 어떤 생각이 떠올랐다. 어쩌면 앨리스테어는 펜던트로 만든 공기 방울 속의 공기를 이미 다 소진하고 죽었을지도 모른다. 그래도 시도해서 잃을 것은 없었다. 할 수 있는 것은 다 해봐야 했다. 에이든이 주저하며 중얼거렸다.

"어쩌면 앨리스테어를 구출할 방법이 있을지도……."

"그럼 서둘러!" 샐리가 에이든을 잡고 마구 흔들며 재촉했다.

"우리의 펜던트를 합쳐야 해."

"뭘 합친다고?"

"펜던트를 합친다고……. 이건…… 평생을 가는 거야."

"아, 그게 무슨 뜻이지?" 샐리가 경계하는 표정을 지었다.

"서로 돕고, 협력하고, 친하게 지내야 한다는 뜻이야."

얼굴이 달아오른 에이든은 괜히 딴 데를 보며 말했다.

샐리는 아주 잠깐 망설였다. 에이든은 샐리가 친하게 지낼 만한 남자 아이는 아니었다. 놀라운 면이 점점 더 보이긴 했지만 에이든은 수줍음이 많고 투지가 부족했다. 그러나 샐리는 이 생각을 떨쳐버렸다. 그럴 때가 아니었다. 샐리는 황급히 펜던트를 쥐었다.

"좋아, 좋아, 결과는 나중에 생각하자. 최악의 경우에는 브레이브 씨가 우리의 펜던트를 분리해주시겠지."

에이든은 자기 펜던트의 문자를 샐리에게 내밀었다. 샐리도 자기 펜던트를 마주 보게 내밀었다.

"나를 따라하는 거야." 에이든이 말했다.

우리는 문자를 합하고
평생을 함께 하리니
그대의 적은 나에게도 적이요,
내가 어둠과 미명에 빠질 때에 그대도 거기에 있으리라.

샐리가 당황하는 기색을 보였다.

"아, 다 그렇게…… 해야 하는 거야?"

"따라하라니까!" 유리 기둥을 불안하게 쳐다보던 에이든이 재촉했다.

샐리도 미적거리지 않았다. 두 개의 M자들이 빛을 뿜자 두 개의 후광이 하나로 합쳐졌다. 문자들은 눈부신 빛의 공 속에 갇힌 듯 보였다.

"잘 버텨봐." 에이든이 얼굴에 쏟아지는 빛을 손으로 가리며 말했다.

빛이 점점 약해졌다. 두 아이는 각자의 펜던트를 바라보았다.

"아무것도 변하지 않았어."

"중요한 건, 두 펜던트가 합쳐졌을 때의 힘이야."

"무슨 힘?"

에이든이 팔을 내밀고 손을 펼쳤다.

솟아라, 나의 문자여, 솟아올라 기둥에 붙어라!

에이든의 고갯짓에 샐리는 아무것도 묻지 않고 에이든의 말과 행동을 그대로 따라했다. 두 개의 펜던트가 둥실 떠올라 유리관의 이쪽 편과 그 반대편에 달라붙었다. 에이든은 황급히 달려가 앨리스테어의 케이프를 주워 유리 기둥 밑에 펼쳤다. 기둥 안에서는 미동조차 일어나지 않았다. 앨리스테어는 자줏빛 물에 처박힌 조각상처럼 꿈쩍도 하지 않았다. 샐리와 에이든이 눈빛을 교환했다. 에이든은 희망 반 걱정 반으로 내뱉었다.

"이제 이 방법이 통하기를 기도할 수밖에."

에이든은 위를 쳐다보며 힘차게 주문을 외웠다.

합쳐진 문자들이여, 힘을 모아라!
모든 장애물에 맞서서 힘을 합할지어다!

이번에는 벽에 착 달라붙은 펜던트들이 서로를 향해 기둥을 관통하는 빛살을 힘차게 내뿜었다. 에이든이 뭘 하려는지 깨달은 샐리는 자기도 힘을 보태고 싶은 듯 주먹을 불끈 쥐고 소리를 질렀다.

"힘내라! 펜던트들아, 힘내! 너희는 힘을 합칠 수 있어! 저 장애물을 깨뜨릴 수 있단 말이야!"

펜던트의 빛이 점점 더 강렬해지면서 물속에 빛의 막대가 생겨났다. 샐리와 에이든이 숨을 죽이고 지켜보는 가운데, 드디어 유리에 금이 가기 시작했다. 샐리는 달리는 말을 재촉하듯 마구 고함을 지르기 시작했고 에이든조차 목이 터져라 외쳤다.

"조금만 더! 펜던트들아! 더 세게! 조금만 더!"

유리벽이 쫙 갈라지면서 거미줄처럼 금이 뻗어나갔다. 와장창, 소리가 요란하게 일어났다. 유리관이 박살 난 것이다. 샐리와 에이든은 가까스로 케이프로 몸을 감싸고 땅바닥에 엎드렸다. 거대한 방 안에 유리 조각과 물이 폭탄처럼 떨어졌다. 온몸에 파편을 뒤집어쓴 두 아이는 붉은 물을 뚝뚝 떨어뜨리며 겨우 몸을 일으켰다. 앨리스테어의 몸뚱이가 그들 앞에 쓰러져 있었다. 에이든이 자리를 박차고 달려갔다.

"앨리스테어! 맥쿨리 씨!"

괴상한 꾸르륵 소리, 이어서 신음 소리가 그의 부름에 답했다. 앨리스테어가 물을 토하는 동안, 마음이 놓인 아이들은 기뻐서 소리를 질렀다. 아이들이 몸을 일으켜 앉을 수 있도록 도와주자 앨리스테어도 정신을 차렸다.

"너희는…… 정말 딱 맞게 나타나주었어. 영화 속의 주인공들처럼! 조금만 늦었어도 난 죽었을 거야……."

"이제 돌아가요. 혼자 힘으로 걸을 수 있겠어요?" 샐리가 물었다.

앨리스테어가 등과 오른쪽 무릎을 주물렀다. 케이프가 그를 받쳐주기는 했지만 꼭대기에서부터 떨어진 충격이 만만치 않았던 것이다.

"부러진 데가 없었으면 좋겠는데……. 그렇다면 기적이겠지만!"

"기적은 일어나지 않을 거요."

그들 뒤에서 목소리가 대꾸했다. 모두 뒤를 돌아보았다. 문이 열려 있었고 여왕이 신임하는 충복 로마노가 팔짱을 끼고 그들을 노려보고 있었다. 그가 신호를 보내자 붉은 군복을 입은 위협적인 군사들이 무기를 들고 그들을 에워쌌다.

한가운데로 다가온 로마노가 천장에 아직 붙은 유리관의 흔적을 쳐다보았다. 앨리스테어가 재빨리 눈짓하자 두 아이가 앨리스테어의 펜던트를 주우러 달려갔다. 그러나 로마노가 번개처럼 잽싸게 허리를 숙여 그들보다 먼저 펜던트를 낚아챘다.

"너희에겐 필요 없을걸."

그는 잠시 후 몹시 부드러운 목소리로 자기가 한 말을 정정했다.

"'이제는' 너희에게 필요가 없을 거라는 뜻이다. 영원히."

그는 군대의 지휘관을 돌아보며 명령을 내렸다.

"이들을 죽여라. 죽여버려."

세 명의 메디쿠스들은 한자리에 모여 서로 등을 맞댔다. 에이든의 손은 떨리고 있었지만 아직은 맞서 싸울 힘이 있었다. 두 아이는 무기를 잃고 쇠약해진 앨리스테어와 자기 자신을 보호하기 위해 펜던트를 휘둘렀다. 군인들이 셀 수 없이 꾸역꾸역 밀려 들어왔다. 아이들은 착각 따위는 품지 않았다. 그들은 끝까지 버틸 수 없을 것이다.

포위망이 좁혀 들어왔다. 앨리스테어가 부르짖었다.

"잠깐만! 이 아이들은 아무 짓도 하지 않았소! 아직 아이들인데! 당신들이 없애고 싶은 건 나 한 사람이오. 그러니까 나를 잡아가고 이 애들은 놓아주시오!"

로마노는 표정도 변하지 않고 앨리스테어에게 다가왔다. 앨리스테어의 말이 들리지도 않는 것 같았다. 앨리스테어가 승부를 걸었다.

"로마노, 이 아이들을 건드린다면 메디쿠스들을 적으로 돌리는 셈이오. 우리의 그랜드 마스터는 절대로 당신을 용서하지 않을 거요. 절대로 말이오, 알았소? 최고위원회도 마찬가지요. 내 말을 들어요. 앞으로 힘든 시간이 올 거요. 동맹을 맺어야지, 서로를 원수로 돌려서는 안 된단 말입니다."

"동맹을 깬 것은 그쪽이오. 우리는 당신들 편이었고 그래서 문을 열어주고 신뢰를 보냈소. 그런데 당신들이 우리를 배신했잖소."

로마노가 차갑게 대꾸했다. 앨리스테어가 흥분했다.

"로마노, 당신은 실수하는 거요! 아무도 배신하지 않았소! 어리석은 고집불통 같으니!"

그러나 앨리스테어의 목소리는 주위의 웅성거림에 묻히고 말았다. 미트라 여왕의 매크로파지 특수부대가 선두에 나왔다. 그들의 팔이 세 명의 메디쿠스를 향해 촉수처럼 쭉 늘어났고, 그사이에 다른 군인들은 총부리를 겨누었다. 로마노의 손이 올라갔다. 저 손이 내려가는 순간, 가엾은 표적들은 목숨을 잃을 것이다. 에이든은 눈을 감았고, 샐리는 분하지만 어쩔 수 없다는 듯 소리를 질렀다. 앨리스테어는 가더라도 자신이 먼저 가겠다는 듯이 두 아이들 앞을 막아섰다.

로마노가 손가락을 오므려 주먹을 쥐었다.

"멈춰라!"

고함 소리와 온갖 소음을 압도하는 호령이었다. 로마노가 멈칫했다.

그도 알고 있는 목소리였다. 기다란 실루엣이 등장하자 군인들이 옆으로 물러나고 무기를 든 사내들이 고개를 숙였다.

미트라 여왕은 세 메디쿠스 앞에 이르자 로마노에게 손짓을 했다. 여왕의 뒤편으로 어깨가 넓은 그랜드 마스터와 몸집이 왜소한 위더스 부인이 따라왔다.

"늦지 않게 온 것 같구나. 너희는 물러나라." 여왕이 흥분한 매크로파지들에게 명령했다. "우리가 속았다. 이들은 아무 죄도 없어."

"폐하……." 로마노가 반박하려 했다. 여왕은 그가 말을 이을 틈을 주지 않았다.

"맥쿨리는 범인이 아니었다. 이 어린 소년처럼 우리도 속았던 거야."

오스카가 그랜드 마스터와 위더스 부인 앞으로 한 발짝 걸어 나왔다. 에이든과 샐리가 펄쩍 뛰며 친구에게 달려왔다. 오스카는 앨리스테어에게 말했다.

"앨리스테어의 이미지를 훔쳐간 사람이 있었어요. 아시죠, 교통사고가 났던 날……. 엑스레이를 찍는다고 이상한 기계에 들어갔다 나왔었잖아요……."

드디어 앨리스테어도 깨달았다. 그는 자신의 몸과 발 밑의 바닥을 번갈아 보았다.

"내 그림자가 없어졌어! 이제 곧 내 몸이 투명해질 거야! 아니, 어떻게 이런 줄도 몰랐지? 생각조차 못 했는데……."

"걱정 말아요." 위더스 부인이 장난꾸러기 같은 눈을 빛내며 그를 안심시키고는 금빛 공을 내밀었다. "전부 다 여기 있어요. 단정치 못한 옷가지까지 다 그대로 있지요. 이 기회에 옷을 좀 바꿔보지그래요?"

"무슨 말씀을! 나다운 게 제일 좋잖아요, 안 그래요?"

앨리스테어는 미소를 짓고 오스카에게 윙크를 했다. 오스카가 앨리스테어에게 다가갔다.

"용서해주세요, 앨리스테어. 사실 전······."

"내 머리가 어떻게 된 줄 알았구나?"

앨리스테어는 고개를 숙이고 은밀한 말투로 얘기했다.

"사실 그건 맞는 말이야! 그리고 그건 우리 아버지와는 아무 상관도 없어. 설령 그렇다고 해도······. 음······ 아들이 자기를 닮았다면 아버지는 자랑스러워하시겠지?"

오스카도 웃으며 고개를 끄덕거렸다.

"맞아요, 나도 아빠를 닮았다는 사실이 자랑스러운걸요. 아빠의 결점까지도요!"

"그래, 그리고 큰형을 믿는 것도 좋은 일이지."

"저는 앨리스테어를 믿어요. 그리고 앨리스테어도······."

오스카의 대답은 당당하고 망설임이 없었다. 앨리스테어가 소년의 어깨를 잡았다.

"응, 나도 너를 믿어. 언제나."

그때, 꼬장꼬장하게 따지는 목소리에 두 사람은 현실로 돌아왔다. 과연 아이리스였다. 무슨 일로 이렇게 시간을 질질 끄는지 알아보기 위해 사람들을 밀치고 앞으로 나온 참이었다.

"좋아요, 두 사람의 비밀 이야기가 끝났으면 난 집으로 돌아가야겠어요. 집에서 기다린단 말이에요. 그리고 난······."

"늦는 건 질색이에요!" 아이들이 한목소리로 합창하고는 까르르 웃었다. "그래, 알아, 아이리스, 우리도 안다고."

아이리스 본인도 신경질을 내야 할지, 같이 웃어야 할지 망설이는 듯했다. 브레이브 씨가 입가에 미소를 머금고 말했다.

"그렇다면 두 번째 왕국의 친구분들께 하직 이만 인사를 올려야겠구나."

"잊으신 게 있는 것 같군요."

미트라 여왕이 나이가 무색할 만큼 우아하게, 그 어느 때보다 도도하고 위엄 있는 자세로 다가왔다. 앨리스테어가 허리를 숙여 인사하자 여왕이 미소를 지었다.

"무엇보다 당신에게 사과를 해야겠어요, 앨리스테어 맥쿨리."

"전 다 잊었는걸요."

녹초가 된 앨리스테어는 삭신이 쑤셨고 아직도 폼페이의 붉은 물이 그의 몸에서 뚝뚝 떨어지고 있었지만 기분 좋게 농담을 했다. 여왕이 말을 이었다.

"이 왕국과 왕궁의 문은 여러분에게 항상 열려 있을 거예요. 여러분은 물론이고, 어떤 메디쿠스라도 찾아와준다면 영광입니다. 하지만 이 아이들이 빈손으로 돌아가게 해서는 안 되겠지요. 그래서야 어떻게 이들이 다음에 왔을 때 환영할 수 있겠어요?"

위더스 부인이 미소 짓고 아무 말 없이 다섯 아이들을 나란히 세웠다.

무슨 뜻인지 깨달은 오스카는 허리띠의 두 번째 가방에서 아이올로스 왕에게 받은 유리 상자를 꺼냈다. 상자 안의 미세한 입자들이 반짝반짝 빛나며 그 안에 갇힌 바람을 타고 빙글빙글 돌았다. 다른 아이들도 부리나케 상자를 꺼냈다. 에이든과 샐리가 환한 빛을 받는 모습을 로렌스와 발랑틴은 황홀하게 지켜보았다. 아이리스도 꾸물대지 않았고 로넌조차 흡족한 눈치였다.

발랑틴이 브레이브 씨 옆에서 좋아서 발을 동동 굴렀다. 브레이브 씨는 발랑틴을 쳐다보았다.

"정말 근사해요! 그렇게 생각하지 않으세요, 브레이브 씨? 전 정말 근사하다고 생각해요! 이런 모험을 또 하고 싶어요!"

"버릇없기는. 아가씨는 여기 있어. 꼼짝해선 안 돼."

미트라가 왕홀을 들고 제자리에서 빙그르르 돌았다. 드레스 자락이 꽃부리처럼 확 퍼지고 끊임없이 심장 박동이 울리는 붉은 벽을 배경 삼아 백발이 사방으로 흩날렸다.

영원한 박동,
바다에서 하늘까지 울리는
사랑과 생명의 상징,
내게로 영원히 오라.

왕홀의 끝이 공간을 가르자 거기에 박힌 루비들이 하나하나 빛나기 시작했다. 다섯 번째 루비가 빛나는 순간, 여왕이 로넌 모스의 트로피에 다가갔다. 로넌이 상자 뚜껑을 열자 여왕이 왕홀 끝을 갖다 댔다. 백금이 유리에 닿자 그 울림에 상자가 떨리는가 싶더니 뚜껑이 도로 닫혔다. 폼페이 왕국의 영원한 박동이 지금 막 상자 안에 깃든 것이었다.

여왕은 세 아이들에게도 폼페이의 박동을 나눠주고 마지막으로 오스카에게 다가왔다.

왕홀의 아래쪽에 박힌 가장 큰 루비가 범상치 않은 빛을 뿜었다. 왕가의 막대가 트로피를 건드렸다. 오스카는 손바닥에서 하나가 아닌 두 가지 박동을 느꼈다.

"이 왕홀이 너를 아는구나. 아니면, 알아본다고 해야 할까." 여왕은 그렇게만 말했다.

"하지만…… 오늘 아침 이전에는 건드린 적도 없는데요."

여왕은 위더스 부인과 그랜드 마스터를 번갈아 쳐다보았다. 그녀는 다시 오스카만 들을 수 있도록 목소리를 한껏 낮추어 말을 걸었다.

"소년아, 한 번도 본 적 없는 상대도 알아볼 수 있단다. 마음속으로, 머릿속으로, 아주 오랫동안 기다려온 상대라면."

오스카는 뭐라고 대답하려고 했지만 위더스 부인이 그들의 대화에 끼어들었다.

"이제 가야 한다. 더 이상 여왕님을 귀찮게 해서는 안 돼."

부인과 브레이브 씨는 예를 깍듯이 갖추어 여왕에게 인사를 했다.

"우리 모두 속았던 것뿐이니 다음에도 다 함께 만날 수 있으면 좋겠네요." 그렇게 말했지만 여왕의 눈빛에 어두운 그늘이 보였다. "비록 그 사악한 어둠의 왕자 때문에 그럴 수 없을 거라는 예감이 들지만요."

"폐하, 미래가 폐하와 함께하기를 기도하지요." 윈스턴 브레이브가 진중하게 말했다.

오스카는 앨리스테어를 따라 허리를 깊게 숙여 여왕에게 인사를 올리고 바닥에 널린 유리 파편 쪽으로 돌아섰다. 반짝이는 파편들 사이로 유독 환하게 빛나는 문양이 눈에 띄었다. M자가 떠 있는 잔, 그 잔을 둘둘 휘감은 뱀.

오스카는 아이리스를 눈으로 찾았다.

"아가씨의 카뒤세를 대령했습니다. 뭐, 굳이 직접 찾으시겠다면야……."

네 번째 기둥

"당신이 잊은 게 있는 것 같군요."

플레처 웜이 쿠미데스 서클의 현관에 멈춰 섰다. 그는 지금 막 로넌을 데리고 그랜드 마스터의 자택을 떠나려던 참이었다. 웜의 얼굴은 단호했고 속내를 읽을 수 없었다. 하지만 모두가 그가 실망했다는 걸 짐작하고도 남았다. 그는 자신이 미는 아이들이 트로피를 가져오고 꼬맹이 필은 실패하기를 바랐을 것이다. 베레니스 위더스로서는 더욱더 만족스러울 수밖에 없었다. 연푸른 비단 원피스와 소매가 짧은 조끼를 얌전하게 갖춰 입은 노부인은 입가에 미소를 머금고 홀에 서서 현관문을 마주 보았다. 부인은 웜이 돌아설 때까지 참을성 있게 기다렸다. 앨리스테어와 아이들은 저 뒤쪽에서 자기들끼리 야단법석을 떠느라 바빴다. 그동안의 스릴 넘치는 모험 이야기를 한꺼번에 떠들며 모두들 깔깔대고 웃느라 정신이 없었다. 아이리스조차 고삐가 풀렸는지 웜을 따라가지 않겠다고 했다. "저는 아저씨랑 돌아가지 않겠어요. 제가 부르면 엄마가 여기로 데리러 오실 거예요."

윔은 조용히 고개만 돌렸다.

"그래요, 베레니스, 무슨 말씀을 하시는 겁니까?"

"이것 말이에요." 위더스 부인이 불룩한 주머니 끈을 만지작거렸다. 그녀는 로넌을 흘끗 쳐다보고는 말을 이었다. "조금 전에 이 아이가 나에게 이 물건을 맡겼어요. 애한테 뭐라고 하진 마세요. 분명히 말씀드리는데, 저 아이가 자발적으로 나에게 맡긴 건 아니에요. 내가…… 억지로 압수했다고 해두지요."

윔은 그 주머니를 알아보았다. 그의 가느다란 눈이 로넌 모스의 눈과 순간적으로 마주쳤다. 윔은 차갑게 대꾸했다.

"내 것이 아닙니다만. 착각하신 모양입니다."

"정말요? 그것 참 희한하네요. 로넌 모스가 한 번도 본 적 없는 위험한 무기를 쓴다고 에올리언들이 그러더군요. 그래서 당신이 준 무기일 거라고 생각했는데요."

부인이 앞으로 걸어가 크고 빨간 사각 안경테 너머로 플레처 윔을 쏘아보았다.

"그래요. 아마도 내가 잘못 생각했겠지요. 어떻게 세상 천지에 이런 무기를 저 소년에게 맡기겠어요. 그것도 위원회에 알리지도 않고."

플레처 윔에게서 눈을 떼지 않은 채 위더스 부인은 계단을 내려와 그의 옆에 바싹 붙었다.

"내 기억이 맞다면 당신은 당신의 피후견인들이 팔로마 센터의 무기 가방을 받아야 한다고, 그래야 두 그룹 사이의 형평성에 어긋나지 않는다고 주장했어요. 그러니 말해봐요, 플레처, 당신이 다른 아이들을 따돌리고 이 아이에게만 무기를 줄 리가 없잖아요? 그렇죠?"

플레처 웜은 이를 악물고 눈살을 찌푸렸다. 그 때문에 눈이 더 쫙 찢어져 보였다.

"날 잘 알지 않습니까. 나라면 그런 일은 절대 하지 않을 겁니다. 내가 꿈에도 그럴 사람이 아니란 걸 알아주시니 고맙군요."

위더스 부인은 주머니 끈을 매듭짓고는 그 주머니를 자기 조끼 주머니에 쏙 집어넣었다.

"그럼 다 됐네요. 로넌 모스는 이 주머니를 밝히고 싶지 않은 장소에서 발견한 걸로 해둡시다. 저 아이가 이런 수치스러운 짓을 한 데 대해서는 알아서 벌을 주시지요. 이 무기는 압수해서 내 동생에게 주는 것이 마땅하다고 봐요. 이 무기를 좀 더 자세하게 살펴볼 수 있다면 팔로마가 아주 좋아할 거예요."

플레처 웜은 아무 말 없이 그들을 기다리는 자동차로 로넌 모스를 밀어붙이며 그 자리를 떠났다.

오스카는 가장 마지막에 쿠미데스 서클을 나왔다. 브레이브 씨는 그의 케이프를 가져가서 삼 층의 자기 집무실에 틀어박혔다. 브레이브 씨는 올라가면서 이렇게 말했었다.

"서판의 흔적이 사라지거든 너에게 돌려주겠다. 이 흔적은 너에게 더는 쓸모가 없을 테니까. 그리고 그 붉은 상자도 그만 내놓지그래. 그 물건을 팔로마 센터에 돌려주어야 하지 않겠니?"

그랜드 마스터가 손을 내밀었다. 오스카는 찍소리도 못하고—비난하는 것 같기도 하고 재미있어하는 것 같기도 한 그랜드 마스터의 눈을 감히 쳐다보지도 못하고—상자를 내놓았다.

오스카는 위더스 부인에게 다가갔다. 저택의 거대한 홀에는 이제 두 사람뿐이었다. 로렌스와 발랑틴에게는 금방 가겠다고 약속한 터였다.

위더스 부인이 빙그레 웃었다. 마치 오스카가 지금 하려는 질문을 이미 짐작하고 있다는 듯이. 작년에 그녀는 이 영리한 소년과 많은 시간을 보내며 그의 못 말리는 호기심을 익히 경험하지 않았던가? 그런 점이야 말로 오스카의 매력이자 신선함이었다. 또한 위더스 부인이 기억하고 있는 비탈리와 무척이나 닮은 점이기도 했다.

"얘기해보렴, 나의 오스카."

오스카도 빙그레 웃었다. 늘 그랬듯이 위더스 부인은 이번에도 그의 생각을 내다보고 있었다. 소년은 주위를 두리번거리며 입을 열었다.

"말씀을 좀 드려도 될까요……. 은밀하게요."

부인이 고개를 끄덕였다. 완벽한 집사 본즈가 어디에서나 귀를 곤두 세우고 어슬렁거리는 이곳에서 비밀이란 있을 수 없었다.

"서재로 가자꾸나."

오스카는 망설였다. 서재의 책들도 조심성이 없기는 마찬가지였다. 이번만은 비밀을 엄수하라는 브레이브 씨의 지시를 꼭 지키고 싶었다.

"서재보다는 응접실이 좋겠어요."

오스카를 따라 들어간 위더스 부인은 응접실 문을 닫았다. 부인이 잠 금장치에 펜던트를 갖다 대자 문이 철컥 잠겼다. 두 사람은 일 년 내내 기묘한 초록 불꽃이 일렁이는 난로를 마주 보고 소파에 앉았다. 위더스 부인이 주의 깊게 물었다.

"그래, 무슨 일이냐?"

"음, 에메랄드 서관에 대한 거예요. 그러니까 '메디쿠스'의 서관에 대 해서요."

"조금은 짐작했다. 말해보렴."

"브레이브 씨는 기사단의 3대 기둥이 그 서판에 나타난다고 했어요."

"맞는 말이다. 그랜드 마스터의 얘기를 잘 새겨들었구나."

위더스 부인의 얼굴이 눈에 띄지 않게 슬쩍 찌푸려졌다. 이 아이의 머릿속이 어떻게 돌아가는지 익히 아는 부인으로서는 이제 곧 나올 말이 짐작이 갔기 때문이다. 그러나 아무 말 없이 오스카가 계속 이야기하기를 기다렸다. 오스카는 머뭇대지 않았다.

"어둠의 왕자가 들여다봤을 때 케이프가 조금 접혀 있었거든요. 그래서 그는 서판의 일부를 보지 못했어요."

"우연이겠지. 어쨌든 잘된 일이로구나." 노부인은 신중하게 그렇게만 말했다.

그 정도로 만족할 오스카가 아니었다.

"아뇨, 우연이라고 생각하지 않아요, 위더스 부인. 케이프가 그자에게 뭔가를 감추는 것 같았어요. 그자는 어떻게든 서판의 아래쪽을 보려고 안간힘을 썼고요. 거기에 뭐가 있었을까요?"

이번에는 오스카가 부인의 생각을 읽으려는 듯 얼굴을 뚫어져라 바라보았다. 산전수전 다 겪은 위더스 부인의 속내를 간파하기란 쉽지 않았다.

"나도 그 서판에 대해 자세히는 모른단다. 메디쿠스들의 이름이 있고, 그 주위에 문구들이 들어갔다는 것 이상은 몰라. 하지만 스카스데일도 몰랐을 거다. 네 케이프에 찍힌 사본을 보기 전까지 그자는 한 번도 그 서판을 보지 못했으니까. 그래서 그토록 호기심을 보였던 거고."

생각에 골몰한 오스카는 딴 데를 보고 있었다. 위더스 부인은 더 이상 그에게 시간을 주지 않기로 마음먹었다.

"이미 끝난 일은 끝난 일이야, 오스카. 더는 생각하지 마라. 이제 그 서판에 대한 생각도 버리렴. 그것 때문에 얼마나 문제가 커졌니."

오스카는 고개를 끄덕였다.

"진짜 좋은 걸 생각해 볼까. 바빌론 하이츠로 돌아가기 전에 제리에게 햄버거와 기름 한 병, 못 한 줌을 준비해달라고 해서 네 친구들과 정원에서 즐거운 시간을 보내면 어떨까?"

"위더스 부인, 다 아시면서 왜 그러세요! 그런 거라면 언제나 오케이라고요!"

"그럼 그렇게 하자. 나도 곧 가마."

오스카가 응접실을 박차고 나가기 무섭게 한쪽 구석에 세워진 갑옷이 마루판 위의 레일을 따라 스르르 비켜났다. 그 뒤에 있던 비밀 문이 열리고 윈스턴 브레이브가 나타났다.

"잘 하셨습니다."

"뭐하러 저 애에게 네 번째 기둥 얘기를 하겠어요? 아직은 너무 일러요. 지나치게 이르죠."

부인이 그랜드 마스터를 돌아보며 말을 이었다.

"스카스데일은 네 번째 기둥이 있다는 것을 알아요. 오스카의 얘기대로라면 아마 그럴 거예요."

"확실히는 모르겠습니다. 모든 정황을 보건대 스카스데일이 케이프에서 네 번째 기둥을 보지 못한 것 같아요. 그 기둥은 단 하나 남은 최후의 무기입니다. 스카스데일보다 유리한 고지를 차지할 수 있는 궁극적인 이유죠. 희망적으로 생각하십시다."

"윈스턴, 모든 것이 안전하다고 확신하나요? 내가 생각을 해봤어요. 그리고……."

윈스턴 브레이브가 위더스 부인의 팔을 잡고 함께 소파에 앉았다.

"베레니스, 나를 믿어주세요. 기둥들은 모두 안전한 곳에 있습니다. 어둠의 왕자가 그중 하나에 마수를 뻗을 때까지는 오랜 시간이 걸릴 겁니다."

위더스 부인이 입을 다물었다. 이런 이야기는 귀에 못이 박히도록 들었다. 적들이 기둥들의 존재를 알아낸 이상 윈스턴도 그들의 공격을 예상하고 있을 것이다. 어쨌거나, 세 개의 기둥에 대해서는 그랬다. 그렇게 되면 무슨 일이 일어날 것인가?

"윈스턴, 몇 년 전으로 돌아가 볼까요. 우리가 이렇게 무서운 생각을 할 필요가 없었던 그때로요."

"무슨 말씀이신지?"

"차를 마시자고요, 이 양반아. 함께 차를 마십시다."

브레이브가 미소를 지으며 집사나 요리사를 부르기 위해 일어났다.

"윈스턴?"

"네?"

"우리의 평화로운 티타임이 오늘로 마지막이라면 좀 거창하게 즐겨볼까요. 본즈에게 간식거리도 가져오라고 하세요. 당연히 구제 불능의 사랑스러운 요리사 체리가 만든 과자는 절대로 안 되고요."

그랜드 마스터가 웃었다.

"물론이지요. 전쟁에 나가기 전 마지막 티타임인데요."

온 힘을 다해

다음 날 아침, 오스카는 퍼뜩 소스라치면서 잠에서 깼다. 쿠미데스 서클에서 주말을 보낸 게 아니며 오늘이 일요일이라는 현실을 깨닫기까지는 잠시 시간이 필요했다. 자명종 시계를 흘끗 쳐다보았다. 오전 10시! 오스카는 로렌스를 훌쩍 뛰어넘어—뚱뚱한 로렌스가 매트리스에 누워 이불을 뒤집어쓰고 있으니 작은 언덕이 따로 없었다—장롱으로 달려갔다. 장롱을 살짝 열어보니 두 개의 트로피가 어둠 속에서 은은하게 빛나고 있었다.

오스카는 까치발로 살금살금 욕실에 들어갔다. 평소처럼 욕실 타일 바닥을 흥건히 적시며 물이 뚝뚝 흐르는 몸으로 나온 소년은 일 층으로 내려갔다. 엄마 혼자 주방에서 커피를 마시며 잡지를 읽고 있었다.

"음, 꿈나라에서 돌아오셨군. 그런데 네 방에 비라도 오니, 오스카?"

오스카는 엄마에게 뽀뽀를 하고 아무 말 없이 초콜릿 잼을 병째로 마구 퍼먹었다. 네 번째 숟가락을 퍼 올릴 때에야 바로소 소년은 입을 열었다.

"그래도 제가 제일 먼저 일어났어요. 로렌스는 아직도 잔다고요."

"그 말을 정정해주지. 넌 3등이야. 여자애들은 벌써 공원에 갔다. 새벽부터 비올레트 방 창문 밑에서 오말리 형제들이 기다린 것 같더라. 공원에 보트를 타러 가자고 했나 봐. 지난번에 공원 호수에서 비올레트한테 무슨 일이 있었는지 모르겠다만, 바르트가 안절부절못하더라."

오스카는 웃음이 났다. 물에 빠진 생쥐 꼴이 되었던 누나와 바르트가 아직도 눈에 선했다. 얼굴이 창백해진 바르트는 비올레트가 물속도 수면만큼 축축한지 알아보고 싶다며 보트에서 뛰어내렸다고 설명했었다.

"로렌스를 깨워서 우리도 가봐야겠네요."

"걔도 버터 한 조각은 챙겨 먹고 가야지. 가엾게도 조금 여윈 것 같지 않디?"

오스카는 놀란 표정으로 엄마를 쳐다보았다. 그다지 동의할 수 없었던 것이다.

"그런 것 같진 않은데요."

"어머, 난 맞는 것 같은데. 올라가기 전에 뭐 하나 물어봐도 되니?"

문간에서 오스카가 경계하는 표정으로 돌아섰다. 엄마의 질문은 날씨 얘기하듯 대수롭지 않아 보여도 꽤 예리할 때가 많았다.

"말씀하세요."

"그 서판 말이야. 죽은 사람을 살려낸다는……."

엄마는 미소로 물음을 얼버무리는 쪽을 택했다. 오스카는 한숨을 쉬며 문틀에 등을 기댔다.

"누나를 위해서였어요. 누나를 꼭 기쁘게 해주고 싶었거든요. 누나가…… 아빠를 보고 싶어하니까. 그러면 누나도 조금은 보통사람들처럼 살 수 있을 것 같아서요."

엄마가 손가락을 까딱까딱하며 가까이 오라는 신호를 보냈다. 오스카가 쭈뼛쭈뼛 다가가자 엄마는 그를 품에 안아주었다.

"단지 누나를 위해서였니? 정말로?"

오스카는 주머니에 손을 넣은 채 어깨만 으쓱했다. 소년은 살그머니 엄마의 포옹을 풀고 나오려 했다.

"우리 아들이 이렇게 커서 이제 엄마가 안아주는 것도 싫어하는구나. 어느새 남자가 되기는 했지." 엄마는 자랑스럽게 말했다. "남자가 됐다는 건 끝까지 가볼 준비가 됐다는 뜻이지. 넌 실제로 그렇게 했어. 칭찬해드리지요."

오스카도 결국 실토했다.

"저도 아빠를 보고 싶었어요. 딱 한 번이라도, 사진이 아닌 진짜 아빠를 보고 싶었어요."

엄마는 잠시 생각에 잠겼다가 초콜릿 잼 병에 손가락을 집어넣었다. 그러고는 초콜릿 잼을 잔뜩 묻혀서 오스카에게 콧수염을 그리고 뺨에도 덕지덕지 발랐다.

"윽! 이게 뭐예요!"

어이없기도 했지만 재미있어하면서 오스카가 웃었다.

엄마는 일어나서 핸드백을 가지러 갔다. 그러고는 핸드백에서 꺼낸 작은 손거울을 아들에게 내밀었다.

"됐지? 보고 싶다고 했으니까 실컷 보렴."

오스카는 거울에 비친 자기 얼굴을 들여다보았다.

"우리 아들, 넌 아빠를 얼마나 쏙 뺐는지 몰라. 음, 아빠는 너보다 머리숱이 좀 적고 수염도 이렇지는 않았지. 하지만 나머지는 판박이처럼 똑같아. 아마 알맹이도 그럴걸?"

엄마는 그렇게 말하면서 손가락으로 오스카의 가슴팍과 머리통을 가리켰다.

아들은 싱긋 웃으며 손거울을 내려놓고 엄마의 보랏빛 눈동자를 들여다보았다.

"저는 믿었었어요. 그 서판 얘기를요. 전 정말 바보예요. 죽은 사람이 살아날 수 있다니……."

"바보라니, 무슨 소리야. 이보세요, 아저씨. 우리 아들을 바보라고 하다니 용납할 수 없어요. 우리 애들에게 함부로 하는 남자들을 엄마가 어떻게 혼내주는지 알지?" 엄마는 손바닥으로 따귀를 날리는 시늉을 하면서 말했다. "찰싹! 찰싹! 따귀를 두 번은 때려줄 거야. 음, 지난번에는 깜박 잊고 한 대만 날린 것 같다만……."

"한 대지만 충분히 강력했어요. 사실…… 그렇게까지 하지 않아도 됐을지 몰라요."

엄마가 의아한 눈을 했다.

"저희가 응…… 배리 아저씨에게 친절하지 않았으니까요. '순전히' 아저씨 잘못만은 아니었어요. 음, 어쨌든 조금은 잘못했지만요!"

이 말을 듣고 엄마는 오스카의 뺨을 어루만졌다. 엄마의 말은 거짓이 아니었다. 오스카는 이제 정말로 많이 자라 있었다.

"로렌스를 깨우지 그러니?"

"알았어요. 하지만 그 전에 하고 싶은 일이 있어요."

"됐어. 좀 나아졌어. 네 꼴을 보고 충격을 받았을 뿐이야. 잠에서 덜 깬 상태였거든. 네 머리 가죽이 벗겨진 줄 알았다고!"

로렌스는 놀란 가슴을 진정시키며 오스카와 나란히 걸어갔다.

오스카가 웃음을 터뜨렸다. 호숫가에 있는 아이들이 벌써 보이기 시작했다. 오말리 형제, 발랑틴, 비올레트만 있는 게 아니라 캐리 모스와 로나 모스, 샐리 벙커, 그리고 샐리만큼 체격이 좋은 남자아이들이 두 명 더 있었다. 세관원처럼 뒷짐을 지고 보트를 꼼꼼하게 검사하는 아이리스까지 보였다. 샐리와 바르트는 지금 막 지푸라기 옮기듯 가볍게 보트 네 척을 물에 띄웠다.

"그래도 내 심장 걱정은 좀 했어야지. 잠에서 깨다가 심장 발작으로 죽는 사람이 얼마나 많은지 알아!"

로렌스가 호숫가에 도착하기 전에 오스카를 꾸짖었다. 두 소년이 다가오자 모두들 깜짝 놀라서 그 자리에 굳어버렸다.

"오스카! 너…… 윙즈 아줌마네 잔디밭에서 자다 왔냐?" 제레미가 외쳤다.

샐리는 관심을 보이며 오스카를 한 바퀴 빙 돌아보았다.

"그래, 확실히 머리 빗는 시간은 덜 걸리겠다. 그래도 아직 내 머리보다는 긴데?"

허겁지겁 동생에게 달려온 비올레트가 방금 자른 오스카의 머리를 만져보았다. 곱슬곱슬한 컬은 사라지고 없었다. 엄마는 질색하며 펄펄 뛰었고 헤어스타일에 대한 충고가 장황하게 이어졌다. 비올레트는 동생을 안심시키고 싶은 듯한 말투로 이렇게 말했다.

"걱정하지 마, 오스카. 머리 잘 어울려."

비올레트는 그러면서 동생의 두 손을 꼭 잡았다.

"그렇게 생각해?"

"응. 그냥 지금부터. 머리카락이 머리통 안쪽으로 자라기로 한 거야. 그래. 있을 수 있는 일이야. 그래서 아침에 일어나보니 머리가 짧아진 거야. 그래도 어울려."

"고마워, 누나. 마음이 놓이네."

캐리 모스가 팔짱을 끼고 다가왔다.

"뭐, 내가 뭐라고 하든 오빠는 신경 쓰지 않겠지만, 난 그 머리가 아
주 잘 어울린다고 생각해."

오스카가 미소를 지었다.

"비올레트에게 지난번에 틸라와 있었던 일은 얘기 들었어."

"잘됐네, 그럼 용서해줄게." 캐리는 흡족한 표정으로 대뜸 말했다.
"운 좋은 줄 알아. 난 오빠가 좀 거슬리지만 우리 언니가 오빠를 엄청
좋아하거든."

그렇지 않아도 내성적인 로나 모스는 얼굴이 두피까지 확 빨개졌다.

"캐리! 무슨 소리를 하는 거야? 아냐, 얘가 아무 말이나 막 하는 거야."

그러자 캐리가 언니를 마주 보며 팔짱을 꼈다.

"뭐야? 그럼 언니도 오스카 오빠가 마음에 안 들어? 난 언니가 오빠
를 좋아하는 줄 알았는데. 싫으면 싫다고 그래. 좋으면 좋다고 하고!"

"조용히 해!" 그렇게 대꾸한 로나는 몸 둘 바를 몰라 했다.

로나는 열두 살이었지만 동생을 꼼짝 못하게 할 재간이 없었다. 아
니, 누가 캐리를 휘어잡을 수 있겠는가만은…… 제레미가 좋다고 끼
어들었다.

"그래, 좋았어, 알았다. 로나, 시장에는 밸런타인데이에 필요한 것이
다 있어. 그렇지만 물건이 일찍 빠지니까 얼른 '득템'하는 게 좋을걸!"

가엾은 로나가 더 불편해할까 봐 오스카는 자리를 피해주었다. 아이
스크림 가게 쪽을 보다가 탁자에 둘러앉은 다른 아이들의 무리에 시선
이 갔다. 단짝 친구들을 거느린 틸라가 가운데 자리—그녀가 좋아하는

자리—에 앉아 자기 얘기로 모두의 시선을 사로잡고 있었다. 오스카를 알아본 틸라는 수수께끼 같은 미소를 보내더니 무리에서 빠져나와 그에게 왔다. 그런 틸라를 바라보는 지미 베이츠의 근사하고 음침한 눈빛이 심상치 않았다. 희한하게도 로넌 모스는 그 자리에 없었다.

틸라는 오스카를 마주 보고 할 말을 생각하듯 쭈뼛거렸다.

"넌 정말…… 특별한 사람이야, 오스카."

틸라는 마침내 그렇게 말했다. 그 얼굴에는 미소가 떠나지 않았다.

오스카는 모스에게 어제 들은 말을 떠올렸다. "착각하지 마라, 필. 내가 아까 널 도와준 건 나 혼자 어둠의 왕자를 상대하는 것보다는 같은 편이 하나라도 더 있는 게 낫다고 생각해서였다. 하지만 우린 친구가 아니야, 알잖아? 앞으로도 그럴 일은 절대 없어. 이제 비긴 걸로 해두자. 네가 날 한 번 도와줬으니까 나도 한 번 도와준 거다." 로넌은 그렇게 말하고 사악한 눈빛으로 이 말을 덧붙였었다. "아직도 세 개의 트로피를 더 따야 해. 이제 너는 너고, 나는 나다." 오스카는 아무런 대답도 하지 않았다. 어쨌든 오스카도 전쟁이 끝났다는 생각은 꿈에도 하지 않았다. 로넌은 모두가 들으라는 듯이, 특히 위더스 부인과 그랜드 마스터 귀에 똑똑히 들어가게 큰 소리로 한마디 더 했다. "그나저나 넌 좀 더 조심해야겠더라. 다음번에는 같은 반 여자아이들 앞에서 신체 잠입은 삼가줘. 그런다고 틸라가 눈이나 깜짝할 것 같아?"

로넌의 말은 비올레트에게 들었던 얘기와 관계가 있는 듯했다. 그래서 오늘 오스카는 더 구체적으로 말하지 않아도 틸라가 무슨 얘기를 하려는지 알 것 같았다. 틸라는 오스카가 토요일에 레오니드의 집에서 신체 잠입하는 장면을 보았던 것이다. 혹시 조금 전에도 친구들에게 그런 얘기를 까발리고 있었던 게 아닐까? 틸라는 오스카가 방 안에서 마법처럼 사라질 수 있다고 믿는 걸까?

"네가 무슨 수를 썼는지는 모르지만 난 네가 특별하다고 생각했어. 다른 사람들에게도 얘기하고 싶은데 아무도 믿어주지 않을 것 같아서 유감이야."

오스카는 틸라의 말을 들으며 안도했다. 늘 그랬지만 틸라는 꿍꿍이를 알 수 없는 아이였다. 이 말도 비밀을 지켜주겠다는 뜻인지, 자기도 믿을 수가 없다는 뜻인지 헷갈리지 않는가? 오스카는 모호한 상태로 그냥 내버려두기로 했다. 틸라는 자신의 가장 매혹적인 눈빛을 유감없이 과시하며 오스카에게 살랑거렸다.

"나하고 아이스크림이라도 먹을래?"

오스카는 틸라의 금빛 눈을 마주 보지 않으려고 친구들 쪽으로 고개를 돌렸다.

"친구들이 기다려서……."

틸라가 한숨을 쉬었다.

"정말이지, 꽁무니 빼는 데에는 선수로구나, 오스카. 뭐, 언젠가는 좀 더 찬찬히 얘기를 나눌 기회가 오겠지."

이번만은 놀림조가 아니었다. 소녀는 자기 친구들이 기다리는 곳으로 돌아갔다.

오스카는 손으로 머리카락을 쓸어 넘겼다. 작은 사진첩에 들어 있는 남자의 사진에서 본 것과 똑같은 머리 모양이었다. 정말로 짧게 친, 남자다운 머리 모양. "이제 굳이 초콜릿 잼으로 수염을 덥수룩하게 그리지 않아도 되겠다. 넌 정말 아빠를 빼다 박았구나." 엄마도 그렇게 말했었다.

아까 집을 나오면서 오스카는 뒤를 돌아보았다. 창문을 통해 엄마가 수화기를 들고 망설이다가 어딘가로 전화를 거는 모습이 보였다. 엄마는 예쁘게 굽이치는 검은 머리를 넘기며 미소 짓고 있었다. 누군가에게 예쁘다는 칭찬을 들었을 때, 꽃다발을 선물 받았을 때와 비슷한 표정이었다.

크게 심호흡을 하고 오스카는 로렌스와 나란히 걸음을 옮겼었다.

"음, 오스카, 보트를 오늘 타겠다는 거야, 내일 타겠다는 거야?"

샐리는 빨리 노를 젓고 싶어서 몸이 근질근질한 모양이었다. 한편 아이리스는 방금 세운 보트 타기 수칙들을 늘어놓으며 잔소리를 하고 있었다.

"아주 간단한 수칙들이야. 노를 저으면서 나한테 물을 튀기지 말 것, 나보다 속도를 높이지 말 것, 나를 추월하지 말 것, 내 보트에 부딪히지 말 것……."

오스카는 우스워서 고개를 젓고는 호숫가를 향해 달려갔다. 소년은 모스네 자매가 탄 보트에 오르면서 자기 인생을 살아야 할 엄마를, 그를 기다리고 있는 트로피들을, 지금까지 밝혀진 세 개의 기둥을, 그들을 언제 덮칠지 모르는 암울한 시간들을 생각했다. 파톨로구스의 왕자는 분명히 전쟁을 선포했다. 오스카는 자신을 위해, 사랑하는 사람들을 위해 무엇을 하고 싶은지 생각했다. 그때, 호수에 비친 그림자가 스치듯 눈에 들어왔다. 머리를 짧게 자른 자신의 얼굴은 낯설었지만 희한하리만치 아빠와 닮아 있었다.

과연, 성장할 때였다. 그래서 오스카는 온 힘을 다해 노를 저었다.

3권에서 계속됩니다.